HEYNE

Das Buch

Tausende Jahre nach dem Atomkrieg lebt das, was von der Menschheit übrig ist, in unterirdischen Bunkern. Die sogenannte Amtrak-Föderation kennt nur ein Ziel: die Oberwelt zurückzuerobern. Dort leben die Mutanten, die in den Augen der Amtraks kaum mehr als Barbaren sind. Kampfpilot Steve Brickman weiß es besser. Nachdem er abgeschossen wurde, lebte er monatelang als Gefangener bei den Mutanten und lernte sie und ihre Gebräuche kennen. Ihm gelang die Flucht, aber sein Empfang in der Föderation fällt frostig aus. Man verdächtigt ihn der Spionage, und so muss Steve die Erste Familie, die Amtrak-Exekutive, vom Gegenteil überzeugen. Doch seine Zeit bei den »Wilden« hat den jungen Piloten stärker verändert, als er geglaubt hätte …

Die Amtrak-Kriege:

Wolkenkrieger
Erste Familie
Eisenmeister

Der Autor

Patrick A. Tilley, 1928 in Essex geboren, studierte am King's College der University of Durham Kunst und arbeitete nach seinem Abschluss 1955 als Grafikdesigner in London. 1968 gab er diese Laufbahn auf, um sich dem Schreiben zu widmen: Er begann mit dem Verfassen von Drehbüchern für Filme und TV-Serien und zog in die USA. 1975 erschien sein erster Roman *Fade-Out*, 1981 folgte *Mission*, der schnell Kultstatus erlangte. Die »Amtrak-Kriege«, deren erster Band *Wolkenkrieger* 1983 erschien, ist seine erfolgreichste Science-Fiction-Romanserie.

PATRICK TILLEY

DIE AMTRAK KRIEGE

ERSTE FAMILIE

Zweiter Roman

Aus dem Amerikanischen übersetzt
von Ronald M. Hahn

WILHELM HEYNE VERLAG
MÜNCHEN

Titel der amerikanischen Originalausgabe:
THE AMTRAK WARS – BOOK 2: FIRST FAMILY

Dieses Buch ist auch als E-Book erhältlich.

MIX
Papier aus verantwortungsvollen Quellen
FSC
www.fsc.org
FSC® C014496

Verlagsgruppe Random House FSC® N001967

Taschenbuchausgabe 04/2020

Printed in Germany
Umschlaggestaltung: DAS ILLUSTRAT, München, unter Verwendung eines Motivs von Shutterstock/Tithi Luadthong
Satz: KompetenzCenter, Mönchengladbach
Druck und Bindung: GGP Media GmbH, Pößneck

ISBN 978-3-453-32050-5
www.diezukunft.de

Für meine Söhne
Pierre-André, der das Problem
der Wagenzüge gelöst hat,

und

Bruno-Christian, dessen Fotos
mir den Schlüssel zur Oberwelt gaben.

Das Wagner-Gebet

(Dreimal täglich unter dem Bild des
General-Präsidenten aufzusagen)

Heil dem Lenker!
Allessehender Vater, Führer und Weiser
Mit der Hand auf dem Herzen
Preisen und grüßen wir dich.
Ehre sei der Ersten Familie!
Geschenk vergangener Zeitalter,
Herrscher bis ans Ende der Zeit,
Muttergestein der Amtrak, Gründer der Föderation,
Wächter des Erdschildes,
Erwählte Retter der Blauhimmelwelt,
Schöpfer des Lichts, der Arbeit und des Weges,
Hüter allen Wissens, der Weisheit und Wahrheit,
In der die Sieben Großen Tugenden enthalten sind,
Und aus deren heiligem Lebensblut
Unser Leben entspringt.
Allessehender Vater, Führer und Weiser,
Erster der Erwählten, Schöpfer des Lebens,
Diesen Tag, den du uns geschenkt hast,
Widmen wir dir.
Lass deine weisen Ratgeber unsere Gedanken leiten,
Lass deine Stärke unsere Hände und Herzen stärken,

Damit wir jene zerschmettern,
Die gegen deinen Willen sind.
Lehre uns, dem glorreichen Beispiel zu folgen
Der Minutemen und Foragers,
Damit unser Dasein dir noch besser dienen kann.
Das Leben, das du uns geschenkt hast,
Geben wir gern für dich hin.
Verwende es nach deinem Willen, sodass wir,
Wenn wir sterben, ihr großes Opfer ehren,
So wie du das unsere ehren wirst,
Wenn wir den Endsieg erringen.
Amen.

1

Deke Haywood lehnte sich in seinen Sitz zurück, faltete die Hände über dem Kopf und gähnte wie ein Raubtier. Dann warf er durch halb zusammengekniffene Augen einen Blick auf den digitalen Zeit- und Datumsanzeiger der ihn umgebenden Bildschirme. Es war 17.20 Uhr am 14. November 2989, und er hatte noch vierzig Minuten vor sich, bis Glen Wyler seine Wache übernahm. Bis zum Ende des Jahrtausends blieben noch elf Jahre. 3000 nach Christus war der seit Langem erwartete Augenblick, in dem die Amtrak-Föderation laut der Ersten Familie wieder die Blauhimmelwelt übernahm. Deke würde es persönlich nicht mehr erleben, denn der von allen gehegte Traum lag, wie viele gegenwärtige Unternehmungen, weit hinter seinem Zeitplan zurück.

Doch Deke war sorgfältig darauf bedacht, solche Gedanken für sich zu behalten. Es zahlte sich nicht aus, irgendwelche Misslichkeiten im Vorankommen der Föderation zu kommentieren. Wie alle Wagner hatte man auch ihm vom Tag seiner Geburt an eine ständig wiederholte, fundamentale Wahrheit eingebläut: »Nur Menschen versagen, nicht das System.«

Die Steuerkonsole an Dekes Arbeitsplatz, die seine dienstliche Beachtung verlangte, bestand aus vierundzwanzig TV-Monitoren in zwei Reihen, die in Hufeisenform angeordnet waren. Die Bildschirme waren mit ferngesteuerten Kameras verbunden, die an der höchsten Stelle des fensterlosen Wachturms montiert waren. Sie waren die stets wachsamen Augen der Zwischenstation. Durch sie hielten Deke und die anderen VidKomTech das sie umgebende Gelände – das Stationsrevier – unter ständiger Beobachtung. Vierundzwanzig Stunden täglich, 365 Tage im Jahr. Ihr Zweck bestand darin, eine Frühwarnung abzugeben, sobald feindliche Kräfte in das Stationsrevier eindrangen – bewaffnete Mutantenbanden, die ewigen Feinde der Föderation. Es war allerdings nicht notwendig, ständig vor den Schirmen zu sitzen. Alle Kameras verfügten über Bildanalysatoren und waren so programmiert, dass sie auf bestimmte Formen und Bewegungen reagierten. Die Kameras kannten das Gebiet, das sie beobachteten; sie kannten jeden Kieselstein. Wenn sie etwas sahen, das nicht an seinem Platz war, alarmierten sie die Mannschaft mithilfe eines audiovisuellen Alarms.

Normalerweise freute sich Deke auf die vierstündige Schicht als VidKomTech vom Dienst, aber heute schien die Oberwelt nicht willens zu sein, ihm die spezielle Action zu liefern, die ihm gefiel. Na, wenn schon. Wenn es sein musste, konnte Deke sich auch selbst unterhalten. Er schwenkte mit seinem Drehstuhl herum, öffnete die unterste Schublade des kleinen Regals unter der linken Seite seines Arbeitstisches, schob den Unterarm tief hinein und holte eine Videokassette hervor, die in dem toten Raum zwischen der Unterseite der Schublade und dem Regalboden lag.

Deke schob die Videokassette in einen Recorderschlitz, setzte einen Ultraleichtkopfhörer auf, drückte die Play-

Taste und holte das Bild auf einen der Schirme. Die Szene, die er sah, spielte im Morgengrauen. Da war ein tiefdunkelroter Himmel, an dem gezackte Ansammlungen blassvioletter Wolken hingen. Eine weiche Linie aus sattem Gelb tauchte auf, breitete sich am Horizont schnell nach Norden und Süden aus und begrüßte die aufgehende Sonne. Die deutlich hörbaren Klänge der illegal produzierten elektronischen Hintergrundmusik durchschnitten die Langeweile, die Dekes Hirn verstopfte und kitzelte sein Rückgrat mit ihren verbotenen rhythmischen Schlägen.

Deke war in Nixon/Fort Worth aufgewachsen und ursprünglich als Stürmer auf dem *Rio-Bravo*-Wagenzug gewesen. Dann war er bei seinem dritten Einsatz in einen Hinterhalt der Mutanten geraten und hatte eine schwere Beinverletzung davongetragen. Obwohl ihn das automatisch für eine Arbeit in einer Heimatbasis qualifizierte, hatte er sich für eine Umschulung als VidKomTech beworben und zur Bahnbrecher-Zwischenstation Pueblo versetzen lassen. Seine Vorgesetzten hatten seine Bereitwilligkeit, in die Nähe des Einsatzgebietes zurückzukehren, mit großem Wohlwollen unterstützt und ihm zehn Pluspunkte für die nächste vierteljährliche Bewertung gutgeschrieben. Die wiederum hatten einen willkommenen Schub für seine Kreditwürdigkeit gebracht. Die neuen Privilegien, die man mit einer aufgewerteten ID-Karte bekam, waren zwar nicht zu verachten, doch am meisten freute Deke das Wissen, dass er das System hintergangen hatte. Hätten die Sachverständigen den wirklichen Grund für seinen Wunsch erfahren, an die Oberwelt zurückzukehren, wären sie zweifellos weniger großzügig mit ihm verfahren.

Deke war ein heimlicher Wolken-Freak. Er war während seiner ersten Fahrt auf dem *Rio-Bravo*-Wagenzug süchtig geworden, und seit er in Pueblo lebte, hatte er die Ausrüstung des Wachturms heimlich dazu benutzt, spektakuläre Sonnenauf- und Sonnenuntergänge aufzuzeichnen. Natürlich konnte er so etwas nur tun, wenn er allein war. Obwohl die meisten Wagner sein Tun mit Sicherheit für eine äußerst bizarre Art von Zeitvertreib gehalten hätten, verletzte das Ansehen von Wolken allein noch keine der von der Ersten Familie erlassenen gesetzlichen Vorschriften. Doch das Aufzeichnen unautorisierter Videos war eindeutig verboten.

Deke war sich zwar nicht ganz sicher, ob er ein Verbrechen der ersten oder zweiten Kategorie beging, aber wenn man ihn erwischte, erging es ihm schlecht, da die Videobänder mit einer Hintergrundmusik versehen waren, die sich eines geächteten musikalischen Genres bediente. Musik dieser Art war als Blackjack bekannt. Deswegen brauchte Deke auch einen sicheren Platz für die Lagerung seines Videos, und den fand man in einer Wagnerstation, in der es nur wenige Türen gab – und noch weniger, die man abschließen konnte – ebenso schwer wie überall sonst auch. Die Föderation legte größten Wert auf Gruppenidentität, gemeinsame Aktivitäten und Gemeinschaftsbesitz. Intimsphäre – im normal verstandenen Sinn des Wortes – wurde als unnötig angesehen, und persönlicher Besitz war unwichtig.

Deke war anders als die Mehrheit der Wagner in Pueblo, die in kleinen, dicht gedrängten Gruppen lebten, aßen, vögelten, kämpften, schliefen und begierig auf den nächsten Einsatz an der Oberwelt oder feindliche Überfälle warteten. Die anderen brauchten die Extradosis Adrenalin, die man im Kampf bekam, um sich wirklich lebendig zu fühlen. Zwar hatte auch Deke während seiner Zeit auf dem Wagenzug Vergnügen daran gehabt, aber wirklich high wurde er nur, wenn er sich die sonnenfleckigen Kumulustürme, die dunklen, drohenden Massen von Gewitterwolken oder das fein gesponnene Flechtwerk von Altozirren ansehen konnte, die wie die Schweife von Pferden – Pferde waren eine der vielen ausgestorbenen tierischen Spezies – im Wind flogen. Die vierstündige Einzelschicht im Wachturm war ihm lieb und teuer geworden. Deke mochte das Alleinsein und die Privatheit, selbst wenn der offizielle Wagner-Wortschatz keins dieser Worte enthielt. Das Videoband mit der illegalen Musik gehörte ihm allein und war sein kostbarster Besitz. Eine Horde krakeelender Beulenköpfe war das Letzte, was er während des Dienstes sehen wollte. Ein Alarm füllte den Turm mit Menschen und machte seine Chancen zunichte, seiner Sammlung eine weitere Wolkenformation hinzuzufügen.

Obwohl Deke ein Gesetzesbrecher war, war er ein guter Soldat. Seine Beinverletzung hätte eigentlich zu einer Degradierung führen müssen, aber er trug sein Bahnbrecher-Abzeichen noch immer mit Stolz. Die Mutanten waren der ewige Feind. Nachdem er den ersten Sonnenaufgang gesehen hatte, hatte er einfach das Interesse am Leichenzählen verloren. Dennoch hatte er seine Pflicht an der Waffe getan, und am Ende der zweiten Fahrt hatte man ihn sogar zum Sergeanten befördert – doch von diesem ersten herrlichen Augenblick an hatten für ihn nur noch die Wolken gezählt. Es war wirklich eine fast fatale Besessenheit. Irgendwie wurde Deke den Verdacht nicht los, dass er, wenn er dem Boden mehr Beachtung geschenkt hätte als dem Himmel, seine Schwadron vielleicht nicht in den Hinterhalt geführt hätte, aus dem nur er entkommen war.

Heute hatte es, wie meist, keine außergewöhnlichen

Vorkommnisse gegeben. Was Deke anbetraf, so waren dies gute Nachrichten. Schlimm war nur, dass es diesmal wenig zum Anschauen und absolut nichts gegeben hatte, was sich aufzuzeichnen lohnte. Der Himmel auf den Bildschirmreihen vor ihm war deprimierend wolkenfrei. Die fliegenden Drifter, deren bunte, sich stets verändernde Formen seine Fantasie unter Strom setzten, waren über den fernen Horizont gewandert und hatten eine fade und dunstige Leinwand zurückgelassen; eine glatt abgestufte Farbmischung, die auf der rechten Schirmseite als blasses Blauviolett begann und zur linken hin schrittweise zu einem blassen Gelb wurde.

Deke griff über die Rückenlehne seines Sitzes und langte nach der Javatasse, die hinter ihm auf dem Tisch stand. Java war das synthetische Äquivalent eines unter dem Namen Kaffee bekannten Getränks; ein kleines historisches Faktum, das Deke während seiner gelegentlichen Expeditionen in die Videoarchive entdeckt hatte. Als er in den Java blies und einen Probeschluck nahm, sah er aus den Augenwinkeln in der rechten oberen Ecke des von Kamera Eins versorgten Bildschirms einen kurzen Lichtblitz. Die Kamera war mit einer 600-mm-Telelinse ausgerüstet und in den Reihen der Wachturmmannschaft als Zoomer bekannt.

Zwar wusste Deke, dass der nadelspitze Lichtblitz, den er auf dem Schirm gesehen hatte, nur vom Sonnenlicht erzeugt werden konnte, wenn es von den Schwingen eines Föderations-Himmelsfalken abprallte, aber er wunderte sich dennoch darüber, da man ihn nicht angefunkt hatte. Die Wagenzüge, vor denen Luftpatrouillen herflogen, informierten die Zwischenstation immer, wenn eine Möglichkeit bestand, dass eine Maschine in ihr Revier eindrang.

Reviere gingen vom Mittelpunkt der Oberweltstation aus und umfassten einen Kreis von fünfzehn Kilometern. Es war nicht nur eine Frage der Freundlichkeit. Wenn die Wachturmmannschaften von einem Überflug in Kenntnis gesetzt wurden, lösten sie die sogenannte Luftrevierverbindung aus und hörten den passenden Funkkanal nach etwaigen Notrufen ab, und indem sie für die Dauer der Patrouille den Himmel überwachten, konnten sie für wertvolle Unterstützung eines jeden eventuell nötigen Such- und Rettungseinsatzes sorgen.

Genau in dem Augenblick, als Deke annahm, er müsse sich irgendetwas eingebildet haben, richtete sich der Zoomer automatisch auf ein kleines, verwischtes bläuliches Objekt. Was es auch war, nun befand es sich innerhalb der Reichweite der Linse. Deke setzte sich an die Tastatur und verlangte eine Maximalauflösung. Er rechnete fest damit, dass der verwaschene Fleck gleich die vertraute Form eines Himmelsfalken annehmen würde, doch zu seiner Überraschung wies das Objekt weder die normale, mit drei Rädern versehene Cockpitschale auf noch das verkleidete Propellertriebwerk und die aufgeblasenen Deltaschwingen mit den farbig codierten Spitzen, die auswiesen, zu welchem Wagenzug es gehörte. Nein … das Ding da mochte zwar ein Flugzeug sein, aber es war nicht in Reagan/Lubbock vom Fließband gerollt. Was er entdeckt hatte, war ein GeBe-Drachen mit einer einzelnen Faltenschwinge, die von einem Gewirr aus Drähten und Verstrebungen zusammengehalten wurde. Der Pilot hing in einem Riemengeschirr unter dem Ding, die Beine gerade ausgestreckt, und der Wind blies um seine Eier. Seine Hände hielten eine große dreieckige Strebe umklammert.

Deke drückte mehrere Knöpfe, um den optischen Entfernungssucher mit dem Zoomer zu synchronisieren, und schaute sich die Messungen an. Entfernung: 4,8 Kilometer. Höhe: 365 Meter. Geschätzte Fluggeschwindigkeit: 25 bis 30 Stundenkilometer. Deke kehrte an die Tastatur zurück und instruierte den Zoomer, auf dem sich nähernden Drachen zu bleiben und ihn im Bildmittelpunkt zu halten. Während er ihn beobachtete, wurde ihm klar, dass der Pilot ihn lenkte, indem er seinen in der Luft hängenden Körper von einer Seite zur anderen schwang und die seitliche Sektion der dreieckigen Strebe drückte oder zog. Der Pilot war noch zu weit entfernt, um deutlichere Einzelzeiten zu erkennen, aber Deke sah nun seinen rotweißen Helm mit dem dunklen Visier. Das Flugzeug selbst war unbewaffnet, aber schließlich konnte man nicht ahnen, was sein Insasse vielleicht im Ärmel hatte.

Deke wusste, dass rotweiße Helme von den Piloten der *Louisiana Lady* getragen wurden, einem Wagenzug, der eine Versorgungsfahrt nach Pueblo gemacht hatte und später in Wyoming in schwere Kämpfe verwickelt worden war. Außerdem wusste er, dass auch Bahnbrecher-Renegaten – kleine Banden diebischer Räuber, die an der Oberwelt herumstrolchten und nach weggeworfenen Ausrüstungsgegenständen und Lagern suchten – diese Helme trugen: kranke Individuen, die von der tödlichen Strahlung verseucht waren. Deserteure, die ihre Verwandten und Kameraden verlassen, ihren Treueeid auf die Föderation gebrochen und das Vertrauen der Ersten Familie betrogen hatten. Ein Verbrechen erster Kategorie; das größte Verbrechen überhaupt. Es war kaum verwunderlich, dass man diese asozialen Elemente, wenn man sie schnappte, meist ohne Gerichtsverhandlung kurzerhand vor laufenden Fernsehkameras exekutierte.

In der von den Wagnern verwendeten Abkürzungssprache wurden Renegaten als GeBes bezeichnet – abgeleitet von Gesetzesbrecher, womit jedes Individuum gemeint war, das durch seine Handlungen dem Verhaltenscodex widersprach, den die Erste Familie im Föderationshandbuch erlassen hatte.

Über eins war Deke sich im Klaren: Wenn der Pilot wirklich ein Renegat war, musste er verrückt sein, wenn er sich einer Zwischenstation so dicht näherte. Freilich musste man, um überhaupt Renegat zu werden, von vornherein wahnsinnig sein. Doch um das Warum musste Deke sich keinen Kopf machen. Er betätigte mit einer schnellen Bewegung die Auswurftaste, nahm seine Videokassette an sich, verstaute sie wieder unter der untersten Schublade und drückte dann den Knopf, der ein Eindringen ins Revier meldete. Die Taste leuchtete rot unter seinem Finger auf, und fünf Etagen unter ihm im Wachlokal ertönte ein schrilles elektronisches Piepsen.

Kopf und Schultern von Lieutenant Matt Harmer – er war Offizier vom Dienst – tauchten auf dem Visikomschirm auf. »Okay, her mit dem Lagebericht!« Harmer war ein streitsüchtiger Bursche mit fliehendem Kinn. Um die Tatsache auszugleichen, dass er nicht eben wie ein heroischer Typ aussah, hatte er hart gearbeitet, um den Rest seines Körpers und die weniger attraktive Seite seines Charakters zu entwickeln. Er war, mit anderen Worten, ein hagerer, tückischer Schweinehund und Kommisskopf, der mit den Fäusten Nägel in Felsen schlagen konnte.

Deke meldete den sich nähernden unidentifizierten Flieger und überspielte das Zoomerbild auf den Bildschirm im Wachlokal, damit Harmer über eine passende Maßnahme entscheiden konnte.

Harmer musterte den Flieger, dann wandte er sich wieder an Deke. »Sieht so aus, als käme er direkt auf uns zu.«

»Diesen Kurs hält er, seit ich ihn zum ersten Mal gesehen habe«, erwiderte Deke.

»Glauben Sie, er gehört zu irgendeiner Renegatenbande?«

»Ich habe nicht die geringste Ahnung, wozu er sonst gehören könnte. Aber ich weiß noch weniger, warum er direkt auf uns zuhalten sollte, wenn er wirklich ein Renegat ist.«

»Vielleicht hat er sich verflogen.« Der Offizier vom Dienst lachte grob. »Macht nichts. Wenn er erst mal gelandet ist, wird er schnell feststellen, dass er es nicht weit bis zur nächsten Wand hat. Haben Sie seine Zeit gemessen?«

»Ja. Wenn er weiter auf uns zufliegt, ist er in acht bis zehn Minuten hier.«

Harmer wandte sich zur Seite und sprach schnell mit jemandem, den die Kamera nicht aufnahm. »Jake? Wir haben einen einzelnen feindlichen Eindringling. Unidentifiziert – könnte aber ein GeBe sein. Kommt von Nordwesten rein. Aus der Luft. Frag jetzt nicht wie, hör mir bloß zu! Ich möchte die Gruppen Drei und Vier in fünf Minuten startklar auf der Rampe sehen. Du nimmst die Drei und gehst nach Süden. Ich nehme die Vier und gehe nach Norden. Mach dich auf die Socken!« Harmer wirbelte auf dem Absatz herum, legte die rechte Hand auf ein Kontrollbord neben dem Visikomschirm und betätigte den Knopf, der Alarmstufe vier auslöste – den vorletzten Bereitschaftsstatus.

Im Wachturm stieß ein Horn eine Reihe lang gezogener Töne aus. Da Deke als diensthabender VidKomTech bereits auf seinem Posten war, war es nicht erforderlich, dass er irgendwelche Maßnahmen ergriff, aber anderswo hielten sämtliche Wagner mit ihrer Arbeit inne und reagierten auf das überall ertönende Blöken, indem sie durch unterirdische Gänge rannten, um die Geschützstellungen rund um die Zwischenstation und an anderen Schlüsselstellungen ihres Innern einzunehmen.

Harmer schaute zu Dekes Bildschirmgesicht hinauf. »Haben Sie noch was auf Lager, das ich wissen muss?«

»Nur eins – dass Sie vielleicht versuchen sollten, ihn in einem Stück runterzuholen«, schlug Deke vor. »Das Hauptzentrum wird gern wissen wollen, ob er ein irrer Einzelgänger ist oder ob die Knallköpfe jetzt eine eigene Luftwaffe haben. Harte Fakten wie diese könnten unserer Station ein Lob eintragen.«

»Ganz meine Meinung«, sagte Harmer. »Schalten Sie mich auf Kanal fünf, und legen Sie mir Mary-Ann auf den Schirm. Ich melde mich wieder bei Ihnen, wenn ich ein paar lockere Zähne habe. Und verlieren Sie den Burschen bis dahin nicht.«

»Geht klar«, erwiderte Deke.

»Ein paar lockere Zähne« war Bahnbrecherslang für ein Syndrom, das man sich in der Oberwelt holen konnte; ein makabrer Bezug auf die letzten Phasen der Strahlenkrankheit, bei denen einem der Gaumen anschwoll, sich mit Geschwüren bedeckte und fortwährend blutete. Mary-Ann war der Spitzname für Colonel Marie Anderssen, die fünfunddreißigjährige Kommandantin der Zwischenstation.

Die in der Nähe der Prä-Holocaust-Siedlung Pueblo erbaute Zwischenstation, die den Arkansas River überschaute und unter Anderssens Kommando stand, war die nördlichste Oberweltbasis der Föderation und das unterirdische Heim eines tausend Mann starken Pionierbataillons, das je zur Hälfte aus Männern und Frauen bestand. Das Alter des Personals begann bei zwölf Jahren. In ihrer äußeren Form ähnelte die Station einem Eisberg aus Beton: Ein Zehntel der Anlage war über der Erde sichtbar, die restlichen neun lagen sicher unter dem Erdschild. Die frei liegende Sektion bestand aus einem stufenförmigen, achteckigen Bunker. Schießscharten, die sich in kurzen, doch massiven Verstärkungsvorwerken an allen Ecken befanden, sorgten dafür, dass man sämtliche Ein- und Ausgänge mit Sperrfeuer belegen konnte.

In einem Umkreis von rund hundert Metern um die Station befand sich ein Ring aus niedrigen Waffentürmen wie eine Miniatur-Maginot-Linie – mit einem wichtigen Unterschied: Die Geschütze der Verteidigungslinie hatten ein Schussfeld von 360 Grad. Jetzt, wo Harmer den Alarm ausgelöst hatte, wurden die Türme, die fast wie eingegrabene Panzertürme des 20. Jahrhunderts wirkten, von je vier Mann starken Geschützmannschaften besetzt.

Aus dem Bunkerdach erhob sich ein kreisrunder Wachturm. Mit seiner Höhe von fünfundzwanzig und einem Durchmesser von neun Metern sah er wie ein unfertiger, auf einem Felsen stehender Leuchtturm aus, der von einem ihn umgebenden Meer roten Grases bedrängt wurde. Das obere Stockwerk, in dem Deke Haywood saß und auf das Colonel Anderssen gerade ihre Schritte richtete, war als Taktisches Kommandozentrum bekannt. Wie alle externen Gebäude hatte auch der Turm drei Meter dicke, bleiverkleidete Wände. Es gab keine Fenster. Die Außenbeobachtung erfolgte durch ferngesteuerte TV-Kameras, und außerdem gab es Periskope, die man im Falle eines Stromausfalls hochkurbeln konnte. Solche Ereignisse wurden zwar für unwahrscheinlich gehalten und galten als unvorstellbar, aber dennoch hatte man ausgeklügelte Vorsichtsmaßnahmen dagegen ergriffen.

Unterhalb der Bodenebene, wo die Erde und das Muttergestein für einen zusätzlichen Schutz gegen die tödliche Strahlung sorgten, waren die Hauptmauern nur halb so dick, und auf die Bleiummantelung – Blei war stets knapp – hatte man verzichtet. Hier befanden sich, auf fünf Stockwerke verteilt, die Unterkünfte, Messen, Generatorräume, Luftfilter- und Ventilationsanlagen sowie alle anderen Service- und Technikbereiche, die man brauchte, um das Leben im Innern der Zwischenstation aufrechtzuerhalten und ihr eine fortschreitende Expansion zu ermöglichen.

Wie in allen Zwischenstationen und sonstigen Basen der Föderation war das allgemeine technische Niveau auf eigenartige Weise unausgeglichen. Die elektronische Ausrüstung war von sehr hoher Qualität und stand in absolutem Kontrast zur Unterbringung und dem spartanischen, äußerst arbeitsorientierten Lebensstil. Das vorherrschende Bild war das einer geschlechtlich gemischten Einheit der Green Berets, die mit Waffen und Kommunikationsanlagen des späten 20. Jahrhunderts ausgerüstet in die Vergangenheit transportiert worden waren, um in der Ära vor dem amerikanischen Bürgerkrieg in einem Fort an der mexikanischen Grenze Stellung zu beziehen. Mit einem wichtigen Unterschied: Sauren Schweinebauch und schwarze Bohnen hatte man durch eine auf Soja basierende Verpflegung ersetzt.

Die Tür des kleinen Turmlifts glitt auf. Colonel Marie Anderssen trat ins Freie, gefolgt von einem Junioradjutanten und drei VidKomTechs. Deke Haywood beugte sich über den Tisch, hievte sich von seinem Stuhl und unternahm eine deutliche Anstrengung, seinem Rückgrat die

Krümmung zu nehmen. Anderssen begegnete seiner Geste mit einem Nicken und begab sich zu ihrem Hochsitz. Glen Wyler – Dekes Ablösung – und die vier anderen Wagner, die zur Besatzung des Taktischen Kommandozentrums gehörten, kamen mit quietschenden Schritten auf gummibesohlten Stiefeln die Treppe herauf, salutierten kurz vor ihrer Vorgesetzten und nahmen ihre Positionen ein.

Anderssen legte ihre gelbe Schirmmütze beiseite, fuhr sich mit beiden Händen durch das ergrauende, wellige Haar und musterte das Bild, das Deke auf ihren Schirm geholt hatte. Das unidentifizierte Flugobjekt bewegte sich noch immer geradewegs auf den Wachturm zu.

»Ist er das?«

»Yes, Ma'am«, erwiderte Deke. »Hab ihn bei 4,8 aufgenommen. Er hat seither keine Kursänderung vorgenommen, verliert aber ständig an Höhe.«

Anderssen wandte sich an ihren Junioradjutanten. »Wer ist heute Offizier vom Dienst? Harmer?«

»Jawohl!«, stieß dieser eifrig hervor. Ein dienstgeiles Kerlchen.

Anderssen wandte sich wieder zu Deke um. »Was ist nach Auslösung des Alarms unternommen worden?«

Deke berichtete von den beiden Schwadronen, mit denen Harmer und der Wachhabende, Stürmer-Sergeant Jake Nolan, an die Oberwelt unterwegs waren.

»Sie werden auf Kanal fünf gerufen.«

Einer der VidKomTechs, der sich um die Nordkameras kümmerte, meldete sich. »Harmer ist gerade die Rampe hoch.«

Deke legte eine seitliche Bildmontage auf Anderssens zweiten Schirm, der zeigte, wie die beiden Schwadronen um die Nord- und Südflanke des Bunkers hervorkamen;

sie hatten die Finger auf den Abzügen ihrer dreiläufigen Luftgewehre.

Anderssen setzte ihren Kopfhörer auf und schob den dünnen Mikrofonarm vor den Mund. »Blue One, hier ist Sunray. Was ist Ihr GTV? Ende.«

GTV war die Abkürzung für Geplantes Taktisches Vorgehen – Hauptzentrumskauderwelsch für das, was die Bahnbrecher-Veteranen in der Hitze einer Schlacht meist als »Plan X« bezeichneten.

Harmers Stimme erklang aus den Lautsprechern. »Ich habe die Randgeschütze auf ihn gerichtet. Beide Schwadronen haben ihn im Visier. Er braucht nur zu niesen, dann …«

»He, Matt, zügeln Sie sich ein bisschen«, sagte Anderssen liebenswürdig. »Vielleicht müssen wir ihn zu einem Verhör ins Hauptzentrum schicken.«

»Das dachte ich mir schon, Ma'am. Ich habe vier Himmelshaken fertigmachen lassen. Wenn er weit genug runterkommt, versuchen wir, seine Schwingen zu schnappen, wenn er an uns vorbeikommt. Aber es könnte riskant werden. Das ist der erste fliegende Eindringling.«

»Stimmt«, gab Anderssen zurück. »Deswegen macht es auch nichts, wenn Sie ihn ein bisschen verbeulen. Aber bringen Sie ihn nicht so runter, dass er aussieht wie durch den Fleischwolf gedreht, okay?«

»Blue One, verstanden, Ende«, bestätigte Harmer.

Du dienstgeiler Hundesohn, dachte Anderssen. *Irgendeines schönen Tages grille ich deine Eier, und dann werde ich dich häppchenweise damit füttern …*

Die von Harmer erwähnten Himmelshaken waren Greifklauen mit Leinen, die man mithilfe von Luftrammen, die wie kleine Infanteriemörser aussahen, siebzig bis achtzig Meter hoch in die Luft schießen konnte. Man hatte sie zwar zum Erklimmen glatter Felswände konstruiert, aber von ein paar Probeschüssen abgesehen waren sie praktisch noch nicht zum Einsatz gekommen. *Das,* dachte Harmer, *könnte der Moment sein. Und wenn es funktioniert, wird es sich für die verdammte grauhaarige Bestie im Wachturm schwierig erweisen, mir eine gute Bewertung für meinen Erfindungsreichtum zu versagen.*

Harmer hatte seine beiden Himmelshakenpaare an der Ost- und der Westseite des Zwischenstationsbunkers postiert. Wenn das seltsame Flugzeug auf Kurs blieb, musste es an der einen oder anderen Seite vorbeikommen. Und dann würde er es festnageln. Zwei Himmelshaken, die sieben Meter auseinanderstanden, würden auf das Ding zufliegen, wenn es ankam; sie würden sich über seine Schwingen legen, und wenn es weiterflog und die Leine zu Ende war, bissen die Haken zu. Und dann ... Ende Gelände.

Der fliegende Eindringling verlor weiter an Höhe. Er umkreiste die Randverteidigungslinie bei hundertfünfzig Metern, und dann – anscheinend beeindruckt durch die acht sechsläufigen Geschütztürme, die ihn verfolgten – tauchte er auf die Nordwand des Wachturms zu. Als er auf die sich duckenden Stürmer zukam, ging er noch tiefer und gelangte somit in die Reichweite der Haken.

Lieutenant Harmer konnte den Piloten nun deutlich erkennen. Sein Drachen mochte zwar selbst gebastelt sein, aber der Mann war in das rotschwarzbraune Tarndrillich gekleidet, das die Bahnbrecher bei Oberwelteinsätzen trugen – es sah aus wie das, das Harmer und seine Stürmer trugen. Der blau beschwingte Drachen schwenkte Richtung Westseite des Turms. *Komm nur näher, Blödmann,* dachte Harmer triumphierend, *gleich kriegst du was auf den Sack.*

Er benutzte sein Helmfunkgerät, um die beiden Stürmer zu alarmieren, die die Haken auf dieser Seite des Bunkers bemannt hielten. Sie richteten die schlanken Mörserläufe, in denen die Haken steckten, auf das näher kommende Flugzeug und schossen sie fast gleichzeitig ab. Ein explosives Zischen wurde hörbar, als die Greifklauen in den Himmel hinaufschossen, dann erklang ein wütendes, peitschendes Geräusch, als die Leinen, die neben den Rammen in offenen Behältern lagen, sich mit der Geschwindigkeit zustoßender Kobras entrollten.

Der Eindringling leitete auf der Stelle ein Ausweichmanöver ein. Als die beiden Leinen sich in einem parallelen Kurs nach oben schlängelten, kippte er sein Gefährt auf die rechte Schwingenspitze, flog elegant zwischen ihnen durch und bog in einer engen Schleife um den Wachturm.

Harmer bellte in sein Kinnmikrofon. »Brennan! Powers! Zielt die Leinen kreuzweise über ihn weg! Schnappt ihn, wenn er an eurer Seite vorbeikommt!«

Doch auch diesmal entging der Eindringling den fliegenden Seilen. Er sauste gewandt höher, ließ eine Schwinge sinken, um auf dem Schwanz zu wenden, und flog am engsten Punkt des X einen engen Kreis um die Seile.

Trotz seines Zorns war Harmer beeindruckt. Der Bursche konnte wirklich fliegen – und das auch noch ohne Motor. »Okay, du flinker Schweinehund«, murmelte er zähneknirschend, »bis jetzt hast du es geschafft. Aber der Wind nimmt ab, und die Sonne geht unter. Das heißt, dass es bald nichts mehr gibt, was dich in der Luft hält. Also genieße es, solange du noch kannst, Freundchen, denn ich werde dabei sein, wenn du runterkommst. Und ich schwöre dir, du wirst dich noch vollscheißen, wenn wir dich nach Pueblo zurückbringen.«

Der Eindringling schwebte rund um den Wachturm. Er flog jetzt nur noch dreißig Meter hoch. Harmer sah, dass das dunkle Visier des rotweißen Fliegerhelms hochgeschoben war und ein sonnenbraunes Gesicht enthüllte. Er war allerdings nicht fähig, individuelle Gesichtszüge zu erkennen oder auszumachen, ob das Gesicht aggressive Absichten verkündete. Der Mann, dem das Gesicht gehörte, winkte den Bewaffneten zu, die sich paarweise unter ihm aufhielten, dann zog er etwas aus der Brusttasche und ließ es mit der rechten Hand fallen.

Zwei kleine dunkle Gegenstände, die dicht nebeneinanderschwebten und mit einem flatternden blauen Wimpel versehen waren, fielen vom Himmel und sanken zu Boden.

Harmers Abzugsfinger juckte unerträglich, als der blau beschwingte Drachen lautlos über ihnen dahinflog. Er fluchte lautlos und bellte in sein Helmmikrofon: »Nicht schießen! Nicht schießen!«

Der Eindringling flog über sie hinweg und umkreiste den Turm erneut; sein Gesicht war den auf dem Dach montierten ferngesteuerten Kameras zugewandt.

Im Innern des Taktischen Kommandozentrums schaute sich Colonel Anderssen das Manöver auf den großen Bildschirmen an, die die Wände wie Fenster umgaben. Sie sah, dass der Pilot im Vorbeiflug erneut winkte.

»Sunray an Blue One«, sagte sie in ihr Mikrofon. »Was hat er abgeworfen?«

Harmers Stimme kam durch ihren Kopfhörer und durch die Lautsprecher. »Nolan holt es gerade.«

Eine der kleinen Telefotokameras war bereits auf Nolan gerichtet. Deke Haywood legte das Bild auf Anderssens Schirm.

»Ein flacher Stein, ein Stück Holz und ein Streifen blaues Solarzellengewebe von einem Himmelsfalken«, meldete Nolan. Moment mal … Da ist was eingekratzt … 8902 Brickman, S.R.« Nolan drehte das kleine, primitiv bearbeitete Holzstück um. »Nicht schießen.«

Deke drehte sich zu Anderssen um. »Auf der *Louisiana Lady* war ein Flieger, der so hieß. Ich habe ihn ein paar Mal gesehen, als sie uns im Frühjahr Material gebracht haben. Ich erinnere mich an ihn, weil meine Wächtermutter auch aus Roosevelt Field kommt, und …« Statt weiterer Erklärungen winkte er ab. »Was ich damit sagen will: Wenn das der Bursche ist, dann ist er verwandt mit dem MP-Marshal von New Mexico.«

Anderssen wusste genug über die Realitäten des Lebens in der Föderation, um zu wissen, dass es unklug war, einen irreparablen Fehler zu machen, wenn es um einen Verwandten eines MP-Marshals ging. Sie sprach in das Schwenkmikrofon vor ihrem Mund. »Sunray an Blue One. Matt, sagen Sie den Leuten, sie sollen die Kanonen wegstecken und ihn reinwinken.«

Als Reaktion auf ihre Zeichen löste der fliegende Eindringling die Beine aus den Riemen seines Rückgeschirrs, schwebte über die Köpfe von Harmers Männern hinweg, vollführte eine enge Wende und landete vor ihnen auf den Beinen. Harmer befahl seinen beiden Schwadronen, die Waffen wieder aufzunehmen. Er hielt sein Gewehr schussbereit, setzte einen grimmigen Gesichtsausdruck auf und rannte im Laufschritt auf das blau beschwingte Flugzeug zu.

Der Flieger hielt es mithilfe des Gestänges aufrecht. Als er die Riemen um seine Brust löste, war er entweder nicht in der Lage, Harmers unheilverkündende Miene hinter der

Plexiglasscheibe seines Helmes zu sehen oder er ließ sich einfach nicht davon beeindrucken. Als Harmer sich näherte, grinste er breit und hielt ihm eine Hand entgegen. »Hallo, wie geht's? Ist das hier Pueblo?«

Harmer blieb einen Schritt vor der ausgestreckten Hand stehen und widerstand dem drängenden Impuls, den Lauf seiner Flinte in das grinsende Gesicht zu dreschen. Er reagierte mit einem schweigenden Nicken.

Der Flieger trat aus dem Drachen, riss einen Arm so schwungvoll hoch in die Luft, dass er ein paar Zentimeter nach oben sprang, und stieß einen lauten Rebellenschrei aus. »Yeee-aaahh! Ich hab's geschafft!« Dann fragte er: »Welchen Tag haben wir heute?«

»Donnerstag, den 14. November«, erwiderte Harmer, bevor er sich zurückhalten konnte. *Genieße ihn,* dachte er, *es könnte dein letzter sein.*

Stürmer-Sergeant Nolan kam näher und baute sich neben Harmer auf. Er war ein grauhaariger Pistensucher – so nannten die Bahnbrecher jene Pioniere, die das Gelände erkundeten und die ersten Grabungen für Zwischenstationen vornahmen. Mit achtunddreißig Jahren war er zehn Jahre älter als der Lieutenant. Er hängte sich das Gewehr zwar über seine Schulter, hielt die Finger jedoch um den Griff seiner Pistole und den Abzug gelegt. In der linken Hand hielt er das kleine, mit einem Stein beschwerte Holzplättchen mit dem blauen Wimpel. Er musterte den Flieger. Sein Tarndrillich war so geflickt und ungeschickt vernäht wie die Schwingen seines Gefährts. »Unser Freund sieht ja recht zufrieden aus …«

»Yeah«, grollte Harmer. »Wahrscheinlich hat er eine matschige Birne.« Er redete über sein Helmfunkgerät mit den Stürmern, die den nun bewegungslosen Drachen umringten. »Okay, schafft das Ding hier weg. Nehmt die Frachtrampe.«

Als der Flieger die Stürmer sah, die nach den zusammengestückelten Drachenschwingen griffen, rief er ihnen zu: »He, Jungs, geht bitte nett damit um, ja? Es könnte sein, dass das Weiße Haus die Kiste gern im Hauptzentrums-Museum ausstellen möchte.«

Harmer packte sein Gewehr so fest, dass er beinahe die Läufe verbog. Er wünschte sich plötzlich, Mary-Anns Befehl, ihrem Besucher keinen Schaden zuzufügen, nicht gefolgt zu sein. »Es ist nicht zu fassen«, sagte er leise zu Nolan. »Der Bursche hat wirklich Nerven, finden Sie nicht auch?«

»Jedenfalls macht er viel Wind«, erwiderte Nolan. Dann wandte er sich an den Flieger, wobei seine Stimme durch den kleinen externen Lautsprecher seines Helms kam. »Okay, Mister, es scheint so, dass wir ein kleines Identitätsproblem haben. Auf Ihrem Knitterfreien steht Fazetti, aber auf dem Stück Holz hier steht Brickman. Wer von den beiden sind Sie?«

Der Flieger nahm den rotweißen Helm ab und nahm Haltung an. »8209 Brickman, Sir! Am 20. April auf die *Louisiana Lady* versetzt und bei einem Einsatzflug am 12. Juni östlich von Cheyenne abgeschossen. Melde mich zurück!« Jetzt, wo er keinen Helm mehr trug, fiel das wellige goldene Haar des jungen Mannes herunter und legte sich um seinen Hals und seine Schultern.

Lieutenant Harmer stierte die sieben dünnen Zöpfe an, die mit blauem Band zusammengebunden waren – drei über dem einen und vier über dem anderen Ohr –, dann wechselte er mit Nolan einen ungläubigen Blick. Noch nie zuvor in all den Jahren seit Harmer als Dreijähriger seine

Uniform angelegt hatte, hatte er einen so unpassenden Anblick erlebt. »Gütiger Columbus! Schauen Sie sich sein Haar an! Er sieht aus wie ein verfluchter Mutant!«

Nolan reichte Harmer das beschwerte Holzstück, nahm sein Gewehr von der Schulter und zielte auf Brickmans Brustkorb. »Okay, Mister, schnallen Sie das Messer ab, das an ihrem Bein hängt, und legen Sie es langsam vor sich auf den Boden.«

Brickman hockte sich auf die Knie und öffnete die Schnallen, die in Schleifen um sein Hosenbein liefen.

Harmer warf einen Blick auf die in das Holz geschnitzten Worte und warf es dem Stürmer zu, der ihm am nächsten stand. »Bringen Sie das zum Colonel, Kotcheff!«

Der Stürmer eilte im Laufschritt zum Bunker. Brickman stand auf und ließ das Messer und die Scheide vor Nolans Füßen auf den Boden fallen. Harmer hielt ihn in Schach, während Nolan es aufhob und den Namen las, der in den Griff graviert war. »Naylors Messer und Fazettis Helm. Was haben Sie auf Ihren Ausflügen sonst noch gefunden?«

»Nichts.«

Nolan schob das Messer in eine Seitentasche seiner Hose und richtete den Gewehrlauf auf Brickman. »Okay, beide Hände hinter den Kopf und die Finger verschränken.«

Brickman hob die Hände, bis sie auf einer Höhe mit seinen Schultern waren, dann zögerte er. »Wollen Sie gar nicht wissen, was mir passiert ist?«

Stürmer-Sergeant Nolan deutete mit dem Gewehrlauf auf den Bunker. »Halten Sie die Schnauze und tun Sie, was ich Ihnen gesagt habe!«

Jeder in Pueblo hatte gelernt, wie man mit Renegaten verfahren musste: Es war dem Delinquenten nicht gestattet, mit denen zu reden, die sie festnahmen. Sobald die

Identität eines Delinquenten festgestellt war, durfte man ihn nur noch mit klaren, eindeutigen Anweisungen ansprechen. Sobald man einen Delinquenten festgenommen hatte, musste man ihn durchsuchen, fesseln, ihm die Augen verbinden und in Einzelhaft verbringen, bis man ihn dem ranghöchsten Offizier der festnehmenden Einheit vorstellen konnte. War es nicht möglich, den Delinquenten auf diese Weise unterzubringen, musste man dafür Sorge tragen, dass er keine Gelegenheit zum Reden erhielt. Mit anderen Worten: Er war zu knebeln. Befolgte der Delinquent die Befehle, die ihm gegeben wurden, nicht auf der Stelle, war er körperlich zu verwarnen. Wurde der Delinquent gewalttätig oder machte er einen Versuch, aus der Haft zu entfliehen, war er mit allen Mitteln zu stoppen – also zu erschießen.

Brickman hob die Hände ein Stück höher. »He, Jungs, hört mal … Ich muss mal was klarstellen. Ich bin kein Reneg …« Er brach ab und wollte sich abwenden, als Harmer sich mit hochgerissener Waffe auf ihn stürzte.

Der harte Griff des Gewehrs krachte genau unter dem Schultermuskel gegen Brickmans rechten Arm und versetzte seinem Nervenzentrum einen lähmenden Schlag. Die Wucht des Hiebes war so kalkuliert, dass er ein Maximum an Schmerz erzeugte, ohne Knochen zu brechen. Dann versetzte ihm Harmer mit aller Kraft einen Schlag mit dem Lauf auf den Schulteransatz – auch dies ein Nervenzentrum. Als Brickman sich unter dem Aufschlag krümmte, schwang Harmer die Schulterstütze seiner Waffe herum, drosch sie ihm in die Nieren und versetzte ihm einen heftigen Tritt gegen das rechte Schienbein.

»Sachte, Lieutenant«, murmelte Nolan. »Der Colonel möchte den Burschen noch verhören.«

Brickman sank langsam auf die Knie und hielt seinen rechten Arm fest. Er holte keuchend Luft, sein Gesicht war vor Schmerzen verzerrt. Nolan bewunderte ihn. Eine Menge andere Burschen hätten inzwischen schon auf allen vieren gelegen. Harmer machte einen Schritt und trat ihm in den Bauch; die Wucht des Aufpralls warf Brickman zur Seite. Er rollte auf den Rücken. Harmer stellte sich breitbeinig über ihn, ließ den Gewehrgriff auf seine ungeschützte Kehle krachen und nagelte seinen Kopf an den Boden. »Okay, Mister, jetzt wollen wir mal was klarstellen: Nullen wie du reden in Pueblo weder Offiziere noch Unteroffiziere mit ›He, Jungs‹ an! Und zweitens kann ich es nicht leiden, wenn fliegende Scheißkerle mit akademischer Bildung meine Jungs wie eine Bande von Arschlöchern dastehen lassen wollen. Und drittens …«, Harmer grub die Schulterstütze noch fester in Brickmans Kehle, »… kann ich Soldaten mit Bändchen im Haar nicht ausstehen. Verstanden?«

»Laut und deutlich, Sir!«, würgte Brickman hervor. Er lag angespannt, doch ohne Widerstand zu leisten da und versuchte, der Schmerzen Herr zu werden, die durch seinen Körper tobten. Seine Augen waren auf Harmer gerichtet.

Harmer kannte diesen Blick; er wusste, was er bedeutete. Er hatte ihn oft genug im Spiegel gesehen. Solche Blicke setzten nur die Hartärsche auf, die nie wussten, wann sie aufhören sollten. Er löste die Schulterstütze von Brickmans Hals und hoffte darauf, dass er etwas sagte. Er wartete inbrünstig darauf, dass er etwas zu hören bekam, was ihm einen Grund gab, diese Fresse zu Klump zu hauen.

Mary-Anns Stimme meldete sich gelassen in seinem Ohr. »Sunray an Blue One. Okay, Matt, Sie haben sich deutlich genug ausgedrückt. Jetzt stellen Sie ihn wieder hin und bringen ihn rein! Und achten Sie darauf, dass er auf der Rampe nicht ausrutscht.«

Das erste Verhör mit dem fliegenden Eindringling wurde in Mary-Anns unterirdischem Büro abgehalten, einem spärlich möblierten Raum in einer Sektion, die als Zentral-HQ bekannt war. Colonel Marie Anderssen saß hinter ihrem Schreibtisch, und neben ihr standen zwei Kampfoffiziere, Major Roscoe und Major Hiller. Das Stück Holz, das Brickmans Namen trug, lag mitsamt dem Stein und dem blauen Wimpel vor ihr, außerdem das Standard-Kampfmesser, das Brickman bei sich gehabt hatte. Daneben lag der rote Pilotenhelm mit dem hellen weißen Blitz auf beiden Seiten. Auf der Vorderseite, über dem geschlossenen dunkelbronzenen Plexiglasvisier, stand der Name FAZETTI, darüber befand sich das rotblauweiße Sternenbanner, das Zeichen der Föderation. Auf ihrem Schreibtisch gab es keine Unterlage, keinen Notizblock und keine Dokumentenablage. Wagner schrieben nicht auf Papier. Sie tippten auf Tastaturen und lasen von Monitoren. Auf der linken Seite von Anderssens Schreibtisch standen ihr persönlicher Monitor und ihre Tastatur; das unerlässliche Verbindungsglied zum Rest der Pueblo-Zwischenstation und dem Hauptzentrum.

Anderssen drückte einen Knopf, der sie mit dem Adjutanten im Vorzimmer verband. »Okay, schafft ihn rein!«

Lieutenant Harmer und Stürmer-Sergeant Nolan traten ein, salutierten und blieben rechts und links von der Tür stehen, als Brickman, von nur zwei Stürmern eskortiert, hereinkam. Die Fesseln an seinen Handgelenken waren mit Ketten verbunden, die unterhalb seiner Knie an eisernen Schellen endeten. Die Ketten waren zwar lang genug, um es dem Gefangenen zu erlauben, die Arme nach unten hängen zu lassen, wenn er stand, und er konnte, wenn er saß, auch essen oder sich den Hintern abwischen, doch die Kette, die die Handschellen verband, verhinderte, dass er stiften ging. Sein Kopf war von einer schwarzen Haube verhüllt, die mit einem Band eng um seinen Hals verknotet war.

Nolans Stimme schallte durch den Raum. »Delinquent und Eskorte – HALT!« Die Männer knallten die Hacken zusammen. »Eskorte – kehrt Marsch!«

Anderssen nickte, als die beiden Stürmer salutierten, sich auf dem Absatz herumdrehten und aus dem Raum marschierten. Nolan nahm dem Gefangenen die Haube ab, trat wieder zurück und knallte erneut die Hacken zusammen.

»Stehen Sie bequem, meine Herren«, sagte Anderssen. »Sie auch, Brickman.«

Brickman blinzelte in das helle Licht und schnappte nach Luft. Anderssen studierte den jungen Mann eingehend. Wie Harmer war auch sie der Meinung, dass sein langes Haar schwer zu schlucken war. In der Föderation passten Frisuren zur allgemeinen militärischen Atmosphäre: Bürstenhaarschnitte oder kurz geschnittene Bubiköpfe waren die einzigen erlaubten Stile. Nur Mutanten trugen das Haar schulterlang – und GeBes. Aber das war etwas, das der Basenfriseur in fünfzehn Minuten beheben konnte. Anderssen vergaß Brickmans Haar und bemerkte beifällig sein stark gebräuntes, ansehnliches Gesicht mit den kräftigen, langen Kiefern, seine klaren blauen Augen, seine breiten Schultern und seinen schlanken Leib. Er war genau der Mann, mit dem sie sich in den wenigen Freistunden, die sie sich erlaubte, in die Koje geschlagen hätte.

Aber er war eindeutig Sperrgebiet. Macht nichts. Es gab auch noch ein paar andere seiner Art in Pueblo; beinharte Ficker, die genau wussten, auf welches Knöpfchen sie drücken mussten. Zwar sahen nicht alle so gut aus wie dieser Junge, aber gut genug, um ihm bei dämmrigem Licht ähnlich zu sein.

Anderssen befingerte das Stück Holz, auf das Brickman seinen Namen gekratzt hatte, dann schaute sie ihn an und nickte zum Video-Monitor hinüber. »Wir haben mit der *Lady* Verbindung aufgenommen. Man hat uns bestätigt, dass ein 8902 Brickman, S.R., in Nixon/Fort Worth an dem von Ihnen benannten Tag auf den Wagenzug abkommandiert wurde. Der gleiche Pilot wurde außerdem am 12. Juli nach einer bewaffneten Auseinandersetzung mit einer starken Gruppe von Präriemutanten nordöstlich von Cheyenne als im Einsatz gefallen gemeldet. Naylor und Fazetti, zwei Piloten derselben Einheit, wurden an diesem Tag ebenfalls als gefallen gemeldet.«

Anderssen gab über ihre Tastatur eine dreistellige Zahl ein. Deke Haywoods Gesicht erschien auf dem Bildschirm. »Deke, haben Sie das Hauptzentrum schon erreicht?«

»Nein, Ma'am. Wir haben noch immer Probleme mit der Verbindung. Ich habe das Signal über Roosevelt/Santa-Fé umleiten müssen.«

»Okay. Melden Sie sich, sobald die Stimm- und Handabdruckdaten reinkommen.« Anderssen schaltete den Bildschirm ab und schaute zu Brickman auf. »Bis dahin nehmen wir einfach mal an, dass Sie der sind, der Sie zu sein behaupten.« Sie sah an ihm vorbei auf Lieutenant Harmer. »Hat die Leibesvisitation irgendetwas ergeben?«

»Nein, Ma'am. Alles, was er bei sich hatte, liegt auf dem Tisch.«

Anderssen sah Brickman in die Augen. Ihr fiel der aufgeweckte, intelligente Blick auf, der sie traf. Der Mann war direkt und wich nicht aus. »Keine ID-Karte?«

»Nein, Ma'am.« Brickman breitete entschuldigend die Arme aus, soweit die Ketten es erlaubten. »Außer den Kleidern, die ich trage, habe ich alles verloren.«

Anderssen warf einen Blick auf den Monitor, wo nun die Einzelheiten zu lesen waren, die der Wagenzug übermittelt hatte. »Sie sind am 12. Juni abgeschossen worden ...«, sagte sie nachdenklich. »Jetzt haben wir den 14. November. Wo sind Sie gewesen, und was haben Sie in den vergangenen fünf Monaten gemacht?«

Das war die Frage, vor der Brickman sich fürchtete, seit er auf dem Flug nach Süden über die Höhen gerauscht war. Er hatte über sie nachgedacht, als er auf das Ende eines Gewitters oder auf vorteilhafte Winde gewartet hatte. Selbst wenn er auf den Bergeshöhen in prekären Situationen gewesen war, hatte er lange und ausgiebig über diesen Moment nachgesonnen und sich genauestens zurechtgelegt, was er sagen und wie viel er enthüllen würde.

Er wusste, dass seine Antwort eine große Menge weiterer Fragen aufwerfen musste; Fragen, die – je nachdem, wie seine Antworten ausfielen – sein Verhör zu einer Angelegenheit machen konnten, bei der es um Leben und Tod ging. Die ganze Wahrheit konnte er nicht erzählen, weil viele Menschen, die in hohen Positionen waren, seine Geschichte nicht nur als unglaublich, sondern auch als völlig unmöglich einstufen würden. Was ihm passiert war, was er gesehen hatte, was er als Wahrheit kannte, stand völlig im Widerspruch zu allem, was man ihn als Kind der Föderation gelehrt hatte. Was er entdeckt hatte, stellte sogar die Weisheit der Ersten Familie infrage.

Anderssen runzelte die Stirn. »Haben Sie meine Frage verstanden?«

»Äh, ja, Ma'am.« Brickman holte tief Luft und stürzte sich ins kalte Wasser. »Die Mutanten haben mich gefangen genommen. Präriebewohner. Der M'Call-Clan.«

Colonel Anderssen wechselte einen Blick mit den beiden Bataillonsoffizieren und wandte sich dann an Lieutenant Harmer und Stürmer-Sergeant Nolan. Die beiden sahen nicht weniger überrascht aus. »Matt, Jake …«

Harmer und Nolan standen stramm.

»Sie haben die Antwort des Delinquenten auf meine Frage nicht gehört. Ist das klar?«

»Jawoll, Ma'am!«, schmetterten die beiden im Chor.

»Okay, dann warten Sie draußen. Wenn wir Probleme haben, rufe ich Sie.«

Harmer und Nolan salutierten und gingen hinaus. Harmer knallte die Tür zwar nicht zu, aber er schloss sie sehr fest, um seine Verärgerung darüber auszudrücken, dass er gerade dann nach draußen geschickt wurde, wenn die Dinge interessant wurden.

Anderssen hatte ihre Gründe dafür. Wenn das, was Brickman gesagt hatte, der Wahrheit entsprach, war es besser, wenn so wenige Menschen wie möglich davon erfuhren. Sie strich mit der Hand über den Wimpel aus blauem Solarzellengewebe, glättete ihn auf der Schreibtischoberfläche und schaute dann wieder zu Brickman auf. »Die Mutanten machen keine Gefangenen.«

»Neuerdings doch«, erwiderte Brickman.

Anderssen wandte sich an Major Hiller. »Jerri, bringen Sie dem jungen Mann einen Stuhl. Und setzt euch auch hin. Ach ja …« Sie reichte Major Roscoe den rotweißen Helm. »Leg diesen Schrott woanders hin.«

Roscoe räumte den Schreibtisch ab und legte die Gegenstände in ein Regal.

Anderssen sah Brickman mit geneigtem Kopf an. »Ich möchte Ihre Aufmerksamkeit auf die beiden gerahmten Einheitsbelobigungen richten, die hinter mir an der Wand hängen. Das Bataillon wurde ausgezeichnet, weil wir uns hier in Pueblo nach den Vorschriften richten. Das bedeutet, dass wir Sie, bis Ihre Geschichte geprüft worden ist, als mutmaßlichen GeBe einstufen, was Sie den Bedingungen und Restriktionen unterwirft, die das Handbuch vorschreibt. Mit anderen Worten: Sie werden in Ketten bleiben, in Einzelhaft sitzen und die Haube tragen, sobald man Sie aus der Zelle holt. Der Lieutenant des Empfangskomitees ist zwar ein guter Mann, aber er neigt zu Übereifer. Wahrscheinlich hat ihm irgendetwas nicht behagt, was Sie gesagt haben. Ich lasse zwar keine ungerechtfertigten Misshandlungen zu, aber Sie sollten wissen, dass ich und meine Offizierskollegen Gesetzesbrecher auch nicht gerade mögen. Wenn sich herausstellt, dass Sie ein GeBe sind, werden Sie an die Wand gestellt, entweder hier oder im Hauptzentrum. Wenn es hier dazu kommt, gebe ich *persönlich* den Feuerbefehl. Haben Sie verstanden?«

»Laut und deutlich, Ma'am!«

»Okay. Setzen Sie sich.« Anderssens Gesicht wurde etwas sanfter. »Sie sehen aus, als hätten Sie eine anstrengende Reise hinter sich.«

»Es war die Sache wert, Ma'am.« Brickman nahm Platz, hielt den Rücken gerade und hob den Kopf wie ein Erstsemester bei der Einweisung in die Flugakademie.

Interessant, dachte Anderssen. *Er zeigt zwar die übliche disziplinierte Reaktion auf einen Vorgesetzten, aber ihm fehlt eindeutig die Subordination. Typisch für einen Piloten aus NewMex.* Aber da war noch etwas anderes, was den jungen Mann von anderen unterschied. Er war eindeutig ein Gewinnertyp. Und auch das war noch nicht alles. Es fiel Anderssen schwer, es zu definieren, aber hätte man sie unter Druck gesetzt, hätte sie gesagt, dass Brickman eine subtile Aura natürlicher Überlegenheit ausstrahlte – eine latente, unaufhaltbare Kraft. Eine Kraft von der Art, die einen Mann geradewegs an die Spitze bringen konnte.

Das Licht an ihrem Monitor blitzte auf, als Deke Haywood auf dem Schirm erschien. »Brickmans ID-Daten sind gerade aus dem Hauptzentrum eingetroffen. Ich habe sie auf den Konverter gelegt. Wir können ab sofort eine Stimm- und Handabdrucküberprüfung laufen lassen.«

Anderssen drückte den Knopf, der ihr Bild vor Deke auf den Schirm brachte. »Okay, ich melde mich deswegen noch.«

»Da ist noch etwas, Ma'am. Seine Akte enthält einen Eintrag Ebene Neun.«

Anderssen schnappte nach Luft. »Okay, geben Sie durch.«

Die Informationen, die über das von COLUMBUS kontrollierte Bildschirmnetz kamen, waren in verschiedene Vertraulichkeitsstufen eingeteilt. Die Zugriffsebene wurde von den magnetisch codierten ID-Karten kontrolliert, die jeder Wagner bei sich hatte. Mit jeder Beförderung oder wenn ein Individuum besondere Privilegien erhielt oder einen Posten mit besonderer Verpflichtung einnahm, wurde auch die Karte aufgewertet. Als kommandierender Colonel einer wichtigen Zwischenstation hatte Anderssen Zugriff auf Ebene Neun.

Deke überspielte einen Teil der übermittelten Brickman-Akte, die via Roosevelt/Santa Fé von dem gigantischen, alleswissenden Computer COLUMBUS gekommen waren, der als zentrales Nervensystem und Hirn der Föderation fungierte.

Anderssen zog eine Abschirmung aus dem Monitorgehäuse und blockierte so die Einsicht der beiden Bataillonsoffiziere, die rechts und links neben dem Tisch saßen. Dann zückte sie ihre ID-Karte, schob sie in den dafür vorgesehenen Schlitz und sagte in das Gerät: »5824 Anderssen. Information auf den Bildschirm, bitte.«

Eine kurze Pause trat ein, als das System ihre Stimme mit der in ihren Unterlagen verglich, dann erschien auf dem Bildschirm eine neue Information.

Sie bestand aus zwei Buchstaben, einer vierstelligen digitalen Zahl und zwei weiteren Buchstaben: SB-3552-RE. Das war zwar kurz, aber klar. SB stand für Selektive Behandlung; RE für Rückfrage an Exekutive; die Zahl bedeutete lediglich Brickmans Position auf der SB-Liste.

Anderssen betätigte den Knopf, der ihre ID-Karte freigab, und die SB-Codierung verschwand wieder vom Bildschirm. Sie steckte die Karte in ihre Schutzhülle und schob die Monitorabschirmung in das Gehäuse zurück. Noch mal davongekommen! Ein Glück, dass der gute alte Deke den Ebene-Neun-Eintrag entdeckt hatte, bevor sie Brickman näher auf die Pelle gerückt war. Eine RE-Einstufung bedeutete nämlich, dass man ohne Rückfrage im Weißen Haus in Houston/HZ keine administrative Handlung über den Verdächtigen verhängen durfte.

Die Erste Familie hatte mit Steven Roosevelt Brickman etwas Besonderes vor.

2

COLUMBUS war darauf programmiert, das Weiße Haus in jedem Fall zu alarmieren, wenn eine Anfrage nach persönlichen RE-Unterlagen einging. Als er Pueblo die Daten zugänglich machte, meldete der Computer die Anfrage gleichzeitig der Zentralen Aktenkontrolle – einer Einheit, die der direkten Aufsicht von Mitgliedern der Ersten Familie unterstand. Die Zentrale Aktenkontrolle belegte zwanzig Etagen, von denen jede die Ausdehnung eines Fußballplatzes hatte, und enthielt zahllose, rund um die Uhr bemannte Reihen von Monitoren und Tastaturen. Die Ankündigung eines versuchten Zugriffs auf Restriktionen unterliegenden Akten blitzte auf dem Schirm eines in der Abteilung beschäftigten Operators auf, der sich exklusiv mit der SB-Liste beschäftigte.

Das Weiße Haus bestätigte schnell sein noch immer bestehendes Interesse an 8902 Brickman, S.R. Der Überspielung seiner Stimmdaten folgte ein als »Persönlich« eingestuftes Videogramm an Colonel Anderssen. Brickman sollte nicht – Wiederholung: *nicht* – verhört werden. Es war niemandem aus seiner Heimatbasis erlaubt, in seine Nähe zu gelangen oder von seiner Anwesenheit zu erfahren. Abgesehen von kürzesten Befehlen oder Instruktionen durfte niemand mit ihm reden. Nachdem man ihn positiv identifiziert hatte, sollte er vom Stationsarzt untersucht werden, der einen allgemeinen Bericht über seinen Gesundheitszustand abzuliefern hatte. Dann sollte er in Einzelhaft gehalten werden, bis die Vorbereitungen getroffen waren, ihn zu verlegen. Bis zu diesem Zeitpunkt sollte er als mutmaßlicher Gesetzesbrecher behandelt werden – mit einer Ausnahme: Er sollte unter keinen Umständen körperlich verwarnt werden. Um einen Begriff aus der Vorkriegszeit zu verwenden: Brickman war eindeutig eine heiße Kartoffel – ein Gemüse, das in der Föderation seit tausend Jahren niemand mehr gegessen hatte.

Anderssen war zwar kein nervöser Charakter, aber sie wusste, dass sie erst wieder Ruhe haben würde, wenn sie Brickman abgeliefert hatte. Sie hatte richtig gehandelt, als sie Harmer und Nolan bei der ersten Erwähnung seiner Gefangennahme durch die Mutanten hinausgeschickt hatte. Wenn sich die Nachricht herumsprach, konnte sie eine gegenteilige Wirkung auf die Moral der Kampfeinheiten haben. Sie nahm an, dass es nur natürlich war, dass das Hauptzentrum zunächst alle Implikationen analysieren wollte, aber, verdammt noch mal, sie war schließlich die Kommandantin einer direkt an der Front liegenden Zwischenstation! Wollte man ihr etwa Wissen über das vorenthalten, was dort draußen vor sich ging?

Anderssen ging in ihrem Privatquartier herum und versuchte, ihren Frust zu unterdrücken. Jetzt wunderte es sie nicht mehr, dass Harmer die Tür zugeschlagen hatte. Sie wusste, wie er sich fühlte. Sie drehte sich um und schlug mit beiden Fäusten auf den langen Tisch, an dem sie gelegentlich mit ihren Offizierskollegen tafelte. Es half ihr, um äußerlich einen gelassenen Eindruck zu erwecken. *Alles zu seiner Zeit*, sagte sie sich. Das Hauptzentrum würde die Fakten bewerten, und dann würde der Außendienst eine Meldung an alle interessierten Parteien schicken. Die Tatsache, dass Brickman behauptete, man hätte ihn vor seiner Flucht fast fünf Monate gefangen gehalten, würde daran nichts ändern. Es hatte auch die Mutantenbanden nicht daran gehindert, im Sommer die Arbeitsgruppen rund um Pueblo anzugreifen und niederzumachen. Und es würde auch die Bahnbrecher nicht davon abhalten, weiterhin Mutanten umzubringen.

Brickmans Talent, aus ausgeschlachteten Flugzeugteilen einen Drachen zu bauen, war zwar bemerkenswert, aber wenn er ihn, wie Marie Anderssen mutmaßte, vor den Augen seiner Häscher gebaut hatte, bedeutete dies, dass die Präriebewohner hier noch dümmer waren als ihre Brüder im Süden – die verstreuten Überreste jener Völker, die man zusammengetrieben und in Arbeitslager gebracht hatte. Dies war die vorletzte Phase des Befriedungsprogramms für die Oberwelt. Die letzte Phase – ihre Ausrottung – würde einsetzen, wenn die Luft kein Mutantengift mehr enthielt und man sie für die Oberflächenarbeiten nicht mehr benötigte.

Anderssen kannte die Worte der Vierten Inspiration auswendig. Es war ein Videofilm, der ihr in Momenten des Zweifels oftmals Stärkung gab; in den Augenblicken der zwielichtigen Düsternis, wenn sie allein in ihrer Koje lag und sich fragte …

Sie schüttelte den Kopf, verdrängte die Erinnerungen, wandte sich dem großen Bild des General-Präsidenten zu, das an der Wand ihr gegenüber hing, und ließ die Botschaft Echos in ihrem Geist werfen. Ja! Der Tag würde *wirklich* kommen, an dem die Bunker der Zwischenstationen sich leerten und jedermann in der Föderation aus den Basen im Innern des Erdschildes trat, um das wieder in Besitz zu nehmen, was ihnen zustand: die Blauhimmelwelt, die die Mutanten ihnen gestohlen hatten.

Dieses Versprechen hatte die Erste Familie bei der Gründung der Amtrak-Föderation abgegeben. Viele Wagner-Generationen hatten pausenlos hart gearbeitet und geschwitzt, um dabei zu helfen, dass dieser Traum wahr wurde. Sie hatten auf den Oberweltexpeditionen ihr Leben dafür gegeben. Und ihre Anstrengungen waren nicht umsonst gewesen. Der Traum, der jene inspiriert hatte, die vor ihnen gestorben waren, lag nun in greifbarer Nähe. Die Kinder der Kinder, die die Wächtermütter ihrer Generation geboren hatten, würden unter freiem Himmel leben. Sie würden den Sonnenaufgang und das Monddunkel sehen und Regen auf ihren Gesichtern fühlen. Sie würden nicht nur sehen, wie er gegen ihre Visiere klatschte, oder hören, wie er auf ihre Helme trommelte. Sie würden die Oberwelt *reinigen;* sie würden den letzten Mutanten vom Angesicht der Erde fegen und dann das Neue Amerika aufbauen.

Es war mehr als ein Traum. Es konnte Wirklichkeit werden. Aber erst dann, wenn die Masse der Wagner, die unter dem Erdschild lebten, in der Lage war, ihre Angst vor freien, offenen Räumen zu überwinden. Aber keine Sorge. Auch daran arbeitete die Erste Familie. Die Amtrak-Föderation hatte einen weiten Weg hinter sich gebracht, seit George Washington Jefferson der Erste, ihr Gründervater, die gläubigen Vierhundert um sich gesammelt und durch die Lange Nacht geführt hatte – die traumatischen Nachwehen des Holocaust.

Am Anfang hatte die Föderation nur aus ein paar in der Erde verstreuten Löchern am südlichen Rand eines Landes bestanden, das man einst Vereinigte Staaten von Amerika genannt hatte. Die unaufhaltbaren Mutantenhorden hatten dieses Land bis auf die Grundmauern niedergebrannt und verwüstet – deformierte, halbidiotische Mutierte, die in einer Zerstörungsorgie ohnegleichen eine giftige radioaktive Wolke losgelassen hatten, die Millionen guter alter Jungs – so der liebevolle Spitzname für die Ahnen der Wagner – getötet und die Handvoll Überlebenden zum Rückzug unter den Erdschild gezwungen hatten.

Tief unter der Erde hatte man sich erholt – in einer unterirdischen Basis unter der verwüsteten Stadt Houston, die man konstruiert hatte, um COLUMBUS unterzubringen und mit Energie zu versorgen. George Washington Jefferson der Erste, der erste General-Präsident, hatte die Basis in Hauptzentrum umbenannt und sie zum ständigen Heim der Ersten Familie gemacht. Obwohl heute keiner der Vorkriegsstaaten mehr als legale, soziale oder wirtschaftliche Körperschaft existierte, hatte man ihre historischen Grenzen und Namen beibehalten. Texas, der Kern der Föderation, war nun unter der Bezeichnung Innenstaat bekannt. Im Lauf der Zeit war das Untergrundreich expandiert und hatte Basen in Oklahoma, Arkansas, New Mexico, Louisiana, Mississippi und Arizona errichtet, die als Äußere Staaten bezeichnet wurden. Kansas und Colorado, die neuesten Mitglieder, waren in den Jahren 2886 und 2954 – dem Jahr, in dem Anderssen zur Welt gekommen war – zu Neuen Territorien geworden. Neue Territorien waren Staaten, die noch nicht der Föderationsherrschaft unterlagen. Im Erdschild unter Wichita existierte eine kleine, doch wachsende Wagner-Basis, die irgendwann eine komplette Division aufnehmen würde; in Colorado gab es nur die Zwischenstation Pueblo, die von

Anderssens Pionierbataillon bemannt wurde. Zwar hätte die Föderation ganz Colorado beanspruchen können, aber aus praktischen Gründen war Pueblo, das im südlichen Viertel des Staates lag, die Grenzmarkierung und die Nordgrenze des Oberweltlehens der Föderation. Dahinter lagen die Mutantengebiete oder, wie die Eingeborenen es nannten, das Land des Prärievolkes.

Das Unangenehme war, dass die Mutanten keine Grenzen anerkannten. Für eine Spezies, von der man annahm, dass sie unter dem Menschen stand, waren sie listig und hartnäckig und hegten unerschütterlich die Vorstellung, dass die Oberwelt ihnen gehörte. Aus diesem Grund kehrten sie ständig zurück und wurden umgebracht. Anderssen nahm an, dass es an dem Hirnschaden lag, den sie von ihren Vorfahren geerbt hatten. Sie waren zu dumm zum Lernen. *Aber so dumm*, dachte sie, *sind sie auch wieder nicht.* Das Unvermögen der Mutanten, sich Dinge zu merken, war zwar ein Bestandteil der langen Liste der Schwächen, die man ihr seit der Grundschule eingebläut hatte, aber trotzdem gelang es diesem Abschaum immer wieder, Erfolge zu erzielen: Gruppen von Beulenköpfen infiltrierten die befriedeten Gebiete der Äußeren Staaten und überfielen an der Oberwelt tätige Arbeitsgruppen, Versorgungszüge und Wachtposten der Werke und Fabriken. Das Netz der Zwischenstationen, die an strategisch wichtigen Stellen angelegt worden waren, war dazu bestimmt, diese Raubzüge zu verhindern.

In den Jahrhunderten nach dem Holocaust hatten die Mutanten sich als völlig immun gegen die Strahlung erwiesen, die die Oberwelt einhüllte. Tatsächlich schien die Strahlung sie sogar zu stärken, wie die jährlich steigenden Zahlen derjenigen bewiesen, die von den Bahnbrecher-

Expeditionen zur Strecke gebracht wurden. Die Mutanten lebten im Durchschnitt doppelt so lange wie die Wagner, und ihre Anzahl war angeblich fünfzigmal größer. Bei der letzten Volkszählung im Jahr 2985 hatte die Wagnerbevölkerung knapp unter 450.000 gelegen – was, falls die Daten des Außendienstes stimmten, bedeutete, dass im ganzen Land über zweiundzwanzig *Millionen* Mutanten lebten!

Anderssen konnte es persönlich kaum glauben. Zwar stand sie bestimmten attraktiven Aspekten der Oberwelt nicht unempfänglich gegenüber, doch im Allgemeinen war sie ein riesiger, leerer, abstoßender Ort. Anderssen war zwar in den vergangenen Jahren sehr oft draußen gewesen, aber sie hatte nie mehr als fünf- oder sechshundert Mutanten auf einem Haufen gesehen. Jemand aus ihrem Stab hatte einen guten Namen für die Oberwelt gefunden: die Große Leere. Denn leer war die Oberwelt. Das war ihr erster Eindruck gewesen, und daran hatte sich bis heute nichts geändert. Ein schweigendes Land, in dem Gefahren lauerten, die stets darauf aus waren, den Unvorsichtigen in die Falle zu locken; ein schlafendes Land, das seit Jahrhunderten geduldig darauf wartete, dass seine rechtmäßigen Besitzer zurückkehrten. Wenn es dort draußen zweiundzwanzig Millionen Mutanten gab, hätte man an sich keine zehn Meter gehen können, ohne über einen zu stolpern.

Doch das Hauptzentrum teilte Anderssens Zweifel nicht. Angesichts solch alarmierender Schätzungen über die Anzahl der Oberweltbewohner überraschte es nicht, dass das Hauptziel der Streitkräfte darin bestand, die Mutantenbevölkerung durch das konsequente Befriedungsprogramm, das kurz nach dem Großen Ausbruch von 2465 begonnen wurde, unter Kontrolle zu halten. Die Pioniere aus den Zwischenstationen wie Pueblo und die

Bahnbrecher der herumstreifenden Wagenzüge wie dem, auf dem Brickman gewesen war, hatten Anteil daran, indem sie das betrieben, was man im Hauptzentrum Feuerwalze nannte: Sie betrieben eine Politik der Verbrannten Erde. Sie vernichteten jede mögliche Nahrungsquelle der Mutanten, zerstörten alles, was sie mit einem Dach über dem Kopf versorgen konnte, und brachten auf methodische Weise jedes Tier um, das ihren Patrouillen vor die Geschütze lief. Mutanten standen natürlich an erster Stelle ihres Vernichtungsprogramms. Wann immer die taktischen Umstände es erlaubten, trieb man die jungen Männchen und Weibchen zusammen, um sie in den Oberweltarbeitslagern einzusetzen; der Rest – die alten und die zu jungen – wurde liquidiert.

Es war ein blutiges Geschäft, oft stundenlange scheußliche Schlächtereien, an denen Anderssen sich beim Besteigen der Karriereleiter selbst beteiligt hatte. Aber die Arbeit musste getan werden, das wusste jeder. Und man hatte sie dazu erzogen, sie zu tun. In der Föderation wurden Befehle befolgt, ohne dass man nach dem Warum fragte. Anderssen war ein typisches Produkt ihrer Erziehung: Sie war ein guter Soldat und ein zäher Kommandant. Aber manchmal stellte sie sich Fragen, auf die es keine einfachen Antworten gab. Fragen, die sie mehr als einmal zu vergessen versucht hatte, aber die fortwährend zurückkehrten, um an ihrer eisernen Überzeugung zu nagen.

Hin und wieder wurde der Druck so stark, dass sie mit ihm nicht mehr fertig wurde. Für diese besonders schwierigen Momente, wenn ihr selbst die honigsüße Stimme des General-Präsidenten beim Intonieren der Vierten Inspiration nicht mehr half, hatte Anderssen ihren privaten Fluchtweg. An der Rückseite des großen Porträts des 31. George Washington Jefferson klebte ein kostbarer Vorrat an Regenbogengras, das sie bei einem GeBe beschlagnahmt hatte. Man hatte ihn an die Wand gestellt, weil er so dumm gewesen war, sich dabei erwischen zu lassen, wie er es aus einem Wagenzug, der sie auf einer vierteljährlichen Routinefahrt mit Nachschub versorgt hatte, in die Zwischenstation schmuggeln wollte. Offiziell hatte man den Beweis nach der kurzen Verhandlung verbrannt, aber Zwischenstationskommandanten konnten, wenn sie gerissen waren, die Dinge manchmal etwas beeinflussen. Und in die Kategorie der gerissenen Kommandanten gehörte auch Anderssen. Trotz ihres nach außen hin konformistischen Auftretens und ihres bekanntermaßen sturen Verhaltens kannte sie alle Tricks. In den unterirdischen Föderationsbasen mussten selbst Stürmer-Colonels ständig auf der Hut sein. Das musste jeder. Aber an der Front konnte man, ungeachtet dessen, was sie Brickman erzählt hatte, die Gesetze ein bisschen beugen. Nun ja, zumindest ein paar. Wie sagte Andersson hin und wieder, wenn sie mit sich allein war? Warum, zum Henker, soll man sich sonst den Arsch aufreißen, um Colonel zu werden?

Nur Major Jerri Hiller, Anderssens engste Gefährtin und die einzige Frau in Pueblo, deren Dienstgrad über dem eines Lieutenants lag, wusste von diesem Geheimnis. Anderssen teilte sich das verbotene Gras nun seit fast einem Jahr mit ihr. Dies war zwar ein Vergehen erster Kategorie, aber sie hatte genug gegen die blauäugige Majorin in der Hand, um zu wissen, dass sie ihr nicht in den Rücken fiel und die Militärpolizei alarmierte.

Die Mutanten rauchten das Regenbogengras in der

Pfeife. Anderssen hatte keine. Die meisten Wagner, die Gras rauchten, rollten es in eine bestimmte getrocknete Blätterart. Auch davon besaß Anderssen einen Vorrat. Die etwa zwei Zentimeter Freiraum, die der Bilderrahmen bildete, waren ein ideales Versteck. Die holografischen Porträts des General-Präsidenten waren ein ständiges Inventar in allen Lebens- und Arbeiterräumen der gesamten Föderation. Auch wenn ähnliche Bilder dreimal täglich von Wagner-Pionieren angesprochen wurden, die zur Ersten Familie beteten – angeschaut wurden sie eigentlich von *niemandem* richtig. Und es war äußerst unwahrscheinlich, dass je ein Mensch auf den Gedanken kam, das Bild in ihrem Büro von der Wand zu nehmen.

Es sei denn, man war Colonel und hatte etwas dahinter versteckt.

Anderssen hob das Bild aus den vier Wandhaltern, zog das angeklebte Beutelchen ab und hängte es wieder auf. Unter dem milden Blick des weißhaarigen General-Präsidenten rollte sie vorsichtig ein Blatt um eine Portion Gras, um sich das zu machen, was die Bahnbrecher eine Kippe nannten. Dann entnahm sie dem Beutel eine Heißdrahtspirale, schob sie in eine Steckdose, bis sie rot glühte, und steckte sich die Kippe an. Sie nahm einen tiefen, beruhigenden Zug, hob dem 31. Jefferson die Kippe in ironischem Salut entgegen und schlenderte dann zu ihrer Schlafkammer. Sie drehte das Licht so niedrig es ging, streckte sich im Halbdunkel auf ihrer Koje aus und rauchte vor sich hin. Sie fühlte sich viel glücklicher. Die Frustration, die sich in ihr aufgebaut hatte, nachdem sie die Anweisung bekommen hatte, die Finger von Brickman zu lassen, verblasste allmählich. Na, wenn schon. Sollten die verdammten hohen Tiere im Hauptzentrum doch die schlechten Nachrichten erfahren. Vielleicht bügelten sie ihnen die Falten aus der Hose.

Die Mauer ihres Schlafraums fing allmählich an, die Farbe zu wechseln, und krümmte sich nach außen. Eine herrliche Leichtigkeit breitete sich in Anderssens Körper aus. Der endlose Druck ihrer starren Regeln unterworfenen klaustrophobischen Existenz löste sich. Das Problem des Aufrechterhaltens eines hohen Motivations- und Disziplingrades hörte auf, zu existieren. Die blutbesudelten Bilder der niedergemetzelten Beulenköpfe und verstümmelten Wagner, die ihre private Todeslandschaft bevölkerten, verloren ihre Herrschaft über sie. Die achteckigen Lichtplatten an der niedrigen Decke glühten und funkelten nach ihrem eigenen Gusto; sie bewegten sich aufwärts und von ihr fort, als wäre sie im Innern eines Ballons, und zerstoben lautlos in tausend Stücke. Die Fragmente verschwanden, wurden zu einem Sternenteppich.

Das war der Augenblick, den die Bahnbrecher als Raustunneln bezeichneten; die Zeit des Glücks …

Zwei Tage später, nach einem weiteren Videogramm aus dem Hauptzentrum, erreichten drei silberblaue Himmelsfalken mit roten Schwingenspitzen und ein ähnliches Flugzeug in rotschwarzbrauner Tarnfarbe Pueblo aus Nordosten und baten um Landeerlaubnis. Deke Haywood, der an seinem zugeteilten Platz an der Hauptkonsole saß, beobachtete sie durch eine Weitwinkelkamera. Er sah, wie sie in einer engen Rautenformation über dem Wachturm kreisten und dann nacheinander zu Boden sanken, wo sie mit dem Wind auf der Südseite des Bunkers landeten.

Das Auftauchen der Flieger weckte Dekes Interesse. Pueblo hatte zwar eine Ausrüstungsverbesserung für den neuen Mark-II-Himmelsfalken erhalten, der zurzeit im Einsatz getestet wurde, aber dies war das erste Mal, dass er einen echten sah. Statt der zurückgebogenen aufblasbaren Schwingen hatte die neue Maschine starre, weitgespannte Schwingen mit geradem Führungsrand, einen kreuzförmigen Schwanz, der auf einem Ausleger über dem Druckgenerator montiert war, und über dem bislang offenen Cockpit ein stromlinienförmiges, transparentes Gehäuse. Die gesamte Erscheinung der Maschine war schlanker, kräftiger und tödlicher. Das mit Tarnfarbe gestrichene Flugzeug, das als letztes landete, sah wieder ganz anders aus. Es hatte ein bauchiges Rumpfgehäuse, und als der Bildschirm es in einer Nahaufnahme zeigte, erkannte Deke, dass es ein Zweisitzer war.

Die Maschinen waren vom berühmten *Red-River*-Wagenzug gekommen, der besser unter seinem Spitznamen Kampfmaschine bekannt war. Die Kampfakte des *Red River* suchte seit über achtzig Jahren seinesgleichen. Der Wagenzug war die Nummer Eins der Tötungsmaschinen der Föderation, und jeder Bahnbrecher, der auch nur das geringste Maß an Ehrgeiz hatte, wartete darauf, irgendeines Tages während seiner Oberweltkarriere auf diesem Wagenzug Dienst zu tun.

Wyman, ein hellhaariger Pilot mit millimeterkurzem Haar, der die Fliegerstaffel anführte, salutierte mit makelloser Präzision vor Anderssen und händigte ihr die kleine Diskette aus, die eine Kopie der Befehle enthielt, die Brickmans Verlegung betrafen. Anderssen gab die Diskette an Jerri Hiller weiter, die sie in den Laufwerkschlitz des Elektronikmoduls unter dem Bildschirm schob, ließ eine Gültigkeitsprüfung laufen und holte den Inhalt dann auf den Monitor.

Anderssen las schnell den eine Seite langen Marschbefehl. Die vier Piloten von der Kampfmaschine sollten Brickman nach Roosevelt/Santa Fé begleiten, einer tief unter dem Wüstenboden liegenden Basis, die durch die Einschienenbahn mit dem Hauptzentrum verbunden war. Brickman sollte mit verbundenen Augen gefesselt in dem Zweisitzer fliegen. In Santa Fé würde man ihn dem Büro des MP-Marshals übergeben, das ihn nach Houston/HZ überstellen sollte. Der Flugdrachen, den er in der Gefangenschaft gebaut hatte, sollte mit dem nächsten Wagenzug, der Pueblo anlief, hinterhergeschickt werden.

Als sich die Zellentür öffnete, sprang Steve Brickman auf und stand stramm. Drei Deputy Marshals der Militärpolizei traten ein; der vierte stand im Korridor bereit. Zwei der MPs führten die Routineüberprüfung durch, um sicherzustellen, dass die Handschellen an seinen Beinen und Handgelenken noch immer sicher befestigt waren. Der dritte hielt einen bleibeschwerten Gummiknüppel in der Hand und blieb zwei Schritte zurück, um einzugreifen, falls es irgendwelchen Ärger gab.

Nach der ersten Befragung hatte sich Steve im Hospital der Zwischenstation wiedergefunden, wo man ihn aufgefordert hatte, sich zu entkleiden. Nach einer unvermuteten und sehr unangenehmen Dusche mit einem Schlauch hatten ihn zwei maskierte Sanitäter mit Gummihandschuhen gründlich vom Scheitel bis zur Sohle abgeschrubbt. Sie hatten ihm erlaubt, sich die blauen Bändchen aus den Zöpfen zu nehmen und sein Haar zu waschen. Dann hatte ihn der Stabsarzt von Pueblo schweigend untersucht. Danach hatte man ihm in der gleichen Behandlungsweise saubere Baumwollunterwäsche, ein paar neue Kampfstiefel und einen Satz schwarzen Drillich ausgehändigt – die Farbe der Delinquenten. Damit man ihn kilometerweit ausmachen konnte, waren die Kleider auf der Brust und dem Rücken mit dicken gelben Kreuzen versehen – was ihn außerdem zu einem leichten Ziel machte. Nachdem er sich wieder angezogen hatte, hatte man ihm erneut Ketten angelegt und ihn in eine Zelle hinuntergebracht.

Danach hatte man Brickman zwar nicht mehr belästigt, aber allmählich ging ihm die Behandlung, die ihm widerfuhr, auf den Geist. Zwar hatte er erwartet, dass man ihn in Pueblo mit Vorsicht empfangen würde, aber er hatte keineswegs damit gerechnet, dass man ihn nach der Landung und der Überprüfung seiner Identität wie einen Abtrünnigen behandelte. Christoph Columbus – schließlich war er doch aus eigenem Antrieb zurückgekehrt, oder etwa nicht?

Einer der MPs packte eine Haube aus und zog sie Steve über den Kopf, sodass er wieder in absoluter Dunkelheit dastand. Er spürte, wie seine Arme von beiden Seiten gepackt wurden. »Okay, Marsch!«

Steve hatte den Eindruck, dass sie den gleichen Weg gingen, den er schon zuvor gegangen war. Er führte zu Anderssens Büro. Raus aus der Zelle, nach rechts abbiegen, hundert Schritte geradeaus, zwanzig Treppenstufen nach oben. Dann nach links abbiegen, dreißig Schritte, in einen Aufzug und nach oben. Drei Etagen … war schwer zu sagen. Raus aus dem Lift, wieder dreißig Schritte geradeaus, nach rechts abbiegen, in irgendeine Art Vorraum. Stopp. Stimmen, gedämpftes Murmeln, quälend undeutlich. Dann öffnete sich erneut eine Tür. Ein schwacher Duft drang unter der Haube herein. Ein lautes Kommando von jemandem ganz in der Nähe. »Okay, Mister – stehen Sie stramm!«

Die gleiche Stimme meldete Anderssen formell sein Hiersein, dann gab man ihm den Befehl, sich zu rühren. Steve gab sein Bestes; die Kette zwischen seinen Gelenken war nicht lang genug, um ihm zu erlauben, die Hände hinter den Rücken zu legen. Er hörte, wie seine Eskorte hinausmarschierte. Als die Tür sich hinter ihm schloss, wurde ihm seine Haube von Major Roscoe mit einer flinken Bewegung vom Kopf gezogen. Steve stand blinzelnd im hellen Licht.

Anderssen saß hinter ihrem Schreibtisch, und neben ihr stand die blonde, breithüftige Majorin, die sie bei der ersten Sitzung mit Jerri angesprochen hatte. Beim letzten Mal war Steve aufgefallen, dass die Majorin ihren dicken Hintern in eine viel zu enge Hose gepackt hatte. Das Ergebnis waren mehrere überlastete Nähte und Umrisse, die dazu führten, dass die Gedanken leicht abschweiften. Steve konnte nicht anders; er musste daran denken, dass es für eine Einheit, die angeblich größten Wert auf Vorschriften legte, eine kuriose Abweichung von den Bekleidungsregeln war, denn die verlangten nun einmal den lose sitzenden Standardeinteiler aus Drillich.

»Gute Nachrichten, Brickman«, sagte Anderssen mit einem Anflug von Hochmut in der Stimme. »Das Hauptzentrum hat Ihren Fall übernommen. Sie werden noch heute auf dem Luftweg nach Roosevelt/Santa Fé verlegt.« Sie sah, wie sich sein Gesichtsausdruck veränderte. »Keine Vorfreude. Sie fliegen als Passagier.«

Als Passagier? Das erweckte Steves Neugier. Seit wann gab es zweisitzige Himmelsfalken?

Anderssen stand auf. »Viel Glück, Brickman. Ich weiß

zwar nicht, was Sie angeblich angestellt haben, aber ich hoffe, Sie kommen wieder aus der Sache raus.«

»Vielen Dank, Ma'am.«

Anderssen nickte Major Roscoe zu. »Okay, Haube wieder aufsetzen.«

Roscoe schob die Haube wieder über Steves Kopf und zog das Verschlussband zusammen. Die Tür ging auf, Stiefel polterten über den Boden, dann wurde Steve bei den Armen gepackt und schnell wieder aus dem Büro gebracht.

Anderssen drehte sich zu ihrer Lieblingsmajorin um. »Jerri, ich weiß zwar, dass Brickman gleich nach seiner Ankunft von den Medizinern entgiftet worden ist, aber ich möchte nichts dem Zufall überlassen. Nur Columbus weiß, welch giftigen Scheiß er sich eventuell bei den Mutanten eingefangen hat. Ich möchte, dass mein Büro sterilisiert wird, ebenso wie jeder andere Ort, an dem er war. Besonders seine Zelle. Sorg dafür, dass Boden, Wände und Decke dampfgereinigt und desinfiziert werden. Die Matratze, die Laken und alles andere, was man ihm ausgehändigt hat, muss verbrannt werden.« Sie musterte ihre Hände von allen Seiten und rümpfte angewidert die Nase. »Hätte ich von Anfang an gewusst, wo er gewesen ist, hätte ich seine Sachen nicht angerührt. Ich habe in den letzten zwei Tagen mindestens sechsmal geduscht. Ich habe mich beinahe wundgeschrubbt.« Sie schaute zu Hiller auf. »Womit hat er gegessen?«

»Keine Sorge. Das Zeug ist alles entbehrlich. Und die Luft in seinem Zellenblock wird separat abgesaugt und nach draußen gepumpt.«

»Okay. Kümmere dich darum! Und um alles, was ich vergessen habe.« Anderssen legte eine Pause ein, dann sagte sie nachdenklich: »Nachdem er sich die gottverdammten Zöpfchen aus dem Haar gewaschen hat, sah er eigentlich gar nicht mehr so übel aus.«

»Nein«, sagte Hiller. »Mir hat's auch ganz gut gefallen.«

Anderssen streckte eine Hand aus und streichelte das Haar über Hillers rechtem Ohr. »Vielleicht kannst du deins auch etwas wachsen lassen.«

»Ja«, sagte Hiller und glättete ihr Haar. »Ich werde mal darüber nachdenken.«

Zwar verlor Steve die Orientierung, als er Anderssens Büro verlassen hatte, aber als er den Boden unter den Füßen spürte und den Geruch des Grases wahrnahm, der durch die lichtundurchlässige Haube drang, wusste er, dass er den Bunker verlassen hatte.

»Okay«, sagte eine Stimme. »Stellen Sie die Beine aneinander und drücken Sie die Knie durch. Wir heben Sie ins Flugzeug.« Drei Händepaare packten ihn und hoben ihn in die Luft. Ein weiteres Händepaar schob seine Füße unter etwas, von dem er annahm, dass es das Armaturenbrett war. Er spürte, wie sie den Boden berührten. »Okay, hinsetzen!«

Steve nahm Platz. Hände zogen die Riemen des Geschirrs über seine Schultern und Oberschenkel, klinkten sie in den Verschluss ein und justierten die Spannung, sodass er fest an seinem Platz saß.

»Und jetzt drücken Sie die Handgelenke aneinander«, sagte die Stimme.

Steve hob die gefesselten Hände hoch. Eine weitere Kette wurde um seine Gelenke gelegt. Sie zogen seine Arme eng zusammen und zur rechten Cockpitseite hin. Er hörte das Schnappen des Schlosses. »Okay, Donna. Jetzt ist er hübsch verpackt.«

Donna?

Steves Kopf zuckte nach rechts. »Und was ist, wenn ich in aller Eile aussteigen muss?«

Eine Hand legte sich auf seine Schulter, dann sagte eine andere Stimme: »Ich schätze, das kannst du nicht, mein Junge.«

Unglaublich …

»Okay, hauen wir ab«, sagte die erste Stimme. »Du kennst den Kurs. Wir fliegen eine lose Rautenformation auf neunhundert Meter. Siebzig Prozent Saft nach dem Aufstieg. Du führst uns an, Donna. Ich nehme die Nummer zwei Steuerbord. Joe – Nummer drei Backbord; Tony, du machst den Schluss.«

Steve hörte die anderen zustimmend murmeln. »Wo liegt der Santa-Fé-Kanal?«, fragte eine dritte Stimme. Steve hielt die Luft an, als er sie erkannte. Na sowas … Das konnte doch nicht sein …

»Towerfrequenz ist Kanal zehn. Ich gebe euch Bescheid, wenn Pueblo hinter uns liegt.«

Steve spürte, dass jemand auf dem Sitz zu seiner Linken hin und her rutschte. Dann sagte er in die ihn einhüllende Dunkelheit hinein: »Bist du's, Donna? Donna Lundkwist?«

»Ja, ich bin's«, sagte die Stimme mit einem Anflug von Überraschung. »Und wer bist du?«

Steve lachte. »Ich? Steve Brickman.«

»Christoph Columbus«, murmelte Donna Lundkwist. »Ich dachte, du bist tot! Hör mal, sei jetzt still – wir unterhalten uns später.« Der Elektromotor lief mit einem lauten Brummen an, als sie einen Knopf auf dem Armaturenbrett drückte. Ein paar Minuten später waren sie in der Luft.

Na, das gibt's doch nicht, dachte Steve. *Ausgerechnet sie!* Seine Eskorte auf dem ersten Teil der Reise war Donna

Monroe Lundkwist. Er hatte sie zuletzt am Tag ihres Examens in seiner Bude in der Flugakademie gesehen. Sie hatten wild miteinander gevögelt, während sein Wächtervater direkt neben der Koje in seinem Rollstuhl geschlafen hatte.

Nachdem sie eine Viertelstunde geflogen waren, nahm Donna ihm die Haube ab. Als Steves Augen sich an die Helligkeit angepasst hatten, bemerkte er zu seinem Erstaunen, dass sie unter einem stromlinienförmigen Plexiglasbaldachin saßen. Alle Himmelsfalken, die er bisher gesehen hatte, waren Modelle mit offenem Cockpit gewesen. Er sah sich um. Das Wetter war gut, der Himmel blau, da und dort entdeckte er einen Altokumulus, aber man konnte in die unendliche Ferne schauen. In einem gewöhnlichen Himmelsfalken wäre er wahrscheinlich steifgefroren, aber bei geschlossenem Baldachin und eingeschaltetem Gebläse waren sie gemütlich isoliert von der kalten Novemberluft. »Wie heißt dieses Ding?«

»Himmelsreiter«, antwortete Donna. Sie trug einen weißen Helm mit einer dicken roten Zahl auf beiden Seiten und hatte das dunkle Visier hinaufgeschoben. Seit er sie zuletzt gesehen hatte, waren ihre Schultern breiter und ihr Gesicht hagerer und härter geworden.

Sie lächelte. »Du wirst es vielleicht kaum glauben, aber selbst unter der Haube kamst du mir irgendwie bekannt vor. Ich glaube, ich habe dich an den Händen erkannt …«

»Du hast ein gutes Gedächtnis.«

»Ja, wenn es um bestimmte Dinge geht …« Donna musterte ihn von der Seite und brach ab, um den Himmel vor ihnen abzusuchen.

Steve warf einen Blick auf den Minuteman-Orden aus Silberdraht, der auf ihre Uniform genäht war – er war die höchste Auszeichnung, die man an hervorragende Seniorkadetten verlieh. Der Orden erinnerte ihn schmerzhaft daran, dass er einer finsteren Verschwörung zum Opfer gefallen war. Steve Brickman hatte den Ehrgeiz gehabt, auf der Akademie als Klassenbester abzuschließen, und er hatte pausenlos gearbeitet, um dieses Ziel zu erreichen. Er hatte *gewusst,* dass er der beste Kadett des Jahres gewesen war, doch statt ihm bei der Abschlussprüfung die begehrten Examensauszeichnungen und besten Noten zu verleihen, waren sie an Donna Lundkwist gegangen. Egal. Er hatte seine Enttäuschung zwar überwunden, aber seine Demütigung weder vergessen noch vergeben. Jetzt hatte er ein ebenso lohnendes neues Ziel. Er wollte Donna Lundkwist vernichten – und ebenso alle anderen, die sich verschworen hatten, den Preis, der ihm rechtmäßig zustand, an sie zu vergeben. Früher oder später würden sie es alle zu spüren kriegen, einer nach dem anderen.

Aber sie würde die Erste sein.

Er lächelte sie an. »Schön, dich zu sehen.«

»Finde ich auch. In Fort Worth heißt es, du wärst im vergangenen Juni abgeschossen worden.«

»Was wieder mal zeigt, dass man nicht alles glauben soll, was man so hört.« Steve deutete mit dem Kinn auf die schwarze Haube, die auf seinem Schoß lag. »Kriegst du keine Schwierigkeiten, wenn du mir das Ding abnimmst? Was ist, wenn die anderen Burschen es sehen und Ärger machen?«

Lundkwist lächelte. »Immer mit der Ruhe. Rick Wyman hat gesagt, es wäre schon in Ordnung. Er hat's sogar selbst vorgeschlagen. Wir sind doch alle aus Big Blue, oder nicht?«

»So habe ich es noch gar nicht gesehen. Danke.« Big

Blue war der Spitzname der Absolventen für die Flugakademie Lindbergh Field – sie lag vierhundertfünfzig Meter unter dem Sand von New Mexico.

Donna sah ihn an. »Unglaublich. Wir haben zwar gewusst, dass wir einen Piloten abholen sollten, aber ich hatte keine Ahnung, dass du es bist. Christoph – der Gedanke, dass du ein GeBe sein sollst, ist nicht zu fassen. Es … ergibt überhaupt keinen Sinn.«

Steve zuckte die Achseln. »Für irgendjemanden wohl doch.« Er warf einen Blick hinaus und fragte sich, ob Lundkwists Hiersein ein reiner Zufall war oder ob man sie geschickt hatte, um ihn auszuhorchen, weil sie sich kannten. Möglicherweise war die Abnahme der Haube keine solidarische Geste, sondern Bestandteil eines Plans. Worin die Antwort auch bestand, wenn sie hoffte, ihn dazu verleiten zu können, irgendeine illegale Indiskretion zu begehen, würde sie feststellen, dass sie die Reise umsonst gemacht hatte. Während der fünfmonatigen Gefangenschaft bei den Mutanten war irgendetwas mit ihm geschehen. Seine früheren automatenhaften – fast robotischen – Reaktionen auf die militärische Disziplin, die die Gedanken und das Verhalten jedes Menschen in der Föderation steuerte, war nicht mehr. Es war ihm in dem Moment klargeworden, als Harmer, der Lieutenant mit dem feisten Gesicht, mit seinen schwerbewaffneten Männern aus der Zwischenstation gestürmt war und versucht hatte, ihn einzuschüchtern.

Steve hatte von frühester Kindheit an gelernt, seine wahren Gefühle zu verbergen. Zwar hatte er diese Fähigkeit dazu verwendet, das System zu seinem privaten Vorteil auszunutzen, aber dennoch hatte er an das System *im Ganzen* geglaubt. Diese Bestimmtheit hatte sich nun aufgelöst. Die Zeit bei den Mutanten hatte ihm die Schwächen der Föderation offenbart und ihm bewusst gemacht, dass er sich etwas anderes wünschte als das, was sie ihm zu bieten hatte. Er wusste zwar noch nicht genau, was das andere war, aber er wusste, dass er sich die Dinge so wünschte, wie sie *ihm* gefielen. Jetzt, wo er wieder zu Hause war, musste er zwar so reden und handeln, wie man es verlangte, aber von nun an würde es für ihn nicht mehr sein als ein kunstvoll ausgearbeitetes Spiel.

Außerdem machte er sich keine Illusionen. Hier ging es nicht um eine inkonsequente Schlacht des Geistes oder den abstrakten Triumph des Willens. Er war im Begriff, sich gegen die kollektive Macht der Föderation und die alles durchdringende Macht der Ersten Familie zu wenden.

Das Spiel war real; ein tödlicher Wettbewerb, bei dem ihm der kleinste falsche Zug das Leben kosten konnte.

»Deine Sachen liegen hinten. Naylors Messer und Fazettis Helm. Ist Lou …?«

»Yeah. Er ist ins Fleischgeschäft eingestiegen.« *Und nicht nur metaphorisch,* dachte Steve. Jedes Mal wenn er den Helm angesehen hatte, hatte er an Fazettis aufgespießten Schädel denken müssen. In der gesamten Zeit der Gefangenschaft hatte er nie erfahren, was die M'Calls mit seiner Leiche angestellt hatten. Er hatte auch nie lange darüber nachgedacht, ob eventuell irgendwelche Teile Fazettis in den dicken, scharf gesalzenen Eintöpfen gelandet waren, mit denen seine Häscher ihn gefüttert hatten.

Steve schaute über die Schulter nach hinten, beobachtete die Flugformation an der Steuerbordseite und bemerkte dramatische Änderungen an ihrem äußeren Erscheinungsbild. »Was fliegt ihr da – *Red-River*-Spezialmaschinen?«

Donna Lundkwist lächelte. »Mark-II-Himmelsfalken.

Ein paar von den Kisten, die man uns für Versuchszwecke geliefert hat.«

»Was ist aus dem Gewehr geworden, das früher über dem Cockpit hing?«

»Dafür haben wir jetzt ein festes, nach vorn gerichtetes Ding, das Thor genannt wird. Sechs drehbare motorbetriebene Läufe; sie schaffen zwölfhundert Schuss pro Minute.«

»Heilige Scheiße! Ist die Kiste hier auch bewaffnet?«

»Nein, sie ist nur eine Art Laster.«

Steve sah zum Cockpitbaldachin hoch. »Das Ding hält wahrscheinlich toll den Regen ab. Wie sicher ist es gegen die Armbrustbolzen der Mutanten?«

»Kommt auf die Reichweite an. Es hält zwar keinen Bolzen ab, der aus etwa achtzig oder neunzig Grad fast gerade rankommt, aber wenn er in einem Winkel von siebzig Grad oder weniger aufschlägt, prallt er meist ab. Aber das ist noch nicht alles – wir haben auch leichtgewichtige Panzerplatten aus einer neuen Legierung. Unter dem Boden, an den Seiten und hinter dem Sitz.«

Steve schaute sich im Cockpit um und schüttelte den Kopf. »Pilotenpanzerung, sechsläufige Kanonen, Baldachine …«, er warf einen weiteren Blick über die Schulter auf die Steuerbordschwinge, »… eine völlig neue Konstruktionsart. Das muss ich erst mal verarbeiten.«

»Du vergisst, dass du fünf Monate weg vom Fenster warst.«

»Na und? Hör mal, Donna, du weißt doch so gut wie ich, dass man in den vergangenen fünfzig Jahren nicht einmal die *Schrauben* an diesen Kisten verändert hat! Und jetzt, ganz plötzlich …« Steves Blick wanderte durch das Cockpit. »Erstaunt dich das etwa nicht?«

»Yeah, es ist fantastisch«, sagte Lundkwist. »Aber ich weiß nicht, was du willst. Du kennst doch die Föderationspolitik: Was funktioniert, wird nicht verändert. Als wir gegen die Präriemutanten losgezogen sind, haben wir erfahren, dass die alten Himmelsfalken zu verletzlich waren. Deine Kollegen auf der *Louisiana Lady* haben es sogar auf die ganz harte Tour erfahren müssen.«

»Yeah …« Steve fiel die blutige Schlacht in dem Flussbett wieder ein.

»Wir haben in diesem Sommer auch ein paar Leute verloren. Das ist das Wunderbare an der Ersten Familie: Sie hat uns von Anfang an immer mit den richtigen Werkzeugen versorgt. Und mit der richtigen Ausrüstung und der richtigen Technik, damit wir den Job erledigen können, der von uns verlangt wird.«

»Sie waren bestimmt schwer beschäftigt«, gab Steve zu. »Wie viele Wagenzüge sind schon mit diesen neuen Modellen ausgerüstet?«

»Im Moment nur unserer. In Reagan/Lubbock wird noch an den neuen Fließbändern gearbeitet.«

Steve musterte sie mit einem Anflug von Groll. »Bis dahin fliegen die anderen also weiter in Mülltonnen …«

Donna lächelte. »Du weißt doch, wie es bei der Kampfmaschine ist: Wir kriegen halt immer das Beste von allem.«

»Erinnere mich bloß nicht daran.«

Donna prüfte den umgebenden Himmel, dann schaute sie Steve wieder an. »Wie bist du in diese vertrackte Lage gekommen?«

»Eine gute Frage. Man hat mich über Wyoming abgeschossen, und dann haben die Mutanten mich gefangen genommen. Es ist eine lange Geschichte, aber nach fünf Monaten ist es mir gelungen, zu fliehen.«

Donna Lundkwist runzelte die Stirn. »Aber …«

»Ja, ich weiß, was du sagen willst. ›Mutanten machen keine Gefangenen.‹ Das höre ich ständig. Stimmt aber nicht.«

»Soll das heißen, dass du *fünf ganze Monate* lang dort draußen bei ihnen warst? Wieso haben sie dich nicht gevierteilt?«

»Auch das ist eine gute Frage. Das wüsste ich auch gern. Aber ich habe das komische Gefühl, dass ich, wenn ich die Antwort wüsste, die Nummer eins auf der Liste der zehn meistgesuchten Personen wäre.«

Donna schaute ihn an. »Ich weiß nicht genau, was du damit meinst.«

»Ich auch nicht. Lassen wir's also.«

»Und wie ist es passiert?«

»Gus White und ich haben nördlich von Cheyenne ein Kornfeld in Brand gesteckt. Ich wurde von einem Armbrustbolzen getroffen und habe die Kontrolle verloren, dann bin ich aus einer Höhe von hundert Metern abgeschmiert.«

»Wie hast du es geschafft, wo sie dich doch … äh … angefasst haben?«

»Wie meinst du das?«

»Na, du weißt doch, wie es mit den Beulenköpfen ist. Sie sind doch alle krank. Du bist von einem Bolzen getroffen worden und vom Himmel gefallen. Haben sie dich dann geschnappt?«

»Yeah. Ich hatte ein paar gebrochene Knochen und konnte mich nicht bewegen. Ein paar Mutanten haben mich aus dem Wrack gezogen und zu einem alten … äh … Beulenkopf gebracht, der eine Art Medizinmann war. Und der hat mich zusammengeflickt.«

»Arghhh, wie eklig …« Donnas Gesicht verzog sich bei dieser Vorstellung vor Abscheu. Wagner wurden von Geburt an in dem Glauben erzogen, dass der Hautkontakt mit Mutanten das eigene Fleisch verrotten ließ. Brandige, offene Wunden; leprös geschwollene Glieder. Es gab Fernsehbilder auf dem öffentlichen Kanal, die es bewiesen. Manche der strahlenkranken Renegaten, die man im Fernsehen exekutiert hatte, hatten sich auf die gleiche Weise infiziert.

Als Mr. Snow und Cadillac, Steves Haupthäscher, die Verletzungen behandelt hatten, die er sich während des Absturzes zugezogen hatte, hatte er dasselbe empfunden. Doch das Bild, das nun in seiner Erinnerung sichtbar wurde, zeigte Clearwater, ihr perfektes Gesicht und ihren festen, makellosen Körper; wie sie ihn im Monddunkel auf den weichen Lagen aus Tierfellen umschlang. »Ich weiß, wie du dich fühlst«, sagte er. »Ich versuche, nicht allzu oft daran zu denken.«

Donna schüttelte den Kopf. »Du warst fünf Monate im Freien und hast vergiftete Luft eingeatmet. Und dann noch eine Bande von Mutanten, die dir an die Gurgel wollten … Wie hast du das überlebt? Was hast du gegessen?«

Steve zuckte die Achseln. »Ich habe das gegessen, was sie mir gegeben haben. Ich hatte keine andere Wahl.«

Donna sah angewidert aus. »Da wird einem ja schlecht.«

»Mir war auch übel. In der ersten Woche konnte ich nichts im Magen behalten. Am Ende musste ich mich dazu zwingen. Es gab keine andere Möglichkeit, am Leben zu bleiben.«

»Aber das … das ganze Zeug da draußen … Es ist doch giftig! Es ist doch nicht nur die schlechte Luft, die einen umbringt. Es ist doch auch im Wasser, im Gras … in allem!«

Steve schaute sie an. »Was hättest du denn getan?«

Donna dachte darüber nach. »Ich weiß nicht. Wahrscheinlich das Gleiche wie du. Aber es muss abscheulich sein, wenn man etwas isst und weiß, dass jeder Bissen einen umbringt. Bist du ganz bestimmt in Ordnung?«

Steve zuckte die Achseln. »Wie du siehst, sitze ich hier und rede mit dir. Mein Gehirn fühlt sich an, als wäre es noch intakt. Was soll ich dazu sagen?«

»Das verstehe ich wirklich nicht. Es … es kann irgendwie nicht stimmen.«

»Da draußen bin ich auf einen Haufen Dinge gestoßen, die irgendwie nicht stimmen«, erwiderte Steve. »Ich würde mir an deiner Stelle keine Gedanken darüber machen.«

»Sicher, aber …« Donna wirkte dennoch besorgt. »Obwohl ich sehe, dass du immer noch der knallharte Hundesohn bist, habe ich mir immer gewünscht, dass du durchkommst.«

Steve zuckte erneut die Achseln. »Bis hierhin habe ich es zumindest geschafft. Was jetzt mit mir passiert, kommt darauf an, was die Leute im Hauptzentrum vorhaben.«

»Warum grinst du so?«

»Ich habe gerade daran gedacht, dass du dir bei unserem letzten Zusammentreffen Sorgen darüber gemacht hast, ob du das siebzehnte Lebensjahr noch erreichst.«

»Yeah.« Donna Lundkwists Grinsen zeigte eine Spur von Trauer. »Weißt du was? Ich denke allmählich so wie du. Es ist nicht gut, wenn man die Leute zu nahe an sich ranlässt. Es tut zu sehr weh.«

»Du bist nicht nur älter geworden, sondern auch klüger«, sagte Steve. »Glückwunsch zum Geburtstag, wann er auch sein mag.«

»Am 4. Juli.«

Steve nickte. »Ich werd's mir merken …«

Deke spulte in Anderssens Büro das Video zurück, das er von Steves Ankunft in Pueblo gemacht hatte. Dazu gehörten auch die Nahaufnahmen seines Drachens und die Standardaufnahmen für das Verbrecheralbum. Er hatte sie aufgenommen, kurz nachdem man Brickman hereingebracht hatte und bevor er die Bändchen in seinem Haar verloren hatte. Die letzte Einstellung zeigte ihn in seiner Zelle, wo er von einer verborgenen Kamera gefilmt worden war.

Anderssen saß hinter ihrem Schreibtisch und sah sich den Durchlauf schweigend an. Als Deke den Bildschirm ausschaltete, schaute sie zu ihm auf. »Meinen Sie nicht auch, wir sollten die Szene rausschneiden, in der Harmer ihn fertigmacht?« Sie beantwortete ihre eigene Frage mit einem Winken der Hand. »Ach, scheiß der Hund drauf! Lassen Sie es so!« Sie schaute auf die Uhr. »Sorgen Sie dafür, dass das Video innerhalb der nächsten Stunde zum Hauptzentrum übertragen wird.«

»Yes, Ma'am.« Deke nahm die Kassette an sich und salutierte nachlässig, weil er wusste, dass Anderssen nichts dagegen hatte, solange sie allein waren. Dann wandte er sich zur Tür.

»Ach, Deke«, rief Anderssen ihm nach.

Deke hielt inne, seine Hand lag auf dem Türgriff. »Ma'am?«

»Ich habe da ein kleines Problem. Ein paar Tage vor Brickmans Ankunft habe ich Major Hiller gebeten, den Bestand an Videobändern zu überprüfen – einschließlich derjenigen, die sich momentan im Wachturm befinden.

Sie hat die Regale geprüft, und es sieht so aus, als würde eins fehlen. Wissen Sie etwas darüber?«

Deke spürte, wie es ihm kalt den Rücken hinunterlief. Er wählte seine nächsten Worte sehr sorgfältig aus. »Nein, Ma'am. Wir tragen jede Kassettenbewegung ins Logbuch ein. Ich kann mir nicht vorstellen, wie eine aus dem Turm herausgekommen sein soll, ohne dass wir …«

Anderssen winkte ab. »Ich habe ja nicht behauptet, dass sie den Turm verlassen hat, Deke. Ich habe gesagt, sie war nicht im *Regal.*« Sie lächelte. »Wenn Sie unautorisierte Aufzeichnungen machen, sollten Sie sich wirklich einen besseren Platz suchen, um sie zu verstecken.« Sie legte eine Pause ein, musterte Deke schweigend und verlängerte seine Agonie. »Es ist zwar nicht so, dass ich irgendetwas gegen Wolken hätte … Schließlich könnte man behaupten, dass es sich um einen Teil des Himmels handelt, den Sie zu löschen vergessen haben. Aber wahrscheinlich hätten Sie eminente Schwierigkeiten, der MP die Musik zu erklären, die auf dem Band ist.«

»Yes, Ma'am. Werden Sie … mich melden?«

»Darüber muss ich noch nachdenken, Deke. Der Umgang mit Blackjack ist ein Vergehen erster Kategorie. Ihnen ist doch wohl klar, dass Sie, sollte Ihr Fall die Sachverständigen erreichen, nicht auf mildernde Umstände plädieren könnten. Strafen erster Kategorie können weder modifiziert noch anderweitig ausgeglichen werden, und der Beschuldigte hat kein Recht auf eine Eingabe.«

»Das weiß ich, Ma'am. Meine Tat ist unentschuldbar. Ich kann nur hoffen, dass er kein schlechtes Licht auf Ihr Kommando wirft.«

»Das hoffe ich auch«, sagte Anderssen. Sie sah Deke an und schüttelte den Kopf. »Ich hätte nie von Ihnen gedacht, dass Sie so ein Risiko eingehen.« Sie öffnete eine Schublade, nahm die illegale Kassette heraus und legte sie auf den Schreibtisch. »Na schön – wer verkauft das Zeug hier in Pueblo?«

»Niemand, Ma'am. Ich habe die Musik zufällig auf einem nagelneuen und unbenutzten Videoband entdeckt. Wenn wir die Qualitätsüberprüfung machen, bevor wir sie im Turm verwenden, nehmen wir eine Bandabtastung vor. Das Band gehörte zu einer Lieferung, die im letzten Juli aus dem Hauptzentrum kam. Die Kassetten kommen in versiegelten Paketen zu je zehn Stück hier an, zu hundert in einer Kiste. Das Lager hat mir zehn Stück gegeben. Ich habe die Verpackung selbst geöffnet. Der Packzettel war noch dran.«

»Klingt plausibel. Im letzten Frühjahr hat mir Commander Hartmann erzählt, man hätte ihm befohlen, eine Ladung Bänder wieder einzuladen, die er gerade in Amarillo abgeliefert hatte. Später habe ich gehört, dass man im HZ ein paar Burschen an die Wand gestellt hat, die mit frisierten Bändern handelten. Könnte sein, dass da eine Verbindung besteht. Könnte aber auch nicht sein. Die werden das so schnell nicht wieder tun.« Anderssen legte eine Hand auf die Kassette. »Okay – stellen wir die Sache klar: Ist das die Kassette, die zu uns reingekommen ist?«

»Yes, Ma'am.«

»Hat irgendjemand das Zeug gehört?«

»Nein, Ma'am.«

»Und Sie haben es bestimmt nicht weitergegeben? Es würde mir nicht gefallen, wenn Sie mir eine Geschichte erzählten und die MP dann eine ganz andere aus Ihnen herausprügelt.«

»Nein, Ma'am, bestimmt nicht. Ich habe zwar gehört,

dass darüber geredet wird, es gäbe auf anderen Stationen Leute, die das Zeug gegen Gras tauschen, aber so etwas gibt es hier nicht. Hier gibt es keinen Schwarzmarkt.«

»Hoffentlich. Wenn es tatsächlich einen gäbe, würde ich jeden Händler, den ich erwische, lebendig begraben lassen.«

»Wenn es so etwas hier gäbe, Ma'am, wüsste ich davon.«

Yeah. So wie du alles über deine aufrechte Mary-Ann weißt, die heimlich Gras raucht. Ach, Deke, dachte sie ohne Boshaftigkeit, *was bist du doch für ein Arschloch.* Sie drehte die Kassette in den Händen herum. »Ihnen ist natürlich klar, dass es auch eine Falle sein könnte, nicht wahr? Wenn das Zeug auf einem leeren Band hier angekommen ist, muss man es natürlich früher oder später finden. Vielleicht stammt das Band von irgendeiner internen Renegatenbande, aber was ist, wenn nicht? Sie wissen doch, welch hinterhältige Schweinehunde die MP-Marshals sind. Im HZ gibt es Typen, die nichts anderes tun, als sich solche Schweinereien auszudenken. Ich muss die Sache melden, Deke – schon deswegen, um meinen eigenen Arsch zu retten.«

Deke wankte auf seinem verkrüppelten Bein und richtete sich auf. »Yes, Ma'am.«

Anderssen winkte ab. »Bleiben Sie ruhig. Ich rede nur von dem Band. Ich lege keinen Wert darauf, dass Sie auf dem Grill landen. Scheiße … Sie sind im Umkreis von hundertfünfzig Kilometern der Einzige, der den Idioten in der Elektronik sagen kann, wie man den ganzen Müll zum Laufen bringt.« Sie händigte Deke die Videokassette aus. »Könnte sein, dass sie irgendwie markiert ist, also ist sie auch diejenige, die zurückmuss. Löschen Sie alles bis auf die Musik. Und wischen Sie meine Fingerabdrücke von der Hülle ab. Wenn Sie das getan haben, melden Sie den Fund dem Offizier vom Dienst. Seien Sie schockiert, völlig außer sich und rechtschaffen empört. Sie kennen ja das Prozedere.«

»Yes, Ma'am.«

»Okay, vergeuden Sie keine Zeit mit dem Salutieren. Machen Sie sich an die Arbeit.« Anderssen entließ ihn mit einem Wink.

Deke humpelte zur Tür.

»Moment noch …«

Deke erstarrte, drehte sich schwerfällig um; sein Herz schlug wie verrückt.

»Es wäre vielleicht eine gute Idee, wenn Sie mir eine Kopie davon machen würden. Natürlich nur für die Akten.«

»Natürlich, Ma'am …«

Anderssen lächelte. »Ich glaube, es ist wichtig, damit ich eine Vorstellung von dem kriege, was wir hier ausradieren wollen, nicht wahr? Schließlich könnte es sein, dass irgendwann wieder so eine gezinkte Ladung hier auftaucht. Wäre man ein Arzt, der eine ansteckende Krankheit daran hindern will, dass sie sich ausbreitet, muss man doch auch in der Lage sein, ihre Symptome zu erkennen, oder nicht?«

»Absolut.«

»Wissen Sie, woher die Musik stammt, Deke? Wer hat sie gemacht?«

Deke zögerte. »Tja, das kann man nicht genau sagen. Es gibt zwar nur wenig Bekanntes darüber, aber ich würde sagen, es handelt sich eindeutig um klassisches Material. Ich schätze, es stammt aus der Zeit vor dem Holocaust …«

Anderssen schnappte nach Luft. »So alt …?«

»Oh, ja, 'n echter Hammer. Es ist wahrscheinlich die Arbeit eines Burschen namens Vangelis.«

Anderssen nickte. »Unser Gespräch hat nie stattgefunden, Deke.«

»Ich habe weder ein Wort gehört noch gesagt, Ma'am.«

»Gut«, sagte Anderssen. »Noch eins: Sie haben da zwei Bänder. Eins von Brickman und eins von den Wolken. Überspielen Sie um Christophs willen bloß nicht das falsche ans HZ.«

3

Der Flug von Pueblo nach Santa Fé – eine Strecke von weniger als vierhundert Kilometern – wurde ohne Zwischenfall und mit einem Minimum an Gesprächen mit dem Rest der Formation absolviert. Wyman, der *Red-River*-Mann, der die Gruppe anführte, meldete sich einmal über Funk, um anzukündigen, dass sie die Staatsgrenze überflogen, die Colorado von New Mexico trennte. Steve warf zwar einen Blick nach unten, aber aus einer Höhe von über tausend Metern konnte er nichts sehen, was ihn besonders interessierte.

Roosevelt/Santa Fé, der Ort, auf den sie zuflogen, lag etwa auf halbem Weg zwischen dem Vorkriegszentrum des gleichen Namens und Albuquerque, einem etwa hundert Kilometer weiter südlich liegenden Ort. Die Basis, in der eine Wagnerdivision von zehntausend Mann lebte, lag tief im Erdschild verborgen. Ebene Eins – oder die Bodenetage – befand sich über vierhundertfünfzig Meter unter der Oberfläche. Jede Ebene war eine horizontale Schicht, die fünfundvierzig Meter dick und in zehn Stockwerke – oder Hallen – geteilt war, die vom Boden aus nach oben von 1–10 nummeriert waren. Somit war Eins-1 die Straßenebene und Zehn-10 die Etage, die zur Rampe führte, das Verbindungsglied zur Oberwelt. Wagnerbasen bestanden nicht immer aus zehn Ebenen. Viele kleinere Unterabteilungen befanden sich auf den Ebenen Eins bis Vier. Unter Ebene Eins lagen weitere Schichten: Sie waren als A-Ebenen bekannt und enthielten Heizpumpen, Ventilationseinheiten, Bioprozessoren, Pflanzennährsubstrattanks, Müllkippen und Abflussrohre. Von oben nach unten in alphabetischer Reihenfolge nummeriert, stellten sie das exklusive Reich der Dienstleistungstechnik und Instandhaltung dar – die Domäne der Schweißer. Steve hatte nie eine ernsthafte Anstrengung unternommen, um zu erfahren, wie weit diese Ebenen in die Tiefe reichten. Für die Absolventen der Kampfakademien und die sonstigen Karrieremacher der Föderation waren die A-Ebenen die absoluten Senkgruben. Daher nannte man die Leute, die dort tätig waren, abwertend Z-Köpfe oder Schmutzfinken.

Wie es Brauch war, hatte man der Basis den Namen der nächsten wichtigen Vorkriegsortschaft als Oberweltmarkierung hinzugefügt – in diesem Fall den der alten Hauptstadt New Mexicos. Fünfzehnhundert Meter auf dem Hochland östlich des Rio Grande liegend, bestand das ursprüngliche Santa Fé jetzt nur noch aus einem unübersichtlichen Irrgarten aus niedrigen, gezackten, durchbrochenen Mauern, der von einer Fülle roten Buschwerks und Bäumen überwuchert war. Da und dort, wo sich die Bruchstücke der zerfallenen Fassaden noch drei oder vier Meter erhoben, glotzten einen leere Fensterhöhlen wie augenlose Höhlen in einem zerschmetterten, von der Sonne gebleichten Schädel an. Albuquerque hatte, wie viele der großen Städte, ein schreckliches Schicksal erlitten. Das ausgedehnte Gebiet, das es einst eingenommen hatte, war nun von Kratern übersät wie die Mondoberfläche. Der Zerstörungsakt hatte den Lauf des Rio Grande verändert, der sich nun seitwärts in eine Reihe kreisförmiger Seen ergoss, bevor er wieder in das sich dahinschlängelnde Flussbett strömte, das in südlicher Richtung zum Meer floss.

Trotz der Tatsache, dass Steve vor seinem Abschuss von der Lady aus drei Monate lang Patrouillen geflogen war, hatte er Roosevelt/Santa Fé noch nie aus der Luft gesehen. Als sie sich der Basis näherten, hatte er ein eigenartiges Gefühl. Roosevelt Field – um den offiziellen Namen zu verwenden – war nicht nur der nächste Bahn-Haltepunkt von Pueblo aus, sondern zufällig auch seine Heimatbasis, was sich an seinem zweiten Vornamen zeigte. Hier waren er und seine jüngere Blutsschwester Roz von ihren Wächtern Jack und Annie Brickman aufgezogen worden.

Nach der üblichen Praxis hatte man Steve nach einem ihrer eigenen Wächterväter benannt – in diesem Fall nach dem Annies. Roz war nach Jacks Wächtermutter benannt. Annie war in Nixon/Fort Worth aufgewachsen. Bevor sie sich mit Jack zusammengetan hatte, war ihr Familienname Bradlee gewesen. Die Bradlees hatten gute Beziehungen – sie waren gut vernetzt –, und einige von ihnen, wie Annies Blutsbruder Bart, der MP-Marshal von New Mexico, waren in hohe Funktionen aufgestiegen.

Brickman war zwar ein weniger prominenter Familienname, aber man konnte auch ihn durch die Generationen zu den *Vierhundert* zurückverfolgen – den allerersten Wagnern, die unter der Leitung der Ersten Familie den Kern der Föderation gebildet hatten und nun namentlich auf der Ehrenliste standen. In Wirklichkeit hatte die Liste ursprünglich fünfhundertachtzehn Namen umfasst, aber wie so vieles in der Föderationsgeschichte hatte man derlei unwichtige Einzelheiten geglättet, um die allgemeine

Präsentation nicht zu verderben: Ebenso wie das Alte Amerika der Vorkriegszeit von einer Pioniergruppe aufgebaut worden war, die sich die Ersten Vierhundert genannt hatten, hatten die Nachfahren der zweiten Vierhundert das Neue errichten wollen.

Kurz bevor sie nach Osten schwenkten, warf Steve einen letzten Blick auf die runden Seen, die sich an jener Stelle der Landkarte befanden, wo Albuquerque gelegen hatte. Der Anblick brachte ihn dazu, über das nachzudenken, was Mr. Snow ihm über den Krieg der Tausend Sonnen erzählt hatte. Was er erfahren hatte, hatte seinen ursprünglich blinden Glauben an die Geschichte der Föderation über den Holocaust erschüttert. Wie konnten die Mutanten, die trotz ihrer geheimnisvollen Kräfte im besten Fall ungebildete Wilde mit einem primitiven Lebensstil waren, solche Veränderungen über die Erde gebracht haben? Woher hätten sie diese vernichtende Kraft nehmen sollen? Steve wurde immer überzeugter, dass der Krieg der Tausend Sonnen und der Holocaust zwei Begriffe für dasselbe Ereignis waren. Wenn es so war, was war also *wirklich* passiert? Und wer war der Schuldige?

Donna Lundkwists Stimme unterbrach seinen Gedankengang. »Ich muss dir jetzt die Haube aufsetzen. Wir landen in ein paar Minuten.« Sie ließ den Himmelsreiter nach Backbord abschwenken und verlor an Höhe. Als sie zur Landung ansetzten, nahm Steve einen letzten Anblick der Oberwelt in sich auf, saugte das Bild hungrig in sein Gedächtnis, wie ein Delinquent, der an der Wand steht und zum letzten Mal Atem holt. Unter ihnen war das Land – seine Erhebungen und Senken – von lebhaften Farben erfüllt. Er sah zahllose Abstufungen von Rot, Orange, Gelb und Braun und darüber ein sich veränderndes Wolkenmuster aus Sonnenlicht und Schatten. Darüber war die herrliche blaue Weite, die sich hinter dem unbekannten Dunstvorhang ausbreitete, der die Umrisse der fernen Berge verschleierte.

Donna nahm die Haube. »Okay, schieb mal den Kopf zu mir rüber …« Ihre Blicke trafen sich. »Viel Glück, Brickman. Ich hoffe, wir sehen uns irgendwann mal wieder. Unter … ah … erfreulicheren Umständen.«

»Werden wir«, sagte Steve und wurde wieder in Finsternis getaucht.

Die Santa-Fé-Verbindung war ein riesengroßer flachdachiger Betonklotz, dessen Aussehen dem Pueblo-Bunker glich. Der Hauptunterschied bestand in der hundertfünfzig Meter langen betonierten Landebahn, die davor im Freien lag. Donna brachte den schwerfällig aussehenden Himmelsreiter auf die weiße Mittellinie hinunter. Wyman und die beiden anderen *Red-River*-Piloten gingen den Bruchteil einer Sekunde später nieder und legten eine perfekte Formationslandung hin. Als sie am Boden entlangrollten, sah Donna neben der Landebahn mehrere Mutantenarbeitsgruppen, die von den Waffen behelmter Wagner in Schach gehalten wurden. Einer der Wächter winkte ihnen zu, als sie vorbeikamen. Die Mutanten – sie wirkten zerlumpt, verwahrlost und trugen Knie- und Gelenkfesseln – waren damit beschäftigt, die Länge und die Breite der Landebahn zu erweitern. Donna fragte sich nach den Gründen. Je nachdem, wie ein Himmelsfalke beladen war, brauchte er beim Start eine Bahnlänge von fünfzig bis fünfundsiebzig Metern, und wenn er landete allenfalls die Hälfte. Pflasterte die Erste Familie die Straße für eine noch größere und stärkere Maschine als den neuen Mark II?

Von den drei Himmelsfalken begleitet, machte Donna eine rechte Wendung, verließ die Landebahn und fuhr auf die fächerförmige Zone zu, die zu den Rampentoren hinabführte. In Lindbergh Field, dem Sitz der unterirdischen Flugakademie im südöstlichen New Mexico, verfügte die Verbindung über vier solcher Rampen, die in der Form eines großen Kreuzes angeordnet waren. Hier wie dort wurde die Rampe von schrägen Mauern gesäumt, die an Höhe zunahmen, wo sie auf die massiv verstärkten Betontüren zuliefen. Sie beschnitten bis auf ein keilförmiges Stück Himmel den Blick auf die Oberwelt.

Obwohl Steve nichts sah, spürte er, wie die Wände ihn erdrückten. Er fühlte das erdrückende Gewicht der hohen Tore, die im Begriff waren, sie zu verschlingen. Wieder einmal, wie bei seinem ersten Alleinflug, wurde er von einer Welle der Besorgnis überspült, doch diesmal hatte er sich fest unter Kontrolle und verfiel nicht in Panik. Die zwei Tage und drei Nächte, die er in der Pueblo-Zwischenstation verbracht hatte, hatten ihm bei dem, was sich offenbar zu einer langwierigen Wiedereingewöhnung auswuchs, geholfen. Die ersten paar Stunden des Alleinseins im Zellenblock waren unerträglich niederschmetternd gewesen. Er hatte das Gefühl gehabt, ersticken zu müssen, aber irgendwie war es ihm gelungen, sich während der schlimmsten Momente gut zuzureden. Nach einer Weile war er dann fähig gewesen, sich geistig von seiner Umgebung zu lösen. Er hatte, wie die Mutanten, mit gekreuzten Beinen Platz genommen und nach der Gelassenheit gesucht, die er in Mr. Snow und Cadillac beobachtet hatte – seinen wichtigsten Wächtern und Führern durch das Leben des Prärievolkes. Er hatte seine Gedanken schrittweise nach innen gerichtet; er hatte sich zuerst mit der

Talisman-Prophezeiung beschäftigt, die Mr. Snow ihm enthüllt hatte, und dann mit der Rolle, die er wahrscheinlich in den vorhergesagten Ereignissen spielte. Die Mutanten hatten sein Leben verschont, weil sie glaubten, dass er auserwählt war, eine wichtige Rolle in der Zukunft ihres Volkes zu spielen. Aber sie hatten ihm nicht gesagt, ob er diese Rolle als ihr Freund oder ihr Feind spielen würde …

Das Band der Freundschaft und des Verständnisses, das er mit Mr. Snow und Cadillac geschmiedet hatte, hielt noch immer; die Gefühle, die er Clearwater entgegenbrachte, würden sich, davon war er überzeugt, niemals ändern. Doch auch wenn ihr Bild hell in seinen Erinnerungen leuchtete, rührten sich nun allmählich ältere, tiefer verwurzelte Emotionen in ihm. Der Flug mit dem Himmelsreiter und der Anblick der neuen schlanken Himmelsfalken hatten seine Faszination für die Technik – für die Instrumente des Krieges – neu entfacht. *Hierin* lag die wirkliche Macht – in der technischen Überlegenheit der Föderation. Doch er konnte die Kräfte, die Mr. Snow auf die *Louisiana Lady* losgelassen hatte, nicht ignorieren. Seine Kräfte hatten den Wagenzug beinahe zu einem Wrack demoliert, und er hatte mit eigenen Augen gesehen, wie Clearwater ganz ähnliche Mächte aus der Luft gerufen hatte. Aber hatte der alte Wortschmied nicht auch zugegeben, dass ihn vor dem Angriff auf den Wagenzug beinahe eine *einzige* Kugel ums Leben gebracht hätte?

Als sie darauf warteten, dass sich der Betonvorhang vor ihnen auf einer Batterie hydraulischer Zylinder hob, von denen jeder so dick wie ein Menschenleib war, beschäftigte Steve am meisten der Gedanke, so schnell und sauber wie möglich durch das unausweichliche Verhör zu kommen und wieder auf die *Lady* und an die Oberwelt versetzt zu werden. Er wusste zwar noch nicht genau, wie er sich verhalten sollte, wenn man ihn wieder gegen den Prärievolk-Clan in den Einsatz schickte, der ihn gefangen genommen hatte, aber das war nichts, was man seiner Meinung nach eine Nacht überschlafen musste. Das Dilemma – vorausgesetzt, es gab überhaupt eins – würde irgendwann schon gelöst werden. Und wie immer zu seinem Vorteil …

Als sich das innere Rampentor fest hinter ihnen geschlossen hatte, stiegen die Männer vom *Red-River*-Wagenzug aus ihren Maschinen, und als Wyman ihre Ankunft im Rampenkontrollbüro meldete, hoben Lundkwist, Minelli und Reardon Steve aus dem Himmelsreiter und prüften, ob er noch ordnungsgemäß gefesselt war und nichts sehen konnte. Donna Lundkwist bemerkte eine Gruppe von sechs Deputy Marshals der MP, die vom anderen Ende der Rampe auf sie zukamen. Sie trugen die üblichen dunkelblauen Einteiler und weißen Helme, die denen der Piloten ähnlich waren, doch ihre Visiere bestanden aus Spiegelsilber und hatten einen gekrümmten Unterrand wie Sonnenbrillen. Auf der Vorderseite ihrer Helme stand in großen roten Lettern »MP«, und ein ebenfalls rotes Band lief um sie herum. Man bezeichnete die Deputy Marshals auch als Fleischklopse. Eine bestimmte Wagnergruppe hatte ihnen diesen spöttischen Titel verliehen – Leute, die trotz konstanter Ermahnungen weniger auf die Föderationsgesetze hielten, als sie durften.

Wyman kam aus dem Kontrollbüro und eilte zu Lundkwist und den anderen zurück, die bei Steve warteten. »Gute Nachrichten, Leute«, sagte er. »Das Büro kredenzt uns einen Muntermacher. Ich habe mit der Kampfmaschine gesprochen. Wir haben Erlaubnis, eine Stunde Pause zu machen, bevor wir den Rückflug antreten.«

»Ausgezeichnet!«, sagte Lundkwist, und Reardon und Minelli nickten zustimmend.

»Okay, Mister, hier lang!« Steve spürte, wie er von zwei Seiten an den Armen gepackt und nach vorn gezogen wurde. Aufgrund des stützenden Griffs, den er von links bekam, wusste er, wo Donna Lundkwist stand.

Rick Wyman führte sie zu den Deputy Marshals, übergab ihnen den Delinquenten mit einem Minimum an Zeremoniell, dann drehte er sich wieder um und marschierte, gefolgt von seinen Kollegen, davon. Keiner von ihnen schaute zurück, denn niemand wollte, dass man eine solche Geste falsch interpretierte. Angehörige der MP waren nicht sehr beliebt.

Steve spürte die plötzlich feindselige Atmosphäre ebenso, wie er den ihn umgebenden Beton gespürt hatte. Hinter ihm und an den Seiten wurde er von Körpern umgeben.

Jemand trat ihm in die Hacken, dass er beinahe das Gleichgewicht verlor. Mehrere Leute prügelten ihn, zogen ihn hoch und wieder zurück, und er wurde auf der Stelle von mehreren harten Stimmen angefaucht.

»Stell dich gerade hin, du GeBe-Schwein!«

»Was bist du für einer – ein Sack voll Scheiße?«

»Du fotzenleckender Mutantenficker!«

»Setz gefälligst deinen fetten Arsch in Bewegung!«

»Okay, auf geht's!« Jemand packte grob seine Arme. Dann knallte die Spitze eines MP-Gummiknüppels heftig und genau über seinem Hintern in seinen Rücken. Eine Schmerzwelle raste durch Steves Leib, und ihm wurde schlecht. Er stolperte vorwärts.

»Reiß dich bloß am Riemen!«, schrie eine grobe Stimme. »Heb den Kopf hoch, und nimm die Schultern zurück!«

Der Gummiknüppel knallte ihm in die Nieren. »Links, zwo, drei, vier; links, zwo, drei, vier!«

Als ihm die Haube abgenommen wurde, stand Steve zwar immer noch, aber eben nur noch gerade so. Sein Rücken schmerzte, und seine Oberschenkel fühlten sich an wie Gummi. Er warf einen Blick über die Schulter und sah, dass sich hinter ihm eine Tür schloss. Als er nach unten schaute, bemerkte er, dass nun eine zusätzliche Kette über die verlief, die seine Kniefesseln verband. Er war an einen Eisenring im Boden eines kleinen Büros gefesselt und schaute auf einen leeren Schreibtisch, hinter dem ein leerer Drehstuhl stand. Abgesehen von den üblichen Ventilationsgittern, waren die rehbraun gestrichenen Wände völlig kahl. Es gab nichts, was anzeigte, wo er war oder welche Funktion der Raum hatte. Seine Ohren und sein Magen sagten ihm, dass sie eine beträchtliche Strecke in einem Aufzug nach unten zurückgelegt hatten und dass man ihn dann in einen Rolli geschoben hatte. Er hatte das typische Heulen des Elektromotors erkannt. Gegen Ende seiner Reise hatte er das Gefühl gehabt, dass der Rolli einen Hang hinuntergefahren war. Der einzige Hang, den er in Roosevelt Field kannte, war die Frachtrampe, die von der Trans-Am-Station unter dem New-Deal-Platz hervorkam. Da er mit der Bahn ins Hauptzentrum fahren sollte, schien es der logischste Ort zu sein, an den man ihn bringen konnte.

Die Tür ging auf und zu. Hinter ihm blieb jemand stehen, legte kurz eine Hand auf seine Schulter, ging dann an ihm vorbei und trat hinter den Schreibtisch. Steve maß ihn mit einem Blick und empfand sofort Erleichterung. Es war Bart Bradlee, der Oberste Marshal von New Mexico. Er trug eine fleckenlose weiße Uniform – das Gegenteil seines schwarzen GeBe-Drillichs – mit goldenen Epauletten und jeder Menge dunkelblauer Rangabzeichen. Der gute alte Onkel Bart. Neunundzwanzig Jahre alt, und sein kurz geschnittenes Haar wurde schon grau. Er war kein weicher und nachsichtiger Mann und ganz gewiss kein Mensch mit Humor. Nein … Bart war ein harter, mit Lametta behangener Scheißer, der alles streng nach Vorschrift tat.

Aber immerhin waren sie verwandt.

Bart legte ein mit Fransen versehenes, lederbezogenes Offiziersstöckchen auf den Schreibtisch, sorgte dafür, dass es exakt parallel zum Rand zu liegen kam, dann setzte er seinen weißen Stetson so vor sich ab, dass das Abzeichen auf Steve deutete.

»Wie geht es dir, Junge?«

Barts Blick war auf den Stetson gerichtet, weil er sich versichern wollte, dass die Vorder- und Hinterachse genau in einem rechten Winkel zu seinem Offiziersstöckchen lag.

»Seit ich Sie sehe, viel besser, Sir.«

Bart schaute auf und maß ihn mit einem ernsten Blick. Steves zerzaustes schulterlanges Haar stieß ihn ganz offensichtlich ab. »Wie gern würde ich das auch von mir sagen …«

Steve versuchte es auf die Wir-sind-doch-eine-Familie-Tour: »Ich bin kein GeBe, Sir. Ich habe es den Leuten fortwährend erzählt, aber offenbar will mir niemand zuhören. Ich weiß auch nicht, woran es liegt. Ich meine, schließlich kennen Sie mich doch! Sie wissen doch, wie Annie mich erzogen hat und so weiter! Zum Henker! Ich liebe meine Verwandten viel zu sehr, um abtrünnig zu werden!«

Bart nickte zwar, aber er sah nicht überzeugt aus.

»Laut Meldung bist du in Gefangenschaft geraten. Fünf

Monate … Das ist eine lange Zeit, wenn man in den Händen dieser Tiere ist, Junge.« Er trat hinter dem Schreibtisch hervor und umkreiste Steve langsam mit hinter dem Rücken verschränkten Händen.

Steve hob den Kopf, streckte seinen schmerzenden Rücken und hoffte, dass Onkel Bart nicht auf die Idee kam, sich auf ihn zu stützen. Nach dem, was er mit feistgesichtigen Lieutenants in Pueblo und den Deputy Marshals der MP hinter sich hatte, wies sein Körper nicht mehr viele Stellen auf, die man noch malträtieren konnte.

»Zeit genug, damit sie in dir eine Menge böser Gedanken hervorrufen können. Gedanken einer Art, die Menschen ganz schnell durcheinanderbringen können, sodass sie nicht mehr zwischen richtig und falsch unterscheiden können.« Bart machte eine Pause; sein Mund kam nahe an Steves Ohr heran. »Du weißt doch, was im Buch über die Mutanten steht, Junge?«

»Yes, Sir! Sie sind Geschöpfe der Finsternis …«

»Richtig. Geschöpfe der Finsternis, die deinen Körper krank machen und deinen Geist vergiften können. Das sind nicht meine Worte, Stevie. Es sind Worte aus dem Mund der Ersten Familie, deren Weisheit uns durch die Jahrhunderte beschützt hat.« Bart ging vor ihm im Kreis herum und richtete den durchdringenden Blick seiner blauen Augen auf Steves Gesicht. »Haben Sie *deinen* Körper krank gemacht, Stevie?«

Steve bemühte sich, den Blick auf einen imaginären Punkt hinter dem Kopf des Marshals zu konzentrieren. »Ich glaube nicht, Sir. Der Stabsarzt in Pueblo hat mich untersucht. Ich weiß zwar nicht, was er gefunden hat, aber ich … ah … fühle mich wirklich ausgezeichnet.«

Bart schien ihm nicht zuzuhören. Er trat an Steves linke

Seite und brachte seinen Mund erneut an sein Ohr heran. »Haben sie deinen *Geist* vergiftet?«

»Nein, Sir! Ich schwöre Ihnen, dass das unmöglich ist! Während der ganzen Zeit, die ich da draußen war, habe ich nur an eins gedacht: Wie ich dort wegkommen und dorthin zurückkehren kann, wo ich zu Hause bin!«

Während Steve sprach, trat Bart hinter ihn und hielt erneut an; diesmal hinter seiner rechten Schulter. Steve warf einen schnellen Blick in die betreffende Richtung und stellte fest, dass das Gesicht des MP-Marshals etwa zwei Zentimeter von dem seinen entfernt war. Er hatte das Kinn vorgeschoben, fletschte die Zähne und hatte die Augen so weit aufgerissen, dass es um seine Pupillen herum völlig weiß war. Steve riss den Kopf wieder nach vorn und starrte fest an die braune Wand. In der Vergangenheit, in ihren eher privaten Augenblicken, hatten er und seine Blutsschwester Roz Barts fanatische Treue und seine frommen Sprüche aus dem Handbuch mit amüsierter Geringschätzung betrachtet. Doch jetzt, als er an den Boden gekettet dort stand, wurde ihm urplötzlich klar, dass der gute alte Onkel Bart nicht alle Tassen im Schrank hatte. Er war Balla-Balla. Total matschköpfig. Christoph Columbus! Ein wahnsinniger MP-Marshal … Der Kopf einer Behörde für ganz New Mexico, der die Macht hatte, Menschen zu verhaften, ins Gefängnis zu stecken, zu verhören und zu verurteilen. Er konnte sie sogar an die Wand stellen lassen! Steve spürte, wie er bei diesem Gedanken anfing zu zittern. Es war beängstigend. Aber noch beängstigender war die Tatsache, dass er urplötzlich ein ebenso irres Bedürfnis hatte, laut loszulachen.

Bart verließ seinen Posten an Steves Schulter, stützte sich rückwärts mit ausgestreckten Armen auf dem Schreibtischrand ab und musterte Steve vom Scheitel bis zur Sohle. Steves Gesichtsmuskeln schmerzten zwar, aber irgendwie gelang es ihm, das Gesicht nicht zu verziehen.

»Du sagst, du fühlst dich ausgezeichnet. Was fühlst du für die Föderation, Junge? Und was fühlst du für die Erste Familie?«

Steve fühlte sich sofort noch besser. Das war vertrauter Boden. »Dasselbe wie früher, Sir. Der Gedanke an sie war das Einzige, was mich dort draußen am Leben erhalten hat.« Die Worte kamen ihm leicht über die Lippen. Steve wusste, dass es genau die Worte waren, die Bart am liebsten hörte. »Ich habe *nicht ein Mal* vergessen, was die Erste Familie für uns getan hat. Wie sie die Föderation aus dem Nichts heraus aufgebaut hat. Wie sie uns das Leben geschenkt hat – den Lebenswillen, die Gesetze, nach denen wir leben, und das Versprechen einer besseren Zukunft. Wir schulden ihr so viel, dass wir es niemals zurückzahlen können. Aber jeder von uns kann ihr seine Dankbarkeit zeigen, indem er rechtschaffen lebt, normal denkt und bereit und willens ist, den letzten Opfergang anzutreten.«

Bart schürzte seine Unterlippe und nickte zustimmend. »Gut gesagt, Junge.«

»So ist es, Sir. Nichts hat sich geändert.« Steve legte eine Pause ein, dann fügte er mit der passenden Feierlichkeit hinzu: »Ich glaube noch immer daran: Die größte Ehre, die man einem Wagner erweisen kann, der dieser Bezeichnung würdig ist, besteht darin, dass man ihn aufruft, sein Leben für die Verteidigung der Ersten Familie und der Föderation hinzugeben. Und aus diesem Grund möchte ich mich von jedem Verdacht des Fehlverhaltens reinwaschen und wieder in den Kampf zurückgehen. Ich weiß zwar, dass man nie um einen Gefallen bitten soll – aber können Sie mir dabei helfen?«

Bart reagierte mit einem Kopfschütteln. »Dein Fall unterliegt nicht meiner Jurisdiktion, Stevie. Das Beste, was ich dir geben kann, ist ein Ratschlag.«

»Nun, Sir, auch dafür wäre ich sehr dankbar«, sagte Steve mit so viel Ernsthaftigkeit, wie er aufbringen konnte. »Ich bin davon überzeugt, dass Ihre Führung, die Sie mir damals gaben, als Papa Jack auf Mutantenjagd war, mir geholfen hat, nie vom Kurs abzuweichen.«

Bart schien dieses Lob zu akzeptieren. »Das kann durchaus sein. Es liegt an jedem von uns, das zu tun, was wir tun können, und dabei mit denen anzufangen, die uns am nächsten stehen. Ich habe mich nie zurückgehalten, dir zu helfen, Stevie. Nicht deswegen, weil du zur Familie gehörst, sondern weil ich wahrlich und wahrhaftig glaube, dass an dir etwas Besonderes ist, das dich irgendwann ganz an die Spitze bringen wird.«

Zu jeder anderen Zeit wäre eine so glühende Versicherung die reinste Musik für Steves Ohren gewesen. Doch leider hatte er Bart gerade neu klassifiziert – in die Kategorie Nummer Eins aller menschlichen Nullen –, deswegen konnte er seine Wertschätzung absolut nicht mehr ernst nehmen. Steves Wissen um seine persönlichen betrügerischen Absichten verliehen seiner Antwort eine gewisse Ironie. »Vielen Dank, Sir, ich werde mich bemühen, Sie nicht zu enttäuschen.«

»Das wirst du nicht«, sagte Bart. Er rutschte vom Tisch, machte einen Schritt auf Steve zu und musterte ihn mit seinen irren blauen Augen. »Ich möchte dich um etwas bitten, Stevie. Von Mann zu Mann.«

»Bitte, Sir.«

»Ich habe zwar viel über die Mutanten gehört und gelesen, aber du bist ihnen nähergekommen als jeder andere, den ich kenne. Ich habe die Videos gesehen, auf denen man sieht, was diese Tiere mit unseren Jungs machen, aber *du* hast es mit eigenen Augen gesehen. Diese Beulenköpfe sind echte Killer, nicht wahr?«

»Yes, Sir.«

»Und wie kommt es dann, dass sie dich nicht umgebracht haben?«

»Ich kann Ihnen diese Frage nicht beantworten, Sir. Sie waren mehrmals kurz davor, und wenn ich ihnen nicht entwischt wäre …«

»Ja, sicher, aber ist dir in den ganzen fünf Monaten nicht einmal die Idee gekommen, sie zu fragen, was dich zu einer so großen Ausnahme macht?«

»Nein, das habe ich bewusst nicht getan.«

Bart beäugte ihn zweifelnd.

Steve fühlte sich verpflichtet, ihm eine Erklärung zu liefern. »Vielleicht sind die Präriemutanten irgendwie anders als die, gegen die wir bisher gekämpft haben. Oder vielleicht haben sie einfach noch nicht kapiert, dass wir einen richtigen Krieg gegen sie führen.«

Bart musterte Steve mit einem schiefen Grinsen. »Na, komm, Stevie! Dir dürfte doch was Besseres einfallen. Was hast du gemacht, um deine Haut zu retten? Hast du ihnen vielleicht eine Art Handel angeboten?«

Steve reagierte mit einem überraschten Blick. Der irre Bart war der Wahrheit näher, als er glaubte. »Aber *nein,* Sir!«, sagte er mit fester Stimme. »Die Vorstellung, so etwas zu tun, ist mir nie gekommen, aber selbst wenn ich so töricht gewesen wäre – es wäre reine Zeitverschwendung gewesen. Es gibt nämlich keine Möglichkeit, dass ein

Wagner je in der Lage wäre, mit Mutanten einen Handel abzuschließen. Es ist, wie Sie gesagt haben – es sind Tiere!«

Bart kicherte und tätschelte seinen Arm. »Du bist ein Teufelskerl, Stevie! Ich bin mir sicher, tief in deinem Innern kannst du's gar nicht erwarten, alles rauszulassen. Aber …« – er lächelte herzlich – »ich finde es nicht schlimm, dass du mich auf die Folter spannst. Nach allem, was du durchgemacht hast, braucht man wirklich *Zeit*, bis man wieder ganz bei sich ist. Das ist doch nur natürlich.« Er hob die rechte Hand, öffnete sie und spreizte die Finger.

Steve kannte diese Hand; er wusste, dass zahllose Karateübungsstunden sie gehärtet hatten. Er hatte sogar gesehen, wie sie einen Stapel zentimeterdicker Fliesen durchschlagen hatten. Er spannte seine Muskeln, doch statt des erwarteten Hiebs tätschelte Bart nur seine Wange. Auf eine seltsame Art war diese liebenswürdige Geste noch beängstigender als der Einsatz brutaler Gewalt.

»Yeah …«, kicherte Bart. »Ich wette, wenn wir uns mal für eine Weile zusammen hinsetzen würden, würden wir bestimmt die ganze Nacht damit verbringen, das durchzukauen, was du alles erlebt hast, aber …«

Steve wollte etwas sagen, aber Bart brachte ihn mit einem Wink zum Schweigen.

»… dazu haben wir keine Zeit«, seufzte er. »Deswegen möchte ich auch, dass du dir genau merkst, was ich dir jetzt sage.« Er trat hinter den Schreibtisch, nahm sein Offiziersstöckchen in die Hand, stellte sich breitbeinig hin und bog es zwischen den Händen. »Wenn du ins Hauptzentrum kommst, verheimliche nichts. Ich möchte, dass du mir versprichst, dass du den Leuten dort alles erzählst, was du erlebt hast. Alles, was du gesehen, gehört und gefühlt hast – egal wie seltsam oder töricht es auch klingen mag, oder ob es gegen alles spricht, an was man dich zu glauben gelehrt hat.«

»Das verspreche ich, Sir.«

»Gut. Ich wusste, dass ich auf dich zählen kann, Stevie. Du wirst mit einigen sehr mächtigen Persönlichkeiten reden. Vertraue ihnen ebenso, wie du mir immer vertraut hast. Habe Vertrauen, dann kommt alles wieder in Ordnung.« Bart warf einen Blick auf seine Armbanduhr. »Die Bahn aus Johnson/Phoenix ist in einer Viertelstunde hier. Gibt es sonst noch etwas, das du mir sagen möchtest?«

»Ja, Sir. Ich möchte gern wissen, wie es meinen Wächtern geht. Ist Annie …?«

»Es geht ihr sehr gut.«

»Lebt Papa Jack noch?«

»Ja, mehr oder weniger …«

»Und Roz?«

»Sie ist noch auf der Innenstaat-Uni.«

»Wissen sie, was mir … ah … passiert ist?«

»Sie haben die gleiche Nachricht bekommen, wie wir alle … dass du im Feindesland abgestürzt bist.« Bart zuckte die Achseln. »Jack … Nun ja, da er selbst ein alter Bahnbrecher ist, nehme ich an, er hat irgendwann sowieso damit gerechnet. Annie war anfangs etwas daneben. Ich habe ihr geholfen, darüber hinwegzukommen.«

»Eine Viertelstunde … Ich nehme an, ich kann wohl nicht mit ihnen …?«

»Unmöglich, Junge.«

»Könnten Sie ihnen dann sagen, dass ich unversehrt bin, Sir? Können Sie ihnen erzählen, was passiert ist?«

Bart schüttelte den Kopf. »Nein. Auch das kann ich nicht tun.«

Steve sah ihn an. »Sir … ich verstehe nicht …«

»Es ist ganz einfach.« Bart legte sein Offiziersstöckchen in einem Winkel von exakt neunzig Grad zum Tischrand hin, nahm seinen Stetson und setzte ihn mit beiden Händen korrekt auf. Dann nahm er das Stöckchen wieder auf und schlug damit gegen seine linke Handfläche. »Soweit es sie und den Rest der Basis angeht, bist du in ein brennendes Kornfeld abgestürzt. Peng! Genau in die Mitte einer Meute heulender Mutanten, nicht wahr?«

»Richtig ...«

»Und dabei bleibt es auch. Was soll ich machen? Es buchstabieren? Mutanten machen keine Gefangenen. Du bist tot.«

»Aber, Sir ...«

»Es gibt kein ›Aber‹, Stevie. Sei vernünftig! Du kannst doch nicht erwarten, dass das Hauptzentrum die Geschichte neu schreibt, bloß, weil du überlebt hast.«

Steves Befriedigung darüber, bei Bart Punkte zu machen, wurde von einem Gefühl des Unbehagens ersetzt. »Was ... wird man mit mir tun?«

»Du meinst, nachdem sie im Hauptzentrum mit dir fertig sind?« Bart breitete die Arme aus. »Das kann ich nicht sagen, Stevie. Die Föderation ist groß. Hier werden alle möglichen Dinge vorbereitet. Vielleicht gibt man dir eine neue Aufgabe. Andererseits ... wer weiß? Ich schätze, es hängt alles davon ab, wie du dich von jetzt an verhältst.« Bart trat hinter dem Schreibtisch hervor und packte im Vorbeigehen Steves Schulter. »Ich möchte dir noch einen letzten Rat geben. Wir wissen alles, was man über dich wissen muss. Glaub nicht, dass du die Erste Familie hereinlegen kannst. Das kann niemand. Du hältst mich zwar für verrückt ...«

»Sir, ich ...«

»Unterbrich mich nicht! Was glaubst du, wie ich das geworden bin, was ich heute bin? Ich kenne dich wie die Seite eins des Handbuches. Weißt du, warum ich dich dazu ausersehen habe, das zu werden, was du bist? Weil ich eine Menge von mir in dir gesehen habe. Ich schätze, wir beide haben auch etwas von unserem General-Präsidenten. Dich kriegt man nicht so leicht klein …«

Steve versuchte erneut, etwas zu sagen.

Bart hob warnend den Finger. »Nein. Streite es nicht ab! Es ist eine gute Sache. In der Welt, die wir aufbauen wollen, brauchen wir Männer mit deinen Qualitäten. Aber du solltest *nie* den Fehler begehen, auf Kosten des Systems zu überleben.« Er versetzte Steves Schulter einen freundlichen Stoß mit dem Stöckchen. »Irgendeines Tages, wenn du das Ziel erreichst, das du ansteuerst, wirst du die Dinge auf völlig andere Weise sehen. Und dann wirst du an deinen guten alten Onkel Bart zurückdenken und dir sagen, ja, das war ein Mann, der das getan hat, was er tun musste.«

Steve wirbelte herum und spürte, wie die Ketten an seinen Beinen zerrten. »Sir!«

Bart blieb an der Tür stehen, auf seinem Gesicht lag der Anflug eines spöttischen Lächelns.

»Werden Jack und Annie es irgendwann erfahren?«

Bart runzelte die Stirn, öffnete seine kalten blauen Augen weit und zog die Mundwinkel herab. »Es hängt alles von der Ersten Familie ab, Stevie.« Er berührte ihn freundlich mit der Spitze seines Stöckchens. »Es war wirklich sehr nett, mit dir zu reden. Behalt die Nerven, und sei vorsichtig, hast du mich verstanden?«

Steve schaute zu, wie die Tür sich schloss, dann wandte er sich mit einem langen Seufzer wieder dem leeren Schreibtisch und den kahlen Wänden zu. Als er in den

Bergen über dem Wind River in Wyoming gewesen war, hatte er drei mögliche Optionen gehabt. Erstens: Er konnte weiterhin Gefangener der Mutanten bleiben und eventuell umgebracht werden – entweder wegen dem, was er mit Clearwater getrieben hatte, oder wegen seiner ungewollten Fehde mit Motor-Head. Zweitens: Er hätte entwischen und Renegat werden können, ein herumstreunender Gesetzloser, der früher oder später an der Strahlenkrankheit starb. Drittens: Er konnte in die Föderation zurückkehren und wie ein Held empfangen werden. Damals war ihm die dritte Möglichkeit als die beste erschienen, aber bis jetzt funktionierte sie nicht im Geringsten so, wie er sie sich ausgemalt hatte.

Er hörte Schritte und holte tief Luft, um sich zu beruhigen. Die Tür ging auf. Stiefel polterten über den Boden. Wieder wurde er von hinten gepackt, und man zog ihm die Haube erneut über. Es klirrte, als die Kette, die ihn an den Boden band, gelöst wurde.

»Okay, auf geht's!« Jemand schlug ihm mit einem Gummiknüppel aufs Kreuz. Zwar nicht fest genug, um ihm die Knochen zu brechen oder lebenswichtige Organe zu verletzen, aber doch fest genug, um ihn wissen zu lassen, dass er sich in den Händen von Leuten befand, die nicht mit sich spaßen ließen.

Steves Einschätzung über seinen Aufenthaltsort erwies sich als völlig richtig. Nach mehreren Rechts- und Linkswendungen durch verschiedene Gänge und eine Anzahl von Türen hielt man auf dem nach Osten führenden Bahnsteig der U-Bahn unter dem New-Deal-Platz an. Da er schon früher mit Roz auf der gleichen Linie gefahren war, erkannte er den schwachen Echo-Effekt und die Stimmen und Schritte der Menschen, die sich um ihn herum bewegten. Seine Nase fing den gleichen antiseptischen Geruch durch die beiden lichtdichten Atmungsfilter der schwarzen Haube auf.

Die von Johnson/Phoenix in Arizona von Westen nach Le May/Jackson in Mississippi nach Osten verlaufende Trans-Am-Bahn verfügte über Direktverbindungen nach Houston/Hauptzentrum und war eine der größten Errungenschaften der Ingenieurskunst. Ihr einziger Rivale war der spektakuläre John-Wayne-Platz. Durch das während der letzten drei Jahrhunderte von Generationen vierzehnjähriger Wagner während des zwölfmonatigen Arbeitsdienstes bei den Jungen Pionieren durch den Erdschild getriebene Tunnelsystem führte ein Einschienengleis, auf dem eine Reihe von Zügen fuhr, die von Linearmotoren angetrieben wurden. Wendeschleifen an jeder U-Bahn-Station und an Strecken-Zwischenstellen ermöglichten täglich einen zweimaligen Verkehr in beide Richtungen. Die Bahn war in der Regel bis unters Dach mit Fracht gefüllt, aber es gab immer genügend freie Sitze. Wagner aus den Basen, die an der Strecke lagen, reisten nicht zum Vergnügen, sondern nur dann, wenn es erforderlich war. Jeder, der in der Föderation lebte, musste zudem wenigstens eine Fahrt als Angehöriger einer organisierten Gruppe machen, um den Tempel George Washington Jeffersons des Ersten im Hauptzentrum zu besuchen, doch jeder, der mit der Bahn fuhr, musste einen vom örtlichen MP-Büro ausgestellten Marschbefehl haben. Um etwaige Gesetzesbrecher abzuschrecken, liefen auf den Bahnhöfen regelmäßig Fleischklops-Duos Patrouillen, und oft stiegen sie auch in die Bahn, um durchreisende Passagiere zu überprüfen.

Ein elektronischer Doppelton und eine aufgezeichnete

Ansage kündigten die kurz bevorstehende Einfahrt der nach Osten fahrenden Zentralbahn nach Reagan/Lubbock, Nixon/Fort Worth und Houston/HZ an. Steve spürte, wie ihn ein plötzlicher Luftzug umwehte, als die einfahrende Bahn ihre Windsäule vor sich durch den Tunnel schob. Beim Bau eines Tunnels hatte er selbst mitgeholfen – als Junger Pionier. Er fragte sich, wie es wohl in Arizona aussah. Um ihn herum unterhielt sich oberflächlich seine unsichtbare Eskorte – hauptsächlich über die Frage, was sie in der kurzen Zeit tun sollte, die man im Hauptzentrum verbringen würde. Steve hatte den Eindruck, dass es vier Mann waren, aber er war sich nicht ganz sicher. Als die Bahn sich näherte, vernahm er ein schwaches Summen.

»Wo soll er denn sitzen – im Schwitzkasten?«, fragte eine Stimme.

»Nein, bei uns«, sagte eine andere.

Steve hörte den Ausdruck Schwitzkasten zum ersten Mal. Er fragte sich, was er wohl zu bedeuten hatte, dann kam er zu dem Schluss, dass es wahrscheinlich die enge, schlecht ventilierte Strafzelle war.

»Wer von Ihnen hat die Diskette mit dem medizinischen Bericht aus der Zwischenstation?«, fragte eine dritte Stimme.

»Ich habe sie«, antwortete die zweite Stimme.

»Okay. Vergessen Sie nicht, sie abzugeben. Und, Gazzara – vergessen Sie die Idee, die Sie bezüglich der örtlichen Juppis haben. Ich habe Sie für einen zweistündigen Urlaub eingetragen, damit Sie sich den Platz ansehen können, aber dann kommen Sie sofort mit der ersten Bahn zurück, die das HZ in Richtung Westen verlässt. Comprende?«

»Yes, Sir!«, sagte Gazzara – nun als die zweite Stimme identifiziert.

Steve merkte sich den Namen.

»Sie haben den Tempel vergessen, Sergeant«, sagte die erste Stimme.

»Scheiß auf den Tempel«, erwiderte die dritte Stimme.

»Yeah«, sagte Gazzara. »Sonst müssen wir den ganzen Tag in der Warteschlange stehen.«

»Auch dann sollten wir ihm Respekt erweisen.«

Der Lärm der sich nähernden Bahn nahm zu.

Die Stimme des MP-Sergeanten wurde lauter. »Delaney, Sie haben zwei Stunden. Wenn Sie sie dafür verwenden wollen, sich ein fünf Meter hohes weißes Marmorsteingesicht anzusehen, können Sie es von mir aus tun.«

Steve merkte sich auch Delaneys Namen. Vielleicht konnte er ihn einmal brauchen.

Die Bahn glitt leise aus dem Tunnel und hielt. Die Passagier- und Frachttüren öffneten sich mit dem Zischen von Druckluft, dann herrschte ein plötzlicher Ansturm von Aktivität, als man das Be- und Entladeverfahren in Angriff nahm.

Hände legten sich um Steves Arme, aber diesmal ohne einen Schlag ins Kreuz. »Hierher, Kumpel …«, sagte Gazzara. Sein Tonfall war nun weniger abgehackt als zuvor. Steve wurde ein kurzes Stück über den Bahnsteig geführt und nach rechts gedreht. »Okay, zieh den Kopf ein.«

Steve duckte sich und ging weiter. Der Boden unter seinen Füßen veränderte sich. Aus unnachgiebigem Beton wurde der eher angenehme Hartgummiboden eines Bahnwaggons. Er wurde wieder herumgedreht und spürte die Sitzfläche einer Bank an den Kniekehlen.

»Okay, hinsetzen!« Gazzara war offenbar der Mann, der am meisten zu sagen hatte.

Steve tat wie geheißen. Anhand der Form und des

Gefühls der Sitzfläche erkannte er, dass er sich in einem normalen Passagierwaggon aufhielt. Ketten rasselten. Jemand beugte sich über ihn.

Es war Delaney. »Ich binde Sie an den Sitz. Entspannen Sie sich, dann gibt's keine Probleme. Wenn Sie sich anständig benehmen, wird Ihnen niemand etwas tun. In Ordnung?«

Steve nickte stumm. »Ich muss mal auf den Topf.«

»Arrghh, Christoph!«, fauchte Delaney. »Hören Sie … ah … Sie müssen noch etwas warten. Ich komme zurück, sobald wir abgefahren sind.«

Steve lehnte sich zurück und bemühte sich, den Schmerz seiner gefüllten Blase zu ignorieren. Er hatte schon bei der Landung das Gefühl gehabt, urinieren zu müssen, doch die MPs hatten ihn zu grob angefasst, und irgendwie war es ihm am Ende der ziemlich aufreibenden Audienz, als Bart gefragt hatte, ob er noch etwas sagen wolle, als zu frivole Bitte erschienen.

Fünfzehn Minuten nach der Ankunft verließ die Zentralbahn Roosevelt/Sante Fé, um das nächste Teilstück ihrer Route nach Reagan/Lubbock in Texas zurückzulegen – jener Basis, in der die neuen Mark-II-Himmelsfalken in Serie hergestellt wurden. Die Bahn, die eine Höchstgeschwindigkeit von hundertneunzig Stundenkilometern erreichte, brauchte inklusive Zwischenhalten sieben Stunden, um die eintausenddreihundert Kilometer lange Strecke zurückzulegen.

Kurz nachdem sie abgefahren war, schloss Delaney die Kette auf, die Steve an den Sitz fesselte, und brachte ihn durch den Zwischengang zur Toilette. Er schob die Tür auf und folgte Steve hinein. »Moment noch, ich nehme Ihnen die Haube ab.«

Als Steves Augen sich an die Helligkeit gewöhnt hatten, holte er tief Luft und sah den MP dankbar an.

Delaney reagierte seinerseits mit einem Nicken. »Klopfen Sie an die Tür, wenn Sie fertig sind. Wir haben Befehl, dass Sie bis zur Übergabe im HZ unter der Haube bleiben.«

»Alles klar. Ist heute der siebzehnte?«

»Yeah …«

»Wie spät ist es?«

»Vierzehn Uhr acht. Wir müssten gegen einundzwanzig Uhr im HZ sein. Okay?«

»Yeah, danke.«

Delaney machte die Tür hinter ihm zu.

Steve stand vor dem Pissoir an der Wand und öffnete den Reißverschluss seiner schwarzen Drillichhose. Die Muskeln seiner Blase hatten sich dermaßen zusammengezogen, dass er ein paar Minuten brauchte, um sie zu entkrampfen, und eine gute Minute, um sie zu entleeren. Er schloss die Augen und atmete weiterhin tief durch.

Seit dem Augenblick, in dem er die Zwischenstation Pueblo betreten hatte, war ihm der Unterschied zwischen der Luft in der unterirdischen Welt der Föderation und der des Prärievolkes aufgefallen. Nach der Bruchlandung, als er das Bewusstsein zurückerlangt und sich als Gefangener der Mutanten wiedergefunden hatte, hatte er nicht atmen können, ohne das Gefühl zu haben, sich übergeben zu müssen. Der Körpergeruch seiner Häscher, ihre Hütten und ihre Nahrung hatten ihn in der ersten Woche ständig würgen lassen, und er hatte sich mehrmals übergeben. Doch innerhalb eines Monats hatte er sich völlig akklimatisiert, sodass ihm die gefilterte, gereinigte Luft, die durch die zahllosen Öffnungen in die ganze Föderation gesaugt wurde, nun dünn und schal erschien.

Als er sich die Hände wusch, versuchte er, den Grund für den deutlichen Unterschied im Verhalten der Eskorte herauszufinden. Er kam zu dem Schluss, dass Gazzara und Delaney eine neue Schicht waren. Andererseits war es aber auch möglich, dass sie zu der ursprünglichen Bande gehört hatten, die sich jetzt, nachdem sie ihr Mütchen gekühlt hatte, ein bisschen ausruhte. Was auch die Antwort war, Steve hatte nicht die Absicht, die Grenzen ihrer neuen Liebenswürdigkeit zu prüfen. Er klopfte an die Tür.

Delaney trat ein und entfaltete die Haube.

»Danke, dass Sie mich haben Luft holen lassen«, sagte Steve.

»Versteh überhaupt nicht, warum man Ihnen das Ding aufgesetzt hat«, grunzte Delaney. »Ein Bursche mit Ihren Verbindungen … Wenn wir in Lubbock einen leeren Wagen finden, nehm ich sie Ihnen wieder ab, damit Sie 'n bisschen fernsehen können.«

»Toll.« Steve beugte den Kopf, sodass Delaney, der ein bisschen klein ausgefallen war, ihm die Haube aufsetzen konnte, ohne auf die Schüssel klettern zu müssen. *Also das ist es*, dachte Steve, als die Dunkelheit ihn einhüllte. Die Eskorte hatte erfahren, dass er mit dem Marshal verwandt war, und backte nun kleine Brötchen, weil sie damit rechnete, dass er irgendwann wieder auf freien Fuß kam. *Gut mitgedacht, Delaney. Wir sprechen uns noch, du kleiner Schleicher. Du kannst mir dabei helfen, die sechs Lumpen ausfindig zu machen, die mich von der Rampe geprügelt haben …*

Delaney klang enttäuscht, als sich der Waggon in Reagan Field nicht leerte. Steve hatte nichts dagegen, das Video zu verpassen, das auf dieser Fahrt gezeigt wurde; er lehnte auch das Angebot ab, der dazugehörigen Musik mit den für die Passagiere zur Verfügung stehenden Kopfhörern zu lauschen. »Es sind Leute in der Nähe«, sagte er diplomatisch. »Ich möchte nicht, dass ihr Schwierigkeiten kriegt, Jungs.«

Die Wahrheit sah etwas anders aus: Schon bevor er an die Oberwelt gegangen war und die Welt der Präriebewohner entdeckt hatte, war Steve kein eifriger Zuschauer des Föderationsfernsehens gewesen. Abgesehen von den Fach- und Archiv-Kanälen war das Programm so dünn wie die Luft, die die Z-Köpfe aus den A-Ebenen zu ihnen hinaufpumpten: Blauhimmelballadensänger und zuckersüßer, erbaulicher Schmus, durchsetzt mit bunten Nachrichten, die meist geisttötende Trivialitäten verbreiteten.

Steve hatte die Lust um seinen sechsten oder siebten Geburtstag herum verloren, und die Unfähigkeit, diesen geistlosen Quatsch zu schlucken, hatte sich mit zunehmendem Alter noch erhöht. Roz, die zwei Jahre jünger war, hatte ihm gestanden, dass sie ähnliche Vorbehalte gegen das Fernsehen hatte, und ihre gemeinsame Aversion hatte sie glauben lassen, dass sie sich von den anderen unterschieden und ihnen überlegen waren. Der Glaube an ihre Andersartigkeit war ihr gemeinsames Geheimnis gewesen und hatte sie während ihrer kurzen Kindheit unzertrennlich gemacht. Als Steve vierzehn geworden war und das Alter erreicht hatte, in dem man in der Föderation als Erwachsener galt, war ihm, der keine anderen ins Vertrauen zog, bewusst geworden, dass die Beziehung zwischen ihm und Roz über die Grenzen der Verwandtschaft, wie das Handbuch sie definierte, weit hinausging.

Als er Roosevelt Field verlassen hatte, um das Arbeitsdienstjahr bei den Jungen Pionieren anzutreten, hatte Steve sich vorgemacht, dass ihn die Trennung von Roz nicht kümmerte. Er war zwar sehr geschickt darin, seine wahren Gefühle zu verbergen, doch kurz nach Aufnahme der Arbeit am letzten Teilstück des Phoenix-Bahntunnels hatte ihn die Entdeckung ziemlich verwirrt, dass Roz und er bei bestimmten Gelegenheiten zusammen waren, auch wenn viele hundert Kilometer sie voneinander trennten. Zwar hatte er seiner Schwester nichts davon erzählt, aber in den wenigen Tagen, die er nach der Abreise zur Flugakademie und der Versetzung zu seinem Wagenzug in ihrer Gesellschaft verbracht hatte, hatte Roz enthüllt, dass sie während seines ersten Alleinflugs an der Oberwelt in geistigem Kontakt mit ihm gestanden hatte. Sie hatte die gleiche aufregende Erfahrung gemacht, als er von der Rampe gestartet war und die Oberwelt zum ersten Mal gesehen hatte; sie hatte, tief in ihrem Innern, den gleichen wunderbaren Landstrich der Erde und des Himmels gesehen wie er.

Die Stärke der Gefühle, die er Roz entgegenbrachte – die er ihr nie völlig gezeigt hatte oder sich selbst einzugestehen traute – wurde nur von den Gefühlen übertroffen, die er zu Clearwater hatte, mit der er … Christoph! Wie weh es tat, daran zu denken. Seit sein Blick an dem Abend, an dem er in den Pfeil gebissen hatte, zum ersten Mal auf sie gefallen war, plagten ihn starke, widerstreitende Gefühle, die manchmal alle anderen Gedanken überlagerten. Seit dem Augenblick, in dem er ihr perfekt geformtes Gesicht im Schein des Lagerfeuers gesehen hatte, verspürte er den überwältigenden Drang, in ihrer Nähe zu sein, und das brennende Verlangen, sie körperlich und auf jede andere Weise zu besitzen, um seine gesamte Existenz mit der ihren zu vermischen.

In der Prä-Holocaust-Sprache ausgedrückt: Steve hatte sich leidenschaftlich verliebt, doch leider wusste er nicht, was dies bedeutete. Eine weitreichende Entscheidung der Ersten Familie, die Jahrhunderte vor seiner Geburt getroffen worden war, hatte die Worte Liebe, Leidenschaft und Verlangen zusammen mit einer großen Menge weiterer potenziell verwirrender Begriffe wie Individualismus und Freiheit aus dem Wörterbuch der Föderation gestrichen. Eine Nation, die von militärischer Disziplin und empirischer Logik geleitet wurde, hatte keinen Raum für solche Ideen, und außerdem war es nicht nötig zuzugeben, dass abstrakte Begriffe wie Kunst, Literatur, Religion und Seele überhaupt existierten.

Die Streichung dieser Worte aus dem Sprachschatz beraubte Steve der Mittel, seine wahren Gefühle auszudrücken. Obwohl ihn das uralte Fieber gepackt hatte, war er unfähig, seine Symptome zu beschreiben. Und was noch schlimmer war: Seine kurze Liaison mit Clearwater stand im Widerspruch zu allem, was man ihn gelehrt hatte. Wagner wurden von Geburt an dazu erzogen, die Mutanten für Untermenschen zu halten. Wenn der bloße Gedanke, sie zu berühren, schon ekelerregend war, war das, was Steve getan hatte, so unvorstellbar, dass man es rational nicht mehr erfassen konnte. Und doch war inmitten seiner geistigen Verwirrung ein klarer Gedanke geblieben, der den Nebel der Ungewissheit wie ein grellweißer Laserstrahl durchdrang. Steve wusste, dass sich sein Leben, seit er Clearwater begegnet war, unwiderruflich verändert hatte. Von jetzt an war sie ein Teil der Gleichung. Sein Verlangen, wieder bei ihr zu sein und sie zu besitzen, würde das Fundament all seiner zukünftigen Berechnungen sein.

Steve lehnte sich in den Sitz zurück und unternahm den Versuch, alle von außen kommenden Empfindungen auszuschließen: das leise Murmeln der Gespräche, das monotone Summen der Bahn, die stickige Enge der Haube. Nach einer Weile hatte er das Gefühl, durch die ihn umhüllende Finsternis fortzuschweben. Er fragte sich, wo Cadillac und Mr. Snow waren, wenn sie ihre Perioden der Stille erlebten, und dachte an die Stimmen, die er früher gehört hatte. Ob es vielleicht die geheimnisvollen Himmelsstimmen gewesen waren, von denen Mr. Snow behauptete, sie stünden mit ihm in Verbindung? Ob es solche Dinge wirklich gab? Clearwaters Name fiel ihm ein. Er versuchte sich ihr Bild vorzustellen, doch das, was sich in seinem Geist formte, war Roz' Gesicht. Er spürte, wie ihr Geist sich nach ihm ausstreckte, wie er die vielen Hundert zwischen ihnen liegenden Kilometer überbrückte. Eine Stimme, die nur Steve hören konnte, floss durch sein Bewusstsein. Ein kühles, drängendes Flüstern, das ihn an den Wind erinnerte, der leise durch die Baumwipfel wehte. Sie wusste, dass er noch am Leben war. Sie wusste auch, dass er kam. Er musste vorsichtig sein, denn sie wurde beobachtet.

4

In Houston/Hauptzentrum wurde Steve einer weiteren Eskorte übergeben. Noch immer unter der Haube und gefesselt, hob man ihn auf einen Rolli, fuhr ihn eine beträchtliche Strecke zu einer anderen U-Bahn-Station und führte ihn dann in eine andere Bahn – diesmal für eine Fahrt, die nur zwanzig Minuten dauerte. Der letzte Teil der Reise erforderte das Betreten und Verlassen mehrerer Laufbänder und eine Fahrt im Aufzug nach oben.

Danach hatte Steve keine Ahnung mehr, wo er sich befand.

Selbst wenn er in der Lage gewesen wäre, etwas zu sehen, hätte es nur wenig Unterschied gemacht. Seine beiden früheren Besuche im Hauptzentrum waren kurz gewesen. Der erste, im Alter von elf Jahren, hatte ihn als Angehörigen einer organisierten Gruppe unter einem starren Reiseplan durch den Tempel George Washington Jeffersons des Ersten und an der Ehrfurcht gebietenden Fassade des Weißen Hauses vorbeigeführt. Vor acht Monaten war er zum zweiten Mal im HZ gewesen – als er und Roz zwei Tage damit verbracht hatten, sich den gerade fertig gestellten John-Wayne-Platz und die spektakulären neuen Unterkunftsräume anzusehen. Kein Besuch war lange genug gewesen, als dass er einen exakten geistigen Stadtplan der Föderationshauptstadt hätte anlegen können.

Als man ihm endlich die Haube abnahm, war das Einzige, was er aus seiner Umgebung schließen konnte, dass er sich in einer Art medizinischer Einrichtung befand. Ganz am Rand seines Gesichtsfelds erkannte er zwei Deputy Marshals, die hinter ihm standen. Steve beschloss, sich nicht umzudrehen, um sie direkt anzuschauen. Es war Delinquenten ausdrücklich verboten, direkten Blickkontakt mit denen aufzunehmen, die sie begleiteten. Wenn man es dennoch tat – mit dem kleinsten Anzeichen von Aggression oder Trotz –, brachten einem die Gummiknüppel augenblicklich Manieren bei. Deswegen hatte auch der Lieutenant in Pueblo mit seinem Gewehrkolben auf ihn eingeschlagen.

Die zweite Bahnfahrt hatte ihm jedoch einen entscheidenden Hinweis auf seinen möglichen Aufenthaltsort geliefert. Steve wusste, dass das Weiße Haus und die AmEx – die Exekutivorgane der Regierung – in streng bewachten Enklaven untergebracht waren, die ein Stück vom Hauptzentrum entfernt lagen. Rund um die Hauptbasis gab es auch noch andere Spezialbehörden: die Innerstaat-Uni, eine riesige Hochschule, an der Roz gegenwärtig für ihr medizinisches Doktorat studierte; das Lebensinstitut, wo die Wagner in vitro empfangen und in ihre Wirtsmütter implantiert wurden; das Hauptquartier der MP, das man allgemein als Büro und inoffiziell als Fleischklops-Massiv bezeichnete – und den Columbus Circle, das Heim des Föderationscomputers.

Steve war schon mit der Sonderbahn gefahren, die das Weiße Haus mit dem Hauptzentrum verband, aber das war zehn Jahre her. Damals hatte er den Details der Reise wenig

Beachtung geschenkt, weswegen er sich auch nicht mehr erinnern konnte, wie er vom HZ aus dorthin gekommen war. Er schob das Problem beiseite. Wenn die Familie entschied, dass man es ihm erlaubte, wieder in den aktiven Dienst zu treten, würde er all das irgendwann erfahren. Falls sie anders entschied, würde die Frage, wo er sich aufhielt, sehr schnell irrelevant werden. Dann würde seine vielversprechende Karriere mit einem bodenlosen Absturz enden, der in den nächsten erreichbaren Schacht führte.

Was zeigte, was von den Vorhersagen der Himmelsstimmen zu halten war …

Ein Mediziner in einem weißen Kittel kam durch eine Tür und blieb mit den Händen in den Taschen vor Steve stehen. Dann spitzte er die Lippen, unterzog Steve einer blitzschnellen Untersuchung und wandte sich an die MPs. »Wir brauchen die Fesseln nicht mehr. Sie können sie ihm abnehmen.«

Die beiden MPs lösten seine Ketten. Steve rieb sich mit einem dankbaren Seufzer die Hände.

Der MP, der ihm die Beinfesseln abgenommen hatte, richtete sich auf und wickelte die Kette sauber um seine Hand. »Was ist mit dem Marschbefehl?«

»Ist in die Wege geleitet worden«, antwortete der Mediziner. »Nehmen Sie ihn auf dem Rückweg aus dem Büro mit.«

Steve schaute zu, wie die beiden den Raum verließen, dann drehte er sich zu dem Mediziner um und stand stramm.

Der Mann winkte ab. »Hör bloß *damit* auf.«

»Danke.« Steve schaute sich um. »Ich kann kaum glauben, dass ich heute Morgen in Colorado aufgewacht bin – und jetzt bin ich im Hauptzentrum.«

»Yeah … Du hattest eine lange Reise. Lust auf eine Dusche?«

»Das wäre großartig.«

»Hat man dir in Pueblo was zu essen gegeben?«

»Yes, Sir. Ich habe gefrühstückt. Eine Tasse Java und ein B-Spezial.«

»Und seither nichts?«

»Nein, Sir.«

»Okay«, sagte der Mediziner. »Wir machen Folgendes: Während du ins Bad gehst, schaffe ich dir die GeBe-Klamotten vom Hals und besorge dir was Blaues zum Anziehen. Dann gehen wir zum Messedeck runter und hauen uns was hinter die Kiemen. Wie klingt das?«

»Fantastisch.«

»Und lass bloß die Nummer mit dem ›Sir‹. Ich mach hier nur die Reagenzgläser sauber.« Der freundlich aussehende Mediziner reichte ihm die Hand. »Ich heiße Chisum. John Chisum. Okay?«

Steve schüttelte ihm fest die Hand. »Freut mich, dich kennenzulernen, John.«

»Da ist noch etwas …«

Steve sah ihn wachsam an.

Chisum lächelte, als läse er seine Gedanken. »Bevor wir in die Messe gehen, musst du ein paar von deinen Haaren lassen.«

»Dagegen habe ich nichts«, erwiderte Steve. »Jedes Mal, wenn mich ein MP sieht, kriegt er erst mal Schaum vorm Mund.«

»Yeah, ich weiß, was du meinst. Ich frag mich, was die Typen dazu bringt, freiwillig als Fleischklops zu dienen. Vielleicht züchten sie drüben im Lebensinstitut auch eine besondere Art von Arschlöchern.«

Das schließt schon mal einen möglichen Aufenthaltsort aus, dachte Steve. Und wenn die MPs ihren Marschbefehl auf dem Rückweg abholten, war er auch nicht im sogenannten Büro.

Chisum öffnete die Schublade einer Thekeneinheit unter einem Wandschrank voller chirurgischer Bestecke und entnahm ihr ein paar Scheren und einen elektrischen Haarschneider, dessen Kabel er sogleich in eine Steckdose steckte. »Zieh dir mal den Stuhl hier heran.«

Steve drehte den metallenen Stuhl herum und setzte sich hin, während Chisum ihm mit der Schere das lange Haar schnitt und dann den Haarschneider nahm, um ihm einen makellosen Militärschnitt zu verpassen.

»Das ist mal was anderes, als den Jungs die Sackhaare abzurasieren …«, grunzte er. Er wedelte mit der rechten Hand vor Steves Nase herum. »Ich wünschte, ich würde für jeden, den ich mit diesem Ding schon behandelt habe, einen Punkt gutgeschrieben kriegen.«

Steve schwieg, aber tief in seinem Innern bedauerte er, das lange Haar zu verlieren, weil es laut einer dämlichen Vorschrift kurz sein musste. Wieder einmal gemahnte er sich, dass er sich vorgenommen hatte, seine Reaktionen im Griff zu halten. *Jetzt bist du wieder drin, Brickman,* dachte er. *Bleib gelassen, und was das Wichtigste ist, sei gerissen …*

Chisum trat zurück, um das Resultat seiner Arbeit zu begutachten. »Ich schätze, das reicht.« Er nahm die Schere und schnippelte ein paar übersehene Strähnen ab, dann schaltete er den Haarschneider noch mal an und schnitt den Haaransatz hinter Steves rechtem Ohr gerade. »Hör mal«, murmelte er. »Deine Blutsschwester, Roz …« Seine Stimme war unter dem lauten Surren des Haarschneiders kaum zu hören. »Soll ich ihr sagen, dass du in Ordnung bist?«

In Steves Kopf schrillten Alarmsirenen. Stand der Bursche mit seiner Blutsschwester in Verbindung? »Wäre das nicht zu gefährlich?«

Chisum lachte über die Frage. Er legte den Haarschneider weg, nahm Steve das Handtuch ab, das um seinen Hals geschlungen war, und gab ihm mit einer Geste zu verstehen, er solle aufstehen. »Willkommen in den Reihen der menschlichen Rasse.«

Steve spürte plötzlich, dass sich seine Augen mit Tränen füllten. Er erhob sich vom Stuhl, rieb sich in dem Bemühen, seine Gefühle zu verbergen, mit beiden Händen fest das Gesicht und verwünschte sich stumm. *Reiß dich zusammen, Brickman! Du darfst nicht zulassen, dass die Leute dir zu nahe kommen. Besonders nicht die, die nett sind. Das sind die allergefährlichsten …*

Während des Essens im Messedeck machte Chisum keinen Versuch, Steve über die Zeit seiner Gefangenschaft zu befragen. Das Gespräch drehte sich oberflächlich um sein Leben in Roosevelt Field, seine drei Jahre auf der Akademie, und darüber, wie es war, wenn man auf einem Wagenzug Dienst tat. Chisum war liebenswürdig und stellte intelligente Fragen, aber er war nicht über Gebühr neugierig. Als sie mit dem Essen fertig waren, wurde Steve klar, dass sein Gegenüber buchstäblich gar nichts über seine Vergangenheit enthüllt hatte.

Als sie ihre Teller beiseiteschoben, fragte Steve Chisum ein paar Dinge, auf die er seit dem Haarschnitt gewartet hatte. Fragen, von denen er wusste, dass Chisum sie erwartete. »Wo bin ich hier?«

Chisum dachte über die Frage nach. »Ich glaube, in diesem Stadium ist es besser, wenn du es noch nicht erfährst. Es ist besser für uns beide.«

»In welcher Beziehung stehst du zu Roz?«

Chisum zuckte die Achseln. »In keiner besonderen. Wir sind nur gute Freunde.«

Steve wartete darauf, dass er etwas näher auf dieses Thema einging.

»Eigentlich ist es so, dass niemand wissen darf, dass ich wieder da bin.«

»Das ist schon okay, sie kann ein Geheimnis für sich behalten.« Chisums Blick wankte nicht.

»Vielleicht, aber …« Steve schüttelte den Kopf. »Es steht zu viel auf dem Spiel. Wenn jemand dahinterkommt, geht es bestimmt nicht gut aus, weder für Roz noch für dich.«

Chisum zuckte mit den Achseln. »Wenn du willst, würde ich das Risiko schon eingehen.«

»Tu's nicht, John. Du weißt, was daraus werden kann. Man hält mich versteckt. Warum willst du deinen Hals riskieren? Du schuldest mir doch nichts.«

Chisum sah ihm unverwandt in die Augen. »Stimmt. Ich schulde dir *wirklich* nichts – und das schließt auch jede Erklärung mit ein. Okay?«

»Das meine ich auch. Aber trotzdem – vielen Dank.«

Chisum stand auf. »Sie ist in Ordnung. Sie wird eine gute Ärztin werden.«

»Wenn sie es schafft.«

Chisum nickte ernst. »Sie wird es schaffen.« Er brachte Steve aus der Messe in eine kleine Vierbett-Krankenstation, wünschte ihm eine Gute Nacht und kündigte an, ihn am nächsten Morgen wieder abzuholen.

Die Station war eine von sechsen, die hinter transparenten Raumteilern zu beiden Seiten eines breiten Gangs lagen. Zwei weiß gekleidete Pfleger saßen hinter der Tür jeder Einheit an einem von Lampen beleuchteten Schreibtisch. Die restlichen Lampen waren zu einem Dämmerlicht heruntergedreht. Steve nahm das einzige bezogene Bett und schlief tief und fest.

Während der nächsten zwei Tage wurde er einer eingehenden medizinischen Untersuchung unterzogen, die praktisch jeden Teil seines Körpers betraf – sowohl innerlich als auch äußerlich. Man tastete ihn von oben bis unten ab und untersuchte sein Hautgewebe, sein Knochenmark und sein Blut. Steve lieferte Speichel- und Urinproben ab und hatte die unappetitliche Aufgabe, eine Probe seiner Exkremente in ein Glas zu löffeln. Man prüfte seine geistigen und körperlichen Reflexe mit einer Vielzahl von Geräten, die von elektronischen Apparaten bis zum Gummihammer reichten, und klebte Elektroden an seine Rippen und seinen frisch geschorenen Schädel, um sein Herz und sein Hirn zu untersuchen.

Steve nahm zwar an, dass man nach Strahlungsschäden suchte, doch wie in Pueblo erklärte ihm auch diesmal kein Angehöriger des medizinischen Stabes den Zweck der Tests oder sprach mit ihm über die Resultate. Man manipulierte und untersuchte seinen Körper so unpersönlich, wie man eine Blackbox voller Transistoren untersuchen würde. Der gelegentlich hereinschauende Chisum war seine einzige Verbindung zur Wirklichkeit.

Als Steve am Ende des zweiten Tages mit ihm allein war, fragte er ihn, ob er wisse, wie es ihm ging.

Chisum ging zur Tür, um nachzuschauen, ob jemand in der Nähe war, dann öffnete er die Hähne eines in der Nähe befindlichen Spülbeckens und gab Steve mit einem Wink zu verstehen, dass er näherkommen solle.

»Ich habe zwar nichts Offizielles zu sehen bekommen«, sagte er und verzog das Gesicht zu einem breiten Grinsen, »aber es heißt, du wärst sauber. Das scheint dich nicht zu überraschen.«

Steve runzelte die Stirn. »Ich bin deswegen nicht überrascht, weil ich mich noch nie im Leben besser gefühlt habe. Aber … soll das heißen, man hat festgestellt, dass mit mir absolut alles in Ordnung ist?«

»Yeah«, erwiderte Chisum.

Steve sah ihn an. »Aber … wir wissen doch beide, dass es unmöglich ist, so lange zu überleben, wenn man nicht …«

Chisum schnitt ihm das Wort ab. »Yeah. Vielleicht hält man dich aus diesem Grund von den anderen fern. Ich will dir mal was sagen …« Er warf einen Blick auf die Tür und trat so nahe an Steve heran, dass er trotz des laufenden Wassers hören konnte, was er flüsterte. »Du bist nicht der Erste.«

Diese Nachricht überraschte Steve so sehr, dass ihm die Worte fehlten. Doch aus irgendeinem unerklärlichen Grund hatte sie auch eine tiefer gehende, beunruhigende Wirkung. Seine Beine fühlten sich wie Gummi an – als verschwände der Boden unter ihm Stück für Stück. Ein Teil seines Ichs schien sich von ihm zu lösen. In Steves Ohren war das gleiche Brüllen wie damals, als Roz ihm von ihrem geistigen Kontakt während seines ersten Oberweltfluges erzählt hatte. Steve zitterte unkontrolliert und versuchte, sich verzweifelt an Chisums Arm festzuhalten.

Chisum wich seinem Griff aus und trat zurück.

Steve fand zwar seine Stimme wieder, doch die Fragen

kamen in einem hoffnungslosen Durcheinander aus seinem Mund. »Was soll das heißen, ich bin nicht … Wer sind … Wie ist das …?«

»Halt die Klappe! Setz dich hin!«, zischte Chisum. »Da kommt jemand! Vergiss, was ich gesagt habe, okay?« Er drehte sich abrupt um und ging ans andere Ende des Raums, als ein Arzt eintrat, der an der zweitägigen Untersuchung beteiligt gewesen war. Er kam zu Steve herüber, der schlaff in seinem weißen Krankenhausnachthemd dasaß und die Hände in den Schoß gelegt hatte.

Der Arzt legte eine Hand auf Steves Schulter. »Okay, Sie können sich jetzt anziehen.«

Steve reagierte nicht.

»He, Soldat – was ist denn los? Sie zittern ja.«

»Mir ist kalt«, sagte Steve schwach. Er richtete sich träge auf, reckte den Kopf und zog die Schultern hoch. Das Brüllen in seinen Ohren ebbte allmählich ab. »Alles in Ordnung. Mir geht's ausgezeichnet, Sir. Bestens …«

»Gut«, erwiderte der Arzt. »Morgen früh ist die erste Anhörung vor dem Sachverständigenrat.«

Später am Abend, als Steve unruhig in der leeren Krankenstation schlief, benutzte Chisum seine ID-Karte, um sich Zutritt zu einem kleinen Konferenzraum zu verschaffen, in dem ein großer, an der Wand befestigter Monitorschirm dem offenen Ende eines U-förmigen Tisches mit neun Stühlen gegenüberlag. Als Chisum sich vor dem U auf den mittleren Stuhl setzte, nahm eine über dem Bildschirm montierte Kamera ihn auf und prüfte seine Identität, indem sie sein elektronisches Bild einer Computeranalyse unterwarf. Zur ausgemachten Zeit verschwand das rotweißblaue Sternenbanner der Amtrak-Föderation vom

Bildschirm und wurde durch das Bild einer jungen dunkelhaarigen Frau ersetzt, die hinter einem silbermetallenen Schreibtisch mit einem spiegelähnlichen Überzug saß.

Chisum stand respektvoll auf.

Die Frau beugte sich vor, stützte ihre Unterarme auf den Schreibtisch und legte eine Hand auf die andere. »Guten Abend, John.« Ihre leise Stimme klang fest und sehr moduliert.

»Guten Abend, Fran.«

»Nehmen Sie Platz.«

Chisum setzte sich wieder hin und nahm die gleiche Position ein wie seine Vorgesetzte: Er kreuzte die Hände vor sich auf der Tischplatte.

Fran hatte ein hellhäutiges, ovales Gesicht, einen breiten Mund mit straffen Lippen und graubraune Augen. Ihr kurzes glattes Haar war rechts gescheitelt und in einer fallenden Linie über ihre Stirn bis hinter die Ohren gekämmt. Sie trug einen silbernen Overall mit dunkelblauen und weißen Einlagen, die ihren Rang angaben. Es war die offizielle Arbeitsuniform der Ersten Familie. Chisum, der seit sechs Monaten mit Fran in Verbindung stand, schätzte ihr Alter auf siebenundzwanzig Jahre – bei der Ersten Familie war es immer schwer zu sagen. Obwohl der Ort, an dem sie sich aufhielt, nicht weit von der Stelle entfernt sein konnte, an der er sich befand, hatten sie einander noch nie persönlich getroffen, und seit er seinen gegenwärtigen Auftrag übernommen hatte, waren ihm über seine Einsatzleiterin nur zwei Dinge bekannt geworden: Ihr voller Name war Franklin Delano Jefferson, und sie war Steve Brickmans Kontrolleurin.

»Wie geht es 3552?«

»Nervös, aber sonst in Ordnung«, erwiderte Chisum.

»Hat er irgendetwas von Interesse gesagt, was den Zeitraum seiner Gefangenschaft betrifft?«

»Überhaupt nichts. Zwar besteht die Möglichkeit einer potenziellen Beziehung, aber als Pilot hat er ein gesundes Selbstbewusstsein. Ich habe zwar versucht, ihn zu knacken, aber er zeigt kein bemerkenswertes Bedürfnis nach zwischenmenschlichen Beziehungen.«

»Er hat in der Tat ein außergewöhnlich gutes Gespür für Identität«, gab Fran zu.

»Ich bin auch der Überzeugung, er vermutet, dass ich nicht nur hier bin, um Reagenzgläser zu spülen.«

»Es würde mich nicht überraschen«, erwiderte Fran. »Er ist ebenso sensitiv wie seine Blutsschwester. Außerdem ist er leicht paranoid. Er verdächtigt jeden. Hat er nach den Testergebnissen gefragt?«

»Ja. Ich habe seine Frage wie ausgemacht beantwortet. Seine Reaktion war so, wie Sie es vorhergesehen haben. Einen Moment lang dachte ich, er würde zusammenklappen. Es war eine … äh … interessante Erfahrung.«

Fran nickte nachdenklich. »Nach der Strahlung, der er ausgesetzt war, überrascht es nicht, dass sich ein paar seiner Geistesblockierungen gelöst haben. Was meinen Sie, John – ob die Konditionierung hält?«

Chisum dachte nach, bevor er antwortete. »Ich bin zwar kein Experte, aber wenn Sie auf meine Intuition setzen wollen, würde ich diese Frage mit Ja beantworten. Aber wenn meine Annahme sich als falsch herausstellt … Könnte man ihn reprogrammieren?«

»Eine gute Frage, John. Das wäre etwas, das man bisher noch nicht versucht hat. Der gegenwärtige Abschnitt von OVERLORD läuft seit über fünfzig Jahren, aber wir halten uns immer noch in nicht kartografierten Gewässern auf.

Jeder Versuch einer Reprogrammierung der gegenwärtigen Subjekte könnte mehr Probleme erzeugen, als er löst.« Fran fuhr sich mit den Fingern durch das Haar und bedachte Chisum mit einem freundschaftlichen Lächeln. »Sonst noch etwas?«

»Ja«, sagte Chisum. »Trotz seiner außergewöhnlich hohen Selbstkontrolle habe ich einen Teil seines Panzers gelöst, indem ich den Namen seiner Blutsschwester erwähnte. Es war eindeutig eine echte emotionale Reaktion. Es besteht die Möglichkeit, dass sich das Zuckerbrot-und-Peitsche-Verfahren, das wir durchzuführen beschlossen haben, allmählich auszahlt. Es könnte aber auch sein, dass er Roz … ah, ich meine 3801 … gegenüber ein schlechtes Gewissen hat. Ich glaube, wir sollten ernsthaft darüber nachdenken, die beiden zusammenzubringen. Angesichts der psychosomatischen Verletzungen, die er sich nach der Bruchlandung zugezogen hat, würde ich davon ausgehen, dass sie ohnehin weiß, dass er noch am Leben ist.«

»Und sich hier im Hauptzentrum aufhält«, fügte Fran hinzu.

Chisum zuckte mit den Achseln. »Das würde mich auch nicht überraschen.«

»Dann schlagen Sie also vor, dass wir ihn früher als geplant vor die Sachverständigen bringen, und ihn, wenn er sich als harte Nuss erweist, mit seiner Blutsschwester zusammenbringen, um sie, wenn sie einmal mit drinsteckt, als Druckmittel zu verwenden?«

»Genau«, sagte Chisum. »Bis dahin spiele ich weiter den lieben Jungen. Allerdings würde es meine Position verbessern, wenn ich dafür sorgen könnte, die beiden zusammenzubringen …«

Fran nickte. »Das gefällt mir. Gut gemacht, John. Ich

werde die Sache klären und mich dann wieder melden. Warten Sie ab.«

»Mache ich.« Chisum stand auf.

»Gute Nacht, John.«

»Gute Nacht, Fran.«

Frans Bild wurde durch die Insignien der Amtrak-Föderation ersetzt – einen blauen Kreis, der einen weißen, fünfzackigen Stern umgab. Rechts und links von dem Kreis befanden sich zwei rechteckige weiße Flächen, die horizontal von nach außen zeigenden roten Pfeilen durchbrochen waren. Der Kreis und die Flächen waren in demselben Rot umrandet. Laut Handbuch symbolisierte der einzelne weiße Stern Texas, den Innenstaat, aus dem die Amtrak-Föderation entstanden war. Der blaue Hintergrund stand für die Blauhimmelwelt, in die man zurückkehren wollte. Die rote Umrandung des Sternenbanners symbolisierte die Oberweltgrenzen, die von den Pfeilen immer weiter hinausgeschoben wurden – sie waren so rot wie das Blut, das dabei vergossen werden musste. Die beiden weißen Rechtecke, durch die die roten Pfeile verliefen, standen für die Äußeren Staaten, die man von den Mutanten zurückerobert hatte – die gesäuberte Oberwelt.

Als Chisum den Stuhl sorgfältig wieder an seinen alten Platz zurückstellte, kam ihm die Erkenntnis, dass das wahre Genie der Ersten Familie in ihrem grenzenlosen Irreführungstalent lag. Zu einer bestimmten Zeit in der fernen Vergangenheit waren die Jeffersons – eine ewig währende, selbst für ihr Fortkommen sorgende Dynastie, deren Mitgliederzahl man gegenwärtig auf etwa fünftausend schätzte – erfolgreich dabei gewesen, sich selbst an die Spitze einer Pyramide gerissener Lügen und Täuschungen zu stellen, die im Laufe der Jahrhunderte schrittweise die Autorität allgemein verinnerlichter Wahrheiten angenommen hatten. Ihre Lügen hatten sich langsam verhärtet, wie der alte Fels im Innern des Erdschildes. Sie hatten sie mit dem soliden Fundament versorgt, auf dem sie ihre momentan unbestrittene Machtposition aufgebaut hatten.

Brickman war zwar ein Sonderfall, aber auch jeder andere war konditioniert worden. Selbst Chisum konnte nicht hundertprozentig glauben, dass das, was er entdeckt hatte, die Wahrheit war. Das war ein Fluch, dem man als Geheimagent ausgesetzt war. Wahrheit und Lüge waren manchmal nicht mehr voneinander zu unterscheiden; eine aufgesetzte Identität vermischte sich manchmal mit dem darunterliegenden Ich, das man am Ende verlor, sodass man nur noch einen Berührungspunkt mit der Wirklichkeit hatte – die Tatsache, dass man lebte. Doch selbst diese Tatsache konnte sich schnell als hinfällig erweisen. Dazu brauchte man sich nur einen Minuspunkt einzuhandeln.

Chisum verließ den Konferenzraum und kehrte in das Quartier zurück, das er mit drei weiteren Pflegern teilte. Es war eine harte Welt, daran gab es nichts zu rütteln. Das Einzige, was die Erste Familie nicht kontrollierte, war der Zustand des Totseins. Sie konnten einen auf ein Dutzend verschiedene Arten und mit unendlich variabler Geschwindigkeit umbringen, und wenn das alte Herz einmal zu pumpen aufhörte, war man – metaphorisch gesprochen – raus aus ihrem Spiel. Wirklich und wahrhaftig frei.

Natürlich immer vorausgesetzt, dass noch etwas von einem übrig war, und dass man einen Ort hatte, an den man flüchten konnte. Chisum hoffte, dass es einen gab. Er dachte seit Jahren daran; seit dem Tag, an dem ihm ein

Mitglied einer GeBe-Bande, die er in einem Tunnellabyrinth aus der Zeit vor dem Holocaust in einer Oberweltstadt namens Dallas aufgespürt hatte, ein Buch gezeigt hatte. Nicht *das* Buch – das Handbuch –, keine elektronisch aufgezeichneten Seiten aus dem Bildschirmarchiv, sondern Zeilen auf den vergilbten, zerfransten, rechteckigen Seiten einer dünnen, gewebeartigen Substanz.

Der alte Knabe hatte gesagt, das Buch bestünde aus Papier. Das Einzige, was dem Buch vom Aussehen her nahekam und Chisum bekannt war, war Plasfilm – das Zeug, auf dem man die Oberweltlandkarten druckte. Das Buch – es hieß *Altes und Neues Testament* – enthielt mehrere Geschichten über etwas, das angeblich vor sehr langer Zeit passiert war – damals, bevor die Blauhimmelwelt Formen angenommen hatte. Chisum, der den Auftrag gehabt hatte, die Gruppe zu unterwandern, hatte sich die Zeit genommen, große Abschnitte seines Inhalts zu lesen. Es war nicht leicht gewesen. Die meisten Seiten hatten sich gelöst; andere fehlten oder waren zerrissen. Es war keine Überraschung, dass die Föderation dazu übergegangen war, alle Informationen elektronisch zu speichern. Chisums allgemeiner Eindruck von dem Buch war, dass die Zeiten sich nicht sehr geändert hatten. In dem Buch gab es eine Menge Kriege und schlechte und gute Zeiten. Da wurden Leute aufs Kreuz gelegt – dann war dieser Bursche namens Hiob … Christopher! Dem war es *wirklich* dreckig ergangen. Und dann gab es noch einen Haufen Brüder in dem Buch, die eine Menge Versprechungen über ein besseres Morgen machten und viel über Recht und Unrecht faselten – und über einen Ort namens Himmel, Gottes Königreich. Das war so etwas Ähnliches wie die Blauhimmelwelt, nur noch besser.

Als man die Gruppe zusammengetrieben hatte, hatte Chisum das Buch in einem zerfallenen Tunnel hinter ein paar lockeren Ziegeln versteckt. Er hatte zurückgehen wollen, um es zu holen, aber eine MP-Abbrucheinheit hatte das Renegatenversteck in einen Trümmerhaufen verwandelt. Chisum hatte sich eingeredet, das sei das Beste gewesen, was passieren konnte. Das Buch hätte ihn vermutlich das Leben gekostet. Als Angehöriger eines geheimen Einsatzkommandos kannte er die Vorschriften natürlich, aber nachdem er das Buch entdeckt hatte, konnte er nicht mehr verstehen, *warum* sein Besitz ein Vergehen der ersten Kategorie war.

Von diesem Augenblick an hatte Chisum angefangen, über das, was man ihm auftrug, genauer nachzudenken: Er stellte zwar seine Befehle nicht infrage – was sich fatal ausgewirkt hätte –, aber er sinnierte über die Gründe nach, warum man Menschen wie ihn brauchte. Manche Ideen aus dem alten Buch hatte er noch nicht vergessen, und eine Frage nagte besonders an ihm. Kurz vor der Aushebung des Verstecks hatte der alte GeBe ihn in ein großes Geheimnis eingeweiht: Er hatte unter einem Teil von Dallas eine große unterirdische Halle entdeckt, die Tausende solcher Bücher enthielt. Sie waren voll mit Geschichten aller Art – und auch mit Bildern und Fakten über die Welt vor dem Holocaust. Er hatte es beim Leben des General-Präsidenten geschworen! Der alte Mann hatte tatsächlich zwei volle Tage gebraucht, um die Halle zu durchqueren! Regal für Regal, vom Boden bis zur Decke; sie standen in langen Reihen, die so aussahen, als würden sie niemals enden. Er hatte Chisum versprochen, ihm zu zeigen, wo die Halle war, aber an dem Tag, an dem er ihn durch den Irrgarten hatte führen wollen, war Chisums Team mit

Unterstützung durch die MP hineingestürmt und hatte die ganze Bande festgenommen. Das war nun fünf Jahre her. *Ob die Bücher noch da sind?*, fragte sich Chisum. Lagen sie noch sicher unter den Trümmern? Und wusste die Erste Familie – deren Videoarchiv nur rudimentäre Informationen über die Welt vor dem Holocaust anzubieten hatte –, dass es sie gab?

Der Sachverständigenrat, dem Steve sich am nächsten Morgen gegenübersah, bestand aus fünf Männern und drei Frauen. Das neunte Mitglied – der Vorsitzende – war noch nicht eingetroffen. Steve stand stramm vor dem Stuhl, auf dem er für den größten Teil der nächsten fünf Tage sitzen sollte, und versuchte, das Verhalten der einzelnen Ratsmitglieder abzuschätzen, die zu beiden Seiten des handgeschnitzten, mit einer hohen Rückenlehne versehenen Stuhls des Vorsitzenden standen. Der Tisch, an dem die Angehörigen des Rates sitzen würden, war halbkreisförmig und verlief um Steves Stuhl herum, sodass man ihn während des Verhörs stets aus nächster Nähe beobachten konnte.

Als Steve den Blick hob, sah er eine der allgegenwärtigen TV-Kameras und mehrere Mikrofone, die jede seiner Bewegungen und alles aufzeichnen würden, was er sagte. Später würde man die Videos sorgfältig analysieren und jeden Aspekt seiner Vorstellung untersuchen. Das war das Standardverfahren, das man ungeachtet ihres Dienstgrades auf alle Wagner anwendete. Jeder Wagner, dessen Rang unter dem eines Stabsoffiziers lag, wurde in dreimonatlichen Abständen von zwei Sachverständigen verhört. Dabei bewertete man das Betragen und das Verhalten des Individuums, und anschließend wurde man mit plus oder minus zwei Kreditpunkten belohnt oder bestraft. Das Verfahren begann im Alter von fünf Jahren und endete für die meisten, wenn die Sackmänner kamen. Steve hatte in den vierteljährlichen Verhören stets gut abgeschnitten, aber bisher hatte er noch nie vor einem kompletten Sachverständigenrat gestanden.

Er warf den Ratsmitgliedern einen diskreten Blick zu und versuchte, ihr Alter einzuschätzen. Er ging davon aus, dass sie zwischen dreißig und vierzig Jahre alt waren. Ihr graues Haar besagte nichts. Manche Angehörigen der Exekutive hatten schon mit fünfundzwanzig weißes Haar, und nach einigen besonders schweren Fahrten endeten auch Bahnbrecher als Silberköpfe. Manche Leute sagten, man könne die Sachverständigen selbst dann erkennen, wenn sie splitternackt waren – nämlich an der Art, wie sie einen ansahen. Sie hatten einen stechenden Blick. Aus irgendeinem unerklärlichen Grund hatten Sachverständige fast immer unnormal hellgraue oder kalte blaue Augen und strahlten absolute Staatstreue aus. Sie konnten eine Seite des Handbuchs nach der anderen zitieren und waren absolut fanatisch, wenn es um Verfahrensfragen, Vorschriften und Gesetze ging. Aber während es in ihren Reihen wortklauberische Pedanten gab, die den Wald vor lauter Bäumen nicht sahen, gab es andererseits auch solche, die bemerkenswert kluge Beobachter waren und die geringsten Anzeichen eines Ausweichens oder der Unaufrichtigkeit sofort bemerkten.

Vor jedem Sachverständigen war ein Monitor in den Tisch eingelassen, auf dem man die den Delinquenten betreffenden Daten abrufen konnte. Jedes Ratsmitglied war außerdem mit einem elektronischen Notizblock ausgestattet, auf dem es sich Notizen machen konnte. Man konnte die Blöcke in die Monitore einstöpseln, sodass die einzelnen Ratsmitglieder einander Nachrichten zukommen lassen konnten, ohne dass der Delinquent wusste, dass man über ihn redete. Zahlen auf Steves Tischseite identifizierten die einzelnen Ratsmitglieder. Nummer 1 bis 4 saßen links von ihm, Nummer 5 bis 8 an seiner rechten Seite. Die Position des Vorsitzenden bedurfte keiner Erklärung.

Auf der linken Wandhälfte hinter dem Tisch ging eine Tür auf. Als die Ratsvorsitzende eintrat und sich an ihren ihm genau gegenüberliegenden Platz begab, stand Steve stramm. Die acht Ratsmitglieder warteten ehrerbietig, bis sie saß, und folgten dann ihrem Beispiel.

»Nehmen Sie Platz, Steven.« Die Stimme der Vorsitzenden war leise, fest und moduliert. Ihr dunkles, rechts gescheiteltes Haar fiel über ihre Stirn und war hinter die Ohren zurückgekämmt. Sie hatte graubraune Augen. Es war Fran. Franklin Delano Roosevelt, Steves Kontrolleurin.

Steve wusste natürlich nichts davon. Er hatte auch keine Ahnung, dass sie zur Ersten Familie gehörte. Fran trug den grauen Standard-Overall, den alle Angehörigen der Föderationsgerichte trugen. Über ihre Schulter war ein dreiviertellanger Sitzungstalar mit weiten Ärmeln drapiert – ein Bestandteil der Dienstkleidung von Sachverständigen. Als Ratsvorsitzende war ihrer zinnoberrot mit aschgrauem Besatz. Die restlichen Ratsmitglieder trugen ähnliche Roben mit umgekehrtem Farbschema. Hätte Fran sich die Mühe gemacht, COLUMBUS zu konsultieren, hätte sie entdeckt, dass Form und Schnitt ihrer Gewänder jenen ähnelten, die die Ivy-League-Professoren in den friedlichen Zeiten vor dem Holocaust getragen hatten. Die anderen, die trotz ihrer Ebene-12-ID-Karten nie den gleichen grenzenlosen Datenzugriff erlangen würden, mussten unwissend bleiben, was diese Kleinigkeit aus der Geschichte der Bekleidung und viele andere Dinge anging.

Fran tauschte die üblichen Grüße mit den restlichen Ratsangehörigen und prüfte nach, ob die Monitor-Interkom-Systeme einwandfrei arbeiteten. Das Vorverhör des Delinquenten, das nach einem Standardverfahren durchgeführt wurde, übernahm sie selbst. Die Hauptfunktion der acht Sachverständigen bestand darin, den Delinquenten zu beobachten und seine Reaktionen zu bewerten, aber einzelnen Mitgliedern war es auch erlaubt, nach näheren Erläuterungen zu einer Antwort zu fordern oder Zusatzfragen zu stellen. Jeder Sachverständige, der dies zu tun wünschte, sandte der Vorsitzenden ein Signal und wartete dann auf grünes Licht. Fran nutzte die kurze Eingewöhnungsperiode, um eine erste Bewertung Steves vorzunehmen. Seit sie den Posten seines Kontrolleurs übernommen hatte, hatte sie zwar seine Akte studiert, die von der Geburt bis dato alle relevanten Stationen seines Lebens umfasste, aber nun sah sie ihn erstmals persönlich. Als Frau gefiel ihr zwar, was sie zu sehen bekam, aber das hatte keine Auswirkungen auf ihren Plan, jede noch so kleine Information aus ihm herauszuholen, die er über die Mutanten hatte.

Fran legte die Unterarme auf den Tisch, die Handflächen sorgfältig aneinander und maß Steve mit ihren graubraunen Augen. Ihre Mundwinkel verzogen sich fast zu einem Lächeln, das den ernsthaften Klang ihrer Stimme Lügen strafte. »Steven, bevor wir Sie bitten, Ihre Erlebnisse zu beschreiben, möchte ich ausdrücklich darauf hinweisen, dass die Föderation trotz der Umstände, die Ihren ersten Empfang in Pueblo und Santa Fé betreffen, nicht der Meinung ist, dass Sie ein Gesetz gebrochen haben. Sie werden auf keine Weise verdächtigt, Ihre Dienstpflicht als Pilot verletzt zu haben.« Fran schaute sich am Tisch um. »Ich nehme an, dass ich in dieser Hinsicht für alle Ratsmitglieder spreche?«

Die acht Sachverständigen nickten und murmelten zustimmend.

Fran richtete ihre Aufmerksamkeit wieder auf Steve. »Wie Ihnen aufgrund der Ungläubigkeit, die Ihnen in Pueblo und anderswo begegnet ist, zweifellos bewusst ist, sind Sie der erste Wagner, der je eine Gefangennahme durch die Mutanten überlebt hat – und der einzige Mensch, der Gelegenheit hatte, sich eingehend bei den Präriebewohnern umzusehen. Das, was Sie uns zu berichten haben, ist für die Planung unseres Feldzuges zur Rückgewinnung der Oberwelt unermesslich wichtig. Da Ihre Erfahrungen einmalig sind, folgt daraus, dass der Rat jeden Aspekt Ihres Verhaltens und sämtliche Beobachtungen, die Sie in der fraglichen Zeit gemacht haben, kennenlernen möchte.« Fran legte eine Pause ein und bedachte Steve mit einem verständnisvollen Lächeln. »Es muss, um es milde auszudrücken, eine sehr schwierige Zeit gewesen sein. Vielleicht sogar eine traumatische.«

Steve hielt es für passend, an dieser Stelle mit einem nüchternen Nicken zu reagieren.

»Ich kann mir vorstellen, dass das schwierig für Sie wird«, fuhr Fran fort. »Trotzdem bitten wir Sie, sich an jeden Augenblick zu erinnern, den Sie erlebt haben, seit Sie die *Lady* in Begleitung von …« Sie brach ab, um einen Blick auf den Schirm zu werfen. »… von White, G.R. – Ihrem Freund Gus – verlassen haben, bis zu Ihrer Ankunft in der Zwischenstation Pueblo. Ich möchte, dass Sie die Untersuchung als eine längere Version des Rückmeldeverfahrens ansehen, dem Sie normalerweise von Ihrem Flugeinsatzleiter unterzogen werden. Wir möchten lediglich, dass Sie das gesamte Wissen mit uns teilen, das Sie erlangt haben. Wir hoffen, es könnte uns mit größerem Wissen über den Feind versorgen. Verstehen Sie mich?«

»Yes Ma'am«, erwiderte Steve.

»Gut.« Die Vorsitzende lächelte erneut. »Die Erste Familie hat mich gebeten, Ihnen zu sagen, dass wir uns der feindseligen Behandlung bewusst sind, der Sie auf dem Weg hierher unterworfen waren, und dass Schritte unternommen werden, für einen gebotenen Ausgleich zu sorgen. Wie ich erfahren habe, hat der Marshal von New Mexico Ihnen einige – wenn nicht gar alle – der Gründe mitgeteilt, warum es nötig war, Sie mit einer Haube zu versehen und zu fesseln.«

»Das hat er, Ma'am.«

»Die verschiedentlichen körperlichen Angriffe waren zwar bedauerlich, aber angesichts der unvorhergesehenen Umstände Ihrer Rückkehr bin ich sicher, Sie akzeptieren, dass die Zwischenfälle auf übertriebenen Diensteifer zurückzuführen waren.«

»Sie waren ein geringer Preis dafür, endlich wieder zu Hause sein zu können, Ma'am.«

»Ich freue mich, dass Sie es so sehen«, sagte die Vorsitzende. »Zumindest haben Sie ja keine bleibenden Schäden erlitten.«

Keine sichtbaren, dachte Brickman. *Welch schöner Satz. Gut gemacht, Steven.* Aber wozu die ganze Vorrede? Das hörte sich ja fast so an, als wolle sich die Erste Familie entschuldigen. Davon hatte man ja noch nie gehört. Wieso sollte sie plötzlich anfangen, sich um die Jungs zu sorgen, die von der MP verprügelt wurden? In Steves Kopf schrillten die Alarmglocken. Die Ratsvorsitzende machte ihm Angst. Sie war, wenn er sie richtig einschätzte, eher fünfundzwanzig als dreißig. Wenn sie eine vollständige Ratsversammlung leitete, bedeutete das, dass sie entweder sehr intelligent war, oder …

Oder?

Steve spürte, wie sich in seinem Kopf verwischte Bilder formten. Die Entität, die Macht, oder das, was in ihm lauerte, bemühte sich, ihm etwas mitzuteilen, aber zwischen ihm und ihr waren die Verbindungen gestört. Es war seine eigene Schuld. Er hatte sie seit so vielen Jahren abgewehrt und versucht, sie zu ignorieren und zu verdrängen, dass sie sich wie ein eigenbrötlerischer Einsiedler in einen fernen Raum im Hintergrund seines Bewusstseins zurückgezogen hatte und nur dann auftauchte, wenn sie das Bedürfnis dazu verspürte. Steve bemühte sich, die Bilder klarer werden zu lassen, aber der dunkle Kurier reagierte nicht auf seinen Ruf, und sein inneres Auge blieb vernebelt.

Er vermutet etwas, dachte Fran. Sie hatte mehrere Tage damit verbracht, sich zu fragen, ob sie die Gelegenheit nutzen sollte, Brickman persönlich gegenüberzutreten, und jetzt verwünschte sie sich, weil sie eine falsche Entscheidung getroffen hatte. Sie hätte warten sollen; sie hätte sich eine weniger kennzeichnende Rolle aussuchen sollen. Etwas mit unauffälligerem Profil. Verdammt! Aber was sollte es – jetzt war es zu spät, sich zurückzuziehen …

»Okay«, sagte sie gedehnt, während sie den schräg stehenden Bildschirm konsultierte, der sich vor ihr auf dem Tisch befand. »Sie und Gus White sind am 12. Juni gestartet, um nördlich von Cheyenne ein Feld der Mutanten mit Brandbomben zu vernichten. Die Piloten Fazetti und Naylor sollten einen ebensolchen Angriff gegen einen nahen Wald fliegen, wo sich, wie man annahm, Präriebewohner versteckt hielten. Warum fangen Sie nicht da an?«

Steve hatte viel Zeit gehabt, um sich auf diesen Augenblick vorzubereiten. Er holte tief Luft und begann mit der sorgfältig bearbeiteten Version dessen, was er nach dem Abschuss durch einen Armbrustbolzen bei den Mutanten erlebt hatte. Die täglichen Sitzungen wurden in vier Zweieinhalb-Stunden-Perioden geteilt, wobei er morgens und nachmittags zweimal eine halbe Stunde Pause und eine Stunde zum Essen erhielt. Schon nach zwei solchen Sitzungen, in denen hauptsächlich er redete, schmerzten Steves Kiefer, bis es nicht mehr auszuhalten war, und seine Zunge fühlte sich steif und geschwollen an. Die Aussicht auf weitere fünfundvierzig Stunden unter dem gleichen Druck führte dazu, dass er ein deutliches Unbehagen verspürte. Er brauchte nicht nur körperliche Zähigkeit, auch die geistige Anstrengung war beträchtlich. Abgesehen von der hochempfindsamen Information, die man von ihm wünschte und die Steve geschworen hatte, zu enthüllen, wusste er, dass er sich – um seiner eigenen Sicherheit willen – hüten musste, irgendwelche Werturteile abzugeben. Bei Untersuchungen dieser Art war die Wortwahl das Allerwichtigste; sorglos hingeworfene Bemerkungen oder schlecht durchdachte Antworten konnten zu explosiven Konfrontationen führen. Aus diesem Grund konzentrierte er sich auf die Fakten, wobei er weder Lobendes noch Kritisches über das Leben der Mutanten und ihre eigenartigen Ansichten über die Welt äußerte.

Am ersten Tag, nachdem er beschrieben hatte, wie man ihn aus dem verbogenen Wrack des Himmelsfalken gezogen hatte, erzählte Steve, wie Mr. Snow Pflanzenblätter verwendet hatte, um seine Wunden zu heilen, wie man ihn gezwungen hatte, die getrockneten Fasern einer schmerzstillenden Pilzdroge namens Traumkappe zu essen, wie Mr. Snow die Knochen seines gebrochenen Beins gerichtet hatte und wie er sich mithilfe eines selbst ausgedachten Körperertüchtigungsprogramms wieder fit gemacht hatte, um zu fliehen.

Als man ihn nach den Wunden an seinen Wangen fragte, beschrieb Steve, wie er – um zu verhindern, von dem ihm feindlich gesinnten Teil des M'Call-Clans getötet zu werden – gezwungen worden war, an einer Krieger-Mutprobe teilzunehmen, die man Pfeilbeißen nannte. Dabei hatte er sich unter der Drohung einer sofortigen Hinrichtung bereiterklären müssen, ohne zusammenzuzucken einen Pfeil durch seine Wangen treiben zu lassen und ihn zwischen den Zähnen zu zerbrechen. Ein erinnerungswürdiger Augenblick – nicht wegen des Schmerzes, sondern weil er an diesem Abend Clearwater zum ersten Mal gesehen hatte.

Steve fuhr mit der Beschreibung der Organisation des M'Call-Clans fort. Er sprach darüber, wie die Mutanten ihre Siedlungen bauten, und über die Leichtigkeit, mit der sie ihre Hütten und deren Inhalt verpackten und über lange Strecken transportierten; den täglichen Lebensablauf des Clans, das Sammeln und Verteilen von Nahrung, die Patrouillen der Bären und Wölfinnen und die aggressive Verteidigung ihres Heimatlandes.

Am zweiten Tag, als sich die Befragung der Taktik und den Waffen der Mutanten zuwandte, machte Steve eine Menge Punkte bei den Sachverständigen, als er die Existenz der Eisenmeister enthüllte, des rätselhaften Volkes aus den Feuergruben von Beth-Lem, die die Präriebewohner mit starken Armbrüsten und anderen Stichwaffen, die die Mutanten als »spitzes Eisen« bezeichneten, versorgten. Als man ihn nach weiteren Einzelheiten fragte, konnte er nur die wenigen Informationen wiederholen, die er erhalten hatte: Die Handelskarawanen der Eisenmeister reisten auf Radschiffen, die über große Flüsse namens Miz-Hurry und Miz-Hippy kamen. Steve war nicht in der Lage, den Sachverständigen zu sagen, wo Beth-Lem lag. Als er Cadillac die gleiche Frage gestellt hatte, war dieser ihm deutlich ausgewichen und hatte nur erwähnt, sie lägen »in den Ländern hinter dem Osttor«.

Am dritten Tag waren die Wortschmiede das Hauptthema. Die Sachverständigen zeigten besonderes Interesse an Steves Beziehung zu Mr. Snow und Cadillac, an seinen Erklärungen zur Schlüsselfunktion des alten Mutanten als Clan-Historiker und wandelnde Enzyklopädie und an seiner Position als Chef-Taktiker und Berater der herrschenden Clan-Ältesten. Außerdem interessierte sie, wie er Cadillac zu seinem Nachfolger ausbildete.

»Wollen Sie etwa sagen, dass die Wortschmiede Lehrer sind und jedem Kind beibringen können, sich mehr als neunhundert Jahre überlieferter Geschichte einzuprägen?«, fragte Sachverständiger Nummer 6.

»Nein, Sir, jedem Kind nicht«, erwiderte Steve. »Wortschmiede sind etwas ganz Besonderes. Sie werden mit dieser Fähigkeit geboren. Ich weiß zwar nicht, worin der Auswahlprozess besteht, aber ich weiß, dass die M'Calls noch kein Wunderkind der dritten Generation haben, das Cadillac ersetzen kann. Verstehen Sie mich nicht falsch. Äußerlich sehen die … ah … Burschen wie alle anderen Mutanten aus, aber unter den Haut- und Knochendeformationen sind sie bemerkenswert talentierte Individuen.«

Der Sachverständige Nummer 6 grunzte. »Sie scheinen ja mächtig beeindruckt von ihnen zu sein.«

»Sir, diese Leute sind unsere Feinde. Würden wir das Potenzial ignorieren, das sie zweifellos aufweisen und mit dem sie uns schaden könnten, müsste ich den Eid verletzen, den ich geschworen habe: alles zu tun, was die Erste Familie und die Föderation schützt.«

Die junge Ratsvorsitzende lächelte. »Gut gesagt, Steven.«

Genau, dachte Steve. Solche Sprüche zogen bei Sachverständigen. Aber das, was er gesagt hatte, war nicht ganz falsch. Es war nur ironisch, dass seine klare Bereitwilligkeit, alles zu erzählen, die echte Wahrheit verhüllte: Mr. Snows Potenzial, der Föderation zu schaden, war weit größer, als sie es sich je vorstellen konnten.

Steve richtete seinen Blick auf die graubraunen Augen Frans und setzte die ehrlichste Miene auf, zu der er fähig war. »Ma'am, selbst auf das Risiko hin, in Ungnade zu fallen, muss ich Ihnen sagen, dass die beiden Wortschmiede bezüglich ihrer geistigen Fähigkeiten weit über den anderen Mutanten stehen, und dass auch der durchschnittliche Mutant keineswegs so dumm ist, wie ich erwartet hatte.«

»Damit wir uns nicht missverstehen«, sagte die Vorsitzende. »Wollen Sie damit sagen, dass die Präriemutanten über menschliche Intelligenz verfügen?«

»Ja«, fügte der Sachverständige Nummer 3 hinzu, ein stumpfgesichtiger Mann, dessen Hals für seinen Kopf viel zu dick war. »Wollen Sie damit sagen, dass die Mutanten uns ebenbürtig sind?«

Beides waren heikle Fragen. Jede Diskussion dieser Sätze war reinstes Dynamit. Steve wägte seine Antwort sorgfältig ab. Ihm war bewusst, dass man ein allzu langes Zögern zu seinen Ungunsten auslegen würde. »Das Handbuch behauptet, dass die Mutanten Untermenschen sind, Ma'am. Verglichen mit der unseren ist ihre Existenz eindeutig primitiv, und viele ihrer Sitten sind wild und barbarisch. Aber obwohl sie keine schriftliche Form der Kommunikation kennen, sprechen sie eine Sprache, die unserer Grundsprache sehr ähnlich ist. Und sie verfügen durch ihre Wortschmiede über eine Geschichte, die die gleiche Zeitspanne umfasst wie die unsere. Sie machen Musik und singen …«

»Das tun Vögel auch«, sagte der Sachverständige Nummer 3.

Steve nahm die Unterbrechung mit einem freundlichen Nicken hin. Er wusste, dass eine Fähigkeit, die die Sachverständigen kultivierten, darin bestand, scheinbar dumme Einwürfe zu machen, weil sie hofften, damit geringschätzige und schlecht durchdachte Antworten auszulösen. Es funktionierte bei allen Delinquenten, die sich für schlauer als ihre Verhörer hielten.

»Sir, ich weiß, dass man sie gemeinhin als Tiere bezeichnet – man nennt sie auch Beulenköpfe, Froschaugen, Scheißhaufen und Pimmelfresser. Ich nehme an, nicht ohne Grund. Aber ich muss einwenden, dass das Wort ›Tier‹ eigentlich eher auf jene Oberweltlebewesen passt, die nicht in der Lage sind, Gedanken, Ideen und Absichten zu kommunizieren, statt zu einem Wesen, das sich durch das Medium syntaktischer Rede ausdrückt.«

»Sie glauben wohl, Sie können uns beeindrucken, wenn Sie uns mit Fremdwörtern bombardieren, Jungchen?«, fauchte der Sachverständige Nummer 3.

»Nein, Sir«, erwiderte Steve. »Ich weiß zwar, dass diese spezielle Definition nicht im Handbuch steht, aber …«

»Vielleicht sollte sie dort stehen«, sagte die Vorsitzende zu seiner Rettung. »Fahren Sie fort, Steven!«

»Ma'am … Ich kann mich zwar, bei allem, was ich sage, nur auf einen einzigen Clan beziehen, aber … Was ich sagen will, ist Folgendes: Obwohl die Präriebewohner technische Analphabeten sind, beweisen ihre verschiedenen handwerklichen Fähigkeiten, dass sie *lernfähig* sind. Ihr deutliches Unvermögen, Dinge zu behalten, hindert sie nicht daran, Informationen *aufzunehmen*. Ihr Problem besteht darin, dass sie die Informationen nicht weitergeben können. Sie können zwar Wissen behalten, aber sie können es nicht verbal *ausdrücken*. Nur deswegen erscheinen die meisten von ihnen unglaublich dumm.«

Die Blicke, die die Sachverständigen miteinander tauschten, machten Steve klar, dass ihnen das, was sie zu hören bekamen, nicht behagte. Steve wusste zwar, dass es falsch war, aber irgendein perverser Drang zwang ihn dazu, beim Thema zu bleiben. Er sprach die Vorsitzende direkt an. »Ma'am, man hat mich gefragt, ob ich die Mutanten für ebenbürtig halte. Angesichts ihres Aussehens und ihrer geistigen Haltung muss die Antwort ›Nein‹ lauten. Wenn wir die kleine Anzahl der Jährlinge ignorieren, sind die körperlichen Unterschiede unvereinbar, und das Leben, das sie führen, ist für uns absolut fremdartig. Aber wenn wir andere Kriterien gelten lassen – Kraft, Zähigkeit, handwerkliches Geschick, Lernfähigkeit und – es muss einfach gesagt werden – latente Intelligenz, würde meine Antwort ›noch nicht‹ lauten.«

Die Lippen der Vorsitzenden wurden zu einer schmalen Linie.

Die Sachverständige Nummer 7 beugte sich vor. »Würden Sie die letzte Bemerkung bitte erklären?«

»Ma'am, ich stelle die Weisheit des Handbuches nicht infrage. Aber wenn ich es richtig verstanden habe, wurden die Informationen, die es zu diesem Thema enthält, aus Ergebnissen von Einsätzen gegen die Mutanten aus dem *Süden* zusammengestellt. Ich habe die Mutanten aus dem Süden nur als Gefangene in Arbeitslagern und als Kettensträflinge beobachtet. Die Präriebewohner sind immer noch unabhängig. Ein ungeschlagenes Kriegervolk. Und laut dem, was ich von den M'Calls weiß, haben sie auch die feste Absicht, es zu bleiben. Unsere ersten Vorstöße in ihr Territorium haben ihnen gezeigt, was ihnen blüht. Wir sollten sie nicht unterschätzen. Sie haben die Fähigkeit, sich anzupassen und größeres handwerkliches Geschick zu erwerben – sie könnten selbst die Technik meistern.«

Der Sachverständige Nummer 1 schnaubte trocken. »Die Technik! Von wem, zum Henker, sollen sie sie denn erlernen – von uns etwa?«

Steve drehte sich nach links. »Nun, Sir, daran hatte ich eigentlich nicht gedacht, aber jetzt, wo Sie es erwähnen … Das ist vielleicht etwas, worüber wir nachdenken sollten.«

Der Sachverständige Nummer 3 explodierte. »Sie haben wohl eine weiche Birne, was? Diese schwachsinnigen Monster erkennen den Unterschied zwischen einer Hacke und einer Schaufel doch erst dann, wenn man sie damit erschlägt!«

Steve kämpfte das drängende Verlangen nieder, es dem aufgeblasenen Schwachkopf auf der Stelle zu geben. Am liebsten hätte er ihm und seinen Klugscheißerfreunden gesagt, dass Cadillacs Haut unter den wirren schwarzbraunen Flecken ebenso makellos war wie seine eigene; dass der achtzehnjährige Mutant mit kurz geschnittenem Haar und einem Einteiler bekleidet problemlos als Wagner durchgehen konnte; dass der junge Krieger, obwohl er nach dem Standard der Föderation als ungebildet galt, die unheimliche Fähigkeit hatte, rasend schnell zu lernen – und dass er, auf mehr als eine Weise, mehr Grips hatte als die meisten Absolventen der Flugakademie. Steve biss sich auf die Lippe und sagte nichts, denn er dachte an das Versprechen, das er Mr. Snow gegeben hatte – seinen Herren nie etwas über Cadillacs echten körperlichen Zustand zu erzählen oder Clearwaters Existenz zu enthüllen.

Stattdessen wandte er sich mit einem gewinnenden Lächeln an den Sachverständigen Nummer 3. »Ich muss zugeben, dass ich auch ein paar getroffen habe, die recht langsam waren.« Das war sicher nicht der geeignete Augenblick, um zu erwähnen, dass es der M'Call-Clan gewesen war, der ihn mit den Werkzeugen und der nötigen Hilfe versorgt hatte, um den Drachen zu bauen, mit dem er geflohen war. Eine solche Äußerung hätte zu weiteren unangenehmen Fragen geführt, und die hätten ihn gezwungen, zu enthüllen, dass er Cadillac im Tausch dafür das Fliegen beigebracht hatte. Trotz der freundlichen Vorrede der dunkelhaarigen Vorsitzenden hätte diese Nachricht bestimmt zu einem Tumult geführt.

»Steven«, sagte die Vorsitzende. »Ich bin verwirrt. Warum sollten wir den Mutanten irgendetwas beibringen?«

»Verstehen Sie mich nicht falsch, Ma'am. Ich stelle die Föderationspolitik nicht infrage …«

»Freut mich, das zu hören.«

»Es ist nur so, dass … Nachdem ich gesehen habe, wozu die Präriebewohner fähig sind, kam mir eine Idee: Wenn sie überhaupt etwas lernen, sollten wir lieber den Prozess kontrollieren, bevor es jemand anders tut – etwa die Eisenmeister. Wenn dieses geheimnisvolle Volk mit Armbrüsten handelt, können wir davon ausgehen, dass es selbst mit etwas Besserem bewaffnet ist, um notfalls der Mutanten

Herr zu werden. Sie lassen die Präriebewohner jetzt schon für sich arbeiten und bei ihnen lernen. Sie haben Produktionsanlagen und Wasserwege für den Transport.« Steve spreizte seine Finger. »Wer weiß, was sie sonst noch im Ärmel haben?«

Fran lächelte. Dieser junge Mann war schnell von Begriff – und scharfsinnig. »Machen Sie sich keine Sorgen um die Eisenmeister, Steven. Man wird sich schon um sie kümmern, wenn es an der Zeit ist. Und vergessen Sie die Idee, die Mutanten zu bilden. Sollen sie das, was ihnen von ihrem armselig kurzen Leben noch bleibt, ruhig ausleben. Die Oberwelt gehört nach dem Recht uns. Die Erste Familie hat sie uns versprochen. Wir brauchen sie mit niemandem zu teilen.«

5

Als Steve am vierten Tag erwachte, wusste er, dass die Sachverständigen ihre Aufmerksamkeit nun auf seine Flucht richten würden. Dies war der Augenblick, um den er sich – mit gutem Grund – Sorgen gemacht hatte, denn die Erklärung, die er ihnen zum Bau des Drachen anbieten wollte, war reine Erfindung. Er hatte geplant, dem Rat zu erzählen, er sei, nachdem er Naylors Messer und ein paar Werkzeuge gestohlen hatte, geflohen und habe sich an den Ort durchgeschlagen, an dem die Mutanten die Wracks der Himmelsfalken zurückgelassen hatten. Dort hatte er angeblich zwei Wochen lang allein gearbeitet und genügend Teile geborgen, um den Drachen zusammenzubauen.

Als Steve sich seine Geschichte auf dem Weg zur Sitzung noch einmal überlegte, wurde ihm plötzlich klar, dass sie absolut unglaubwürdig klang und nicht zu den anderen Informationen passte, die er über die Mutanten abgegeben hatte. Was sollte er zum Beispiel sagen, wenn man ihn fragte, wie es ihm gelungen war, in den zwei Wochen, die es ihn gekostet hatte, den Drachen zu bauen, unentdeckt zu bleiben, wenn die Mutanten so gute Jäger, Spurenleser und Läufer waren?

Das Auslassen gewisser Fakten während einer solchen

Untersuchung war relativ leicht, wenn man seine Geschichte hieb- und stichfest machte. Wurde man dabei ertappt, konnte man, wenn man einen wachen Geist und eine flinke Zunge hatte, die Schuld auf die unzuverlässige Erinnerung oder eine missverständliche Frage schieben. Aber wenn man den Leuten ein kunstvoll konstruiertes Lügengebäude vorsetzte, ging man ein großes Risiko ein. Dann erforderte es unausweichlich immer mehr Lügen, um die erste zu stützen. Wenn nur ein Sachverständiger misstrauisch wurde, war es aus. Wenn erst einmal jemand anfing, in offenen Wunden herumzustochern, bestand die Gefahr, dass ihm die gesamte Geschichte unter den Händen zerfiel.

Steve hatte den Eindruck, in einer echten Klemme zu sitzen. Abgesehen von seiner potenziell fatalen Beziehung zu Clearwater, hatte er alles getan, um sein Überleben zu sichern und sich die Mittel und die Gelegenheit zur Flucht zu verschaffen. Aber er zögerte dennoch, den gesamten Umfang der Zusammenarbeit mit den Mutanten zu enthüllen, damit die Sachverständigen sie nicht falsch auslegten. Trotz der Versicherung der jungen Vorsitzenden hatte er nicht viel Vertrauen in die Neutralität des Rates. Sachverständige waren nicht unparteiisch. Vor der Justiz der Föderation war jeder, der vor einem vollständigen Ausschuss stand, schuldig, bis er das Gegenteil beweisen konnte.

Als er den Verhandlungsraum betrat, Haltung annahm und den Sachverständigen gegenüberstand, beschloss Steve schlagartig, seine Geschichte zu verändern. Er wollte so nahe wie möglich an der Wahrheit bleiben. Als die Wolken der Ungewissheit forttrieben, konnte er endlich mehrere Schritte weit in die Zukunft sehen und erkannte, dass es die beste Entscheidung war, die er in dieser Woche getroffen hatte.

Als die Sachverständigen Platz genommen hatten, gab die dunkelhaarige Vorsitzende Steve mit einem Wink zu verstehen, es ihnen gleichzutun. Dann legte sie die Hände auf den Tisch, faltete sie und räusperte sich. »Und jetzt, Steven, erzählen Sie uns von den Ereignissen, die zu Ihrer Flucht geführt haben. Uns interessiert besonders, wie es Ihnen gelungen ist, insgeheim diesen Flugdrachen zu bauen.«

»So war es nicht, Ma'am. Ich habe mir von den Mutanten dabei helfen lassen.«

Die Schockwelle, die seine Antwort erzeugte, hob den Rat der Sachverständigen buchstäblich von den Sitzen.

Fran Jefferson wechselte einen Blick mit den anderen und wandte sich dann an Steve. »Würden Sie das bitte erklären?«

»Es ist ganz einfach, Ma'am. Ich hatte entdeckt, dass die Mutanten einige Teile der Himmelsfalken Naylors und Fazettis behalten hatten. Die beiden sind in dem Wald abgestürzt, in dem die Ansiedlung der Mutanten lag. Also habe ich ihnen ein Geschäft vorgeschlagen. Ich habe gesagt, wenn sie mir helfen, einen Donnerkeil zu bauen – so nennen sie unsere Maschinen –, würde ich ihnen das Fliegen beibringen.«

Die Finger der Vorsitzenden bohrten sich tief in ihren Handrücken. »Und haben Sie es getan?«

Die Lüge kam ihm leicht über die Lippen. »Nein, Ma'am.« Er grinste. »Sobald die Kiste fertig war, habe ich mich davongemacht.«

Ein großer Teil des Tages verging mit Fragen und Antworten darüber, wie er den Drachen entworfen und konstruiert hatte, und speziell, inwiefern die Mutanten daran mitgearbeitet hatten.

Der Sachverständige Nummer 3, der während der ganzen Woche auf kleiner Flamme vor sich hin gekocht hatte, explodierte erneut. »Ich kann kaum fassen, was ich hier zu hören bekomme, Junge! Wollen Sie damit sagen, Sie haben den Beulenköpfen beigebracht, wie man ein Flugzeug baut?«

»Nein, Sir«, erwiderte Steve. »Ich habe ihnen *gar nichts* beigebracht. Ich habe ihnen lediglich die Chance eingeräumt, mir die Fähigkeiten zu demonstrieren, die sie *schon haben*. Fähigkeiten, die wir bisher entweder ignoriert haben oder die uns nie bewusst gewesen sind. Wenn wir unserem erklärten Ziel folgen wollen, die Oberwelt zurückzugewinnen, sollten wir die Fähigkeiten der Mutanten nicht unterschätzen.«

Der Sachverständige Nummer 3 warf ein: »Sie unterschätzen?! Zum Henker, Junge – Sie haben gerade gestanden, ihre gottverdammten Fähigkeiten noch *gefördert* zu haben! Was Sie getan haben, ist Hochverrat!«

»Nein, Sir«, widersprach Steve mit fester Stimme. »Sie missverstehen die Situation. Ich wiederhole: Ich habe ihnen nichts *beigebracht*. Unsere gegenwärtige Einschätzung ihrer Fähigkeiten ist absolut unzutreffend. Wenn es mir nicht gelungen wäre, dem Rat zu erzählen, was ich beobachtet habe – wenn ich geschwiegen hätte, in der Hoffnung, mir Schwierigkeiten zu ersparen –, *das* wäre Verrat. Dann hätte ich es verdient, dass man mir das Buch an den Kopf wirft, denn dann hätte ich alles verraten, woran ich glaube.«

Die dunkelhaarige Vorsitzende sah den Sachverständigen Nummer 3 an. »Das finde ich auch.« Sie lächelte Steve zustimmend an. »Ihr Mut und Ihre Ehrlichkeit sind bewundernswert.«

Darauf kannst du aber einen lassen, dachte Steve bei sich.

Die Sachverständige Nummer 2, die den ganzen Tag nur wenig gesagt hatte, beugte sich vor. »Steven, haben Sie schon mal darüber nachgedacht, ob die Fähigkeiten, von denen Sie reden – und die Sie offenbar sehr beeindruckt haben –, Bestandteil eines instinktiven Verhaltens sind? So wie andere Oberwelttiere mit der Fähigkeit geboren werden, zu jagen, und wie Vögel und Reptilien wissen, wie man schwimmt und wie man Nester baut?«

Die Vorsitzende lächelte. »Ich fürchte, Steve glaubt nicht daran, dass Mutanten Tiere sind.«

Steve wusste zwar, dass der Rat im Begriff war, ihn in ein gefährliches Territorium zu ziehen, aber er fühlte sich zu einer Antwort verpflichtet. »Mit Verlaub, Ma'am, die Föderation bezeichnet die Mutanten offiziell nicht als Tiere. Sie sind als Untermenschen kategorisiert.«

»Das ist korrekt«, erwiderte Fran. »Und das bedeutet ›weniger als menschlich‹. Es bedeutet, dass sie uns niemals ebenbürtig sein können – oder bestreiten Sie auch diese Definition?«

»Nein, Ma'am.«

»Freut mich zu hören. Erzählen Sie weiter!«

Steve bearbeitete die wahre Abfolge der Ereignisse und beschrieb den erfolglosen Versuch, den Donnerkeil mit einem Motor aus einem abgestürzten Himmelsfalken zu bestücken und seinen Entschluss, den Flug mit einem Drachen zu wagen. Und wie er, nach der Fertigstellung des Flugzeugs, nachts zwei Wachen überwältigt und dann, vor dem Sprung in die Freiheit, mit drei weiteren Mutanten gerungen und sie getötet hatte.

Steve erzählte seine Geschichte gut. Fran, die ihrem jungen goldhaarigen Mündel zuhörte, war gefesselt. »Soll das heißen, dass Sie über den Rand des Steilfelsens gesprungen sind, ohne vorher einen Testflug zu machen?«

Steve neigte den Kopf mit einem bescheidenen Lächeln. »Es war kein so großes Risiko, Ma'am. Aerodynamik war auf der Akademie eines meiner besten Fächer.«

Ja, das weiß ich, dachte Fran. *Du hast alle erreichbaren Punkte bekommen. So wie bei allen anderen Prüfungen auch …*

Am fünften und letzten Tag nahm Steve wieder Haltung an, als die Ratsangehörigen hereinkamen und die junge Vorsitzende ihren Platz einnahm. Obwohl er wusste, dass viele seiner Bemerkungen kontrovers waren, war er davon überzeugt, dass er genau das richtige Gleichgewicht zwischen Offenheit und Unterwürfigkeit gezeigt hatte. Immerhin war er Flieger – ein ausgezeichnet ausgebildeter, hochdisziplinierter einsamer Wolf, der in der Lage war, unabhängig zu handeln, wenn andere, wie etwa die Stürmer, nur dann ordentlich funktionierten, wenn sie Bestandteil einer engmaschigen Kampfeinheit waren. Flieger waren von der morbiden Angst vor der Oberwelt, die die meisten Wagner beschlich, relativ wenig betroffen. In streng kontrollierten Gesellschaften konnte sich Unabhängigkeit dieser Art als potenziell gefährlich erweisen, aber nicht in der Föderation: Piloten wurden aufgrund ihrer Integrität und Loyalität zur Ersten Familie ausgewählt. Sie waren diejenigen, die alles streng nach Vorschrift taten. Ihr Eifer, sich an die Gesetze und Regeln zu halten, wurde nur noch von dem der MPs und der Sachverständigen übertroffen.

Außerdem wusste Steve, wie man Integrität ausstrahlte.

Und in Loyalität war er auch recht gut. Da er über ein fotografisches Gedächtnis verfügte, hatte er stets eine passende Zeile aus den Erbauungskapiteln des Handbuches bereit. Das Gleiche galt für die aufgezeichneten Weisheiten des General-Präsidenten und die Verhaltensregeln des Handbuches. Kein Problem. Steve konnte alle möglichen Kapitel und Verse zitieren. Als er sich hinsetzte, überfiel ihn plötzlich der Gedanke, dass man ihn, wenn er Mutant gewesen wäre, wahrscheinlich wie Cadillac als Wortschmied erzogen hätte.

Die Vorsitzende des Sachverständigenrates faltete erneut die Hände und sah ihn aus ihren graubraunen Augen an. »Steven, ich habe sehr lange über Ihre letzte Aussage nachgedacht – besonders über die Geschichte Ihrer Flucht, die Sie uns gestern erzählt haben. Ich habe sie mit meinen hier anwesenden Ratskollegen diskutiert, aber wir sind zu dem Schluss gekommen, dass Sie uns nicht die ganze Wahrheit erzählt haben.«

Steve kämpfte ein plötzliches Unwohlsein nieder und musterte die Sachverständigen mit einem Ausdruck erschreckter Enttäuschung.

Frans Mund deutete eine Spur von Amüsiertheit an, als sein Blick über den Tisch wanderte und schließlich den ihren traf. »Die Sache, die uns zu denken gibt, ist der bemerkenswerte Grad an Hilfsbereitschaft, den Ihre Häscher gezeigt haben. Sie sagen zwar, Sie hätten ihnen einen Handel vorgeschlagen, der letzten Endes nicht zustande kam. Es fällt uns schwer, das zu glauben – besonders angesichts Ihrer früheren Behauptung, wir hätten die Vernunft der Mutanten unterschätzt. Selbst wenn der Clan aus den gleichen Eseln besteht wie die Clans hier im Süden – sie werden von zwei Wortschmieden angeführt. Und Sie haben über die beiden gesagt, sie hätten eine überdurchschnittliche Intelligenz …«

»Verzeihung, Ma'am, aber … darf ich das näher erklären?«

»Bitte«, sagte Fran.

»Ich habe damit nur gemeint, dass sie intelligenter sind als die durchschnittlichen Mutanten.«

Fran gestattete sich ein Lächeln. »Ich verstehe, was Sie meinen, Steven. Aber ich glaube auch, dass sich der Rat Ihrer … ah … Position zu diesem speziellen Thema durchaus bewusst ist.«

Steve verwünschte sich stumm. Sein Einwand hatte ihm wahrscheinlich mehr Schaden als Nutzen eingetragen.

Fran entfaltete ihre Hände und legte sie flach auf den Tisch. »Aber zurück zu dem, was ich sagen wollte. Uns erstaunt die Tatsache, dass offenbar niemand auf die Idee gekommen ist, Sie könnten den Donnerkeil, wenn er fertig ist, zur Flucht verwenden.«

»Aber sie haben durchaus daran gedacht, Ma'am. Man hat mich gewarnt, man würde mich vom Himmel holen, wenn ich einen Fluchtversuch wagen würde.«

»Und Sie haben daran geglaubt«, sagte die Sachverständige Nummer 4, die zur Rechten der Vorsitzenden saß.

»Dazu hatte ich allen Grund, Ma'am«, erwiderte Steve. »Einmal hatten sie mich doch schon mit einer Armbrust abgeschossen – und außerdem hatte ich gesehen, wie es den meisten meiner Kollegen auf der *Lady* ergangen war.«

»Und doch hat es Sie nicht davon abgehalten«, warf Fran ein. »Sie haben ganz allein zwei Wachen überwältigt und dann noch drei andere getötet, die Sie aufhalten wollten.«

»Meine Noten im Nahkampf sind recht gut, Ma'am.«

»Ja«, sagte Fran. »Wir wissen alle, wozu Sie fähig sind,

Steven. Aber es ist nur vernünftig, wenn wir uns angesichts der Vorsichtsmaßnahmen, die Präriebewohner treffen, um ihr Lager zu bewachen – wie Sie selbst bewiesen haben –, fragen, ob wir Ihnen glauben können. Haben Sie all das wirklich getan? Konnten Sie all das stehlen, was den Mutanten als unermesslich wertvoll gelten muss? Konnten Sie sie verlassen, ohne dass es zu allgemeinem Alarm kam oder dass man einen Versuch machte, Sie aufzuhalten?«

Steve legte eine Hand auf sein Herz und strahlte eine fast spürbare Aura der Integrität aus. »Genauso ist es gewesen, Ma'am. Auf Ehre und Gewissen.« Der Rest seiner Worte kam über seine Lippen, ehe er sie zurückhalten konnte. »Ich schätze, sie haben nicht damit gerechnet, dass ich in der Nacht fliehe.«

Die acht Sachverständigen schauten einander an, dann gaben sie simultan die Bitte für eine Zusatzfrage auf Frans Bildschirm ein.

Fran stellte die Frage, die jeder einzelne Steve am liebsten selbst gestellt hätte. »Warum nicht in der Nacht, Steven?«

Steve wusste, dass er es nicht wagen durfte, zu zögern. »Weil sie nachts nichts tun. Im Notfall würden sie zwar im Schutz der Dunkelheit ihre Hütten verlegen, aber nach dem, was ich beobachtet habe, kämpfen sie dann nicht. Wenn es dunkel wird, spielt sich bei ihnen nichts mehr ab – dann legen sich auch die Wachen schlafen.«

Fran ließ den Sachverständigen Nummer 5 – den Mann an ihrer linken Seite – die Frage formulieren. »Moment, damit ich es richtig verstehe. Soll das etwa heißen, dass wir die Beulenköpfe ausradieren könnten, wenn wir sie bei Nacht angreifen?«

»Sir, es wäre bestimmt nicht richtig von mir, wenn ich den Eindruck erwecke, dass es ein Spaziergang wäre, aber ich glaube, ich kann sagen, dass man dann die Überraschung ziemlich sicher auf seiner Seite hätte.«

Die acht Sachverständigen reagierten mit unterschiedlichen Graden des Erstaunens. Der Sachverständige Nummer 5 wandte sich an Fran. »Ma'am, ist Ihnen klar, was das bedeutet? Das könnte der Durchbruch sein, nach dem wir suchen. Ich bin der Meinung, das sollten wir direkt zur AmEx durchgeben!«

Fran nickte liebenswürdig. »Ich teile Ihre Aufregung. Aber eins nach dem anderen. Ich weiß zwar, dass wir Nachtsichtgeräte und Infrarotwaffen haben, aber Sie scheinen die Tatsache zu übersehen, dass viele unserer Leute ebenfalls Angst vor dem Dunkeln haben. Ich bin allerdings zuversichtlich, dass es ein Problem ist, das wir beseitigen können.« Sie wandte sich an Steve. »Ich muss Ihnen danken, weil Sie uns eine so wertvolle Information übermittelt haben – auch wenn Sie vier Tage gebraucht haben, um damit herauszurücken.«

Steve nahm eine demütige Haltung an. »Ma'am, ich kann zu meiner Verteidigung nur sagen, dass es an dem liegt, was Sie gesagt haben: Da ich weiß, dass die meisten unserer Leute sich vor dem Dunkeln fürchten, schätze ich, dass mir die Wichtigkeit der Sache gar nicht bewusst geworden ist. Und da ich so viele andere Dinge zu erzählen hatte …«

»Ja«, sagte Fran. *Ja*, dachte sie, *jetzt verstehe ich, wieso sich so viele Menschen von diesem gewinnenden Lächeln einlullen lassen – von diesem kräftigen, ehrlichen Gesicht, dem direkten, nie ausweichenden Blick. Es sind deine Augen, Brickman. Du bist klug. Du tust das Beste, um dich hinter ihnen zu verstecken, aber ich sehe trotzdem dein* wahres *Ich. Sie haben recht, was dich angeht, Brickman. Du hast Potenzial. Aber du brauchst noch eine Menge Übung. Vielleicht auch ein paar private Nachhilfestunden …*

Fran faltete erneut die Hände, dann schob sie sie vor und zurück, lehnte sich mit den Ellbogen auf die Lehnen ihres Stuhls und legte die Fingerspitzen unter ihr Kinn. »Kehren wir wieder zu Ihrer Flucht zurück. Ich akzeptiere Ihre Erklärung, wieso Sie so leichten Zugang zu dem Drachen fanden, aber als Sie starteten, war es fast hell. Hat niemand sonst Ihren Abflug beobachtet? Hat keiner von den adleräugigen Kriegern in den umliegenden Stellungen auf Sie geschossen?«

»Nein, Ma'am. Es hat mich natürlich gefreut, aber ich habe die Sache natürlich ebenso wie Sie eigenartig gefunden. Vielleicht hatte es etwas damit zu tun, dass die beiden Wortschmiede zu dieser Zeit nicht im Lager waren. Wie ich schon zuvor bemerkt habe, erschien mir der Clan eher wie eine zusammengehörige Einheit – ich meine, viel wacher –, sobald sie in der Siedlung waren.« Steve hielt inne, als wolle er abwägen, was er als Nächstes sagen wollte. In Wirklichkeit hatte alles funktioniert. Bis jetzt war alles – abgesehen von der unfreiwilligen Enthüllung der eigenartigen Mutantensitte, sich nachts von allem abzukapseln – wie geplant verlaufen. Der Anfang war zwar etwas risikoreich gewesen, aber er hatte sich wunderbar erholt. *Rauf und runter, Brickman.* »Eine Gruppe ist mir zwar gefolgt, aber da ich hoch oben geblieben bin, haben sie mich bald in den Bergen verloren. Seit dem Tag – besonders in den letzten Tagen – habe ich mich gefragt, wieso sie so leicht aufgegeben haben und warum sie mich den Drachen überhaupt haben bauen lassen.«

Fran hob eine Augenbraue. »Und …?«

»Ma'am, ich kann mir eigentlich nur eins vorstellen: Sie *wollten,* dass ich entkomme. Deswegen haben sie mich auch nicht gleich an Ort und Stelle umgebracht, als ich in das Feld stürzte. Sie wollten, dass ich eine Botschaft überbringe.«

»Und welche Botschaft ist das, Steven?«

»Die Talis …«

Fran schnitt ihm mit einer Handbewegung das Wort ab. »Das reicht!«, rief sie abrupt aus. Sie drückte einen Knopf auf der Bildschirmtastatur und sprach ins Tischmikrofon. »Laufendes Band zurückspulen – ich brauche eine Schneidegenehmigung für diese Station.« Ihre Stimme war rau und bestimmend. Plötzlich war sie ganz anders – sie hatte eine kommandierende Arroganz, die weit über das Verhalten hinausging, das sie während der letzten Tage des Verhörs gezeigt hatte. Es war faszinierend, ihr zuzusehen, wie ihre Maske verrutschte. Es war furchterregend, aber gleichzeitig auch aufregend.

Steves Blick traf den ihren. *Ich hatte recht,* dachte er. *Du gehörst* doch *zur Familie!*

Fran erwiderte seinen Blick. *Jetzt weiß er es. JETZT weiß er es!*

Als Fran das Band zurücklaufen ließ, hörte Steve das schrille Plappern eines Dialogs. Dann drückte sie auf Stopp und Abspielen.

»… Gruppe ist mir zwar gefolgt, aber da ich hoch oben geblieben bin, haben sie mich bald in den Bergen verloren. Seit dem Tag – besonders in den letzten Tagen, habe ich mich gefragt, wieso sie so leicht aufgegeben haben …«

Fran drückte erneut auf Stopp, schaltete dann auf Aufzeichnen und wandte sich an Steve. »Vielen Dank, Steven. Wir waren sehr beeindruckt von Ihrer detaillierten und äußerst interessanten Schilderung. Da keine weiteren Fragen mehr vorliegen, erkläre ich die Sitzung für beendet. Ihre Untersuchung ist abgeschlossen. Der Rat zieht sich nun zurück, um Ihre Aussagen zu bewerten und über Ihren Antrag zu beschließen, wieder in eine Oberweltkampfeinheit versetzt zu werden.«

Als die acht Sachverständigen Fran durch die Tür folgten, sprang Steve auf und knallte die Hacken zusammen. Sie gingen allesamt hinaus, ohne einen Blick zurückzuwerfen. *Was, zum Henker,* fragte er sich, *hat das zu bedeuten?* Er hatte, was die dunkelhaarige Dame anbetraf, recht gehabt. Sie gehörte *wirklich* zur Familie. Auf eine gewisse Weise war das ein Kompliment. Nach allem, was der gute Onkel Bart gesagt hatte, war ihm klar gewesen, dass man seine Rückkehr als ebenso willkommen empfand wie einen schmelzenden Reaktorkern. Unter diesen Umständen war es zwar nicht überraschend, dass die Erste Familie jemand Besonderen auf diesen Fall ansetzte – aber warum hatte Fran bei der ersten Erwähnung der Talisman-Prophezeiung den Panikknopf gedrückt?

Zwei MPs eskortierten ihn in das tiefer liegende Messedeck und ließen ihn, während sie miteinander am Nebentisch mit zwei anderen Fleischklopsen schwatzten, geeistes KornGold genießen. Steve nahm seinen Bohnenburger und bemühte sich, so viel Begeisterung zu heucheln, dass er ihn essen konnte. Vor seiner Gefangennahme durch die Mutanten war die Föderationsnahrung von Geburt an seine Leibspeise gewesen. Die Nahrung der Mutanten hatte zwar abscheulich ausgesehen und ebenso geschmeckt, doch nachdem der Hunger ihn gezwungen hatte, seinen anfänglichen Ekel zu überwinden, hatte er sich daran gewöhnt. So sehr, dass sich sein Gaumen nicht wieder an den faden Geschmack des Essens gewöhnen konnte, das man in der Messe austeilte. Es war geschmacklose, synthetische Pampe und ungefähr so appetitanregend wie gebrauchtes Klopapier.

»Kann ich mich zu dir setzen?«

Steve schaute auf und sah, dass John Chisum vor ihm stand. Er hielt ein Tablett in den Händen. »Yeah, sicher …«

Chisum stellte das Tablett auf den Tisch und warf, als er ihm gegenüber Platz nahm, einen Blick auf seine Uhr. Es war fünf nach zwölf. »Du bist aber heute früh fertig.«

»Yeah«, knurrte Steve verdrossen. »Wahrscheinlich habe ich irgendetwas Falsches gesagt.« Er verzog das Gesicht und richtete sich etwas auf. »Der Rat hat sich zurückgezogen, um über das Urteil nachzudenken.«

»Wie ist es gelaufen?«

Steve zuckte mit den Achseln. »Ganz gut.« Wovon keine Rede sein konnte. Er hatte eigentlich vorgehabt, dem Rat als Höhepunkt der monatelangen Gefangenschaft die Talisman-Prophezeiung zu enthüllen. Er hatte damit gerechnet, die Neugier seiner Verhörer über den Inhalt der Verse zu wecken. Immerhin hatte die Talisman-Prophezeiung schon Jahrhunderte, bevor die Föderation ihren Einsatz ins Auge gefasst hatte, Wagenzüge und Piloten vorhergesagt. Diese Information hatte den Rat für seine Aussage über die Magie der Mutanten aufnahmebereit machen sollen. Aber das Thema war offenbar tabu. Warum sonst hatte man seine Erwähnung vom Band gelöscht und seinen Fall so hastig abgeschlossen? Es konnte nur eins bedeuten: Die Erste Familie kannte die Prophezeiung längst. Was wiederum bedeutete, dass sie nicht nur über die Wortschmiede im Bilde war, sondern auch über die

Rufer, Seher und ihre Magie. So, wie er es vermutet hatte. Die Familie wusste nicht nur davon, sie nahm es auch ernst.

Aber was bedeutete das für ihn? Hatte er durch sein Wissen über diese Dinge seine Chancen erhöht, dass man ihn wieder in den Dienst stellte und beförderte? Oder endete es damit, dass man ihn aus dem Verkehr zog, weil er mehr wusste, als gut für ihn war? Scheiße und nochmals Scheiße ... Steve konnte es nicht ausstehen, sich in nicht wieder auszubügelnden Klemmen dieser Art zu befinden. Meist war sein wacher Geist durchaus in der Lage, kritische Pfadanalysen zu machen und alle Gefahrenzonen sehr weit im Voraus festzulegen. Wenn die Dinge haarig wurden, hatte er stets ein Hintertürchen zum Aussteigen. Es war etwas, das ihn stolz machte. Doch diesmal war er in eine Falltür gestolpert, die er unmöglich hatte vorhersehen können.

Chisum verschlang seinen Bohnenburger mit zweieinhalb Bissen. Dann deutete er, noch immer mit vollem Munde kauend, auf Steves unberührte Portion. »Isst du die noch?«

Steve schüttelte den Kopf und schob sie über den Tisch, dann schaute er Chisum zu, der sich mit unverhülltem Genuss über das Essen hermachte. »Wie kann man nur solche Scheiße fressen?«

Chisum zuckte die Achseln. »Schätze, weil ich nichts Besseres kenne. Schlimmer als der Fraß, den du in den letzten Monaten oben gehabt hast, kann es aber auch nicht sein.«

»Nein ...«, sinnierte Steve. »Ich schätze nicht.« Er wandte den Blick von den vier in der Nähe sitzenden MPs ab und sagte leise: »Hör zu. Ich habe über deine Worte nachgedacht ... dass ich gesundheitlich eine saubere Karte habe ... Und darüber, dass ich nicht der Erste bin.«

Chisum nickte und kaute weiter. »Ich habe mich schon gefragt, wann du mich danach fragen würdest.«

Steves Stimme wurde noch leiser. »Ich meine es ernst, John. Wir wissen beide, dass es keinen Sinn ergibt. In den fünf Monaten, die ich an der Oberwelt war, muss ich mehr von der Strahlenkrankheit aufgenommen haben als mein Wächtervater während seiner zwölf Touren! Und *trotzdem* stirbt er, und ich fühle mich besser als je zuvor. Wie kommt das? Wieso stirbt er? Wieso sterbe nicht ich?«

»Gute Frage.« Chisum schob sich den letzten Bohnenburger-Bissen in den Mund und kaute methodisch, bis nichts mehr von ihm übrig war.

»Ist das alles, was dir dazu einfällt?«

»Ich bin doch kein Arzt.«

»Aber du arbeitest doch mit Ärzten zusammen. Hast du überhaupt keine Vorstellung?«

»Du etwa?«

»Sie ist aber ziemlich irre.« Steve warf einen Blick auf die MPs, legte eine Hand über seinen Mundwinkel und ließ die Stimme zu einem Flüstern herabsinken. »Angeblich ist die Luftkrankheit in den letzten dreihundert Jahren gesunken, nicht wahr? Das wissen wir, weil die Familie Messungen vorgenommen hat. Aber wer überprüft die Messungen? Das tut sie selbst. Wer stellt die Messgeräte her und setzt sie ein? Das tut sie auch selbst. Wir haben keine Möglichkeit, zu beweisen, dass das, was man uns erzählt, wirklich stimmt. Wir *wissen* nicht, wie hoch die Strahlung gegenwärtig ist. Okay, sie hat meinen Wächtervater in den Rollstuhl gebracht – aber mich hat sie nicht angerührt.« Steve beugte sich über den Tisch und packte Chisums Handgelenk. »Vielleicht ist sie gar nicht mehr da! Wir könnten uns alle frei bewegen und nach oben gehen. Vielleicht gibt es überhaupt keinen Grund mehr für uns, hier unten herumzusitzen!«

Chisum verzog das Gesicht und wischte sich einen Krümel aus dem Mundwinkel. »Ein interessanter Gedanke.«

»Hast du einen besseren?«

Chisum zuckte die Achseln. »Ich glaube nicht an Verschwörungstheorien. Sie können sich als schlecht für die Gesundheit erweisen.«

»Du warst es doch, der mich überhaupt erst darauf gebracht hat.«

»Ich habe gesagt, dass du sauber bist. Warum es so ist, kann ich nicht sagen. Ich dachte, du solltest wissen, dass du nicht der Erste bist – dass du nicht irgendeine Missgeburt bist. Und was machst du daraus? Bevor man auch nur Bohnenburger sagen kann, arbeitet dein Hirn mit Höchstgeschwindigkeit, und du bringst die Erste Familie mit einer Verschwörung gegen die Föderation in Verbindung! Was ist bloß mit dir los? Leidest du an irgendeinem Verfolgungswahn oder sowas?«

Steve grinste dümmlich. »Yeah, ich schätze, ein paar Dinge gehen mir auf den Keks.«

Chisum beugte sich über den Tisch hinweg auf ihn zu. »Hör mal! Hin und wieder mache ich zwar wie jeder Mal etwas, das nicht gern gesehen wird, aber ich bin kein Renegat. Wenn es hart auf hart geht, stehe ich an der Seite der Familie. Versteh mich nicht falsch. Ich bin keiner von diesen Typen, die bei jedem Atemzug die Nase rümpfen. Aber niemand ist perfekt, und ich schätze, die Familie tut das Beste, was sie kann.«

»Mehr kann auch keiner verlangen«, erwiderte Steve trocken.

»Hör zu!«, fauchte Chisum. »Wenn du so wild auf die verdammte Oberwelt bist, warum bist du dann, zum Henker, nicht oben geblieben, als du die Möglichkeit dazu hattest?«

»Yeah …«, stimmte Steve ihm zu. »Vielleicht wäre es besser gewesen …«

»Waahh!« Chisum machte eine abwehrende Geste. Seine Stimme verlor ihren gereizten Tonfall. »Weißt du, was *wirklich* dein Problem ist? Du bist Flieger. Einer der cleversten und besten. Hast allen was voraus. Bist ein Spitzenmann. Erzählen sie euch das nicht alle naselang? Und uns auch? Das Schlimme ist, dass ihr all diesen Mist glaubt und euch für die Größten im Lande haltet. Als hättet ihr auf alles eine Antwort. Tja, aber so ist es eben *nicht,* mein Guter! Ihr Heißsporne aus Lindbergh Field seid bloß Fleisch, das durch den Wolf gedreht wird. Vielleicht Fleisch erster Güte – aber wenn man es in einem Sack zurückbringt, sieht es genauso aus wie das der anderen. Die *wirklich* cleveren Typen sitzen hier unten. Sie bleiben auch hier und halten sich von der Front fern. Wenn du dir selbst einen Gefallen tun willst, dann setz deinen Grips für etwas Nützliches ein – zum Beispiel, indem du dir einen Job im Schwarzen Turm besorgst. Hör auf, den Helden spielen zu wollen. Die Beförderungschancen sind lausig.«

»Ich werd's versuchen und immer daran denken«, sagte Steve.

Chisum grinste. »Den Teufel wirst du. Du bist ein Frontschwein. Es steht dir ins Gesicht geschrieben. Warum solltest du auf das hören, was dir ein rangloser Gläserspüler erzählt? Mach weiter so! Mach es auf die harte Tour!«

»John«, sagte Steve, »ich höre zwar deine Worte – aber hör auf mit der Gläserspüler-Masche. Ich bin vielleicht nicht so schlau, wie ich glaube, aber eins weiß ich: Du bist nicht so dumm, wie du dich stellst.«

Chisum lächelte und spreizte die Finger. »Ich halte gern den Kopf unten. Die gerissenen Typen, die den Betrieb am Laufen halten, fühlen sich von den Burschen, die nur Reagenzgläser spülen, weniger bedroht. Ich führe zwar ein ruhiges Leben, aber ich halte Augen und Ohren offen.« Er beugte sich vor. »Du hast mich gefragt, wieso du kein Fall für die Sackmänner bist. Ich weiß nicht, warum. Jedenfalls weiß ich es nicht sicher. Aber ich kann dir sagen, dass die meisten Burschen, die auf Zwischenstationen und Wagenzügen Dienst tun, immer noch auf Tricks reinfallen.«

›Trick‹ war eine umgangssprachliche Wendung für das medizinische Akronym TRIK – tödlicher radioaktivitätsinduzierter Krebs.

»Deswegen ist deine Idee von der großen bösen Familie ein Schuss in den Ofen«, fuhr Chisum fort. »Vor einiger Zeit habe ich mal eine Weile im Lebensinstitut gearbeitet. Dort habe ich auch Roz kennengelernt. Sie und ein paar andere InterMed-Studenten haben an einer Führung teilgenommen. Na, jedenfalls hat mir jemand dort erzählt, dass die Familie vor über fünfzig Jahren ein Forschungsprogramm zur Entwicklung einer Antistrahlungsdroge laufen hatte – irgendeine Art Serum.« Er grinste. »Vielleicht haben sie es für Testversuche benutzt. Vielleicht hat man dir bei dem vierteljährlichen MedTest statt Vitamin B Mutantensaft gespritzt. Vielleicht bist du wie die anderen Burschen der Beweis dafür, dass das Mittel etwas taugt.« Chisum zuckte mit den Achseln. »Das würde alles erklären, nicht wahr?«

»Yeah, das würde es«, gab Steve zu. »Vorausgesetzt, es stimmt, was der Bursche dir erzählt hat. Ich gebe ja zu, dass ich noch einen langen Weg vor mir habe, aber im

Laufe der Jahre ist mir klargeworden, dass in dieser großen, schönen neuen Welt, die wir aufbauen, die Dinge nicht immer das sind, was sie zu sein scheinen.«

»Das ist alles andere auch nicht«, erwiderte Chisum fröhlich. Er schaute auf seine Uhr und trank den letzten Schluck aus seiner Tasse. »Ich muss jetzt auf die Station zurück und noch ein paar Tests beenden. Bist du heute Abend in der Gegend?«

Steve zuckte die Achseln. »Keine Ahnung. Ich weiß nicht im Geringsten, was aus mir wird.«

»Ich schau mal nach«, sagte Chisum. Er ging an den MP-Tisch hinüber, redete kurz mit den Uniformierten und kehrte dann zurück. »Du musst hier warten. Die MPs fahren dich zurück, wenn der Rat wieder zusammentritt.«

»Haben sie gesagt, wie lange es dauern kann?«

»Nein«, sagte Chisum. »Aber es soll noch heute sein. Das heißt, um 19.00 Uhr wäre der letzte Termin.«

Steve warf einen Blick auf den nächsten Bildschirm. Es war 12.45 Uhr. »Na, wunderbar …«

Chisum lächelte ihn an. »Entspann dich. Bestell dir noch ein KornGold. Blättere mal die Archive durch. Spiel eine Runde am Mutantenkiller. Du könntest ein wenig Übung gebrauchen.«

»Kann ich nicht. Ich habe noch keine neue ID-Karte. Ich kann nichts unternehmen und nirgendwo hingehen!«

»Verstehe. Das ist hart. Ich will mal schauen, was man dagegen machen kann.« Chisum sah sich im Raum um, dann stützte er sich auf den Tisch und beugte sich dicht an Steves Ohr. »Möchtest du Roz sehen?«

Steve kratzte sich am Hals und dachte darüber nach.

»Sie ist bereit, das Risiko einzugehen, wenn du es willst. Du brauchst nur Ja zu sagen.«

Steve seufzte. »Ich weiß nicht. Ich möchte sie nicht in Schwierigkeiten bringen.«

»Wirst du nicht.« Chisums Stimme wurde noch leiser. »Ich habe Freunde. Ich kann es einrichten. Drei, vier Stunden. Kein Problem.«

»Wo?«

»Ist doch egal, wo. Ja oder nein?«

»Nein. Ich kann nicht … Hör mal … ah … Ich denke darüber nach.«

Chisum packte Steves Schulter. »Okay. Aber komm nicht zu spät. Solche Dinge brauchen Vorbereitung.«

Steve musterte seine Begleiter und die beiden dienstfreien MPs, mit denen sie sich gerade unterhielten. Erneut wurde sein Blick von ihren Schulterinsignien angezogen: zwei umgekehrte weiße Dreiecke, die Ecke an Ecke mit einem hellblauen Dreieck standen, das dazwischenlag. Seine Gedächtnisschaltkreise klickten, und er war in der Lage, sich an einen Augenblick in seiner Kindheit zu erinnern, als sein Gehirn das gleiche Bild aufgenommen hatte. Er schaute zu Chisum auf. »Jetzt weiß ich endlich, wo ich bin. Das hier ist das Weiße Haus.«

Chisums Gesicht verriet nicht das Geringste. »Da könntest du recht haben. Macht dir das Angst?«

»Nee …«, erwiderte Steve gelassen. »Ich habe immer gewusst, dass ich eines Tages Karriere machen würde.«

Chisum lachte kurz und ging.

Gegen 17.30 Uhr, als Steve sämtliche Methoden ausprobiert hatte, um ruhig zu bleiben, zogen die beiden MPs ihre ID-Karten aus dem Automaten, an dem sie Mutantenkiller gespielt hatten, und brachten ihn wieder zu den Sachverständigen zurück. Steve stand erneut stramm vor seinem heißen Stuhl und schaute auf die Wand hinter dem mit der hohen Rückenlehne. Die acht Sachverständigen traten hintereinander ein, gingen hinter dem halbkreisförmigen Tisch in Stellung und warteten respektvoll auf die zinnoberrot gekleidete Vorsitzende.

Fran trat ein, ging an ihren Platz und gab ihnen mit einem Nicken zu verstehen, dass sie sich setzen sollten. Sie glättete ihr dunkles Haar, faltete kurz die Hände unter dem Kinn und legte sie dann auf die Tischplatte.

»Setzen Sie sich, Steven.«

Natürlich! Wie hatte es ihm nur entgehen können? Dieser Wink mit der Hand. Er hatte ihn doch schon tausendmal auf den Erbauungsvideos des General-Präsidenten gesehen.

Fran räusperte sich. »Steven, wie ich schon am ersten Tag der Untersuchung hervorgehoben habe, hat dieser Rat keine richterliche Funktion. Es war unsere Hauptaufgabe, die Natur und den Gehalt Ihrer Aussage zu bewerten und auf der Basis des Erfahrenen gewisse Empfehlungen zu geben. Die Aufzeichnungen der Verhöre und unsere daraus gezogenen Schlüsse werden zusammen mit Ihrem Antrag, wieder einer Oberweltkampfeinheit zugeteilt zu werden, an eine höhere Instanz weitergeleitet. Es besteht die Möglichkeit, dass diese Instanz unsere Empfehlung gutheißt, modifiziert oder ablehnt. Es könnte sogar sein, dass die Untersuchung wiederaufgenommen wird. Wie der Kurs, über den man entscheiden wird, auch ausfällt, die letzte Entscheidung über Ihre Zukunft liegt in anderen Händen. Sie könnte weniger vorteilhaft ausfallen als die, die wir empfehlen, aber von Ihrer Seite kann keinerlei Einspruch erfolgen, nachdem über Ihren Fall beschlossen wurde. Ist das klar?«

»Yes, Ma'am.«

»Gut«, sagte Fran. »Und jetzt, bevor Sie über die Empfehlung des Rates informiert werden, möchten wir unsere Hochachtung darüber zu Protokoll geben, welche Hartnäckigkeit und welchen Mut Sie gezeigt haben, als Sie Gefangener der Mutanten waren. Das gilt auch für die hervorragende Initiative, Ihre Flucht auf dem Luftweg zu sichern. Das war für sich allein ein brillantes Kunststück und ist des höchsten Lobes wert.«

Das hört sich doch ganz gut an, dachte Steve. Ein glückliches Leuchten breitete sich in ihm aus, als die dunkelhaarige Vorsitzende mit ihrer Vorrede fortfuhr.

»Wir sind auch höchst beeindruckt über Ihre detailreichen Aussagen bezüglich der Bewaffnung, der Taktik und der täglichen Lebensumstände Ihrer Häscher. Ich bin davon überzeugt, dass sie einen großen Wert für die Föderation darstellen. Man muss Ihnen für Ihre Gelassenheit angesichts der ständigen Bedrohung durch den Tod gratulieren, und auch für Ihre standhafte Treue zur Föderation und die Standfestigkeit in dem, was die abscheulichsten Umstände gewesen sein müssen. In dieser Hinsicht war Ihr Verhalten vorbildlich.«

Finde ich auch, dachte Steve. Er hatte doch tolle Sachen erzählt. *Es sollte mir wenigstens eine Goldschwinge und Offiziersstreifen einbringen.* Und natürlich eine aufgewertete ID-Karte. Er würde nicht mal Nein zu einer Wohneinheit in dem schönen Turm sagen, den er in der San-Jacinto-Tiefe gesehen hatte. *Yeah, Lady, mach nur weiter; du machst es gut …*

»Allerdings«, fuhr Fran fort, »sind wir uns der Tatsache bewusst, dass all das nicht ohne Preis errungen wurde. Es wäre unvernünftig, würde man annehmen, dass irgendein menschliches Wesen aus einer langen Periode erzwungener Koexistenz mit einer völlig andersartigen Spezies hervorgehen könne, ohne die Symptome eines Kulturschocks aufzuweisen …«

Steves neu gefundene Zuversicht fing an, zu welken.

»Wir glauben, dass wir in Teilen Ihrer Aussage klare Anzeichen einer solchen geistigen Schädigung entdeckt haben. Ihr Unvermögen, Mutanten in klaren, unmissverständlichen Begriffen als Untermenschen einzustufen und das allgemeine ambivalente Verhalten, das Sie ihnen gegenüber an den Tag legten, ist unserer Meinung zufolge ein Beweis für die traumatischen Erfahrungen, denen Sie ausgesetzt waren. Wir können nur hoffen, dass die Schädigung nicht permanent ist. Das kann nur die Zeit zeigen. Aus vielen Ihrer Antworten ist ersichtlich, dass Sie bestimmte dieser Individuen und die Beziehungen, die Sie zu ihnen hatten, in quasi-humanen Begriffen …«

»Ma'am …«

Fran schlug mit beiden Fäusten auf die Tischplatte. »Unterbrechen Sie mich nicht! Diese Ansichten widersprechen offen den anerkannten Lehren der Föderation – und deren Wahrheit ist seit Langem amtlich. Mutanten sind *keine* menschlichen Wesen. Sie sind eine degenerierte Anthropoidenspezies, deren Zustand unumkehrbar und deren fortgesetzte Existenz eine Beleidigung für die zivilisierte Menschheit ist! Der Rat kann nicht zulassen, dass Ihre gegenwärtigen Ansichten das Bewusstsein anderer vergiften, und gäbe es nicht die einmaligen Umstände, unter denen sich diese Ansichten gebildet haben, wären wir gezwungen, ihr Vertreten als Vergehen erster Kategorie einzustufen und die dafür verlangte Strafe zu empfehlen.

Nachdem der Rat jedoch Ihre beispielhafte Akte geprüft hat, gehen wir nicht davon aus, dass Ihr Verhalten, trotz der offensiven Natur vieler Ihrer Bemerkungen, von bewusster Unzuverlässigkeit oder verbrecherischer Absicht geleitet wird. Ihr Verhalten ist nach unserer Ansicht der Beweis für eine tief sitzende geistige Desorientierung. Sie sind krank, Steve. Und es ist unsere Pflicht, Ihnen dabei zu helfen, wieder gesund zu werden. Den Umständen zufolge können wir Ihre Bitte, wieder in den aktiven Dienst an die Oberwelt versetzt zu werden, nicht unterstützen. Der Rat empfiehlt, dass Sie degradiert und für drei Jahre in die Abteilung Dienstleistung und Instandhaltung versetzt werden – mit dem Recht, jährlich wieder vor dem Rat zu erscheinen.«

Steve saß da; er war unfähig zu atmen. Sein Körper war von einem Schock gelähmt, sein Gehirn ein gefrorener Eisblock. Es war schon erniedrigend genug für einen Piloten, wenn er seinen begehrten Kämpferstatus verlor, aber – gütiger Christoph! – *drei Jahre in den A-Ebenen!* Das war schlimmer als ein Todesurteil! Das konnte doch nicht wahr sein! Es konnte nur ein grotesker Witz sein!

Die dunkelhaarige Vorsitzende stand auf und richtete den Blick fest auf Steve. Ihr Gesicht war eine leere, ausdruckslose Maske. »Von morgen an werden Sie den A-Ebenen unterstellt und allgemeine Aufgaben wahrnehmen. Sie werden dort so lange abgesondert bleiben, bis die Empfehlungen des Rates von der höheren Instanz bestätigt oder modifiziert werden. Man hat Schritte eingeleitet, Ihnen eine neue ID-Karte und eine passende Uniform auszuhändigen. Alle anderen persönlichen Gegenstände werden von Ihrer neuen Einheit gestellt. Von jetzt an liegt es an Ihnen, zu beweisen, dass das Vertrauen des Rates in Ihre Fähigkeiten, eine volle Rehabilitation zu erlangen, nicht umsonst war. Haben Sie verstanden?«

Die Frage war nur formell. Protest war nicht erlaubt. Er konnte keinen Einspruch einlegen.

Es gelang Steve irgendwie, seine Zunge zu der Standardantwort zu bewegen. »Yes, Ma'am. Ich danke dem Rat für seine verständnisvolle Rücksichtnahme. Lang lebe die Föderation!«

»Lang lebe die Erste Familie«, sagte Fran.

»Für immer und ewig, Amen«, sagten Steve und die Sachverständigen im Chor.

Fran nickte Steve kurz zu, dann drehte sie sich auf dem Absatz um und ging hinaus. Die Sachverständigen folgten ihr. Einer von ihnen schenkte Steve diesmal einen Blick; er sah ebenso leer aus wie der, den Fran aufgesetzt hatte. Nur der Sachverständige Nummer 3 zeigte die gleiche streitsüchtige Geringschätzung, die seine Ausbrüche schon während des Verhörs charakterisiert hatte; die anderen schauten glatt durch ihn hindurch.

Steve spürte eine Hand auf seinem Arm. Als er sich umdrehte, sah er, dass es seine MP-Begleitung war. »Hierher, Soldat ...« Man würde ihn nicht mehr lange so nennen. Von morgen an, sobald er die gelbbraunen Latzhosen eines Schweißers trug, würde er ein Z-Kopf, ein Schmutzfink, der Abschaum der Menschheit sein. Die niedrigste Lebensform, die in der Föderation existierte ...

6

Von den beiden MPs eskortiert, kehrte Steve in die medizinische Abteilung zurück, wo man ihn, wie in den Tagen der ersten Untersuchung, in die kleine, ansonsten unbewohnte Vierbettstation brachte. Von Chisum wusste er, dass sie zu einer Isolierstation gehörte. Die Angestellten draußen auf dem Gang waren zwar nicht unfreundlich zu ihm, aber auch nicht neugierig; sie machten keinen Versuch, ihn in ein Gespräch zu verwickeln.

Als Steve niedergeschlagen auf dem Bett saß, wurde ihm klar, dass Chisum der einzige Mensch war, der sich bereit gezeigt hatte, mit ihm zu reden. Er hatte sich nicht nur mit ihm unterhalten, sondern ihm auch Hilfe angeboten. Steve konnte Chisum nicht richtig einschätzen. Irgendwie wurde er den Verdacht nicht los, dass es einen Haken gab. Niemand bot einem völlig Fremden grundlos seine Hilfe an. Was also wollte er als Gegenleistung? Steve kam zu dem Schluss, dass es seine Blutsschwester sein musste. In seiner gegenwärtigen Lage gab es sonst nichts, woran Chisum Interesse haben konnte. Auf jeden Fall konnte Steve jetzt nicht mehr auf die Hilfe seines mächtigen, verrückten Onkels Bart hoffen. Jetzt konnte nur noch Roz ihm helfen. Sie und Chisum hatten einander getroffen. Sie hatte Chisum erzählt, dass ihr hitzköpfiger Bruder über Wyoming abgeschossen worden war. Es wäre nur natürlich gewesen, wenn sie es getan hätte. Und dann – aus reinem Zufall – hatte Chisum eine Stelle im medizinischen Stab des Weißen Hauses gefunden, in die man ihn, Steve, zur Untersuchung gebracht hatte.

Wie klein doch die Welt war …

Allem Anschein nach rechnete Chisum damit, leichter an Roz heranzukommen, wenn er nett zu ihrem großen Bruder war. Aber was war es, woran er nicht allein herankam? Er brauchte doch seine Erlaubnis nicht, um seine Blutsschwester anzubaggern. Es war doch eine ganz einfache Wie-ist-es-Sache; eine Ja/Nein-Situation. Und wenn Roz Nein sagte, war an einem Ort wie dem Hauptzentrum das Leben nicht zu Ende. Auf dem John-Wayne-Platz wimmelte es doch von großäugigen weiblichen Juppis – Jungen Pionieren –, die sich auf großer Fahrt zum Tempel George Washington Jefferson des Ersten befanden und heiß waren auf einen Fick mit neuen Partnern fern der Heimat.

Aber vielleicht steckte mehr dahinter. Vielleicht empfand Chisum das gleiche spezielle Gefühl für Roz, das Steve für Clearwater empfand. Bevor er abgeschossen worden war, hatte er zwar nicht gewusst, dass es solche Gefühle gab, aber wenn er sich auf diese Weise zu jemandem hingezogen fühlen konnte, konnte Chisum es vielleicht auch. Oder es war etwas anderes. Vielleicht brauchte Chisum nicht seine Erlaubnis, sondern seine Billigung. Vielleicht wollte Roz nicht mit jedem herumvögeln, solange sie wusste, dass er noch lebte – besonders jetzt, wo sie wusste, dass er wieder in der Zivilisation war. Wegen dem, was früher gewesen war. Wegen der besonderen Nähe, die sie miteinander verband.

Es war komisch. In den drei Jahren, die er auf der Flugakademie verbracht hatte – ein Zeitraum, in dem er mit seinem Zuhause kaum in Kontakt gewesen war –, war Steve nie die Idee gekommen, Roz könne inzwischen angefangen haben, mit anderen Burschen in der Basis herumzubumsen. Wie er war auch sie stets eine Art Streber gewesen, die ihre Nase ständig in den Archiven hatte. In der kurzen Zeit, die sie zwischen der Examensfeier und seiner Versetzung zum Wagenzug-Depot von Fort Worth zusammen verbracht hatten, war ihm nicht einmal der Gedanke gekommen, Roz zu fragen, ob sie mit einem anderen zusammen gewesen war. Jetzt, wo Steve darüber nachdachte, wurde ihm klar, dass sein offensichtliches Desinteresse an diesem Aspekt von Roz' Leben ein Bestandteil seines Zögerns war, zu tief in ihre Gedanken und Gefühle vorzudringen – besonders in die, die ihn betrafen. Als Kinder waren sie zwar unzertrennlich gewesen, doch als er vierzehn geworden war, hatte er angefangen, sich in einen selbst gebauten stählernen Kokon zurückzuziehen. Es war sein Plan gewesen, alle Gefühlsbande zu kappen, auch die mit der zwölfjährigen Roz. Zu seinem Ärger hatte er keinen Erfolg damit gehabt. Noch jetzt, nach Clearwater, blieb Roz ein offenes Loch in seiner Abwehr. So wie er auf einer niedrigeren Ebene seine Wächtermutter Annie abgöttisch liebte und Stolz und Respekt für seinen Wächtervater Papa Jack empfand.

Es war nur natürlich, dass sich seine Gedanken nun wieder auf Roz richteten, wo er eine stumme Schlacht gegen die ansteigende, ihn zu überspülen drohende Woge der Hoffnungslosigkeit kämpfte. Die Strafe, die der Rat über ihn verhängt hatte – egal, wie schön man es auch formuliert hatte, es war und blieb eine Strafe –, hatte ihn völlig überrascht. Dass sie am Ende einer lobenden Einführungsrede gekommen war, war noch niederschmetternder gewesen. Steve konnte die Vorstellung einfach nicht hinnehmen, dass die strahlende Karriere, die er seit dem fünften Lebensjahr für sich geplant hatte, nun mit seiner Versetzung in die A-Ebenen enden sollte.

Als er mit dem Kopf in den Händen da saß, tröstete er sich mit dem Gedanken, dass seine Zukunft ebenso öde aussah wie an dem Tag, an dem er gefangen im Wrack seines Himmelsfalken mitten in einem brennenden Kornfeld gelegen hatte. Und wie damals, als Motor-Head, der stärkste Krieger der M'Calls, sich ihm kurz vor der Flucht auf dem Steilfelsen entgegengestellt hatte. Er *musste* einfach glauben, dass alles wieder in Ordnung kam. Irgendwie würde es sich regeln. Christoph – es *musste* sich einfach regeln! *Drei Jahre* in den A-Ebenen, erst dann konnte er sich neu bewerten lassen. Er konnte nicht einmal den Gedanken ertragen, sich *drei Stunden* dort unten aufzuhalten!

Steve stand auf und ging in seinem Zimmer umher. Er suchte nach einem Weg, aus dieser Klemme herauszukommen. Das erste Problem war die Aussage, die er vor den Sachverständigen gemacht hatte. Trotz der einführenden Versicherung der Vorsitzenden über das Aufrechterhalten seines erkundenden Geistes hatte sich der Rat nicht die Mühe gemacht, irgendwelchen Ansichten über die Mutanten zuzuhören, die nicht der offiziellen Haltung zu diesem Thema entsprachen. Er konnte noch immer nicht verwinden, dass man ihn daran gehindert hatte, die Talisman-Prophezeiung auch nur zu *erwähnen*. Angesichts der blinden Vorurteile des Rates war dies vielleicht ganz gut so. Das bloße Erwähnen von Erdmagie, Rufern und Sehern hätte sicher dazu geführt, ihnen den Draht aus der

Mütze springen zu lassen. Chisum glaubte vielleicht, dass die Erste Familie ihr Bestes tat, doch das, was ihm passiert war, war ein Musterbeispiel für die zynische Unterdrückung der Wahrheit. Durch das Löschen des Hinweises auf die Prophezeiung aus den Unterlagen und das Verbot jeglicher Diskussion über sie hatte die dunkelhaarige Vorsitzende bewiesen, was Steve seit geraumer Zeit vermutete: Die Erste Familie glaubte an die Mutantenmagie – und doch waren jede öffentliche Diskussion dieses Themas und selbst die *Annahme,* es könne sie geben, ein Vergehen erster Kategorie! Die Erste Familie *weiß,* dass die Magie existiert – und dennoch stellt sie uns dafür an die Wand! Es ist irrsinnig …

Steve hatte bei mindestens zwei Gelegenheiten Beweise für die magischen Kräfte der Mutanten gesehen. Er hätte es der Dame in dem hochlehnigen Stuhl erzählen können, wenn sie ihm zugehört hätte. Er hätte ihr auch von Mr. Snows quirligem Charakter berichten können, von Cadillacs fast übermenschlicher Intelligenz und Clearwaters makelloser Schönheit. Ganz zu schweigen von der Tiefe ihres Geistes und von den Kräften, über die sie gebot.

Diese drei Personen waren nicht nur menschlich – sie hatten auch eine zusätzliche Dimension, die die Vorsitzende und der Rat nicht einmal ahnten –, sie wussten von der Welt und den geheimnisvollen Kräften, die in ihrem Innern arbeiteten, von der großen Bestimmung des Präriévolkes unter der Führung des mysteriösen Talisman, des Dreifachbegabten, der sich in seinem Beisein noch nicht manifestiert hatte. Dies waren Dinge, die Steve – mit großen Schwierigkeiten und beträchtlichem Zögern – gerade erst zu akzeptieren und ansatzweise zu verstehen angefangen hatte. Es war ihm nicht leichtgefallen, weil der Begriff

Bewusstsein keinen Eintrag im Föderationshandbuch hatte – jedenfalls nicht auf der Ebene, zu der er Zugang hatte. Das Wort hatte sich während seiner Gefangenschaft in seinem Geist geformt und ihn verwirrt und verängstigt. Seine Wagnerpsyche hatte sich gefühlt, als werde sie entzweigerissen.

Steve hatte zwar entdeckt, dass die Mutanten ein paar verrückte Ansichten hatten und nach ebenso verrückten Gesetzen lebten, die ihnen normal erschienen, aber jedenfalls waren sie willig, sich neue Gedanken anzuhören. Die meisten Wagner allerdings litten, wie der Sachverständigenrat eben demonstriert hatte, an einem verengten Blickwinkel. Vielleicht lag es daran, weil sie unter der Erde lebten. Aber musste es so sein? Die Bürger der Föderation, und das galt auch für Steve, waren in dem Glauben erzogen worden, dass die Erste Familie die Quelle aller Weisheit und allen Wissens sei, dass sie *wirklich* alles wusste. Wie hatte sie seit Jahrhunderten das abstreiten können, was Steve in fünf kurzen Monaten als Wahrheit erkannt hatte? Was hofften sie damit zu erreichen, dass sie den Kopf in den Sand steckten?

Kurz nach 19.00 Uhr betrat Chisum die Station.

Steve setzte sich aufrecht hin und schwang die Beine über die Bettkante. »Hallo! Bist du für heute fertig?«

»Yeah«, sagte Chisum. »Wie ist es ausgegangen?«

Steve erzählte es ihm.

Chisum hörte ihm finster zu, dann holte er tief Luft. »Klingt, als hätten sie dir eine verpasst, alter Junge.« Er klopfte Steve auf die Schulter und ging zu einem Drehstuhl hinüber. Abgesehen von den Betten und einem kleinen Tisch, bot er die einzige Möglichkeit, sich hinzusetzen.

Chisum schob die Hände in die Taschen, ließ sich auf den Stuhl fallen und spreizte die Beine weit. »Tja … Die einzige Möglichkeit, Zeiten dieser Art zu überstehen, besteht darin, sich einzureden, sie seien zu seinem eigenen Besten. Man muss versuchen, sie durchzustehen und etwas aus ihnen zu lernen.«

»John, tu mir einen Gefallen«, sagte Steve, »überlass deine Erbauungssprüche dem G-P, okay?«

»Ich wollte dir nur helfen.«

»Ja, schön, aber ich brauche keine Hilfe.« Der Ärger in Steves Stimme ebbte ab. »Du kannst doch sowieso nichts tun. Niemand kann etwas tun. Diesmal haben sie mich wirklich erwischt.«

Chisum verzog das Gesicht. »Nicht ganz. Okay, klar, sie haben dir einen Tiefschlag verpasst, aber wenigstens geht es dir gut und du bist noch am Leben.«

»Yeah«, stimmte Steve ihm zu. »Und von da aus, wo ich jetzt sitze, geht es nur noch nach oben.«

Chisum richtete sich auf und nahm die Hände aus den Taschen. »Kann ich irgendwas für dich tun? Soll ich dir ein Taschentuch besorgen, damit du dich ausheulen kannst?«

»Nein.« Steve brachte ein Lächeln zustande. »Ich freue mich, dass du hier bist. Ich schätze, ich hätte damit rechnen sollen, dass so etwas passiert. Auf dem Weg hierhin habe ich den Marshal von New Mexico getroffen …«

»Tatsächlich?«

»Yeah, Bart Bradlee. Bin mit ihm verwandt. Er hat gesagt, ich sei offiziell tot – abgeschossen über Wyoming –, und ich müsste es auch bleiben. Ich habe natürlich nicht damit gerechnet, dass man mich begraben würde.«

»Mutanten machen keine Gefangenen, nicht wahr?«

»Genau das hat er gesagt.«

Chisum nickte. »Wahrscheinlich ergibt das Sinn. Wenn rauskäme, dass du dort Urlaub gemacht hast, hauen die Bahnbrecher vielleicht nicht mehr so hart zu. Dann werden sich die Burschen bald mit den Beulenköpfen paaren, und weiß der Henker, was ihnen sonst noch einfällt. Am Ende geht es so aus, dass sie nicht mehr wissen, was richtig und falsch ist. Bist du etwa darauf aus? Dass die ganze Welt in Scherben fällt?«

Steve war verwirrt. »Nein!«, protestierte er. »Darauf bin ich keineswegs aus! Ich weiß, wofür wir kämpfen.« Er deutete mit der Hand zur Decke hinauf. »Die Welt da draußen gehört uns, und ich bin bereit, meinen Teil dazu beizutragen, sie zurückzugewinnen. Aber wir können doch der Wahrheit nicht blind gegenüberstehen! Ich bin da draußen gewesen. Ich habe bei diesen Leuten gelebt ...«

»Leuten?« Chisum schaute verwirrt drein.

»Mutanten! Christoph! Was bist du, ein Sachverständiger?« Steve stand auf und ging auf und ab. »John, ich bin nicht irgendein blöder Fleischklops, und ich verbreite auch keine Gerüchte, die zu Panik und Verzweiflung führen. Ich *weiß*, was ich gesehen habe! Die Mutanten aus dem Süden, die in den Arbeitslagern an der Oberwelt leben, haben vielleicht kein Interesse mehr daran, zu kämpfen, aber die Präriebewohner sind völlig anders! Die ganzen Geschichten über ihre Blödheit sind Unsinn. Sie sind intelligent – und auf eine unvorstellbare Weise gefährlich! Aber niemand will es wissen! Niemand will es zugeben!« Steve brach ab und machte eine lahme Geste. »Ach, was soll's. Ich sehe schon – auch du hältst mich für verrückt.«

»Ist gar nicht wahr«, widersprach Chisum. »Aber wenn du den Sachverständigen mit solchen Sprüchen gekommen bist, dann verstehe ich, warum sie dich in die A-Ebenen abgeschoben haben.«

Steve stieß ein raues Lachen aus. »Es ist, wie du gesagt hast, ich sollte mich wohl glücklich schätzen. Hätte ja auch sein können, dass ich mit der Nase zuerst in einem Hauptschacht gelandet wäre.«

»Yeah … Nun, das ist ein Schicksal, das uns allen droht«, stimmte Chisum ihm zu. Er rückte seinen Stuhl näher an Steve heran und musterte intensiv sein Gesicht. »Hast du irgendwelchen Scheiß geraucht, als du da draußen warst?«

»Meinst du Regenbogengras?«

Chisum nickte.

Steve zögerte, bevor er eine Antwort gab. »Ja, ein paar Mal. Sie haben mich … ah … mehr oder weniger dazu gezwungen. Beim ersten Mal ist mir fast der Gaumen explodiert.«

»Ich habe gehört, die Mutanten ziehen sich das Zeug ständig rein.«

»Ein Haufen von ihnen tut das«, murmelte Steve. »Und du?«

Chisum zuckte die Achseln. »Hin und wieder. Man kommt nur schwer ran.«

Steve schüttelte ungläubig den Kopf. »Ich kann es kaum glauben, John. Einmal wirkst du wie ein Hundertprozentiger, und im nächsten Augenblick gibst du zu, dass du Drogen nimmst. Hörst du auch Blackjack?«

»Tut das nicht jeder?«

»Bist du verrückt? Du würdest mich nicht im Umkreis von einem Kilometer von diesem Dreck finden. Was bei den Mutanten passiert ist, lag an der ganz anderen Situation. Ich wollte sie nicht gegen mich aufbringen. Aber doch nicht hier unten.«

»Aus der Nummer bist du doch unbeschadet rausgekommen, oder?«

»Darum geht es doch gar nicht!«, zischte Steve. »Das Zeug ist ein Verstoß erster Kategorie! Columbus! Wie kannst du nur daran denken? Ich meine *hier*, im Weißen Haus!«

Chisum grinste breit. »Eben drum! Wenn man ein Ding drehen will, ist das hier der sicherste Ort.«

»Hör zu … Hören wir auf damit. Du bist ein Irrer, John.«

»Die ganze Welt ist irre«, erwiderte Chisum. »Ist dir das etwa noch nicht aufgefallen?«

Steve gab keine Antwort.

Chisums Stimme wurde leiser. »Ich habe dich deswegen gefragt, ob du das Zeug geraucht hast, weil es das Bewusstsein erweitern kann. Es verzerrt die Dinge, nimmt der realen Welt ihre Form, sodass man nicht mehr weiß, wo ihre Grenzen liegen.«

»Mag sein. Ich bin kein Experte«, gab Steve zu. »Aber ich möchte *dich* etwas fragen. Wir haben jetzt beide nichts intus: Sag mir, wo die Grenzen liegen, John.«

Chisum grinste ausweichend. »Das ist eine gute Frage.«

»Ich habe noch eine: Was willst du mir sagen?«

Chisum schnippte mit den Fingern und hob die Hände. »Es gibt alle möglichen Grassorten, Steve. Ich weiß es, weil eins der Labors, in denen ich gearbeitet habe, darüber geforscht hat …«

»Du kommst wirklich viel herum.«

»Yeah«, erwiderte Chisum leutselig. »Deswegen kann es einem auch sehr nützlich sein, wenn man mich kennt. Aber was ich dir sagen will, ist, dass es auf jeden Menschen eine andere Wirkung hat. Ich bin zwar auch kein Experte, aber ich weiß, was man so redet. Vielleicht ist eine Menge von dem, was du da draußen gesehen hast, in Wirklichkeit gar nicht passiert.«

Steve sah Chisum an und schüttelte den Kopf. »John, ich sage dir, ich habe Dinge gesehen, die du nicht glauben würdest.«

»Ich rede nicht davon, dass es einem die Schädeldecke abhebt.«

»Nur damit du es weißt: Die Kipper nennen es raustunneln.«

»Kipper?«

»Ja, wer keine Pfeife hat, rollt sich eine Kippe. Eine Kippe – verstehst du?«

»Verstanden. Was ich sagen will, ist, dass ich den Unterschied zwischen dem Raustunneln und der harten Wirklichkeit kenne.«

»Du glücklicher …«

»Mach keine Witze. Ich rede über eine große Sache, John: die Magie der Mutanten.«

Chisum lachte und schwenkte eine Hand vor Steves Gesicht herum. »Heiliger Bimbam! Hör bloß *damit* auf!«

Steve runzelte die Stirn. »Wovor hast du denn Angst? Dass uns jemand belauschen könnte? Du hast es doch sowieso schon zu weit getrieben, John.«

Chisum stand auf und schob den Stuhl wieder an seine alte Stelle zurück. »Hör zu, du bist ein netter Bursche. Ein bisschen durcheinander, aber sonst okay. Und du hast eine großartige Schwester. Bring mich nicht dazu, eine wunderbare Freundschaft kaputtzumachen.«

Steve stand ebenfalls auf. »Du enttäuschst mich, John. Es macht dir zwar Spaß, das System zu hintergehen, aber sobald dich jemand mit einer neuen Idee bedroht, gehst du in Deckung.«

»Keiner ist vollkommen«, erwiderte Chisum. »Ich möchte dir einen freundschaftlichen Rat geben. Es gibt keine Magie …«

»John, es ist wahr. Ich schwöre es.«

Chisum schüttelte den Kopf. »Schau – ich bin gut acht Jahre älter als du. Ich bin zwar noch nicht oben gewesen, aber ganz schön weit herumgekommen. Mit der Wahrheit gewinnt man keine Kriege, kleiner Soldat. Okay, ich pfeife schon mal auf die Gesetze, aber ich weiß auch, was richtig ist. Eins solltest du dir wirklich merken: Die Mutanten sind unsere Feinde. Egal, wie zäh sie auch sind, wir werden sie in den Boden stampfen. Weil es für uns beide nicht genug Platz gibt. Wenn wir aus der Föderation in den Generationen, die noch kommen werden, jemals frei in der herrlichen Blauhimmelwelt leben wollen, müssen die Präriebewohner und der letzte Mutant aus dem Süden verschwinden. Die Großen, die Kleinen, die Hässlichen und nicht so Hässlichen. Wir werden sie uns alle vom Hals schaffen, Steve.«

Chisum hielt inne und schaute den jungen Piloten an. *Ja,* dachte er, *der Druck baut sich recht hübsch auf. Der Bursche kann ihm nicht mehr allzu lange standhalten.* Es war zwar ein Scheißjob, den er tun musste, aber Chisum war so ehrlich, sich einzugestehen, dass er ihm sogar Spaß machte, selbst wenn er in seiner zwielichtigen Welt aus Halbwahrheiten und glatten Lügen nicht mehr so genau wusste – wie Brickman ihn erinnert hatte –, wo die Grenzen waren.

Chisum klatschte in die Hände, dann rieb er sie heftig. »Okay, wechseln wir das Thema. Und ich frage dich jetzt zum letzten Mal.« Er richtete einen Finger auf Steves Brustkorb. »Möchtest du dich mit Roz treffen?«

Steve dachte darüber nach.

»Wenn man erst einmal auf der A-Ebene ist, weiß man nie, wann man wieder nach oben kommt.«

»Ich weiß«, sagte Steve. »So, wie die Dinge liegen, ist es mir wirklich gleich, was aus mir wird. Mich wurmt nur, dass keiner von meinen Verwandten weiß, dass ich noch lebe.«

»Yeah, aber sie weiß es. Und sie würde dich gern sehen.«

Steve musterte Chisum eingehend. »Was hast du davon, John? Na, los! Sag schon!«

»Also, ich kann dir sagen, dass ich nicht hinter dem Arsch deiner Schwester her bin. Mach dir keine Sorgen. Sie hält ihn hübsch bedeckt.«

Steve spürte, wie ihm das Blut ins Gesicht schoss. Der Bursche ging ihm wirklich auf den Keks. »Was ist es sonst?«

Chisum zuckte die Achseln. »Ich tue den Leuten gern einen Gefallen, okay?«

Steve lachte. »Erzähl mir doch keinen Scheiß! Du hängst an mir dran, seit ich durch die Tür gekommen bin. Warum? Du kennst mich doch gar nicht, und schulden tust du mir auch nichts.«

»Falsch«, sagte Chisum. »Ich weiß eine Menge über dich. Du bist Roz wirklich sehr wichtig – aber sie weiß ja auch nicht, was du für ein knallharter Hundesohn bist.«

»Okay, okay. Wenn du nichts von mir willst, was hat Roz dir versprochen?«

»Nichts«, erwiderte Chisum. »Ich bin nun mal so. Ich bin einer, der gern repariert. Ein kleiner Gefallen hier, ein anderer da.«

»John, sie ist erst fünfzehn. MD-Studentin im ersten Jahr. Wenn's nicht ihr Arsch ist – hinter was, zum Henker, bist du her?«

»Nichts«, wiederholte Chisum. »Jedenfalls nicht im

Moment. Ich investiere nur ein bisschen in die Zukunft. Habe ich doch gesagt. Dein Schwesterlein ist ein heller Kopf. Sie wird es noch weit bringen. Es ist gut, wenn man Freunde ganz oben hat. Ich kenne viele hohe Tiere von hier bis nach Phoenix.« Chisum hielt lächelnd inne. »Das verstehst du nicht, was? Macht nichts. Wie also fällt deine Antwort aus? Ja oder Nein?«

»Meinst du in Bezug auf Roz? Weiß ich nicht. Es ist schwierig. Wie willst du …?«

Chisum fiel ihm ins Wort. »Hör zu, mach dir keine Sorgen über die Einzelheiten. Wenn ich es nicht hinkriegen würde, hätte ich es nicht vorgeschlagen. Du kennst mich zwar auch nicht besonders gut, aber wenn ich etwas verspreche, dann halte ich es auch.«

Steve holte tief Luft. »Okay, dann mach mal!«

Chisum grinste fröhlich, dann klatschte seine Hand auf Steves Schulter. »So ist es recht, das hört man gern! Bleib in der Nähe. Ich muss noch ein paar Anrufe machen.«

Chisum verließ die Isolierstation, eilte in die nächste geschlossene Videozelle und loggte sich mithilfe eines Spezialcodes in die SB-Sektion der Aktenkontrolle ein. Der Code stellte seinen Ruf ohne den Eingriff der Vermittlung zu Fran durch. Auf dem Bildschirm erschienen ihr Kopf und ihre Schultern; sie war in den ihm vertrauten silbernen Einteiler gekleidet.

»3552 hat zugestimmt, seine Blutsschwester zu sehen.«

»Gut gemacht, John. Wollen Sie die gleiche Wohneinheit verwenden?«

»Ja – Acht auf Drei-8, Santanna-Tiefe. Wenn Sie Ihre Leute bereithalten könnten …«

»Sie erwarten Ihren Anruf. Wie geht es dem Subjekt?«

»Ist sehr aufgeregt. Ich nehme an, das war Ihre Absicht?«

»In der Tat, John.«

»Das Subjekt wird eine ID-Karte brauchen, um an dem Treffen teilzunehmen.«

Fran nickte. »Seine neue Karte ist bereits an die Torwache ausgehändigt worden, damit er morgen früh verlegt werden kann. Wenn Sie danach fragen, wird es sicher keine Probleme geben. Rufen Sie mich jederzeit an, falls Sie weitere Unterstützung brauchen.«

»Okay, danke.«

Frans Gesicht wurde durch das Amtrak-Logo ersetzt.

Als Chisum etwa eine Stunde später auf die Station zurückkehrte, trat Steve gerade unter der Dusche hervor.

»Pünktlich wie ein Maurer.« Chisum warf ein gelbes Bündel durch den Raum.

Steve faltete die gelbbraune Schweißerkluft auseinander und betrachtete sie, während er sich abtrocknete, mit offenem Abscheu. »Muss ich das anziehen?«

»Yeah«, sagte Chisum. »Es passt zu deiner neuen ID.« Er zog die Karte aus seiner Brusttasche und warf sie aufs Bett. »An sich sollst du sie erst morgen kriegen, aber der Bursche am Tor ist mir was schuldig.«

Steve wirkte beeindruckt. Er zog die Karte aus der Schutzhülle und untersuchte sie eingehend. »Unglaublich … Und du weißt genau, dass sie mir auf dieser Ebene Zutritt zum Transport gibt?«

»Heute Abend, ja«, sagte Chisum. Um das Problem hatte man sich schon gekümmert. »Mach schon, zieh dich an! Roz ist von der Uni aus schon unterwegs.«

»Klar.« Steve lachte kurz. »Ich kann es nämlich wirklich noch nicht glauben. Ich hoffe nur, dass ich es dir irgendeines Tages zurückzahlen kann.« Er zog sich mit zunehmender Nervosität an.

Chisum setzte sich auf den Tischrand und schaute ihm schweigend zu. *Es ist nicht fair,* dachte er. *Dieser junge Bursche und das Mädchen, die man in dem Glauben aufgezogen hat, Annie Brickman wäre ihre leibliche Mutter, sind intelligente Menschen, die sich sehr mögen. Und wir versauen sie und treiben einen Keil zwischen sie.* Nun war er schon wieder im Begriff, zu zwei Menschen »Vertraut mir!« zu sagen, die einander deswegen nie wieder trauen würden.

Wie oft hatte er das jetzt schon getan? Chisum hatte den Überblick verloren. Am Anfang hatten ihn seine Betrügereien besorgt gemacht und nachts nicht schlafen lassen. Aber das war jetzt vorbei. Wer eine Arbeit wie die seine tat, hatte bald keine Gefühle mehr. Nur einmal hatte er darüber nachgedacht, sich den Rücken freizuhalten, doch als er durch seine Arbeit als Geheimagent erfahren hatte, dass die Erste Familie sich keinen Deut um das Leben einzelner Wagner scherte, war es ihm immer schwerer gefallen, irgendetwas um sein eigenes zu geben.

Mit dem neuen gelbbraunen Overall und dem dazu passenden Arbeitshelm bekleidet, folgte Steve Chisum zu einer Bahn, die das Weiße Haus mit dem Hauptzentrum verband. Chisum, der einen viereckigen Erste-Hilfe-Koffer trug, hatte einen grünen Einteiler an, der ihn als Krankenpfleger auswies. Der Anzug hatte breite rote und weiße Winkel auf dem oberen Teil der Ärmel; dazu passende Bänder verliefen über seinen Brustkorb und seinen Rücken.

»Entspann dich«, sagte Chisum, als die Bahn anfuhr.

»Ich tue mein Bestes«, erwiderte Steve und strich mit

der Hand über seinen Overall. »Du kannst dir nicht vorstellen, was es für ein Gefühl ist, sowas zu tragen ...«

»Hör zu«, sagte Chisum. »Es gibt Tausende von Burschen, die nie eine Chance kriegen, etwas anderes zu tragen. Rede also nicht solchen Stuss. Sie tun gute Arbeit. Wenn es sie nicht gäbe ...«

»Yeah, ich weiß«, erwiderte Steve mit deutlichem Sarkasmus. »Das brauchst du mir nicht zu erzählen. Dann wäre keine Luft in den Rohren und die Scheißhäuser würden rülpsen.«

Chisum schüttelte den Kopf. »Ihr Typen aus Lindbergh Field seid doch alle gleich. Ihr glaubt wirklich, nur ihr seid die Asse. Wenn du mich fragst, sollte man euch alle für eine bestimmte Zeit Scheiße räumen lassen, bevor man euch an die Oberwelt lässt. Könnte euch vielleicht guttun, wenn ihr mal sehen würdet, wie die andere Hälfte lebt.«

»Ich habe meine Juppi-Quote erfüllt. Ich habe zwölf Monate lang Felsen für die Bahnlinie nach Phoenix gesprengt.«

Chisum lachte trocken. »Ja, ich weiß. Das Juppi-Jahr. Du hast sechs Monate lang gegraben, sechs Monate im Krankenrevier gelegen, und alle zwölf damit verbracht, deinen Riemen steifzuhalten.«

»Den Riemen steifhalten« war das Juppi-Äquivalent des Spruches »eine Granate reinschieben«, den man auf der Flugakademie verwendete.

»John«, sagte Steve, »ich fühle mich schon lausig genug. Mach dich nicht auch noch über mich lustig, ja?«

Chisum grinste. »Weißt du, was das Schlimme an dir ist? Du nimmst dich zu wichtig.« Er schlug kameradschaftlich auf Steves Knie. »Lass uns gehen. Hier müssen wir raus. Bleib bei mir. Und verhalte dich natürlich.« Sie stiegen zusammen aus der Bahn, doch statt zur Rolltreppe nach Eins-1 zu gehen, ging Chisum an ihr vorbei und näherte sich dem Ende des Bahnsteigs.

Steves Herz setzte für einen Schlag aus, als er zwei MPs auf sie zukommen sah. Sie waren mit der üblichen, dreiläufigen Luftpistole bewaffnet, und an ihren Gurten hingen lange weiße Gummiknüppel. Es war eine ganz normale Patrouille, die überall auf den Bahnsteigen und in den Stationsrevieren ID-Stichproben machten. Meist hielten sie niemanden an, aber natürlich bestand auch die umgekehrte Chance. Schon ihre Anwesenheit hatte eine abschreckende Wirkung auf potenzielle GeBes.

»Mach ein grämliches Gesicht«, murmelte Chisum. »Man hat dich gerade aus dem Schlamm gezogen, weil du einen Notfall bearbeiten musst. Überlass das Reden mir.« Dann, als sie näherkamen, sagte er: »Ist schon in Ordnung, ich kenne einen der Burschen.« Er winkte den MPs fröhlich zu und klopfte im Vorbeigehen auf die Schulter des einen Fleischklopses. »Na, wie läuft's? Wie geht's – alles klar?«

»Ganz gut«, sagte der Fleischklops. »Und dir?«

»Großartig«, sagte Chisum. Er ging weiter, aber er drehte sich um und hielt sich an Steves Arm fest. »Habt ihr bis Mitternacht Dienst, Jungs?«

Die beiden MPs blieben stehen.

»Yeah«, sagte der eine.

Chisum hob verständnisvoll den Arm. »Wir sehen uns auf dem Rückweg! Könnte sein, dass ich eine Kleinigkeit für euch habe!«

Der Fleischklops hob anstelle einer Antwort den Daumen und ging dann mit seinem Kollegen weiter den Bahnsteig entlang.

Steve sah, dass Chisums fröhliches Grinsen schlagartig erlosch, als er sich auf dem Absatz herumdrehte und den Vorwärtsgang einlegte. »Was bist du doch für ein Schauspieler. Ich sehe ein, dass ich noch viel lernen muss.«

Chisum sah ihn kurz an. »Weißt du, was du lernen musst, mein Freund? Die Menschen zu mögen. In dieser Welt kommt man allein nicht weit.«

Steve lächelte und dachte an das, was Donna Lundkwist am Examenstag gesagt hatte. »Das kriege ich ständig zu hören.«

»Dann ist es vielleicht Zeit, dass du dich daran hältst.«

Steve folgte Chisum vom Bahnsteig herunter durch einen Gang. »Was ist das für eine Kleinigkeit, die du dem Fleischklops versprochen hast?«

»Mach dir darüber keine Gedanken«, sagte Chisum. »Wenn ich es dir erzähle, kriegst du einen Herzinfarkt.« Er hielt am Ende des Gangs an, zückte eine ID-Karte und schob sie in die Kontrolle der Eingangstür. Als das rote Stimmabdrucklicht anging, zog er einen kleinen Taschenrecorder hervor und schaltete ihn ein.

»31075593«, sagte eine Stimme. Es war nicht die Chisums. Das grüne Licht ging an, die Tür ging auf, und als sie hindurchgegangen waren, schloss sie sich automatisch. Chisum steckte den Recorder ein und grinste, als er Steves verwunderten Blick sah.

Steve sah, dass sie sich in einem Versorgungstunnel befanden, der doppelt so breit wie hoch war. Rohre und elektrische Leitungen liefen an den Wänden entlang und führten zu einer Vielzahl von Öffnungen und Verbindungskästen. Große Ventilatoren, in regelmäßigen Abständen an den Wänden befestigt, saugten durch Schächte Luft ein. Ein bemerkenswerter Luftzug blies durch den Tunnel, und man vernahm das konstante Hintergrundsummen der Ventilatoren und das leise ständige Rauschen durchziehender Luft. In der Nähe der Tür waren acht gelbe Rollis nebeneinander abgestellt – kleine, offene Elektrokarren, die bis zu sechs Personen befördern und einen Trailer ziehen konnten.

Chisum deutete auf den Boden. »Jetzt sind wir in den A-Ebenen. Wenn man mal von dem Lärm absieht, ist es doch gar nicht so übel, oder? Aber man gewöhnt sich daran. Hier ist A-1. Die Ebenen sind von oben nach unten bis A-10 durchnummeriert; dann geht es mit B-1 weiter.«

»Wie weit reichen die Ebenen nach unten?«, fragte Steve.

»Keine Ahnung. Ich hoffe, dass mich nie jemand bittet, sie zu zählen.« Chisum näherte sich sorglos dem Rolli am Anfang der Reihe, nahm auf dem Vordersitz Platz und legte seinen Koffer hinter sich auf die Bank. Er lud Steve ein, sich neben ihn zu setzen. »Kannst du diese Dinger steuern?«

»Yeah, klar. Wohin denn?«

»Geradeaus, bis zum T, dann sag ich dir, wie es weitergeht.« Chisum deutete auf einen zwischen ihnen auf dem Boden liegenden gelben Werkzeugkasten. »Nimm ihn mit, wenn wir aussteigen! Okay …« Er klopfte zweimal auf die Schutzhaube. »Dann wollen wir mal.«

Steve sah sich das spartanische Armaturenbrett an. »Ich kann den Schlitz für die ID-Karte nicht finden.«

Chisum seufzte tief und drückte den Startknopf. Der Motor winselte los.

»Ich habe nicht gewusst, dass es auch so geht«, sagte Steve lahm.

»Oben würde es auch nicht gehen. Aber auf den A-Ebenen sieht man die Dinge etwas entspannter. Wenn du erst mal eine Weile hier warst, wirst du feststellen, dass man hier eine Menge Möglichkeiten hat.« Chisum sah Steves überraschten Blick. Als sie losfuhren, schüttelte er in spöttischer Resignation den Kopf. »Junge, Junge, ihr Flieger wisst aber auch gar nichts.«

Steve folgte Chisums Anweisungen und stellte den Rolli in einer geräumigen, von Säulen gestützten Servicenische ab. Dann nahm er den Werkzeugkasten und folgte seinem unerschrockenen Führer in einen Dienstlift. Chisum drückte den Knopf für Ebene Drei-8 und pfiff, während sie schnell nach oben getragen wurden, tonlos vor sich hin.

Steve schaute auf den Stockwerkanzeiger und sah, dass er sich von A-5 nach Vier-10 bewegte. »Die Servicenische sah ziemlich sauber aus. Sind wir in einem der neuen Türme?«

»Yeah, in der Santanna-Tiefe …«

»Ich glaub es kaum«, murmelte Steve. »Niemand hat uns aufgehalten. Man hat uns nicht einmal kontrolliert. Was passiert, wenn jemand merkt, dass der Rolli nicht mehr an der Rampe steht? Es braucht doch nur jemand zu überprüfen, welche Karten in die Tür gesteckt worden sind – dann haben sie uns!«

Chisum schüttelte den Kopf und ließ seine Stimme zu einem Flüsterton herabsinken. »Deine vielleicht, alter Junge, aber doch nicht meine. Ich hab nämlich nicht meine eigene genommen.«

Steve musterte ihn argwöhnisch. »Ich weiß, dass es nicht deine Stimme war, die aus dem Recorder kam«, flüsterte er zurück, »aber wie ist das möglich? ID-Karten sind doch nicht übertragbar!«

Chisum grinste. Es erheiterte ihn über alle Maßen, den

jungen Mann aufzuziehen. Und ein großer Teil seiner Heiterkeit kam daher, dass er ihm – wie jetzt – die Wahrheit erzählte, oder ihr nahe kam, ohne sein Spiel aufzudecken. »Theoretisch ja. Die meisten Leute glauben es jedenfalls. Aber in der Praxis sind manche Karten eben weniger nicht übertragbar als andere.« Er zwinkerte Steve zu und wurde noch etwas leiser. »Ich weihe dich jetzt in ein großes Geheimnis ein: Ich habe entdeckt, dass das System nicht perfekt ist. COLUMBUS macht Fehler. Was sagst du dazu?«

Steve wich einen Schritt zurück. »Nein! Das glaube ich nicht!«

»Von mir aus«, sagte Chisum. »Denk nur weiter so.« Er puffte Steve in die Rippen. »Hör zu ... Wenn jeder wüsste, wie man es macht, wäre ich bald aus dem Geschäft.«

Den Rest der Strecke nach Drei-8 legten sie schweigend zurück.

Die Lobby im 38. Stock war mit dunkelgrünen Gummifliesen ausgelegt, die das Geräusch ihrer Schritte dämpften. Die Wände waren mit einem Gewebe bedeckt; breite abwechselnde Diagonalstreifen des gleichen Dunkelgrüns und Dunkelbrauns. Lichtplatten, die an der dunkelgrünen Decke entlangliefen, verbanden sich mit den braunen Streifen an den Wänden. Die Türen zu den acht Wohneinheiten wirkten wie metallene Spiegel aus Silberbronze, und an der oberen rechten Ecke der Wand befand sich eine hellrote Zahl. Leise Blauhimmelballadenmusik plätscherte aus den Deckenlautsprechern.

Chisum führte Steve zur Wohnung 8, schob eine seiner mysteriösen Karten in den Schlitz, der die Tür kontrollierte, gab den Eintrittscode ein und trat zurück, als die Tür sich auf ihren Scharnieren nach außen öffnete. »Geh rein. Dir steht alles zur Verfügung.«

Steve zögerte; er hatte plötzlich Angst, in eine Falle zu tappen. »Weißt du genau, dass alles okay ist?«

»Yeah, kein Problem. Der Bursche, der hier wohnt, ist oben auf Montage. Ein Freund von mir. Computeringenieur. Er untersucht ein Problem in einem Relaiszentrum, über das COLUMBUS Daten bezieht. Er ist mindestens noch vier Wochen weg.« Chisum zog sich zurück.

»Kommst du nicht mit rein?«

»Später. Ich muss zuerst noch … ah … ein paar Dinge überprüfen. Du weißt schon … die Leute von der Verwaltung hier bequasseln.«

»Was ist mit den anderen, die auf dieser Etage wohnen?«, flüsterte Steve.

»Christoph, du bist wirklich eine Nervensäge«, murmelte Chisum. »Hör zu, solange du keine Löcher in die Wände bohrst, schert sich keiner einen Furz darum. Entspann dich! Ich benutze die Wohnung nicht zum ersten Mal. Das Einzige, was die Leute hier nervös macht, sind Typen, die im Korridor herumstehen und flüstern. Jetzt mach schon!« Er schob Steve durch die Tür.

Steve hielt sich am Türgriff fest. »Wo bleibst du?«

»In der Nähe!«, zischte Chisum. »Mach dir keine Sorgen! Falls es irgendwelche Schwierigkeiten geben sollte, erfährst du es als Erster.« Wenn du wüsstest, wie wahr das ist, dachte er. Er zog Steve die Tür vor der Nase ins Schloss.

7

Steve ging vorsichtig durch die kurze Diele; die leise Hintergrundmusik folgte ihm. Er lugte durch die Türen an beiden Seiten. Da war ein Abstellraum mit Regalen, in denen ordentlich gefaltete Kleidungsstücke lagen. Ein großer Duschraum, und dann, hinter der Tür daneben, eine Kloschüssel, ein Bidet und ein Handwaschbecken. *Ja,* dachte Steve. Wie herrlich es gewesen war, nach der Rückkehr in die Föderation wieder in der Lage gewesen zu sein, auf einem richtigen Klo zu sitzen und sich bequem zu erleichtern, statt mit nacktem Hintern in der Wildnis zu hocken und sich zu fragen, ob irgendein verdammtes Insekt hochsprang und einem ein Stück aus dem Arsch biss. Und dazu der Luxus, sich statt mit einem Blatt mit sauberem, feuchtem Klopapier die Kimme ausputzen zu können. Auf der Suche nach geeigneten Blättern hatte er am Anfang ein paar Mal in die Brennnesseln gegriffen … Christoph! Schon allein das war es wert gewesen, in die Föderation zurückzukehren!

Steve öffnete eine andere Tür. Sie führte in einen Arbeitsraum. Eine Art Tresen mit einem Bassin und Wasserzufuhr. Regale; ein Ding, das nach einem kleinen Mikrowellenherd aussah, ein polierter Keramikherd mit vier Platten und zwei elektrische Haushaltsgeräte. Dinge dieser Art fand man in der Regel in den Küchen der Messedecks. Steve war überrascht, als ihm klar wurde, dass die Leute aus der Santanna-Tiefe eigene Nahrungszubereitungsgeräte besaßen. Was für eine komische Idee! Er ging am Ende der Diele durch einen offenen Bogen in den Wohnraum und staunte über dessen schiere Größe. Er musste mindestens acht oder neun Quadratmeter messen, und an einer Seite, auf einem erhobenen Bodenstück, befand sich eine rote Bettstelle. Der Boden war nicht gefliest. Er war mit einem dicken, weichen, haarigen Material bedeckt, dem Steve bisher noch nie begegnet war; es erinnerte ihn an das dichte Haar auf den Schultern von Büffeln.

Das Wohnzimmer enthielt drei frei stehende, weich gepolsterte Sitzelemente mit breiten Rücken- und Armlehnen und ein weiteres, das so groß war, dass man darauf liegen konnte. Es gab die übliche Videoanlage, einen Tisch mit sechs Stühlen, und an der Wand dahinter Porträts des gegenwärtigen G-P und des Gründungsvaters, doch was ihn am meisten erstaunte, war das breite, vom Boden bis zur Decke reichende Fenster, das sich auf einen halbkreisförmigen Balkon hin öffnete und einen atemberaubenden Ausblick erlaubte.

Santanna, der architektonische Zwilling der San-Jacinto-Tiefe, die Steve vor seinem Besuch der Oberwelt gesehen hatte, war ein frei stehender, hundertachtzig Meter hoher Turm, der durch vier Ebenen reichte und aus fünfzig Wohnetagen mit Balkonen bestand. Der ihn umgebende Schacht war bearbeitet worden, damit er einen Hintergrund aus felsigen Terrassen bildete. Dort wuchsen kleine Tannen, Gebüsche, Gras und Moos. Wasserrinnsale plätscherten fortwährend durch Reihen ausgeklügelt angelegter und miteinander verbundener Teiche von oben nach unten, spritzten über felsige Simse auf darunterliegende Terrassen und füllten einen kleinen, hufeisenförmigen Teich, der sich um das Fundament des Turms zog.

Wie in seinem Zwilling lebten in Santanna fast ausschließlich die goldbetressten Schreibtischhengste aus dem Schwarzen Turm – dem Hauptquartier der Amtrak-Exekutive – und hochrangige Techniker und andere Spezialisten, die sich aus den Schlackensteinlabyrinthen der Basen Äußerer Staaten zu den marmorierten Hallen des Hauptzentrums hochgearbeitet hatten. Die weniger Erfolgreichen, Neidischen oder Nichtbetroffenen bezeichneten diesen Prozess als auf dem Draht reisen. »Alles verdrahtet« war Wagnerslang für die Beförderung zu einem Rang, der Weisungsbefugnis mit sich brachte – man unterschied silberne (Junior) und goldene (Senior) Rangstreifen; sie bestanden aus Draht und wurden auf den Ärmeln und der Mütze getragen.

Für jemanden aus Monroe/Wichita oder einer Grenzzwischenstation wie Pueblo wirkte ein Besuch in Houston/Hauptzentrum wahrscheinlich ebenso wie das kaiserliche Rom auf den durchreisenden Durchschnittsgoten. Egal wie oft man das Hauptzentrum auch schon in TV-Aufnahmen gesehen haben mochte, die schiere Größe und glitzernde Pracht machten den ersten Besuch stets zu einem echten Kinnladensenker. Man warf einen Blick auf den John-Wayne-Platz und *wusste,* dass man auf der Seite des Siegers war. Aus diesem Grund hatte man den Platz auch – zusammen mit den neuen Wohntürmen – gebaut. Ihr Anblick spülte jedes Gefühl des Zweifels hinweg und ließ nur noch für einen Schluss Platz: Eine Nation, die von Leuten mit *dieser* Vision und *dieser* Energie geführt wurde, konnte *alles* schaffen. Lang lebe die Erste Familie!

Steve sah sich im Wohnraum und in der Schlafecke um und rief leise: »Roz …?« Keine Antwort. Er sah, dass einige der Scheiben, die sich zum Balkon hin öffneten, mit breiten senkrechten Blenden abgeschirmt waren. »Was versteckst du dich denn? Komm doch raus! Wo bist du?«

Steve schob eine Scheibe beiseite und hörte das Geräusch von fließendem Wasser. Es plätscherte und gurgelte über das Gestein und durch die Kieselbetten und spritzte über Zungensteine; lange zierliche Wasserwände fielen zehn bis fünfzehn Meter tief und platzten in Fächern von Gischt, als sie auf die Steine schlugen, die man ausgelegt hatte, um ihren Sturz zu bremsen, und im Hintergrund war das sanfte Trommeln zu hören, als die Rinnsale ihre Kräfte vereinigten und sich über dem stufenweisen Wall rund um das Fundament des Turms in den Teich entleerten.

Steve stand am offenen Fenster und lauschte angestrengt. Das, was er sah und hörte, und die kaum wahrnehmbare würzige Brise, die rund um den Turm zirkulierte, weckte Erinnerungen und Gefühle an die Oberwelt. Die einzigen Unterschiede, die er oben gesehen hatte, bestanden darin, dass hier, wie auch in der San-Jacinto-Tiefe, das Blattwerk der Bäume, Büsche und Gräser nicht rot war, sondern grün. Laut Handbuch war die Oberwelt, bevor die Mutanten sie mit ihrer Gegenwart vergiftet hatten, ebenfalls grün gewesen. Und sie würde wieder grün werden, wenn die Föderation siegreich war.

Steve dachte über zwei Zeilen des letzten Verses der Talisman-Prophezeiung nach. »Der Tod aus der Luft wird verschwinden und das Blut der Erde getrocknet …« War das auch ein Versprechen, dass die tödliche Krankheit verschwand, die sich über der Welt ausgebreitet hatte? Kündigte sie den Sieg der Mutanten unter der Führung des geheimnisvollen Talisman und des Grünen Amerikas an? Wenn ja, bedeutete es, dass die Erste Familie schon wieder gelogen hatte: Die atmosphärische Strahlung konnte nicht von der vergiftenden Gegenwart der Mutanten erzeugt worden sein. Dann konnte man sie auch nicht für die roten Bäume und das rote Gras verantwortlich machen. Die Behauptung, sie seien eine degenerierte Anthropoidenspezies, war ebenfalls unwahr, das bewiesen die perfekt geformten Körper Cadillacs und Clearwaters. Mr. Snow hatte die Wahrheit gesagt, als er behauptet hatte, die Wagner und die Mutanten hätten die gleichen Vorfahren gehabt. Die Helden der Alten Zeit waren ebenso die Vorfahren der Minutemen und Foragers gewesen, der ersten Wagner, die unter der Führung von George Washington Jefferson dem Ersten die Föderation begründet hatten …

Zwei Arme umschlangen Steves Taille, und ein Körper drückte sich fest an ihn, als jemand seinen Kopf an sein linkes Schulterblatt legte. Steve schaute nach unten und erkannte den weichherzigen Angreifer an blauweißgrüngestreiften Ärmeln. »Hallo, Würmchen …«

»Keine Bewegung«, murmelte Roz mit dem Mund an seinem Rücken.

»Seit wann gibst du denn die Befehle?«, sagte Steve. Er hob den rechten Arm, drehte sich um, legte beide Arme um sie und zog sie fest an sich.

»Fester«, sagte Roz. Sie legte den Kopf an seine Schulter, umarmte ihn leidenschaftlich und bedeckte sein Gesicht mit einem Schwall von Küssen. »Oh, du Hundesohn! Wenn du wüsstest, was ich deinetwegen alles durchgemacht habe!« Sie küsste ihn fest auf den Mund und schlang die Arme um seinen Rücken. Steve entzog ihr seine Lippen und schnappte nach Luft.

»Was ist denn?«, flüsterte Roz. »Habe ich dir weh getan?«

Der stechende Schmerz in Steves Brust nahm ab. »Es ist schon okay ... Bin nur ein bisschen schwach. Ich vergesse immer wieder, dass ich noch vor ein paar Wochen Gefangener der Mutanten war.«

Als Roz zu ihm aufschaute, weiteten sich ihre Augen, und ihre Hände flogen auf die kreuzförmigen Narben an seinen Wangen. »Wie ist das passiert?«

»Jemand hat mir einen Pfeil durchs Gesicht geschoben.«

»Christoph Columbus!«

»Es war eine Prüfung. Eine ihrer Methoden, um die Jungs von den Männern zu unterscheiden.«

»Haben sie dich oft ... ah ... misshandelt?«

»Nicht sehr oft.« Steve grinste. »Das meiste habe ich mir bei der Heimkehr zugezogen. Mach dir keine Sorgen. Ich habe mir nichts gebrochen. Ich bin nur ... ah ... in ein paar Dinge hineingeraten.«

Roz streichelte die beiden Narben, dann legte sie die Arme um seinen Hals und küsste ihn zärtlich. »Freust du dich, wieder bei mir zu sein?«

»Natürlich freue ich mich. Mir gefällt nur der Gedanke nicht, dass du meinetwegen alles aufs Spiel setzt.«

»Ist schon okay. Wenn ich Annie und Papa Jack nichts erzähle, gibt es auch nichts, worüber man sich Sorgen machen müsste. Chisum ...«

»Nimm dich vor dem Burschen in acht, Roz! Er ist so verrückt wie die Wohnung hier.«

»Ist mir egal«, sagte Roz. Sie umfasste ihn noch enger.

»Hat Chisum dir erzählt, wohin sie mich schicken?«

Roz legte eine Hand auf seinen Mund. »Sprich nicht

darüber. Ich möchte nicht daran denken. Jedenfalls nicht heute Abend.«

»Du hast recht. Ich möchte auch nicht darüber nachdenken.«

»Chisum sagt, du bist in Ordnung. Körperlich, meine ich. Keine Verschlechterung des Blutbildes, keine Gewebe- oder Knochenschäden und dergleichen. Tja, du kannst dir sicher meine Reaktion vorstellen. Ich war sprachlos. Aber dann hat er gesagt, der Grund, dass du auf den Trick reingefallen bist, sei darauf zurückzuführen, dass die Erste Familie eine Droge entwickelt hat.«

»Glaubst du das?«

Roz runzelte die Stirn. »Meinst du, ob ich ihn für einen Lügner oder eine solche Droge medizinisch für möglich halte?«

»Beides, schätze ich. Der Bursche hat irgendetwas an sich, das mir nicht geheuer ist.«

»Ja«, sagte Roz. »Er ist ein netter, freundlicher, glücklicher Mensch – damit ist er etwas, womit du immer noch nicht umgehen kannst. Medizinisch? Ja, ich würde sagen, es *wäre* möglich. Und du bist der Beweis, dass sie funktioniert. Ist die Erste Familie nicht erstaunlich?«

»Yeah«, stimmte Steve ihr zu. »Bin ich nicht ein Glückspilz?«

»Bleib ernst.« Nun sah die Ärztin ihn an, nicht seine kleine Schwester. »Kannst du dir vorstellen, was das für uns alle bedeutet?«

»Das kann ich, aber ich würde mich nicht allzu sehr darüber ereifern, bevor man es nicht offiziell bekanntgegeben hat.« Steve ließ die Arme sinken, tätschelte Roz' Hintern und führte sie dann zu dem langen Sitzelement. »Setzen wir uns doch. Seit ich hier reingekommen bin, sehne ich mich danach, diese Dinger auszuprobieren.« Er betastete die Polsterung mit der Hand, dann ließ er sich nieder und genoss die angenehme Weichheit. »Großartig – wie nennt man sowas?«

»Sofa.«

»Und das Zeug auf dem Boden?«

»Einen Teppich.« Roz setzte sich dicht neben ihn und nahm seine Hand.

»Habt ihr sowas auch an der Uni?«

»Ja, im Arbeitszimmer des Dekans.«

»Fantastisch …« Steve deutete mit der Hand auf die Umgebung. »Und das alles hier für nur einen Mann! Wusstest du, dass es Wagner gibt, die so leben?«

»Erst, seit ich Chisum getroffen habe.«

»Erstaunlich … Und der Typ, der hier wohnt, ist nur Computerspezialist. Da fragt man sich noch, wie wohl Onkel Barts Quartier in New Mex aussieht. Das muss ja riesig sein! Wusstest du, dass dieses Quartier sogar eine eigene Küche hat?«

»Ja.« Roz legte Steves Arm um ihre Schulter und kuschelte sich an ihn. »Ich war schon mal hier.«

»Mit wem?«

»Mit verschiedenen. Studenten von der Uni. Freunde von Chisum.« Sie hob die Hand und zog Steves Gesicht in ihre Richtung, sodass sein Kinn an ihrer Stirn ruhte.

»Er kommt wirklich herum«, murmelte Steve.

»Lass uns nicht über ihn oder sonst einen reden. Reden wir über dich. Über uns.«

»Was möchtest du denn wissen?«

»Alles. Was du erlebt hast. Was du gesehen hast, wen du getroffen hast, was du gefühlt hast.«

Steve lachte kurz. »Wie lange hast du Zeit?«

Roz küsste ihn auf die Wange. »Lange genug. Ich fange an: Ich habe gewusst, dass du kommen würdest. Als du in der Bahn warst, war ich mit dir in Verbindung. Hast du das gewusst?«

»Ja«, sagte Steve leise. »Ich habe deine Stimme in meinem Kopf gehört. Du hast gesagt ›Sie schauen zu‹. Was hast du damit gemeint? Wer sind sie?«

»Ich weiß nicht genau. Ich habe es nur gespürt, seit man dich gefangen genommen hat.« Roz zögerte. »Ich wusste von deinem Absturz. Ich habe den schrecklichen Schmerz in meinem rechten Arm gespürt. Hier …« Sie richtete sich auf und berührte die rechte Seite ihres Kopfes – genau auf der Stelle, an dem Cadillacs Bolzen seinen Arm an den Helm genagelt hatte. »Ich war im Unterricht, habe gerade an einem Mikroskop gearbeitet, als mein Arm ganz plötzlich in die Höhe flog. Ich habe einen schrecklichen Schmerz gespürt, dann hat sich das ganze Labor um mich gedreht. Ich habe noch gemerkt, dass ich umfiel, dann bin ich ohnmächtig geworden.«

»Genauso war es bei mir auch«, flüsterte Steve. »Der Bolzen ist hier durch meinen Arm gedrungen …« Er griff an seinen rechten Arm. »Und was ist dann passiert?«

Roz nahm seine Hände. »Als ich wieder zu mir kam, wurde ich gerade von Kirkorian untersucht. Er ist der stellvertretende Chefpathologe der Uni. Ich nehme an, sie haben mir eine Droge gespritzt. Ich konnte mich nicht bewegen und hatte Schwierigkeiten beim Sprechen. Alles war irgendwie vernebelt. Ich wusste nicht, was los war, aber ich bin mir ziemlich sicher, dass Kirk mir etwas in den Arm gesteckt hat – eine Sonde, nehme ich an. Er hat mich fortwährend gefragt, ob es weh tut. Es hat nicht weh getan, aber anfangs verstand ich nicht, was er wollte, und dann habe ich einfach keinen Ton mehr rausgekriegt. Es war so, als wenn ein Zahnarzt einem den Kiefer mit Novocain füllt.«

»Das könnte ein Schock gewesen sein. Ich bin ziemlich hart gelandet. Ich war auch ganz durcheinander.«

»Ich wette …« Roz drückte seine Hände. »Na ja, sie haben mich den ganzen Tag über in der Klinik behalten. Dann nahm die Wirkung des Zeugs ab, das sie mir gegeben haben, aber als ich mir meinen Arm ansah, konnte ich nichts feststellen. Nicht das geringste – und auch nichts an meinem Kopf.« Sie lächelte. »Ist es nicht bizarr?«

»Sehr …«, sagte Steve nachdenklich.

»Du bist nicht der Einzige, der so denkt. Zwei Leute aus dem Schwarzen Turm – eine Frau war auch dabei – haben mich besucht und mir eine Menge Fragen gestellt, aber …« – ihre Blicke fanden sich – »… ich konnte ihnen nichts erzählen.« Sie streichelte die Narbe auf seiner linken Wange. »Das da habe ich auch gespürt. Es ist spät am Abend passiert, nicht wahr?«

»Stimmt …«

Roz nickte. »Ich habe geträumt. Um mich herum waren hohe, springende Flammen, Trommeln wurden geschlagen – der Lärm war furchterregend. Als ich wach wurde, hatte ich den Mund voll Blut. Mein ganzes Gesicht hat gebrannt. Es war, als hätte ich wahnsinnige Zahnschmerzen, aber der Schmerz war in meinen Wangen, nicht im Zahnfleisch. Meine Kiefermuskeln waren ganz verkrampft und haben gezittert …«

»Das passt zusammen. Ich habe den Pfeil durchbeißen müssen.«

»Ich habe mir den Mund ausgespült und schnell mal in den Spiegel geschaut. Das Blut kam aus meinen Wangen.«

»Hat dich irgendjemand gesehen?«

»Nein, zum Glück haben alle geschlafen. Eine halbe Stunde später hat das Bluten aufgehört.«

»Was war mit deinem Gesicht?«

»Du meinst, am nächsten Morgen? Nichts. Beide Wangen waren in Ordnung. Als wäre es nie geschehen.« Sie lächelte. »Es war so, als hätte ich es mir nur eingebildet. Aber es war Blut auf meinem Kissen. Ich habe meinen Zimmergenossen erzählt, ich hätte Nasenbluten gehabt.«

Steve nickte. »Und du meinst, dass der Schwarze Turm dich seither unter Beobachtung hält.«

»Ja. Aber ich glaube nicht, dass man mich Tag und Nacht verfolgt. Ich meine, sie achten auf mich. Die hohen Tiere haben es nicht gern, wenn man … nun – anders ist.«

Steve lächelte und streichelte Roz' Haar. »Es würde ihnen noch weniger gefallen, wenn sie wüssten, wie anders wir wirklich sind.«

»Ja …« Roz hielt Steves Hand fest, legte sie an ihren Hals und fuhr mit den Lippen darüber hin. »Für eine Weile habe ich geglaubt, sie würden mich von der Uni werfen. Ich habe dem Rest der Klasse einen echten Schreck eingejagt. Kirk ist immer noch nicht darüber hinweg. Das erkenne ich daran, wie er mich anschaut.«

»Hast du … ah … irgendjemandem erzählt, dass ich noch lebe?«

»Meinst du Annie? Oder Chisum?«

Steve zuckte mit den Achseln. »Er hat gesagt, er wüsste eine Menge über mich.«

»Das stimmt«, sagte Roz. »Deine kleine Schwester ist sehr stolz auf dich. Aber ich habe ihm nie von uns erzählt. Von uns wissen nur wir beide.« Sie biss spielerisch in seine Hand. Ihre Blicke trafen sich. »Weißt du noch, wie es war?«

»Manchmal, ja. Meist versuche ich, es zu vergessen.«

»Das lasse ich nicht zu.«

»Roz, ich habe dir doch direkt nach dem Examen gesagt, dass Menschen sich ändern. Auch du bist nicht mehr die gleiche wie früher.«

Roz zuckte die Achseln. »Kann schon sein – auf die eine oder andere Weise. Aber tief innen nicht. Wir werden immer ein Teil des anderen sein. Wir gehören zusammen. Ich habe es gewusst, seit Annie mich aus dem Lebensinstitut mitgebracht hat.«

Steve lachte. »Hör bloß auf! Du konntest doch damals nicht mal geradeaus schauen. Du warst ein schielender kleiner Zwerg!«

»Und was ist mit dir? Du warst schon mit zweieinhalb ein angeberischer kleiner Furz. Du bist schon damals ziemlich hochnäsig zur Primärausbildung gegangen …«

»Woher willst du das wissen?«

»Ich erinnere mich an alles! Und am meisten erinnere ich mich daran, wie du mit dem blöden kleinen Modellflugzeug herumgelaufen bist! *Bsss … Bssss … Bsss …*«

»Es hat mehr Spaß gemacht, als mit dir zu spielen, du *Wurm!*«

»Ich konnte es jedenfalls nicht ausstehen!«, rief Roz. Sie boxte ihm in die Rippen. Als sie versuchte, seine Deckung zu durchdringen, blockte Steve ihre Faust ab und packte ihr linkes Handgelenk. Sie rollten über das Sofa und rangen spielerisch miteinander. Roz war zwar stark und hatte schnelle Reflexe, aber für Steve war sie kein Gegner. Sie fielen von den weichen Kissen und landeten auf dem Teppich. Steve drückte sie gegen den Boden, und Roz gab den ungleichen Kampf auf. Er spürte das Schlagen ihres Herzens an seinen Rippen und drückte seine Nase gegen die ihre. »Ich war ganz verrückt auf das Flugzeug. Papa Jack hat es mir geschenkt. Es war das Modell seines Himmelsfalken!«

»Weiß ich«, sagte Roz. »Annie hat's mir erzählt. Deswegen habe ich es auch nicht leiden können!« Sie entzog seinem gelockerten Griff ihre Handgelenke und schlang die Arme um seinen Hals. »Weil ich wusste, dass das verdammte Flugzeug dich mir wegnehmen würde.«

»Ja«, murmelte Steve. »Weißt du … Vor ein paar Monaten habe ich noch geglaubt, ich wüsste alles, aber jetzt …« Er schüttelte seufzend den Kopf. »Ich komme mir vor, als wäre ich wieder ganz am Anfang.« Er rollte sich neben dem Sofa auf den Rücken.

Roz hielt sich an seinem Hals fest und legte sich auf ihn. Sie küsste seine Nasenspitze. »Du musst da draußen *irgendetwas* gelernt haben. Wahrscheinlich ist da alles ganz anders.«

»Ja …« Steve lächelte bei der Erinnerung. »Wenn ich überhaupt etwas gelernt habe, dann das: Dass das Leben, wenn man von den Menschen getrennt ist, die man …« Er verfiel in Schweigen. Er sah Clearwater vor sich: ihr Gesicht, hinter dem vom Feuer beleuchteten Kreis; wie sie nackt vor ihrer Hütte im Wald stand und ihren geschmeidigen, elastischen Körper gereckt hatte. Der geheimnisvolle Blick, den sie ihm zugeworfen hatte, wenn sie in Gesellschaft ihrer Clan-Schwestern gewesen war; ihr Körper neben dem seinen in der Dunkelheit der Nacht, die sie zusammen verbracht hatten; ihre Wärme; wie sie vibriert, sich unter ihm und über ihm gebogen hatte; wie sie erregt zärtliche Worte geflüstert hatte, deren Bedeutung er nicht kannte. Worte, die sein Herz schneller hatten schlagen lassen.

»Menschen, die man … was?«, fragte Roz.

»Menschen, die man liebt«, erwiderte Steve. »Hast du das Wort schon mal gehört?«

»Ja, habe ich.«

»Wo?«

»In Liedern. Auf manchen Bändern, die ich deiner Meinung nach nicht hören sollte. Was glaubst du, was es bedeutet?«

»Ich weiß es nicht genau«, sagte Steve. »Der alte Mutant hat mich gefragt, ob es ein Wort wäre, das wir verwenden. Ich habe Nein gesagt. Später hat er mir erklärt, dass man es verwendet, um ein besonderes Gefühl auszudrücken, das man einem anderen gegenüber empfindet, der einem sehr nahesteht. Es bedeutet viel mehr, als nur mit jemandem befreundet zu sein. Es hat damit zu tun, wenn man sich wünscht … ah … *immer* mit jemandem zusammen zu sein. Aber es bedeutet noch mehr. Es ist stärker. Es ist wie …« Steve suchte nach einer passenden Beschreibung. »Wenn man sich wünscht, *Teil* eines anderen zu sein. Wenn man nur noch an den anderen denken kann. Wenn einen nichts anderes mehr interessiert. Und wenn man nicht mehr atmen kann, wenn jemand einem so … ah … nahe ist. Wenn man das Gefühl hat, man müsste ersticken. Nicht, weil es einem schlecht geht, sondern weil man so verdammt *glücklich* ist!« Steves Hand streichelte über Roz' Schulter und glitt bis ans Ende ihres Rückgrats. »Hast du das schon mal gespürt?«

»Ja«, murmelte Roz. »Wenn ich *dich* sehe.« Sie küsste ihn gierig, bevor er eine Antwort geben konnte, und die Spitze ihrer Zunge umspielte die seine. Sie ließ ihre Beine zwischen die seinen rutschen und drückte fest ihren Schoß gegen ihn.

Steve spürte ihre Erregung durch die doppelte Schicht ihrer Kleider und die Hitze, die sich zwischen ihren Schenkeln aufbaute. *Es ist verrückt,* dachte er. Er nahm ihr Gesicht zwischen die Hände und hob ihren Mund von dem seinen. »Erzähl mir was über dich und Chisum.«

Roz hob ihren Hintern ein paar Zentimeter und rammte ihren Schoß fest gegen den seinen. »Scheiß auf Chisum …«

»Das tut weh …«

»Soll es auch. Macht doch nichts. Ich bin InterMed-Grad Eins und studiere für meinen Doktor. Hättest du es lieber, dass ich ihn küsse?«

»Später.« Steve machte sich frei und setzte sich auf das Sofa. Roz setzte sich aufrecht hin, warf ihr Haar zurück, nahm mit gekreuzten Beinen Platz und lehnte sich gegen sein Knie. »Ich warte.«

Roz zuckte die Achseln. »Da gibt es nichts zu erzählen. Ich habe ihn während einer Führung im Lebensinstitut kennengelernt, als ich mein InterMed gemacht habe. Wir haben uns vor ein paar Monaten wiedergetroffen. Wir sind ein paar Mal zusammen gewesen – meist in Gesellschaft mit anderen Leuten von der Uni. Nicht oft. Ich habe nicht viel freie Zeit. Wir haben an sechs Tagen in der Woche Unterricht. Sonntag soll eigentlich unser freier Tag sein, aber alle verbringen ihn damit, Notizen von ihren Memotippern in Dateien zu übertragen und sonstige Korrekturen vorzunehmen. Der Druck ist«, Roz verzog das Gesicht, »ziemlich grauenhaft.«

»Kann ich mir vorstellen …«

»Man hat einfach keine freie Minute. Manchmal glaube ich, wenn Chisum nicht da gewesen wäre, hätte ich …« Sie beendete den Satz nicht.

»Und du hast noch zweieinhalb Jahre vor dir«, sagte Steve.

»Ja ...« Roz lächelte trübe. »Aber mach dir keine Sorgen, ich schaffe es schon. Und damit du Bescheid weißt: Er hat deine kleine Schwester nicht gefickt.«

»Ich mach mir keine Sorgen, Roz. Du bist jetzt ein großes Mädchen. Ich möchte nur wissen, um was es geht. Was will er? Hinter was ist er her?«

»Ich weiß es nicht, und es ist mir auch egal. Wenn es Chisum nicht gäbe, wäre ich längst mit der Welt fertig. Er ist ein netter und entspannter Typ. Er weiß, wie man einen zum Lachen bringt. Ein paar von uns schleichen sich alle paar Wochen mal für ein paar Stunden hier rein. Dann sitzen wir rum, tauschen Ideen aus, reden über alles Mögliche – außer Medizin –, brauen uns Java, hören uns etwas Blackjack an und kiffen ein bisschen Gras. Es hilft einem beim Dampfablassen.«

Steve richtete sich kerzengerade auf und packte ihr Handgelenk. »Gütiger Christoph! Bevor ich abgereist bin, habe ich dir doch gesagt, du sollst mit diesem Mist aufhören. Und jetzt rauchst du auch noch Gras!«

Roz musterte ihn kühl. »Na und? Als du draußen warst, hast du es doch auch getan.«

»Hat Chisum dir das erzählt?«

»Ja, vorhin. Als er alles in die Wege leitete, damit wir uns hier treffen konnten. Ich habe ihn gefragt, wie du reagieren würdest, wenn ich mir eine anstecke.«

»Und was hat er gesagt?«

Roz lächelte. »Er hat gesagt, du würdest wahrscheinlich an die Decke gehen. Aber wenn ich dir eins in die Rippen gebe, würdest du vielleicht lockerer werden und eine mitkiffen.«

»Der verrückte Hundesohn!«, zischte Steve wütend. »Ich hab es ihm doch gesagt! Roz! Wie konntest du dich auf sowas einlassen? Blackjack und Gras sind beides Vergehen erster Kategorie! Wenn die MPs den Laden hier hochnehmen, wenn ihr hier wärt ...«

Roz schnitt ihm das Wort ab. »Steve! Die Hälfte der MPs im Hauptzentrum nimmt das Zeug doch selbst! Was glaubst du, wie es sonst hier reinkommt? Die rauchen doch selbst Gras.«

»Hat Chisum dir das erzählt?«

»Natürlich. Du glaubst doch wohl nicht, ich hätte deswegen einen Fleischklops persönlich angesprochen?«

»Und du glaubst es ...«

Roz löste ihren Arm aus seinem Griff und nahm seine Hand zwischen ihre beiden. »Warum denn nicht? Wahr, unwahr, richtig, falsch. Ich weiß nicht mehr, was diese Worte bedeuten – du etwa?«

»Ich habe es mal gewusst. Aber jetzt ... Tja, ich bin mir nicht mehr sicher.«

»Eben. Und über was regst du dich dann auf? Du hast doch das Gleiche getan.«

»Das war etwas anderes. Ich war Gefangener.«

»Ja, natürlich, das habe ich vergessen.« Roz lächelte. »Hast du den Sachverständigen erzählt, dass die Mutanten dich gezwungen haben, Gras zu rauchen?«

»Nein. Sie hätten es vielleicht nicht verstanden.«

»Garantiert. Und was hast du ihnen sonst noch verschwiegen?«

Steve machte seine Hand frei. »Hör auf damit, Roz. Ich habe schon genug Probleme.«

»Ich weiß.«

»Was meinst du damit?«

Roz stand abrupt auf und schaute auf ihn herunter. »Du vergisst fortwährend, dass ich in deinen Kopf hineinsehen kann, Steve. Ich war bei deinem ersten Oberweltalleinflug dabei. Ich war bei deiner Bruchlandung dabei, und als du mit der Bahn nach hier unterwegs warst.«

Steve hatte plötzlich eine böse Vorahnung. »Ich weiß. Das hast du schon gesagt.«

Roz nickte. »Auch bei anderen Gelegenheiten, großer Bruder.«

»Bei welchen anderen Gelegenheiten?«

Roz lächelte wehmütig. »Steve – ich *weiß*, dass es Dinge gibt, die du mir nicht erzählen möchtest. Das tut zwar weh, aber – okay, du versuchst seit Jahren, eine Mauer um dich herum zu errichten. Vielleicht kannst du andere Leute draußen halten, aber ich komme immer durch. Wir sind *wirklich* anders. Manchmal hasse ich es. Ich kann es nicht ausstehen, es zu verheimlichen. Und dann kann ich es nicht ertragen, zu wissen, dass du – der andere Teil meines Ichs – versuchst, das Band zwischen uns zu zerreißen.«

»Das tue ich nicht«, sagte Steve. »Nicht immer. Es … Du musst mich einfach verstehen, Roz … Die Sache zwischen uns … sie flößt mir Todesangst ein.«

»Es hat mich früher auch geängstigt – aber jetzt nicht mehr. Was mir jetzt Angst macht, ist das Wissen, *warum* du versuchst, mich draußen zu halten.«

Steves Magen fühlte sich an wie ein mit Blei gefüllter Ball. »Ich weiß nicht, wovon du redest.«

»Ich rede von Clearwater.«

Steve hielt die Luft an und bemühte sich, erstaunt auszusehen. »Clearwater?«

»Ja, Clearwater!«, schrie Roz. »Hast du wirklich geglaubt,

du könntest sie vor mir geheim halten? Ihr Name ist in dein verdammtes Gehirn eingebrannt! Dunkles Haar, so lang wie mein Arm, blaue Augen, braune Hautfarbe! Oder willst du behaupten, du hast vergessen, dass sich dieses stinkende Stück Beulenscheiße dir an den Hals geworfen hat?«

Steve starrte sie an. Er brachte kein Wort heraus. Dann richtete er sich auf und wollte ihre Hand ergreifen.

Roz schubste ihn zurück und entzog sich seiner Reichweite. »Fass mich nicht an!« Sie ahmte seine unschuldige Mimik nach. »Clearwater …? Du Schweinehund! Wie konntest du mich nur anlügen? Du hast dieses Monster sogar gefickt! Ich könnte kotzen!« Sie schlug mit den Fäusten auf die Luft ein, dann umrundete sie das Sofa, durchquerte den Wohnraum und ging die teppichbelegten Stufen hinauf in die Schlafnische.

Steve stand vom Sofa auf und ging hinter ihr her. Seine Beine zitterten. Als er den Schlafraum erreichte, hockte Roz am Kopf des Bettes auf den Knien. Eine Koje dieser Art hatte Steve noch nie gesehen – sie war breit genug für zwei Personen. Roz hatte eine Ecke der Bettdecke aufgeschlagen und zog eine flache Metalldose aus einer darunter verborgenen Öffnung.

»Ich wollte es dir erzählen, Roz.«

Sie drehte ihm weiterhin den Rücken zu. »Ja, sicher«, schniefte sie und rieb sich mit dem Handrücken über die Augen. Sie schob die Bettdecke wieder an Ort und Stelle und setzte sich mit der kleinen Dose auf dem Schoß auf den Bettrand.

Steve lehnte sich gegen die Tür des Abstellraums, der eine Wand des Schlafraums bildete. »Roz – sieh mich an!«

Roz hielt den Kopf gesenkt, öffnete den Deckel, entnahm der Dose eine Kippe und eine Heißdrahtspule, warf sie beiseite und stöpselte die Spule in eine Steckdose am Kopfteil der Koje.

Steve musterte sie mit einem unguten Gefühl. »Woher weißt du es?«

Roz biss sich auf die Lippe und hielt den Blick von ihm abgewandt.

Steve kniete sich vor sie ihn und wartete geduldig darauf, dass sie wieder Kontakt mit ihm aufnahm. Sie zog die glühende Spule aus der Steckdose, benutzte sie zum Anzünden der Kippe, zog mehrmals an ihr und saugte den Rauch des Regenbogengrases tief in ihre Lungen.

Steve verspürte das plötzliche Verlangen, Roz die Kippe aus der Hand zu reißen und sie mit einer Ohrfeige wieder zur Vernunft zu bringen, aber seine Verärgerung wurde von einem Gefühl absoluter Hilflosigkeit überschwemmt. Dem Gefühl, dass ihm alles außer Kontrolle geriet.

Roz hob den Blick und inhalierte noch mehr Rauch. »Woher ich es weiß?«

»Yeah.«

Sie grinste schief. »Nach allem, was zwischen uns gewesen ist … musst du mich das noch immer fragen?«

»Ich möchte hören, wie du es sagst.«

»Ich war *dabei,* Steve. Bei dir, in dir. Ich habe *gefühlt,* wie sie dich angefasst hat. Sie hat dabei auch *mich* angefasst!« Roz fletschte plötzlich die Zähne. Sie schüttelte sich heftig. »Ich spürte, wie ihr Geist – die Macht, die in ihm war – versucht hat, dich zu besitzen! Ahhh, es war *ekelerregend!*«

Steve fiel nach vorn auf die Knie und nahm ihre freie Hand. »Nein! Es war nicht so. Es ist nicht so. Sie …«

»Sie ist ein Mutant! Ein Monster!« Roz spuckte die Worte aus und inhalierte noch mehr Rauch.

»Okay, okay«, zischte Steve. »Schrei nicht so! *Ja,* sie ist ein Mutant! Ich konnte es zwar niemandem erzählen, aber ich schäme mich nicht, es dir zu sagen. Hast du all die netten Sachen vergessen, die du über die Mutanten gesagt hast, bevor ich hinausgegangen bin? Dass sie das gleiche Lebensrecht haben wie wir?«

»Ja, ich weiß es noch. Aber damit habe ich nicht gemeint, dass du zu ihnen rausgehen und mit ihnen *ficken* sollst!«

Steve wedelte den Rauch vor seinem Gesicht beiseite. Der würzige Geruch drang zu ihm vor und lockte ihn. »Hör auf damit, Roz! Schmeiß das Zeug weg, bitte!« Er griff nach der Kippe.

Roz zog die Hand zurück. »Nein. Lass mich in Ruhe! Es hilft, den Schmerz abzutöten.« Sie ballte die Linke zur Faust und boxte wütend gegen seine Schulter.

Steve wehrte den zweiten und dritten Schlag ab, dann packte er ihr Handgelenk und drehte ihren Arm, bis er schlaff wurde. »Hör zu!«, zischte er. »Es war nicht so, wie du denkst! Was zwischen uns in dieser Nacht passiert ist, war großartig. Es war ein *gutes* Gefühl. Wenn du dabei warst, wie du behauptest, müsstest du es wissen.«

»Ich *war* dabei!«, schrie Roz. »Es ist doch immer das Gleiche. In einem Augenblick der Krise, großer Gefühle oder von Gefahr ist immer etwas in mir, das hinausfliegt, um zu dir zu kommen. Ich war in dieser Hütte. Pfui Teufel! – ich konnte sie riechen – die Felle, das Holz, die Erde. Und ich konnte *sie* riechen – das Öl auf ihrem Leib, die Blumen in ihrem Haar. Ich habe jede einzelne Minute verabscheut. Sie hat dich übernommen. Du hast versucht, *mich auszuschließen!*«

»Roz, das ist nicht wahr!«, rief Steve heftig. »Ich habe

dich nicht ausgeschlossen – jedenfalls nicht absichtlich. Es war etwas, das ich nicht mit dir teilen konnte. Mir ist so etwas noch nie passiert. Ich … ich kannte nicht einmal das *Wort* dafür!«

»Du meinst Liebe – das Gefühl, das man dabei hat?« Roz lachte mit gebrochener Stimme. »Was glaubst du denn, was uns so nahe zueinander gebracht hat? Was glaubst du, was du gefühlt hast, als wir …?«

Steve schnitt ihr das Wort ab. »Es ist nicht das Gleiche, Roz.«

»Doch!«, schrie sie. »Verstehst du denn nicht? Der einzige Unterschied ist der, dass du immer versucht hast, das Gefühl, das *wir* füreinander empfinden, zu leugnen. Ich wusste, warum. Es hat zwar wehgetan, aber ich habe mich nicht gesorgt, weil ich wusste, dass du es nicht zerstören kannst. Aber …« Sie packte den Kragen seines Overalls. »Wie kannst du, nach allem, was du gesagt hast, eine von *denen* lieben? Wie konntest du sie bloß *anfassen?*«

Steve löste ihre Hand von seinem Kragen und umfasste sie fest. »Roz! Hör doch zu! Damals wusste ich doch noch gar nichts über das Prärievolk. Sie sind weder Tiere noch sind sie giftig. Wenn sie nicht gewesen wären, wäre ich nicht *hier.* Es sind *Menschen,* Roz! Okay, die meisten sehen ganz schön hässlich aus, aber sie sind nicht dumm! Und manche von ihnen – wie Clearwater – sind ganz besondere Leute. Stimmt, sie ist ein Mutant, aber sie ist kein Beulenkopf wie die anderen.«

»Was ist sie dann – ein Jährling?«

»Nein. Laut Handbuch sind die Normalen, die die Südmutanten als einjährige Säuglinge abliefern, gerade gewachsen, haben eine glatte Haut und weisen mehrere Farben auf – richtig? Ich meine, auf dieser Grundlage kann man angeblich den Unterschied zwischen ihnen und uns erkennen.«

Roz nickte.

»Tja, und Clearwater ist wieder etwas anderes. Sie ist eine Supernormale! Ihr Körper ist absolut perfekt. Ihre Hautfarbe sieht so aus wie unsere. *Am ganzen Körper!* Sie ist zwar in der Vorstellung aufgewachsen, sich wie ein Mutant zu fühlen, aber mit ihrem Gehirn ist alles in Ordnung. Wenn sie einen Overall anziehen würde, sähe sie so aus wie wir!«

»Nicht wie wir«, murmelte Roz sarkastisch. »Wir sind etwas *Besonderes,* Steve.«

»Das ist sie auch, glaub mir.« Steve legte die Hände auf Roz' Schultern. »Und das ist noch nicht alles. Cadillac – der andere Mutant, der mir nach der Bruchlandung geholfen hat – ist auch so. Sie sehen beide wie Wagner aus, und geistig sind sie so wie wir – vielleicht sogar noch besser! Ich habe versucht, den Sachverständigen klarzumachen, wie intelligent die Mutanten sind, aber …« – Steve brach mit einem Lachen ab – »… sie wollten mir nicht zuhören!« Er streichelte das Gesicht seiner Blutsschwester. »Ich will dir mal was sagen: Es gibt die Mutantenmagie *wirklich.* Ich habe gesehen, wie sie sie eingesetzt haben, Roz. Es war fantastisch …«

Roz zog an ihrer Kippe, dann beugte sie sich vor und blies den Rauch zärtlich in Steves Gesicht. Er hob kurz die Hand, dann saugte er es durch die Nasenlöcher ein. Roz presste ihren offenen Mund auf den seinen und blies den restlichen Rauch hinein.

Steve saugte ihn tief in sich hinein. »Mmmm … Mmmm … Das fühlt sich ziemlich gut an. Verzeihst du mir?«

»Noch nicht.« Sie steckte ihm die Kippe zwischen die Lippen. »Jetzt bist du dran.«

»Mmmmmm ... Allmählich sieht alles besser aus.«

Roz nahm die Kippe wieder an sich, streckte sich auf der Koje aus und rutschte auf die andere Seite, um Platz für ihn zu machen. »In der Schachtel ist noch eine ...«

Steve zündete sie mit der Spule an und legte sich neben sie. »Hoffentlich ist nicht irgendein Detektor an der Ventilation befestigt, der das Zeug riecht.«

Roz kicherte. »Wenn doch, glaube ich, er funktioniert nicht.« Sie legte sich auf die Seite und stützte sich auf einen Ellbogen. »Erinnert dich das an was?«

Steve atmete langsam den Rauch aus und schaute zu, wie der Rauch zur Decke stieg. »Ja ... Ist es nicht komisch? Vor fünf Monaten wäre mir die Idee, ein intelligenter Mensch könnte freiwillig Rauch aus brennendem Gras einatmen, noch als absolut irrsinnig erschienen. Und jetzt ...«

»Jetzt stellst du fest, dass alle es tun.«

»Das sagst du jedenfalls.«

»Wie war es dort draußen?«

»Gut und schlecht. Sie sind ein erstaunliches Volk. Ganz anders als alles, was ich mir vorgestellt habe. Und ganz anders als das, was man uns über sie erzählt hat. Das meiste, was die Erste Familie uns eingebläut hat, stimmt gar nicht, Roz.«

»Dann erzähl mir davon!«

»Okay ... Was willst du wissen?«

»Alles. Selbst das Langweilige.«

»Ich weiß gar nicht, wo ich anfangen soll. Wie viel Zeit haben wir noch?«

»Massenhaft. Chisum sagt uns, wann wir gehen müssen.

Wenn du bis dahin noch nicht fertig bist, können wir uns später noch mal treffen …«

»Yeah, warum nicht …« Steve fühlte sich allmählich herrlich leicht im Kopf.

»Genau … Du und ich … Wir haben uns immer …« Roz öffnete den langen Frontreißverschluss ihres Einteilers und wand sich heraus.

»Okay, ich erzähle dir was über diesen alten Knaben, Mr. Snow. Er ist ein Wortschmied – ungefähr so was wie ein wandelndes Videoarchiv. Weiß alles, was man wissen will und was so alles passiert ist. Und das ist noch nicht alles. Er ist ein Sturmbringer. Weißt du, was das ist?«

Steve wollte den Kopf heben, aber es gelang ihm nur zur Hälfte. »Was machst du da …?«

»Ich versuche das … beschissene gelbe Ding aufzukriegen, das du anhast«, murmelte Roz.

Steve wurde von dem plötzlichen Verlangen überrascht, zu lachen. »Warum?«

»Weil ich … da reinkommen will, deswegen.«

Er spürte, wie ihre Hand unter sein Hemd und an seinem Nabel vorbeiglitt. »He … Würdest du … Würdest du … Ich will dir was von Mr. Snow erzählen. Er ist ein Rufer … Er hat …« Roz fing an, sein linkes Ohr zu lecken. »He, Roz, lass mich doch mal … Schau … Er kann … Diese … ah … Kreise der Macht …«

»Ja, ich weiß, ich habe auch einen«, kicherte sie. Sie ergriff sein Glied und schob die Vorhaut zurück. Seine Erektion wuchs. »Lass dich mal gehen, Steve. Lass es uns *machen.* Nur noch einmal. Bitte! Oh, gütiger Christoph … Es ist schon so *lange* her!«

Steve spürte, wie der Raum anfing, sich zu drehen. »Moment … Moment … Möchtest du nicht wissen, was ich über Mr. Snow erzählen will? Und Cadillac? Er ist nämlich … ah … ziemlich gescheit. Ein wahrer Freund. Hast du … Habe ich, ah … dir erzählt, dass ich ihm das Fliegen beigebracht habe? Und Clearwater … Sie … ah … sie ist wie Mr. Snow. Sie kann auch … ah … zaubern.«

»Yeah, da gehe ich jede Wette ein«, flüsterte Roz. »Mach weiter, erzähl mir davon …« Sie schwang sich über ihn und ließ sein Glied langsam in sich hineingleiten. »Ohhh … Ohhh! Steeeeve!«

»Nein … Hör zu … Christopher, was ist hier los? Roz …« Er spürte, wie sich ihr nackter Körper über ihm auf und ab bewegte. Wie weich sie war … wie sie sich herabbeugte und ihn küsste. Das matte Licht im Schlafraum veränderte seine Farbe und glühte und ermattete synchron mit den rhythmischen Bewegungen ihres Körpers. »Nein, nicht … Warte! Ich …« Seine Stimme schien aus weiter Ferne zu kommen. Jetzt spürte er Roz nicht mehr, die auf seinem Unterleib ritt. Der Leib seiner Blutsschwester verlor seine Form, wurde größer und größer, bis er sich wie eine gewaltige, drohende Sturmwolke über ihm auftürmte. Sie verdrängte das Licht … die Koje wurde zu einem Strudel, der ihn in eine dunkle, undurchdringliche Leere saugte …

In Quartier 7, auf der gleichen Etage, saß Chisum vor einem mit einer Kamera verbundenen Monitor, die die Aktion im Schlafraum nebenan aufnahm, und trank einen Muntermacher. Roz, die mit gespreizten Schenkeln auf ihrem Blutsbruder saß, ließ die Hüften kreisen und wankte wie betrunken, dann kippte sie zur Seite und rutschte sanft von der Koje auf den Boden. Steve lag quer über dem Bett auf dem Rücken und streckte alle viere von sich. Sein feuchtes Glied begann, zu erschlaffen. Eine Hand hing über dem Rand. Die halbgerauchte Kippe lag dort, wo er sie hatte hinfallen lassen, auf dem niedrigen Tisch am Kopf der Koje.

Chisum beschloss, noch eine Viertelstunde zu warten, bevor er Frans Q-Schwadron anrief. Ja … das war ein hervorragender Schachzug gewesen, die Blutsschwester des Subjekts als Hebel zu benutzen. Chisum hatte zwar gewusst, dass sie sehr empfindsam war, aber ihre Macht war ihm nicht bewusst gewesen. Man musste sie vorsichtig behandeln. Oder eliminieren. Im Moment war sie der Schlüssel zu Steve. Sie hatte ihn weit aufgebrochen. Und jetzt konnte man sie als Brecheisen verwenden. Ja, sie hatten gute Arbeit geleistet – vorausgesetzt natürlich, er hatte nicht zu viel gehört, was ihm schaden konnte. Aber das war schließlich ein Risiko, das jeder einging – besonders in seiner Branche. Chisum vergaß den Gedanken, schlürfte entspannt den Rest seines Muntermachers und ließ das Blackjackband, das sich im Hintergrund abspulte, bis zum Ende laufen.

Die verbotene Musik endete mit einem triumphierenden Crescendo von Blas- und Schlaginstrumenten. Chisum steckte den kleinen Kassettenrecorder weg, zog das Videoband mit Steve und Roz aus dem Recorder und rief Frans Männer an. »Sind gleich bei Ihnen«, versprach die Stimme am anderen Ende der Leitung. Chisum nahm seinen Erste-Hilfe-Koffer und ging zur Wohnung 8.

Roz und Steve lagen noch dort, wo sie zusammengesunken waren, als die Droge ihre Wirkung entfaltet hatte. Chisum legte die halb gerauchten Kippen wieder in die Dose, schob sie in seinen Koffer, injizierte Roz eine starke Dosis Barbiturate, zog sie schnell und fachmännisch an und legte sie neben Steve. Dann brachte er Steves Kleider in Ordnung. Er war gerade im Begriff, seinen Reißverschluss zu schließen, als die vier Angehörigen der Q-Schwadron durch die Tür kamen. Sie trugen schwarze und silberblaue Einteiler – das Markenzeichen der Männer aus dem Schwarzen Turm: Amtrak-Execs, die nur eine Stufe unter der Ersten Familie standen. Und, wie Chisum wusste, konnte der eine oder der andere oder gar *alle* zur Familie gehören. Es war eine ihrer liebsten Verkleidungen.

»Wo wollen Sie ihn ausnehmen?«, fragte Chisum.

»Hier.« Der Mann, der das Wort ergriff, hatte das Gesicht und die Stimme eines Menschen, der sagte: Hier habe ich das Kommando. »Das spart Zeit. Wie viel Zeit haben wir?«

»So viel Sie möchten«, erwiderte Chisum diplomatisch. »Aber es wäre ideal, wenn er vor 6.00 Uhr wieder im Weißen Haus wäre.«

»Kein Problem«, sagte der Mann. »Überlassen Sie das nur uns. Was ist mit dem Mädchen?«

»Es wird bis 10.00 oder 11.00 Uhr nicht ansprechbar sein. Ich bringe sie später zur Uni.«

»Haben Sie das Band?«

Chisum zog die Videoaufnahme von Roz und Steve aus seinem Erste-Hilfe-Koffer und händigte es aus. »Interessantes Zeug.«

Der Mann nickte. »Ja, wir haben auch zugesehen.« Er prüfte die Zeit. »Kommen Sie um 5.30 Uhr zurück.«

»In Ordnung«, sagte Chisum. Er verließ die Wohneinheit, ohne einen Blick zurückzuwerfen.

»Okay, machen wir uns an die Arbeit«, sagte der Mann.

Zwei seiner Gefährten hoben Steve von der Koje und legten ihn aufs Sofa. Der dritte Mann, der einen Koffer mitgebracht hatte, der dem Chisums ähnelte, entblößte

Steves Unterarm und injizierte ihm eine sorgfältig abgemessene Dosis Natriumpentothal. Die beiden anderen zogen ein kleines Kamerastativ aus einem Beutel und stöpselten eine tragbare Videokamera an einen Monitor und die nächste Steckdose. Mithilfe eines ausbalancierten Schwenkarms richteten sie die Kamera direkt auf Steve und stellten die Schärfe ein, sodass sein Kopf und seine Schultern den Bildschirm des Monitors füllten. Einer der Männer gab die Zahl 3552 in eine Tastatur ein, die digitale Zeit und Datum zeigte und hielt es kurz vor Steves Gesicht. »Subjekt 3552, Unternehmen OVERLORD, Q-Schwadron 6 …«

Sein Gefährte prüfte den Bildlauf und den Ton des Instruments und nickte zufrieden. »An … und läuft …«

Der Exec, der Steve die Wahrheitsdroge verpasst hatte, ging in die Küche, um Kaffee zu machen. Dabei summte er zu den Klängen der endlosen Musikberieselung, die durch die Lautsprecher an der Decke kam.

Der Mann, der das Kommando führte, nahm sich einen der am Tisch stehenden Stühle und stellte ihn an die Sofalehne, an der Steves Kopf lag. Er setzte sich hin und legte sanft eine Hand auf Steves Stirn. »Steven? Können Sie mich hören? Wenn Sie meine Stimme hören, dann nicken Sie.«

Steve reagierte mit geschlossenen Augen und unter der Wirkung der Droge mit völlig entspanntem Gesicht und einer leichten Kopfbewegung.

»Gut … sehr gut«, sagte der Mann. Seine Stimme war sonor, die Kadenz angemessen und beruhigend. »Ich möchte, dass Sie mir helfen. Ich möchte, dass Sie mir erzählen, wer Sie sind. Zuerst nennen Sie mir Ihren vollen Namen.«

Steve atmete schwer. Sein Mund bewegte sich einen Moment lang lautlos, dann erwiderte er mit lallender, abwesender Stimme: »Steven Roosevelt Brickman …«

»Vielen Dank. Das ist mir eine große Hilfe. Und jetzt nennen Sie mir Ihre Nummer …«

8

Als Steve die Augen öffnete, saß Chisum neben ihm auf dem Kojenrand, rüttelte seine Schulter und versetzte ihm ein paar leichte Ohrfeigen. »He, he, komm schon! Wach auf! Wach auf!«

»Was isn ...« Steve richtete sich benommen auf und wurde von einem Hustenanfall geschüttelt. Der Geruch verbrannten Regenbogengrases füllte seine Nase, und er hatte den Geschmack noch auf der Zunge.

Chisum rümpfte die Nase. »Wie viel von dem Zeug habt ihr gestern Abend geraucht?«

»Weiß ich nicht mehr ...«, sagte Steve heiser. Die Zunge in seinem Mund fühlte sich wie ein Stück Holz an. »Gibt es hier irgendwas zu ...?«

»Ja, hier – trink das ...« Chisum reichte ihm ein Glas mit laut zischendem Wasser.

Steve musterte den Inhalt argwöhnisch. »Was ist das?«

»Etwas, das dir hilft, deinen Arsch von der Koje und die Beine auf den Boden zu hieven. Beeil dich! Wir müssen weg. Es ist 5.45 Uhr, und du musst dich um 6.30 Uhr auf A-2 einstempeln.«

Steve leerte das Glas, dann schwang er die Beine von der Koje und blieb vornübergebeugt sitzen. Die Arme hingen zwischen seinen Knien. »Ich glaub, mir ist schlecht ...«

»Nein, ist dir nicht.« Chisum massierte fest seinen Rücken. »Einatmen, los … und nicht aufhören …«

Steve tat es. Kurz darauf bekam er einen neuen Hustenanfall, aber allmählich fühlte er sich besser. Sein Gehirn wurde schließlich wieder so wach, dass er sich an seine Blutsschwester erinnern konnte. Sein Kopf ruckte hoch. Ein unsichtbares Bleigewicht fiel mit einem klanglosen Bums auf seinen Schädel. »Roz! Wo ist Roz?«, keuchte er.

»Genau hinter dir.«

Steve ruckte herum und wäre dabei fast vom Kojenrand gerutscht. Roz lag vollständig angezogen auf der anderen Seite ausgestreckt und atmete tief durch den Mund. Sie hatte die Augen unter halb geöffneten Lidern nach oben gerollt. Ihr linker Arm lag quer über ihrem Bauch, die andere Hand, mit der Fläche nach oben, hielt noch den Rest einer Kippe zwischen den Fingern. Chisum hatte Steve mit einer Injektion geweckt, die die Wirkung des Natriumpentothals aufhob.

»Columbus, sie sieht schrecklich aus!«

»Sie wird es schon überstehen. Lass sie ausschlafen. Ich kümmere mich später um sie.« Chisum nahm die Kippe aus Roz' Fingern und die andere, die er auf den Tisch gelegt hatte, wo Steve sie vor der Ankunft der Q-Schwadron fallen gelassen hatte, an sich. Er roch daran und verzog angeekelt das Gesicht. »Kentucky Blue … Kein Wunder, dass es euch so umgehauen hat. Stark, aber hinterhältig. Weißt du, was ich meine?«

»Nein. Was *meinst* du denn?«

»Dass die Qualität variabel ausfällt. Wenn das Zeug gut ist, trifft dich der Hammer nach drei bis vier Zügen, aber wenn es schlecht ist, kann es ziemlich übel ausgehen. Dann verwandeln sich deine Ohren nicht in Flügel, sondern du kriegst einen Schlag von einem Zwei-Zentner-MP genau zwischen die Augen. Das Zeug kann einen echt fertigmachen.«

»Schrecklich.« Steve stand auf und lehnte sich gegen die Wand, um wieder einen klaren Kopf zu bekommen. »Wie kannst du sie solchen Scheiß rauchen lassen?«

Chisum setzte eine unschuldige Miene auf. *»Ich?* Warum hast *du* sie es rauchen lassen?«

»Du hast sie doch erst darauf gebracht!«

Chisum hielt den Stummel unter Steves Nase. »Aber nicht mit *diesem* Zeug. Ich handle nur mit gutem Gras. Okay, sie hat von mir erfahren, dass es sowas gibt – aber verkauft habe ich es ihr nicht.«

»Glaub ich nicht.«

Chisum blieb gelassen. »Steve, ich gebe keinen Eimer Pisse für das, was du glaubst. Aber zufälligerweise zwinge ich Roz nicht zu irgendwas, das sie nicht selber will. Wenn du mich fragst, hat sie das Zeug wegen dir angefangen zu rauchen. Sie hat es erst angefasst, als die Nachricht kam, du seist abgeschossen worden.« Chisum wandte sich mit einem zynischen Lachen ab. »Also wirklich! Da will man einem Burschen einen Gefallen tun …«

Steve packte seinen Arm. »John! Schau, ich … ah … Es tut mir leid, okay? Ich wollte nicht so wütend werden. Ich bin nur … Christoph, ich fühle mich, als wäre mir gerade eine Tonne Gestein auf den Kopf gefallen!«

So war es auch, dachte Chisum. *Aber das wirst du erst später erfahren, Fliegerchen.* Er setzte ein verständnisvolles Lächeln auf und tätschelte Steves Arm. »Habt ihr miteinander reden können?«

»Ja, ein bisschen.« Jetzt, wo der Boden aufgehört hatte, sich unter seinen Füßen zu bewegen, fühlte Steve sich besser. »Ich weiß noch, dass wir uns in der Wolle hatten. Aber das ist auch nicht ungewöhnlich.« Er warf Roz einen letzten ängstlichen Blick zu und trat dann in den Wohnraum. »Das ist doch okay hier, oder?«

Chisum schaute ihn verwirrt an. »Was meinst du damit?«

»Ich meine, es gibt doch keine Möglichkeit, dass uns … ah … jemand belauscht hat?«

Chisum lachte geringschätzig. »Wer sollte das tun – und warum?« Er reichte ihm seinen gelben Arbeitshelm und den ausgeliehenen Werkzeugkasten.

Steve wirkte nicht überzeugt. »Das kommt doch vor, oder?«

Chisum grinste und führte ihn durch die Diele in die Lobby hinaus. »Wenn sowas vorkommt, erzählen es mir die Burschen im Schwarzen Turm ganz bestimmt nicht.« Er schloss den Eingang zur Wohneinheit 8, führte Steve zum Frachtlift und drückte den Rufknopf. »Entspann dich! Hör zu, wenn die Bude nicht sicher wäre, hätte ich schon vor langer Zeit im Fernsehen mein Abschiedssprüchlein aufgesagt.« Chisum bezog sich auf das rituelle öffentliche Geständnis, das jeder Wagner ablegte, bevor man seine Exekution wegen eines Vergehens erster Kategorie im Fernsehen übertrug.

Sie stiegen in den Aufzug und fuhren nach unten. Steve kam ein ängstlicher Gedanke. »Christoph! Was ist mit den beiden Burschen, die auf Station Dienst haben? Angenommen, sie gehen nachts mal in mein Zimmer? Dann haben sie mich als vermisst gemeldet!«

Chisum winkte ab. »Das haben sie noch nie getan und werden sie auch nie tun. Was glaubst du, was das hier ist, ein Amateurabend? Vor dir steht ein Profi. Wenn ich jemandem anbiete, etwas für ihn zu tun, dann mache ich es auch richtig!«

»Und wie?«

Chisum schenkte ihm ein listiges Lächeln. »Wie? Hah! Glaubst du, ich weihe dich in meine ganzen Geheimnisse ein? Was hast du vor? Willst du mir etwa Konkurrenz machen?«

Steve brachte ein halbherziges Grinsen zustande. »Das ist wohl kaum drin. Nein. Ich möchte nur irgendeines Tages in der Lage sein, dir zu danken, aber … dort, wo ich hingehe …« Seine Stimme wurde leiser.

Der Aufzug erreichte die Servicenische. Als sie ausstiegen, klopfte Chisum Steve auf den Rücken, und sie gingen auf den abgestellten Rolli zu. »Mach dir keine Sorgen. Wer weiß, vielleicht bitte ich dich eines Tages um einen Gefallen.«

Präsident General George Washington Jefferson der 31. trat aus dem Privataufzug, der sein Büro im Weißen Haus mit Cloudlands verband, und ging an seinen Schreibtisch. Er war ein silberhaariger, solide gebauter Mann Mitte sechzig. Er war zwar ein paar Pfund schwerer, als es seinem Leibarzt lieb war, aber er bewegte sich mit leichten Schritten und mit jener Art von Geradlinigkeit, die man von einem Mann an der Spitze eines extrem wettbewerbsorientierten Teams erwarten konnte. Seine leichte Gesichtsbräune ließ seine blassen blaugrauen Augen noch heller erscheinen. Wer ihn traf, bemerkte stets seine Augen. Sie waren von einer Art, die in einem Moment belustigt funkeln und sich im nächsten zu Eis verhärten konnten. Wenn das Glitzern in seinen Augen erlosch, war es kein gutes Zeichen.

Obwohl es keine genaue Kopie war, war Jeffersons Büro nach dem Oval Office modelliert worden, in dem schon die amerikanischen Präsidenten vor dem Holocaust gearbeitet hatten. Wie seine Vorgänger aus der Ersten Familie liebte auch er den Gedanken, das Bindeglied zu den großen, edlen Traditionen der Vergangenheit zu erhalten. Alles, was das Schönste und Beste in einem einst großen Land gewesen war, das eines Tages wiedergeboren werden und sich zu einer Größe aufschwingen würde, die die vergangene noch übertraf …

Zwei Flaggen hingen von gekreuzten Stangen hinter seinem Sessel, und darüber befand sich ein großer, holzgeschnitzter Adler, mit trotzig gekrümmtem Hals und halb ausgebreiteten Schwingen. Die rechte Flagge hieß Old Glory, die andere basierte auf etwas, das man als Rebellenflagge gekannt hatte; ein diagonales blaues Kreuz, weiß umrandet auf einem roten Feld. Das Kreuz zeigte neun weiße Sterne – sie repräsentierten den Innenstaat Texas in der Mitte, der von den acht Äußeren Staaten und den Neuen Territorien flankiert wurde. Zwei hohe Fenster mit hölzernen Rahmen waren zu beiden Seiten der Flaggen in die gewölbte Wand eingelassen.

Der General-Präsident schaute einen Moment lang durch die Fenster auf die herbstlichen Farben, die seine liebste computererzeugte New-England-Landschaft zeigte, dann ließ er sich mit einem tiefen, traurigen Seufzer in den bequemen Sessel mit hoher Rückenlehne sinken und schaute auf seinen Multischirm. »Nancy …?«

Kopf und Schultern der diensthabenden Präsidentenberaterin wurden auf dem großen Mittelschirm sichtbar. »Guten Morgen, Mr. President.«

Der G-P nickte zur Antwort. »Ist Fran da?« Eine sinnlose

Frage: Niemand kam je zu spät zu einer Audienz mit dem General-Präsidenten. Er stellte die Frage nur, weil er, der Mann, der die absolute Macht hatte, wie seine Vorgänger an die Einhaltung eines höfischen Alte-Welt-Protokolls glaubte.

»Yes, Sir.«

»Gut. Bitten Sie sie herein. Und, Nancy …«

»Yes, Sir?«, sagte Nancy Reagan Jefferson. Wie die meisten Angehörigen des G-P-Stabs war sie eine Verwandte.

»Legen Sie Brickmans Aktenübersicht und alles dazugehörige Material auf meinen Schirm.« Wenn man über eine Knopfdruckwelt präsidierte, bestand ein Luxus darin, Leute zu haben, die Knöpfe drückten. Die Stimme des G-P aktivierte seinen Bildschirm – wie auch die Türen seines Privatlifts und den Lift selbst.

Fran Delano Jefferson drückte den Türsummer. Dieser schaltete ihr Bild auf einen weiteren Schirm auf dem Schreibtisch des G-P.

»Herein …«

Diesmal aktivierte die Stimme des G-P die Drehtür, die sein Büro mit den anderen verband. Als Fran in das zylindrische Behältnis trat, rotierte es und brachte sie in den Raum des G-P. Türen ähnlicher Art – sie waren als Drehkreuze bekannt – ließen immer nur einen Angehörigen des autorisierten Personals herein und waren in alle Hochsicherheitstrakte eingebaut. Schon vor zweihundert Jahren hatte man Drehkreuze in den Bürokomplex des G-P eingebaut – nach einer versuchten Palastrevolte, als sechs Vettern des damaligen General-Präsidenten – George Washington des Zweiundzwanzigsten – zu ihm hereingestürmt waren und ihn erschossen hatten, bevor man sie überwältigen konnte.

»Nehmen Sie sich einen Stuhl«, sagte der G-P.

Fran tat es, sie nahm eine aufrechte, aufmerksame Haltung ein und faltete die Hände in ihrem Schoß.

Der G-P deutete auf den ersten Bildschirm, den Fran nur von der Seite sehen konnte. »Ich glaube, ich muss mal jemanden dransetzen, die Zusammenfassungen zusammenzufassen«, sagte er scherzhaft. »Erzählen Sie mir das Wichtigste über den jungen Mann.«

»Brickman wurde über Wyoming abgeschossen. Statt umgebracht zu werden, hat er sich mit einigen von seinen Häschern angefreundet, die ihn wieder gesundgepflegt haben. Sie scheinen eine Art Naturheilung zu praktizieren. Eine Mischung aus Kräuterheilmitteln und Handauflegen. Es funktioniert. Brickmans linkes Bein – von dem er behauptet, es sei gebrochen gewesen – ist geröntgt worden. Kein Zeichen eines Bruches. Es ist wieder völlig intakt. Seine beiden wichtigsten Kontaktleute bei den Mutanten waren Wortschmiede – Mr. Snow und Cadillac, dessen voraussichtlicher Nachfolger. Sie werden in seiner Aussage an den Sachverständigenrat erwähnt. Er hat jedoch ausgelassen, dass Mr. Snow ein Rufer ist. Siebenter Kreis ...«

»Ein Sturmbringer?«

»Ja, Sir. Er hätte die *Louisiana Lady* beinahe zu einem Wrack gemacht. Der Zwischenfall wird im Kampflagebericht vom 12. Juni von Commander Hartmann erwähnt. Sie werden ihn gewiss für lesenswert halten. Mr. Snow bedeutet nichts Gutes. Er und Cadillac sind laut Brickman hochintelligent.«

Der G-P nickte. »Das überrascht mich nicht. COLUMBUS hat die mögliche Evolution gerissener Mutanten vorhergesagt.«

»Cadillac, der zweite Wortschmied, ist jung. Achtzehn. Er ist zwar kein Rufer, aber er hat einen anderen Trumpf im Ärmel. Er ist ein Seher. Er behauptet, er könne in Steinen lesen. Brickman hat es zwar nicht persönlich gesehen, aber Cadillacs Behauptung wurde durch Mr. Snow bekräftigt.«

Der G-P musterte Fran eingehend. »Halten Sie das für möglich?«

»Dass Cadillac ein Seher ist? Oder meinen Sie, ob jemand in der Lage ist, die Zukunft vorherzusagen, indem er sich einen Stein anschaut?«

»Beides …«

»Sir, ich … ah … ich bin nicht qualifiziert, mir auf diesem Gebiet Urteile anzumaßen. Aber wenn Sie auf einer persönlichen Meinung bestehen, würde ich sagen, man sollte sich diesen Dingen mit offenem Geist nähern.«

Der G-P lächelte. »Sie hören sich an wie meine obersten Berater. Ist sonst noch was?«

»In der Tat. Brickman hat seine Zeit nicht vergeudet. Er hat die Mutanten dazu gebracht, ihm beim Bau eines Flugdrachens zu helfen. Dazu hat er die Bruchstücke mehrerer Himmelsfalken-Wracks verwendet. Als Gegenleistung hat er Cadillac das Fliegen beigebracht. Der Mutant hat sich innerhalb einer Woche aufgeführt, als hätte er an der Flugakademie graduiert.«

»Erzählen Sie weiter …«

»Brickman hat außerdem entdeckt, dass Cadillacs Bettgefährtin – ein sechzehnjähriges Mädchen namens Clearwater – eine Ruferin des Zweiten Kreises ist. Sie und Brickman hatten vor seiner Flucht eine kurze sexuelle Liaison. Es war seine einzige Begegnung mit ihr, aber sie scheint tiefe Spuren hinterlassen zu haben. Aus Brickmans

Geständnis ist allerdings nicht klar zu ersehen, ob der junge Wortschmied davon weiß.«

Der G-P nickte. »Ich nehme an, er hat wohl gerade auf dem Stein gesessen, der es ihm hätte sagen können.«

Fran lachte. Ihre Beziehung zum G-P war eng genug, um ihr ein gewisses Maß an Intimität zu erlauben. »Ja. Aber ich möchte keinen falschen Eindruck erwecken. Es ist nicht so schlimm, wie es klingt. Brickman ist vielleicht – wie die Bahnbrecher sagen – über Bord gegangen, aber das hat ihn nicht zu einem Wilden gemacht. Mr. Snow ist äußerlich ein echter Beulenkopf, aber Cadillac und Clearwater sind Normale. Und mehr als das. Sie sind – um Brickmans Worte zu verwenden – Übernormale. Sie sind nicht nur normal gewachsen und glatthäutig, sie haben auch eine *reine* Haut und sind sehr intelligent. Ideale Kandidaten für die Talisman-Zielliste.«

»Unglaublich …«, sagte der G-P nachdenklich. »Hat Brickman, als er unter der Wahrheitsdroge stand, etwas darüber ausgesagt, warum er all dies vor den Sachverständigen verheimlicht hat?«

»Ja. Missverstandene Loyalität. Er hat das Gefühl, Mr. Snow sein Leben mehr als einmal zu verdanken. Er hat dem Alten sein Wort gegeben, das Geheimnis des Clans niemals zu enthüllen – dass Cadillac und Clearwater nicht nur talentiert, sondern körperlich auch nicht von Wagnern zu unterscheiden sind.« Fran machte eine Pause. »Wenn man diesen Mr. Snow noch hinzurechnet, verfügt dieser Clan über eine Menge Macht.«

»Zu viel«, sagte der General-Präsident.

»Brickman ist auch aus zwei weiteren Gründen schweigsam geblieben. Er ist zufällig ein bisschen verknallt in diese … junge Dame. Angesichts seiner Erziehung ist es nicht überraschend, dass es eine solche Reaktion gab. Und da er außerdem ein sehr gut ausgebildeter und ehrgeiziger junger Mann ist, wollte er seine mögliche Karriere natürlich nicht durch Gerede über Magie gefährden.«

Der G-P nickte. »Warum haben sie ihn am Leben gelassen? Das verwirrt mich am meisten. Hat er sich darüber irgendwie geäußert?«

»Ja, Sir, das hat er. Der Clan wollte ihm zeigen – damit er es uns weitererzählen kann –, wozu die Präriebewohner fähig sind. Außerdem haben sie ihm eine Botschaft mitgegeben. Die Talisman-Prophezeiung. Es scheint, sie hat tiefen Eindruck auf ihn gemacht.«

»Sie hat mich auch beeindruckt, Fran. Und tut es immer noch … nach all den Jahren.« Der G-P schaute einen Moment nachdenklich aus dem Fenster, dann wandte er sich wieder Fran zu. »Ist das alles?«

»Ja, Sir, von ein paar Fußnoten abgesehen. Die M'Calls – der Clan, der ihn gefangen gehalten hat – haben Brickman allem Anschein nach erzählt, dass er zu Talisman in irgendeiner Beziehung stünde.«

Das Interesse des G-P nahm zu. »Das nennen Sie eine Fußnote? Was hat er sonst noch gesagt?«

Fran spreizte die Finger. »Die Leute vom Q-6 haben ihr Bestes getan, aber weitere Erkenntnisse gibt es nicht. Brickman hat wörtlich gesagt, er sei ›verbunden mit ihm‹ und stünde ›unter seinem Schutz‹. Es scheint, dass Cadillac und Clearwater ebenfalls dieser Kategorie angehören. Das könnte noch interessanter sein. Als Übernormale ergeben sie ein ideales Zuchtpärchen.«

»Ja …« Die Augen des G-P verengten sich, als er über Frans Worte nachdachte. »Und es gibt auch noch andere Permutationen …«

Fran verstand zwar nicht, worauf er abzielte, aber sie beschloss, nichts zu sagen. Sie sah, dass der G-P sie erwartungsvoll anschaute. »Ah … die … ah … zweite Sache stammt aus Brickmans Aussage vor dem Sachverständigenrat. Sie bezieht sich auf diejenigen, die die Präriebewohner mit Armbrüsten versorgen …«

Der G-P unterbrach sie mit einer Handbewegung. »Ja, die Eisenmeister. Ich weiß Bescheid. Im Moment haben wir dieses spezielle Problem auf Eis gelegt.«

Fran neigte respektvoll den Kopf. »Ich verstehe, Sir. Das Kleingedruckte dessen, was wir diskutiert haben, steht in seiner Aussage vor dem Sachverständigenrat und im Q-6-Bericht. Beide sind Anlagen zu seiner Biografie, die Sie gerade auf dem Bildschirm haben.«

Der G-P ignorierte das Material, das sein Bildschirm zeigte. »Ich höre lieber zu. Ich habe festgestellt, dass man, wenn man eine mündliche Meldung bekommt, viel mehr Informationen aufnimmt – und auch sehr viel über den Überbringer erfährt.« Er machte eine Pause, damit sie verstand. »Was meinen Sie, Fran?«

»Über Brickman?«

»Sie sind seine Kontrolleurin. Sie haben auch dem Rat vorgesessen, der ihn die letzten fünf Tage verhört hat.«

Fran presste die Lippen aufeinander, als sie über die Antwort nachsann. »Er hat bekommen, was nötig war.«

»Ja, das meinen die anderen auch.«

»Er hat uns außerdem mit wirklich hochkarätigen Neuigkeiten versorgt.«

»Ist er deswegen zurückgekommen?«

Fran lächelte. »Es würde mich freuen, wenn es so wäre, aber so redlich ist unser Mr. Brickman nicht. Nein … Er ist aus allen möglichen Gründen zurückgekommen. Aber trotzdem glaube ich, hat die Programmierung sehr gute Arbeit geleistet – an allen beiden.«

»Ja«, stimmte der G-P zu und verzog nachdenklich das Gesicht. »Aber die mögliche Verbindung mit Talisman macht mir irgendwie Sorgen. Ich würde ja gern glauben, dass das alles Unsinn ist, aber glauben Sie, dass seine Geistesblockaden halten, falls die Verbindung aktiviert wird?«

»Wir müssen eben dafür sorgen, dass sie halten«, erwiderte Fran.

Jetzt war der G-P an der Reihe, zu lächeln. »Das ist leichter gesagt als getan. Es war eine unfaire Frage. Keiner von uns kann voraussagen, was passiert, wenn man plötzlich den Joker zieht – falls ihn überhaupt jemand zieht. Aber es hat keinen Sinn, wenn wir uns noch mehr Probleme aufhalsen. Wenn es einen ernsthaften Zweifel an Brickman gibt …« Er brauchte es nicht mehr auszusprechen.

»Das wäre dann natürlich Ihre Entscheidung«, sagte Fran respektvoll. »Wenn man ihn liquidiert, ist natürlich jede potenzielle Bedrohung eliminiert. Das muss man gegen das aufrechnen, was wir eventuell erreichen, wenn er unter unserer Kontrolle steht.« Sie zögerte und wählte sorgfältig ihre Worte. »Wenn sich herausstellt, dass er *wirklich* eins der Glieder in der Kette ist – oder zu einer Machtquelle wird, die wir gegen die Mutanten verwenden können … Ist das nicht der wahre Grund, weswegen er und die anderen auf der SB-Liste stehen?«

Der G-P nickte ernst. »Unter anderem …«

»Dann wäre es eine Schande, die ganze investierte Anstrengung, ihn so weit zu bringen, zu verschwenden. Zufällig ist er auch der Einzige, der uns zu Mr. Snow und den beiden Übernormalen führen kann.«

»Ja, das scheint mir auch so«, erwiderte Jefferson.

Fran sagte zwar nichts mehr zum Thema Brickman, doch in ihrem Kopf spielte sie noch einmal das Videoband ab, das Chisum von ihm und seiner Blutsschwester gemacht hatte. Und sie erinnerte sich mit einem nach innen gerichteten Lächeln an die Gefühle, die sie gehabt hatte, als Roz Brickman aus ihrer Uniform gestiegen war und sich auf ihn geschwungen hatte. Es hatte Fran überrascht, zu entdecken, dass sie den beiden mit mehr als klinischem Interesse zugeschaut hatte. Tatsächlich hatte sie sich bei dem – wenn auch nur kurzen – Wunsch ertappt, mit Roz tauschen zu können. Sie wischte den Gedanken beiseite. Lächerlich …

Als Mensch, von dem man erwartete, er müsse, um an der Spitze zu bleiben, enzyklopädischen Zugriff zu allem haben, was sich auf jeder Föderationsebene abspielte, wurde der General-Präsident vierundzwanzig Stunden täglich mit einem nicht enden wollenden Strom von Informationen bombardiert. Und dies trotz eines fünfzig Köpfe starken Teams aus loyalen, eng mit ihm verwandten Beratern, deren Aufgabe darin bestand, die Spreu vom Weizen zu trennen. Die aus der Zeit vor dem Holocaust übernommene Maxime Wissen ist Macht war zwar immer noch gültig, aber seit Jefferson vor etwa fünfzehn Jahren zum Kopf der Ersten Familie geworden war, hatte sein Hunger nach grün leuchtenden Phosphorschirmen voller Fakten leicht abgenommen. Er war zwar immer noch ein geschickter Manipulator (das war ein Bestandteil seines Berufsbildes), aber am liebsten besprach er Ideen unter vier Augen oder in einer kleinen Gruppe enger Verwandter. Am allerliebsten zog er sich nach Cloudlands zurück, wo er, um über die Dinge nachzudenken, allein sein und sich um seine Rosen kümmern konnte.

Doch an diesem Morgen hatte Frans Präsentation sein Interesse geweckt. Brickman – oder eher das, worüber er gestolpert war – war zu wichtig, um es zu ignorieren. Jefferson der 31. hatte sich oftmals gewünscht, das Talisman-Problem vom Hals zu haben, aber er wusste, dass es eine echte Bedrohung darstellte, der er früher oder später gegenüberstehen würde. Es wäre ein Verrat an seiner heiligen Pflicht gewesen, irgendetwas, das man tun konnte, um die Föderation zu schützen, nicht zu tun. Er sammelte und konzentrierte sich und nahm sich die Aktenzusammenfassung vor, die Steves Vergangenheit und Entwicklung betraf, dann las er die Transkripte der Verhöre durch die Sachverständigen und die der Wahrheitsdrogen-Schwadron Q-6.

Zwei Tage nach seiner Unterredung mit Fran ging der General-Präsident nachmittags um fünfzehn Uhr vom Oval Office in ein nebenan liegendes, fensterloses Konferenzzimmer. Die neun Obersten Berater, die seinem Ruf gefolgt waren, erhoben sich bei seinem Eintreten respektvoll und blieben stehen, bis er seinen Platz am Kopfende des langen Tisches eingenommen hatte.

Als der G-P sie mit einem einstudierten Lächeln und einem kurzen Nicken begrüßte, richteten sich seine blassgrauen Augen auf jeden Angehörigen der Gruppe. Er kannte seine Leute gut, und sie kannten ihn. Jeder von ihnen gehörte zur exklusiven Ersten Familie, den ewigen Machthaltern der Föderation. Abgesehen von ihren familiären Pflichten war diese Sondergruppe – die Gruppe der Neun – verantwortlich für die Planung der Gesamtstrategie des Geheimunternehmens, das unter dem Decknamen OVERLORD lief – der Reaktion der Amtrak auf die Bedrohung namens Talisman. Der Zweck der gegenwärtigen Versammlung bestand darin, bestimmte Beschlüsse zu fassen, die die Neutralisation der Präriebewohner betrafen. Der Hauptpunkt der Tagesordnung war der M'Call-Clan, Steves Häscher.

»Hat jeder von Ihnen die Brickman betreffenden Daten gesehen?«

Die Männer nickten.

Der G-P warf einen Blick auf den Text, der vor ihm auf dem Bildschirm zu sehen war. Die restlichen Angehörigen der Gruppe verfügten über ähnliche Schirme. »Bens Vorschlag liegt Ihnen vor. Wie lautet Ihr Urteil? Ist er akzeptabel?«

Ben, zur Rechten des G-P sitzend, war Commander General Karlstrom. Sein voller Name war Ben Karlstrom Jefferson, doch die Familie verwendete die historischen Zunamen nur bei bestimmten offiziellen Gelegenheiten. Karlstrom war der gegenwärtige Leiter der AMEXICO – des AMtrak Executive Intelligence COmmando –, einer ausgewählten, bestens ausgebildeten Truppe, die direkt dem Befehl des General-Präsidenten unterstand. Die AMEXICO war nicht nur die geheimste Kommandoeinheit der Föderation, sondern sogar innerhalb der Familie ein Geheimnis. Nicht einmal ein Zehntel der Familienangehörigen wusste von ihrer Existenz, und noch weniger kannten die Einzelheiten ihrer Vergangenheit und den vollen Umfang ihrer gegenwärtigen Aktivitäten. Die Mitarbeiter der AMEXICO wurden Mexikaner genannt; die Einheit selbst kürzte sich mit den Initialen MX ab.

Abraham Lincoln, ein Vetter des G-P und Vorsitzender

der Gruppe der Neun, nickte bestätigend. »Der Junge hat alle nötigen Qualifikationen. Sein Überleben als Gefangener der Mutanten und seine Flucht zeigen, dass er den nötigen Mut hat und wendig ist. Doch die große Frage ist: Können wir ihm angesichts seiner Vergangenheit trauen?«

Der General-Präsident lächelte mild. »Abe, die Erste Familie beherrschte die Föderation deswegen noch immer, weil wir uns *nie* in eine Position manövrieren lassen, in der wir jemandem vertrauen *müssen.* Natürlich können wir Brickman nicht trauen. Trotzdem hat er alle Qualitäten, die wir brauchen.« Jeffersons Blick wanderte über den Tisch hinweg. »Hinter seinem ehrlichen Gesicht verstecken sich ein verschlagener und berechnender Geist und der brennende Ehrgeiz, erfolgreich zu sein …«

»Das Ergebnis vieler Jahre sorgfältiger Programmierung«, sagte Quincy Adams. Als Direktor des Lebensinstituts war er darauf bedacht, dass man den Beitrag seiner Abteilung nicht übersah.

»Ganz recht, Quincy«, sagte Jefferson der 31., ohne zu zeigen, wie wenig er es liebte, unterbrochen zu werden. »Er wird zwar jede Gelegenheit ergreifen, die ihn zu seinen neuen Freunden zurückbringt, aber er wird auch alles vereiteln, was wir ihn zu tun bitten. Trotzdem wird er den Auftrag annehmen, weil es für einen Menschen mit Wagner-Erziehung eine feierliche Pflicht ist. Und weil wir ihm darüber hinaus ein Angebot machen, das er nicht ablehnen kann. Er wird sein Äußerstes geben, um uns das zu bringen, was wir haben wollen, denn die Föderation ist der einzige Ort, an dem Mr. Brickman seine Machtlust befriedigen kann.«

Warren Harding, einer der jüngeren Brüder des G-P, sah

Commander General Ben Karlstrom über den Tisch hinweg an. »Wann wollen Sie SQUAREDANCE auslösen?«

SQUAREDANCE war die Codebezeichnung eines geplanten MX-Unternehmens, in dem Brickman mit seinen Häschern aus der Prärie wieder zusammengeführt werden sollte.

»Wir haben bis jetzt noch kein Datum festgelegt«, sagte Karlstrom.

Warren sah sich mit einem verwunderten Blick am Tisch um und schaute dann Karlstrom wieder an. »Das verstehe ich nicht. Sollten wir nicht sofort etwas positive Aktion auf eine Sache richten, die so wichtig ist wie diese?«

»Wir haben Ende November, Warren«, sagte Karlstrom. »Ich weiß zwar, dass das hier unten nicht viel bedeutet, aber gestern sind die ersten Meldungen über Schneefälle eingegangen. Die Wagenzüge sind allesamt auf dem Rückweg. Sie werden zur üblichen Winterüberholung in Nixon/Fort Worth bleiben und innerstaatliche Patrouillen durchführen. Unsere sämtlichen MX-Agenten machen zwar wie üblich weiter, aber sobald Schnee liegt, stecken die Mutanten nicht mal die Nase ins Freie. Wir werden die Infiltration wahrscheinlich im Vorfrühling einleiten.« Karlstrom verfiel in Schweigen und sah den G-P an. »Natürlich vorausgesetzt, dass Brickman einverstanden ist …«

»Das wird er sein«, sagte der G-P.

Karlstrom wandte sich wieder an Warren Harding. »Er muss durch einen Einführungskurs und dann durch die üblichen vorbereitenden Planungssitzungen. Bevor wir dieses Stadium erreicht haben, müssen wir noch eine Menge zu den verschiedenen Aspekten des Unternehmens erledigen.«

»Und bis dahin?«, sagte Warren.

Karlstrom gab die Frage mit den Augen an den G-P weiter.

»Bis dahin?« Der G-P lächelte. »Bis dahin bleibt der junge Mr. Brickman in den A-Ebenen, wo er, wie ich hoffe, beweisen wird, dass er ein tüchtiger Arbeiter ist.«

Vom 25. November 2989 an – dem Tag seiner Versetzung in die A-Ebenen – bis zum Ende desselben Monats ein Jahr später arbeitete Steve in einer Rohrlegereinheit. Doch nicht in den A-Ebenen, sondern auf Ebene B-3, fast siebzig Meter unter dem Marmorboden des John-Wayne-Platzes. Seine Einheit stand unter dem Kommando von Brad Maxey, eines antreiberischen Schweißerrottenführers, der das Mitgefühl einer Planierraupe und den Humor eines Mannes hatte, der einen fortwährenden Kampf gegen Magengeschwüre führt. Maxey, der besessen davon war, Arbeitsquoten zu erfüllen, hatte die ihm unterstehenden Männer in A- und B-Teams eingeteilt und betrieb ein Drei-Schichten-System rund um die Uhr. Tief in den Eingeweiden der Erde, wo die Beleuchtung immer eingeschaltet war, gab es weder Tag noch Nacht, nur eine immerwährende rhythmische Ebbe und Flut von Zeit. Acht Stunden Dienst, acht Stunden frei – und dann, nach sechs Tagen, wenn alle schon auf dem Zahnfleisch gingen, vierundzwanzig Stunden Freizeit am Stück, die die meisten Arbeiter in horizontaler Lage auf der Koje verbrachten. Selbst wenn sie aufgestanden wären, hätte es nicht viele Orte gegeben, an die sie hätten gehen können. Schweißer durften sich nur in den sogenannten Gevierten der Ebenen Eins-1 bis Vier-10 aufhalten, wenn sie Urlaub hatten. Zu jeder anderen Zeit galten ihre ID-Karten ausschließlich für die A-Ebenen. Der Computer COLUMBUS, das zentrale

Nervensystem der Föderation, kontrollierte den Zugang zu den Aufzügen. Wenn die ID-Karte einen nicht autorisierte, die Ebenen zu wechseln, kam man durch die Drehkreuze nicht einmal bis zu den Aufzugschächten. Das hatte Steve entdeckt, als er durch den Boden gegangen war.

Er hatte auch überrascht festgestellt, dass manche der verrußten und verschmierten Typen, mit denen er zusammenarbeitete, Mädchen waren. Mädchen mit breiten Schultern, muskulösem Hals und schwieligen Händen. Echte Arbeitsmaschinen mit starken, kräftigen Schenkeln, die einen, wäre man dumm genug gewesen, den Kopf zwischen sie zu schieben, wie eine Nuss hätten knacken können. Aber es waren wirklich Mädchen. Obwohl Steve mehrmals eine Chance geboten wurde, sich mit ihnen zu vergnügen, brachte er entweder nicht genug Dampf oder Begeisterung auf. Nach acht knallharten Stunden des Rohrelegens konnte er nicht einmal mehr die Knöpfe der Spielhöllenautomaten auf dem Messedeck drücken. Er war nicht der Einzige, der so empfand. Wenn die Feierabendpfeife erklang, spielte sich nicht mehr allzu viel Kojengehopse ab. Die meisten hatten nur zwei Gedanken: schnell was hinunterzuschlingen und dann an der Matratze zu horchen. Manchmal schliefen die Jungs schon während der Rückfahrt von der Arbeit ein und kamen erst wieder zu sich, wenn man sie aus dem Trailer zog. Irgendein Spaßvogel aus dem Messedeck hatte behauptet, Maxey sei die Abkürzung von Maximale Ausbeutung. Wahrscheinlich war es der gleiche Bursche gewesen, der Maxeys Truppe »Die wandelnden Toten« getauft hatte. Nachdem Steve zu ihnen gehörte, musste er zugeben, dass der Name nicht weit von der Wahrheit entfernt war. Wenn sie sich gewaschen hatten, schlurften die meisten wie eine mürrische, stumpfsinnige Truppe von Kettensklaven an der Messetheke entlang. Es war ihnen sogar zu viel, zwischen den drei zur Verfügung stehenden Gerichten auszuwählen, sodass sie nur das Tablett nach vorn schoben und murmelten: »Gimmir, was grad da is …« Dann stützten sie den Kopf mit einer Hand auf dem Tisch ab und schaufelten ihr Essen mit der anderen rein. Ein paar Mal kam Steve nicht einmal so weit – er schlief unter der Dusche ein.

Obwohl man ihn der Abteilung Allgemeine Aufgaben zugeteilt hatte – der niedrigsten Arbeit für die niedrigste Lebensform – fiel die Ingenieursausbildung, die er während des dreijährigen Studiums an der Flugakademie absolviert hatte, einem Aufseher auf, der beschloss, sie nutzbringend einzusetzen. Eine ganze Woche lang wurde er zu einer Gruppe versetzt, die neue Rohrsektionen zusammenschweißte. Sechs herrliche Tage lang gratulierte er sich in den kurzen Augenblicken der Stille, wenn er die Rohre austauschte, zur geringen Zunahme seines Glücks. Eine Arbeit, die Fachwissen erforderte, war der erste Schritt auf der Leiter, die nach oben führte. *Es ist nur eine Frage der Zeit,* redete er sich ein, *bis Maxeys Stab meine Führungsqualitäten erkennt, und dann …* Nichts da! Nach der vierundzwanzigstündigen Wochenendpause fand er sich in seiner alten Brigade wieder und riss alte, korrodierte Rohrsektionen auseinander, die dicken, übel riechenden Schlamm enthielten. Mit einem ansteigenden Gefühl des Zweifels kam Steve schließlich dahinter, dass Maxeys Auftrag darin bestand, das gesamte Abflusssystem unter Houston/HZ auszuwechseln.

Wie die Oberwelt hinterließ auch die Welt der A-Ebenen in Steve ihre eigenen lebhaften Eindrücke. Sie bestand aus riesigen, Echos werfenden Tunneln voller Rohre und

Stromleitungen und aus Schließklappen und Öffnungen, die Dampf ausrülpsten. Zonen von Dunkelheit und Licht, gelbbraun gekleidete Schweißer, die in der einen Minute beleuchtet, in der nächsten als Silhouetten zu sehen waren und dann plötzlich von der Dunkelheit verschluckt wurden. Die weißen Arbeitshelme der Aufseher und Teamführer waren wie Schneeflocken. Sah man einen oder zwei von ihnen zwischen den gelben Helmen, besagte es, dass alles in Ordnung war, dass man sich im Zeitplan befand. Ein oder zwei Rollis voller Weißhelme bedeutete in der Regel, dass sie anreisten, um die Leute in den Arsch zu treten. In den A-Ebenen wurden nun mal keine Preise verteilt.

Lärm: das konstante Dröhnen der großen Ventilatoren in den Hauptschächten; das Stakkato ratternder Pressluftmeißel. Die Nietpistolen hämmerten gegen die Trommelfelle; das schrille Kreischen der Trennscheiben schnitt einem ins Gehirn. Eine Geräuschflut nach der anderen brandete mit greifbarer Macht durch die Luft, wurde von den Tunnelwänden zurückgeworfen, durchdrang die Isolation der Wände der Schlafkammern. In den ersten paar Tagen hatte Steve geglaubt, er müsse den Verstand verlieren, aber nach wenigen Wochen baute sein Körper schrittweise eine Wahrnehmungsschwelle gegen den anfangs unerträglichen Lärmpegel auf. Er hatte das Gefühl, dass sein Hirn wund wurde; er richtete eine Wand um sich herum auf.

Wasser: lief in Rinnsalen an den Wänden herunter; tropfte von den Decken der Servicetunnels und Räume. Manchmal arbeitete er bis zu den Knien darin stehend. Ständig waren Pumpen damit beschäftigt, die Gebiete trockenzulegen, in denen Überschwemmungen drohten.

Während seiner Arbeitseinsätze begegnete er großen, wasserdichten Eisen- und Betontüren, die ganze Sektionen oder eine Ebene von der anderen abtrennten. Und er fragte sich, was es wohl für ein Gefühl war, wenn man sich auf der falschen Seite der Tür befand, wenn das Wasser bis an die Decke stieg.

Hitze: nervtötend; man konnte ihr nicht entgehen. Trotz der geothermischen Heizwerke, der Wärmetauscher, der Kühlung, der Klimaanlagen und des komplexen Ventilationssystems, das das Leben im Rest der Föderation erträglich machte, variierten die Bedingungen in den A-Ebenen gewaltig. Die Ausstattung im Rest der Freizeitzonen entsprach in etwa denen im Geviert, aber in manchen weniger bevölkerten Arbeitsbereichen, wie in den Servicetunnels auf B-3, die über fünfhundert Meter unter der Erde lagen, war es heiß und feucht. Tolle Bedingungen, um Reis und Bambussprossen in niedrigen, fußballplatzgroßen Tanks zu züchten, die aber, wenn man das Pech hatte, an Maxeys Pipeline zu arbeiten, das eigene Wachstum hemmten.

Sieh es als Herausforderung an, dachte Steve, als er dankbar am Ende einer jeden Schicht in seine Koje fiel. *Sie wollen, dass du zerbrichst. Aber ich lasse sie nicht gewinnen. Ich gehe nicht unter …*

Zwei Tage vor dem Ende des Februars, nach einer neuen Schicht, rutschte Steve von seinem Sitz im Zehn-Wagen-Trailer, krümmte den schmerzenden Rücken, um ihn zu entlasten, und schlurfte mit den anderen zu den Duschen. Es war in der Föderation üblich, dass alle Menschen derlei Einrichtungen teilten. Uniformen, Schlafsäle, Waschräume, Arbeitsaufträge, Militärdienst, Kampfeinsätze … man machte keinen Unterschied, was das Geschlecht anging. Es gab nur zwei Ausnahmen in diesem gleichgeschlechtlichen Prinzip: die weiblichen Wagner, die ausgewählt wurden, um Mutter einer neuen Generation zu werden, und jene männlichen Angehörigen der Ersten Familie, die den Posten des General-Präsidenten erbten. Die einzigen kleineren Unterschiede gab es im Haarschnitt. Nicht alle Mädchen trugen eine Militärfrisur; manche hatten die einzige erlaubte Alternative gewählt – den kurzen Bubikopf.

Steve brachte gut zwanzig Minuten unter der Dusche damit zu, sich die Müdigkeit von der Wärme aus dem Leib spülen zu lassen, dann beendete er seine Körperpflege mit einer nadelscharfen Dusche aus dem Kaltwasserhahn – worauf die Kollegen in der Nähe in wütendes Geheul ausbrachen. Er trocknete sich im überfüllten Umkleideraum ab, zog seinen Freizeitoverall an, ging zum Messedeck und stellte sich mit den anderen Hungrigen an. In den Wochen, die er in der Tiefe verbracht hatte, hatte er die Leute, mit denen er arbeitete und im gleichen Raum schlief, kennengelernt. Einige waren anfangs etwas feindselig gewesen; sie hatten sich einen Spaß daraus gemacht, dass einer der hochnäsigen Typen aus Lindbergh Field in den A-Ebenen eine Bruchlandung gebaut hatte. Man hatte Steve geraten, nichts über die Zeit seiner Gefangenschaft bei den Mutanten zu erwähnen. Soweit seine Chefs informiert waren, war er der Dienstleistung & Instandhaltung aufgrund seiner »negativen Einsatzleistung« zugeteilt worden. Es war offizielle Methode, den Leuten mitzuteilen, dass sich jemand im Kampf bei einem Oberwelteinsatz feige verhalten hatte.

An sich sollten solche Einträge in die Personalakte höchst vertraulich behandelt werden, aber es sprach sich bald herum, und ein paar Burschen, die ihn für ein leichtes Opfer hielten, zogen ihn damit auf. Steve ignorierte das

Gerede, so gut er konnte, dann ließ man ihn ein paar Monate lang in Ruhe. Manche seiner Gegenspieler gaben zwar nicht auf, aber zum Glück redeten sie nur und ließen sich nicht auf Tätlichkeiten ein. Sie waren zwar gemein zu ihm, aber Steve, der seine Wut in sich hineinfraß, war zum Töten ausgebildet worden. Als er nach einer Weile deutlich gemacht hatte, dass er nicht der Typ war, der sich auf der Nase herumtanzen ließ, wurde es etwas besser für ihn.

Steve lernte sogar etwas. Es war zwar ein schwerer Schlag für seinen Stolz gewesen, zum Schweißer degradiert zu werden, aber nun entdeckte er, dass die verachteten Z-Köpfe und Schmutzfinken, mit denen er zusammenarbeitete, gar nicht so hoffnungslos, abscheulich und bedauernswert waren, wie er sie sich aufgrund der elitären Einstellung in der vergeistigten Atmosphäre der Flugakademie vorgestellt hatte. Die Schweißer in seiner Einheit teilten zwar nicht seinen brennenden Ehrgeiz oder seine Einstellung zu seinem Schicksal, aber die meisten waren ganz in Ordnung, kannten die Realität ihrer Situation von Grund auf und verfolgten einfach nur bescheidenere, für sie erreichbare Ziele. Keiner von ihnen war darauf aus, irgendwann im Schwarzen Turm zu arbeiten, und jeder hätte es dankend abgelehnt, wenn man ihm eine Gratisfahrt über die Beförderungsleiter angeboten hätte. Andererseits stimmte es wirklich, dass manche von ihnen echte Z-Köpfe waren, die es nie zu etwas bringen würden. Es gab aber auch eine ganze Reihe von Männern, die einen – selbst wenn man großzügig mit ihnen verfuhr – ständig auf die Palme brachten. Aber das hatte auch Gus White getan – und der hatte nicht nur die Flugakademie absolviert, sondern bei Steve auch noch was im Salz liegen. Ja, der gute alte Gus war nach Steves Bruchlandung weggeflogen und hatte versprochen, Hilfe zu holen. Er hatte ihn mitten in einem brennenden Kornfeld zurückgelassen …

Steve stellte sein Tablett vor einem leeren Sitz an einem Messetisch ab, nahm Platz und fing hungrig an zu essen. Seine früheren Vorbehalte gegen das Föderationsessen waren verschwunden. Seit er in den A-Ebenen tätig war, aß er alles, was man ihm vorsetzte, und er holte sich sogar Nachschlag. Als er den ersten aufgehäuften Löffel hob, sah er sich an den Tischen um und hätte beinahe seinen Mund verfehlt, denn an einem Tisch zu seiner Linken sah er John Chisum sitzen. Steve stierte ihn mit offenem Mund an – unfähig, zu entscheiden, was er zuerst tun sollte: zu ihm hinübergehen, sitzen bleiben oder zuerst den Teller leeren. Er blieb sitzen, aber er ließ Chisum nicht aus den Augen und steuerte nur einsilbige Kommentare zu den Tischgesprächen bei. Chisum schaute nicht in seine Richtung. Er saß da, ließ einen Arm über die Rückenlehne seines Stuhls hängen, und unterhielt sich mit den Burschen, die ihm gegenübersaßen. Er trug die gleiche grüne Uniform, die Steve schon zuvor gesehen hatte, aber jetzt hatte er einen gelben Karoaufnäher zwischen dem weißen und dem roten Armwinkel. Und als Chisum sich herumdrehte, um etwas anzusehen, auf das einer seiner Gefährten deutete, sah Steve einen weiteren gelben Aufnäher auf dem Rücken seines Einteilers. Schweißergelb. Das bedeutete doch wohl nicht …? Steve konnte seine Neugier nicht mehr bremsen. Er nahm sein Tablett und schob sich durch die Reihen der sitzenden Esser auf Chisum zu.

Als er ihn erreichte, standen die beiden Burschen auf, die Chisum gegenübersaßen; sie schüttelten ihm die Hand und gingen hinaus. Als Steve sein Tablett abstellte, setzte

Chisum gerade dazu an, mit dem Mann neben ihm zu reden.

»He, John – kennst du mich noch?«

Chisum unterbrach sein Gespräch und warf einen Blick über die Schulter. Als ihre Blicke sich trafen, sah Steve, wie sich der neutrale Ausdruck auf Chisums Gesicht in kaum verhüllten Ärger verwandelte.

»Wie läuft es? Bist du nur auf Besuch oder was?«

Chisum wandte sich von seinem Nebenmann ab und klopfte ihm auf die Schulter. »Muss gehen. Wir reden später darüber.« Er stand, ohne Steve anzusehen, abrupt auf und ging fort.

Steve eilte um den Tisch herum und packte ihn am Arm. »He, John! Na, hör mal! Was habe ich dir denn getan? Was, zum Teufel, soll das?«

Chisum blieb stehen und drehte sich um. Sein Arm in Steves Griff war steif und unnachgiebig. »Lass meinen Arm los, Schmutzfink!« Die Rauheit seines Tonfalls passte zu seinem Gesichtsausdruck.

Zwei Burschen aus Steves Arbeitsgruppe, die am Nebentisch saßen, schauten auf, schoben die Stühle zurück und bauten sich neben ihm auf. Dan Dover und Ty Morrison. Dover, der größere von ihnen, deutete mit einem Finger auf Chisums Nase. »Du solltest deine Zunge lieber im Zaum halten, Pillendreher. Sonst könnte es passieren, dass du ganz schnell Erste Hilfe brauchst.«

Chisum beäugte sein Gegenüber geringschätzig. »Du kannst mich mal am Arsch lecken …«

Als die beiden Schweißer Anstalten machten, Chisum zu packen, standen die Leute an den sie umgebenden Tischen auf und machten Platz. Steve trat dazwischen und winkte ab. »He! Moment mal, Jungs! Beruhigt euch!

Hört zu, ich weiß eure Hilfe wirklich zu schätzen, aber ich … ah … werde schon damit fertig. Überlasst es mir, okay?«

»Okay«, sagte Dover. »Aber sorg dafür, dass dieser Wichser von hier verschwindet! Er verdirbt mir den Appetit.«

Bevor Chisum etwas sagen konnte, schob Steve ihn durch die Menge, die sich um sie gebildet hatte. »Komm, beeil dich! Lass uns von hier verschwinden!«

Chisum wollte sich losreißen. »He! Nimm deine Scheißhände von mir! Was, zum Teufel, willst du von mir?«, fragte er wütend.

Es gelang Steve, ihn in den Gang vor dem Hauptkorridor hinauszuschieben. Dort drückte er ihn gegen die Wand. »Reg dich ab, ja? Ich will doch nur mit dir reden!«

Chisum stellte seine Gegenwehr ein. »Hör zu, Fliegerchen. Ich möchte *nicht* mit dir reden. Verstehst du? Oder hast du dein Gehirn gegen einen Haufen Scheiße eingetauscht, seit du hier unten bist? Ich sag es dir noch einmal: Ich – will – nicht – mit – dir – reden. – Ich – will – dich – nicht – mal – sehen. – Kapiert? Und wenn du vorhast, krank zu werden, werde es nicht auf A-1 bis A-5. Dann kriegst du vielleicht eine falsche Diagnose. Comprende?«

Steve ließ ihn los und wich völlig entgeistert zurück. »Ich verstehe dich nicht, John. Warum denn? Was habe ich denn getan?«

Chisum lachte höhnisch. »Warum? Weil du *Schwierigkeiten* bringst, Mann! Was du mir getan hast? Das würde ich gern von dir hören! Alles, was du deiner verdammten Blutsschwester erzählt hast, hat sie so verrückt gemacht, dass sie nichts Eiligeres zu tun hatte, als es auf dem schnellsten Weg dem Schwarzen Turm zu erzählen! Das Ergebnis? Die Kacke war am Dampfen, mein Freund! Deine liebe kleine Schwester hat mich verpetzt – als den, der das Treffen mit dir in Santanna organisiert hat! Sie hat alles ausgeplaudert! Was, zum Henker, hast du ihr erzählt?«

»Nichts«, sagte Steve völlig verwirrt. »Nun … jedenfalls nichts Besonderes.«

»Du Schweinehund!«, zischte Chisum. »Du dreimal verfluchter Lügner!« Er versuchte, sich vorbeizudrücken, aber Steve blockierte seinen Weg. »Vier AmEx-Typen haben mich eine Woche lang bearbeitet! Ich kann froh sein, dass ich noch lebe! Christoph!« Er lachte verbittert. »Das Einzige, was sie ihnen nicht verraten hat, war, dass ihr Gras geraucht und dass ich es besorgt habe. Wenn sie das auch noch herausgekriegt hätten …«

Steve packte Chisums Arm. »John, du musst mir glauben. Ich hatte keine Ahnung, dass Roz zu so etwas fähig ist. Ich kann mir nicht vorstellen, was sie dazu gebracht hat.«

»Es muss etwas gewesen sein, das du ihr erzählt hast.«

Steve machte eine hilflose Geste. »Und … Was haben sie mit dir gemacht?«

»Mit mir? Sie haben mich hier runtergeschickt, damit ich für den Rest meines Lebens hier Dienst schiebe. Ich bin jetzt achtundzwanzig … Was bleibt mir also noch? Zwölf, fünfzehn Jahre? Im Gegensatz zu dir kriege ich keine jährliche Neubewertung.« Chisum stieß erneut ein bitteres Lachen aus. »Ha, das hat man nun davon, wenn man jemandem einen Gefallen tut. Ein wirklich netter Bursche, unser Stevie.« Er zog sich zurück. »Kann ich jetzt gehen?«

Steve war verwirrt. Er hatte ein schlechtes Gewissen. »Hör zu, John. Wie hätte ich denn wissen sollen …«

»Klar, sicher. Versteh ich doch alles. Reden wir nicht mehr darüber, okay? Aber bleib mir von jetzt an vom Leib! Du bist ein echtes Katastrophengebiet, Brickman.«

»Ja, okay, okay. Sag mir nur eins: Was haben sie mit Roz gemacht?«

Chisum lachte. »Tja, sie haben ihr wohl kaum einen Orden verliehen, kann ich dir sagen! Ich weiß nicht, *was* passiert ist. Jedenfalls nicht genau. Ich glaube, ich habe jemanden sagen hören, dass man sie suspendiert hat.«

»Von der Uni? Ach, gütiger Christoph! Ich hätte mich nie mit ihr treffen sollen!« Steve umrundete Chisum wütend. »Es war deine Idee, du …«

Chisum schnitt ihm das Wort ab. »Hör zu, ich habe keinen Bedarf an solchem Scheiß! Ich habe schon genug Probleme! Geh mir aus dem Weg!« Er schob Steve beiseite.

Steve machte keinen Versuch, ihn festzuhalten. »Was wird nun aus ihr werden?«, schrie er hinter ihm her.

Chisum drehte sich um und winkte geringschätzig ab. »Wen interessiert das schon? Du solltest dir lieber Sorgen darüber machen, was jetzt aus *dir* wird!« Er bog um eine Ecke und war weg.

Dan Dover und Ty Morrison gesellten sich auf dem Korridor zu Steve.

»Was wollte der Typ denn?«

Steve zuckte mit den Achseln. »Das war einer, mit dem ich mal oben zu tun hatte. Er hat jetzt zwölf bis fünfzehn Jahre hier unten, weil er mal was für mich getan hat.«

Dover boxte gegen Ty Morrisons Schulter. »Siehst du? Ich hab doch gleich gesagt, dass unser Freund hier ein Gauner ist!« Er warf einen Arm um Steves Schulter und drückte ihn freundlich an sich. »Willkommen im Club!«

Als Chisum durch den Korridor ging, der vom Messedeck wegführte, gratulierte er sich stumm. Es war alles viel besser gelaufen als erwartet. Er erreichte das Ende des Gangs, trat auf einen der Hauptwege, die nach A-3 führten, besorgte sich einen Rolli und fuhr ins Medizinische Versorgungszentrum zurück. Ja … Noch ein paar Tage, dann war sein Auftrag beendet. Dann konnte er wieder nach oben zurückkehren. Er hatte es gut gemacht. Vielleicht hatte er sich damit sogar eine Einladung verdient, ein paar Wochen in Cloudlands zu verbringen.

9

Achtundvierzig Stunden nach seiner überraschenden Begegnung mit Chisum drehten sich Steves Gedanken um Roz und das, was mit ihr und ihm geschehen würde. Er hatte Chisum gehen lassen, ohne ihn zu fragen, wann Roz' Geständnis und seine Versetzung stattgefunden hatten. Aber die Frage war irrelevant. Früher oder später würde er es zu spüren bekommen. Und richtig: Er brauchte nicht lange darauf zu warten. Am 1. März 2990, als er sich gerade fertigmachte, um die Acht-Uhr-Schicht anzutreten, kam sein Brigadeführer – ein Tech-4 namens Mullins – in den Schlafsaal und brüllte seinen Namen. »Brickman!«

Steve knallte die Hacken zusammen. »Hier, Sir!«

Mullins winkte ihn zu sich. »Sie sind nicht in dieser Schicht. Ziehen Sie Freizeitklamotten an und hieven Sie Ihren Arsch zum Hauptaufzugsdeck. Pronto!«

»Yes, Sir!« Steve eilte im Laufschritt zum Umkleideraum. Auf den A-Ebenen wurde nur bei zeremoniellen Anlässen salutiert – und die kamen nur sehr selten vor.

Mullins hob erneut seine Stimme. »Dover?«

Dan Dover richtete sich am Ende seiner Koje auf. »Sir?«

»Packen Sie Brickmans Ausrüstung ein, ziehen Sie seine Koje ab und schaffen Sie alles zum Quartiermeister.«

»Meinen Sie *jetzt,* Sir?«, fragte Dover, der schon berechnete, dass er, wenn er es tat, so viel Zeit vergeuden würde, dass er die halbe Schicht verpasste.

»Nein, nicht jetzt, Dover. Wenn Sie um 16.00 Uhr Feierabend machen, Sie Arschloch!«

»Yeah, Sie mich auch«, murmelte Dover, als Mullins wieder hinausschlenderte. Als er sich umdrehte, sah er, wie sein Kumpel Ty Morrison ein Lachen unterdrückte. Dover zielte einen wütenden Hieb auf seinen Magen, aber Morrison wich ihm geschickt aus.

Als Steve das Drehkreuz zum Hauptaufzugsdeck erreichte, stellte er fest, dass drei MPs auf ihn warteten. Der diensthabende Fleischklops fragte nach seiner ID-Karte, dann setzten sie ihm eine Haube auf, fesselten ihn und schoben ihn durch das Drehkreuz. Als ihm die Haube wieder abgenommen wurde, hatte er eine andere Eskorte. Die beiden MPs, denen er nun gegenüberstand, trugen den Schulterblitz des Weißen Hauses. Er war jetzt wieder in der medizinischen Einheit, in der er Chisum kennengelernt hatte. Der größere der Fleischklopse befahl ihm, sich mit den Händen an der Hosennaht und mit gespreizten Beinen hinzustellen, dann trat er hinter ihn und schloss die Metallbänder an seinen Handfesseln und Knien auf.

»Okay, ausziehen«, sagte der andere Fleischklops. Er deutete mit seinem Gummiknüppel auf den angrenzenden Waschraum. »Sie haben fünf Minuten zum Duschen und um wieder in die Uniform zu steigen. Bewegung!«

Steve hielt sich nicht mit der Frage auf, von welcher Uniform er redete, denn Fleischklopse mochten es nicht, wenn man ihnen Fragen stellte. Er schälte sich aus den Kleidern, drehte den Duschwasserhahn auf, wusch sich ausgiebig, trocknete sich mithilfe eines Wegwerfhandtuchs im Warmlufttrockner ab und war zweieinhalb Minuten später wieder zur Stelle. Der große Fleischklops hatte es sich auf dem einzigen vorhandenen Stuhl bequem gemacht; der andere hatte seinen gewaltigen Hintern auf den Rand des Tisches daneben gepflanzt, auf dem ein Kleiderstapel lag. Ein fliegerblauer Overall, eine Feldmütze, Unterwäsche und glänzende dunkelblaue Paradestiefel.

Der Fleischklops schob Steve die Kleider mit seinem Gummiknüppel entgegen. »Ziehen Sie das Zeug an …«

Steve zog sich mit einer Mischung aus Freude und Überraschung an. Man hatte ihm eine Pilotenuniform gegeben, und als er den frisch gebügelten Overall auseinanderfaltete, sah er, dass über der rechten Brusttasche auf einem gewebten Namensschild sein Name prangte. Über der linken Tasche waren zwei silberne Schwingen. Der Arm der Uniform zeigte sogar die Aufnäher seiner Einheit; der eine identifizierte ihn als aus Roosevelt/Santa Fé stammend, der andere bezeichnete ihn als ein Mitglied der Mannschaft der *Louisiana Lady*. Irgendein geheimnisvoller Gönner hatte ihm seine Identität zurückgegeben! Als Steve fertig war, versuchte er, das ansteigende Gefühl der Nervosität in sich zu unterdrücken. Nach allem, was er in den vergangenen Monaten erlebt hatte, war es närrisch, allzu große Hoffnungen zu hegen. Er setzte die Feldmütze auf, glättete den langen Frontreißverschluss und wartete darauf, dass die MPs ihm einen neuen Befehl gaben.

Der MP, der auf dem Stuhl herumlümmelte, prüfte seine Uhr, dann stand er auf und trat an die Tür, die sich zum Gang öffnete. Sein Kumpel folgte ihm. Steve hörte Schritte. Die beiden MPs nahmen zu beiden Seiten der Tür Aufstellung, standen stramm und salutierten, als eine Amtrak-Exec eintrat. Steve tat es ihnen gleich.

Die Exec trug die Rangabzeichen eines JX-2. Sie sah Steve an und wandte sich dann an den MP-Corporal. »Ist das der Delinquent?«

»Yes, Ma'am!« Der MP-Corporal händigte ihr Steves ID-Karte aus.

Die Exec hob die Schutzhüllenklappe hoch, warf einen kurzen Blick auf die Karte, steckte sie dann in eine Hüfttasche und deutete mit der Hand auf die Tür. »Würden Sie bitte mit mir kommen?«

Ihre Geste und ihr freundlicher Tonfall kamen für Steve so überraschend, dass er einen Augenblick wie angewachsen stehen blieb. Die XJ-2 – ihr Namensschild identifizierte sie als PRUETT, J.K. – war eine schlanke Brünette um die dreißig. Sie hatte zwar ein Gesicht, das man nur dann zweimal ansah, wenn man dazu gezwungen war, aber sie strahlte die Aura freudiger Tüchtigkeit aus.

Pruett führte ihn zu einer Büroeinheit auf Ebene Vier-2. Unterwegs fiel Steve auf, dass die Wände und die Böden der Gänge, die hohe, gewölbte Decken aufwiesen, fast ausnahmslos aus reinem weißem Marmor bestanden. Große Porträts des 31. Jefferson und des Gründervaters waren an strategischen Punkten über den ganzen Weg verteilt. Der Aufzug, der sie von Ebene Zwei-1 nach oben brachte, war gänzlich mit einer hellen Substanz ausgelegt. Die Qualität und der Glanz des Dekors waren in dieser Sektion des Weißen Hauses noch besser als auf dem ehrgeizigen John-Wayne-Platz. Der überall vorherrschende Eindruck war der einer sauberen, strahlenden Pracht.

Pruett meldete Steve bei einem Vorzimmer-Exec an, kartete ihn durch ein Drehkreuz und ließ ihn in einem mit Vorhängen versehenen, sehr großen Büro vor einem großen Schreibtisch stehen. Durch die Vorhänge hatte Steve

Ausblick auf ferne, seltsam aussehende Gebäudefronten mit verzierten farbigen Fassaden, die vor einem blauen, leicht bewölkten Himmel standen. Die Gebäude sahen aus, als versänken sie in dem Wasser, das im Vordergrund sichtbar war. Der Ausblick war klar und äußerst detailreich, aber irgendetwas war an ihm, das unwirklich erschien. Steve schloss, dass der Ausblick von COLUMBUS gestaltet worden sein musste. Er wandte den Blick vom Fenster ab und musterte das Innere des Büros. Der Boden war von einem Teppich bedeckt; die Wände bestanden aus langen, flachen Holzstreifen, die die gleichen welligen Linien zeigten, die er an dem Holz gesehen hatte, die die Mutanten verwendeten. Sogar der Schreibtisch und Teile der Stühle bestanden aus Holz! Wie eigenartig …

Hinter dem Schreibtisch öffnete sich eine in der Wand versteckte Tür und zeigte einen Mann in einem silbernen Einteiler. Er trat ein und nahm hinter dem Tisch Platz. Er war schlank, mittelgroß, hatte eine hohe Stirn, ein hageres, eckiges Gesicht, einen festen, schmalen Mund und dunkle, tief sitzende Augen, die deutlich machten, dass man es mit jemandem zu tun hatte, der nicht auf den Kopf gefallen war.

Steve stand stramm und spürte einen kalten Hauch von Angst. Er war sich zwar zu neunzig Prozent sicher, dass die Vorsitzende des Sachverständigenrates ein Mitglied der Familie gewesen war, aber dies war das erste Mal, dass er jemandem gegenüberstand, der die silberne Uniform mit den blauweißen Streifen trug.

Der Mann gab mit einem einzigen Tastenanschlag ein Kommando in einen Tischbildschirm ein, musterte das Ergebnis und sah dann Steve an. »Sie sind also … 21028902 Brickman, S.R. –?«

»Yes, Sir!«

Der Blick des Mannes glitt über Steve hinweg, dann nickte er, wie jemand, der gerade feststellt, dass man ihm eine schwierige Aufgabe übertragen hat. »Ich bin Commander General Karlstrom. Sie sind mit meinem Dienstgrad nicht vertraut, weil er lediglich meine Position in der Ersten Familie darstellt. Ich will ihn nicht weiter erklären, aber Sie sollen wissen, dass er mir direkten Zugang zum General-Präsidenten gibt. Außerdem erfordert er, dass Sie mich während dieser und aller folgenden Besprechungen als ›Commander‹ anreden. Haben Sie verstanden?«

»Yes, Commander.«

»Gut. Stehen Sie bequem.« Karlstrom legte seine gepflegten Hände aufeinander. »Ich werde Sie nun ins Bild setzen. Nach Ihrer Versetzung in die A-Ebenen hat Ihre Blutsschwester ...« Er schaute auf den Bildschirm, um seine Erinnerung aufzufrischen. »... Rosalynn am 1. Dezember '89 Kontakt mit der Amtrak-Exekutive aufgenommen und ...«

Das Datum überraschte Steve. Man hatte ihn erst ein paar Tage vorher nach unten geschickt. Warum hatte man drei Monate gewartet, um ihn nach oben zu holen und vor ein hochkarätiges Mitglied der Ersten Familie zu stellen?

»... eine freiwillige Aussage gemacht, die darauf hindeutet, dass Sie sich im Besitz von Informationen befinden, die Sie aus nur Ihnen bekannten Gründen nicht dem Sachverständigenrat zugänglich gemacht haben. Ich bin verpflichtet, Sie darauf hinzuweisen, dass Verschweigen von Informationen, die für die Sicherheit des Staates wichtig sind, laut Handbuch ein Vergehen erster Kategorie darstellt. Diese Befragung soll entscheiden, ob weitere Verhöre nötig sind, und welche Form sie haben sollen. Uns stehen, wie Ihnen bewusst sein dürfte, unterschiedliche Formen der Gewaltanwendung zur Verfügung.« Karlstrom lehnte sich in seinem Sessel zurück und wirkte etwas weniger bedrohlich. »Das war die schlechte Nachricht. Die gute ist, dass die Empfehlung des Sachverständigenrates noch nicht von der höheren Instanz bestätigt wurde, weswegen …« – Karlstrom lächelte – »… es nur fair ist, wenn ich sage, dass für Sie noch alles offen ist.«

»Ich verstehe, Commander. Darf ich bitte sprechen?«

Karlstrom nickte. »Vorausgesetzt, Ihre Worte sind ein Beitrag zu einem bedeutungsvollen Dialog.«

»Was ist mit Roz passiert – meiner Blutsschwester?« Karlstroms Lippen wurden schmaler. »Brickman, eigentlich soll *ich* hier die Fragen stellen. Wenn es Ihnen allerdings hilft, Ihre Gedanken zu klären, will ich es mal durchgehen lassen. Die Antwort lautet: nichts. Jedenfalls bis jetzt. Ihre Schwester setzt ihr Studium fort, aber sie steht unter technischer Suspension. Das bedeutet, sie ist informiert worden, dass ihre Beteiligung an diesem Fall noch untersucht wird und man sie jederzeit von der Universität verweisen kann. Damit es nicht so weit kommt, empfehle ich Ihnen, mit einem Bericht über das Gespräch herauszurücken, das während Ihres ungesetzlichen Treffens stattfand.«

»Sie hat keine Rolle beim Zustandekommen des Treffens gespielt, Commander. Ich bin ganz allein verantwortlich dafür, dass sie daran teilgenommen hat.«

Karlstrom reagierte mit einem dünnen Lächeln. »Ersparen Sie mir die edlen Gesten, Brickman. Ihre Blutsschwester hat uns genug erzählt, um klarzustellen, dass Sie Informationen haben, die nicht nur die Sicherheit der Föderation betreffen, sondern auch ihre gesamte Zukunft.

Da ich ihre Aussage gehört habe, kann ich verstehen, dass Sie zögern, offen vor den Sachverständigen über diese Dinge zu reden, aber Sie müssen auch verstehen, dass Ihr Schweigen technisch gesehen kriminell und unentschuldbar war. Ich bin jedoch hier, um Ihnen noch eine Chance zu geben. Eine *letzte* Chance, um genau zu sein. Sie können wählen: Entweder machen Sie nun in meiner Gegenwart eine freiwillige Aussage oder wir werden … auf andere Weise an die Informationen herankommen. Und dann werden Sie nichts verschweigen, darauf können Sie wetten. Wenn wir es allerdings auf die harte Tour machen, müssen wir Sie anschließend an die Wand stellen. Wenn Sie jedoch kooperieren …«, Karlstrom zuckte mit den Achseln. »Wer weiß …?«

Steve biss sich auf die Lippe. Columbus, was für eine Situation! Jede Diskussion der Mutantenmagie war strikt verboten. Wenn er Karlstrom die ganze Wahrheit erzählte, riskierte er die Exekution; wenn er sich weigerte, stand ihm das gleiche Schicksal bevor. Wenn er sich doch nur daran erinnern könnte, was er Roz erzählt hatte! Seit er Chisum begegnet war, hatte er versucht, die einzelnen Stücke zusammenzufügen, doch leider war das meiste des schicksalsträchtigen Abends hinter einer raucherfüllten Wand verschwunden. Er wusste noch, dass er sich mit Roz über Clearwater in den Haaren gehabt hatte. Dann hatten sie sich eine Kippe angesteckt und geredet. Aber worüber?

»Commander, wenn ich … ah … Ihnen alles sage, was ich weiß, besteht dann eine Chance, dass Roz …«

Karlstrom schlug mit beiden Händen auf den Tisch und sprang auf. »Christoph! Sie haben vielleicht Nerven, Brickman! Es gibt kein Wenn und Aber, und auch keinen Handel, es sei denn, *ich* biete Ihnen einen an! Sie haben nichts, womit Sie handeln könnten. Wir haben Ihre Eier im Schraubstock! Und was Ihre Blutsschwester angeht, so kann sie von Glück reden, wenn sie nicht neben Ihnen im Schacht liegt – und auch Ihr Freund Chisum! Jetzt nehmen Sie sich einen Stuhl, und fangen Sie an, zu reden!«

Steve nahm sich einen gepressten Sockelstuhl, schob ihn vor den Schreibtisch und nahm mit steifem Rücken Platz. »Wo soll ich anfangen, Commander?«

»Am Anfang«, fauchte Karlstrom. »Wo denn sonst?« Er drückte den Aufnahmeknopf des Recorders.

Steve erzählte ihm das, was er schon den Sachverständigen erzählt hatte, doch diesmal ließ er nichts aus. Er wagte es nicht. Da sie Roz' Geständnis hatten, stand er mit dem Rücken zur Wand. Karlstrom lauschte ihm aufmerksam und stellte nur wenige Fragen. Hin und wieder sagte er etwas, was Steve erkennen ließ, dass er im Grunde alles wusste, was er vorher verheimlicht hatte. Steve, der bis zu diesem Augenblick noch nie gezögert hatte, jemanden in die Pfanne zu hauen, fühlte sich schrecklich, als er das feierliche Versprechen brach, das er Mr. Snow gegeben hatte. Zu seiner Überraschung schien Karlstrom, dessen Tonfall mal bramarbasierend und dann wieder versöhnlich ausfiel, seine Bedenken zu verstehen.

»Machen Sie sich keine Sorgen«, sagte er. »Ich weiß, dass die Mutanten Ihr Leben gerettet haben, aber lassen Sie sich nicht davon beirren. Sie sind der Feind. Versprechen, die man Mutanten gegeben hat, zählen nicht.« Steves einziger Trost war die intelligente Art, in der Karlstrom das Gespräch führte. Wo die Sachverständigen geistig zugeknöpft gewesen waren, war er weit offen.

Als Karlstrom merkte, wie Steve sich mit einem zunehmenden Gefühl der Erleichterung von seiner Last befreite, fragte er sich, ob er irgendeine dunkle Ahnung über die wirkliche Lage hatte. Nach dem Studium des vom Q-6 angefertigten Videobandes verfügte die Familie längst über den größten Teil der Informationen, die sie brauchte, um über Brickman zu befinden. Dieses zweite Verhör war nur Bestandteil eines ausgeklügelten Plans. Dass man Brickman die Uniform zurückgegeben hatte, war nur ein weiterer Schachzug in diesem Spiel. Karlstrom wusste, wenn er sie erst einmal anhatte, würde Brickman alles tun, um das Recht nicht zu verlieren, sie weiterhin zu tragen …

Die Befragung dauerte mehrere Stunden, in denen Karlstrom Muntermacher und gesalzene Sojarinderbrötchen kommen ließ. Steve erzählte seine Geschichte mit fließender Knappheit, aber er fügte auch ein paar Anekdoten hinzu, um sie interessant zu machen. Karlstrom ließ nicht erkennen, ob er Steves ziemlich umstrittene Bemerkungen über die Lernfähigkeit seiner Häscher verabscheute, aber er presste die Lippen aufeinander und schüttelte resignierend den Kopf, als er erfuhr, wie Steve Cadillac das Fliegen gelehrt hatte. Schließlich kamen sie zum Augenblick seiner Flucht.

»Was mir gar nicht eingeht«, sagte Karlstrom, »ist, warum Sie geblieben sind, als Sie die Kiste gebaut hatten. Als Sie einmal in der Luft waren, hätten Sie doch verschwinden können. Warum, zum Henker, sind Sie dageblieben? Warum sind Sie wieder gelandet?«

»Wenn ich am helllichten Tag geflohen wäre, hätten sie mich vom Himmel geholt, Commander. Im Süden des Steilfelsens waren zwei Beobachtungsposten. Die einzige Chance, die ich hatte, war die Dunkelheit, aber so leicht war auch das nicht. Wie ich schon sagte, ich habe mit Cadillac in einer Hütte gelebt. Ich musste auf eine passende

Gelegenheit warten. Und meine Chance kam erst, als Mr. Snow und Cadillac die Ansiedlung für fünf Tage verließen.«

Karlstrom reagierte mit einem dünnen Lächeln. »Ja, Ihre Chance bei Cadillacs Hüttengefährtin! Behandeln Sie mich nicht wie einen Idioten, Brickman! Sie sind doch nicht deswegen zurückgekommen, weil Sie uns die Geheimnisse der Präriebewohner erzählen wollten! Der Grund, warum Sie Ihre Beulenkopf-Freunde verlassen haben, war der, dass Sie Ihre Haut retten wollten!«

Steve spürte, wie ihm die Röte in die Wangen schoss. »Das ist nicht wahr, Sir! Sie sind nicht meine Freunde! Und die Unterstellung, dass ich bei ihnen geblieben wäre, ergibt – bei allem Respekt – keinen Sinn. Jeder weiß doch, dass die atmosphärischen Bedingungen es unmöglich machen, ohne passenden Schutz an der Oberwelt zu überleben. Es war meine *Pflicht,* zu fliehen. Doch in den ersten Monaten konnte ich nicht laufen. Und als ich dann erfuhr, wozu die Mutanten fähig sind, wurde mir klar, dass der einzige Fluchtweg für mich durch die Luft gehen musste. Um den Drachen zu bauen, brauchte ich die Mitarbeit der Mutanten – und die konnte ich nur bekommen, indem ich sie dazu brachte, mir zu vertrauen. Es stimmt zwar, dass ich Cadillac das Fliegen beigebracht habe, aber ohne Flugzeug ist sein Wissen nutzlos. Selbst wenn es ihnen gelänge, einen abgestürzten Himmelsfalken wieder zu richten – sie wären nicht fähig, ihn wirkungsvoll einzusetzen. Er passt einfach nicht in ihre Denkweise und ihre Vorstellung von einem Krieger.«

»Das wird sich noch zeigen«, erwiderte Karlstrom. »Trotzdem haben Sie ihnen das Wissen verschafft. Sie haben es nicht an einen gewöhnlichen Beulenkopf weitergegeben, der es mit etwas Glück bald wieder vergessen hätte, sondern an einen Wortschmied – dessen Rolle darin besteht, andere zu unterrichten! Aber lassen wir das … Vielleicht gibt es eine Möglichkeit, dass Sie den Schaden reparieren, den Sie angerichtet haben.«

Steve sprang begeistert auf. »Wie, Sir?«

»Immer mit der Ruhe«, sagte Karlstrom. »Ich verspreche Ihnen gar nichts. Um ganz offen zu sein, Brickman, ich bin nicht völlig davon überzeugt, dass wir Ihnen trauen können. Ihre Einstellung den Mutanten gegenüber stört mich. Sie reden über sie, als wären sie Menschen.«

»Commander, ich wollte den Sachverständigen nur klarmachen, dass wir ihre Fähigkeiten unterschätzt haben. Wir können uns keine Selbstzufriedenheit leisten. Ob sie nun Menschen sind oder nicht, ist unwesentlich. Ich habe nie vergessen, dass sie unsere Feinde sind. Ich habe da draußen erfahren, wie gefährlich sie sind. Ich möchte doch nur eine Chance, dieses Wissen zum Nutzen der Föderation anzuwenden.«

Karlstrom nickte. »Ich habe mir gedacht, dass Sie das sagen würden. Und wissen Sie was? Ich glaube Ihnen fast.«

»Es ist wahr, Commander. Ich schwöre es! Geben Sie mir nur die Chance, wieder auf einem Wagenzug zu kämpfen.«

Karlstrom schüttelte den Kopf. »Ich weiß nicht, Brickman.« Er deutete mit der Hand auf seinen Tischbildschirm. »Sie haben eine ansehnliche Akte und die richtigen Beziehungen. Bevor Sie an die Oberwelt gegangen sind, haben Sie alles nach Vorschrift getan. Wer hätte geglaubt, dass Sie sich zu einem Burschen entwickeln, der Mutanten vögelt?« Bei der Vorstellung verzog er angeekelt das Gesicht. »Wie kann man so herunterkommen? Da würde ich sogar eine Kastration vorziehen.«

Steve hatte das Gefühl, sich verteidigen zu müssen. »Commander, wenn sie ein gewöhnlicher Beulenkopf gewesen wäre, hätte ich es nicht getan. Aber Clearwater hat den Geist und den Körper eines echten Menschen!«

»Ja, das sagen Sie. Aber das macht sie noch nicht zu einer von uns. Sie hat immer noch das *Bewusstsein* eines Mutanten. Sie denkt und handelt so. Und das tut auch Cadillac – der Beulenkopf, mit dem sie haust.« Karlstrom hatte seine Worte mit Bedacht gewählt. Und er sah, dass sie ihre Wirkung nicht verfehlten. »Verstehen Sie? Darauf will ich hinaus. Sie stecken in der Sache drin, Brickman. Die Grenze zwischen ihnen und uns ist nicht mehr klar erkennbar. Was wir uns nun fragen müssen, ist – wenn es hart auf hart geht, wenn die Guten gegen die Bösen stehen, auf wessen Seite werden *Sie* dann sein?«

Steve richtete sich gerade auf. »Auf der unseren, Commander. Ich könnte jetzt eine große Rede halten, in der alles vorkommt, was man gern hören möchte, aber Sie wissen doch so gut wie ich, dass es eine bessere Methode gibt, der Ersten Familie seine Loyalität zu beweisen. Setzen Sie mich in einen Himmelsfalken, lassen Sie mich gegen die Präriebewohner ziehen, und dann schauen Sie zu, wie die Fetzen fliegen.«

Karlstrom wirkte noch immer unbeeindruckt. »Das sind markige Töne, Brickman. Ich werde sie mir merken. Okay … und jetzt geben Sie mir eine kurze Zusammenfassung Ihrer Reise von der Wind-River-Bergkette zur Zwischenstation Pueblo.«

Steve beschrieb das letzte gefährliche Stadium seiner Reise, bei der das zusammengeflickte Schwingengewebe seines Drachen ständig zu reißen gedroht hatte, und seine Ankunft in der Wagner-Zwischenstation am Arkansas

River. Am Ende blieben nur noch zwei Themen übrig, die er noch nicht erläutert hatte: die Magie, zu der die Mutanten fähig waren, und die Talisman-Prophezeiung. Steve, der diesen Augenblick insgeheim gefürchtet hatte, wusste, dass er nicht mehr lange damit hinter dem Berg bleiben konnte.

Als hätte Karlstrom seine Gedanken gelesen, stellte er seine leere Tasse auf den Schreibtisch, warf einen Blick auf seine Armbanduhr und sagte: »Sehr gut. Okay, belassen wir es dabei. Morgen unterhalten wir uns dann über die Magie.«

»Die … ah … Magie?«

»Ja«, sagte Karlstrom. »Über die Fähigkeit Ihres Freundes Cadillac, die Bilder in den Sehsteinen zu deuten. Über die magischen Kräfte, die Clearwater und Mr. Snow aus der – Erde? – gerufen haben …«

Nicht in seinen wildesten Fantasien hätte Steve sich vorstellen können, dass ein so hochrangiger Angehöriger der Ersten Familie so offen über Magie sprach. Also *das* war es! Offenbar wollten sie *doch* einen Handel mit ihm abschließen. Er hatte etwas, worauf die Familie aus war. Erfahrung. Wissen. Irgendetwas. Steve wusste zwar, dass jetzt nicht die Zeit war, sich im Zaum zu halten, aber seine Kehle war wie zugeschnürt. Die Tabus, die das Thema umgaben, waren zu fest in sein Unterbewusstsein geprägt, als dass er mit einem Menschen wie Karlstrom einfach hätte darüber reden können. Sein sechster Sinn sagte ihm, dass jetzt die Zeit war, die Gesetze zu achten. »Ich … ah … Commander … ah … Sie kennen die gültige Position ebenso wie ich. In dieser Angelegenheit ist das Handbuch sehr deutlich. Es gibt keine Magie. Jedes öffentliche Behaupten des Gegenteils ist ein Vergehen erster Kategorie.«

»Stimmt«, erwiderte Karlstrom liebenswürdig. »Aber das gilt auch für das Rauchen von Gras und das Hören von Blackjack. Glauben Sie etwa, wir wüssten nicht, was sich in der Wohneinheit 8 in Santanna abgespielt hat?« Er lachte, als er Steves Gesichtsausdruck sah. »Jetzt verstehen Sie vielleicht, wie sehr die zukünftige Karriere Ihrer Blutsschwester von Ihrer Mitarbeit abhängt.« Er schaltete seinen Tischbildschirm aus und stand auf. »Denken Sie darüber nach.«

Steve sprang auf und stand stramm. »Commander«, setzte er an, »Sie haben doch Roz' Aussage. Ich kann Ihnen ... ah ... nichts erzählen, was Sie nicht schon wissen.«

»Stimmt«, sagte Karlstrom. »Aber ich würde es gern noch einmal hören. Aus Ihrem Mund.« Er nahm Steves Gruß mit einem kurzen Nicken zur Kenntnis und ging durch die Tür hinter dem Schreibtisch hinaus.

Kurz darauf kam Pruett aus dem Vorzimmer zurück und brachte Steve wieder in das leere Vierbettzimmer auf der Isolierstation, in der er den letzten November verbracht hatte. Man hatte nur die Pfleger am Eingangstisch auf dem Korridor ausgewechselt. Steve fragte sich, was aus den Burschen geworden war, die während seines letzten Aufenthalts hier Dienst getan hatten. Waren sie mit Chisum nach unten gegangen? Er lächelte vor sich hin, als er an Chisums Prahlereien dachte, er habe einflussreiche Freunde. Ein Mann, der gerne Dinge reparierte ... Er war *wirklich* ein feiner Reparateur ...

»Ich fürchte, Sie werden den Rest des Tages allein verbringen müssen«, sagte Pruett. Sie deutete auf einen an der Wand befestigten TV-Schirm. »Wenn Sie wollen, kann ich dafür sorgen, dass man ihn für Sie einschaltet. Legen Sie Wert auf irgendein Thema oder einen bestimmten Kanal?«

Steve spielte mit der Idee, sie zu bitten, ihm eine Erbauungssendung über die Erste Familie einzustellen, doch dann gelangte er zu dem Schluss, dass es mit seiner Heuchelei seit seinem Leben bei den Mutanten nicht mehr weit her war. »Das ist nett von Ihnen, Ma'am. Aber ich glaube, ich setze mich lieber hin und kläre meinen Kopf für morgen.«

Pruett nickte verständnisvoll. »Okay. Wenn Sie es sich noch überlegen wollen, kann Ihnen der Pfleger am Tisch draußen etwas auf den Schirm holen. Später holt ein MP Sie ab und bringt Sie zum Essen nach unten.« Sie deutete lächelnd auf die Tür. »Am Ende des Gangs finden Sie ein Wandmagazin mit einem Bügeleisen und alles, was Sie sonst noch brauchen. Geben Sie sich Mühe mit der Uniform. Wenn ich Sie um halb neun wieder abhole, will ich nur noch die Bügelfalten auf der Hose sehen.«

Steve salutierte. »Yes, Ma'am!« Nachdem sie gegangen war, legte er sich auf seine alte Koje und dachte über seine Begegnung mit Commander General Karlstrom nach. Ein interessanter Bursche – und keinesfalls einer von denen, die jeden Scheiß schluckten. Karlstrom gehörte zu den Gefährlichen. Er versuchte gar nicht erst, die Leute mit seiner Intelligenz zu verwirren. Er erweckte den Eindruck eines beiläufigen Zuhörers, aber ihm entging nichts. Sein Gehirn war rasiermesserscharf. Steve tröstete sich damit, dass er bis jetzt noch nicht zu viele Eigentore geschossen hatte. Aber er musste aufpassen, wohin er trat. Dass eine Amtrak-Exec ihn herumführte, war ihm nicht geheuer. Zwar war Pruett nur eine JX-2 (die Junior-Ränge gingen von 1–10, die Senior-Ränge [SX] von 1–5), aber im Vergleich mit den MP-Gummiknüppeln behandelte man ihn wie einen VIP. Trotz der verbalen Schrammen, die Karlstrom seinem Ego verpasst hatte, hatte man ihn sanft behandelt. Da ging etwas vor. Er wusste zwar nicht, was – jedenfalls jetzt noch nicht –, aber sein sechster Sinn sagte ihm, dass man ihn zu irgendetwas bringen wollte. Er sagte ihm aber auch, dass er mitmachen sollte, um das Beste für sich herauszuholen.

Ja … wenn es ihm gelang, aus den A-Ebenen zu entkommen; wenn er wieder Uniform tragen durfte und sich mit der Ersten Familie unterhielt; mit jemandem, der direkt mit dem General-Präsidenten zusammenarbeitete. Nun ja, es war erstaunlich und kaum zu glauben. Steve spürte deutlich, dass sich seine neue Situation von seinem Auftritt vor den Sachverständigen unterschied. Damals war er zu dreist gewesen. Er hatte sich von der dunkelhaarigen Vorsitzenden aus der Reserve locken lassen und provokative Meinungen geäußert. Deshalb hatte man ihn degradiert. Das würde ihm diesmal nicht passieren. Nein, ein Handel lag in der Luft. Er konnte es riechen. Dass Karlstrom im letzten Augenblick über die Magie gesprochen hatte – wie er sie beinahe wie einen nachträglichen Einfall ins Gespräch gebracht hatte … Es bestätigte seinen Verdacht, dass zu diesem Thema eine Verschwörung des Schweigens existierte. Na, bitte. Die Familie war in der Position, dass sie wusste, um was es ging. Sie tat nichts ohne einen guten Grund. Es war wichtig, Karlstrom wissen zu lassen, dass der loyale, aufrechte und vertrauenswürdige Steven Roosevelt Brickman ebenfalls ein Geheimnis für sich behalten konnte.

Steve hatte seinen früheren Beschluss – sich einen Pfad durch das undurchdringliche Dickicht aus Lügen und Täuschungen zu schlagen, das die Erste Familie umgab – zwar nicht vergessen, aber nun, wo er in die unmittelbare Reichweite eines Mannes gekommen war, der mit dem

General-Präsidenten zusammenarbeitete, war nicht der richtige Augenblick, um die Axt zu schwingen.

Als Pruett am nächsten Morgen kam, um ihn abzuholen, stand Steve in einer beeindruckend glatt gebügelten Uniform an der Stationstür stramm. »Guten Morgen, Mr. Brickman.«

»Guten Morgen, Ma'am«, erwiderte Steve. Schon wieder dieses Lächeln – und jetzt auch noch Mister! War das ein Teil des Aufweichverfahrens? Oder redeten sich die Junior-Execs alle so an? Steve hatte noch nie zuvor jemanden aus dem Schwarzen Turm kennengelernt. Er war nur mit einigen Angehörigen aus Onkel Barts Seniorstab zusammengetroffen, aber das waren MPs. Und wie Onkel Bart waren sie – nun ja – eine besondere Art von Arschlöchern gewesen.

Steve und Pruett nahmen den Weg, der zu Karlstroms Büro führte. »Der Commander General wird gleich bei Ihnen sein.« Sie ließ ihn vor dem großen, soliden Schreibtisch aus rotbraunem Holz stehen. Er war glatt und leuchtete, und seine wirbelnden schwarzen Streifen erinnerten ihn an das Muster auf Clearwaters eingeöltem Leib …

Commander General Karlstrom kam durch die Tür hinter dem Tisch und erwiderte Steves Salutieren mit einem kurzen Nicken. »Sind Sie bereit?«

»Ja, Commander.«

»Gut. Kommen Sie mit!« Steve folgte ihm durch die Tür hinaus und fand sich in einem kleinen Aufzug wieder. Als Karlstrom in ein Gitter sprach, das die Stelle einnahm, an der normalerweise die Schaltknöpfe lagen, setzte sich der Lift in Bewegung. »Vier hinauf, bitte …«

Steve nahm an, dass er vier Etagen meinte – was sie nach Ebene Vier-6 bringen würde. In anderen Gegenden der Föderation stand die Ebene, auf der man sich befand, deutlich an der Wand, die dem Aufzug gegenüberlag, aber er hatte bemerkt, dass man dies im Weißen Haus nicht praktizierte. Er nahm an, es war eine Sicherheitsvorkehrung, um Eindringlinge zu verwirren. Aber wer, fragte er sich, würde schon das Wagnis eingehen, ins Weiße Haus einzudringen?

Er folgte Karlstrom aus dem Lift in eine gewaltige, kreisförmige Halle mit kuppelartiger, zehn Meter hoher Decke. In den Wänden befanden sich in regelmäßigen Abständen weitere Aufzugtüren. In der Mitte der Halle standen vier große Röhren dicht beieinander, die etwa einen Meter durchmaßen. Sie kamen aus dem Boden und gingen durch die Decke. Rund um die Röhren verlief ein kreisförmiger Wall aus Marmor, der etwa drei Meter hoch war und von Drehkreuzen in Segmente unterteilt wurde. Eine abgeschrägte horizontale Öffnung in jeder Wandsektion ließ die gesamte Struktur wie eine Kreuzung zwischen einem futuristischen Empfangstisch und einem Zwischenstationsbunker erscheinen. Wagner in Uniformen, die Steve noch nie gesehen hatte, bemannten die Theken. Sie trugen tief ins Gesicht gezogene Parademützen mit roten Oberteilen, weißen Kopfriemen und dunkelblauen Schirmen sowie kurze dreifarbige Jacken und weiße Hosen. Die Jacken waren am Rücken hüfthoch und über dem Bauch zu einem V geschnitten; das Blau an den Schultern, dem oberen Brustkorb und den Ärmeln der Männer war rot abgesetzt, und sie trugen breite weiße Schärpen und dazu passende Armwinkel. Jeder Wächter hatte eine Luftpistole mit überlangem Lauf in seinem weißen Lederhalfter, und jeder trug das goldene Abzeichen eines Fähnrichs auf dem hohen Kragen.

Diese Barriere, schloss Steve, konnte nur dazu dienen, eine Person zu bewachen. Seine Knie wurden weich, als er daran dachte. Als Karlstrom näherkam, wurde er erkannt, und ein Captain erschien am Drehkreuz und salutierte, als der Commander General durchging. Karlstrom reichte dem Captain eine ID-Karte, der sie zur Überprüfung weitergab. Einer der Fähnriche am Empfangstisch nickte Steve zu, als Karlstrom die Karte zurückerhielt. »Okay, Sie können durchgehen.«

Steve gesellte sich hinter der Marmorwand zu Karlstrom, während der Captain ein paar Aufzüge rief. Die vier Röhren enthielten Kapseln, die gerade groß genug waren, um eine Person zu befördern. Steve trat – wie instruiert – in sie hinein und wurde nach oben in ein großes Büro gebracht. Dort waren Dutzende von Schreibtischen und Videokonsolen, die von Leuten in silbernen Einteilern bemannt waren. Die Drehkreuztüren und Aufzüge wurden von weiteren rotweißblau Uniformierten bewacht. Karlstrom führte ihn an einem salutierenden Fähnrich vorbei zu einem Drehkreuz, trat hinein und wurde in Drehung versetzt. Der Fähnrich gab Steve ein Zeichen, dass er einsteigen sollte. Das Drehkreuz rotierte und entließ Steve in einen großen Raum, dessen hohe Fenster sich am anderen Ende in einer holzgeschnitzten Wand befanden. Die Wände waren weiß, der Bodenbelag tiefblau. Er sah einen Schaukelstuhl mit hoher Rückenlehne und davor zwei Armsessel, die zu beiden Seiten eines niedrigen Alkovens standen, in dem Flammen aus verkohlten Holzscheiten züngelten. Karlstrom baute sich an der Seite eines großen hölzernen Schreibtisches mit blauer Oberfläche auf. Hinter dem Tisch, eingerahmt von zwei hängenden Flaggen und einem prächtig geschnitzten Holzadler, saß ein weißhaariger Mann in einer blaugrauen, militärisch geschnittenen Jacke mit hohem Kragen und dazu passenden Hosen und Schuhen. Seine Ellbogen lagen auf den gepolsterten Armlehnen seines Sessels, und als er Steve über die zusammengelegten Fingerspitzen hinweg ansah, zeigte sein gebräuntes Gesicht den gleichen festen, doch milden Ausdruck, der in der Föderation von zahllosen Wänden herabschaute. George Washington Jefferson der 31. Der General-Präsident, der Vater der Föderation, der Erschaffer des Lebens, der Wächter des Erdschildes, der Schöpfer des Lichtes und der Arbeit.

Als er die marmornen Verteidigungsanlagen gesehen hatte, hatte Steve schon vermutet, wohin Karlstrom ihn bringen würde, aber jetzt, wo er sich im Oval Office aufhielt, das den Hintergrund so vieler Erbauungssendungen über die Erste Familie gebildet hatte, war er völlig verblüfft und wie am Boden angewachsen. Jefferson der 31. stand auf und winkte ihm zu. »Kommen Sie näher, Steven.«

Steve ging über den Teppich, ohne zu spüren, dass seine Füße den Boden berührten. Der G-P trat hinter dem Tisch hervor und reichte ihm die Hand. Steve streckte die seine aus, aber er wagte die des anderen erst zu ergreifen, als sich die Finger des G-P um seine Handfläche schlossen. Bei allem Zynismus, den er vorher oftmals empfunden hatte, war es ein atemberaubender Moment.

Jefferson schenkte Steve ein verständnisvolles Lächeln und klopfte ihm auf die Schulter. »Nett, dass Sie wieder bei uns sind, mein Junge. Ben hat mir alles über Sie erzählt. Sie sind ein … ah … bemerkenswerter junger Mann.« Der G-P nutzte seinen Griff auf Steves Schulter, um ihn herumzudrehen und zu einem Armsessel am Feuer zu führen. »Setzen Sie sich, machen Sie es sich bequem.«

Steve wartete, bis Jefferson und Karlstrom ihm gegenüber Platz genommen hatten – der G-P im Schaukelstuhl am Feuer, Karlstrom in dem weiter entfernten Sessel, sodass es ihm unmöglich wurde, beide Männer gleichzeitig anzusehen. Der Armsessel war weich und tief. Weicher und umarmender als alles, worin Steve in seinem ganzen Leben gesessen hatte. Er lehnte sich für einen kurzen Moment in den herrlichen Luxus zurück und setzte sich dann aufrecht hin, wobei sich sein Hintern auf der vorderen Hälfte des Sitzkissens befand.

Jefferson hielt die Hand über die züngelnden Flammen. »Also, Steven … Ich habe von Ben gehört, dass Sie daran denken, bei uns mitzumachen …«

»Ah … Sir?«

Jefferson schaute Karlstrom an.

»Ein paar Einzelheiten müssen natürlich noch geklärt werden.«

»Nur Formalitäten, nehme ich an.« Jefferson stellte das Braten seiner Hand ein und deutete auf den Alkoven. »Ich wette, sowas haben Sie noch nie gesehen, was, Steven? Wissen Sie, wie man es nennt? Kamin. Vor langer Zeit, in der Ära der Blauhimmelwelt, gab es sie in fast jedem Haus. Ja … man hat sie sogar als Herz des Hauses bezeichnet. Nachdem sie den Tag damit verbracht hatten, auf der Ranch, in den Gruben, den Mühlen und Ortschaften zu arbeiten, kamen die guten alten Jungs nach Hause. Dann kamen auch die Frauen vom Feld; sie setzten sich zusammen ans Feuer, aßen eine Mahlzeit, die ihnen die gute Erde geschenkt hatte, und unterhielten sich über ihre Träume für eine bessere Zukunft.«

Jefferson warf einen nachdenklichen Blick auf den Kamin. »Ja … es war ein großartiges Land. Die Leute hielten zusammen, glaubten an die gleichen Dinge. Sie waren ehrlich, rechtschaffen und treu. Wer Mut hat und hart arbeitet, für den gibt es keine Grenzen.« Er richtete den Blick auf Steve. »Die guten alten Jungs haben es richtig gemacht. Sie haben neue Wege gesucht, sie haben Eisenbahnschienen gelegt, Highways gebaut und in der Prärie Städte errichtet. Sie haben sie aus Ziegelsteinen, Kiefern und Zedern gebaut, aber auch aus Glas und Stahl. Schauen Sie mal aus dem Fenster dort …!«

Steves Blick folgte dem ausgestreckten Arm des G-P. Durch das Fenster in der gewölbten Wand hinter dem Schreibtisch sah er eine weite Landschaft mit grünem Gras, knospenden Weiden und silberzopfigen Lärchen, und in mittlerer Entfernung ein weißes, hölzernes Gebäude mit einem spitzen Dach, auf dem ein Kreuz aufragte.

»Wissen Sie, was das ist?«, rief Jefferson aus. »Ein Bild von einem Teil unseres Landes, wie es früher einmal war! New Hampshire im Frühling. Und jeder, der in Amerika einen Blick aus dem Fenster warf, hatte so ein Bild vor Augen! Grünes Gras, grüne Bäume, grüne Hügel – so, wie es in dem Lied heißt. Und eines Tages wird es wieder grün sein. Unsere Vorväter haben mit den wilden Bestien und der Natur um jeden Zentimeter dieses Landes gekämpft, damit sie es denen vererben konnten, die nach ihnen kamen. Es war die Sache damals wert, dafür zu kämpfen, und sie ist es auch noch heute – wir werden sie zurückgewinnen. Die Mutanten haben diese Träume vernichtet. Sie haben sie zu einem Albtraum gemacht und unsere Ahnen einer herrlichen Zukunft beraubt. Jetzt liegt es an uns – an mir, an Ben, an jungen, begabten Männern wie Ihnen und jedem anderen gesunden Wagner –, alles zu tun, um die Föderation dorthin zu bringen, wohin sie gehört.«

Der G-P deutete auf die stuckverzierte Decke. »Nach dort oben, in die Blauhimmelwelt. Was wir hier unten im Erdschild erreicht haben, wird nichts sein im Vergleich zu dem, was wir dort oben erreichen werden, wenn die Oberwelt erst wieder uns gehört!« Er hob den rechten Arm, machte eine Faust und schlug dann fest auf die Lehne seines Stuhls. »Das ist das Einzige, was ich bedaure, Steven: Dass ich an dem Abend nicht mehr da sein werde, an dem in ganz Amerika wieder die Feuer brennen. Keine Flammen und kein Rauch am Himmel, weil die Städte brennen, sondern hier …« – er deutete auf die brennenden Scheite – »… im Herd, in den Häusern der Tapferen. Aber Sie … Sie können den Tag noch erleben; oder zumindest können Sie dabei helfen, ihn näherzubringen. Ich habe mein ganzes Leben dem Erreichen dieses Ziels gewidmet. Und das Gleiche gilt für Ben und den Rest der Familie. Sind Sie ebenfalls bereit, *Ihr* Leben dieser Sache zu verschreiben, Steven?«

Steve breitete die Arme aus. »Mr. President, Sir – ich habe bis jetzt immer mein Bestes getan, um meine Pflicht zu erfüllen. Ich bin zu allem bereit, was Sie von mir verlangen, Sir.«

Jefferson nickte zufrieden. »Gut, gut, das hört man gern.« Er sah Karlstrom an. »Ich mag diesen Jungen, Ben. Er spricht meine Sprache.« Der G-P wandte sich wieder an Steve und musterte ihn mit einem durchdringenden Blick. »Vertrauen Sie mir, Steven?«

»Völlig, Mr. President, hundertprozentig.«

»Genug, um mit mir über Magie zu reden?« Jeffersons Blick blieb auf Steve haften; er studierte seine Reaktion. »Sie sehen nicht überrascht aus.«

Steve unterdrückte das in seiner Kehle aufkeimende

Lachen und brachte es fertig, es in ein ersticktes Husten umzuwandeln. »Ah, Mr. President … Nach fünf Monaten bei den Mutanten, ist es, nun ja, ziemlich schwer, von irgendetwas überrascht zu sein. Als die Vorsitzende des Sachverständigenrates mir das Wort abschnitt, als ich über die Talisman-Prophezeiung sprechen wollte, ist mir klargeworden, dass ich nicht der Einzige bin, der etwas darüber weiß. Da man den Rest des Rates im Unklaren ließ, konnte das nur bedeuten, dass andere, die sich in höheren Stellungen befinden, das Thema ernst nehmen. Und wenn sie die Prophezeiung so gesehen haben, konnte daraus nur folgen, dass sie die Magie für ebenso wahrscheinlich halten. Die Bedrohung, die die Prophezeiung für die Föderation enthält, ist so ernst, dass *Sie* einer dieser Leute sein mussten, Sir.«

Jefferson lachte leise und schlug mit der Hand auf die Lehne seines Schaukelstuhls. »Ich glaube, Sie brauchen sich keine Sorgen zu machen, Ben. Dieser Junge wird es noch weit bringen.« Er wandte sich wieder Steve zu. »Natürlich haben Sie recht. Aber es war notwendig, die Existenz der Magie zu verschweigen, damit sie sich nicht auf die Disziplin der Wagenzug- und Zwischenstationsmannschaften auswirkt – und auf die allgemeine Wagnermoral. Das Studium der Unterlagen hat mir gezeigt, dass es eine schwere Entscheidung für meine Vorgänger war, aber sie waren der Meinung, der einzige Weg, alle Zweifel und Gerüchte zu beseitigen, bestünde darin, das Gesetz mit aller Härte durchzusetzen. So wurde jede öffentliche Diskussion der Magie zu einem Vergehen erster Kategorie.«

»Aber, Mr. President, bedeutet das, dass alle Bahnbrecher, die wegen Pflichtversäumnis verurteilt und erschossen wurden, unschuldig waren?« Steve musste einfach das Risiko eingehen, diese Frage zu stellen. Der Blick, den Karlstrom ihm zuwarf, zeigte ihm, dass er an seine Grenzen ging.

Auch die Augen des G-P hatten ihr Funkeln verloren. »Ich glaube, Sie verstehen nicht, Steven. Ob sie nun unschuldig waren oder nicht – ihre *Behauptung*, die Mutanten verfügten über magische Kräfte, war das Verbrechen gegen das Gesetz. Sie sind so gestorben wie die Minutemen und Foragers – damit die anderen leben können. Es ist ein Opfer, das man von jedem Wagner fordern muss, der früher seines Namens würdig war. Und dieses Opfer muss man auch in Zukunft von ihm verlangen.«

Steve verstand.

»Sie eingeschlossen wissen in der ganzen Föderation weniger als hundert Menschen von der Existenz der Talisman-Prophezeiung. Die offizielle Ansicht lautet immer noch, dass es keine Magie gibt. Die Wahrheit sieht etwas anders aus. In den letzten hundert Jahren hat die Erste Familie genügend Beweise gesammelt, die zweifelsfrei zeigen, dass bestimmte Mutanten über die Fähigkeit verfügen, Naturphänomene zu manipulieren. Wie und warum sie dazu fähig sind, verstehen wir zwar noch nicht, aber wir wissen, dass sie eine äußerst reale und ernsthafte Bedrohung darstellen.« Jefferson legte eine Pause ein, um seine Worte auf Steve einwirken zu lassen. »Sie werden allerdings nie erleben, dass ich dergleichen außerhalb meines Büros zugebe – und ebenso werden auch Sie nie über das reden, was Sie gerade gehört haben und was wir noch diskutieren werden. Dieses Treffen hat nie stattgefunden. Ist das klar?«

»Ja, Mr. President, Sir.«

»Gut.« Jeffersons Blick und sein Verhalten wurden etwas

sanfter. Er faltete die Hände und legte die Ellbogen auf die Lehnen des Schaukelstuhls. »Von wem haben Sie die Prophezeiung gehört – von diesem Mr. Snow?«

»Ja, Sir. Ich nehme an, er hat eine Art Botschaft darin gesehen, die ich weitergeben sollte. Ich muss sagen, sie hat mich ganz schön in Angst versetzt.«

»Mich auch«, sagte Jefferson. »Aber ich habe sie schon gehört, als ich nur halb so alt war wie Sie.« Der G-P grinste schief. »Das war, bevor Ihr Wächtervater auf die Welt kam. Ja … Ich frage mich, ob die Version, die Sie gehört haben, die gleiche ist, die ich kenne.« Er sagte den ersten Vers auf:

»Wenn der große Berg im Westen spricht
mit feuriger Zunge, die den Himmel verbrennt,
und die Erde in ihren eigenen Tränen ertrinkt,
dann wird ein Neugeborenes des Prärievolkes,
das der Dreifachbegabte ist,
Wortschmied, Rufer und Seher sein.«

Jefferson beugte sich vor. »Sagen Sie den Rest auf, Steven.« Steve begann mit dem zweiten Vers:

»Es kann Mann-Kind oder Frau-Kind sein.
Der Erkorene wird gerade Glieder haben
und stark sein wie die Helden aus Alter Zeit.
Der Morgentau wird seine Augen sein,
die Grashalme seine Ohren,
und sein Name wird sein Talisman.

Die Adler werden seine Goldpfeile sein,
die Steine der Erde sein Hammer,

und eine Nation wird geschmiedet sein
aus den Flammen des Krieges.
Das Volk der Prärie wird sein wie ein glänzendes
Schwert
in den Händen Talismans, seines Retters.

Dann werden die Wolkenkrieger fallen wie Regen.
Die Eisenschlange wird ihre Herren fressen.
Die Wüste wird sich erheben und zerschmettern
die finsteren Städte der Sandgräber,
denn Himmel und Erde haben gewährt
ihre geheimen Kräfte Talisman.

So werden die Feinde des Volkes vernichtet,
denn der Dreifachbegabte ist Herr über alles.
Der Tod aus der Luft wird verschwinden,
und das Blut der Erde getrocknet.
Seelenschwester und Seelenbruder reichen sich die
Hände,
und das Land wird von Talisman singen.«

Die Worte brachten Steve zu dem magischen Augenblick zurück, in dem er sie erstmals in Mr. Snows Hütte gehört hatte. Er hatte auf der Matte gehockt, vor Cadillac und dem drahtigen weißbärtigen Wortschmied, im flackernden Feuerlicht. Er sehnte sich plötzlich nach ihrer gutmütigen Gesellschaft. Er sehnte sich auch danach, wieder in Clearwaters Augen zu blicken, und empfand das drängende Verlangen, ihr nahe zu sein.

Aber da war auch etwas anderes. Der erste Vers der Prophezeiung, den Jefferson rezitiert hatte, stimmte nicht ganz mit dem seinen überein. Jeffersons Version gab der

Prophezeiung einen völlig anderen Sinn. Nach der Zeile »und die Erde in ihren eigenen Tränen ertrinkt« lautete die Föderationsversion:

»dann wird ein Neugeborenes des Prärievolkes,
das der Dreifachbegabte ist …«

In der Version, die Mr. Snow rezitiert hatte, lautete der Text:

»dann wird dem Prärievolk ein Kind geboren,
das der Dreifachbegabte ist …«

Nach allem, was er gehört hatte, zweifelte Steve kaum noch daran, dass die Erste Familie bereits an einem Plan arbeitete, um mit Talisman fertig zu werden, doch alle Vorhaben, die man ins Auge gefasst hatte, schienen auf der Vorstellung zu gründen, dass man, wenn die Erde das Zeichen gab, nach einem *Neugeborenen* Ausschau halten musste, das in der vorhergesagten Obhut des Prärievolkes aufwuchs. Wenn aber Mr. Snows Version die korrekte war, konnte es bedeuten, dass jemand, der *Jahre vor* dem vorhergesagten Ereignis zur Welt gekommen war, Talisman sein konnte. Ein erwachsener Mann oder eine erwachsene Frau – wie Clearwater oder Cadillac, in denen die Kräfte schlummerten, die sie zu Talisman machen konnten. Kräfte, die jeden Moment ausbrechen konnten …

Das Szenarium, auf dem die Föderationsversion der Prophezeiung basierte, schien eine fünfzehn Jahre lange Atempause zwischen der Geburt und dem Erscheinen Talismans als magischer Kriegerfürst des Prärievolkes einzuschließen: Mr. Snows Version erlaubte praktisch keine

Reaktionszeit. Wenn die Föderation das Wahrwerden der Prophezeiung verhindern und über das Prärievolk siegen wollte, war es außerordentlich wichtig, dass man herausfand, welche der beiden Versionen die richtige war. Oder gab es noch eine dritte – und eine vierte Version? Und, wenn ja, welche von ihnen würde sich bewahrheiten? Oder war die Talisman-Prophezeiung ein unausweichliches Produkt der derangierten Mutantenpsyche? Die letzte große, rauchgefüllte Illusion; der sterbende Traum einer Rasse, die am Rand der völligen Ausrottung stand?

Und da waren auch noch die praktischen Probleme. Wenn Prophezeiungen Wirklichkeit werden konnten, wann wurde das Zeichen gesetzt? Wo, zum Beispiel, lag der große Berg im Westen?

Steve konzentrierte seine Gedanken wieder auf das Oval Office und das, was der General-Präsident gerade zu Karlstrom sagte.

»... die erstaunliche Genauigkeit, mit der das Zeug überliefert wird. Zwischen der Version, die ich kenne, und der, die Steven zitiert hat, liegen über hundert Jahre, und doch stimmen sie wörtlich überein.«

Karlstrom nickte nachdenklich. Als er Steve zugehört hatte, hatte er sich gefragt, ob dem jungen Wagner eigentlich bewusst war, dass er neben der Tatsache, der Einzige zu sein, den die Mutanten je gefangen genommen hatten, auch der *einzige* Mensch dieses Jahrhunderts war, von dem die Familie wusste, dass er durch eine Oberweltquelle von der Talisman-Prophezeiung erfahren hatte. Wie interessant, dass das Prärievolk ausgerechnet ihn zum Kurier gewählt hatte. Als Karlstrom alle möglichen Implikationen in Betracht zog, wurde ihm klar, dass das Q-6 Steve nur deswegen nicht dazu gebracht hatte, die Prophezeiung

Zeile für Zeile aufzusagen, weil man gewusst hatte, dass er sie kannte. Es war ein geringfügiges Versehen und spielte höchstwahrscheinlich auch keine Rolle, aber da auch dies ein Beispiel für verfahrensmäßige Schlamperei war, ärgerte es ihn. »Sagen Sie – stimmt der erste Vers, den der Präsident aufgesagt hat, mit dem überein, den Sie von Mr. Snow gehört haben?«

Steve sah ihn mit geneigtem Kopf an. »Ja, Commander. Nach allem, woran ich mich erinnere, würde ich sagen, hundertprozentig.«

»Okay. Hat dieser … ah … Mr. Snow Ihnen noch mehr über die Prophezeiung erzählt? Beispielsweise, woher sie stammt?«

»Ja, Commander. Er hat erzählt, sie sei vor etwa vierhundert Jahren von einem Wortschmied namens Cincinatti-Red überliefert worden. Genau das Wort hat er benutzt.«

Jefferson und Karlstrom tauschten nachdenkliche Blicke.

»Vierhundert Jahre«, sagte Jefferson. »Ich würde sagen, das bezeugt ihre Echtheit recht gut, finden Sie nicht auch? Es bedeutet, dass derjenige, von dem sie stammt, das Auftauchen von Wagenzügen und Fliegern zweihundert Jahre vor ihrer Zeit hat kommen sehen.«

»Der Wortschmied hat vielleicht gelogen«, sagte Karlstrom. »Das Problem ist, dass wir keine Möglichkeit haben, es zu beweisen – selbst wenn er zu einem Verhör hier wäre. Vielleicht gibt er nur das weiter, was er von seinen Vorgängern gehört hat. Nicht, dass es eine Rolle spielt. Unsere Pläne basieren auf der Annahme, dass sie wahr sein könnte.«

Steve zog Karlstroms Beachtung auf sich. »Ah … Commander – der große Berg im Westen – wo angeblich alles seinen Anfang nehmen soll ... Kennen wir seinen genauen Standort?«

»Ja, wir kennen ihn«, erwiderte Karlstrom trocken. »Zumindest sind wir uns zu fünfundneunzig Prozent sicher. Aber wir sind jetzt nicht hier, um über ihn zu reden. Warum erzählen Sie dem General-Präsidenten nicht, was Sie über die Rufer und Seher herausgefunden haben?«

Jefferson setzte sich in seinen Stuhl zurück. »Ja, fahren Sie fort, Steven!«

Steve warf einen Blick in seine Augen und erzählte ihm – fast – alles.

Alles – bis auf die Behauptung Mr. Snows, dass er, Steven Roosevelt Brickman, ebenfalls unter Talismans Schutz stand.

Als er fertig war, warf Jefferson Karlstrom einen fragenden Blick zu.

Karlstrom reagierte mit einem kaum merklichen Nicken. Sein Gesicht verriet nicht das Geringste. »Das Erdbeben, das Sie bei unserem gestrigen Gespräch erwähnt haben ... das den Steilfelsen gesprengt hat, als Sie gerade fliehen wollten ... Glauben Sie, Clearwater könnte dafür verantwortlich gewesen sein?«

»Es ist möglich, Commander. Ohne zurückzukehren und sie zu fragen, kann ich es zwar nicht mit Gewissheit sagen, aber wenn es damals nicht passiert wäre, wäre ich heute nicht hier. Ich weiß, dass es unglaublich klingt, aber verglichen mit dem, was Mr. Snow angeblich getan haben soll, um den Wagenzug zu vernichten ...«

»Was ihm beinahe auch gelungen wäre«, sagte Jefferson. »Ben, ich glaube, wir können diesem jungen Mann eine Chance geben. Wenn ich ihn so ansehe, habe ich ein gutes Gefühl.« Er faltete die Hände, legte die Ellbogen auf die

Lehnen seines Stuhls und beugte sich vor. »Steven, wissen Sie, was ein Quest ist?«

»Ja, Mr. President.«

Der G-P nickte. »Gut. Wie würde es Ihnen gefallen, an einem Quest teilzunehmen, dessen Ziel darin besteht, Talisman zu finden?«

Steves Herz machte einen Sprung. Er versuchte, seine Erregung zu verbergen. »Das würde ich sehr gern tun, Mr. President.«

»Okay.« Der G-P deutete mit der Hand auf Karlstrom. »Ben führt eine Agentur, die Spezialaufträge für die Familie erledigt. Wie Sie sich vorstellen können, muss ich hin und wieder Dinge tun, die keine existierende Einheit erledigen kann. Aufträge, die Leute wie Sie erfordern, die eine hochgradige Bildung und ein Gehirn haben, das auch unter Druck funktioniert und eine gewisse Originalität aufweist. Leute, die mit absoluter Diskretion operieren, und« – Jefferson sah Steve fest in die Augen – »auf die ich mich völlig verlassen kann. Die Suche nach Talisman ist eine ihrer Hauptaufgaben. Der Commander wird Ihnen alles erzählen, was Sie wissen müssen.« Jefferson stand auf, um zu zeigen, dass das Gespräch beendet war.

Steve sprang aus dem Armsessel und griff – diesmal ohne zu zögern – nach der Hand des G-P. Er spürte, wie ein elektrischer Schlag seinen Arm hinauflief. Hundert Volt menschlicher Wärme und Aufrichtigkeit. Ein Zeichen, dass er es mit einem echten Profi zu tun hatte.

»Übrigens habe ich Ihren Wächtervater Jack Brickman zweimal getroffen.«

»Ja, Sir, Papa Jack hat es mir erzählt. Er war sehr stolz und hat sich sehr geehrt gefühlt.«

Jefferson ging mit Steve und Karlstrom zum Drehkreuz.

»Die Ehre war ganz meinerseits. Es gibt nicht viele Piloten, die sich für eine Fahrt ins Weiße Haus qualifizieren.« Er klopfte Steve auf den Rücken. »Ben glaubt offenbar, dass ein Teil von Jacks Hingabe auf Sie abgefärbt hat.«

Steve schaute die beiden Männer an, als sie das Drehkreuz erreichten. »Mr. President, mir wäre nichts lieber, als Ihnen und dem Commander zu beweisen, dass er recht hat.«

»Es wird gefährlich werden, Steven. Es ist harte, einsame Arbeit.«

Steve glaubte, dass dies der Augenblick war, in dem er ohne Bedenken lachen konnte. »Mr. President – es kann gar nicht schlimmer sein als das, was ich hinter mir habe.«

Jefferson lachte leise und nahm Karlstroms Arm. »Sorg dafür, dass man mich auf dem Laufenden hält, wie der Junge sich macht.« Er nickte Steve zum Abschied zu. »Wir werden uns wiedersehen. Das ist ein Versprechen.«

Karlstrom drückte den Knopf an der Wand neben dem Drehkreuz, um dem Fähnrich an der Tür zu signalisieren, dass jemand hinauskam. »Steigen Sie ein, Brickman.«

Als Steve in das Vorzimmer gedreht wurde, verschwand das freundliche Lächeln von Jeffersons Gesicht. »Behalte ihn im Auge, Ben!«

»Darauf kannst du dich verlassen«, erwiderte Karlstrom. »Wie ein Habicht …«

10

Einen Tag nach seinem Besuch im Oval Office kehrte Steve ins Weiße Haus zurück, um sich offiziell in die Reihen der AMEXICO eintragen zu lassen. Die schmucklose Zeremonie, die von Karlstrom durchgeführt wurde, machte es erforderlich, dass er einen neuen persönlichen Treueid auf den General-Präsidenten ablegte und dann versprach, absolute Geheimhaltung über die Existenz der AMEXICO und seine Zugehörigkeit zu ihr zu bewahren. Nachdem er die beiden Eide gesprochen hatte, schauten Steve und der Präsident einander an, legten die rechte Hand aufs Herz und bedeckten sie mit der linken.

Nach Abschluss der Formalitäten maß Jefferson, der während der ganzen Zeremonie keine Miene verzogen hatte, Steve mit einem väterlichen Lächeln, schüttelte ihm freundschaftlich die Hand und entließ ihn, indem er ihm auf den Rücken klopfte. Karlstrom hieß ihn in seiner trockenen, leicht spöttischen Art in seinem Team willkommen und erklärte, die erste Folge seines Eintritts bedeute eine automatische Beförderung zum JX-1. Dies war die erste Sprosse auf der Exec-Leiter. Seine Ausbildung sollte sofort beginnen; seine erste Mission wurde bereits geplant. Steve versprach erneut, sein Bestes zu tun, salutierte und ging hinaus.

Ein steifhalsiger Fähnrich aus der Ehrengarde des Präsidenten nahm ihn in Empfang, als er wieder in die festungsartige Empfangszone zurückkam, und begleitete ihn über den marmornen Boden zu Karlstroms Privatlift. Maggie Pruett, die freundliche JX-2, deren Auftauchen Steves Rehabilitation vorausgegangen war, erwartete ihn im Büro, um ihn zum nächsten Reiseabschnitt zu bringen. Steve, der aufgrund seiner unerwarteten Beförderung innerlich glühte, ging neben ihr her und unterhielt sich mit ihr. Kurz nachdem er erfahren hatte, dass sie aus Arkansas kam, blieb Pruett stehen und deutete auf ein Drehkreuz. »Weiter darf ich nicht gehen. Hier – das werden Sie brauchen.« Sie reichte ihm eine blaue ID-Börse.

Steve nahm die mit einem silbernen X markierte und seinen neuen Rang anzeigende Sensorkarte heraus und las seinen Namen und seine Nummer. Er war wieder im Geschäft. Er betastete sie liebevoll und fragte sich, inwiefern man sie aufgewertet und zu welchen Informations- und Dienstleistungsebenen er nun Zugang hatte.

»Vielen Dank.«

»Ich tue nur meine Arbeit«, sagte Pruett. Sie drehte sich abrupt um und ging.

Steve trat durch das Drehkreuz. Der rechtwinklige Korridor führte zum Bahnsteig einer Bahnlinie, an dem eine Zwei-Wagen-Einheit auf ihn wartete. Als er auf den Bahnsteig trat, sagte ihm die beleuchtete Fläche über dem Kartenschlitz, die die Türen der Bahn kontrollierte, er solle sich ausweisen. Steve verschaffte sich mit der Karte Zutritt in den hinteren Wagen, zog die Karte im Innern der Bahn wieder aus dem Schlitz und nahm Platz. Er war der einzige Passagier.

Am Ende der Reise wurde er von einer weichen, freundlichen Stimme aufgefordert, den Wagen zu verlassen. Steve trat auf einen leeren Bahnsteig hinaus. Ein rot aufblitzendes Licht zog seine Aufmerksamkeit auf einen TV-Schirm, der das Bild einer Exec zeigte. Steve drehte das Gesicht zum Schirm und stand automatisch stramm, bevor ihm einfiel, dass die Frau den gleichen Rang hatte wie er.

Die freundliche Stimme sprach ihn wieder an. »Guten Morgen, Steven. Stehen Sie bitte bequem, und hören Sie genau zu.«

Steve musterte ihr Gesicht. Die Frau hatte kurzes, sauber gekämmtes Haar. Sie war sehr ansehnlich, hatte ein festes Kinn und hohe Wangenknochen, einen starken Hals und breite Schultern. Obwohl sie alle Attribute des idealen Wagners aufwies, waren ihre blauen Augen eigenartig glasig, was ihm irgendwie nicht ganz geheuer war.

»Ich möchte Sie im Namen des Empfangskomitees herzlich bei der AMEXICO willkommen heißen. Mein Name ist Lisa. Sie sind hier im Rio-Lobo-Ausbildungszentrum, in dem Sie die nächsten vier Wochen verbringen werden. Es gibt kein formelles Einführungsverfahren, Ihre Anwesenheit ist automatisch registriert worden. Eingekleidet und ausgerüstet werden Sie heute Nachmittag. Über alles Weitere werden Sie morgen um acht Uhr informiert. Ich habe die Anweisung, Ihnen zu erklären, dass alle Befehle in diesem Zentrum unter vier Augen ausgegeben werden. Während dieser Phase ist Kontakt mit anderen Auszubildenden nicht gestattet. Jeder Versuch, die Vorschrift während Ihres Aufenthalts zu unterlaufen, wird mit sofortiger Entfernung aus dem Kursus und Strafmaßnahmen geahndet, wie sie für Vergehen erster Kategorie angemessen sind.«

Mit anderen Worten: mit dem Tod.

»Ich möchte darauf hinweisen, dass diese Restriktion keine Strafe ist, sondern ein integraler Bestandteil des maximalen Sicherheitsprofils der AMEXICO, das Sie aufrechtzuerhalten geschworen haben. Kontakte zu anderen Angehörigen des Geheimdienstes unterliegen dem Ermessen des Einsatzleiters. Ihr Quartier ist mit allem ausgerüstet, was Sie brauchen, einschließlich einem interaktiven TV-Kanal, der Ihnen weiterhelfen kann. Ich bin beauftragt, mich während der Zeit, die Sie bei uns verbringen, um Sie zu kümmern, deswegen stehe ich Ihnen, falls Sie irgendwelche Fragen oder Probleme haben, rund um die Uhr zur Verfügung. Folgen Sie den gelben Pfeilen. Sie werden Sie zu Ihrem Quartier führen, wo weitere Instruktionen auf Sie warten. Einen schönen Tag noch.«

Lisas Gesicht wurde vom Bildschirm gelöscht und durch die Anweisung »Folgen Sie den gelben Pfeilen« ersetzt. Die Worte, die ebenfalls in Gelb geschrieben waren, standen über einem aufblitzenden Pfeil von gleicher Farbe. Wer immer Rio Lobo befehligte, er ließ es nicht darauf ankommen, dass man ihn missverstand.

Der Elektromotor der Bahn wurde aktiviert. Steve drehte sich um und sah, wie die beiden leeren Wagen in den zum Weißen Haus führenden Tunnel zurückfuhren. Dann verließ er den Bahnsteig. Er wandte sich – wie angewiesen – nach rechts und schlenderte zuversichtlich durch einen langen Korridor mit vielen glatten, anonymen Türen. Am anderen Ende waren wieder Pfeile, und schließlich gelangte er in die ihm zugewiesene Wohneinheit. Steve verschaffte sich mit seiner Karte Zutritt in den kleinen Gang, dann versuchte er, einem Impuls folgend, die Tür wieder zu öffnen. Sie ging nicht auf. Die Anzeigefläche zeigte ihm ein KEIN-ZUTRITT-Zeichen und summte wütend. Lisa hatte also keinen Scherz gemacht.

Steve inspizierte seine neue Unterkunft und stellte fest, dass sie zwar geräumig, aber rein funktionell war. Der Raum verfügte über eine geteilte Schlaf- und Lernzone, hatte eine eigene Dusche, einen kleinen Trainingsraum mit Arbeitsausrüstung und an allen Ecken Bildschirme. In einem Regal lag der Tarndrillich, den er bei der Flucht vor den M'Calls getragen hatte. Er hatte ganz vergessen, wie abgetragen und verschossen das Zeug war. Eine Botschaft auf dem Bildschirm sagte ihm, er solle sich umziehen und die blaue Pilotenuniform in den Wäschereischlitz werfen.

Durch seine Erfahrung mit der Tür belehrt, zog Steve gehorsam die neue Uniform aus und schlüpfte in den alten Kampfanzug. Sein Bildschirm-Empfang und die Androhung praktischer Einzelhaft kam ihm zwar sehr komisch vor, aber im Vergleich mit dem, was er in den nächsten vier Wochen erlebte, war es nichts. Das Ausbildungsprogramm und die Bedingungen, die er in Rio Lobo vorfand, waren eigenartig und völlig unerwartet; alles in allem war es eine bizarre und manchmal schmerzhafte Erfahrung.

In dem ganzen Monat, den er dort verbrachte, wurde es Steve nicht ein einziges Mal erlaubt, ohne ausdrücklichen Befehl die Kleider abzulegen – nicht einmal, wenn er schlief –, und man gestattete ihm keine einzige Dusche. Er hätte nicht einmal ohne Genehmigung duschen können, weil der zur Dusche führende Haupthahn abgedreht war. Eine begrenzte Menge kaltes Wasser tröpfelte zwar aus den Waschbeckenhähnen im Bad, aber es gab keine Flüssigseife, und das Becken hatte keinen Stöpsel. Bald darauf stellte er fest, dass die Toilettenspülung nur einmal am Tag funktionierte. Am schlimmsten war, dass es kein Toilettenpapier gab. Er war gezwungen, sich den Hintern mit einer Handvoll roter Blätter aus einem Stapel in einem Eimer abzuwischen. Nicht eins davon war groß genug für seine Zwecke, und sein Unbehagen wurde noch verstärkt, als er entdeckte, dass der Vorrat nur einmal pro Woche ergänzt wurde. Die Koje bestand zwar aus einer gepolsterten Standard-Baumwollmatratze, aber statt der üblichen Bettlaken und -decken gab es nur zwei Lagen muffiger Tierfelle. Die Mahlzeiten erreichten ihn zweimal täglich über einen kleinen Servicelift und waren ebenfalls eine Überraschung: Es war die Nahrung der Mutanten. Als Steve den ersten Teller mit scharfem Eintopf vor sich hatte, verstand er, was hier vor sich ging. Man konditionierte ihn. Man wollte ihn wieder an die Oberwelt zurückschicken.

Man verlangte nicht nur von ihm, dass er schmutzig und verschwitzt aussah, sondern sein Körper sollte auch so braun und abgehärtet werden, bis seine Haut sich abschälte und seine Lippen aufsprangen. Da die MX zweihundert Jahre Erfahrung in diesen Dingen hatte, hatte sie das Verfahren zu einer Kunst entwickelt.

Es war zwar schwierig, sich auf etwas zu konzentrieren, das über das reine Überleben hinausging, wenn man in einer Windkammer von stürmisch salziger Gischt überschwemmt wurde, aber auch dann, wenn er unter den UV-Lampen lag, musste Steve seine TV-Studien fortführen und sich die Bilder unterschiedlicher Gegenden einprägen, damit er sie, wenn man ihn prüfte, sofort erkannte und den Weg von einer Stelle zur anderen beschreiben konnte.

Abgesehen von Lisas TV-Bild kam Steve mit keinem Menschen in persönlichen Kontakt. Die Lehrer, die er während der Stunden der Ausbildung oder am Bildschirm kennenlernte, trugen ausnahmslos Helme mit dunklen

Visieren, und bei einer Sitzung wurde es erforderlich, dass er ebenso auftrat. Man sprach ihn nicht mit seinem Namen an, sondern als ›Null-Zwei‹, mit der Nummer, die auf der Brust- und Rückseite der ärmellosen Baumwolljacke stand, die er befehlsgemäß über dem Kampfdrillich tragen musste.

Drei Jahre spezialisierter Ausbildung an der Flugakademie von New Mexico hatten Steve schon mit vielen Kenntnissen versorgt, die man als Angehöriger des Geheimdienstes beherrschen musste, und nach einem Monat zwölfstündiger Arbeitstage und Siebentagewochen beurteilten ihn seine anonymen Lehrer als bereit für den Einsatz an der Oberwelt. Es gab keine Parade, kein Aushändigen von Diplomen und keine Feier. Eines Morgens, gegen Ende seines Aufenthalts, informierte Lisa ihn ganz einfach, dass er seine Lehrzeit hinter sich hatte und nun den Codenamen Blindgänger trug.

Steve, der das Wort noch nie gehört hatte, wusste nicht, dass man damit in der Zeit vor dem Holocaust Explosivwaffen bezeichnet hatte, die nach dem Abschuss nicht detoniert waren. Angesichts seiner Vergangenheit war Commander General Karlstrom der Meinung gewesen, dass es ein passender Name für ihn sei.

Als Steve mit der Bahn ins Weiße Haus zurückfuhr, um sich in seine erste Mission einweisen zu lassen, dachte er über die bizarre Anlage nach, die er gerade verlassen hatte. Man hatte ihn zwar durch verschiedene Kreise der Hölle gehen lassen, um ein Mitglied des Geheimdienstes aus ihm zu machen, aber es war ihm nicht gelungen, irgendetwas über die Organisation dieser Einheit herauszukriegen. Er wusste nicht, was sie tat, wie viele Leute für sie arbeiteten, und wer sie waren. Er wusste nur, dass sie direkt dem

General-Präsidenten unterstand und von Karlstrom geleitet wurde, doch die MX selbst blieb für ihn so geheim und undurchdringlich wie zuvor.

Der einzige Mensch, den er in einer Menschenmenge wiedererkannt hätte, war Lisa, die Angehörige des Empfangskomitees, die beauftragt gewesen war, sich um ihn zu kümmern. Angesichts der fanatischen Genauigkeit der AMEXICO, alles geheim zu halten, schien ihm dies eine eigenartige Schwachstelle zu sein, besonders da Lisa – und wahrscheinlich auch ihre Kollegen –, in der Lage war, jeden zu identifizieren, der in Rio Lobo gewesen war.

Er wusste allerdings nicht, dass Lisa lediglich als Pixelmuster auf dem Bildschirm einer Kathodenstrahlröhre existierte. Sie war ein computererzeugtes Bild, das COLUMBUS geschaffen hatte – wie der Ausblick durch das Fenster im Oval Office. COLUMBUS' Fähigkeit, sprechende Köpfe zu gestalten, war eins der vielen Dinge, die Steve in der Welt, die die Erste Familie erschaffen hatte, erst noch entdecken musste.

Am 1. April 2990 nahm Steve eine Stunde nach Sonnenuntergang im Passagiersitz eines neutralen dunkelgrauen Himmelsreiters Platz, der auf einer Sonderstartbahn über Houston/HZ wartete, und flog nach Norden.

Als die Maschine sich in die Luft erhob, empfand er das gleiche freudige Gefühl, das ihn bei seinem ersten Oberweltflug durchströmt hatte, aber er war der Sicherheitsbesessenheit der AMEXICO damit noch immer nicht entronnen. Denn trotz der Tatsache, dass er in einem geschlossenen Cockpit unter einem dunkel werdenden Himmel saß, hatte man ihn angewiesen, den Helm mit dem dunklen Visier geschlossen zu halten. Der Pilot verfuhr ebenso, und die Konversation war während des 1300-Kilometer-Flugs minimal.

Steves anfängliche Frustration wich jedoch angesichts seines ersten Nachtfluges. Es war zwar kein Mond zu sehen, aber im ersten Teil der Reise war der Himmel über ihnen klar und voller Sterne. Die Augen auf Mo-Towns dunklem Umhang wachten über das Prärievolk, während es schlief.

Als Steve durch den Baldachin auf die schimmernden Lichtpunkte schaute, fragte er sich erneut, wer sie dort angebracht hatte – und warum. Was bedeuteten sie? Nur eine Handvoll jener Wagner, die es vorzogen, in den finsteren Städten der Föderation zu verbringen, wussten, dass es diese wunderbaren Dinge überhaupt gab, und viele Wagenzug-Mannschaften ignorierten sie einfach. Wagner wurden dazu ausgebildet, Befehle entgegenzunehmen, nicht Fragen zu stellen – und besonders nicht nach Dingen, die im Handbuch nicht vorkamen. Oberwelteinsätze wurden stets abgebrochen, wenn das Licht abnahm. Dann eilten die Bahnbrecher zurück in die Sicherheit ihrer Wagen, warfen sich auf die Kojen, drehten den Videoaufnahmen der Außenlandschaft den Rücken zu und schliefen bei eingeschaltetem Licht.

Als sie die Staatsgrenze zwischen Oklahoma und Kansas überflogen, zogen allmählich Wolken auf. Der MX-Pilot flog beständig weiter in die dräuende Dunkelheit hinein. Steve schaute über die Seite nach unten. Man konnte nicht das Geringste vom Boden sehen. »Gefällt dir das?«, fragte er mit leiser Furcht.

Der Pilot nickte. »Kein Problem.« Er deutete vor sich auf eine erleuchtete Fläche. »Geländeradar. Es bringt uns hin, wo wir hinwollen – und zwar an einem Stück.«

Steve schloss, dass es nichts gebracht hätte, den Mann zu bitten, ihm etwas mehr zu erklären. Er musste schon glauben, dass die MX wusste, was sie tat. Wenn sie es nicht wusste, würden sie in große Schwierigkeiten kommen. Nicht, dass es eine allzu große Rolle gespielt hätte. Er war schon jetzt in großen Schwierigkeiten, ob er nun versagte oder erfolgreich war, und er hatte noch nicht mal den halben Weg hinter sich. Das völlig unerwartete Gespräch mit dem General-Präsidenten war ein Ehrfurcht erweckender Augenblick und seine Beförderung zum JX-2 eine willkommene Überraschung gewesen, aber nichts von beidem hatte ihn seine eigenen Ziele vergessen lassen.

Angesichts der Aussicht, mindestens drei Jahre in den A-Ebenen zu verbringen, hatte Steve sofort die Chance ergriffen, seinen alten Status zurückzuerlangen und an die Oberwelt zu gehen. Er hätte sich mit fast jeder Bedingung einverstanden erklärt, die ihm die Möglichkeit gegeben hätte, Clearwater wiederzusehen. Aber selbst er, der Meister der Verstellung, war heimlich abgestoßen gewesen, als Karlstrom ihn kühl über seine erste Mission aufgeklärt hatte. Fragen hatte man ihm gestattet, aber keine Einwände. Er hatte keine andere Chance gehabt, als zu akzeptieren. Das Ergebnis bestand nun darin, dass er überhaupt keine Wahl mehr hatte. Karlstrom hatte sich äußerst klar artikuliert. Wenn er nicht tat, was man von ihm wollte, wenn er die Organisation und seinen Eid auf den General-Präsidenten verriet, stand sein Leben auf dem Spiel und die Karriere seiner talentierten Blutsschwester würde ein abruptes Ende nehmen.

Und das war noch nicht alles. Steve wusste, dass man Roz und seine Wächtermutter Annie zu den A-Ebenen versetzen oder an die Wand stellen konnte. Papa Jack, der sterbende Held und sein Wächtervater, konnte seiner Tapferkeitsorden verlustig gehen und sämtlicher Ehren entkleidet werden. Obwohl er seinen Wächtereltern über die normalen Bande der Verwandtschaft hinaus keine besonderen Gefühle entgegenbrachte, fand er diese Aussichten dennoch sehr beunruhigend. Die Gefahr, die Roz drohte, betrübte ihn noch mehr. Trotz seiner mutwilligen Vernachlässigung ihrer außergewöhnlichen geistigen Beziehung wusste er tief in seinem Innern, dass ihr Leben aus Gründen, über die er nicht allzu sehr nachdenken wollte, auf eine gewisse Weise miteinander verbunden war. Wenn ihr Gefahren drohten, dann drohten sie auch ihm. Er war verpflichtet, alles zu tun, um sie zu schützen, weil es dabei auch um ihn selbst ging. Das unwillkommene Pflichtbewusstsein, das er empfand, stand zwar ganz im Widerspruch zu seinem hoch entwickelten Selbsterhaltungstrieb, aber er konnte es nicht abschütteln. Es war eine Last, die man unmöglich ignorieren konnte.

Steve setzte sich zurück, zwang sich, entspannter zu werden, und döste unruhig, bis der Himmelsreiter eine steile Wendung machte und nach unten auf den Treffpunkt zuflog. Er lag an einem Wasserlauf, der einst Medicine Creek geheißen hatte und etwa fünfzig Kilometer nördlich der ehemaligen Ansiedlung Cambridge in Nebraska dahinfloss. In sechshundert Metern Höhe schaltete der Pilot den Motor aus und fuhr die Landeklappen aus. Der Himmel war zwar nicht mehr schwarz, aber es war immer noch dunkel, und starker Bodennebel begrenzte die Sichtweite auf etwa zehn Meter. Steve warf einen Blick auf den Höhenmesser und hielt die Luft an. Er hörte, wie der Wind durch die Schwingenverstrebungen pfiff. Der Pilot summte den Anfang einer Blauhimmelballade, nahm ein paar Einstellungen vor und brachte das Flugzeug ohne den kleinsten Rums nach unten.

»Sauber«, sagte Steve, als sie glatt weiterrollten und dann anhielten.

Der Pilot grunzte. »Gelernt ist gelernt …«

Steve sprang zu Boden, öffnete die Frachtluke hinter dem Cockpit, packte die beiden Tragriemen des Seesacks, zog ihn heraus und ließ ihn zu Boden plumpsen. Nachdem er ihn ein paar Meter zur Seite gezerrt hatte, kehrte er zum Himmelsreiter zurück und holte das reichlich mitgenommen aussehende Luftgewehr, die Tierhäute, die ihm in Rio Lobo als Bett gedient hatten, und den Weidenkorb, in dem das Tier saß, das während der Ausbildung sein Quartier geteilt hatte. Er ließ die Luke offen und klatschte mit der Hand auf das Cockpit. »Okay. Bis zum nächsten Mal.«

»Unter Umständen«, sagte der Pilot. Er wandte Steve sein undurchsichtiges Visier zu und salutierte kurz. »Buena suerte, Amigo.«

»Danke. Ich habe das Gefühl, ich werde es brauchen.« Steve schulterte sein Gepäck und entfernte sich von der Maschine. Er näherte sich einem verschwommenen roten Leuchten, das er durch die Düsternis gerade noch ausmachen konnte.

Das Leuchten kam aus dem Innern eines primitiven Erdlochs, das sich in der Seite eines Abhangs befand. Der Eingang war teilweise mit Steinen und Zweigen getarnt. Als er näher kam, sah Steve eine ungekämmte, bärtige Gestalt, die ein Luftgewehr in der Hand hielt. Wie Steve war sie in abgetragenes Kampfdrillich und einen langen, ärmellosen Pelzmantel gekleidet, der grob aus den Häuten verschiedener Tiere zusammengenäht war.

Steve identifizierte sich durch das Spezialgerät, das alle MX-Agenten bei sich trugen. Die bärtige Gestalt – der erste echte Mexikaner, den er persönlich traf – tat das Gleiche und reichte ihm die Hand, um ihn willkommen zu heißen.

»Schlangenblick …«

»Blindgänger«, erwiderte Steve.

»Gute Reise gehabt?«

»Eine ruhige.«

Schlangenblick grinste und zeigte eine Reihe gelbfleckiger Zähne. »Ist immer so. Du scheinst neu in der Firma zu sein.«

Steve nickte.

»Du kannst den Helm jetzt abnehmen. Ich brauche ihn für den Rückflug.«

Steve gab ihm den Helm und warf einen Blick durch den Eingang des Erdlochs. Ein paar Treppenstufen führten in das unordentliche Innere hinab. Nachdem er bei den M'Calls gelebt hatte, wusste seine Nase, was er zu erwarten hatte, aber beim ersten Hauch des ätzenden Aromas musste er nach Luft schnappen.

»Ist alles da, was du brauchst.« Schlangenblick glättete sein langes Haar und setzt den Helm auf, wobei sein struppiger Schnauzbart sich unter dem Kinnriemen verfing. »Stell dir bloß mal vor«, sagte er, als er versuchte, den Halsriemen zu befestigen, »in zehn Stunden kann ich mir endlich das Gestrüpp aus dem Gesicht rasieren und mich unter einer heißen Dusche entspannen. Und was das Beste ist: Ich kann ein Nickerchen machen, ohne Angst zu haben, dass mir die Eier abfrieren, oder darauf zu achten, dass irgendein Krabbler an meinem Hintern rummacht.«

»Ich kenne das Gefühl«, sagte Steve. »Ist in den letzten

vierundzwanzig Stunden etwas vorgefallen, wovon ich wissen müsste?«

»Hast du den Wetterbericht gelesen, bevor du Rio verlassen hast?«

»Ja.«

»Dann bist du auf dem neuesten Stand.« Schlangenblick nahm seine Bettrolle an sich und schwang sein Gewehr über die Schulter. »Okay, bring dein Zeug rein. Bringen wir es hinter uns.«

Sie gingen dorthin, wo Steve seinen Seesack abgestellt hatte. Schlangenblick öffnete den Reißverschluss und half ihm, den dritten Passagier des Himmelsreiters herauszuholen; einen bärtigen, ungekämmten Wagner mit gebräunter Haut, der wie ein Renegat gekleidet war. Bloß war er kein Renegat; und er war auch nicht tot. Er war ein GeBe, ein Gesetzesbrecher, der zur Exekution anstand. Man hatte ihn auf die gleiche Weise konditioniert wie Steve, und ihm dann ein üppiges, mit einem Beruhigungsmittel versetztes Frühstück serviert.

»Wie willst du ihn haben? Gesicht nach oben oder nach unten?«

»Ist mir egal.« Steve stellte sein Gewehr auf Einzelschuss.

Schlangenblick trat zurück und summte »South of the Border«, das Lied, das die Mexikaner benutzten, um Kollegen ihre Anwesenheit mitzuteilen. Er hob den Seesack auf und faltete ihn mit geübten Bewegungen sauber zusammen. Steve zielte auf den bewusstlosen GeBe, holte tief Luft und schoss dann kaltblütig zwei Kugeln durch die Stirn und eine dritte durch das linke Auge.

Schlangenblick stellte sein Summen ein, nahm seine Ausrüstung und schlug Steve auf die Schulter. »Ich hoffe, du bringst es, Kumpel. Hasta la vista.«

Steve schaute Schlangenblick zu, als er in dem klammen Grau untertauchte. Die Umrisse des Flugzeugs waren kaum erkennbar, aber der Pilot hatte das kleine rote Navigationslicht eingeschaltet, das sich unter der dicken Rumpfschale befand. Das Licht ging aus. Steve hörte, wie die Frachtluke zugeschlagen wurde. Dann ein kurzes, fauchendes Geräusch, als der Pilot den Motor anwarf, die Maschine wendete und rollen ließ. Das Fauchen wurde zu einem sanften, körperlosen Summen, das schnell leiser wurde, als der Himmelsreiter sich in die Lüfte schwang und ihn allein inmitten einer dunklen und feindlichen Landschaft zurückließ. Die einzigen Geräusche bestanden aus dem traurigen Winseln des Tiers, das sich zu seinen Füßen in einem Käfig aufhielt, und dem leisen Knacken des Holzes, das Schlangenblick vor der Abreise ins Feuer geworfen hatte. Steve zog die Schultern hoch, nahm sich vor, sich allem, was vor ihm lag, mit seiner typischen Courage und Hartnäckigkeit zu stellen, und brachte dann seine Sachen hinein.

Das Innere des Erdlochs sah mehr oder weniger ebenso aus wie das Loch, in dem Steve die letzte Ausbildungswoche verbracht hatte. Schlangenblick hatte ein paar Gegenstände umgestellt und die Mutantenarmbrust an die Tür statt links von der primitiven Feuerstelle an die Wand gehängt, doch sonst fühlte Steve sich völlig heimisch. Das Einzige, was er vermisste, war der Bildschirm, durch den man ihn unterrichtet und bis zur letzten Minute getestet hatte. All das waren Bestandteile für die sorgfältige Vorbereitung seiner Rückkehr an die Oberwelt gewesen. Sein Geist hatte ebenso Informationen aufsaugen müssen wie sein Körper die ultraviolette Strahlung. Er hatte sich die wichtigsten Einzelheiten des Wetters jeder Woche des vergangenen Südnebraskawinters eingeprägt und dazu die Bewegungen der Herdentiere und die Aktivitäten des übrigen Wildes. Er hatte sogar eine Reihe Jagdanekdoten auswendig gelernt, um den Erwerb der an den Wänden hängenden Felle zu erklären.

Steve zog den Büffelhautvorhang vor die Tür, rollte seine Schlafunterlage aus und packte Fazettis Helm aus. Die Scheide, in der Naylors Messer steckte, war schon an sein rechtes Bein gebunden. Er breitete die Felle über einem dicken Bett aus trockenem Farn aus, hängte den Helm an das Ende eines Astes an die Wand, warf noch etwas Holz ins Feuer und ließ dann Baz aus seinem Korb.

Baz war ein kleiner Wolfwelpe. Er sprang Steve glücklich an, dann lief er nervös in dem Erdloch herum und schnupperte an allem, was er erreichen konnte. Steve nahm ein zusammengerolltes Stück Schnur aus dem Käfig, befestigte es an Baz' Hals, band ihn vor der Tür an und gab ihm ein Stück rohes Fleisch zu fressen. Baz fiel hungrig darüber her.

Nun, wo das Wichtigste getan war, ging Steve wieder hinein, warf den Weidenkorb ins Feuer, setzte sich auf die Koje und schaute zu, wie er verbrannte. Er zog seine Stiefel aus und musterte die Löcher in seinen fadenscheinigen Socken. Der schmutzige Nagel seiner linken großen Zehe lugte durch ein Loch. Kein Zweifel, die maskierten Techniker in Rio Lobo hatten großartige Arbeit geleistet. Er deckte sich mit einem Fell zu, legte sich gähnend hin und schaute dem Spiel der Flammen zu, die ein Muster auf die Äste warfen, aus denen die Decke bestand. Er fragte sich kurz, ob vielleicht jemand das Wrack Blue-Birds gefunden hatte, das ein Außendienst-Team der MX sorgfältig in einem Gewirr von Büschen hundertsiebzig Kilometer im Nordwesten versteckt hatte, dann schlief er ein.

Ein paar Stunden später wurde Steve vom Bellen des kleinen Wolfes geweckt. Er zog seine Stiefel an, nahm die Armbrust, lud sie und ging vorsichtig ins Freie. Nirgendwo war ein Zeichen von Bewegung zu erkennen. Die Sonne, die über den Bäumen zum klaren Himmel hinaufstieg, fing schon an, den schweren Nachtfrost zu schmelzen. Kristallklare Tröpfchen, mit gefangenem Sonnenlicht gefüllt, hingen an den gekrümmten Grashalmen und funkelten wie Diamanten, die ein verrückter Millionär weggeworfen hatte. Knospen waren damit beschäftigt, durch die glatte Borke der blattlosen Baumäste zu brechen, und neue Stängel hellroten Grases ragten zwischen den gelben Samenstängeln in die Luft, die den Weißen Tod irgendwie überstanden hatten.

Steve trank die kühle, süß schmeckende Luft. Er spürte sie tief in seinen Lungen und fühlte, wie sein Herzschlag schneller wurde. Erneut hatte er das Gefühl hierherzugehören. Es war ein Gefühl der Eintracht, das ihm klarmachte, dass er wirklich lebte. Doch auch diesmal wagte er es nicht, nach dem Grund zu fragen. Seine Träumerei wurde von Baz unterbrochen, der an seinen Beinen hochsprang und abwechselnd bellte und winselte. Steve band ihn los und ließ ihn in das Versteck hinein, wo Baz sich alle Mühe gab, ihn zu bewegen, ihm einen Teil seines Frühstücks aus frisch gebratenem Büffelfleisch abzugeben.

Als Steve dem Welpen beim Fressen zusah, dachte er über seine Beziehung zu dem Tier nach, das er in Rio Lobo bekommen hatte. Am Anfang war es ihm sehr seltsam erschienen, in enger Gemeinschaft mit einem eigenartig riechenden Tier zu leben, das, wenn es größer wurde, möglicherweise in seinen wilden Urzustand verfiel und ihn womöglich angriff. Der Lehrer hatte auf die Wichtigkeit regelmäßigen körperlichen Kontakts hingewiesen, und nachdem Steve seinen anfänglichen Ekel überwunden hatte, hatte der kleine Wolf sein Interesse und seine Neugier hervorgerufen. Er hatte sich schrittweise daran gewöhnt, mit ihm umzugehen, und jetzt, als Baz seinen Fleischanteil verschlungen hatte und zu ihm kam, weil er mehr haben wollte, streichelte er seinen Kopf und ließ ihn seine Hand lecken.

Laut Aussage seines Lehrers hatten manche Renegaten zu verschiedenen Oberwelttieren Verhältnisse entwickelt. Die beiden tierischen Haupttypen, die man bei ihnen antreffen konnte, waren Wölfe und Falken, aber kleine Wölfe spielten die größere Rolle. Gezähmte Wölfe sorgten im Winter für Gesellschaft und Wärme, und außerdem konnte man ihnen ein Geschirr anlegen, damit sie Schlitten durch den Schnee zogen. Sie waren gute Wächter, geschickte Hände konnten sie zur Jagd ausbilden. Wenn ihrem Besitzer der Hungertod drohte, konnte er sie immer noch töten und verzehren.

Baz stellte das Lecken und spielerische Beißen an seiner Hand ein, legte sich auf den Rücken und bettelte darum, dass Steve ihm den Bauch kraulte. Steve legte eine Hand auf die Brust des Welpen und rüttelte ihn spielerisch. »Okay, jetzt ist es genug.« Er nahm ein Stück Holz und warf es zur Tür des Erdlochs. Baz sprang hinterher, packte es mit den Tatzen und fing an, an einem Ende zu nagen.

Steve schaute ihm zu und fragte sich, warum die Mutanten, die ausgezeichnete Jäger waren, nicht eine ähnliche Beziehung zu den Tieren entwickelt hatten. Er schloss, dass die Präriebewohner, die völlig im Einklang mit ihrer Umwelt lebten, wahrscheinlich auf eine Weise zu den Tieren in Beziehung standen, die er nicht ganz verstand.

Schließlich hatte er kaum sechs Monate bei ihnen verbracht, und sein Wissen basierte nur auf den zu den She-Kargo-Mutanten gehörenden M'Calls. Die Bräuche anderer Clans – wie der D'Troit, der San'Paul, der C'Natti und M'Waukee – sahen vielleicht ganz anders aus.

Steve hatte den Befehl, eine Woche in dem Erdloch zu bleiben, bevor er sich aufmachte, um die M'Calls zu suchen. Diese sieben Tage sollten ihm erlauben, der Umgebung seinen Stempel aufzudrücken, und gaben ihm die Zeit, sie ausgiebig zu erforschen. Außerdem konnte er nun seine Beziehung zu Baz verstärken. Die Videobänder, die er in Rio Lobo gesehen hatte, hatten ihn schon mit grobem Wissen über dieses Gebiet versorgt; jetzt brauchte er das Gelände nur noch körperlich kennenzulernen, um ein Gefühl dafür zu bekommen. Er musste an der Stelle, wo der Fluss tief unter dem großen, schiefen Felsen verlief, die Fischreuse überprüfen und die Wegmarkierungen an den Bäumen hinter dem Fluss erneuern, um den Rückweg zu dem Versteck zu kennzeichnen, in dem er angeblich den Winter verbracht hatte. Aber zuerst musste er den Toten beerdigen.

Steve holte sich ein kleines Grabwerkzeug aus dem Erdloch und ging zu dem toten GeBe. Die vier schwarzen Vögel, die gerade dabei waren, sich einen Weg in seinen Schädel zu picken, verzogen sich und blieben auf den Baumästen hocken. Steve zog den Toten an eine Stelle, wo der Boden weicher war, hob eine niedrige Grube aus und bedeckte sein Grab mit einer Steinlage. Der tote GeBe war ein Teil seiner Tarngeschichte, deswegen wollte er, dass er als Beweis existierte, bis er ihn brauchte – und nicht, dass irgendein Raubtier ihn ausgrub und wegschleppte.

Als er mit der Arbeit fertig war, ging Steve zu dem zweiten Grab, dessen Standort er sich während der Ausbildung in Rio Lobo gemerkt hatte. Der GeBe in diesem Grab lag schon seit dem letzten November hier. Zwischen den Steinen wuchsen schon Gras und Moos, und darunter lagen die Überreste des zweiten Mannes, der zu seiner Tarngeschichte gehörte. Steve war nicht scharf darauf, die Leiche auszugraben. Er hoffte, dass er es nicht tun musste.

Als das Ende der Woche sich abzeichnete, verbrachte Steve mehrere Stunden damit, die verknitterte und schmutzige Luftnavigationskarte zu studieren, die Schlangenblick zurückgelassen hatte. Das Erdloch, in dem er lebte, lag an der Südseite des Platte River, der hier nach Osten verlief und an einem navigatorischen Bezugspunkt namens Omaha in den Missouri strömte. Im Westen teilte sich der Platte in zwei kleinere Nebenflüsse, die als North und South Platte bekannt waren. Wenn er dem North Platte folgte, der sich nach Westen rund um die Laramie Mountains schlängelte, musste er nach Wyoming kommen – in die Gegend, in der die M'Calls vor einem Jahr gegen die *Louisiana Lady* gekämpft hatten.

Laut den neuesten Informationen, die Karlstrom bekommen hatte, rechnete man damit, dass der Clan irgendwann in den nächsten drei Monaten durch dieses Gebiet zog. Steve brauchte nicht mehr zu tun, als sich in ihrer allgemeinen Linie aufzuhalten und Kontakt mit ihnen aufzunehmen.

Eine Kleinigkeit – nahm die MX an.

Zwar hatte man die Infiltration bis ins kleinste Detail geplant, doch den schwierigsten Teil überließ man ihm. Denn wie, fragte Steve sich, soll ich mit ihnen in Kontakt treten, ohne dass sie mich umbringen? Selbst wenn es ihm glückte, wie lange würde er am Leben bleiben? Die kleine Clique, denen seine Anwesenheit schon von Anfang an ein Dorn im Auge gewesen war, würde sich zusammentun, um den Tod Motor-Heads und seiner Gefährten Steel-Eye und Black-Top zu rächen. Und noch wichtiger: Wie würde Clearwater reagieren? Würde es ihm je gelingen, das Vertrauen Cadillacs und Mr. Snows zurückzugewinnen? Ohne sie konnte er seine Mission nie ausführen. Damit blieb das größte Fragezeichen: Selbst wenn alles nach Plan verlief, wenn es hart auf hart ging, war er dann fähig, genug Eisen in seiner Seele zu finden, um das zu tun, was man von ihm verlangte?

11

An dem Tag, als Steve das Erdloch verlassen sollte, packte er das Notwendigste, was er für die Reise brauchte, auf ein hölzernes Traggestell, das sein Kollege im Winter gebastelt hatte. Baz lief rastlos umher und schien zu spüren, dass sie zu einem neuen Abenteuer aufbrachen. Steve hievte die schwere Ladung auf seinen Rücken, spannte die Oberschenkelmuskeln, damit seine Knie aufhörten zu beben, und justierte die Schulterriemen.

Zufrieden, da das Geschirr so bequem war, wie er es sich wünschte, stellte Steve das Gepäck ab und fragte sich, ob er die Armbrust mitnehmen sollte. Da man davon ausgehen sollte, er habe den Winter an der Oberwelt verbracht, waren die drei Druckluftflaschen, die er besaß, nur zu einem Drittel gefüllt, und auch seine Kugeln waren begrenzt. Jede Einzelne sah so aus, als sei sie wenigstens einmal abgeschossen worden, und manche wiesen Blutspuren auf. Wie jeder andere Renegat wäre auch Steve gezwungen gewesen, die Kugeln aus den Kadavern der Tiere zu schneiden, die er geschossen hatte, deren Felle nun das Innere seines Verstecks schmückten.

Wenn die Druckluft ausging, konnte ihn die Armbrust wirksam schützen. In Rio Lobo hatte er gelernt, mit ihr umzugehen, und hatte eine Menge Punkte gemacht. Die

Armbrust war zwar genau und tödlich, aber ebenso verräterisch. Wenn er auf die Mutantenbande stieß, deren Clanzeichen sich auf der Armbrust befand, war er möglicherweise schon tot, bevor er eine Chance hatte, sich zu erklären. Armbrüste gehörten nicht zu den Dingen, die man irgendwo fand. Jeder Krieger würde eher sein Leben verlieren, als eine so wertvolle Waffe freiwillig herzugeben. Wenn Steve eine Armbrust hatte, konnte es nur bedeuten, dass er einen oder mehrere ihrer Clanbrüder getötet hatte, um an sie heranzukommen.

Während der Einweisung hatte Karlstrom gesagt, dass Wagner-Renegaten es nach Möglichkeit vermieden, Mutanten zu töten. In den letzten Jahrzehnten hatten die kleinen Lumpensammlerbanden, die sich an der Oberwelt herumtrieben, schrittweise ein gewisses Maß an Akzeptanz unter den Clans errungen, deren Reiche an die Neuen Territorien grenzten.

Da die Renegaten Feinde der Föderation waren, tolerierten die Mutanten zwar ihre Anwesenheit, aber sie halfen ihnen nicht. In einem gewissen Umfang trieben sie auch Handel miteinander, wobei es hauptsächlich um weggeworfene Ausrüstungsgegenstände ging, aber ansonsten suchte keine der beiden Seiten die Nähe der anderen. Die Renegaten mochten zwar auf der Flucht sein, aber in ihrem Herzen waren sie immer noch Bahnbrecher. Keiner von ihnen war darauf aus, seine Bettrolle mit einem Beulenkopf zu teilen. Das Ergebnis war eine ziemlich fragwürdige Art der Koexistenz, die die AMEXICO zwar aus vollem Herzen unterstützte, wenn es ihren unbekannten Zielen diente, aber andererseits mit gleicher Hingabe alles tat, um sie zu unterminieren.

Steve beschloss, die Armbrust im Kriechgang zu belassen – einem kleinen Fluchttunnel, den Schlangenblick im Winter gegraben hatte. Er war gerade groß genug, um durchzukriechen. Der Ausgang, der ein Stück vom Erdloch entfernt lag, war mit Steinen und Gestrüpp getarnt; der Einstieg durch einen Erd- und Weidenholzstopfen, den der Flüchtende hinter sich zuzog. Alles von Wert, was er auf der Reise nicht brauchte, hatte Steve bereits im Kriechgang verstaut.

Nachdem er den Gang verschlossen hatte, fiel ihm ein, dass er vergessen hatte, die Fischreuse aus dem Fluss zu ziehen. Mit einem gemurmelten Fluch nahm er sein Gewehr und ging die Stufen des Erdloches hinauf. Baz lief an ihm vorbei, blieb ein paar Meter weiter stehen, hob eine Vorderpfote und schnüffelte argwöhnisch in die Luft. Steve ließ sich hinter die Felsen und Äste sinken, die den Eingang des Erdloches abschirmten, und suchte die Umgebung mithilfe eines recht mitgenommen aussehenden Fernglases ab.

Doch auch diesmal sah er kein Anzeichen von Gefahr. Die Landschaft war ebenso menschenleer wie in der vergangenen Woche. Trotzdem konnte man nie sicher sein. Die Renegaten, die den Bahnbrecher-Kommandos entgehen wollten, waren Meister der Tarnung – was den Mutanten schon zur zweiten Natur geworden war. Steve hatte zwar einen theoretischen Erkennungskursus mitgemacht, aber seine praktische Erfahrung war gering.

Steve flüsterte Baz zu, er solle zu ihm kommen, dann verließ er seine Deckung und ging den sanften Abhang zum Fluss hinunter. Er hielt die Flinte schussbereit und hatte den Finger am Abzug. Als sie die Bäume erreichten, sträubte sich Baz' Nackenhaar. Er blieb erneut stehen und fletschte mit einem leisen Knurren die Zähne.

Steve hockte sich hinter den Stamm des nächsten Baumes und lauschte konzentriert. Er hörte nur das plätschernde Murmeln des Flusses, der die gekrümmte Linie des Talbodens markierte. Er prüfte das hinter ihm liegende Gelände und die Umgebung des Erdlochs, dann lief er geduckt den Abhang hinunter und eilte im Zickzack von einem Baum zum anderen, bis er einen großen Rotholzbaum erreichte.

Als er um den Stamm herumsah, erkannte er, was Baz' Haare gesträubt hatte. Links von ihm, an dem gekippten Felsen, hockte am Rand des Gewässers ein großes, pelziges Tier. Wahrscheinlich ein Bär. Steve hatte gelernt, dass es normal war, wenn Bären, die auf der Suche nach einer leichten Mahlzeit waren, Fischreusen ausplünderten. Das Schlimme daran war, dass sie, um an die Beute heranzukommen, die Reusen meist zerstörten.

Steve näherte sich dem Eindringling. Wenn es ihm gelang, den Fisch zu retten *und* den Bären zu erlegen, konnte es mit seinem Speisezettel nur noch aufwärtsgehen. Da er nur wenig Munition hatte, musste er versuchen, den Bären mit einer Dreiersalve zu erledigen. Doch Bären waren harte Burschen. Drei Kugeln im Bauch würden ihn nur verärgern. Er musste einen Kopfschuss landen, oder, wenn es ihm gelang, das Wesen auf die Hinterbeine zu kriegen, drei Schüsse ins Herz.

Als Steve das Ufer etwa fünfzig Meter unterhalb der Reuse erreichte, fand er einen Fleck, der ihm ungestörte Sicht auf sein Ziel lieferte. Der Bär zog die Reuse aus dem Wasser und richtete sich auf die Hinterläufe auf. Erst als Steve die Waffe fest an die Schulter zog, erkannte er, dass der Bär schon in einen menschlichen Wintermantel verwandelt worden war. Er ließ das Gewehr sinken und setzte sich, den Finger am Abzug, in Bewegung. Der Besitzer des Bärenfells drehte sich um, ohne die Reuse loszulassen. Ein Gewehr und ein selbst gemachter Rucksack lagen vor dem Felsen auf dem Boden. Das zerlumpte Äußere des Besuchers passte zu Steves eigenem. Es war ein Renegat. Das massige Fell verbarg seine Gestalt und sein Geschlecht, aber er – oder sie – war untersetzt, hatte ein wettergegerbtes ovales Gesicht und tief liegende graue Augen, die ihm irgendwie vertraut erschienen.

Steve kam näher und hielt den Lauf seiner Waffe auf die Mitte des Bärenfellmantels gerichtet. Er rief Baz. Der kleine Wolf kam sofort und knurrte den Eindringling leise an. Die linke Seite des Renegatengesichts war bis zum Hals hinunter schlimm verbrannt. Das knotige Narbengewebe war ein rohes, hässliches Rot.

Bärenfell deutete auf die leere Fischreuse. »Ist das deine?«

Steve nickte. »Beinah wärst du tot gewesen.«

Bärenfell reagierte mit einem verzerrten Lächeln. »Du auch.«

Steve warf einen schnellen Blick nach rechts und links und sah ein paar weitere Renegaten aus ihrer Deckung treten. Einer trug eine gelbe Kommandantenmütze. Jeder von ihnen hielt ein dreiläufiges Luftgewehr auf ihn gerichtet – sie hatten ihn umzingelt. Jetzt war nicht die Zeit, um unfreundlich zu sein. Steve stellte die Schulterstütze seines Gewehrs auf den Boden. »Wenn ihr Hunger habt, seid ihr willkommen, das mit mir zu teilen, was ich in meinem Versteck habe.«

»Das ist ziemlich freundlich von dir, Soldat.« Bärenfell warf Steve die Fischreuse zu. »Aber du gibst mir lieber deine Flinte – bis wir uns besser kennen. Meine Freunde sind nämlich ziemlich nervös.«

Steve tauschte das Gewehr gegen die Reuse ein und klemmte sie sich beiläufig unter den Arm. Baz hatte inzwischen angefangen, Freunde zu gewinnen. Als sie den Abhang hinaufgingen, musterte Steve Bärenfell eingehend. »Kenne ich dich nicht irgendwoher?«

»Komisch, dass du das sagst. Ich habe genau das Gleiche gedacht. Aus welchem Zug bist du gefallen?«

»*Louisiana Lady*. Bin im letzten Juni abgeschmiert.«

»Ach was!«, rief der Renegat aus. »Das habe ich mir doch gedacht! Brickman, nicht wahr?«

Steve blieb stehen und schaute Bärenfell an. »Kommst *du* etwa auch von der *Lady*?«

»Yeah. Erkennst du mich nicht mehr?« Der Renegat schob die Kapuze des Bärenfells zurück und wischte sich eine zerzauste Strähne dunklen Haars aus der Stirn. »Schau auf die linke Seite. Die rechte sieht nicht so gut aus.«

Steves Kinnlade fiel herunter, als er sie erkannte. Bärenfell war kein Er, sondern eine Sie – seine Abteilungschefin, die bei ihrer ersten größeren Schlacht mit den Mutanten in einem Feuerball verschwunden war. »Jodi? Jodi Kazan?«

»Höchstpersönlich.«

Steve bemühte sich, seiner Verwirrung Herr zu werden. »Aber … ich war … ich war doch auf dem Flugdeck, als du umgekommen bist!«

»Korrektur: *Beinahe* umgekommen bist. Und du kannst mir glauben, bevor die Burschen hier mich gefunden haben, habe ich mir manchmal gewünscht, ich wäre wirklich umgekommen.«

Steve starrte sie an. Sein Hirn weigerte sich noch immer, das zu glauben, was seine Augen ihm zeigten. »Es ist unglaublich. Ich verstehe einfach nicht, wie …«

Jodi nickte. »Ich schätze, es war Glück. Ich habe ja offenbar einen tollen Abgang gehabt.«

»Das kann man wohl sagen.« Steve musterte die vernarbte Seite ihres Gesichts. »Sieht aus, als hättest du eine harte Landung gehabt.«

»Hab ich auch, aber ...« – Kazan zuckte die Achseln – »ich lebe noch. In alter Frische, nur doppelt so hässlich.«

Die anderen Renegaten, die mit Jodi zusammen waren, umringten sie von allen Seiten. Steve zählte acht; sie sahen recht wüst aus. Sie trugen über ihren fadenscheinigen Kampfanzügen ausnahmslos Tierhäute und unterschiedliche Kopfbedeckungen. Handgenähte Patronengurte voller Luftflaschen und Reservemagazine schlangen sich quer über ihre Brust, und die meisten waren mit Macheten und Kampfmessern ausgerüstet. Ihre von Wind und Wetter gegerbten Gesichter waren unrasiert, und ihre Augen waren die von Jägern und Flüchtlingen, die das Überleben auf die harte Tour gelernt hatten.

»Das ist Brickman«, erklärte Jodi. »Er ist okay. Wir sind im letzten April zusammen auf der *Lady* gewesen. Er ist im Juni abgeschmiert.«

»Am gleichen Tag, als sie über Bord ging«, fügte Steve hinzu.

»Wo ist Malone?«

»Er durchsucht das Versteck«, sagte Gelbmütze.

»Okay, gehen wir zu ihm«, erwiderte Jodi. »Unser Freund hat uns doch angeboten, mit uns zu teilen, was er in der Vorratskammer hat.«

Als sie zum Versteck zurückgingen, zählte Steve ein weiteres Dutzend bewaffneter Renegaten, die in verschiedenen Stadien der Wachsamkeit die Umgebung musterten. Einer ging die erdigen Stufen hinunter, um Malone zu holen, den Chef der Gruppe. Als Malone ins Freie trat, deutete Jodi auf ihn. Die fünf Burschen, die Malone umringten, hielten Gewehre auf den Armen und filzten Steve kurz, aber gründlich. Gelbmütze half ihnen dabei. Die anderen Burschen kamen näher und bildeten hinter Steve einen Halbkreis.

Malone war ein hagerer, tückisch aussehender Schweinehund mit blassen, stechend wirkenden Augen. Er erinnerte Steve an die Sachverständigen, die ihn in die Mangel genommen hatten. Im Gegensatz zu den meisten seiner Leute, war er relativ glatt rasiert. Sein langes braunes Haar war im Nacken mit einem Streifen Tarndrillich zusammengebunden, und er trug ein Stirnband aus dem gleichen Material. Irgendwann schien jemand versucht zu haben, ihm die Nase in den Kopf zu dreschen, und wenn man nach dem Ausdruck seines vierschrötigen, faltigen Gesichts urteilte, war er deswegen noch immer sauer.

Malone setzte sich auf einen Felsen und hörte schweigend zu, als Jodi ihre Geschichte erzählte. Dann winkte er sie beiseite und richtete seine Aufmerksamkeit auf Steve. »Okay, Freund, wie geht deine Story?«

Steve erzählte ihm von seiner Gefangennahme durch die Mutanten und von seiner Flucht. Er erwähnte Clearwater mit keinem Wort und brachte auch nicht zur Sprache, dass er Cadillac das Fliegen beigebracht hatte. Er beschrieb, wie die Flicken, aus denen er den Drachen gebaut hatte, sich gelöst hatten, und er seinen Plan, in die Föderation zurückzukehren, hatte aufgeben müssen.

Malone lauschte seinen Abenteuern mit einem ausdruckslosen Gesicht, was es Steve erschwerte, zu beurteilen, wie gut er seine Sache machte. Er zögerte, um Malone zu irgendeiner Reaktion zu zwingen, aber der Mann nickte nur und gab ihm mit einer Geste zu verstehen, dass er weiterreden sollte.

Steve erzählte die Geschichte, die er sich in Rio Lobo sorgfältig eingeprägt hatte: Wie er den Drachen versteckt hatte und zu Fuß nach Süden gegangen war, bis er eine Gruppe von Mutanten gesehen hatte. Um ihr Territorium zu umgehen, war er nach Osten abgebogen und hatte schließlich den North und South Platte River erreicht. Auch dort war er Mutanten des gleichen Clans begegnet. Es war ihm gelungen, ihnen zu entkommen, indem er in der Nacht auf einem kleinen Floß an ihrem Lager vorbeigetrieben war. Am Südufer angekommen, war er weiter nach Süden gegangen, um die Föderation zu erreichen – seine einzige Hoffnung, zu überleben. In dieser Situation, kurz vor dem Zusammenbruch aus Erschöpfung und Hunger, hatte er das Glück gehabt, über dieses Versteck zu stolpern. Und hier hatte er den Winter verbracht.

Malone warf einen Blick über seine Schulter und gab einem seiner Begleiter, einem Burschen mit einem struppigen blonden Bart, ein Zeichen. Der Renegat brachte ein tragbares Funkgerät und legte es zwischen Steve und Malone nieder. Steve hatte in Rio Lobo gelernt, wie man es verwendete. Es war eins der hoch spezialisierten Kommunikationsgeräte, die ausschließlich für die AMEXICO hergestellt wurden.

Steve sah das Radio und dann Malone an.

»Würdest du mir vielleicht sagen, was das hier zu suchen hat?«

»Es gehört dem Burschen, der hier gelebt hat. Joe Tyson.«

Malone nickte. »Wo ist er?«

»Ich … ah … ich habe ihn erschossen.« Steve hielt inne, aber da keine Reaktion kam, folgte er seinem Drehbuch.

»Ich dachte, er wäre okay. Er hat mir angeboten, sein Essen mit mir zu teilen und bei ihm zu schlafen, und dann hat er mir gezeigt, wie man jagt und Fallen stellt. Wir sind ganz gut miteinander ausgekommen, aber eines Tages, gegen Ende Dezember, hat er mich auf die Jagd geschickt. Ich kam früher zurück, weil meine Kanone eingefroren war. Und da habe ich ihn reden gehört. Ich bin langsam an ihn ran geschlichen und habe gesehen, wie er mit dem Ding da zugange war. Der Hundesohn hat irgendjemandem meinen Namen und meine Nummer durchgegeben!«

Malone sah nicht beeindruckt aus. »Na und? Hast du das nicht gewollt? Du wolltest doch in die Föderation zurück.«

»Yeah. Das wollte ich wirklich, aber dieser Tyson hat mich als Renegat denunziert, und …«

»Bist du denn keiner?«

Steve spielte den Naivling. »Nein, Sir! Jedenfalls war ich es damals noch nicht. Ich bin geflohen, weil ich wieder zu meiner Einheit wollte. Ich kannte gar nichts anderes – da können Sie Jodi fragen. Und dann hat der Bursche mich schlechtgemacht.«

»Wie meinst du das?«

»Nun, er hat gesagt, er hätte mich beim Rumstrolchen erwischt und hätte den Verdacht, ich wäre ein Mutantenfreund.«

»Bist du's?«

»Nein!«, schrie Steve. Er deutete auf die Narben auf seinen Wangen. »Hier! Sie haben mir sogar einen Pfeil durchs Gesicht gestoßen! Da sieht man, wie befreundet wir waren!«

»Aber Tyson hat dir nicht geglaubt.«

»Nein. Aber fragen Sie mich nicht, warum. Ich habe

nicht gewartet, bis ich rausbekam, was für einen Job er macht oder mit wem er redet. Es hat zwar nichts von dem gestimmt, was er gesagt hat, aber den Schaden hatte ich nun. Sie kennen doch die Gesetze. Für die Föderation bin ich erledigt. Also habe ich ihm drei Kopfschüsse verpasst.« Steve breitete die Arme aus. »Was hätte ich denn sonst machen sollen?«

»Und dann bist du hiergeblieben …«

»Wo hätte ich denn hingehen sollen?«

Malone nickte zustimmend und berührte das Funkgerät. »Hast du sowas schon mal gesehen?«

»Nee. Ist mir neu.«

Malone schien damit zufrieden zu sein. Er inspizierte die Fingernägel seiner rechten Hand und richtete dann seine blassen Augen auf Steve. »Hast du den Namen des Mannes gehört, mit dem er gesprochen hat?«

»Es war ein Tarnname. Mike X-Ray Eins.« Steve sah, dass Malone einen kurzen Blick mit Gelbmütze tauschte. »Und Tyson hat sich Schlangenblick genannt.«

»Was hast du mit ihm gemacht?«

Steve deutete in die Richtung des alten Grabes. »Er liegt da hinten unter den Steinen.«

Malone drehte sich zu Gelbmütze um. »Prüf das nach!«

Der Renegat nahm drei Mann mit, um das Grab auszuheben.

Als sie fortgingen, rief Steve hinter ihnen her: »Er sieht sicher nicht schön aus!« Dann wandte er sich wieder Malone zu.

»Also, Brickman. Du hast den Winter also allein hier verbracht.«

»Richtig. Und bis vor einer Woche habe ich keine Menschenseele zu Gesicht bekommen.« Steve kniete sich hin und streichelte den kleinen Wolf. »Dann hat der gute alte Baz mich mitten in der Nacht geweckt. Bevor ich Zeit hatte, meine Stiefel anzuziehen, stieg irgend so ein Spaßvogel aus einem Flugzeug, das dann wieder abgeflogen ist.«

»Wer war das – ein Freund von Tyson?«

»Ich habe ihn nicht gefragt.« Steve deutete auf das frisch ausgehobene zweite Grab. »Aber wenn Sie *ihn* auch überprüfen wollen, er liegt unter den Steinen da drüben.« Der tote GeBe war sein Alibi für den Fall, dass irgendein Renegat den Himmelsreiter gesehen hatte. Wenn Renegaten in der Umgebung waren, würde es nur natürlich sein, wenn sie zur Vorsicht das Gebiet durchsuchten.

Malone schaute auf das Grab, dann schickte er jemanden zu Gelbmütze, um ihm die Neuigkeit zu überbringen. »War das der Grund, weswegen du von hier weg wolltest?«

»Yeah. Ich habe gedacht, bei dem Schnee und dem schlechten Wetter und so würden sie erst im Frühling jemanden schicken, um nach Tyson zu sehen. Es war ja bis vor einer Woche auch alles schön und gut – bis der Bursche unter den Steinen da drüben plötzlich vom Himmel fiel. Und da habe ich gedacht, wenn Tysons Ablösung sich nicht meldet, könnte es vielleicht ein bisschen heiß hier für mich werden.«

»Tja, in der Tat.« Malones Blick schien an Steve zu kleben. »Was glaubst du, hat Tyson hier draußen gemacht?«

»Das würde ich gern von Ihnen erfahren. Ich weiß nur, dass er meinem weiteren Fortkommen nicht gerade dienlich war.«

Malones Mundwinkel verzogen sich zu einem ansatzweisen Lächeln. »Du hast aber auch nicht viel dazu beigetragen.«

»Hier geht's ums Überleben. Das habe ich gelernt, als ich bei den M'Calls war.«

»Und wo wolltest du hin? Wieder zu deinen Mutantenfreunden?«

Steve schüttelte den Kopf. »Einfach weg von hier. Und eins wollen wir klarstellen: Die Beulenköpfe sind nicht meine Freunde.«

Malone nickte. »Wo hast du den Pelzmantel her?«

»Daher, wo ich auch meine Schlafrolle habe. Von Tyson. Mir gehört nur das Gewehr und das, was ich anhabe.«

»Und der Welpe ...«

»Baz, yeah ... Nun, ich habe mich einsam gefühlt. Ich habe jemanden gebraucht, mit dem ich reden konnte.«

Malone bedachte ihn mit einem neuerlich schiefen Grinsen. »Eins muss ich sagen, Brickman. Es gibt nicht viele Leute in dieser Gegend, die so überlebensfähig sind wie Sie. Und mit Tieren können Sie auch umgehen. Sie lernen schnell.«

»Es ist mir immer leichtgefallen.«

»Denke ich auch ...« Malone rief Baz zu sich. Der Welpe hoppelte vorwärts und wedelte freundlich mit dem Schwanz. Malone zog ein Stück Trockenfleisch aus dem an seiner Hüfte hängenden Beutel, riss einen Fetzen ab und hielt ihn hoch, sodass Baz danach springen musste. »Hat Tyson Ihnen beigebracht, Bären zu jagen?«

»Ja«, sagte Steve.

Malones Stimme wurde plötzlich härter. »Packt ihn!«

Zwei Renegaten packten Steve und drehten ihm die Arme auf den Rücken. Malone nahm den Welpen am Nacken, als er sich zu Steve herumdrehte, und zückte seine Luftpistole.

»Nein!«, rief Steve. Aber es war zu spät. Als der Schrei

über seine Lippen kam, drückte Malone die Mündung der Waffe an den Hinterkopf des Welpen und schoss ihm eine Kugel durch den Kopf.

»Okay, lasst ihn los!«, fauchte er. Er warf Steve den leblosen Kadaver des kleinen Wolfes vor die Füße. »Zieh ihm das Fell ab.«

Steve blieb vor Wut zitternd stehen und drückte den schlaffen Leib an seine Brust. »Sie verfluchter Dreckskerl …«

»Spar dir deinen Atem, Brickman! Und bitte – keine heroischen Gesten. Du hast jetzt schon genug Schwierigkeiten.«

Steve zog Naylors Kampfmesser aus der Scheide an seinem rechten Oberschenkel, warf Malone einen mörderischen Blick zu und machte sich an die Arbeit. Die rasiermesserscharfe Klinge hatte eine besondere Abnutzungsbehandlung erfahren, damit sie so aussah, als sei sie an primitiven Wetzsteinen geschärft worden. Steve häutete den Welpen mit einer überlegten Mischung aus Geschicklichkeit und Schwerfälligkeit ab. Seine Lehrer in Rio Lobo hatten Stunden damit verbracht, ihm beizubringen, wie man sich natürlich benahm. Sie hatten erst aufgehört, als er die gesamte Bandbreite der weltlichen Aufgaben beherrscht hatte, die mit den Überlebensgrundsätzen zusammenhingen, und zwar auf eine Weise, wie man sie von jemandem erwarten musste, der über neun Monate allein in der Wildnis der Oberwelt zugebracht hatte. Steve schälte das Fell von dem blutigen Kadaver und warf es Malone vor die Füße.

»Jetzt zerlegst du ihn«, sagte Malone gelassen. »Und wenn du das getan hast, machst du ein Feuer an und brätst ihn für mich.«

Steve wechselte einen Blick mit Jodi Kazan. Er sah zwar, dass die zu ihm hielt, aber sie machte keinen Versuch, sich für ihn einzusetzen. Angesichts der wahren Tatsachen der Lage hatten Malone und die anderen Renegaten zwar jeden Grund, misstrauisch zu sein, aber andererseits sah es so aus, dass die Oberweltunternehmen der AMEXICO doch nicht so geheim waren, wie Karlstrom es sich vielleicht wünschte.

Steve schob die Klinge zwischen die Hinterläufe, schlitzte den Kadaver bis zu den Rippen auf, fing an, die Eingeweide, das Herz und die Lungen auszunehmen und wünschte sich, er könne die ganze stinkende Masse Malone in die Kehle stopfen. Doch die Möglichkeit, dass er ihn aus Rache angriff, schien Malone am wenigsten zu kümmern. Er und seine Männer nahmen sich wieder der Aufgabe an, das Versteck zu durchkämmen. Malone bekam das meiste von dem, was gefunden wurde, der Rest wurde je nach Bedarf unter seinen Männern verteilt.

Gelbmütze kam mit den Ergebnissen der Exhumierung und bestätigte das Vorhandensein zweier Leichen. Steve beschäftigte sich mit dem Anzünden eines Feuers. Malone ließ ihn unter Bewachung zurück und ging, um sich die Toten anzusehen.

Als er weg war, sammelte Jodi etwas Feuerholz und brachte es zu Steve. »Hör zu, mach bloß keine Dummheiten. Spiel das Spielchen mit. Es wird schon gut ausgehen.«

»Hat er sich bei dir auch so aufgeführt?«

»Nein, aber … die Umstände waren etwas anders. Ich war nicht in der Verfassung, mich mit jemandem zu streiten.«

»Okay, okay«, murmelte Steve. »Er ist also der Chef. Er will beweisen, dass er ein harter Bursche ist. Das habe ich geschnallt. Aber du hast ihm doch erzählt, wer ich bin. Warum macht er mich so fertig?«

»Ich weiß nicht. Könnte an dem Funkgerät liegen.«

»Es gehört mir nicht, Jodi. Ich schwöre es. Hör mal, du weißt doch, dass es solche Sachen nicht auf Wagenzügen gibt.«

»Das stimmt. Aber seit ich mit den Burschen herumziehe, habe ich entdeckt, dass es eine Menge Dinge gibt, von denen ich keine Ahnung hatte.«

»Zum Beispiel?«

Jodi schaute über seine Schulter und sah Malone und Gelbmütze auf sie zukommen. Sie zog sich zurück. »Später …«

Steve packte ihr Handgelenk. »He, Jodi – kannst du nicht ein gutes Wort für mich einlegen, hm?«

»Klar …« Sie riss sich los und eilte davon.

Malone und Gelbmütze kamen zu ihm und schauten zu, wie Steve den Kadaver des Welpen auf einen Stock spießte und über dem Feuer briet; ein Verfahren, das er bei den Mutanten gelernt hatte. Als der Renegatenführer sein Werk musterte, stand er auf.

»Zufrieden?«

Malone antwortete mit einem blitzschnellen Faustschlag in seine Magengrube. Als Steve unter dem unerwarteten Hieb taumelte, versetzte Malone ihm einen nicht weniger harten Haken gegen die Kinnspitze, der ihn rücklings zu Boden warf. Vor Schreck wie gelähmt und aus dem Mund blutend, rollte Steve sich herum und machte einen Versuch, auf Hände und Knie zu gelangen. Malone wartete, bis er vom Boden hoch war, dann trat er ihm mit dem Stiefel zwischen die Beine. Steve fiel wie ein Sack zu Boden.

Als er vor Schmerz zusammengekrümmt auf der Erde lag, baute Malone sich über ihm auf. »Ich geb dir 'nen guten Rat, Brickman. Ich mag keine altklugen Kinder. Comprende?«

Steve biss sich auf die Zähne, um den Schmerz zu dämpfen, der durch seinen Körper strömte, und nickte stumm.

Malone wandte sich an den nächsten der Renegaten, die sich um sie versammelten. »Heb ihn auf. Sonst sieht es hier so unordentlich aus.«

Zwei Burschen hoben Steve auf die Beine und hielten, als er benommen wankte, seine Arme fest. Malone trat vor und kam mit dem Gesicht nahe an ihn heran. »Und ich erzähl dir noch was: Ich glaub kein Wort von dem, was du erzählt hast. Weißt du, was ich glaube? Du bist ein Geheimagent. Ein dreckiger Spitzel, den die Familie geschickt hat, damit sie uns einsacken kann.«

»Wenn Sie das glauben, können Sie wirklich nicht alle haben«, sagte Steve, obwohl er kaum den Unterkiefer bewegen konnte. »Sie sind schon so lange hier draußen, dass Ihr Gehirn nur noch Matsch sein kann.«

Malone nickte nüchtern, dann trat er zurück und versetzte Steve einen linken Haken, der ihn fast den Kopf gekostet hätte. »Du hast 'ne große Klappe«, sagte er freundlich.

Steve spürte, dass seine rechte Gesichtshälfte steif wurde und anschwoll, bis sie so dick war wie die linke. Sein Mund fühlte sich an, als sei er voller Kiesel – Stücke von abgebröckeltem Zahnschmelz, deren Größe und Form seine geschwollene Zunge missdeutete. Er wollte die nötige Koordination aufbringen, um Malone ins Gesicht zu spucken, aber es führte nur dazu, dass ihm Blut und Speichel übers Kinn liefen.

»Hören Sie«, sagte er nuschelnd, »wenn Sie mich umbringen wollen, dann bringen Sie es hinter sich. Was macht es für einen Unterschied? Nachdem ich neun Monate hier draußen bin, bin ich sowieso fast tot.«

»Das stimmt«, erwiderte Malone. »Aber wir verschwenden keine Kugeln an Spitzel.« Er drehte sich zu Gelbmütze um. »An den Pfahl mit ihm!«

»Oh, nein!«, rief Jodi. Sie schob sich durch die Menge und griff nach Malones Arm. »Hör doch …«

Malone schüttelte sie ab und hob einen warnenden Finger. »Halt die Klappe und stell dich in die Reihe!«

Jodi gab nicht auf. »Malone, bitte! Ich bin mit dem Burschen auf Tour gewesen! Er ist in Ordnung, glaub mir doch! Ich würde mein Leben für ihn geben!«

Mehrere von Malones Unterführern entsicherten ihre Waffen und hielten Jodi in Schach – für den Fall, dass sie eine schnelle Bewegung machte. Malone zog seine Luftpistole und richtete die Mündung mit einer mutwillig langsamen Bewegung auf Jodis Stirn. »Kein Wort mehr …«

Jodi biss sich auf die Lippe und zog sich langsam zurück.

Mithilfe von Standardäxten fällten zwei Renegaten einen fünfzehn Zentimeter dicken Stamm, spitzten ihn an und schlugen ihn fest in den Boden. Steve, der keine Ahnung hatte, ob man ihn umbringen oder einer weiteren Folter unterwerfen wollte, sah ihnen mit stumpfen Blicken zu und fragte sich, wieso er seinen Instruktionen überhaupt so stur folgte. Hätte er das Versteck einen Tag eher verlassen, wäre er dieser Bande von Halsabschneidern wahrscheinlich nie begegnet. Andererseits hätte er dann Jodi Kazan nicht wiedergetroffen. Obwohl man sie allem Anschein nach kirregemacht hatte, hatte sie, soweit sie es sich erlauben konnte, den Hals riskiert, und möglicherweise konnte und wollte sie ihm auch weiterhin helfen – immer vorausgesetzt, er überlebte Malones nächstes Partyspielchen.

Zugegeben, seine große Klappe hatte zur Besserung seiner Lage nicht beigetragen. Seit er in Lindbergh Field von der Rampe gestartet war, zum ersten Mal die Oberwelt gesehen und gespürt hatte, dass sie zum Kern seines Ichs vordrang, war es ihm immer schwerer gefallen, den Mund zu halten. Sogar beim General-Präsidenten war er zu weit gegangen. Tja, offenbar war es mit seinem Glück aus. Karlstrom hatte ihn gewarnt – die Renegaten waren sehr misstrauisch, wenn sie auf einzelne Wagner stießen. Und dazu hatten sie auch allen Grund. Wie alle Absolventen von Rio Lobo war Steve auf eine solche Begegnung bestens vorbereitet worden. Sein Wissen in Bezug auf die Umgebung war enzyklopädisch, man konnte sein Hiersein nicht bemängeln. Seine Tarngeschichte war wasserdicht, und die beiden sorgfältig versteckten Toten waren der schlüssige Beweis, dass jedes seiner Worte stimmte. Selbst das Funkgerät war Bestandteil eines sorgfältig durchdachten Szenariums.

Dass er auf Jodi Kazan gestoßen war, war eine unerwartete Zugabe. Ihr Wort allein hätte ausreichen müssen, um jeden Zweifel an seiner Geschichte zu ersticken. Aber aus irgendeinem Grund wollten ihre Genossen ihr nur zögernd glauben. In Malones Fall grenzte der Argwohn schon an Paranoia. Die einzige Möglichkeit, ihn zufriedenzustellen, bestand wohl darin, ein Geständnis abzulegen. Aber das war kein guter Schritt. Angesichts des Hasses, den der Renegatenchef für die Föderation empfand, war es glatter Selbstmord. Er musste hart bleiben und sehen, welche Gemeinheit Malone sich für ihn ausgedacht hatte.

Als die Erde festgestampft war und der Pfosten etwa einen Meter zwanzig aus dem Boden ragte, drängte man Steve auf ihn zu und zwang ihn, sich mit einem Bein an jeder Seite rücklings an ihn zu knien. Dann wurde er mit Stricken, die um seine Taille, seine Brust und seinen Hals geschlungen wurden, dicht an den Pfosten herangezogen. Steve fragte sich, warum sie seine Hände frei ließen, doch das ganze Grauen dessen, was ihn erwartete, wurde bald offensichtlich. Man schleifte die seit einer Woche begrabene Leiche des GeBe heran, den Steve erschossen hatte, und brachte sie vor ihm in eine kniende Position. Zwei Renegaten nahmen Steves Handgelenke, zogen seine Arme um die Leiche und banden sie fest hinter ihr zusammen.

Steve zog seinen Kopf von dem grauen, schmutzverkrusteten Gesicht des Toten weg und vermied es, in seine klaffenden Augenhöhlen zu schauen.

»He, Jungs«, krächzte er durch seine geschwollenen Lippen. »Was soll das? Kommt her, macht mich los!«

Gelbmütze beugte sich zu ihm herunter. »Wenn du dir selbst einen Gefallen tun möchtest, Freund, dann sagst du dem Mann jetzt, was er hören möchte.«

»Ich habe doch schon alles erzählt! Ich bin hier, seit ich in Wyoming abgeschmiert bin! Tyson und der andere sind die Agenten!«

»Du könntest recht haben«, gab Gelbmütze zu.

»Und warum tut ihr mir das dann an?«

»Wir wollen der Sache nur auf den Grund gehen, Brickman. Du behauptest, du hättest den Burschen hier erschossen …«

»Richtig …«

»Yeah … Aber wer von euch beiden ist aus dem Flugzeug gestiegen?«

»Er!«

»Das sagst du – aber kannst du es auch beweisen?«

»Christoph! Was wollt ihr denn – ein Videogramm vom G-P? Ich kenne die Gegend wie meine Westentasche. Ich habe überall Fallen aufgestellt. Ich kann euch dorthin bringen, wo die Reste meines Drachen liegen …«

Gelbmütze schnitt ihm das Wort ab. »Wenn du wieder nach Hause wolltest, warum hast du dann nicht Tysons Funkgerät benutzt?«

»Ich dachte, es wäre kaputt. Ich wusste nicht, wie ich es reparieren sollte.«

Gelbmütze reagierte mit einem sardonischen Lächeln. »Also bitte, etwas Besseres sollte dir schon einfallen. Du bist doch Pilot. Typen wie ihr haben doch angeblich was drauf.«

»Haben wir auch. Deswegen habe ich auch niemanden angefunkt. Es hat doch keinen Sinn. Tyson hat doch meine Chance, wieder nach Hause zu kommen, kaputt gemacht.«

»Yeah … Tja, aber wir haben nur dein Wort dafür.«

»Was hätte ich denn tun sollen? Hätte ich mir den Arsch abarbeiten sollen, um die beiden am Leben zu erhalten, bis es euch einfällt, mal hier vorbeizukommen?«

Gelbmütze nickte. »Gutes Argument. Vielleicht bist du *wirklich* ein Ausbrecher. Wer kann das heute schon wissen? Schließlich könnten wir ja selbst Geheimagenten sein.« Er grinste. »Das wäre ein guter Witz, was?«

»Ja, ein unheimlich guter«, sagte Steve säuerlich. »Ich wollte nämlich schon immer mal einen kennenlernen.«

Die beiden Renegaten, die ihn gefesselt hatten, legten die Arme der Leiche über Steves Schultern und banden sie an dem Pfosten fest. Gelbmütze prüfte die Fesseln und achtete darauf, dass er sich nicht aus der grauenhaften

Umarmung befreien konnte. Dann löste er die Riemen, die Steves Kampfmesser an seinem Oberschenkel festhielten. »Schätze, das brauchst du nicht mehr ...«

Steve schaute mit einer Mischung aus Verzweiflung und Unglauben zu, wie sie alle weggingen. Drüben am Erdloch hoben die anderen Renegaten ihre Rucksäcke auf und machten sich abmarschbereit. Jodi kam mit einer Wasserflasche zu ihm. Sie kniete sich neben ihn auf den Boden und hielt sie an seine Lippen. »Mit den besten Empfehlungen von Malone.«

Steve reagierte mit einem kehligen Lachen. »Wozu? Damit ich mich besser fühle oder damit es die Agonie verlängert?«

»Trink ...« Sie ließ das Wasser in seinen Mund tröpfeln.

Steve schluckte durstig, aber er übertrieb es nicht. »Danke.«

»Hör zu, es tut mir wirklich leid, aber – deine große Klappe war der Sache nicht sehr zuträglich. Wir sehen vielleicht wie eine Bande von Lumpen aus, aber Malone steht auf Zucht und Ordnung – wie Big D, damals auf der *Lady*. Du bist nur über den Winter gekommen, weil du diesen Ort und den Typ gefunden hast, der dir gezeigt hat, wie man es macht. Aber als Ausbrecher kann man hier allein nicht leben. Wenn man überleben will, muss man mit der Herde gehen. Und das bedeutet, dass man das tut, was der Chef sagt.«

»Ich werde mich bemühen, es nicht zu vergessen. Mach's gut!«

Jodi warf einen Blick zurück, dann ließ sie ein Messer zwischen Steves Knie rutschen, wo es niemand sehen konnte. »Mach's gut, alter Junge«, flüsterte sie. »Du hast immer noch einen Stein bei mir im Brett.« Sie stand auf und verschraubte die Flasche. »Wenn wir weg sind, versuch, den Pfosten loszukriegen.«

Steve nickte. Jodi gesellte sich wieder zu den wartenden Renegaten. Malones Gruppe war bereits aufgebrochen. Der Rest teilte sich in mehrere kleine Gruppen auf; jede nahm einen anderen Weg nach Westen.

Niemand schaute zurück. Es war, als hätte er aufgehört, zu existieren.

Steve schaute zum Himmel hinauf. Es würde nicht lange dauern, bis er die Aufmerksamkeit fliegender Fleischfresser auf sich zog. Die Last des toten GeBe wurde schon jetzt unerträglich. Er wand die Knie in dem Bemühen, den Krampf zu lösen, der sich in seinen Beinen aufbaute. Die Seile erlaubten ihm nur wenig Bewegung, aber wenn er das Gewicht von einem Knie aufs andere verlagerte, konnte er die Qual dämpfen. Doch er wusste, dass die Erleichterung nur zeitweiliger Natur war. Der Schmerz würde immer schlimmer und in ein paar Stunden unaufhörlich und unerträglich werden.

Der Kopf des GeBe kippte nach vorn und fiel auf seine linke Schulter. Steve wandte das Gesicht weg und blickte aus dem Augenwinkel nach unten. Der Mund der Leiche war halb geöffnet. Eine neugierige Fliege flog hinein, um ihn zu erforschen.

Oh, Talisman, dachte Steve. *Wenn es wirklich stimmt, dass ich in deinem Schatten geboren bin, ist jetzt die Zeit, es zu beweisen. Wenn du mich rausholen kannst … dann schwöre ich, dass ich nie wieder etwas anzweifle, was Mr. Snow über dich sagt …*

12

Als der letzte Renegat aus seinem Blickfeld verschwunden war, wand Steve die Knie so weit nach vorn, wie er konnte, drückte sich fest gegen den Pfosten nach hinten und versuchte, ihn von einer Seite zur anderen zu bewegen. Eine lange Zeit schien es ihm, als nütze es nichts, doch dann, nach einer wilden Schaukelschlacht in den Armen seines toten Partners, gelang es ihm, eine kleine Seitwärtsbewegung zu erzeugen. Sie war jedoch so gering, dass sie kaum spürbar war. Es war ihm egal. Es bedeutete, dass er eine Chance hatte. *Es wird klappen,* redete er sich ein. *Du kommst hier raus, Brickman.* Er ruhte eine Weile aus, um wieder zu Atem zu kommen und die verkrampften Muskeln zu lösen, dann setzte er den Angriff fort und warf sich vor und zurück, um das Loch auszuweiten, in dem der Pfosten steckte.

Stunden vergingen. Jede Einzelne brachte einen winzigen Zuwachs in den Grad der Bewegung. Als die Dunkelheit hereinbrach, hatte Steve rund um den Pfosten etwas Spielraum erzeugt und sah sich in der Lage, ihn durch die Bewegung seines Oberkörpers in Drehung zu versetzen.

Die Dunkelheit brachte Aufschub vor einem anderen Problem: Im Lauf des Tages hatte Steve bemerkt, dass seine Fesseln enger geworden waren und sein Atmen erschwerten. Er brauchte eine Weile, um zu verstehen, was da vor sich ging: Die exhumierte Leiche fing an, im warmen Frühlingssonnenschein anzuschwellen. Morgen würde sie noch umfangreicher sein. Wenn er sich nicht bald losriss, würde es damit enden, dass er gegen den Pfosten gepresst und von der aufgedunsenen Leiche erdrückt wurde.

Dann kamen die schwarzen Vögel mit den breiten Schwingen und den langen, gekrümmten Schnäbeln. Mehrere hatten sich auf den Ästen der benachbarten Bäume versammelt; die Frecheren flatterten herunter, um einen näheren Blick auf das seltsame, halbtote Tier zu werfen, das mitten auf der Lichtung in die Knie gesunken war. Steve hatte sie mit kehligen, tierhaften Schreien vertrieben – einem Produkt seiner Angst und seines steifen, geschwollenen Kiefers. Die Vögel hatten ihre Aufmerksamkeit auf die Überreste der älteren Leiche gerichtet, die man wieder in die Grube geworfen und unbedeckt hatte liegen lassen. Wenn die Vögel sie abgenagt hatten, würden sie geduldig darauf warten, dass seine Stimme und sein Körper an Kraft verloren. Und dann …

Die grauenhaften Bilder dessen, was mit ihm passieren würde, wenn er nicht wieder freikam, setzten neue Kraftreserven in Steve frei. Seine anfängliche Panik ebbte ab. Er hatte nun keine andere Wahl mehr, als das Maximum seiner noch vorhandenen Energie zu aktivieren. Die ganze Nacht hindurch bewegte er sich mit verbissener Zielstrebigkeit hin und her und von einer Seite zur anderen. Der Schmerz in seinen Beinen breitete sich aus und erfüllte seinen ganzen Körper. Er war inzwischen so intensiv, dass sein Gehirn halb betäubt war. Steve hatte einen Punkt erreicht, an dem sein überlastetes Nervensystem seine Leiden wie ein perverses Vergnügen interpretierte.

Während Steve um sein Leben kämpfte, saß Commander General Karlstrom bequem in einem kleinen Vorführraum in einem weich gepolsterten Armsessel. Um ihn herum hielten sich weitere hochrangige Mitglieder der Ersten Familie auf. Der Film, der an diesem Abend gezeigt wurde, gehörte zu seinen Lieblingsfilmen; er war ein tausend Jahre altes Juwel mit dem Titel *Du warst unser Kamerad* – mit dem legendären John Wayne in der Hauptrolle.

Der mehrere Jahrzehnte vor dem Holocaust gestorbene Wayne war das große Vorbild des Gründungsvaters George Washington Jefferson des Ersten gewesen. Gewöhnliche Wagner wussten nichts von Schauspielern oder der alten Filmindustrie. Die Föderation produzierte weder bildende Kunst noch Dramen oder Literatur. Es gab keine Musiker oder Instrumentalisten. Sämtliche Musik wurde elektronisch hergestellt; die einzigen Sänger waren die, die Blauhimmelballaden sangen und dem Ensemble verschiedener Basen vorstanden. Das TV-Netz, für das COLUMBUS sorgte, war die einzige Unterhaltungs- und Informationsquelle und sendete hauptsächlich Erbauungsprogramme und Videospiele. Doch wie alle Eliten hatte die Erste Familie Zugang zu einem wahrhaften Schatz an Material aus der Zeit vor dem Holocaust, der in Cloudlands in klimageregelten Grüften ruhte. Die meistgeschätzten Reliquien waren Videobänder der Spielfilme John Waynes, und es gab ein großes Team an technischen Experten, deren einzige Aufgabe darin bestand, sie in perfektem Zustand zu erhalten. Wayne verkörperte in seinen besten Filmen die edelsten Tugenden des Wagnertums; aus seinem Lebenswerk hatten Generationen von Familienoberhäuptern Kraft und Inspiration bezogen.

Wie schon unzählige Male zuvor schaute Karlstrom

Wayne beim Sterben zu. Er sah, wie man den Brief in seiner Brusttasche fand, wie man ihn vorlas und wie man auf dem Mount Surabachi das Sternenbanner hisste. Karlstrom empfand die Szene mit dem Brief zwar als peinlich sentimental, doch die Botschaft, die dem Film zugrunde lag, klang wahr. Der Sieg über die nicht mehr existierende Nation Japan war eine direkte Parallele zum gegenwärtigen Kampf um die Herrschaft über die Oberwelt. Wenn die letzte Schlacht gewonnen war, würde Old Glory neben dem Banner der Föderation auf allen Bergeshöhen Nordamerikas flattern. Wenn man die Blauhimmelwelt durch das Opfer von Männern und Frauen mit der gleichen unbeugsamen Courage und Hingabe zurückgewonnen hatte.

Als der Film endete, verließ Karlstrom die anderen und zog sich in seine Privatunterkunft zurück. Der TV-Schirm neben seinem Bett kündigte durch ein aufleuchtendes Symbol an, dass sich zwei Botschaften in seinem elektronischen Briefkasten befanden. Karlstrom gab den Befehl ein, der die erste Botschaft auf den Bildschirm holte. Es war ein codiertes Signal aus mehreren alphanumerischen Abschnitten. Er schob seine ID-Karte in den Schlitz und ließ die fünfstellige Kennzahl abtasten, dann betätigte er den Decodierungsknopf. Das Wirrwarr aus Buchstaben und Zahlen geriet in Bewegung und bildete Worte. Sie waren das Signal eines MX-Außendienstlers mit dem Decknamen High Sierra. Karlstrom brauchte seine Identität nicht zu überprüfen. Er hatte darauf gewartet, dass man Kontakt mit ihm aufnehmen würde.

Die Botschaft lautete: BLINDGÄNGER GESCHNAPPT UND PRÜFUNG UNTERZOGEN.

Karlstrom löschte die Nachricht aus dem Speicher und ließ sich die zweite zeigen. Sie kam von einem MX-Agenten an der Innenstaat-Uni und betraf Brickmans Blutsschwester. Im Laufe des Abends hatte Roz ernstliche Atemnot entwickelt, und bei der Untersuchung war der Erste-Hilfe-Abteilung aufgefallen, dass an ihrem Hals und an ihren Handgelenken rote Male zu sehen waren. Sie wurde weiterhin beobachtet. Karlstrom bestätigte den Erhalt der Nachricht und ordnete an, über den weiteren Verlauf informiert zu werden. Die unheimliche Beziehung zwischen Brickman und seiner Blutsschwester war ein unschätzbarer Führer für seinen allgemeinen Gesundheitszustand. Als Karlstrom sich auszog, fragte er sich, was wohl passieren würde, wenn einer dieser psychischen Zwillinge das Pech hatte, einen tödlichen Unfall zu erleiden. Er nahm eine entspannende Dusche und legte sich dann in sein sauberes, bequemes Bett. Als er daran dachte, dass die vielversprechendste Neurekrutierung der AMEXICO die Nacht etwas weniger komfortabel verbrachte, lächelte er flüchtig. Die Erfahrung, die Brickman gegenwärtig machte, war zwar zutiefst quälend und schmerzhaft, aber er befand sich nicht in Lebensgefahr. Dafür würde High Sierra schon sorgen.

Als der Morgen graute, steckte der untere Teil des Pfostens zwar noch fest, aber oben zeigte sich eine ermutigende Menge an Spielraum. Steve drückte seinen Körper fest nach rechts; es gelang ihm, zuerst das linke Bein und dann das Knie gerade zur Seite auszustrecken. Als er den Fuß auf dem Boden hatte, war er in der Lage, bei dem Pfosten mehr Hebelwirkung anzuwenden. Nach einer Weile wechselte er auf den rechten Fuß, drückte den Pfosten zur Seite und nach links oben.

Als die Sonne zum Himmel aufstieg, bemerkte Steve

eine leichte Vertikalbewegung des Pfostens. Er drückte ihn zur Seite und wich zurück und versuchte, beide Füße auf den Boden zu bekommen, aber dies erwies sich als unmöglich. Er klemmte zu eng zwischen dem Pfosten und dem toten GeBe. Der unaufhaltsame Auflösungs- und Verfallprozess hatte die Leiche noch mehr anschwellen lassen und sorgte dafür, dass die Seile, die sie zusammenhielten, noch fester in Steves Körper schnitten. Zum Glück war das Halsseil nur an dem Pfosten hinter ihm befestigt. Er war der langsamen Erdrosselung zwar entgangen, aber sein Hals war verschrammt und blutete aufgrund seiner Anstrengungen. Und nun zog er auch noch die über dem toten GeBe schwärmenden Fliegen auf sich. Der Gestank wurde immer unerträglicher. Steve wurde klar, dass er bis Sonnenuntergang frei sein musste. Ein weiterer Tag ohne Wasser und unter dem erstickenden Gewicht der verwesenden Leiche gefangen, würde ihn sonst schwächen, bis er der Gnade der Vögel ausgeliefert war, die zurückgekommen waren, um sich an den Überresten gütlich zu tun. Er zog und drückte wie ein Besessener, drehte sich langsam im Kreis und schleifte seinen toten Partner immer mit sich.

Als die Sonne sank, war Steve immer noch am gleichen Fleck, doch kurz vor Einbruch der Dunkelheit gelang es ihm endlich, ein Knie zwischen die Schenkel des GeBe zu schieben und gleichzeitig beide Füße auf den Boden zu bekommen. Er schaukelte vor und zurück und dann im Kreis, richtete sich langsam auf und schaffte es mit einer letzten Anstrengung, den Pfosten aus dem Loch zu ziehen. Dann musste er feststellen, dass der Pfosten länger war als seine Beine; er konnte nicht aufrecht stehen. Steve fiel zur Seite. Sein Sturz wurde teilweise von der aufgedunsenen

Leiche gedämpft. Er lag in der zunehmenden Dunkelheit und genoss den Luxus, endlich beide Beine ausstrecken zu können.

Als seine Krämpfe zu einem dumpfen Schmerz abebbten, überdachte er seine Lage. Das Messer. Er musste das Messer finden. Jodi hatte es zwischen seine Knie in den Boden gerammt, aber er hatte es umgestoßen, als er sich um den Pfosten gewunden hatte, um ihn zu lösen. Wo war es jetzt?

Steve spähte über die Schulter des toten GeBe und erblickte die Klinge dicht neben dem geweiteten Pfostenloch. Er schleppte seine Last mit sich und näherte sich dem Messer. Eine falsche Bewegung konnte dazu führen, dass es in das Loch hineinrutschte. Dann war es aus mit ihm.

Es war nicht unproblematisch, in die richtige Position zu gelangen und nach dem Griff zu tasten, doch nach einigen Versuchen, bei denen er kaum zu atmen wagte, erwischte er das Messer mit zwei Fingern der rechten Hand.

Gut gemacht, Brickman. Jetzt zum nächsten Schritt. Er musste seine Hände befreien, aber da sie am Hals der Leiche festgebunden waren, hatten sie nur wenig Spielraum. Doch er gab nicht auf. Er rieb das Seil an der Klinge, bis es sich löste. Eine Welle der Erleichterung strömte durch seinen Körper.

Steve stand auf, reckte seine schmerzenden Glieder, stolperte durch den Wald zum Fluss hinunter und rieb seine Gelenke, damit der Blutkreislauf wieder in Bewegung kam. Er trank gierig. Er hatte schon wieder überlebt – aber für wie lange? Abgesehen von dem Messer, das Jodi ihm gegeben hatte, und den Kleidern, die er am Leibe trug, besaß er nichts mehr. Die Renegaten hatten das Erdloch ausgeplündert. Sie hatten jeden Fetzen Nahrung, die Fischreusen und Fallen, den Feuertopf, seinen Rucksack, die Waffen, den Helm und die gesamte Kleidung mitgehen lassen. Und das Schlimmste: Auch seine Stiefel waren nicht mehr da.

Steve ging über den Abhang zurück, und sein anfänglich euphorisches Gefühl verflog schnell, als er über die ungeheuren Probleme nachdachte, denen er sich nun gegenübersah. Am meisten vermisste er sein Kampfmesser. Während des Aufenthalts in Rio Lobo hatte man den Griff mit einem winzigen, doch starken Funksender ausgerüstet. Man hatte ihm das versteckte Gerät gegeben, damit er mit einem MX-Außenteam Kontakt aufnehmen konnte, dessen Aufgabe darin bestand, über seinen Standort auf dem Laufenden zu bleiben und eventuelle Botschaften weiterzuleiten, die von Karlstrom kamen oder an ihn gerichtet waren. Theoretisch sollte das Team in einem Notfall auch für Verstärkung sorgen – wie etwa in dem, in dem er sich befunden hatte. Der Verlust des Funkmessers bedeutete, dass Steve nun nicht mehr in der Lage war, Hilfe herbeizurufen. Er war wieder mal auf sich allein gestellt.

Na schön. So hatte er es am liebsten.

Trotzdem war er frustriert und irgendwie verstimmt. Die MX hätte die Möglichkeit vorhersehen müssen, dass er seiner ganzen Habe verlustig ging. Sie hätte einen zweiten Ausrüstungssatz bereitstellen sollen, um ihn für solche Situationen zu wappnen. Er fragte sich allerdings, wo er den zweiten Satz hätte verstecken sollen. Der einzig sichere Ort war sein Arsch. Und selbst der bot Gefahren. Wenn man das Funkmesser durch irgendeinen unglücklichen Zufall entdeckte, konnte er immer noch behaupten, nichts davon zu wissen, weil es ihm nicht gehöre. Aber wenn jemand ein Gerät dieser Art in seinem Hintern aufstöberte, konnte er kaum behaupten, es sei ihm zugelaufen.

Der Schweiß, der ihm während der Anstrengung vom Körper gelaufen war, trocknete allmählich, und Steve fing an, heftig zu zittern. Es war eine kalte Nacht, und vor dem Morgengrauen würde es noch kälter werden. Er schaute zum Himmel hinauf. Er war von einer dunklen, formlosen Wolkenschicht bedeckt, die die Sterne verhüllte. Wie erklärten sich eigentlich die Mutanten solche Nächte – wenn die zehntausend wachsamen Augen auf Mo-Towns dunklem Umhang nicht über sie wachten? Mr. Snow kannte bestimmt eine Antwort auf diese Frage. Er hatte Antworten für alles.

Steve legte den toten GeBe mit dem Gesicht nach unten in das niedrige Grab, schob mit den Füßen eine Erdschicht auf ihn und bedeckte ihn erneut mit Steinen. Dann kämpfte er eine Welle der Übelkeit nieder und tat das Gleiche für die exhumierten Überreste Tysons. Dass er die beiden Männer begrub, erzeugte kein Gefühl der Ehrerbietung in ihm. Wer in der Föderation starb, war tot. Man entledigte sich der Toten ohne die geringste Zeremonie, als gelte es, einen Haufen Müll zu beseitigen. Steve begrub sie nur wegen der Vögel. Die Fleischfresser mit den breiten Schwingen, die an der Oberwelt lebten, hatten nämlich die Gewohnheit, hoch am Himmel über sterbenden Tieren zu kreisen, bevor sie herunterkamen, um zu fressen. Man konnte die Schwärme kreisender Räuber kilometerweit sehen; sie zogen die Aufmerksamkeit anderer Vögel und die von Mutanten, Renegaten und auch vierbeinigen Raubtieren auf sich, und jetzt, wo er praktisch ohne Verteidigungsmöglichkeit war, legte Steve keinen Wert darauf, seinen Aufenthaltsort zu verraten. Er warf einen letzten

Stein auf das Grab, sammelte die Stricke ein und ging, den übel riechenden Duft des Todes an den Händen, zum Versteck zurück.

In der absoluten Finsternis tastete er sich zu seiner Koje, einem Rechteck aus festgetretener Erde, das sich einen halben Meter über den Boden erhob. Die Felle waren weg. Egal. Er warf sich dankbar auf die dicke Schicht aus getrocknetem Farn. Glückseligkeit. Reiner Luxus. Drei Worte, die im Vokabular der Wagner nicht vorkamen. Doch das hielt Steve nicht davon ab, sich des Gefühls auf die gleiche Weise zu erfreuen, wie er die Liebe erlebt hatte, die er ebenso wenig hatte benennen können.

Steve wusste, dass es falsch war, wenn er sich jetzt ausruhte. Er hätte seine Wanderung zur letzten bekannten Position des M'Call-Clans sofort in Angriff nehmen müssen, aber sein erschöpfter Körper wollte einfach nicht reagieren. Er schmerzte von den Zehen bis zum Kopf. Seine Haut war aufgeschrammt, und dort, wo die Stricke in seine Haut geschnitten hatten, blutete sie. Rot glühende Nadeln schienen jede Schicht seines Fleisches und jede Muskelfaser zu durchstechen, und in seinen Knochen schwelte ein Feuer. *Der Tod,* dachte er, *wäre eine willkommene Erleichterung.*

Er dachte an Clearwater und die Nacht, die er in ihren Armen verbracht hatte. Er dachte an die Wärme ihrer Umarmung und an die geschmeidige Reaktion ihres eingeölten, parfümierten Körpers. Die aufwühlenden Emotionen, die ihre Vereinigung und die Qualen der Bitterkeit bei ihrer erzwungenen Trennung freigesetzt hatten, hatten ihn seither nie wieder losgelassen. Steve schlief ein, doch statt des ersehnten Nichts fand er sich in einem wirren Albtraum wieder. Er wanderte, von finsteren Verfolgern bedroht, ziellos durch eine fremdartige Landschaft, gepeinigt von Problemen gewaltiger Kompliziertheit und Wichtigkeit, deren Lösungen er zwar kannte, aber nicht artikulieren konnte. Als er wieder zu sich kam, fühlte er sich ausgelaugt und ebenso erschöpft wie zuvor.

Als Steve den Kopf hob, sah er, wie das Sonnenlicht über die Stufen in das Versteck hineinfiel. Christoph! Es war höchste Zeit, von hier zu verschwinden. Doch das war leichter gesagt als getan. Sein Rücken schmerzte. Mit langsamen, ruckartigen Bewegungen richtete er sich in eine sitzende Stellung auf und rutschte an den Kojenrand. Dann sackte er mit dem Gesicht nach vorn zu Boden. Hätte er nicht die Vorsichtsmaßnahme ergriffen, die Ellbogen auf die Knie zu legen, wäre er glatt mit der Nase aufgeschlagen. *Also bitte, Brickman, reiß dich zusammen! Du kannst es besser! Setz dich in Bewegung!*

Steve reagierte auf den Formalausbilder, dessen Sprüche er zutiefst verinnerlicht hatte. Er richtete sich auf und entspannte seine Arm- und Beingelenke mit einer kurzen Gymnastikübung. Er wollte zum Fluss hinunter, etwas trinken und sich waschen, und sich dann etwas ausdenken, womit er seine Füße schützen konnte. Die Mutanten verwendeten Büffelhaut. Ihm wäre jede Haut recht gewesen, aber leider hatten Malones Renegaten ihn völlig ausgeraubt. Er hob ein Stück Strick auf, und nachdem er verschiedene Möglichkeiten durchdacht hatte, drehte er es zu einer wurstförmigen Rolle. Wenn er die Fasern irgendwie zusammennähen konnte, konnte das die Sohle eines primitiven Schuhs bilden. Zwar konnte er einen Teil des Seils zerfasern, aber was sollte er als Nadel verwenden?

Während er noch mit diesem Problem rang, vernahm er einen gedämpften Ruf. Dann andere Stimmen, undeutlich;

aber sie wurden lauter. Steve näherte sich der Treppe und hörte weitere Rufe. Sie mischten sich mit dem freudigen Brüllen von Mutanten, die ihnen offenbar dicht auf den Fersen waren. Dann hörte er etwas, das so klang, als brächen mehrere Gestalten durchs Unterholz. Steve drückte sich in die finsterste Ecke. Was, zum Henker, sollte er tun? Er saß in der Falle! Doch dann fiel es ihm ein. Natürlich! Der Kriechgang! Zwar hatten die Renegaten die Felle von der Wand gerissen, aber die Erde und das Weidengeflecht befanden sich noch an Ort und Stelle. Auch seine Armbrust und der Beutel voll Bolzen waren noch da!

Bevor Steve eine Bewegung machen konnte, zuckte ein heller Strahl Tageslicht durch den Eingang, denn der Türlappen wurde aufgerissen. Er zückte sein Messer und hechtete in eine Ecke, die man vom Eingang aus nicht einsehen konnte. Dort hockte er sich hin, bereit, jedem an die Kehle zu fahren, der in seinen Gesichtskreis trat. Die Person, die schließlich am Eingang sichtbar wurde, hatte er nicht wiederzusehen erwartet. Gelbmütze – beschwert von seinem Rucksack und einem Luftgewehr. Er war außer Atem.

Aber nicht zu langsam, um zu reagieren.

Gelbmütze witterte, dass ihm jemand feindlich gesinnt war. Er wirbelte herum, zielte mit seinem Gewehr auf Steves Brust und wich vor dem erhobenen Messer zurück.

»Keine Bewegung, Soldat!«

Steve erstarrte, ließ das Messer aber nicht fallen.

»Ich bin nicht auf Streit aus«, sagte Gelbmütze. »Also beruhige dich und nimm das Messer weg; dann geht alles glatt.«

Jodi Kazan polterte die Treppe hinunter. Auch sie war außer Atem. Als sie Steve sah, sackte sie an die Wand und ließ die Schulterstütze ihres Gewehrs zu Boden krachen. »Christoph! Da bist du ja!« Ein abgehacktes Lachen unterbrach ihre Worte. »Dann war … der Marsch … zumindest nicht … ganz umsonst.« Sie brach ab, holte Luft und wandte sich an Gelbmütze. »Hast du es ihm erzählt?«

»Hatte noch keine Gelegenheit. Dein Kumpel wollte mich piksen.«

Jodi musterte Steve. »Das überrascht mich nicht – nach dem, was ihr ihm angetan habt.«

»Hab nur Befehle ausgeführt, Kaz. Sag ihm, er soll mir vom Leib bleiben.«

»Okay, okay.« Jodi gab beiden einen Wink. »Beruhige dich, Brickman. Wir haben jetzt keine Zeit, uns gegenseitig an die Kehle zu fahren.« Sie streckte die Hand nach dem Messer aus. »Vertrau mir.«

Steve gab ihr das Messer.

»Pass auf die Treppe auf«, sagte Gelbmütze. Er legte das Gewehr über seine Unterarme und deutete mit dem Daumen auf Jodi, als sie in Stellung ging. »Die Kleine hier ist ein echter Freund. Keine Ahnung, was sie dem Chef erzählt hat, aber er hat beschlossen, dir noch eine Chance zu geben. Schätze, er hat nicht damit gerechnet, dass du allein da rauskommst.« Er nickte Steve bewundernd zu. »Hab noch nie gehört, dass es schon mal einem gelungen ist … Ja, du hast offenbar wirklich was drauf.« Er streckte Steve die Hand entgegen. »Ich bin Kelso. Dave Kelso. Willkommen an Bord.«

»Klingt wie ein Angebot, das ich nicht ablehnen kann«, sagte Steve. Kelsos Schraubstockgriff machte ihm klar, wie schmerzhaft steif seine Hände waren.

»Ein undankbarer Hundesohn, was?«, sagte Kelso. »Wir riskieren unseren Hals, damit er bei der besten Bande auf dieser Seite der Rockies mitmachen darf, und er kommt an, als hätte man ihm einen Teller Beulenkopfscheiße angeboten.«

»Gib ihm eine Chance, Kelso. Er braucht Zeit, um sich an alles zu gewöhnen.« Jodi drehte sich zu Steve um. »Malone ist einverstanden, dass du bei uns mitmachst – vorausgesetzt, ich schaffe es, dich zu holen«, erklärte sie. »Kelso und ein paar andere haben sich bereiterklärt, mit mir zu gehen, für den Fall, dass ich Hilfe brauche.«

»Die dümmste Entscheidung, die ich je getroffen habe«, grollte Kelso.

»Warum?«, fragte Steve.

»Weil wir bis zum Hals in Schwierigkeiten stecken, alter Junge! Hast du sie nicht gehört? Uns ist ein ganzes Mutantenkommando auf den Fersen.«

Bevor Steve antworten konnte, wurde der Türlappen zum dritten Mal aufgerissen. Kelso und Jodi fuhren herum, um die Treppe in Schach zu halten, dann senkten sie ihre Waffen, als zwei weitere Renegaten die Treppe heruntersprangen und sofort auf die Knie sanken. Der Jüngere der beiden sah ein paar Jahre älter aus als Steve; der andere hatte ein wettergegerbtes Gesicht und trug eine grüne Kommandomütze mit einem roten Kreuz an der Vorderseite. Der weiße Kreis, der das Kreuz umgab, war mit Schlamm verdunkelt worden.

Jodi stellte ihm zuerst den älteren Renegaten vor. »Das ist Medicine-Hat, und der da ist Jankowski – oder Jinx. Steve Brickman.«

Die beiden Renegaten antworteten mit einem Nicken.

»Wie sieht es aus?«, fragte Kelso.

»Nicht allzu gut«, sagte Medicine-Hat. Er holte Luft. »Sie kommen von beiden Seiten ins Tal.«

»Haben sie euch hier reinkommen sehen?«

»Kann ich nicht sagen«, keuchte Jinx. »Der uns am nächsten war, stand unten am Fluss.«

»Tja, sie werden nicht lange brauchen, bis sie wissen, wo wir sind«, grunzte Kelso. Er wandte sich Steve zu. »Du kennst dich doch hier aus. Hast du irgendeine gute Idee?«

»Wir könnten immer noch den Hinterausgang nehmen«, sagte Steve und kratzte die Erde von der Mitte des Stöpsels, um das Holzstück zu entblößen, das als Griff diente. Er öffnete den Kriechgang.

Kelso kniete sich hin und schaute hinein. Dann stieß er einen leisen Pfiff aus. »Wie weit geht er?«

»Er geht etwa achtzig Meter in den Hügel rein und endet zwischen einem Haufen Felsen, mitten in einem dichten Gebüsch. Der Ausgang ist von einer Felsplatte bedeckt; sie liegt auf einem Holzgitter. Man braucht es nur hochzuschieben.«

Kelso sah die anderen an. »Was meint ihr?«

Medicine-Hat wandte sich zu Steve um. »Bist du schon mal da raus?«

»Nein, aber ich habe den Ausgang geprüft. Ich wollte gerade reinklettern, als ich hörte, dass ihr kamt – ich hatte nur nicht mehr die Zeit dazu.«

Medicine-Hat tauschte einen Blick mit Kelso, dann sagte er: »Also weg hier!«

»Okay, du gehst zuerst, Brickman.«

»Ich brauche eine Fackel.«

Medicine-Hat reichte ihm eine. Kelso zückte ein Garnknäuel und warf es Jodi zu. »Geh mit ihm! Binde es an dir fest. Ich rolle es auf, wenn du gehst. Wenn ihr da seid, ziehst du zweimal. Dann bestätige ich. Wenn die Luft rein ist, ziehst du dreimal; dann bindest du die Fackel an das

Ende, damit ich sie zurückziehen kann. Ob Mutanten oder nicht – ohne Licht gehe ich da nicht rein.«

Steve blieb am Eingang stehen. »Hat jemand ein paar Stiefel übrig?«

»Du kannst deine eigenen wiederhaben«, sagte Jodi. »Ich habe sie mitgebracht.«

»Später«, sagte Kelso. »Wir haben keine Zeit, uns jetzt mit sowas abzugeben. Ach, ja, Brickman …«

»Yeah?«

»Ich kümmere mich um die Armbrust …«

Steve zeigte Kelso, wie der Letzte, der den Gang benutzte, den Kriechgang hinter sich verschließen sollte, dann arbeitete er sich durch den Tunnel. Er war gerade so hoch und breit, dass ein normal gebauter Mensch robbend hindurchkam. Der Schacht war voller hässlicher Käfer, und die Luft schmeckte auf der Zunge abgestanden und klamm. Der Tunnel mündete in einer kleinen Grube, die etwa anderthalb Meter breit und zwei Meter hoch war. Über ihnen befand sich eine Platte aus Holz und geflochtenen Zweigen, auf die man Erde und Steine gelegt hatte.

Rund um den Rand befanden sich kleinere Stützsteine mit schmalen, manchmal haarfeinen Ritzen. Sie ließen einen Schimmer Tageslicht herein und erlaubten einen nicht allzu deutlichen Blick auf das umliegende Gelände. Jeder, der durch den Tunnel floh, konnte hören und bis zu einem gewissen Grad auch sehen, was draußen vor sich ging, und so den besten Augenblick zum Ausstieg wählen.

Jodi, die ihren Rucksack vor sich herschob, hievte sich halbwegs aus dem Tunnel und wandte Steve ihr schmutziges Gesicht zu. »Christoph!«, flüsterte sie heiser. »Sowas möchte ich nie wieder tun. Siehst du was?«

»Bis jetzt noch nicht.« Steve gab ihr die Fackel. »Geh wieder in den Tunnel. Ich mach jetzt auf.«

Er kroch in eine kleine, in die Seite der Grube geschnittene Nische, schob den flachen Tarnstein hoch und schob neugierig den Kopf ins Freie. Ein paar schrille, vogelähnliche Schreie, die er als Signale der M'Call-Krieger identifizierte, erreichten sein Ohr, aber sie kamen aus weiter Ferne. Er kletterte ins Freie, sah sich schnell um und steckte den Kopf wieder in die Grube zurück.

»Jodi!«

Ihr Kopf kam in sein Blickfeld.

»Hier sind nur Vögel«, sagte er leise. »Aber ich sehe mich noch mal um, damit wir ganz sicher sind. Bleib da unten. Wenn ich drei-zwei-drei auf den Deckelstein klopfe, holst du die anderen rauf.«

»Okay.«

Steve ließ den flachen Fels wieder sinken, stand auf, drehte sich um und blieb wie angewachsen stehen. Mr. Snow, der weißhaarige Wortschmied, saß mit gekreuzten Beinen auf einem Stein in der Nähe. Neben ihm standen zwei M'Call-Bären – Doctor-Hook und Kid-Creole –, zwei Krieger, die er selbst im Umgang mit dem Schlagstock unterrichtet hatte.

Steve war sprachlos. Der gerissene alte Mutant musste sich die ganze Zeit über in der Nähe versteckt haben, aber er tat so, als sei er gerade vom Himmel gefallen. »Wa-wawas machst du denn hier?«, stotterte er verlegen.

Mr. Snow erwiderte mit einem geheimnisvollen Lächeln: »Cadillac hat gesagt, wir würden uns wiedersehen. Er hat es in den Steinen gesehen. Freust du dich etwa nicht?«

Steve spürte, wie das Blut in seine Wangen schoss. »Doch … natürlich … aber …« Seine Stimme versagte.

Warum fühlte er sich so unbehaglich, wenn Mr. Snows durchdringender Blick auf ihn fiel? Er wollte fragen, wie es Clearwater ging, aber plötzlich hatte er das Gefühl, seine Zunge sei gelähmt. Er konnte ihren Namen nicht aussprechen.

Mr. Snow, der es offenbar zu spüren schien, sagte: »Ich weiß. Du hast viele Fragen. Wir haben später noch genug Zeit, darüber zu reden. Warum bittest du deine Freunde nicht herauszukommen?«

»Ich bin allein, Alter. Ich habe keine Freunde.«

Mr. Snow seufzte. »Ach, Brickman, Brickman … Ich dachte, wir hätten einander immer die Wahrheit gesagt.«

Steve sagte nichts.

Mr. Snow warf die Arme in die Luft. »Hör zu, wir wissen, dass da mindestens noch vier Leute drin sind. Und da niemand vorhat, ihnen etwas zu tun, wäre es nett, wenn auch *sie* sich benehmen würden.«

Steve bewegte sich nicht.

Mr. Snow wandte sich an Kid-Creole. »Mach mal ein Feuerchen vor ihrer Tür. Wir räuchern sie einfach aus.«

Die anderen brauchten nicht lange, um ins Freie zu kommen.

13

Jodis Wunsch, Steve zu retten, hatte vielleicht zu ihrer Gefangennahme beigetragen, aber sie waren in ihrem Unglück nicht allein. Der Clan hatte sein Netz weit gespannt. Als sie nach Nordwesten marschierten, gesellten sich weitere Gruppen von M'Call-Bären und -Wölfinnen zu ihnen, und jede hatte einen Renegatentrupp im Schlepptau. Als man sie – Steve inklusive – zählte, waren es dreiunddreißig. Malone und seine engsten Unterführer schienen der Gefangennahme zwar entgangen zu sein, aber aus den Gesprächsfetzen, die Steve aufschnappte, gewann er den Eindruck, dass er etwa ein Drittel seiner Streitmacht verloren hatte.

Am Gehabe der M'Call-Krieger erkannte Steve, dass sie stolz darauf waren, so viele Gefangene gemacht zu haben. Er nahm zwar an, dass er sein Leben wieder einmal Mr. Snow verdankte, aber er verstand nicht, warum die Renegaten verschont wurden. Es war eine weitere Überraschung, als er erfuhr, dass während der Jagd auf beiden Seiten niemand ums Leben gekommen war.

Um ihre Flucht zu verhindern, wurden die Renegaten paarweise nebeneinander mit dem Hals und den Händen an junge Baumstämme gebunden, die man auf ihre Schultern legte. Nur Steve wurde auf Mr. Snows Anweisung hin ausgenommen und konnte sich frei bewegen. Die Sonderbehandlung trug natürlich nicht dazu bei, seine Beliebtheit bei den restlichen Gefangenen zu erhöhen. Die meisten Renegaten hatten die ursprüngliche Reaktion Malones geteilt und ihn mit argwöhnischen Blicken gemessen, doch jetzt, als sie sahen, wie vertraut er mit ihren Häschern war, reagierten sie mit mürrischer Feindseligkeit auf ihn und bezeichneten ihn als Monstermösenlecker und Beulenlutscher – mit den schlimmsten Ausdrücken des Bahnbrecher-Vokabulars, das man nur auf jene anwandte, die sich mit Mutanten verbrüderten.

Die Krieger folgten Mr. Snows Beispiel und behandelten Steve mit freundlicher Zurückhaltung. Steve sah unter den Bären und Wölfinnen zwar viele bekannte Gesichter, aber niemand erweckte den Eindruck, ihn zu kennen. Für sie war er bloß irgendein Renegat. Es war Steve nur recht. Er hatte den Zusammenstoß mit Malone zwar als extrem unwillkommenen Schluckauf seines Plans eingestuft, doch die Gefangennahme Jodis und ihrer drei Gefährten versah ihn mit einer neuen Tarngeschichte, die noch besser war als seine alte. Die geheimnisvolle Entität namens Talisman hatte ihn wieder einmal vor dem Schlimmsten bewahrt. Welches Schicksal die grimmig dreinblickenden Gesetzlosen auch erwartete, Steven Roosevelt Brickman würde es gut ergehen. Mr. Snow hatte es zwar nicht ausdrücklich erklärt, aber er hatte ihn mit einem Nicken und einem Zwinkern wissen lassen, dass ihre frühere Beziehung immer noch von Bestand war.

Und wie um sie zu bestätigen, hatte der alte Wortschmied ihm erlaubt, seine Stiefel aus Jodis Rucksack zu nehmen. Er hatte ihm sogar das präparierte Kampfmesser zurückgegeben, das man während des allgemeinen Beuteverteilens in Kelsos Besitz gefunden hatte. Kelso verlor zudem noch seine hochgeschätzte gelbe Kommandantenmütze an eine Wölfin. Medicine-Hat hingegen trug die seine immer noch. Aus irgendeinem Grund schienen die Mutanten Grün nicht für eine schöne Farbe zu halten.

Auf der langen Reise zur Ansiedlung der M'Calls wurde Steve die Aufgabe übertragen, für die gefangenen Renegaten zu sorgen. Sie mit Wasser, Fladenbrot und Trockenfleisch zu versorgen, war zwar kein Problem, aber einige der Männer waren verletzt, und ihre Wunden verlangten nach der Aufmerksamkeit eines Experten. Steve redete mit Mr. Snow und erlangte die Freilassung von Jodi und Medicine-Hat, damit sie sich um die anderen kümmern konnten.

Obwohl Steve Kelso mit Essen und Nahrung versorgte, begegnete ihm der Renegat ständig mit siedender Verachtung und machte bei mehreren Gelegenheiten klar, dass er seine Gefangennahme für Steves alleinige Schuld hielt. Irgendwann, wenn sich eine Gelegenheit bot, würde Steve dafür bezahlen müssen.

Während einer kurzen Rast, als Kelso seine Wasserration aus einem Fläschchen trank, das Steve ihm an den Mund hielt, erspähte er die Wölfin, die seine teure Mütze trug. Als sie an ihnen vorbeiging, schenkte er ihr einen hasserfüllten Blick. »Verdammte Pimmelfresser«, knurrte er.

»He, he, mach mal halblang«, murmelte Steve. »Was soll das denn? Willst du, dass sie dich umlegen?«

»Tun sie nicht«, grollte der Wagner-Renegat, der im Schneidersitz neben Kelso hockte. »Wenn sie das vorhätten, säßen wir nicht hier.«

»Genau«, sagte Kelso. Seine Stimme wurde lauter, und

er redete über eine in der Nähe lagernde Gruppe von Bären. »Schau sie dir doch mal an! Hast du schon mal eine größere Idiotenbande gesehen?«

»Christoph!«, zischte Steve. »Was, zum Henker, ist denn in dich gefahren?«

Kelso musterte ihn und lachte rau. »Keine Bange, Beulenlutscher. Deine Freunde verbiegen uns vielleicht ein bisschen, aber fürs Fleischgeschäft sind wir noch nicht reif.«

»Glaubst du das, weil sie mich nicht umgebracht haben, als ich letztes Jahr abgestürzt bin? Hört mal, die Burschen da haben die *Lady* fast in Stücke gerissen!«

»Das ist etwas anderes«, sagte der andere Renegat.

»Sie bringen uns nicht um, weil wir zu wertvoll sind.« Kelso bemerkte Steves verwunderte Reaktion. »Ach, ich habe ja ganz vergessen, dass du neu hier bist. Im April und Mai wird die Schonzeit für uns aufgehoben. Deswegen wollten wir ja auch nach Westen. Malone wollte hier weg sein, bevor die Jagdzeit anfängt. Wir haben allerdings nicht damit gerechnet, dass die Beulenköpfe in diesem Jahr schon so früh anfangen.«

»Ich verstehe immer noch nicht«, sagte Steve. »Ich habe gedacht, ihr lasst euch gegenseitig in Ruhe.«

»Das stimmt auch. Jedenfalls meistens. Aber nicht, wenn die Raddampfer kommen.«

»Die Raddampfer?« Steves Interesse nahm zu. Er bemühte sich, möglichst beiläufig zu klingen. »Ach ja, davon habe ich voriges Jahr gehört. Sie haben was mit den Eisenmeistern zu tun – wer immer sie auch sind. Ich habe gehört, dass die Mutanten Nahrungsmittel, Felle und anderes Zeug bei ihnen gegen Armbrüste eintauschen. Sie nennen sie ›langes, spitzes Eisen‹.«

Kelso nickte. »Sie tauschen auch uns ein.«

»Bei den Eisenmeistern? Wogegen?«

Kelso explodierte. »Was weiß ich denn, wogegen! Sie sind doch deine Freunde, also frag sie, du Beulenficker!«

Steve ignorierte Kelsos rüden Jargon und musterte ihn und seine Gefährten mit deutlichem Unbehagen. »Columbus … die Feuergruben von Beth-Lem …«

Nun war Kelso an der Reihe, verwirrt zu schauen.

»So nennen die Mutanten die Gegend, in der die Eisenmeister leben.«

»Unheimlich! Klingt ja toll. Ich kann es gar nicht erwarten, dort zu sein.«

»Hört zu«, sagte Steve. »Ich weiß zwar, dass ihr mir nicht traut, aber wenn es eine Möglichkeit gibt, euch zu helfen, helfe ich euch.«

Kelso reagierte mit einem höhnischen Lachen.

»Du kannst mir jetzt sofort helfen«, sagte sein Nebenmann. »Mach mal meinen Reißverschluss auf. Ich muss mal schiffen.«

Steve erkannte in ihm einen der Burschen, die ihn an den Pfosten gebunden hatten. Er stand auf und trat zurück. »Du hast meinen Reißverschluss zwei Tage lang nicht angefasst, Gevatter. Melde dich übermorgen noch mal.«

Medicine-Hat, der sein Bestes gegeben hatte, um Jodi zu retten, war ein geschickter Arzt. Wie viele der gefangenen Renegaten war er während einer Bahnbrecher-Expedition versprengt worden. In seinem Fall lag es drei Jahre zurück. Er hatte an der letzten Feuerwalze teilgenommen, die zur Befriedung des ehemaligen Staates Oklahoma geführt hatte, einem der drei neuen Territorien.

Nachdem der Wagenzug *Fighting Kentuckian* ihn und

seine Einheit abgesetzt hatte, damit sie sich um die Rettung mehrerer schwerverwundeter Wagner kümmerten, hatten Medicine-Hat und seine Gefährten festgestellt, dass ihnen der Rückweg abgeschnitten war. Das Gelände hatte den Wagenzug daran gehindert, zu ihnen zu kommen; das schlechte Wetter hatte ihnen Luftunterstützung versagt, und dann war auch noch ihr Funkgerät ausgefallen. Als Medicine-Hat und die überlebenden Bahnbrecher schließlich den ursprünglichen Sammelpunkt erreicht hatten, hatte der Wagenzug das Gebiet verlassen, und sie standen als »vermisst und wahrscheinlich im Kampf gefallen« in den Akten.

Wie üblich waren einige der Überlebenden der Desorientierung zum Opfer und in einen katatonischen Zustand verfallen, von dem sie sich nicht wieder erholt hatten. Medicine-Hat war einer von dreien gewesen, die es trotz ihrer Stürmer-Einstufung geschafft hatten, die kritischen ersten zwei Wochen zu überstehen. Er konnte sich zwar nicht erklären, wieso er verschont geblieben war, aber es gab offenbar ein simples Gesetz: Wenn man zur Gruppe aus vier oder weniger Personen gehörte und nach drei Tagen ohne Kontakt mit dem Wagenzug noch auf den Beinen war, konnte man davon ausgehen, dass man wahrscheinlich nicht bodenkrank wurde. Ob man diese Entdeckung für eine gute Nachricht hielt, war allerdings eine ganz andere Sache.

Als sie weiterzogen, hatte Steve eine Gelegenheit, sich mit Medicine-Hat und Jodi über das Leben der Renegaten – oder der Ausbrecher, wie sie sich nannten – zu unterhalten. Medicine-Hat erklärte, nicht alle Ausbrecher seien Versprengte. Manche waren ganz normale Deserteure und stammten hauptsächlich aus den Zwischenstationen. Die meisten waren GeBe, die sich so einer Bestrafung entziehen wollten. Manchmal handelte es sich bei ihren Verbrechen zwar nur um geringfügige Pflichtverletzungen, aber andere hatten auch ernsthafte Verstöße gegen die Disziplin hinter sich – Tätlichkeiten gegenüber Vorgesetzten, das Anhören von Blackjack-Musik, Drogenkonsum oder, was noch schlimmer war, Feigheit vor dem Feind. Zudem gab es noch die alles umfassende Beschuldigung des Versagens im Einsatz. Statt sich einem Sachverständigenrat auszusetzen und wegen einer Pflichtverletzung möglicherweise hingerichtet zu werden, zogen es viele ansonsten loyale und kompetente Bahnbrecher vor, die Seiten zu wechseln.

Um derlei unbeherrschte und grundverschiedene Elemente zusammenzuhalten, bedurfte es einer eisernen Faust und scharfer Intelligenz. Leider, meinte Medicine-Hat, gebe es zu wenig Führernaturen mit Malones Mischung aus Zähigkeit und Grips. Aus diesem Grund gab es in vielen Ausbrechergruppen brudermörderische Dispute um die Führerschaft und das konsequente Versagen, sich auf eine Strategie zu einigen, die das Überleben sicherte. Als Steve fragte, ob die Renegaten in die Hunderte oder eher in die Tausende gingen, erwiderte Medicine-Hat: »Da musst du die Erste Familie fragen.«

Bei späteren Unterhaltungen enthüllte er, dass es noch eine dritte Ausbrechergruppe gab: Kleine Banden, denen es gelungen war, aus den unterirdischen Föderationsbasen zu entkommen – in der Regel durch illegal angelegte Tunnel. In der kurzen und ziemlich chaotischen Geschichte des Renegatentums waren diese Flüchtlinge aus der Föderation die ersten gewesen, die sich Ausbrecher genannt hatten. Medicine-Hat war der Meinung, dass sie ihren Namen eventuell von dem historischen Ereignis abgeleitet hatten, der als Großer Ausbruch bekannt geworden war. Im Jahr 2464, so stand es im Handbuch, hatte man die erste permanente Verbindung zwischen dem Erdschild und der Oberwelt aufgenommen. Dies hatte es der Föderation erlaubt, den Kampf um die Blauhimmelwelt ernsthaft in Angriff zu nehmen.

Steve schüttelte ungläubig den Kopf. »Ich hatte keine Ahnung, dass es Möglichkeiten gibt, von innen aus der Föderation zu fliehen. Was waren das für Leute? Wo haben sie es getan? Und wie?«

Medicine-Hat lächelte. »Ich nehme an, es sind Leute, die mit der Arbeitsweise der Ersten Familie nicht einverstanden sind. Ich nehme an, man muss nur die Augen offenhalten, dann findet man sie an allen Ecken und Enden der Föderation. Und was das Wie angeht ...« Er zuckte die Achseln. »Da fragt man lieber nicht. Je weniger man über solche Dinge weiß, desto weniger kann man den Leuten zu Hause darüber erzählen.«

»Du meinst, falls man geschnappt wird?«

»Falls deine Mutantenfreunde dich nicht mit uns zusammen verkaufen, hast du vielleicht bald eine Horde Bahnbrecher am Hals.« Medicine-Hat prüfte den Inhalt seiner Erste-Hilfe-Tasche. »Du hast doch selbst auf einem Wagenzug gearbeitet. Die Leute da sind doch nicht nur darauf aus, Mutanten umzubringen. Ausbrecher sind denen doch ein ebenso beliebtes Ziel.«

»Stimmt«, sagte Steve. »Aber muss man das nicht erwarten, wenn man über Bord springt? Ich habe eigentlich nie verstanden, warum die Erste Familie so viel Zeit und Energie verschwendet, um euch auszuradieren. Ich meine ... So wie die Lebensumstände im Freien sind, lebt doch sowieso keiner von uns sehr lange.«

Medicine-Hat bedachte ihn mit einem milden Lächeln. »Wann bist du abgeschmiert?«

»Letztes Jahr, am 12. Juni.«

»Und wie fühlst du dich? Warst du krank? Hast du irgendwelche Hautausschläge gehabt? Hat dein Zahnfleisch geblutet?«

»Nein, noch nicht«, erwiderte Steve. »Aber auf der *Lady* bin ich auch gegen alles Mögliche geimpft worden. Und ein paar Tage vor meinem Bruch habe ich noch ein Anti-Strahlungsserum bekommen. Und von Tyson auch noch eins – das war der Bursche, der in dem Erdloch gelebt hat.«

»Ach ja, der Geheimagent.«

»Genau.«

»Ich weiß zwar von Vitaminspritzen, aber … Anti-Strahlungsseren …« Medicine-Hat schaute Steve spöttisch an. »Wer hat dir das denn erzählt?«

»Tyson. Er hat sich Sorgen gemacht, weil das Zeug knapp wurde. Er sagte, er hätte nur noch drei Ampullen.«

»Du hast Malone erzählt, Tyson hätte dich ausliefern wollen. Wenn sein Serum knapp war, warum hat er es dann mit dir geteilt?«

»Hat er ja gar nicht«, erwiderte Steve schlagfertig. »Ich habe es mir selbst injiziert, nachdem ich ihn erschossen hatte.«

»Und du glaubst, du bist deswegen nicht krank geworden?«

»Habt ihr das Zeug denn nicht auch genommen?«

Medicine-Hat reagierte mit einem sarkastischen Lachen. »Wach auf, Brickman! Alles, was du in der Tasche hier findest, stammt aus den Taschen toter Bahnbrecher. Okay, Malone hat dich mies behandelt. Er hatte auch Grund dazu. Weißt du, was diese verfluchten Agentenschweine tun?

Wie Tyson und der andere, den du umgelegt hast? Sie präparieren die verfluchten Leichen! Wenn man sie oder ihr Zeug anfasst – WUMM!« Medicine-Hat warf die Arme in die Luft und seufzte. »Auf diese Weise habe ich drei gute Männer verloren. Weißt du was? Es ist über ein Jahr her, seit ich das letzte Pflaster ausgepackt habe. Und was Morphium angeht … an das ranzukommen ist schwieriger als an den Schwanz des General-Präsidenten. Ich selbst habe seit drei Jahren weder eine Pille genommen noch mir eine Spritze gesetzt.«

Steve zuckte mit den Achseln. »Vielleicht bist du immun.«

»Vielleicht …« Medicine-Hat musterte ihn. »Ich sehe, dass du noch eine Menge lernen musst …«

»Könnte doch sein oder nicht?«, beharrte Steve.

»Yeah«, sagte Medicine-Hat mit einem Lachen. »Wenn man erst mal eine Weile hier draußen ist, erkennt man, dass alles möglich ist.« Er schob den Kopf durch den Riemen seiner Erste-Hilfe-Tasche und stand auf. »Ich schaue lieber mal nach meinen Patienten.«

Sieben Tage nach ihrer Gefangennahme kamen Steve und die anderen in die Sichtweite des M'Call-Sommerlagers. Auf dem Weg in die Ansiedlung fielen Steve mehrere Flecken auf, die man umgegraben hatte, um neue Kornfelder anzulegen. Die Mutanten, die auf den Feldern arbeiteten, ließen ihr Werkzeug liegen und beeilten sich, zu der fröhlichen Menge zu stoßen, die aus den Hütten strömte. Auch sie wollten die heimkehrenden Krieger begrüßen.

Als die triumphale Prozession die Hütten am Ortsrand erreichte, zog Mr. Snow Steve beiseite und übergab ihn Kid-Creole und Doctor-Hook. »Ich möchte, dass du zu meiner Hütte gehst und dort auf mich wartest. Kann ich davon ausgehen, dass du nichts unternimmst, was mich gegen dich aufbringen könnte?«

Steve hob die rechte Hand. »Ich verspreche es.«

»Das hast du schon mal gesagt.«

»Ich kann alles erklären.«

»Dessen bin ich mir sicher. Aber du musst warten. Ich muss an einer kleinen Feier teilnehmen.«

Als der alte Wortschmied sich umwandte, legte Steve eine Hand auf Mr. Snows Arm. »Hör zu, ich möchte dir nur begreiflich machen, dass ich meine Tat bedaure. Ich hätte nicht fliehen sollen.«

Mr. Snow unterdrückte ein Lächeln. Jetzt, wo Brickman aus dem Gleichgewicht war, musste er die Gelegenheit einfach zu seinem Vorteil nutzen. »Unter den damaligen Umständen war es wahrscheinlich das Beste, was du tun konntest.«

Steve fragte sich, was diese Bemerkung bedeutete. Wie viel wusste der listige alte Fuchs? »Das mag schon sein«, erwiderte er, »aber als ich gegangen bin, ist ein Teil von mir hiergeblieben ...«

Wie wahr, dachte Mr. Snow.

»... und es war mein einziger Wunsch«, fuhr Steve fort, »zu euch zurückzukehren.«

Mr. Snow akzeptierte sein Bekenntnis mit einem Nicken. »Dein Wunsch ist auch erfüllt worden.« Er deutete mit dem Arm auf die Umgebung. »Genieße es, solange du noch kannst.«

Als Mr. Snow sich wieder der langen Schlange zugesellte, blickte Steve unbehaglich hinter ihm her. Dann sah er, dass man Jodi und Medicine-Hat nebeneinander an einen Pfahl gebunden hatte. Als sie mit den anderen Renegaten an ihm vorbei in die Ansiedlung getrieben wurden, fing er ihren Blick auf und nickte ihnen beruhigend zu.

Trommeln fingen in unaufhörlichen Wirbeln an zu schlagen und entwickelten zunehmend komplizierter werdende rhythmische Folgen. Als Steve sich bückte, um die Hütte des Wortschmiedes zu betreten, gesellten sich Rietflöten und Stimmen zu ihnen; sie spielten melodische Tonleitern, die auf subtile Weise miteinander verbunden waren und einen pulsierenden Klangteppich erzeugten.

Für die versammelten Renegaten, die die Musik zum ersten Mal hörten, musste es eine schrecklich angsterzeugende Erfahrung sein. Es war eine wilde, fremdartige Symphonie, die ihre schlimmsten Befürchtungen weckte – die tief verwurzelten Urängste, die ihnen im Blut steckten und in ihrer Kindheit noch verstärkt worden waren. Für gewöhnliche Wagner war dies etwas, das nicht einmal das jahrelange Leben an der Oberwelt völlig vertreiben konnte.

Steve verstand es zwar, doch es bewegte ihn nicht. Er legte sich auf eine geflochtene Grasmatte und ließ sich von den Klangwellen überspülen. Sein Körper schien der Musik zu antworten, schien ihn mit der Welt, die ihn umgab, in Harmonie zu bringen. Es fühlte sich an … Es fühlte sich an, als sei er …

Nach Hause gekommen.

Nach Hause. Steve wusste zwar, dass der Begriff im digitalen Wörterbuch der Föderation stand, aber er war sich plötzlich bewusst, dass die Welt eine besondere, tiefere Bedeutung für ihn bereithielt. Und wieder hörte er die Stimmen. Ein fernes, Echos werfendes Flüstern, das er nicht genau dechiffrieren konnte. Wie die Stimme, die er beim ersten Blick auf die Oberwelt gehört hatte. Der magische Augenblick des Erwachens, den er mit Roz geteilt hatte.

War es die Musik oder waren es die vertrauten Gerüche der Kräuter und getrockneten Früchte, die in Bündeln an der Hüttenwand hingen, die diese Reaktion hervorbrachten? Oder war es die totale Reaktion auf die Oberwelt? Immerhin fing er jetzt seine dritte Woche der …

… Freiheit an.

Die Föderation, die Erste Familie, Karlstrom und seine geheimen Kriegsspiele – all dies erschien ihm plötzlich weit weg und eigentümlich irrelevant. Es war, als hätte sich in den Nischen seines Geistes ein Tor aufgetan – als hätte sich eine neue Straße geöffnet; als hätte er ein neues Bewusstsein. Man lud ihn ein, auf einer anderen Ebene an der Reise teilzunehmen, die zu tieferem Wissen und Verständnis führte. Er wollte ja gehen, aber er zögerte noch, weil hinter den neuen Horizonten die verborgenen Geheimnisse seiner wahren Natur lagen, die er begehrte und auch fürchtete. Mr. Snow hatte die Suche nach Wahrheit mit dem Besteigen eines Berges verglichen. Doch er hatte zu erwähnen vergessen, dass die Unvorsichtigen und Fehlgeleiteten auf dem Weg zum Gipfel den Halt verlieren und in den Abgrund stürzen konnten.

Die Dunkelheit kam; die Feierlichkeiten wurden fortgesetzt. Steve legte etwas Holz in den Feuertopf, um das Innere der Hütte zu erhellen, dann hob er den Türlappen hoch und sah, dass man am Rand der Ansiedlung ein großes Lagerfeuer angezündet hatte.

Einige Zeit später schob Mr. Snow den Kopf in die Hütte und gab Steve einen Wink. »Okay, bringen wir es hinter uns.«

Kid-Creole und Doctor-Hook warteten draußen. Auf

ein Zeichen Mr. Snows warfen sie einen langen, mit einer Kapuze versehenen Umhang über Steves Schultern und traten außer Hörweite. Der Umhang bestand aus einem unregelmäßigen Flickwerk verschiedener kleiner Felle in unterschiedlichen Schwarzabstufungen. Er roch auch recht streng. Aber das war etwas, woran er sich schnell gewöhnen konnte.

»Wozu soll das dienlich sein?«, fragte er.

Mr. Snow zog ihm die Kapuze ins Gesicht, bis es ganz bedeckt war. »Du wirst wiedererweckt. Außer Cadillac und Clearwater weiß niemand, dass du entkommen bist. Sie glauben alle, du bist bei dem Erdrutsch umgekommen.«

»Zusammen mit Motor-Head …«

»… und seinen Freunden. Ja. Man hat ihre Leichen natürlich gefunden.«

»Und Blue-Bird?«

Mr. Snow zuckte die Achseln. »Der ist mit dir begraben worden.«

»Was ist mit Motor-Heads sonstigen Freunden, die mich hier nicht haben wollten?«

Mr. Snow lachte trocken. »Mach dir ihretwegen keine Gedanken. Du bist die Vergangenheit, Brickman. Die anderen haben alles vergessen, was im letzten Jahr passiert ist. Aber als Wortschmied ist es meine Aufgabe, sie daran zu erinnern.«

»Was bedeutet, dass *du* bestimmst, woran sie sich erinnern.«

Mr. Snow reagierte mit einem schiefen Grinsen. »So ist es. Es ist eine große Verpflichtung.« Er klopfte Steve auf die Schulter. »Also gehen wir!« Als sie auf die wartenden Krieger zugingen, sagte er: »Ach, übrigens, kannst du einen Salto schlagen?«

Steve zögerte. »Na ja, ich habe zwar seit Langem keinen mehr gemacht, aber ich denke doch – wenn es sein muss. Warum?«

»Weil sie alle high sind. Wenn ich es richtigmache, müsste ich in der Lage sein, dich ohne große Probleme wieder ins Bild zu rücken. Aber ich brauche deine Hilfe, um ein bisschen Aufregung zu erzeugen. Ein bisschen Hokuspokus.«

»Hokuspokus?«

»Ist nicht so wichtig.« Mr. Snow übergab ihn wieder an Kid-Creole und Doctor-Hook. »Sie werden dir sagen, was du tun musst.«

»Moment mal! Was soll ich denn sagen?«, zischte Steve, als er weggeführt wurde.

»Nichts! *Ich* übernehme das Reden. Achte nur darauf, dass du deinen Auftritt nicht versaust, indem du ins Feuer fällst!«

Die versammelten Clan-Ältesten hockten im Halbkreis um ein großes Lagerfeuer, das am Waldrand angezündet worden war. Hinter ihnen befand sich – außer den Wachen – der gesamte Clan. Rolling-Stone, der drahtige Häuptling, der inzwischen einen weiteren Weißen Tod überlebt hatte, saß in der Mitte der ersten Reihe; die Trommler und anderen Musikanten nahmen die Flanken ein. Sie hörten alle gebannt Mr. Snow zu, der vor ihnen auf und ab ging und hin und wieder stehen blieb, um die Arme in den Himmel zu recken.

Kid-Creole und Doctor-Hook gingen dicht nebeneinander her durch den Wald, und Steve folgte ihnen dichtauf. Sie hielten genau hinter dem tanzenden Kreis aus hellrotem Licht an, und ihre breiten Schultern verdeckten

Steve vor jenen, die auf der anderen Seite des Feuers saßen. Funken stoben zum sternenübersäten Himmel hinauf. Die Hitze war ziemlich groß. Steve, der sich an den schrecklichen Tod Good-Years erinnerte, fühlte sich plötzlich unbehaglich. Wenn die Burschen einen Fehler machten … Er wollte sich auf Mr. Snows Worte konzentrieren, doch die Trommeln und die lauten Antworten des Clans übertönten sie.

»He-JAHH! He-JAHH!«, brüllten die M'Calls und rissen die Fäuste in die Luft.

Mr. Snow hob die Arme und richtete sie in einer flehentlichen Geste auf das Feuer. Steve sah, wie er etwas in die Flammen warf. Ein dumpfes Puffen ertönte. Ein blendend helles Licht blitzte kurz im Herzen des Feuers auf und wurde schnell von sich auftürmenden Wolken aus dichtem weißem Rauch verschluckt. Kid-Creole und Doctor-Hook, nun beide vor den Zuschauern verborgen, traten näher an das Lagerfeuer heran und hielten Steve die Hände entgegen.

Also los, Brickman! Dann zeig mal, was du kannst …

Steve platzierte je einen Stiefel auf ihre Handflächen und legte die Hände auf die Köpfe der Krieger, um Balance zu halten. Mit einer raschen Bewegung rissen sie ihn auf eine Höhe mit ihren Schultern, streckten die Arme wie gut geölte Kolben aus und warfen ihn in die Luft. Als Steve nach unten schaute, sah er hellrote Feuerzungen, die durch wirbelnde Rauchwolken auf ihn zuschossen. Eine aufsteigende Hitzewelle schlug ihm entgegen und versengte ihm Kehle und Lungen. Einen kurzen Moment lang versagten seine Nerven, doch kurz darauf war er wieder ganz da. Sein Körper klappte zusammen, er machte eine Rolle, breitete die Arme aus und spreizte den dunklen Umhang wie die Schwingen eines riesigen Raubvogels. Dann bog er sich zur Erde nieder und landete neben Mr. Snow auf den Fußballen.

Als er sich wieder erhob, packte der alte Wortschmied sein Handgelenk und hob seinen Arm, als gebe er den Sieger eines Boxkampfes bekannt. »Gut gemacht«, murmelte er. Dann wandte er sich an die überraschten Zuschauer. »Seht ihr, dass meine Worte ein Echo des Willens des Dreifachbegabten sind?«, rief er laut. »Zuerst hat Talisman uns einen großen Sieg geschenkt, und jetzt ist der Wolkenkrieger, den er aus dem Himmel geschickt und durch die Erde wieder genommen hat, wieder zu uns zurückgekehrt, um in seinem Namen eine große Tat zu vollbringen!«

Als der Clan aufsprang und begeistert brüllte, bebte der Boden. Die Trommeln dröhnten. »He-JAHH! He-JAHH! He-JAHH!«

Steve hatte eine ungute Vorahnung. »Was erwarten sie von mir?«

»Keine Sorge«, sagte Mr. Snow. »Ich denke mir schon was aus.«

»Und was ist mit Kid-Creole und Doctor-Hook? Wenn sie reden, ist dann nicht alles aus?«

Mr. Snow schüttelte den Kopf. »Ich habe ihren Geist schlafen lassen und ihnen gesagt, sie sollen alles vergessen, was passiert ist.«

Bevor Steve auf diese Nachricht reagieren konnte, wurde er von lachenden, schreienden und auf und ab springenden Mutanten umrundet. Auf dem Rückweg zu Mr. Snows Hütte bildete der Clan auf beiden Seiten zwei drängelnde Reihen, wobei jene, die ganz hinten standen, sich nach vorn drängten, um einen Blick auf den zurückgekehrten Wolkenkrieger zu werfen. Männer, Frauen und Kinder riefen aufgeregt seinen Namen, als er zwischen den Reihen der ihn freudig musternden Gesichter einherschritt. Hände wurden ausgestreckt, um ihn zu berühren. Steve nahm an, dass die Leute hofften, etwas von der Kraft Talismans würde auf sie übergehen, wenn sie ihn berührten. Kid-Creole und Doctor-Hook, Mr. Snows schweigende Leibwächter, schoben jene zur Seite, die ihnen im Weg standen.

Steve versuchte, sich an die neue Situation anzupassen. Die rasche Änderung der Lage verwirrte ihn. Wie dumm. Er hätte doch mehr als jeder andere wissen müssen, dass sich die Mutanten mit ihrem mangelhaften Gedächtnis nicht mehr an ihn erinnerten. Doch nicht einmal er hatte sich in seinen wildesten Träumen eine solch triumphierende Rückkehr vorstellen können. Als sie Mr. Snows Hütte betraten, warnte ihn eine leise, doch bohrende Stimme, auf der Hut zu sein.

Irgendetwas stimmte hier nicht. Die Sache lief viel zu gut. Brickman hatte sich zwar immer für einen Glückspilz gehalten, aber er war nicht anfällig für Selbstüberschätzung. Zwar hatte er sein erstes Ziel erreicht, doch es war eindeutig zu leicht gegangen.

Als die letzte Gruppe der Feiernden verschwunden war und wieder eine normale Atmosphäre eintrat, tauchte Night-Fever, die Wölfin mit den Furcht einflößenden Reißzähnen, mit zwei Clan-Schwestern auf und breitete kleine Teller mit heißer und kalter Nahrung vor ihnen aus. Steve dankte den Wölfinnen überschwänglich. Sie zogen sich, als Zeichen unterwürfiger Verehrung, auf den Knien zurück. Als Night-Fever den Türlappen hinter sich zumachte, warf sie Steve einen heißen Blick zu. Ihre Botschaft, die keiner Worte bedurfte, war unmissverständlich. Auf einer von eins bis zehn reichenden Attraktivitätsskala mochte Night-Fever zwar bei Null stehen, aber in Sachen Hartnäckigkeit hatte sie die höchste Note.

Steve drehte sich zu Mr. Snow um und sah sein amüsiertes Lächeln. »Ich dachte, es würde sich niemand an mich erinnern.«

Mr. Snow fing an zu essen. »Manche haben eben ein besseres Gedächtnis als andere.«

Steve fragte sich, ob er sich damit auf Clearwater bezog. Er hatte den starken Verdacht, dass Mr. Snow wieder eins seiner undurchsichtigen Spielchen spielte. Früher oder später würden sie darüber reden. Tatsächlich konnte Steve nicht mehr zählen, wie oft er das Gespräch geistig aufbereitet hatte, aber jetzt, wo sie einander gegenübersaßen, wusste er nicht mehr, wo er anfangen sollte. Er hatte damit gerechnet, Clearwater zu sehen, aber bis jetzt hatte man ihn enttäuscht. Cadillac hätte während der Zeremonie an Mr. Snows Seite sitzen sollen, aber auch er hatte sich nicht gezeigt. Vielleicht hatte der junge Wortschmied erkannt, was mit Clearwater geschehen war, und zögerte nun, ihn wiederzusehen. Es war wohl am besten, nicht darauf zu drängen. Sollte doch alles zu seiner Zeit geschehen. Sollten die anderen doch das Reden übernehmen. Steve nahm sich einen kleinen Teller. Dünne Fleischscheiben in dicker, würziger Soße. Als er hungrig aß und den Geschmack auf der Zunge spürte, erinnerte er sich an allerlei.

Mr. Snow saß mit gekreuzten Beinen am anderen Ende der Matte und musterte den Wolkenkrieger. Brickman unternahm zwar große Anstrengungen, um einen entspannten Eindruck zu erwecken, aber es gelang ihm nicht. Seine innere Zerrissenheit zeigte sich in seinen Augen; seine Verlegenheit war beinahe augenfällig. Mr. Snow hatte nicht gelogen, als er gesagt hatte, Cadillac habe die Rückkehr des Wolkenkriegers in den Steinen gesehen. Aber er hatte nicht erwartet, ihn während der Jagd auf die Rothäute auftauchen zu sehen, jene Sandwürmer, die in den unterirdischen Bau geflohen waren. Glücklicherweise war es ihm gelungen, seine Überraschung zu verbergen. Kein Wunder, dass Brickman nun davon ausging, er und seine Leute seien nur gekommen, um ihn zu treffen. Da diese Annahme Mr. Snows Reputation als Allwissender erhöhte und Brickman in eine zeitweilig nachteilige Situation brachte, warum sollte er ihm seine Illusionen nehmen? Er würde seine natürliche Arglist bald erkennen.

Brickman war der geborene Betrüger, was zu erwarten gewesen war. Andere hatten ihn erzogen, in der Lüge zu leben. Sein wahres Ich konnte bekehrt werden, doch nicht durch den Eingriff eines Dritten. Brickman musste selbst die Schichten der Wahrnehmung freilegen, und zwar von innen. Der Prozess der Selbsterkenntnis, in dem Clearwater eine wichtige Rolle spielen würde, hatte begonnen. Mr. Snow fühlte zwar, dass sich der Geist des Wolkenkriegers öffnete, aber er war in vielerlei Hinsicht noch immer von der Blindheit belastet, die allen Sandgräbern anhaftete.

Eines Tages würde sich die Dunkelheit vor seinem inneren Auge heben, und dann würden die Kräfte, die jetzt noch im Innern des Wolkenkriegers schlummerten, erwachen. So viel hatte Mr. Snow von den Himmelsstimmen erfahren. Was sie ihm allerdings nicht erklärt hatten, war die Frage, ob diese Kräfte ein Geschenk der Lichtwesen oder der Geschöpfe des Abgrundes waren. Cadillac hatte prophezeit, dass Brickman mit dem Tod in seinem Schatten zurückkehren und Clearwater auf einem Fluss aus Blut von hier fortbringen würde. So sollte es sein. Das Rad drehte sich. Das Große Sterben hatte man schon vor langer Zeit prophezeit. In der weiteren Bestimmung des Prärievolkes war das Schicksal der M'Calls unwichtig, und das galt auch für sein persönliches Ableben, das in wenigen Monaten erfolgen würde. Wenn es Talismans Wille war, würde man all diese Dinge hinter sich bringen. Sein Geist würde ebenso wiederkehren wie der des Clans. Und der Kampf ging weiter.

Mr. Snow hatte nur noch eine Frage, und er betete darum, dass sie beantwortet wurde, bevor er zum Himmlischen Grund ging. Die Himmelsstimmen hatten gesagt, es sei die Bestimmung des Wolkenkriegers, ein Volksführer zu werden. Aber auf welcher Seite war er? Welches Volk würde er erwählen, um es anzuführen? War *er* Talisman? Oder war er Talismans finsterer Zwilling, der Todesbringer, gezeugt von Pent-Agon, dem Herrn des Chaos, dessen schreckliche Kräfte vielleicht in der letzten Schlacht um die Blauhimmelwelt erneut auf das Prärievolk losgelassen wurden?

Als sie mit dem Essen fertig waren, griff Mr. Snow nach dem Beutel, in dem er sein Regenbogengras verwahrte. Er stopfte die Pfeife und zündete sie mit einem Grashalm am Feuertopf an. Steve schaute zu, wie Mr. Snow den Rauch in seine Lungen saugte, dann nahm er die Pfeife aus seiner ausgestreckten Hand entgegen.

»Was … ist also passiert?«

Eine gute Frage. Steve hatte ursprünglich geplant, Mr. Snow die gleiche Geschichte zu erzählen wie Malone, und sie mit seiner Gefangennahme und Jodi und Kelso zu vervollständigen, aber inzwischen hatte er sich an die neuen Umstände angepasst. Jetzt, wo er wieder hier war und man ihn mit einer Zeremonie begrüßt hatte, erkannte er, dass jeder Versuch, Mr. Snow zu belügen, alles zerstören würde, was von ihrer alten Beziehung noch übrig war. Ihm war längst noch nicht alles klar. Schon deswegen war es lebenswichtig, dass er nicht den Eindruck erweckte, etwas zurückzuhalten. Wenn er wollte, dass man ihm wieder ein gewisses Maß an Vertrauen entgegenbrachte, musste er unbedingt die Wahrheit sagen.

Oder ein annehmbares Faksimile der Wahrheit.

Steve saugte fest an der Pfeife und setzte dazu an, sich seiner Last zu entledigen. Sein Beschluss hatte ihn beträchtlich erleichtert. Er konnte den geistigen Aufruhr und das Gefühl der Machtlosigkeit, das einen in den finsteren Momenten der Unentschlossenheit überkam, nicht ausstehen. Er hatte es am liebsten, wenn die Dinge klar und deutlich waren. Das Regenbogengras machte alles noch viel einfacher.

»Ich habe dich enttäuscht, Alter.«

Mr. Snow saugte noch einmal an der Pfeife. »Erzähl mir davon!«

Steve beichtete ihm alles: Wie ihn das übermächtige Gefühl der Begierde erfasst hatte, Clearwater zu besitzen, als er sie während der Zeremonie des Pfeilbeißens gesehen hatte. Er sprach über die verstohlenen Blicke, die er ihr zugeworfen hatte, wenn sie in Begleitung durch das Lager gegangen war. Die fatale Nacht, als sie in seine Hütte gekommen war, während Mr. Snow und Cadillac anderswo gewesen waren. Wie machtlos er gewesen war, ihr zu widerstehen. Wie er das Mr. Snow gegebene Versprechen gebrochen und das Vertrauen des Clans und seine Freundschaft mit Cadillac verraten hatte. Und da er zu feige gewesen war, sich den Folgen seiner Tat zu stellen, hatte er in einem verzweifelten Versuch, Clearwater vor der gleichen Strafe zu bewahren, beschlossen, zu entfliehen.

Mr. Snow hörte ihm schweigend zu. Hin und wieder, wenn Steve von seinem Kampf mit Motor-Head, Black-Top und Steel-Eye und von dem gefährlichen Flug mit dem Drachen Blue-Bird berichtete, der an der Zwischenstation Pueblo geendet hatte, nickte er ernst. Steve berichtete von seiner Festnahme, von der Rückkehr in Fesseln, von der Verhandlung vor den Sachverständigen, von der Verbannung in die A-Ebenen und davon, wie man Roz, seine Blutsschwester, als Geisel benutzt hatte, um ihm das letzte Geheimnis zu entreißen. Geheimnisse, die er zu bewahren geschworen hatte.

Es war, gab Steve zu, ein schlimmer Verrat gewesen; zuerst, indem er sich seiner Begierde nach Clearwater unterworfen hatte, und dann, als er beim Verhör zusammengebrochen war. Es war … unverzeihlich.

»Da hast du recht«, murmelte Mr. Snow mit funkelnden Augen. »Ich bin überrascht, dass du den Mut hast zurückzukommen.«

»Ich hatte keine andere Wahl, Alter. Ich habe im vergangenen Jahr viel von dir gelernt. Mein Schicksal ist mit dem eures Volkes verbunden. Mein Leben und mein Tod liegen in euren Händen.«

»Vielleicht …«

Steve fuhr fort; er erzählte, wie man ihn unverhofft aus den A-Ebenen geholt und ihm die Chance geboten hatte, seinen vorherigen Status zurückzugewinnen, indem er für die Föderation als Geheimagent arbeitete.

»Und du hast angenommen …«

»Es war der einzige Ausweg«, erwiderte Steve, »um wieder zu euch zu kommen … um Clearwater wiederzusehen.«

»Obwohl deine Reise im Tod hätte enden können …«

Steve reagierte mit einer fatalistischen Geste. »Ich bin ein Wagner. Die Oberwelt tötet uns bei jedem Atemzug. Hätte ich Karlstroms Angebot abgelehnt, hätte man mich an die Wand gestellt. So wie es jetzt ist, kann ich beim Sterben wenigstens den Himmel sehen.«

»Was haben deine Herren von dir verlangt?«

Nach einem Moment des Zögerns sagte Steve: »Sie wollten, dass ich euch finde, euer Vertrauen zurückgewinne und dich, Cadillac und Clearwater dann in eine Falle locke. Laut Plan soll ich euch lebend in die Föderation bringen.«

»Weshalb?«

»Nach allem, was du mit der *Lady* gemacht hast, fürchten sie eure Magie. Ihr drei seid eine unwillkommene Machtkonzentration für sie. Man sorgt sich, dass sich die anderen Clans unter eurer Führung zusammenschließen könnten.«

»Aber ich leite den Clan doch gar nicht. Rolling-Stone ist der Häuptling.«

»Aber nur dem Namen nach«, erwiderte Steve. »Ihr drei seid das Hirn dieses Unternehmens. Ich habe Cadillac beobachtet. Ich weiß, wie es funktioniert. Und das weiß auch die Erste Familie. Sie wissen alles über die Wortschmiede, die Rufer und die Kreise der Macht. Sie kennen sogar die Talisman-Prophezeiung.«

Mr. Snow lächelte. »Und glauben sie daran?«

»Oh, ja. Sie kennen sie schon seit langer Zeit.«

»Warum haben sie dich ausgewählt?«

Steve zuckte die Achseln. »Ich bin der Einzige, der dich identifizieren kann. Und der Einzige, der eine Chance hat, in deine Nähe zu kommen.«

»Ja, natürlich … Und wenn der Plan, uns zu entführen, schiefgegangen wäre?«

»Dann sollte ich euch töten.«

Karlstrom hatte es »sie aus der Gleichung entfernen« genannt.

Mr. Snow nahm seine Antwort mit einem kurzen Nicken hin. »Ach so. Gut, dass ich es weiß. Sag mal – solltest du das alles ganz allein durchführen?«

»Nein.« Steve schnallte das präparierte Kampfmesser ab und legte es – mit dem Griff auf Mr. Snow zeigend – zwischen ihnen auf den Boden. »Irgendwo da draußen hält sich ein Acht-Mann-Team auf, das darauf wartet, dass ich mich melde. Im Innern des Griffs ist ein Gerät, mit dem ich zu ihnen sprechen kann.«

Mr. Snow hob das Messer auf, untersuchte es konzentriert und schüttelte verwundert den Kopf. »Man sagt, dass ihr Meister der Baukunst seid.« Er gab Steve das Messer zurück. »Was werden sie sich wohl demnächst ausdenken?«

»Willst du nicht wissen, wie es funktioniert?«

»Hast du die Absicht, es zu benutzen?«, konterte Mr. Snow.

»Nur dann, wenn du es willst.« Steve schob das Messer wieder in die Scheide und schnallte sie an sein Bein.

Der alte Wortschmied sah ihn prüfend an. »Soll das heißen, du bist bereit, deine Herren zu verraten?«

»Habe ich dir nicht schon alles erzählt?«

»Du hast mir viele Dinge erzählt«, erwiderte Mr. Snow. »Aber Worte sind keine Taten. Bist du auch bereit, deine eigene Art zu töten? Und was ist mit deiner Blutsschwester?«

»Keine Sorge. Ich habe sie nicht vergessen. Sie ist das einzige große Problem. Es ist ein Risiko, das ich eingehen muss. Ich glaube, sie wird keine Schwierigkeiten bekommen. Wenn man sie umbringt, hat man kein Druckmittel mehr gegen mich.« Steve zuckte die Achseln. »Irgendwann kommt einfach die Zeit, in der man sich entscheiden muss, auf welcher Seite man stehen will.«

»Zum Glück habe ich dieses Problem nicht«, sagte Mr. Snow. »Aber für jemanden wie dich muss es eine … ah … schwierige Entscheidung sein.«

Steve zuckte die Achseln. »Hier draußen ist irgendetwas mit mir geschehen. Frag mich nicht, was. Ich weiß nur eins: Als ich wieder unter der Erde war, kam ich mir wie lebendig begraben vor. Seit dem Tag meiner Geburt hat man mich gelehrt, euch als unsere Feinde zu sehen – Untermenschen, die man vom Angesicht der Erde tilgen muss. Doch du und Cadillac habt mich gelehrt, die Dinge mit anderen Augen zu sehen. Ich habe erkannt, dass es einen anderen Weg gibt. Als ich zurückkam, wollte ich es den anderen erzählen, aber keiner wollte mir zuhören. Sie haben gesagt, ich sei krank im Kopf. Deswegen haben sie mich in die A-Ebenen geschickt; als Strafe, weil ich anzudeuten gewagt habe, auf der Blauhimmelwelt sei genug Platz für Wagner *und* Mutanten.«

Der alte Wortschmied schloss die Augen und inhalierte den Rauch. »Es war zwar mutig von dir, solche Worte auszusprechen, aber falsch. Es wird nie möglich sein, dass das Präriefolk und die Sandgräber die gleiche Luft atmen. Wir haben schon früher darüber geredet. Deine Herren sind die Sklaven Pent-Agons. Ihre Vorväter haben den Krieg der Tausend Sonnen über die Erde gebracht, der die Welt in Blut ertränkt und der Alten Zeit das Ende bereitet hat. Zur Strafe wurden sie unter der Erde begraben, und dort müssen sie bleiben, bis der Zeitstrom austrocknet.«

»Aber das ist doch verrückt«, protestierte Steve mit einem leichten Lallen. »Ihr seid doch ebenso blind und unnachgiebig wie sie. Es muss doch eine Möglichkeit geben, sich zu einigen.«

Kompromiss war das Wort, das er hätte benutzen sollen, aber es war kein Bestandteil des Wagnervokabulars.

Mr. Snow schüttelte den Kopf. »Unmöglich, Brickman.« Auch für die Mutanten existierte der Begriff seit der Alten Zeit nicht mehr.

»Aber ihr seid doch bereit, mir eine Chance zu geben. Was ist mit denen, die ähnlich fühlen? Die Renegaten zum Beispiel, die ihr gefangen habt.«

Der alte Wortschmied lächelte geistesabwesend und mit halb geschlossenen Augen. »Was kümmert es dich, was mit ihnen passiert? Sie haben dich an eine Leiche gebunden und dem Tod ausgeliefert.«

Steve ließ die Pfeife sinken und legte in dem Bemühen, sein Hirn an der gleichen Stelle zu halten, eine Hand auf den Kopf, während er gleichzeitig mit dieser unerwarteten Bemerkung rang.

»Moment, Moment … Soll das heißen, du hast gesehen, was sie mit mir getan haben, und nichts dagegen unternommen? Dass du mich zwei Tage dort gefesselt hast liegen lassen? Dass du zugesehen und in der Nase gebohrt hast? Christoph Columbus! Wie konntest du nur …?«

»Ha, einen Augenblick!« Mr. Snow machte eine besänftigende Geste. »Immer langsam. Ich war kilometerweit von dir entfernt.« Er nahm die Pfeife wieder an sich. »Jemand hat mir erzählt, was passiert ist. Und außerdem – worüber beschwerst du dich? Das Mädchen hat dir doch das Messer dagelassen. Als ich dort ankam, warst du schon mit deinen neuen Freunden auf der Flucht. Du verschwendest wirklich keine Zeit, Brickman. Welche Geschichte hast du *ihnen* erzählt?«

Steve versuchte, seine Gedanken zusammenzuhalten. Vor dem plötzlichen Beschluss, eine volle Beichte abzulegen, hatte er geplant, Mr. Snow zu erzählen, dass er ein hundertprozentiger Gesetzloser geworden sei und zu der Bande gehöre. O je! »Sie … ah … haben es sich noch einmal überlegt. Meine einzige Möglichkeit, am Leben zu bleiben, bestand darin, mit ihnen zu gehen. Ich wollte bei der erstbesten Möglichkeit wieder fliehen.« Er lächelte. »Ich konnte doch nicht ahnen, dass ihr mich vorher findet.«

Mr. Snow zuckte die Achseln. »Wie gesagt, Cadillac hat es in den Steinen gesehen.«

Steve saugte wieder an der Pfeife. »Was hat er sonst noch gesehen?«

»Oh … vieles.«

»Zum Beispiel?«

»Zum Beispiel, dass du wegen Clearwater zurückkommen würdest. Allerdings …« – Mr. Snow nahm die angebotene Pfeife und tat einen tiefen Zug – »fürchte ich, dass dir eine Enttäuschung bevorsteht.«

Steve zwinkerte schnell, um eine plötzliche Welle von Schläfrigkeit abzuschütteln. »Was meinst du damit?«

»Clearwater ist nicht hier. Cadillac auch nicht. Sie sind nach Beth-Lem geflogen.«

Steve spürte, wie sein Magen zu Stein wurde. »Geflogen …?«

»Ja, geflogen. Nachdem du mit Blue-Bird fort warst, hat Cadillac aus den Teilen einer anderen Maschine, die wir vor dir versteckt hatten, ein neues Flugzeug gebaut.«

»A-aber wie denn?«

»Wie?« Mr. Snow lachte. »Du hast ihm doch *gezeigt*, wie

es geht! Und dabei hast du Cadillac erlaubt, dein Gehirn anzuzapfen. Manche Wortschmiede – und ich muss leider sagen, dass ich nicht dazugehöre – haben besondere Fähigkeiten, wenn es darum geht, Wissen aufzunehmen und zu vermitteln. Als du ihm die Gelegenheit gabst, die Verbindung aufzunehmen, hat er dein ganzes Wissen dem seinen hinzugefügt.«

»Das glaube ich nicht«, sagte Steve. Seine Stimme schien von weither zu kommen. Er versuchte, die angenehm betäubende Wirkung der Droge abzuschütteln.

»Es stimmt aber trotzdem«, fuhr Mr. Snow fort. »Schade, dass du nicht dabei warst. Das Flugzeug hat einen Motor und zwei Sitze. Ich muss sagen, ich war sehr beeindruckt. Und ich bin sicher, dass die Eisenmeister es auch sind.«

Ich träume, dachte Steve. *Es liegt an der Droge. Ich bilde mir das alles nur ein. Es kann nicht wahr sein …* »Aber was wollen sie denn bei den Eisenmeistern?«, hörte er sich sagen.

Mr. Snow breitete die Arme aus. »Es geht um einen Handel. Wir haben den Eisenmeistern versprochen, ihnen einen Donnerkeil und das Geheimnis des Fliegens zu bringen. Als Gegenleistung haben sie uns ein neues spitzes Eisen versprochen, das Wagenzüge aufhalten kann.« Er beugte sich vor und tätschelte Steves Knie. »Und all das haben wir nur dir zu verdanken.«

Steve wurde sehr schnell wieder nüchtern. Er dachte darüber nach, was Karlstrom gesagt hatte: Er hätte Cadillac das Fliegen beigebracht. Wenn die Erste Familie erfuhr, dass Cadillac die ganze Flugtechnik an die Eisenmeister weitergegeben hatte, war es wirklich aus mit ihm.

»Wa-wann ist das passiert? Wann sind sie … ah … abgeflogen?«

»Voriges Jahr. Vor dem Weißen Tod.«

Steve schluckte schwer und sah, dass Mr. Snow sich geradezu diebisch freute. Schweinehund … sechs Monate …

»Kommen sie zurück?«

»Ja. Wenn die Radschiffe den großen Strom heraufkommen.«

»Wann ist das?«

»In anderthalb Monden.«

Sechs Wochen. In dieser Zeit konnte alles Mögliche passieren.

Mr. Snow lächelte schief. »Glaubst du, du kannst so lange warten?«

»Wenn es nötig ist, kann ich bis in alle Ewigkeit warten«, sagte Steve. »Geht es ihr … ah … geht es ihnen gut?«

»Ich glaube, ja.« Mr. Snow hatte zwar nicht die geringste Ahnung, aber er war der Meinung, Steve könne ein bisschen Beruhigung brauchen.

»Gut, dass ich es weiß«, murmelte Steve. In seinem Kopf drehte sich alles. Das, was sich aus Clearwaters Abreise und den zahllosen sich daraus ergebenden Verästelungen ergab, machte ihn geradezu schwindlig.

»Du hast deine Geheimnisse auch mit mir geteilt.«

»Ich wollte es. Ich musste es.«

Mr. Snow reagierte, indem er leicht den Kopf senkte. »Ich weiß deine Ehrlichkeit zu schätzen. Es gibt aber noch andere Dinge, von denen ich dir erzählen muss. Die Himmelsstimmen, an die du noch nicht glaubst, geben mir Wissen über viele Dinge. Doch Weisheit heilt nicht unsere natürlichen Schwächen; sie erleuchtet nur den zur Perfektion führenden Weg.« Er zuckte die Achseln. »Vor mir liegt noch eine lange Strecke. Es gibt Zeiten, in denen ich törichten Einbildungen zum Opfer falle, aber … ich bin nicht leicht hinters Licht zu führen.«

»Ich will dich auch nicht …«

Mr. Snow hob die Hand. »Lass mich ausreden. Ich habe von deiner Beziehung zu Clearwater gewusst. Ich habe bemerkt, dass ihr gleich gefühlt habt und das Gleiche wolltet … Ihr konntet an nichts anderes mehr denken, aber ich war derjenige, der dafür gesorgt hat.«

Steve riss die Augen auf. »Du?«

»Ja, ich weiß. Ich habe gesagt, du sollst dich von ihr fernhalten.« Mr. Snow warf die Hände in die Luft. »Aber manchmal ändert sich eben die Lage. Dann tue ich, was man mir sagt. Jeder von uns kann nur das tun, was ihm vorbestimmt ist. Wenn es dir hilft – aber es bleibt streng unter uns – kann ich dir sagen, dass ich einst etwas Ähnliches erlebt habe. Wenn man jemanden liebt, mit dem man nicht zusammen sein kann, ist es, als würde einem jemand ein rot glühendes Messer durch die Eingeweide stoßen. Glaub mir, ich verstehe euch. Aber es gibt noch immer Gefahren. Sei vorsichtig, aber schäme dich nicht. Genieße den Augenblick. Man hat ihn nicht sehr oft. Es sollte so sein. Ihr werdet beide von Talismans Willen geleitet.«

Die nächste Frage dauerte einige Zeit. »Weiß Cadillac … ah … was passiert ist?«

»Ja.«

»Versteht er es auch?«

Mr. Snow verzog kläglich das Gesicht. »Er wird es irgendwann verstehen.«

Steve legte die Handflächen aneinander und beugte sich vor. »Ich weiß deine Worte zu schätzen, Alter.«

Mr. Snow machte eine ähnliche Geste. »Es ist klug von dir. Soweit es mich betrifft, sind Ratschläge – wie die Weisheit – ein Geschenk, das man selten zweimal bekommt.«

Er reichte Steve die Pfeife. »Wir haben genug geredet. Lass uns jetzt abheben.«

Steve schloss die Augen und inhalierte mehrere Male hintereinander.

Mr. Snow bemerkte, dass der Wolkenkrieger sich sichtlich entspannte, als sein Geist frei schwebte. *So ist es richtig, Brickman. Mach das Beste daraus. Und halt deinen Hut fest. Denn wenn du wieder runterkommst, denke ich, steht dir eine holprige Fahrt bevor …*

Hoch am nächtlichen Himmel des südlichen Horizonts flogen zwei Himmelsreiter aus Karlstroms privater Luftflotte in einer Formation, die die Maschinen hundertfünfzig Kilometer voneinander trennte, an einer langen, dichten Wolkenschicht entlang. Andere Piloten waren in den Stunden der Dunkelheit den gleichen Kurs geflogen, seit High Sierra Karlstrom berichtet hatte, Blindgänger sei zusammen mit zweiunddreißig weiteren Renegaten festgenommen worden. Die Geduld der Flieger wurde schließlich belohnt, als ihre Funkanlagen die Nachricht empfingen, auf die sie gewartet hatten. Das Signal bestand aus zwei codierten Gruppen, die mehrmals in beschleunigten Stößen wiederholt wurden. Sekunden später gaben die Bordcomputer den Piloten eine Signalrichtung an, die sie in die Lage versetzte, seine genaue Lage anzupeilen.

Als Steve das Messer wieder in die Scheide geschoben hatte, hatte er die Klinge umgedreht und den Druck ausgeübt, der den versteckten Sender aktivierte. Als er mit Mr. Snow zusammensaß, sandte er automatisch sein Rufzeichen und ein Codewort aus, das Karlstrom sagte, dass er mit dem M'Call-Clan Kontakt aufgenommen hatte.

Steve fühlte sich nicht wie ein Verräter. Er hatte Mr. Snow von seiner Mission erzählt und alles, was er gesagt hatte, ernst gemeint. Er fühlte sich von der Föderation losgelöst. Er sehnte sich danach, Clearwater wiederzusehen, und glaubte, seine frühere Beziehung zu Mr. Snow wieder aufgenommen zu haben. Aber der alte Wortschmied hatte recht gehabt. Seine Blutsschwester war *wirklich* ein Problem. Er konnte sie nicht einfach vergessen. Er musste die Nachricht senden, auf die Karlstrom wartete. Es war die einzige Möglichkeit, Roz vor dem Tod zu bewahren. Er war verpflichtet, ein doppeltes Spiel zu spielen, bis er wusste, was das Beste für sie alle war.

14

Als Steve am nächsten Morgen von einem nahen Bach zurückkehrte, an dem er sich gewaschen hatte, hockte Night-Fever vor Mr. Snows Hütte. Als er näherkam, nahm sie eilig eine kniende Haltung ein und packte sein Frühstück aus – eine Mahlzeit aus Fladenbrot und geschnittenen Trockenfruchtringen.

Steve dankte ihr freundlich, dann aß er, ohne ihr die geringste Beachtung zu schenken. Er hatte zwar nichts gegen ihre Fresspakete, aber an dem fröhlichen Herumalbern, auf das sie deutlich aus war, hatte er kein Interesse. Jedenfalls nicht mit ihr.

Als die Wölfin sein Desinteresse bemerkte, wartete sie mit abgewendetem Blick geduldig ab. Als Steve die Mahlzeit beendet hatte, nahm sie seine Grasmatte, stand auf und ging um Mr. Snows Hütte herum, um etwas zu holen. Kurz darauf kehrte sie mit seinem Schlagstock zurück, kniete sich hin und legte ihn vor ihm ab. Steve hatte ihn zum letzten Mal am Rande des Steilfelsens in der Hand gehabt, als er sich der dreifachen Bedrohung durch Motor-Head, Black-Top und Steel-Eye gegenübergesehen hatte. Nun war er wieder da und wies an einem Ende eine funkelnde Klinge auf. Sie bestand aus einer Wagner-Machete und war mithilfe einer metallenen Schelle befestigt worden. Unterhalb der Schelle ragten in einem rechten Winkel zwei aus Armbrustbolzen hergestellte Spitzen aus dem Schaft, mit denen man Hiebe eines gegnerischen Messers abwehren konnte. Am anderen Ende hatte man den Stock mit einer weiteren Metallschelle ausbalanciert.

Steve zog den Stock aus seiner Lederschlinge, betastete ihn mit den Händen und streichelte das verschrammte Holz. Es fühlte sich gut an. Als er den Stock hielt, fuhr ein erregendes Kitzeln durch seine Arme, als hätte er eine geheime Kraft freigesetzt. Er dankte Night-Fever in der geschraubten Feuersprache der Mutanten; einer Redeweise, derer man sich bei offiziellen Anlässen bediente. »Meine Zunge kann die Worte nicht aussprechen, die mein Herz erfüllen. Du ehrst mich mit einem großen Geschenk.«

Night-Fever hob den Kopf und sah ihn an. »Du ehrst *mich,* Wolkenkrieger. Nach dem Donnern der Erde habe ich unter dem Gestein nach deiner Leiche gesucht. Doch das hier war alles, was nach deinem Ableben übrig blieb. Ich habe den Stock unserer Clan-Schwester Clearwater gegeben. Als sie fortging, hat sie ihn mir gegeben, damit ich ihn bis zu ihrer Rückkehr bewache. Ich habe ihn verwahrt und dann vergessen, wo er war. Doch gestern, als Mr. Snow dich aus dem Feuer zurückrief, fiel es mir wieder ein. Mr. Snows Worte haben den dunklen Nebel vertrieben, der meinen Geist umgab.«

Steve legte den Schlagstock in der Hoffnung vor ihr auf den Boden, dass er Night-Fevers nebelhafte Erinnerungen etwas mehr erhellte. »Hat Clearwater über mich gesprochen? Hat sie eine Botschaft für mich hinterlassen?«

Ihr Bemühen, sich zu erinnern, trieb Night-Fever Tränen in die Augen. Sie wischte sie ab und schüttelte den Kopf. »Die Worte sind weg. Ich sollte dir den Stock geben.«

Steve neigte den Kopf. »Danke, dass du ihn mir gebracht hast. Möge die große Himmelsmutter über dich wachen.«

Es war eine freundliche Art, sich von jemandem zu verabschieden, aber Night-Fever rührte sich nicht vom Fleck. Sie beugte sich vor, bis ihre Nase fast den Boden berührte. »Lass mich in deinem Schatten sein, Wolkenkrieger. Wenn du irgendetwas brauchst, lass meine Hände und meinen Körper dafür sorgen.«

»Ich brauche nicht sehr viel«, erwiderte Steve, weil er Angst hatte, sie zu verärgern.

Night-Fever sah ihm – diesmal mit einem leicht spöttischen Lächeln – in die Augen. »Ich möchte dir nur dienen. Ich suche nicht die Belohnung deiner Gunst.«

Steve, der nicht genau wusste, ob dies eine Anspielung darauf war, dass er sie schon einmal verschmäht hatte, sagte: »Ich bin nicht von deinem Volk, Night-Fever. Ich bin erst dann ein Präriebewohner, wenn ich erfüllt habe, was Talisman von mir verlangt. Bis dahin sind mir die Freuden, von denen du sprichst, nicht gestattet. Wenn du nun, wo du es weißt, immer noch in meinem Schatten sein willst, dann soll es auch so sein.«

Night-Fever nahm seine Hände und küsste sie leidenschaftlich. Steve schickte sie fort und machte sich auf die Suche nach Jodi.

Nachdem man die Renegaten im Triumphzug vor dem Clan hatte hermarschieren lassen, waren sie auf die ganze Ansiedlung verteilt worden. Jeder Gesetzlose unterstand einer kleinen Mutantengruppe, die dafür verantwortlich war, dass er zu essen bekam und ständig bewacht wurde. Die Gefangenen waren barfuß an Pflöcke gebunden und voneinander isoliert. Dies verhinderte jeden gemeinsamen Fluchtplan, und als weiteres Abschreckungsmittel hatte man jedem Gesetzlosen einen schweren Holzklotz ans Bein gebunden. Medicine-Hat und Jodi war es nicht mehr gestattet, sich um die Verletzten zu kümmern. Es war klar, dass die M'Calls nicht die Absicht hatten, sie frei herumlaufen zu lassen, damit sie den anderen Botschaften überbringen konnten. Mr. Snow, unter anderem auch Clan-Medizinmann, fand prompt diejenigen, die seiner Behandlung bedurften, und versorgte ihre Wunden mit selbst gefertigten Salben. Nachdem Steve erfahren hatte, dass man sich den Umständen entsprechend um Jodi kümmerte, hielt er sich von ihr fern. Sie waren, jeder auf seine Weise, Gefangene, und es gab nichts, was er dazu beitragen konnte, ihre Lage zu ändern.

In den ersten paar Tagen nach der unerwarteten Beförderung zum potenziellen Volkshelden konnte Steve sich nur schwer entspannen, doch nach Ablauf der ersten Woche war ihm, als sei er nie fort gewesen. Da er seinen Mut durch den Biss in den Pfeil bereits unter Beweis gestellt hatte, fragte er Mr. Snow, ob man ihm erlaubte, sich wie ein Mutant zu kleiden. Die Frage wurde Rolling-Stone und dem Rat der Alten vorgelegt. Diese wiederum konsultierten Blue-Thunder. Der neue Erste Krieger erlaubte Steve sogar, mit den Bären umherzuziehen. Allerdings würde man ihn erst als vollwertigen Krieger ansehen, wenn er Knochen genagt hatte.

Steve bat Night-Fever und zwei ihrer Blutsschwestern, ihn mit Gehhäuten zu versorgen. Seiner Bitte um Hilfe begegnete man mit einer begeisterten Reaktion, und am Ende der zweiten Woche hatte er eine vollständige Ausrüstung, einschließlich eines steinverzierten Helms, und war von Kopf bis Fuß bemalt. Der Tag, an dem man ihm vor seinem Auftritt vor dem Sachverständigenrat das Haar geschnitten hatte, lag nun viereinhalb Monate zurück. Und in Rio Lobo hatte man sein Haupt fachmännisch konditioniert, damit es so aussah, als sei sein Haar mit einem primitiven Messer geschnitten worden. Von seinem Militärschnitt war inzwischen nichts mehr zu sehen. Er erhielt sogar ein paar blaue Solarzellenstreifen, wie er sie bei seiner Ankunft in Pueblo getragen hatte, und bat Night-Fever, sie ihm ins Haar zu flechten.

Mr. Snow kam vorbei, um sich das Kunstwerk der Wölfin anzusehen.

»Was hältst du davon?«, fragte Steve, als sie letzte Hand angelegt hatte.

Mr. Snow erwiderte mit einem bewundernden Nicken: »Du könntest sogar mich täuschen …«

Steve untersuchte seine bemalten Arme. »Weißt du genau, dass das Zeug wieder abgeht?«

»Du hast es doch so gewollt. Würde es dich traurig machen, wenn es nicht wieder abginge?«

»Ich schätze, ich könnte lernen, damit zu leben«, erwiderte Steve diplomatisch.

Mr. Snow kicherte. »Nun, jetzt hast du eine große Chance.« Er klopfte ihm freundlich auf den Arm. »Hör zu, da Cadillac fort ist, kannst du doch so lange seine Hütte nehmen. Du willst doch bestimmt nicht, dass ich ständig um dich herum bin.«

Steve musterte ihn und fragte sich, was er mit der Bemerkung sagen wollte. »Ob er nichts dagegen hat?«

Mr. Snow zuckte die Achseln. »Du hast doch auch damals bei ihm geschlafen. Vielleicht fühlst du dich so eher heimisch.«

Cadillacs Hütte war nicht weit von der Mr. Snows entfernt. Die flexiblen Seitenpfähle waren in acht Sektionen des Grundrahmens in den Boden getrieben, dann nach innen gebogen und durch geflochtene Grasfasern mit dem ringförmigen Rauchabzug in der Decke verbunden. Die Hülle der Hütte bestand aus zusammengenähten Büffelhautstücken; man legte sie über die Spitze, zog sie stramm und befestigte sie am Fundament. Der Eingang war mit einem Türlappen verhängt, den man bei schlechtem Wetter auch befestigen konnte. Der Hüttenboden war normalerweise mit Strohmatten und den wenigen Habseligkeiten der Bewohner bedeckt, die sich meist in Lederbeuteln oder zusammengerollten Matten befanden. Man legte sie rings um die Hüttenwand herum, um den Wind abzuhalten.

Der Rauchabzug sorgte für frische Luft oder ließ die kleine Menge Rauch abziehen, die aus dem Feuertopf kam – einer Lehmschüssel mit einem Klumpen tierischen Fetts und einem aus gezwirbelten Flachsfasern bestehenden Docht. Der Feuertopf war die einzige Lichtquelle der Mutanten, sorgte aber auch für etwas Wärme. Gekocht wurde gemeinschaftlich unter freiem Himmel, und hier führten die weiblichen Clan-Angehörigen die Aufsicht. Die Mutanten waren bemerkenswert geschickt, wenn es darum ging, mit Pfeil und Bogen Feuer zu machen, und jeder Erwachsene hatte stets eine kleine Menge trockenen Zunders bei sich. Machte ein Wolkenbruch ein Feuer unmöglich, begnügte man sich mit getrockneter oder roher Nahrung.

Selbst wenn Night-Fevers Aussehen appetitanregender gewesen wäre – Steve hätte auch dann nicht gewollt, dass sie zu ihm in die Hütte zog. Er hätte auch Clearwater nicht in der Hütte haben wollen, denn der Einbruch der Dunkelheit war die einzige Zeit, in der er darauf zählen konnte, allein und ungestört zu sein.

In der ersten Nacht in seinem neuen Quartier, als der Rest des Lagers friedlich schlummerte, entfernte Steve eins der Holzstücke, aus denen der Griff seines Messers bestand und enthüllte den eingebauten Mikroschaltkreis. Mithilfe eines winzigen Stifts, der dazugehörte, gab er eine Nachricht an die wartende Gruppe ein, damit diese sie ans Hauptzentrum weitergab. Das Funkmesser konnte, selbst wenn Nachrichten dieser Länge nur selten vorkamen, bis zu fünfhundert Worte speichern. Nachdem die einzelnen Worte eingegeben waren, erschienen sie in kleinen schwarzen Buchstaben auf dem bronzegrauen Streifen des Flüssigkeitskristall-Bildschirms.

War die Botschaft vollständig, konnte man den gesamten Text mit normaler Lesegeschwindigkeit über den Bildschirm blättern, an jeder beliebigen Stelle anhalten und Text hinzufügen oder löschen. Wenn man eine andere Miniaturtaste drückte, wurde die Botschaft automatisch codiert und mittels eines weiteren Tastendrucks abgeschickt. Eine Datumsanzeige erlaubte es, den Sender in programmierten Abständen ein- und auszuschalten. Man konnte senden, empfangen und Nachrichten speichern wie mit einem telefonischen Anrufbeantworter. Die normale Reichweite des Gerätes hing vom Gelände ab und lag zwischen fünfzig und siebzig Kilometern, die man mittels einer Antenne, die in einer winzigen Spule im Innern des Messergriffs verborgen war, verdoppeln konnte.

Steves erste Nachricht bestand aus einer kurzen Zusammenfassung seiner Wiedereinsetzung als ständiger Hausgast des M'Call-Clans und der Information, dass Cadillac und Clearwater das Lager irgendwann im November verlassen hatten. Er achtete sorgfältig darauf, dass Karlstrom nicht erfuhr, wohin und warum sie gegangen waren – und auf welche Weise. Er hatte schon genug Probleme; er wollte der Familie keinen neuen Knüppel in die Hand geben, mit dem sie ihn prügeln konnte. Steve beschränkte sich auf die Meldung ihrer Abwesenheit und das Datum, an dem man sie zurückerwartete, dann fügte er hinzu, man habe ihm zwar keine Erklärung dafür gegeben, aber er vermute, dass sie als Unterhändler zu anderen Clans unterwegs seien, weil man wahrscheinlich darauf aus war, die Stärke der Clans gegen das Vordringen der Wagenzüge zu vereinigen. Da Karlstrom seine Sorge über ein solches Vorhaben ausgedrückt hatte, wusste er, dass man die Meldung kaum bezweifeln würde.

Am nächsten Tag fand Steve Karlstroms Antwort im Speicher des Funkgerätes. Er sollte beim Clan bleiben, bis Cadillac und Clearwater zurückkehrten. Er sollte nichts gegen Mr. Snow unternehmen. Das Unternehmen SQUAREDANCE wurde bis auf Weiteres unterbrochen. Bis dahin würden die Wagenzüge und Bahnbrecher im Gebiet der M'Calls keine Feuerwalze einsetzen.

In einer zweiten Meldung teilte Steve die Gefangennahme der Renegaten und ihr wahrscheinliches Schicksal mit. Karlstroms Antwort bestand aus der Bitte, die Ereignisse so gut wie möglich zu verfolgen, denn es sei lebenswichtig, jede nur mögliche Information über die Eisenmeister zu sammeln. Dies hatte Steve ohnehin vorgehabt, schon deswegen, um seine private Neugier zu befriedigen.

Steves erste Ausflüge bestanden aus Jagdpartien in die nähere Umgebung; dann, als er eine ordentliche Vorstellung seiner Fähigkeiten geliefert hatte, lud man ihn ein, etwas weiter vom Lager entfernt an Büffeljagden und Geländepatrouillen bis an die durch verzierte Pfähle markierten Grenzen teilzunehmen.

Sie befanden sich nun im ersten Viertel des Mutantenjahres. Die Monate März, April und Mai waren als Zeit der Neuen Erde bekannt. Als die Tage vergingen, bemerkte Steve, dass seine Ausdauer deutlich zunahm. Zwar hatte ihn die schwere Arbeit in den A-Ebenen körperlich gestählt, aber er stellte trotzdem überrascht fest, dass er nun viel besser mit dem Bärenkommando Schritt halten konnte und sogar den charakteristischen Springlauf der Krieger imitierte, in den sie bei längeren Strecken verfielen. Ihm war, als hätte er durch seine Verkleidung eine seinem Körper innewohnende geheime Kraft angezapft.

Trotz seiner Fortschritte blieb sein Status der eines Ehrengastes, und er wurde mit aller freundlichen Förmlichkeit behandelt. Auch wenn er sich den M'Call-Kriegern als fast ebenbürtig empfand – er hatte noch keinen Knochen genagt, und man hatte ihm noch nicht das Vorrecht zuteilwerden lassen, eine Armbrust zu tragen.

Als Steve eines Tages mit einer Jagdgruppe zurückkehrte, kam er in die Gegend, in der Jodi angebunden war. Er trennte sich von den Kriegern und ging zu ihr hinüber. Seit er beschlossen hatte, sich wie ein Mutant zu kleiden, sah er sie zum ersten Mal. Aus irgendeinem Grund war ihm dies nicht im Geringsten eigenartig erschienen, und er hatte sich so sehr daran gewöhnt, dass er die dramatische Veränderung seines Äußeren völlig vergessen hatte.

»Hallo, wie geht's?«

Jodi brauchte ein paar Sekunden, um ihn zu erkennen, aber selbst dann war sie nicht ganz sicher. »Brickman …?«

»Klar.« Steve hockte sich neben sie hin. »Ich dachte, ich komme mal vorbei und schaue nach, ob du irgendwas brauchst.«

Jodi zog sich deutlich von ihm zurück, dann sah sie ihn

von Kopf bis Fuß an und musterte jedes Detail an ihm – von den Bändern in seinem geflochtenen Haar bis zu den Mokassins. »Du bist wirklich ein Irrer, Brickman. Was, zum Henker, geht hier vor?«

Steve zuckte die Achseln. »Eine ganze Menge, wovon du besser nie was erfahren wirst.« Er sah ihren Gesichtsausdruck; er zeigte eine Mischung aus Widerwillen, Abscheu und völligem Unglauben. »Vertrau mir!«

Jodi presste die Lippen aufeinander. »Ich weiß nicht, ob ich das will.«

»Sei kein Arschloch. Wir sind doch von der gleichen Firma …«

»Waren wir. Im Augenblick bin ich nicht mehr sicher, für welche Firma *du* arbeitest.«

Steve ignorierte ihren Einwand. »Wir sind doch beide aus dem gleichen Holz geschnitzt, Jodi. Brüder im Kampf.«

»Wenn ich dich so ansehe, kann ich's kaum glauben. Ich schätze, du hast den Verstand verloren.«

»Hör zu! Ich sage dir nur eins: Urteile nicht nach dem äußeren Eindruck. Ich bin dir etwas schuldig. Du hast mir das Leben gerettet. Und deswegen sitzt du jetzt selbst in der Klemme. Ich habe vor, alles zu tun, um dich da wieder rauszuholen.«

Jodi musterte ihn mit trauriger Resignation und schüttelte den Kopf. »Es gibt keinen Weg hier raus, Brickman. Wenn die Beulenköpfe uns verschachert haben, ist der Ofen aus. Terminada.«

»Das weißt du doch gar nicht. Keiner weiß es. Vielleicht kann ich irgendeinen Handel abschließen. Vielleicht finde ich eine Möglichkeit, dich aus dem Geschäft herauszunehmen.«

»Vielleicht … Und dann? Soll ich etwa bei diesen Torfnasen bleiben?« Sie lachte matt. »Wenn du mir wirklich einen Gefallen tun willst, komm irgendwann in der Nacht zurück, schneid mich los, gib mir ein Messer und zeig mir, wie man hier wegkommt.«

»Das kann ich nicht tun. Ich werde es auch nicht versuchen. Allein und zu Fuß hast du sowieso keine Chance.«

»Dann bring mich um.« Sie schaute ihm in die Augen. »Ich meine es ernst.«

»Ich weiß«, sagte Steve. »Aber das kann ich auch nicht.«

Jodi fletschte die Zähne. »Ich frage mich, wie du deine Prüfungen bestanden hast! Du hast doch gar nicht den Mumm, den ein Bahnbrecher haben muss! Du bist nicht mal tückisch genug, ein Mutant zu sein!«

»Hör zu …«

»Verpiss dich, Brickman! Du bist für niemanden von irgendeinem Nutzen!«

Harte Worte. Steve schluckte seine Antwort hinunter und stand mit einer Geste des Bedauerns auf. Als er fortging, fragte er sich, was sie wohl gesagt hätte, wenn er fähig gewesen wäre, ihr etwas über die AMEXICO zu erzählen: Wie man Roz gegen ihn ausgespielt hatte und was er für Clearwater empfand. Es hatte keinen Zweck, darüber zu spekulieren, wie ihre Antwort ausgefallen wäre. Er konnte keinem etwas sagen. Er musste schweigen und den Leuten die Wange hinhalten. Unter diesen Umständen war ihre Reaktion zwar völlig verständlich, aber sie machte ihm doch schwer zu schaffen. Na, wenn schon. Ihr Ärger würde sich auch wieder legen. Er hatte immer noch vor, sie vor den Eisenmeistern zu retten, wenn es eine Chance dazu gab.

Als der Monat Mai begann, bereitete sich der Clan auf die Reise vor, um die Eisenmeister zu treffen. Die langen

Messer der Krieger wurden mit Hingabe geschliffen und poliert, bis sie wie Spiegel funkelten; die Armbrüste wurden gereinigt und geölt, die hölzernen Schulterstützen gewienert, bis sie glänzten. Man polierte die Ledermonturen und Helme auf, ersetzte gebrochene Steine und Knochen, erneuerte die Federbüsche und pflegte alle anderen schrecklichen Relikte, die bezeugten, dass die Krieger an tödlichen Zweikämpfen teilgenommen hatten. Die Grenzpfähle mit den vielen geschnitzten und bemalten Holzplättchen wurden aufgehellt und mit frischen zeremoniellen Motiven versehen.

Auch die gefangenen Renegaten spielten bei den Vorbereitungen eine Rolle. Man brachte sie einzeln und unter strenger Bewachung zu dem Bach, der am Lager vorbeifloss, und befahl ihnen, sich auszuziehen und zu baden. Ihr geflicktes Drillich und ihre Unterwäsche wurden gewaschen und geflickt, dann erhielten sie zusätzliche Rationen und wurden täglich wie preisgekröntes Vieh gestriegelt und begutachtet.

Neben all diesen Vorbereitungen fanden natürlich auch Jagdzüge und Grenzpatrouillen statt, und Steve, der seit dem Zusammenstoß mit Jodi jeden Kontakt mit den Gesetzlosen vermieden hatte, schloss sich den Trupps an, wann immer er konnte.

Vier Tage bevor die Renegaten den Marsch zu den angekündigten Raddampfern in Angriff nehmen sollten, schloss Steve sich einer Gruppe von sechzig Bären an, die zu einer ausgedehnten Patrouille an die Südgrenze des M'Call-Territoriums aufbrach. Am zweiten Tag stieß ein Flankenspäher auf den abgeschlachteten Kadaver eines Renners. Zwar hatte man Kopf, Brust und Eingeweide des Hirsches vergraben, doch da das Grab nicht tief genug gewesen und nicht mit Steinen abgesichert worden war, hatte ein Kojotenrudel sie ausgegraben. Die Mutanten vergruben keine Kadaver, wenn sie auf Jagd gingen. Man weidete die Tiere aus und trug sie an Stangen hängend ins Lager. Da man den Hirsch auf diese Weise versteckt hatte, konnte es nur das Werk von Eindringlingen sein.

Eine sorgfältige Untersuchung des Geländes förderte weitere Hinweise zutage. Ein großes Blatt, auf das jemand getreten war, wies Spuren von trockenem Blut auf – und den Abdruck einer Wagnersohle, den jemand hinterlassen hatte, der beim Abschlachten des Renners zugegen gewesen war. In einer nahen Felsansammlung, die aus dem umliegenden Gebiet nicht direkt einsehbar war, hatte man unter einem Überhang ein Feuer angezündet. Zwar hatte man die Asche und sämtliche Fußabdrücke sorgfältig beseitigt, aber in einer Felsspalte fanden sich Spuren von frischem Ruß, und die Mutanten konnten mit ihrem ausgeprägten Geruchssinn den schwachen Duft größerer verbrannter Holzstücke wahrnehmen. Das Feuer war am Tag zuvor angezündet worden.

Als Steve beobachtete, wie die Bären umherschlichen, um nach weiteren Spuren zu suchen, und wie aufgeregt sie auf jede neue Entdeckung reagierten, schloss er, dass das Kombinieren ihnen ebenso viel Spaß machte wie die sich daran anschließende Jagd und das Töten. Blue-Thunder, der Anführer der Gruppe, zeigte Steve die verformte Hohlpunktnadel, die man aus dem Schädel des Renners gezogen hatte. »Das waren deine Leute …«

Steve runzelte die Stirn. »So weit im Norden?« Die Wagenzüge kamen meist erst Anfang April aus dem Depot in Fort Worth und beschäftigten sich im ersten Monat mit Versorgungsfahrten zu den Zwischenstationen. Es war viel zu früh für sie – und außerdem hatte Karlstrom gesagt, die Bahnbrecher-Einheiten würden anderswo eingesetzt.

Blue-Thunder schüttelte den Kopf. »Keine Sandgräber. Es sind Rothäute.«

So nannten die Mutanten die Renegaten, die sich selbst als Ausbrecher bezeichneten. Für die Föderation waren sie zwar Kriminelle, doch sie selbst sahen sich in eher heroischem Licht – als Rebellen, die das System geschlagen hatten. Die Mutanten legten kein Werturteil ab: Rothäute waren für sie nur eine von vielen Lebensformen, die an der Oberwelt lebten.

»Willst du sie verfolgen?«

»Natürlich. Die Totengesichter machen einen guten Handel mit uns.«

»Totengesichter?«

»Die Eisenmeister. Wenn sie unsere Clan-Brüder und -Schwestern nehmen, geben sie uns spitzes Eisen. Aber eine Rothaut ist zwanzig Mann des Prärievolkes wert. Es ist besser, wir tauschen sie, statt unsere Leute über den Fluss zu schicken.«

»Was passiert mit ihnen?«, fragte Steve.

»Radschiffe nehmen sie mit.«

»Das weiß ich. Ich meine, wenn sie in den Feuergruben von Beth-Lem sind.«

Blue-Thunder zuckte die Achseln. »Darüber hat nie jemand gesprochen.«

Ein Krieger winkte sie dorthin, wo die anderen hockten, dann ließ er etwas in Blue-Thunders Hand fallen. Blue-Thunder sah es sich an, dann zog er es zwischen den Fingern auseinander, bis seine Arme weit ausgebreitet waren. Es war ein haarfeiner Eisendraht – eine Antenne, die so aussah wie die in Steves Messergriff. Sie hatte sich von der Spule gelöst.

»Auch das haben die Sandgräber gemacht. Was weißt du darüber?«

Steve wägte seine Worte sorgfältig ab. Obwohl er zu neunundneunzig Prozent sicher war, dass Blue-Thunder keine Ahnung hatte, was er da in den Händen hielt, konnte man nie sicher sein. »Es ist ein Ding von großer Kunst. Für sich allein ist es nichts, aber wenn man es an einem anderen Ding festmacht, schickt es Worte durch die Luft – wie Vögel, die über die Berge zu Orten fliegen, die wir nicht sehen können.«

Blue-Thunder sah sich den Draht sorgsam an und rollte ihn dann vorsichtig auf. »So … Dann gibt es also Leute, die sprechen, und andere, die ihnen zuhören.« Der Krieger stand auf. »Und sie bedrohen unser Land …« Er reichte Steve den Draht. »Gib mir deine Gedanken, Wolkenkrieger. Reden sie über uns?«

Steve hatte den plötzlichen Eindruck, dass hier irgendetwas völlig falsch ablief. Er zuckte die Achseln. »Wenn es dir Sorgen macht, sollten wir sie suchen und fragen.«

Im gleichen Augenblick hörten sie einen schrillen, vogelähnlichen Schrei. Ein Zeichen, das die Mutanten verwendeten, um sich bei der Jagd miteinander zu verständigen. Steve wusste noch, wann er ihn zum ersten Mal gehört hatte – als sie ihn durch den Wald gejagt hatten, nachdem er auf Clearwater gestoßen war.

Man hatte noch mehr Fußabdrücke gefunden. Der letzte Marschierer hatte zwar einen Ast hinter sich hergezogen, aber nicht sorgfältig genug. Blue-Thunder winkte Steve, dort zu bleiben, wo er war, dann legte er die Hände seitlich an den Mund, um das schrille Gebell eines Kojoten nachzuahmen. Das Geräusch hallte zwischen den Hügeln hin und her, und die Bären rannten nach Süden.

Steves Dilemma nahm zu. Die Antenne war der Beweis, dass die Leute, hinter denen sie her waren, nicht die Rothäute waren, die Blue-Thunder zu finden hoffte. Sie waren der MX-Schwadron, die man ihm zur Unterstützung geschickt hatte, und die seine Verbindung zu Karlstrom waren, dicht auf den Fersen. Wenn die Krieger sie gefangen nahmen, konnte dies das gesamte Unternehmen gefährden und seine so sorgsam geplanten Intrigen ruinieren. Aber es gab keine Möglichkeit, die M'Call-Bären von der Fährte abzubringen. Auch wenn die Spur irgendwo endete – die Mutanten waren keine Amateure. Das Jagen lag ihnen im Blut. Steve dachte an seine letzte Funkmeldung. Er hatte das Datum weitergegeben, an dem der Clan aufbrechen wollte, um zu den Raddampfern zu stoßen. Wenn das Einsatzteam wirklich ihre Beute war, musste es zu dem Schluss gekommen sein, dass die M'Calls und ihre Nachbarn völlig mit der Vorbereitung des großen Ereignisses beschäftigt waren. Deswegen waren sie sorglos geworden. Ein schlechter Schachzug. Die Oberwelt war ein Ort, der nicht vergab.

Es gab nur zwei Dinge, die er tun konnte, um die Jagd zu behindern. Er konnte seinen Schritt verlangsamen, indem er vorgab, müde zu sein – doch das konnte Misstrauen erwecken. Er war schon ohne Schwierigkeiten viel weiter gelaufen, und Blue-Thunder war jedes Mal dabei gewesen. Die andere Möglichkeit bestand darin, dass er eine Möglichkeit fand, um die Wagner – oder die Ausbrecher, wer sie auch waren – zu warnen, indem er sie darauf hinwies, dass man ihnen auf den Fersen war. Aber wie? Er hatte weder ein Gewehr noch eine Armbrust, sodass sich nicht zufällig ein Schuss lösen konnte. Er hatte nur den Schlagstock und sein … sein Messer. Natürlich! Was war er doch für ein Blödmann! Er wurde ebenso vergesslich wie seine Gastgeber! Er brauchte doch nur eine Botschaft einzugeben, um dem Team zu sagen, dass ihm eine Bande von Mutanten auf den Fersen war! Wenn die Gesuchten *keine* Mexikaner waren, konnte er es auch nicht ändern.

Steve fühlte sich sofort viel besser. Yeah … das war es. Einfach. Aber er konnte es nicht tun, wenn alle zuschauten. Er musste eine günstige Gelegenheit abwarten und sich von Blue-Thunder trennen, oder den Einbruch der Dunkelheit abzuwarten.

Als es dunkel wurde, war es ihm noch immer nicht gelungen, sich von der Gruppe zu entfernen, obwohl er hinter ihr zurückblieb, ein plötzliches Seitenstechen und dann einen verrenkten Knöchel vortäuschte. Blue-Thunder wurde langsamer, damit er sich erholen konnte, doch dann, als Steve einfach umfiel, befahl er zwei Kriegern, ihn zwischen sich zu nehmen. Sie legten sich seine Arme über die Schultern und zogen ihn mit. Als Steve klar wurde, dass dieser Trick nichts nützte, wurde er auf wunderbare Weise wieder gesund und lief allein weiter.

Als sie schließlich anhielten, brauchte er keine Erschöpfung mehr vorzutäuschen. Um dem Tag, an dem alles schiefgegangen war, einen passenden Abschluss zu geben, fing es auch noch an, zu regnen. Sie zündeten kein Feuer an; es schien kein Mond, und eine dichte Wolkendecke verhüllte die Sterne. Die M'Call-Krieger hockten sich in Gruppen zusammen und kauten Trockenfleisch und Obst. Der Regen machte ihnen zwar nichts aus, aber am liebsten hatten sie ihn am Tag. Am meisten machte es ihnen zu schaffen, dass sie kein Feuer und kein Sternenlicht hatten.

Bei Reisen, die sie mehrere Tage von zu Hause trennten,

nahmen die M'Calls leichte, dicht geflochtene Matten mit, die ausgerollt etwa zweieinhalb mal zwei Meter maßen. Man faltete sie der Länge nach zusammen und nähte die beiden Ränder eines kurzen Endes zusammen, sodass sie eine große Haube bildeten, die man über dem Kopf und den Schultern tragen konnte, wenn man auf dem unteren Mattendrittel saß oder sich mit den Füßen im geschlossenen Ende ausgestreckt hineinlegte. Zusammen mit den Reisefellen erwiesen sie sich als relativ wasserdichte Unterkunft.

Trotz der zeitweiligen Düsternis, die der sternenlose Himmel erzeugte, war Blue-Thunder recht zuversichtlich, dass man die Rothäute gegen Mitte des nächsten Tages einholen würde. Steve erkannte, dass dies seine letzte Chance war. Er rollte sich in seine Häute, kuschelte sich in die gefaltete Strohmatte, legte sich hin und lauschte den fallenden Regentropfen, die auf die Blätter der Bäume ringsum klatschten. Kälte und Feuchtigkeit zogen in seine Knochen. Der Regen war den meisten Wagnern zwar ein unbekanntes Phänomen, doch für Steve hatte er schon während seines früheren Lebens an der Oberwelt den Charakter des Neuen verloren. Er war allerdings ein Phänomen der Oberwelt, auf das er gut verzichten konnte.

Als alle schliefen, war die Dunkelheit so absolut, dass Steve die Hand kaum vor den Augen sehen konnte. Doch egal. Die Tasten, die Funktionsschalter und der Flüssigkeitskristallschirm wurden durch einen Sensor erhellt, der automatisch die Helligkeit maß, sobald man den Sender auspackte.

Steve glitt vorsichtig aus seinen Häuten, schlich um die Schlafenden herum, ließ seine Hosen herunter und hockte sich in die Mitte eines hüfthohen Gebüschs. Falls jemand auf die Idee kam, nach ihm zu sehen, war der Grund seines Aufstehens klar ersichtlich. Er war sich zwar nicht sicher, doch ziemlich überzeugt davon, dass kein Mutantenbrauch existierte, der das nächtliche Sicherleichtern verbot.

Steve zog das Messer aus der Scheide, suchte mit den Fingern nach den beiden verborgenen Schnäppern und drückte sie gleichzeitig ein. Einmal, zweimal, dreimal. Nichts passierte. Der Holzgriff, der den Sender verhüllte, bewegte sich nicht. Steve drehte den Griff in der Finsternis herum und versuchte es erneut. Nichts. Die Schnäpper waren nicht mehr da. Er hatte das Messer schon beim ersten Mal korrekt gehalten. Er drehte es erneut herum und versuchte es noch einmal. Das Druckschloss öffnete sich nicht.

Was, zum Henker, hatte das zu bedeuten? Es konnte doch nicht klemmen! Urplötzlich zuckte er zusammen und suchte schnell nach der Stelle, an der Lou Kennedy Naylors Initialen in das Holz gepresst waren. Er tastete sie mit dem Daumennagel ab. Das, was er für ein ›N‹ gehalten hatte, war ein ›R‹. Die Initialen lauteten nicht LKN, sondern SRB. Oh, Christoph … Jemand hatte das Messer vertauscht. Das, das er nun in der Hand hielt, war sein eigenes – das Messer, das man ihm nach der Gefangennahme im letzten Jahr abgenommen hatte.

Steve prüfte die Initialen erneut, denn er wollte ganz sichergehen, dann steckte er das Messer in die Scheide und fluchte lautlos. Abgesehen von den Initialen, die offiziell nur Piloten vorbehalten waren, gab es keine Möglichkeit, ein Kampfmesser von einem anderen zu unterscheiden. Es waren Standardmesser. Er fragte sich, wann der Austausch stattgefunden haben konnte und wer wohl dafür verantwortlich gewesen war. Night-Fever hatte die beste Gelegenheit dazu gehabt – wenn er gebadet, sich angezogen oder geschlafen hatte.

Schließlich kam er zu der Überzeugung, dass das Wer und Wann keine Rolle spielte. Wichtig war das Warum. Er hatte Mr. Snow erzählt, dass er dieses Kommunikationsgerät besaß. Er hatte Mr. Snow sogar angeboten, ihm zu zeigen, wie es funktionierte. Wurde er etwa verdächtigt, es zu benutzen? Und schlimmer noch – hatte man ihn etwa dabei beobachtet? Falls nicht, welche Chance hatte er, das andere Messer zurückzubekommen? Drei Fragen, die er nicht beantworten konnte. Dreifache Scheiße. Steve zog die Hosen hoch und ging schlafen.

Blue-Thunder saß aufrecht da und wartete auf ihn. »Bedrückt dich etwas, Wolkenkrieger?«

»Nein, es ist alles in Ordnung.« Steve rollte sich in seinen Leder- und Strohkokon und legte sich hin. »Es könnte gar nicht besser sein …« *Du scheinheiliger Hund!*

Manhattan-Transfer, der vorausgeeilte Späher, pirschte durch das Gras an eine Stelle zurück, an der er die Hauptstreitmacht sehen konnte, und hob acht Finger.

Steves Stimmung sank. Jetzt gab es keinen Zweifel mehr. Die Leute, die sie jagten, waren *wirklich* seine Verstärkung. Er stählte sich geistig für das drohende Zusammentreffen. Jetzt war es zu spät, die Seiten zu wechseln. Er warf einen Blick über die Schulter zum Horizont. Das tiefrote Band, das sich am Horizont entlangzog, war zwar schon am unteren Rand gelb geworden, aber die Sonne war noch nicht durch das Osttor getreten. In der Ungeduld, die Jagd wiederaufzunehmen, waren die Mutanten beim ersten Licht aufgestanden und hatten ihre Beute schneller als erwartet eingeholt.

Als Steve sich umdrehte, sah er, dass Blue-Thunder sich mit seinen vier Rottenführern unterhielt. Aus seinen Gesten wurde klar, dass er ihnen befahl, die »Rothäute« einzukreisen. Steve wurde Blue-Thunders Trupp als dreizehnter Mann zugeteilt. Die Zahl hatte keine besondere Bedeutung für die Mutanten, aber für die Wagner hatte sie sich, auch wenn die Erste Familie auf Aberglauben allergisch reagierte, als Pechsymbol über die Jahrhunderte hinweg erhalten.

Die Rottenführer schlichen mit ihren Kriegern davon. Blue-Thunders Bären zückten lange Messer und hoben ihre Armbrüste. Steve zog seinen klingenbewehrten Schlagstock. Er hatte jeden Tag mit der neuen und tödlichen Waffe geübt und war zuversichtlich, sich jeden vom Hals schaffen zu können, der mit einem Messer oder einem Klingenspeer auf ihn losging, und dass er ebenso leicht zwei oder drei Angreifer abwehren konnte.

Der Schlagstockunterricht, den er im vergangenen Jahr abgehalten hatte, hatte ihm zwar großen Zulauf gebracht, doch inzwischen hatte er enttäuscht festgestellt, dass die M'Calls ihr Geschick während seiner Abwesenheit nicht weiterentwickelt hatten. Steve hatte zwar ein paar älteren Jungbären bei Scheingefechten zugesehen, doch bei den Grenzpatrouillen war ihm kein einziger Bär mit Schlagstock begegnet, und außer Clearwater schien niemand von der Vorstellung angetan zu sein, die Waffe mit einer Klinge zu versehen.

Für das Prärievolk galt nur der als Krieger, der sich seinem Gegner mit einem Messer im Zweikampf stellte. Die tödlich genaue Armbrust wurde auf der Jagd und gegen Sandgräber eingesetzt, aber nie gegen einen Ebenbürtigen. Es wäre unvorstellbar gewesen, das Mitglied eines rivalisierenden Clans niederzuschießen. Der Tod selbst war unwichtig. Wenn es Mo-Town nach dem Geist ihres Volkes dürstete, dann trank sie sein Blut. Mut und Ehre waren das Wichtigste. Mut, sich der Klinge des Gegners selbst dann zu stellen, wenn man wusste, dass sie den sicheren Tod bedeutete. Mut, das eigene Leben zu geben, um die Ehre des Clans und den Namen des Prärievolkes zu ehren. Steve wusste, wenn er das Vertrauen der Mutanten je erringen wollte, musste er den gleichen tödlichen Weg gehen. Was nun vor ihnen lag, war nur ein kleiner Schritt auf diesem Weg.

Steve hockte sich neben Blue-Thunder ins Gras und schaute zu, wie ein Krieger einen angespitzten Pflock in ein in einen kleinen Holzblock gebohrtes Loch steckte und ihn mit seinem Bogen in Drehung versetzte. Kurz darauf fingen die kleinen Grashalme, die rund um die Pflockspitze lagen, an zu rauchen. Der Feuermacher legte hin und wieder eine Pause ein und blies vorsichtig, bis die geschwärzten Halmenden kleine hellrote Feuerpunkte zeigten. Noch mehr Zunder und weitere Bemühungen des Feuermachers; seine Lippen spitzten sich beim Blasen; schließlich zuckte eine kleine Flamme auf, die er sich bemühte, am Leben zu erhalten.

Während er damit beschäftigt war, nahm Blue-Thunder einen langstieligen roten Grasstängel aus einem seiner Reisebeutel, band ihn an einen Armbrustbolzen und hielt den Bolzen so, dass der Feuermacher die Flamme übertragen konnte. Der Grasstängel fing an zu brennen und gab dichten weißen Rauch ab. Blue-Thunder legte den Bolzen in die Abschussrinne seiner Armbrust und zielte auf den Himmel. Der Bolzen flog fast senkrecht in die Luft und zog eine lange, dünne Rauchwolke hinter sich her. Dann, als er seinen Gipfelpunkt erreicht hatte, schien er kurz in der Luft hängen zu bleiben und fiel in Richtung der Rothäute zu Boden.

Steve hielt dies für das allgemeine Signal zum Angriff, aber niemand rührte sich.

»Was ist los?«

»An dem großen Wasser lagern acht Rothäute. Der weiße Pfeil sagt ihnen, dass wir friedlich sind und reden wollen. Wir rauchen Gras und handeln.«

»Aber ich dachte, ihr wolltet sie gefangen nehmen.«

»Ja. Aber wir lassen immer ein paar laufen. Die Rothäute fliehen vor den Sandgräbern. Wenn sie keinen Platz mehr haben, an den sie fliehen können, kommen sie nicht mehr. Warum sollten sie einen schlechten Ort verlassen, wenn der andere nicht besser ist? Also handeln wir. Wenn wir sie alle gefangen nehmen, kämpfen die Rothäute gegen uns. Dann sterben sie alle.« Blue-Thunder zuckte vielsagend mit den Achseln. »Das wollen sie nicht. Wir wollen es auch nicht. Eine kopflose Rothaut ist nichts für einen guten Handel. Die Totgesichter wollen ihre Gehirne ganz.«

»Dann ist es also so«, sagte Steve. »Ihr kämpft zwar alle gegen die Wagner, aber die Renegaten … ah … die Rothäute greifen keine Mutanten an. Weil sie sonst statt einem zwei Gegner hätten. Ihr würdet sie auslöschen. Ihr bringt die Rothäute deswegen nicht um, weil ihr sie lebend braucht, um sie an die Eisenmeister zu verkaufen.«

»So ist es.«

»Aber ihr fangt sie nicht alle … Wenn sie sich nicht widersetzen, bleiben einige von ihnen frei. Wie viele? Die Hälfte, ein Drittel, ein Viertel?«

»Kommt darauf an«, erwiderte Blue-Thunder. »Meist machen wir Halbe-Halbe.« Er lächelte. »Es sei denn, wir haben ein schlechtes Jahr.«

Steve schaute in die Richtung, in die der Pfeil geflogen war. »Was ist, wenn sie nicht wissen, was das weiße Rauchzeichen bedeutet?«

Blue-Thunder hob seine dichten buschigen Augenbrauen. »Dann müssen wir es ihnen erklären.«

»Ach so …« Obwohl dies neu für ihn war, nahm Steve an, dass die AMEXICO über die weißen Pfeile Bescheid wusste. Die Organisation schien über alles Bescheid zu wissen. »Angenommen, sie verstehen die Botschaft … dann entscheiden sie jetzt, was sie tun sollen … Also wer bleibt und wer geht, richtig?«

»Richtig«, sagte Blue-Thunder.

»Was passiert mit denen, die bleiben?«

»Sie finden andere Wanderer. Rothäute werden allein krank und sterben. Ist viel sicherer, wenn sie zusammen sind. Finden wir eine kleine Hand, wenn die Radschiffe schon weg sind, behalten wir sie im Clan.«

Eine »Hand« bedeutete sechs. Eine »kleine Hand« war weniger als sechs, in der Regel aber vier bis fünf.

Blue-Thunder lächelte erneut. »Wir machen gern alle glücklich. Ist gut für den Handel.«

Das schätze ich auch, dachte Steve. Blue-Thunders Logik konnte man nicht tadeln. Die Renegaten waren wie die Büffel. Man behielt die Fährte der Herde im Auge, und wenn die Zeit reif war, ging man zu ihnen und trennte die Tiere ab, die man brauchte. Nicht mehr und nicht weniger. Dann ließ man den Rest laufen, damit er sich bis zur nächsten Jagd vermehrte. Listig, listig.

»Was passiert, wenn keiner von ihnen gehen will?«

Blue-Thunder stand auf. »Wenn sie kämpfen, töten wir sie.«

Die Sonne erhob sich über den Horizont. Ihre Strahlen

flammten rund um den großen Krieger, erfüllten die Federn seines Helms mit goldenem Feuer und ließen den Rest seines Körpers wie eine Silhouette erscheinen.

»Komm mit, Wolkenkrieger! Bevor der Tag zu Ende ist, hast du vielleicht schon Knochen genagt.«

15

Die Ausbrecher hatten über Nacht in einer abschüssigen, U-förmigen Senke gelagert, die sich zum Ufer eines großen Sees hin öffnete. In der Mitte des Sees breiteten sich mehrere kleine, bewaldete Inseln aus. Ein ausgetrocknetes Bachbett schnitt durch das Gelände und führte zum Ufer hinunter. Steve folgte Blue-Thunder am Nordrand entlang. Die Hälfte seiner Gruppe war auf die andere Seite gewechselt. Der Boden der Senke lag etwa hundert Meter tief und war achtzig Meter breit. Überall lagen Felsen und Kiesel herum. Irgendwann in der Vergangenheit, als der Bach noch Wasser geführt hatte, war die Senke ein Teil des Sees gewesen. An der linken oberen Ecke des U, wo der Uferstreifen von einem abschüssigen Steilfelsen eingenommen wurde, hatte die Bodenerosion einige große Findlinge gelöst, die in einem unordentlichen Haufen zum Rand des Gewässers hinuntergefallen waren. Ein paar kleinere Felsen lagen halb versunken direkt dahinter.

Rings um das U hielten sich die vier restlichen Gruppen auf, aus denen Blue-Thunders Kommando bestand. Die Krieger standen wie Statuen da, und ihre Waffen funkelten in der morgendlichen Sonne. Die Fremden, die allem Anschein nach völlig überrascht worden waren, zogen sich langsam zu den Felsen am Uferrand zurück. Nur die

Hälfte von ihnen schien bewaffnet zu sein; sie drückten ihre Gewehre fest an sich. Zwei schiefe Unterkünfte aus Häuten, die man über einem Gestell aus zusammengebundenen Ästen befestigt hatte, standen etwa zwanzig Meter vom Wasser entfernt um eine von Steinen gesäumte Kochgrube herum. Von dem »weißen Pfeil«, dessen Spitze mit unheimlicher Genauigkeit fast in der Mitte der Senke auf einem der wenigen reinen Sandflecke niedergegangen war, stieg immer noch eine dünne Rauchfahne auf.

»Komm mit!«, sagte Blue-Thunder.

Als er, gefolgt von sechs Bären, den Abhang hinunterging, gesellte Steve sich zu ihm. Alle anderen blieben, wo sie waren – sie standen rund um den Rand der Senke.

Als sie die näher kommende Abordnung auf sich zukommen sahen, blieben zwei der Bewaffneten stehen. Blue-Thunder nahm die Klinge seines Messers, hob es über seinen Kopf, steckte es wieder in die Scheide und hob die leere Hand. Die beiden Fremden kamen näher. Der Rest – vier Männer und zwei Frauen – zog sich weiter zurück und drückte sich seitlich auf die Ansammlung aus Findlingen zu. Einer der Männer duckte sich und verschwand, die anderen blieben starr am Rand des Sees stehen.

Steve war zwar zu weit entfernt, um ihre Gesichtsausdrücke zu sehen, aber sie erweckten alle einen entsetzten Eindruck. *Und wer wäre nicht entsetzt,* dachte er, *wenn man aufwacht und feststellt, dass sich sechzig Mutanten zum Frühstück eingeladen haben?* Eine der Frauen sah aus, als sei sie schwanger. Statt Hosen trug sie etwas, das wie ein Lederrock aussah. Er glich denen, die auch die Mutantenfrauen trugen. Bevor die M'Calls Steve gefangen genommen hatten, hatte er noch nie eine schwangere Frau gesehen. In der Föderation blieben die Frauen von der Empfängnis bis zur Geburt im Lebensinstitut. Der Befruchtungs- und Entwicklungsprozess des Embryos war ein Geheimnis, zu dem nur die Erste Familie Zugang hatte, aber durch Roz' Medizinstudium und seine eigenen Erfahrungen aus erster Hand bei den Mutanten wusste Steve, was ein geschwollener Bauch bedeutete. Doch was tat eine werdende Mutter hier draußen?

Als sie ein paar Schritte vor dem rauchenden Pfeil anhielten, trat Steve neben Blue-Thunder. Die sechs Bären stellten sich hinter ihnen in einer Reihe auf. Die beiden Fremden, die etwa zwanzig Meter weit entfernt waren, änderten urplötzlich ihren Schritt. Sie ließen ihre Gewehre sinken, übersprangen eine unregelmäßig auseinanderliegende Reihe von Felsen, liefen auf die wartenden Mutanten zu, hoben den rechten Arm und zeigten ihnen die leeren Handflächen.

Warum die plötzliche Eile?, fragte sich Steve. Er packte seinen Schlagstock fester und suchte sich einen guten Stand. Die beiden Fremden blieben in gleicher Entfernung vor dem Pfeil stehen, nahmen die Gewehre auf den Arm, musterten die Mutanten und bedachten Steve mit einem ebenfalls argwöhnischen Blick. Wenn es sich bei ihnen um gewöhnliche Gesetzlose handelte, hatten sie keinen Grund, ihn nicht ebenfalls für einen normalen Mutanten zu halten.

Die beiden Männer waren Mitte zwanzig. Sie waren mit einer Mischung aus Leder und Überresten des üblichen Tarndrillichs bekleidet. Beide waren unrasiert; einer hatte einen langen, struppigen Schnauzbart. Wenn es wirklich Mexikaner waren, war ihre Verkleidung perfekt. Sie waren abgerissen, hager und von Wind und Wetter gegerbt, und ihre Augen waren voller Trotz. Die Art Blick, die man von jemandem erwartet, der durch sieben Kreise der Hölle gegangen ist, um am Leben zu bleiben, und dennoch nicht aufgibt – selbst wenn er weiß, dass er verliert.

Der Gesetzlose mit dem Schnauzbart sah Blue-Thunder an. »Was kann ich für dich tun, Himmelsbruder?«

Der hochgewachsene Krieger reckte die Schultern und verschränkte die Arme. Er war zwar groß, aber nicht so hässlich und furchterregend wie sein Vorgänger Motor-Head. »Ich bin Blue-Thunder vom M'Call-Clan, aus der Linie She-Kargos, dem größten aller Prärievölker.«

Schnauz tauschte einen Blick mit seinem Gefährten, dann neigte er höflich den Kopf. »Ich habe von den M'Call gehört und weiß, dass deine Worte wahr sind. Man sagt auch, dein Volk ist ein Freund der Rothäute.«

»Wir sind Freund aller, die uns Gutes wünschen, aber keine Freunde von Fremden, die auf unserem Land jagen.« Blue-Thunder schnippte mit den Fingern. Einer der sechs Bären trat vor und warf den abgetrennten Rennerkopf neben den rauchenden Pfeil. Blue-Thunder hob die verräterische Kugel hoch. »Kannst du ohne zu lügen sagen, dass dies nicht aus eurem langen, spitzen Eisen kommt?«

Die beiden Fremden sahen einander an, dann sagte der zweite – er war relativ sauber rasiert und hatte langes weizengelbes Haar, das von einem Stirnband aus Tarnstoff zusammengehalten wurde: »Man sagt, die M'Calls sind mächtige Jäger, und ihr Land hat sehr viel Fleisch. Kann das größte aller Prärievölker seine Reichtümer nicht mit den Himmelsbrüdern teilen, die nichts haben? Würdet ihr uns mit leerem Magen sterben lassen, während die Todesvögel sich vollschlagen?«

Blue-Thunder verharrte. Ihm fehlten offenbar die Worte, und er war sichtlich verlegen über diese offene und überzeugende Antwort. Schließlich sagte er: »Die M'Calls sind so großzügig, wie sie tapfer sind. Aber man sollte ein Geschenk erst nehmen, wenn es einem gegeben wird. Das hier ist die Art der Coyoten und Langschwänze, die wie Diebe in der Nacht kommen.«

Weizenhaar ignorierte die Beleidigung. »Das größte Prärievolk spricht mit wahrer Zunge. Dann sind wir weniger als Coyoten und Langschwänze. Wir haben kein Land, wir haben keinen Clan. Wir treiben umher wie Wolkenschatten. Wir sind Ausgestoßene, die nur Schande und Hunger kennen. Und doch atmen wir. Und doch sind wir von dieser Welt und möchten gern Brüder sein von allen, die unter dem Himmel leben. Aber wir haben keine Angst vor dem Sterben. Und weil es so ist, haben wir den Mut, Gerechtigkeit bei den Starken zu suchen.«

Donnerwetter!, dachte Steve, der in diesem Moment ganz vergaß, auf welcher Seite er eigentlich war.

Blue-Thunder wurde ungeduldig. Die Mutanten liebten zwar formelle Wortwechsel dieser Art, aber dieser hier führte nicht in die angestrebte Richtung. Schlimmer noch, er nahm ihm den Wind aus den Segeln. »Ihr sucht Nahrung und Gerechtigkeit. Die M'Calls haben zwar die Macht, diese beiden Dinge zu garantieren, aber ihr seid viele.«

Schnauz ließ seinen Blick über die Krieger wandern, die sich rund um den Rand der Senke verteilt hatten. »Nicht so viele wie ihr.«

»Über diese Dinge muss gesprochen werden«, beharrte Blue-Thunder. »Versammelt eure Leute. Lasst uns eine Pfeife rauchen und handeln.« Er griff in einen seiner Hüftbeutel und zog eine von den kleinen Druckluftflaschen hervor, mit denen man Wagnergewehre speiste. Er bot es

Weizenhaar an. »Nimm es! Wir haben noch mehr. Und auch viele Eisensteinchen.«

Weizenhaar wiegte die Flasche in der Hand. Ein erfahrener Wagner konnte fühlen, wie viel sie enthielt. Er gab sie seinem Kollegen. »Halb voll …«

»Yeah, das würde ich auch sagen.« Schnauz sah Blue-Thunder an. »Was wollt ihr dafür haben?«

Der hochgewachsene Krieger lächelte und spreizte die Finger. »Warum setzen wir uns nicht und reden darüber?«

Die Fremden verstanden. »Wir holen die anderen«, sagte Weizenhaar.

Blue-Thunder packte Steves Arm und schob ihn nach vorn. »Geh mit ihnen!«

Die beiden Fremden gingen in Richtung auf den See davon, und Steve marschierte dicht hinter ihnen her. Als sie etwa fünf Meter gegangen waren, pfiff er leise die Eröffnungsakkorde des Liedes, das er in Rio Lobo gelernt hatte: »South of the Border … down Mexico Way …«

Die Männer hielten kurz an, um einen Blick auf die sie umzingelnden Mutanten zu werfen. Weizenhaar winkte den anderen am Ufer beruhigend zu, dann murmelte er, ohne Steve anzusehen: »Pass auf, wo du hintrittst, Amigo …«

Die beiden Männer legten einen Dauerlauf vor, brachten den felsübersäten Abschnitt hinter sich und fuhren im gleichen Tempo fort. Steve folgte ihnen und achtete darauf, seine Schritte den ihren anzupassen. Als sie bei den fünf anderen waren, tauschten Steve und Weizenhaar schnell das geheime Signal aus, an dem die Mexikaner einander erkannten.

»Deep-Six«, sagte Weizenhaar. Es war der Tarnname des Führers der Gruppe, mit dem Steve regelmäßig in Funkkontakt gestanden hatte.

»Blindgänger«, sagte Steve, um sich zu identifizieren.

Deep-Six reagierte mit einem schlangenartigen Zischen. »Was, zum Henker, machst du bei dieser Bande?«

»Ich habe keine Zeit, es zu erklären. Aber wenn ihr euch nicht beeilt, verkaufen sie euch den Fluss runter oder euch passiert noch Schlimmeres. Könnt ihr irgendwie hier weg?«

»Yeah«, murmelte Deep-Six. Er wandte sich an die restlichen Angehörigen seines Kommandos und gestikulierte, damit Blue-Thunder glaubte, er rede mit ihnen über den geplanten Handel. »Wir haben ein Gummischnellboot mit Motor. Es liegt hinter uns, zwischen den Felsen.«

Steve schaute an ihm vorbei und sah den Mann, der sich geduckt hatte. Er hob den Kopf und dann den Daumen. Sein Blick wanderte über den Rest der Gruppe. Das schlampig aussehende blonde Mädchen mit dem geschwollenen Bauch kniete im Sand und sammelte ein paar Werkzeuge ein, die aus einem zerrissenen Rucksack gefallen waren. Sie sahen einander kurz in die Augen, dann fuhr sie mit ihrer Arbeit fort. Steve hatte den Eindruck, sie schon einmal gesehen zu haben. »Wo wollt ihr hin?«

»Zu der großen Insel da draußen«, sagte Schnauz. »Die Arschlöcher können nicht schwimmen. Sie haben auch keine Boote und mögen kein tiefes Wasser. Es wird ihnen nicht gelingen, an uns ranzukommen.«

Steve schätzte die Entfernung zu den Inseln ab. Anderthalb Kilometer. »Das schafft ihr nie! Diese Burschen sind Heißsporne. Die füllen euch so mit Eisen, dass ihr nach fünfzig Metern absauft.«

Schnauze zuckte die Achseln. »Besser als hierzubleiben und mit steifem Hals zu enden.«

»Wir haben ein paar Vorsichtsmaßnahmen getroffen«,

sagte Deep-Six. »Wir haben Minen rund um das Lager gelegt.«

»Minen?«

»Yeah, wir sind über sie gesprungen. Nichts Besonderes, aber wenn man drauftritt, lassen sie unter dem Knie nicht viel übrig.«

»Scheiße …« Steve warf einen Blick über seine Schulter. »Da, wo die Steine liegen?«

»Yeah. Und das Boot können wir in Rauch hüllen.«

Steves Geist und Bauch wurden zu Eis, als er begriff, was er nun tun musste. Er bemühte sich, den Kloß in seiner Kehle hinunterzuschlucken. »Okay«, rasselte er. »Viel Glück, Leute. Dann haut jetzt besser ab.«

Die fünf Agenten hinter Deep-Six und Schnauz eilten auf die Felsen zu, wo sie vor den Armbrustschützen zu beiden Seiten der Senke geschützt waren. Der Motor des versteckten Bootes sprang mit einem mächtigen Brüllen an. Eine blaugraue Rauchwolke wehte hinter den Felsen hervor.

»Sorgt dafür, dass es einen guten Eindruck macht«, sagte Steve etwas lauter. »Aber durchlöchert mich nicht zu sehr. Ich arbeite noch immer an dem Fall!«

Deep-Six riss blitzschnell das Gewehr an seine Schulter und schlug die harte Gummischulterstütze gegen Steves Kopf. Doch so schnell er auch war, er war zu langsam. Steve war schon zur Seite getreten. Sein Schlagstock fuhr hoch und führte in seinem Schwung einen kurzen, leuchtenden Lichtbogen mit, als sich die Sonnenstrahlen auf der rasiermesserscharfen Klinge spiegelten. Den Bruchteil einer Sekunde später schnitt sie eine gerade Linie durch Deep-Six' Leib und fuhr wie ein chirurgischer Laser bis zu seinem Nabel. Das lange strohfarbene Haar des Mexikaners flog beim Schock des Aufschlags hoch. Seine blassblauen Augen drohten aus ihren Höhlen zu treten und blickten, als er seine herausquellenden Eingeweide sah, mit einem unbeschreiblichen Ausdruck des Entsetzens nach unten. Er machte einen Versuch, die klaffende Wunde zuzudrücken, aber es war, als wolle er lebendige Aale in einen Sack zurückstopfen, dessen Boden aufgeschlitzt war.

Schnauz, gerade im Begriff, sich zu dem startenden Boot umzudrehen, wirbelte herum und drückte den Griff seines Gewehrs an die Hüfte. Einen Sekundenbruchteil schaute Steve in die drei Mündungen und sah, wie sich Schnauz' Finger um den Abzug krümmte. Seine Abwehr erfolgte automatisch. Steve hechtete an Deep-Six vorbei, riss das linke Bein hoch, schwang die beschwerte Unterseite des Schlagstocks nach oben und schlug das Gewehr quer über Schnauz' Körper. In letzter Sekunde. Drei Schüsse pfiffen an seinem rechten Ohr vorbei. Schnauz drehte den Kopf zur rechten Schulter, um zu verhindern, dass ihn die Läufe im Gesicht trafen, verlor dabei das Gleichgewicht und wankte. Bevor er sich wieder fangen konnte, versetzte Steve ihm einen fürchterlichen Hieb gegen die linke Seite seines Kopfes, der Schnauz' Schädel zertrümmerte und ihm das Genick brach.

»Sie starben, damit andere leben können …« Hatte der General-Präsident ihn nicht höchstpersönlich an dieses grundlegende Gebot erinnert, das tatsächlich der *einzige* Grund für die Existenz eines Wagners war? Deep-Six und Schnauz hatten das höchste Wagneropfer dargebracht – und den Preis dafür gezahlt, dass sie zur falschen Zeit am falschen Ort gewesen waren.

Als Steve angegriffen wurde, sprangen die Krieger auf, die sich am Rand der Senke bei Blue-Thunder an dem rauchenden Pfeil aufhielten. Steve, der alle Hände voll hatte, hatte keine Zeit, um sie vor den Minen zu warnen. Selbst wenn er sie gehabt hätte, sie hätten ihn nicht verstanden. Zwar brachten Blue-Thunder und einer seiner Kameraden den felsübersäten Bodenstreifen mit einem glücklichen Sprung hinter sich, doch zwei andere Krieger, die ihnen in wenigen Metern Entfernung folgten, landeten mitten in der Gefahrenzone. Die nachfolgenden Explosionen kosteten außerdem drei ihrer weiteren Gefährten das Leben. Die Minen, die MX-Spezialität, dienten zwei Zwecken: Die erste Explosion, die erfolgte, wenn man auf sie trat, holte eine zweite Ladung aus dem Boden, die wie eine Granate hochwirbelte. Diese explodierte in einer Höhe von einem Meter und versprühte tödliche Schrapnells, die Fleisch wie eine Kreissäge durchschnitten.

Als die Krieger am Rand der Senke, denen nun klar wurde, dass sie die Ausbrecher nicht an der Flucht hindern konnten, über die umliegenden Abhänge zu dem felsübersäten Boden hinabeilten, flogen weitere Minen in die Luft und verstreuten noch mehr Chaos und Tod.

Steve befand sich zwar am Rand des Gewässers außer Reichweite der verheerenden Explosionen, doch als die erste Welle hochging, warf er sich instinktiv in den See. Der Boden fiel steil ab. Er tauchte schnell in die Richtung der großen Findlinge. Als er den Wasserspiegel wieder durchbrach, fand er in hüfttiefem Wasser Halt und watete und schwamm in die dahintreibende blaugraue Rauchwolke hinein. Vom Ufer her kam ein Wirrwarr von Schreien und wütenden Rufen, die von weiteren Explosionen übertönt wurden.

Als Steve näher kam, erhaschte er einen Blick auf das Boot. Der Motor streikte; der Steuermann und seine fünf Passagiere hockten hustend und würgend im Heck und versuchten fieberhaft, ihn wieder zum Laufen zu kriegen. Der Rauch, der ihre Flucht in die Freiheit tarnen sollte, wurde nun für sie immer bedrohlicher.

Der Motor sprang wieder an. Steve zog seinen Schlagstock mit sich an der Seeoberfläche, warf sich nach vorn, hob die linke Hand und richtete sich im hüfthohen Wasser auf. »Wartet! Wartet auf mich!«

Sein Schrei erklang im gleichen Moment, als die fünf Insassen und der Steuermann sich herumdrehten, sich zwischen die aufgeblasenen Seiten des Gummibootes zu Boden warfen und Vollgas gaben. Das Aufbrüllen des Motors übertönte seine Stimme. Nur einer der Mexikaner war reaktionsschnell genug. Er richtete sich auf die Knie auf, hob sein Gewehr und zielte über den Rand auf Steve, als das Boot einen Satz nach vorn machte und aus dem Bug und dem Heck Qualm verströmte. Die plötzliche Beschleunigung warf den Mexikaner auf den Rücken. Er verschwand, seine Waffe schwenkte durch die Luft. Der Steuermann, vom Schrei seines Gefährten alarmiert, steuerte das Boot auf Steve zu – er hatte zweifellos die Absicht, ihn zu rammen. Erst dann erkannte er, dass hinter ihm ein Felsklotz aus dem Wasser ragte. Der Mann machte eine scharfe Wendung, aber es war zu spät. Er hatte den fatalen Fehler begangen, in die Reichweite von Steves Schlagstock zu kommen. Als das Boot vorbeifegte, fuhr ihm die Klinge durch den Hals; sein abgetrennter Kopf fiel ins Boot, während sein Torso, von der Wucht des Schlages nach hinten gerissen, über den Rand sackte und die Wendung noch enger machte.

Jetzt, wo das Boot mit Vollgas fuhr und sein Ruder hart nach links gedreht war, beschrieb es eine Reihe enger, schlingernder Kreise, die nahe am Ufer vorbei verliefen, und wurde von der wirbelnden Rauchwolke eingehüllt. Die überlebenden Insassen versuchten zwar, es wieder unter Kontrolle zu bringen, doch die Kreiselfahrt warf einen Mann und eine Frau über Bord. Steve eilte zu ihnen hin, aber bevor er sie erreichte, kamen ein paar Bären angerannt, zogen den Mann, der dem Ufer am nächsten war, an Land, und töteten ihn mit ihren Messern. Die Frau versuchte, auf die Inseln zuzuschwimmen, wurde jedoch kurz darauf von einem Bolzen getroffen, der den Ring ihrer Schwimmweste an ihr Rückgrat nagelte und unter ihrem Kinn austrat. Die Mexikanerin drehte sich auf den Rücken und trieb mit einer erhobenen, schlaffen Hand dahin, als wolle sie auf bizarre Weise ein Lebewohl winken.

Das Boot raste im Zickzack vom Ufer weg, seine Umrisse und Insassen hinter dem fortwährenden Rauchausstoß verborgen. Steve stand bis zum Bauch im Wasser und schaute zu, wie die blaugraue Wolke sich auf den Mittelpunkt des Sees zubewegte, während der enthauptete Leichnam des Steuermanns in einer Lache scharlachroten Blutes dahintrieb. Die Armbrustschützen hatten mehrere Salven in den Rauch abgefeuert. Wenn die drei Mexikaner noch an Bord waren, musste wenigstens noch einer so gut in Form sein, um das Boot aus seiner üblen Lage herauszusteuern. Doch was war mit den beiden anderen? Steve wusste, dass Blue-Thunder erst ruhen würde, wenn diese Frage beantwortet war. Zu viele seiner Clan-Brüder waren gestorben. Die blutige Begegnung und Steves Befürchtungen waren noch längst nicht erledigt.

Steve suchte Blue-Thunder. Der breite Rücken des Kriegers blutete aus mehreren Schrapnellwunden. Sie waren zwar nicht groß oder gefährlich tief, aber er verlor viel Blut. Doch Blue-Thunder ignorierte sie einfach. Das war eine der Stärken der Mutanten. Aus irgendeinem Grund – ob es nun an ihrem genetischen Aufbau oder möglicherweise an einer besonderen geistigen Einstellung lag, der mit ihrem seltsamen Glauben zu tun hatte – lag ihre Schmerzgrenze unglaublich hoch.

Von dem Wissen niedergeschmettert, dass er für das Gemetzel mitverantwortlich war, folgte Steve dem mächtigen Krieger, als er sich der Aufgabe annahm, die Schwerverletzten ins Jenseits zu befördern. Blue-Thunder nahm sich der Krieger an, denen es die Beine abgerissen hatte, oder bei denen das Fleisch bis auf die Knochen abgeschält war, oder die durch den mörderischen Schrapnellhagel schwerste Verletzungen am Leib davongetragen hatten.

»Mo-Town hat Durst, Mo-Town trinkt …« Ein schneller Messerstich ins Herz, dann erlosch das Licht in ihren Augen. Steve wusste von Mr. Snow, dass das Augenlicht den Geist reflektierte – es war das Seelenwesen, das beim Ableben des irdischen Körpers zum Himmel schwebte, um mit der liebenden Präsenz der großen Himmelsmutter zu verschmelzen. Die Mutanten stellten sich die geheimnisvolle Geist-Seele wie einen Strom kristallklaren Wassers vor, der mit schimmerndem Licht gefüllt war, wie die Myriaden Sternenaugen in dem finsteren, nahtlosen unendlich schönen Umhang, den Mo-Town am Ende jedes Tages über die schlafende Welt ausbreitete. Es ist ein beruhigender Gedanke, sagte sich Steve, wenn man glaubt, dass man erneut leben wird und eine Chance erhält, die Dinge richtig oder anders zu machen. Und das nicht nur einmal, sondern immer wieder; so, wie die Welt und der sie umgebende sternenerfüllte Raum langsam über den Zeitstrom floss, auf den endlosen Horizont des Meeres der Ewigkeit zu.

Als Blue-Thunder am Schluss sein Messer küsste und

säuberte, waren achtzehn Bären tot. Etwa zwanzig weitere waren zwar verwundet, aber sie konnten gehen und würden sich mithilfe Mr. Snows wieder erholen. Die Krieger sammelten Holz und errichteten einen großen Scheiterhaufen, dessen zum Himmel steigende Flammen die losgelösten Geister hinauftrugen, wo Mo-Town mit der Schale des Lebens in den ausgestreckten Händen auf sie wartete.

Steve watete ins Wasser, bis es ihm zum Hals reichte und schwamm zwanzig Meter weit hinaus, um die Leiche der Mexikanerin zu bergen. Er zog ihren schlanken, drahtigen Körper an den Strand. Als er sich abwandte, beugte sich ein Bär mit gespreizten Beinen über sie, drehte sie auf den Bauch, packte ihre Arme und zog sie in kniender Stellung hoch. Ein zweiter zückte seine Machete, packte ihr nasses Haupthaar, riss ihren Kopf hoch und enthauptete sie mit zwei flinken Schlägen.

Man legte die achtzehn Bären in drei Lagen zwischen das Holz und schichtete mit Blättern versehene Äste an den Seiten auf. Als die Flammen ihre Nahrung fanden, umringten die Krieger das große Feuer und stimmten ein trotziges Lied an, das die Taten der Toten besang, die gegangen waren, um sich zu den alten Helden des M'Call-Clans zu gesellen.

Blue-Thunder drehte sich zu Steve um. Seine von Beulen entstellten Gesichtszüge zeigten Trauer. Er deutete auf die Leichen von Deep-Six und Schnauz. »Du kämpfst gut, Wolkenkrieger.«

»Nicht so gut wie mein Himmelsbruder Blue-Thunder.«

Der Mutant schüttelte den Kopf und seufzte schwer. »Heute ist ein schlechter Tag. Ich kann nicht gegen Männer kämpfen, die sich hinter Rauch verstecken. Worin liegt da die Ehre?«

»Darin nicht«, erwiderte Steve. »Man hat uns trügerisch in Sicherheit gewogen. Du hast Leuten die Pfeife angeboten, die ein falsches Gesicht haben. Das waren keine Rothäute. Das waren Sandgräber. Sie respektieren die Bräuche der Präriebewohner nicht.«

»Die Sandgräber haben mächtig spitzes Eisen. Kanntest du die Dinger, die wie der Erddonner sprechen?«

»Ich habe davon gehört«, gab Steve zu. »Heute wurde die Wahrheit mit dem Blut der Bären geschrieben.«

Blue-Thunder grollte wütend. »Die Sandgräber sind hinterhältig. Sie säen den Tod in die Erde. Sie werfen Feuer vom Himmel, und jetzt hetzen sie das Land auf uns. Das sind schlimme Dinge. Der Wind, der dich in die Luft hebt, ist der Atem Talismans. Die Erde ist sein Körper, Sonne und Mond sind seine Augen; der Donner ist seine Stimme, die Flüsse sind sein Blut. Die Verbrechen, die jene ohne Mut gegen die Welt begehen, wüten gegen sein heiliges Wesen. Diese Beleidigung muss gerächt werden.«

Steve stimmte ihm mit einem ernsten Nicken zu. »Es würde auch mich rächen. Die Sandgräber entehren mich in euren Augen. Lass mich ihre Köpfe holen.«

Als Blue-Thunder über seinen Vorschlag nachdachte, schaute er an Steve vorbei auf die kleinen Inseln. »Wie kannst du das große Wasser überqueren? Wirst du nicht wie ein Stein versinken?«

»Nein, ich werde mich hindurchschlängeln – wie eine Schlange.«

»Wann willst du gehen?«

»Wenn die Nacht kommt.«

Der Krieger wirkte beeindruckt. »Du hast echte Macht.«

Steve hatte nicht vor, ihm seine Illusionen zu nehmen. Wie alle Wagner hatte man auch ihn in unterirdischen

Becken schwimmen gelehrt; es war ein Teil der täglichen körperlichen Ausbildung gewesen. Er gehörte allerdings zu den wenigen, die je in der Lage gewesen waren, ihr Können auch praktisch zu verwerten.

Wie komisch, dachte Steve, *dass die Mutanten sich nicht die Mühe gemacht hatten, schwimmen zu lernen.* Andererseits hatten sie in den letzten tausend Jahren auch keine Schiffe gebaut, obwohl sie mit den Eisenmeistern in Kontakt standen. Sie hatten auch noch andere Eigenarten – etwa, dass sie lieber im Freien schliefen statt unter den Bäumen des Waldes. Und dann war da noch die Sache mit Talisman, Mo-Town und den Himmelsstimmen. Vor einem Jahr hatte er all diese Dinge noch öffentlich verhöhnt. Aber jetzt … Wer konnte sagen, ob sie nicht stimmten?

Vor einiger Zeit hatte es vielleicht gute Gründe gegeben, an diese Dinge zu glauben. Trotz der außergewöhnlichen Erinnerung der Wortschmiede wie Mr. Snow hatte man die rationalen Erklärungen für sie einfach vergessen. Es gab keinen Zweifel, dass manche Mutanten außergewöhnliche Kräfte hatten. Ob es sich dabei um Magie handelte, war unwichtig. Steve war zu dem Schluss gekommen, dass Magie nur ein Wort war, mit dem man Dinge und Ereignisse benannte, die man mit dem gegenwärtig verfügbaren Wissen nicht erklären konnte. Ach ja, aber wem stand dieses Wissen zur Verfügung? Das war die *wirkliche* Frage. Er hatte inzwischen erfahren, dass es in der Föderation verschiedene Informationszugriffsebenen gab, und er hatte persönlich aus dem Mund des General-Präsidenten erfahren, dass die Erste Familie an die Existenz der Mutantenmagie glaubte.

Aber vielleicht wusste die Familie noch mehr. Vielleicht wusste sie überhaupt alles. Hatte sie nicht COLUMBUS erschaffen, die Leitintelligenz der Föderation? Kontrollierte sie den Computer nicht? Man bezeichnete die Erste Familie in dem dreimal täglich aufgesagten Gebet, mit dem die Wagner sich kollektiv auf Vordermann brachten, doch nicht ohne Grund als »Hüter allen Wissens, der Weisheit und der Wahrheit«.

Die Sonne sank durch das Westtor und entzog dem Himmel die goldene Wärme. Die Wolken, sie waren mit leuchtendem Rot und Gelb durchsetzt gewesen, verblassten zu einem hellen Violett und wurden dann zu einem kalten Aschgrau, als die aufsteigende Dunkelheit das bleiche Nachleuchten verschluckte. Als der Abend seinen Schleier über das Land legte, lagen im Osten die Berge noch im Licht, dann verschmolzen auch sie mit dem Himmel. Farben, Formen und Dimensionen verwischten sich und bildeten eine neue Welt ohne Tiefe oder Form. Die Inseln, jetzt eine finstere Silhouette in einem See aus mattem Silber, erschienen in einem Augenblick quälend nahe und im nächsten unerreichbar fern.

Läufer, von den Bären in Marsch gesetzt, hatten sich rings um den See verteilt. Nun kamen sie und meldeten, dass die Sandgräber keinen Versuch unternommen hatten, ein anderes Ufer zu erreichen. Sie saßen noch immer auf den Inseln in der Falle.

Es war Zeit loszugehen.

Die Oberfläche des Sees war unheimlich still. Aber nicht still genug. Hin und wieder erhob sich etwas aus den Tiefen, holte kurz Luft und erzeugte kleine, über die spiegelglatte Oberfläche sich ausbreitende Wellen.

Steve hielt zwar inzwischen nicht mehr viel von seinem Plan, aber nun war es für einen Rückzieher zu spät. Die aufgebrachten Mutanten würden erst von hier verschwinden, wenn sie mit den restlichen Mexikanern abgerechnet hatten. Wenn es nötig war, würden sie Tage oder Wochen warten und sich ihrer Aufgabe mit der Geduld und absoluten Hingabe widmen, mit der primitive Jäger eine unbekannte Beute jagen. Der Affront gegen Talisman musste gerächt werden. Das Wie und Warum der kleinen Minen scherte sie einen Dreck; das Verfahren, wie man sie aufspüren und unschädlich machen konnte, war ihnen ebenso gleichgültig.

Und aus diesem Grund, dachte Steve traurig, *werden sie auch nie gewinnen.* Aber ob es ihm nun gefiel oder nicht – dies war die Seite, die er gegenwärtig zu verteidigen gezwungen war. Die Gruppe der Händler würde ihre Karawane übermorgen in der Morgendämmerung in Marsch setzen, um auf die Raddampfer zu stoßen. Er musste diese Episode zu einem schnellen, blutigen Ende bringen, bevor Karlstrom eine falsche Nachricht erhielt und die Überlebenden schnelle Hilfe anforderten. Wenn die AMEXICO Luftunterstützung schickte oder eine Rettungsexpedition in Marsch setzte, konnte die gesamte Situation schnell außer Kontrolle geraten.

Es gab noch einen ebenso drückenden Grund, warum Steve die katastrophale Lage so schnell und sauber wie möglich hinter sich bringen musste: Er wollte dabei sein, wenn Cadillac und Clearwater an Land kamen und willkommen geheißen wurden. Nach allem, was er durchgemacht hatte, um bis hierhin zu gelangen, hatte er nicht die Absicht, die beiden erneut durch seine Finger rutschen zu lassen.

Das Bestattungsfeuer, das den ganzen Tag hindurch gelodert hatte, war nun ein gezackter, quadratischer Haufen aus glühenden Scheiten, der im Mittelpunkt noch etwa einen Meter dick war. Die Hitze, die das Feuer abgab, war gewaltig, und jetzt, im Dunkeln, waren der Felsboden und die Seiten der Senke in ein hellrotes Leuchten getaucht. Steve, dem bewusst war, dass die drei Mexikaner ihnen wahrscheinlich – und eventuell mit Ferngläsern – zuschauten, trat aus dem Lichtkreis in das zunehmende Dunkel und umrundete in Begleitung Blue-Thunders und drei seiner Bären halb den See.

Steve war zwar schon lange Strecken geschwommen, doch nur innerhalb der bequemen Grenzen eines hygienischen, blau funkelnden Beckens – und in unmittelbarer Reichweite des Randes. Er war zwar zuversichtlich, dass er die Kraft hatte, die Inseln zu erreichen, aber er war nicht sehr erfreut auf die Aussicht, einen solchen Streifen offenen – und möglicherweise auch feindseligen – Wassers zu durchqueren.

Als Sicherheitsvorkehrung hatte er sich aus vier großen Hirschlederbeuteln, die er sich von den anderen Kriegern geliehen hatte, Bojen gemacht. Die aufgeblasenen Beutel dienten in erster Linie dazu, das Sinken eines leichten Gestells aus Zweigen zu verhindern, auf dem Steve ein geladenes Luftgewehr, eine Machete und sein Kampfmesser befestigt hatte. Er hatte sich überlegt, den Schlagstock mitzunehmen, und sich dann dagegen entschieden. Das Ding war zwar eine tödliche Waffe, aber wenn er nicht nahe genug an einen Gegner herankam, war sie nur Ballast. Wenn die drei noch lebenden Mexikaner auf der Hut waren, konnten sie ihn aus einer Entfernung von fünfundsiebzig Metern mit einem einzigen Schuss umlegen – und aus hundertfünfzig Metern, wenn ihre Gewehre mit Infrarot-Nachtsichtgeräten ausgerüstet waren.

Steve fand eine passende Stelle, zog sich bis auf die Unterhose, das einzige Stück Wagnerkleidung, das er noch trug, aus und legte die ärmellose Schwimmweste des Steuermanns an. Dann tauschte er den traditionellen Handschlag mit seinen Begleitern, glitt lautlos in das Wasser hinein und schob das Gepäckfloß vor sich her. Um seine Umrisse zu verändern, hatte er es mit Blattwerk getarnt. Das Wasser war zwar kalt, aber nicht unerträglich. Steve gab sich alle Mühe, nicht an die schrecklichen und namenlosen Wesen zu denken, die eventuell unter ihm in der Tiefe lauerten. Als er etwa hundert Meter vom Ufer entfernt war und etwas Schleimiges seinen Bauch streifte, wurde ihm schlagartig klar, dass der Beschluss der Mutanten, stets an Land zu bleiben, doch nicht so dumm war.

Nach der halben Strecke und mehreren Zusammenstößen mit den unsichtbaren Bewohnern des Sees empfand Steve es als Erleichterung, noch unversehrt zu sein. Nachdem er die Welle der Panik hinter sich hatte, die die ersten unwillkommenen Begegnungen und die unausweichlichen Albtraumvisionen von nadelspitzen Zähnen mit sich brachten, die ihn in den Sack bissen, machte er mit wachsender Zuversicht weiter und konzentrierte seinen Geist auf die Aufgabe, die vor ihm lag, sobald er auf dem Trockenen war.

Der zweite Kilometer erschien ihm kürzer als der erste. Als er sich den Inseln näherte, trieben die Wolken weiter auseinander und enthüllten einen größeren Teil des Sternenhimmels. Die fünf Inseln waren kaum mehr als felsige Erhebungen, auf denen verkrüppelte, aber zähe Bäume und Büsche einen Halt gefunden hatten. Die beiden, denen er am nächsten war, waren hohe, steilwandige Klötze, auf denen praktisch nichts wuchs, und von den anderen hatte nur eine einen Durchmesser, der über fünfzig Meter hinausging.

In der fernen Vergangenheit – noch vor der Zeit, die bei den Mutanten als die Alte Zeit bekannt war – hatten unterirdische Erdbewegungen das felsige Bett des Sees hoch- und über den gegenwärtigen Wasserspiegel hinausgehoben. Nachfolgende Verschiebungen hatten geriffelte Gesteinsschichten freigelegt, die nun zerbrochen waren, und mehrere Jahrtausende von Wind und Regen hatten die rauen Kanten abgeflacht. Steve schwamm lautlos auf das größte Inselchen zu. Kein Licht durchdrang die Finsternis. Alles war totenstill. Die einzigen Geräusche waren sein Atmen und das leise Klatschen des Wassers, das vor ihm gegen die Felsen schlug. Sie ragten genau vor ihm auf und waren fast zwei Meter hoch.

Steve zog das Gepäckfloß hinter sich her, benutzte die freie Hand, um sich um das Inselchen herumzuziehen, und suchte nach einer passenden Stelle, an der er an Land gehen konnte.

Angesichts der Tatsache, dass die Mutanten nicht schwimmen konnten und kein tiefes Wasser durchquerten, war die Insel eine ideale Zuflucht. Steve konnte kaum verstehen, warum die Mexikaner ihr Nachtlager am Seeufer aufgeschlagen hatten, statt direkt auf die Insel überzusetzen. Die einzige Erklärung, die ihm einfiel, war die, dass sie den See vielleicht spät abends erreicht und keine Lust mehr gehabt hatten, eine nächtliche Bootsfahrt zu unternehmen. Weil er selbst sich mit einem bemerkenswerten Tempo an die Bedingungen der Oberwelt angepasst hatte, vergaß er oft, dass die Mehrheit der Wagner extrem nervös auf Dunkelheit reagierte – was auch für Piloten und Mexikaner galt. Nur wenige von ihnen hätten es gewagt, durch den See zu schwimmen – selbst am helllichten Tag.

Als Steve gegen das Wasser trat, spürte er, dass seine Zehen gegen gezackten Fels stießen. Er konnte sich hinstellen und brusttief unter den herabhängenden Ästen eines Baumes stehen. Die knorrigen Wurzeln schlängelten sich wie skierotische Adern auf dem Handrücken eines alten Mannes über die zerbrochenen Steinplatten. Er nahm seine Ausrüstung von dem Gepäckfloß, legte sie in eine Felsenrinne und stieg ans Ufer. Dann befestigte er als Erstes die Kampfmesserscheide an seinem rechten Unterschenkel und legte den Gürtel um, in dem er die Machete trug. Er ließ das kleine Floß im Wasser liegen; es würde nicht wegtreiben, und unter der Deckung der Äste würde es wahrscheinlich kein Misstrauen erregen.

Steve hockte sich vor einen Baumstamm, legte das Gewehr über seine Knie, entspannte den Körper und öffnete seinen Geist der Erde, der Stille und der Dunkelheit. Nach einigen Minuten völliger Versunkenheit bekam er einen Eindruck der Insel und war in der Lage, die weiteren Details des Terrains zu entschlüsseln.

Ein aufsteigender Halbmond gesellte sich zu den enthüllten Sternen und warf seinen bleichen Schein auf den See. Die Bäume vor ihm wurden zu matten Silhouetten. Da und dort fanden dünne Mondstrahlen einen Pfad durch das terrassenförmige Labyrinth und erzeugten gezackte Felsteiche aus Licht. Seine Beute war irgendwo vor ihm. Die Chancen standen drei zu eins zu ihren Gunsten, und möglicherweise hielten sie sich sogar auf vertrautem Gebiet auf; aber er hatte die Überraschung auf seiner Seite.

Steve zückte sein Messer und schob die Klinge ein Stück

in die Erde, bis sie auf festes Gestein stieß. Die Schicht war kaum fünf Zentimeter dick. Nicht tief genug, um Minen zu vergraben; außerdem war die Insel zu klein und verfügte über keine geeignete Deckung. Jede Explosion musste dazu führen, dass ebenso viele Verteidiger wie Angreifer umkamen. Aber er war übervorsichtig, denn das etwa hundert Meter lange und achtzig Meter breite Inselchen brauchte nicht verteidigt zu werden. Der See machte die Mexikaner unerreichbar, denn wer – von anderen ihrer Art abgesehen – konnte sie schon erreichen?

Steve nahm sich vor, zunächst die Mitte der Insel zu erforschen. Wenn er im Zentrum blieb, wo die Dunkelheit beinahe absolut und der Boden höher war, konnte er versteckt ausruhen, während alles zwischen ihm und dem Ufer vor der mondbeschienenen Oberfläche des Sees deutlich zu sehen war. Seine heimlichen Lehrbuchtaktiken tarnten zwar seine Anwesenheit, dienten aber sonst keinem nützlichen Zweck. Hier gab es weder Stolperdrähte noch Fallgruben mit einstürzenden Dächern. Hier gab es auch keine angespitzten Pfähle, auf die man stürzte, und keine Würgeschlingen oder tödliche Stachelschweinfelsen, die wie gigantische Pendel niederschwangen, um die Sorglosen zu zerschmettern und aufzuspießen. Hier gab es keinen der Schrecken, die grauhaarige Bahnbrecher wie Hiobsbotschaft Logan beschworen hatten, um in blutigen Einzelheiten zu beschreiben, was Grünschnäbel an der Oberwelt erwartete.

Steve ging weiter. Seine nackten Füße erzeugten kein Geräusch auf den kühlen, harten Felsen, die er der weicheren Schicht aus Kiefernnadeln und abgestorbenen Zweigen bevorzugte. Am anderen Ende der Insel sah er die bulligen Umrisse des Bootes. Man hatte es auf einen breiten, flachen Felsen gezogen, der bis ins Wasser hineinreichte und wie eine natürliche Rutschbahn aussah.

Als Steve näher heranschlich, sah er etwas, das er vorher nicht hatte sehen können: Ein Drillichärmel lag über der Seite in Bugnähe. Ein Ärmel, in dem ein lebloser Arm war. Er gehörte jemandem, der mit dem Gesicht nach unten auf dem flachen Bootsboden lag. Die Krieger, die blindlings in den wirbelnden Rauchschirm geschossen hatten, hatten also doch keine Bolzen verschwendet. Blieben also noch zwei …

Ein paar Meter weiter erspähte Steve ein Luftgewehr und einen Rucksack. An der Art, wie die Dinge lagen, erkannte er, dass sie jemand hingeworfen hatte, der nicht vorhatte, sie eilig wieder an sich zu nehmen. Die beiden restlichen Mexikaner konnten nicht weit sein. Vielleicht hatten sie ihn sogar im Blick …

Steve folgte seinen eigenen Spuren zurück und ging zur Mitte der Insel, um sich dem steilen, felsigen Rand von der anderen Seite zu nähern. Erneut legte er barfuß den Weg über die Steine zurück und umkreiste die Mondlichtzonen. Jetzt, wo er fast nackt war, erwies sich seine Körperbemalung als ideale Tarnung – und sie rettete ihm möglicherweise auch das Leben, als plötzlich aus fast unmittelbarer Nähe eine Dreifachsalve auf ihn abgefeuert wurde.

Tschwitt, tschwitt, tschwitt!

Als Steve den brennenden Schlag an seiner linken Seite spürte, warf er sich nach rechts und hechtete hinter einen Baum. Er knirschte mit den Zähnen, weil es so wehtat, dann hielt er den Atem an und lauschte nach einem Geräusch, das ihm die Position des Angreifers verraten konnte. Nichts bewegte sich; das Einzige, was er hörte, war das donnernde Schlagen seines Herzens. Er streckte die rechte

Hand aus und tastete nach der Wunde. Blut lief durch seine Finger, aber er hatte Glück gehabt. Ein Schuss war durch seine Haut gedrungen und von der vierten Rippe abgeprallt; ein zweiter hatte einen diagonalen Streifen über die Unterseite seines erhobenen Unterarms gezogen, und der dritte hatte die Außenseite seines linken Arms über dem Ellbogen gestreift. Steve reckte versuchsweise den Arm. Er schmerzte zwar höllisch, funktionierte aber noch immer.

Aus dem Winkel und der Richtung, aus der die Schüsse gekommen waren, konnte er grob schätzen, wo sich der Schütze befand und dass er aus einer liegenden Stellung geschossen hatte. Steve saß ohne sich zu bewegen da und überdachte die Lage. Er war von einer Salve aus einem einzelnen Gewehr getroffen worden und hatte nicht zurückgeschossen. Der Angreifer musste nun annehmen, dass er tot war, doch selbst jetzt, nach einer halben Stunde, hatte er noch nichts unternommen. Interessant. Nun war die Überraschung zwar eindeutig nicht mehr auf seiner Seite, aber ein großer Vorteil war ihm geblieben – Mobilität. Steve war jetzt überzeugt, dass die beiden Mexikaner ernsthaft verletzt waren. Keiner von ihnen konnte sich bewegen, aber sie waren immer noch gefährlich. Steve hatte keine Eile, sich umbringen zu lassen. Er würde auf das erste Licht warten.

Er blieb dicht an dem breiten Baumstamm, hinter dem er Deckung gesucht hatte, stand langsam auf und musterte die Anordnung der Äste. Wieder einmal war das Glück auf seiner Seite. Der Stumpf eines Astes bot ihm einen Halt für den Fuß, sodass er nach oben greifen und den nächsten Ast packen konnte. Steve hängte sich das Gewehr auf den Rücken, trat auf den Stamm und zog sich hoch. Er hatte zwar noch nie zuvor einen Baum bestiegen, aber er nahm ihn mit der gleichen Zuversicht, mit der er zum ersten Mal den Turmrahmen erklettert hatte, mit dem man auf dem unterirdischen Übungsgelände der Akademie die Nerven der Piloten testete. Als er sich etwa zehn Meter hoch in der Luft befand, stieß er auf eine breite, dreiteilige Astgabel, auf der man ohne die Gefahr eines Absturzes liegen konnte. Er hängte das Gewehr an den abgebrochenen Stumpf eines kleineren Astes, machte es sich so bequem wie möglich und fiel in einen unruhigen Schlaf.

Als er erwachte, graute zwar noch nicht der Morgen, aber es war hell genug, um einen Blick auf die Umgebung zu werfen. Die Welt war weiß verpackt. Eine dicke, gespenstisch weiße Nebeldecke bedeckte nun die Seeoberfläche, kroch über den Boden unter ihm dahin und umspülte die Baumstämme wie ein vorgeschichtliches Meer. Indem er auf der abgewandten Seite des Baumes tiefer und höher kletterte, konnte Steve durch die Blätter peilen. Er erhaschte einen Blick auf den verhängten Bug des an Land liegenden Bootes. Seine Beute war also noch auf der Insel. Da die beiden Mexikaner nun wussten, dass ein Besucher da war, und trotzdem den rechten Augenblick verpasst hatten, um zu entfliehen, sah Steve sich in seiner Annahme bestärkt, dass sie noch hier waren, weil sie nicht mehr die Kraft besaßen, das Boot wieder zu Wasser zu lassen.

Das kalte, tote Gefühl, das sich beim Anblick von Deep-Six in seinem Magen gebildet hatte, wallte erneut hoch. Er hatte gesehen, wie Blue-Thunder die schwerverletzten Mutanten ins Jenseits geschickt hatte. Nun würde er das Gleiche mit Menschen seiner Art tun müssen. Doch für seine Opfer – und für ihn – würde es nur ein kaltblütiger Mord sein. Was sonst? Wagner verstanden nur die funktionale, endliche Welt der Lebenden. Die Vorstellung, es könne eine Art Weiterleben nach dem Tod geben, kam ihnen einfach nicht in den Sinn. Die Erste Familie schenkte einem das Leben. Der einzige Grund, aus dem man lebte, bestand darin, zur Sicherung der Zukunft der Föderation beizutragen. Es zählte nur, wie man seinen Dienst versah. Der Tod war einfach nur der Stillstand aller Gehirn- und Körperfunktionen, das Ende des Arbeitszyklus; der Augenblick, in dem der Mann Oben den Stöpsel zog. Wenn die Sackmänner kamen, um einen abzuholen, war es aus. Terminada. Die letzte Emotion, die das schnell verblassende Bewusstsein der beiden belagerten Mexikaner registrieren würde, bestand in der überraschenden Erkenntnis, dass man sie verraten hatte. Es war ein passender Nachruf auf die wackere neue Welt, die die Erste Familie geschaffen hatte.

Steve wartete, bis der Nebel sich auflöste, dann stieg er auf einen niedrigeren Ast, bis er den Mexikaner mit dem Gewehr sah. Er lag zusammengesackt vor einem Felsen; der Widerhakenpfeil eines Armbrustbolzens ragte aus der Innenseite seines linken Oberschenkels, genau in seinem Schritt. Seine Hosen und der Boden zwischen seinen Beinen waren blutdurchtränkt. Mit der rechten Hand hielt er eine Aderpresse fest, die er mit einem Netzgürtel und dem Griff seines Kampfmessers gemacht hatte, aber hin und wieder quoll Blut aus der durchtrennten Hauptarterie. Seine linke Hand lag um den Abzugsschutz seines Gewehrs, aber um es akkurat abfeuern zu können, musste er es schwerfällig, ohne durch Kimme und Korn zu blicken, auf das rechte Bein oder den rechten Unterarm legen. Die Begrenzung seiner Möglichkeiten hatte Steve in der vergangenen Nacht wahrscheinlich das Leben gerettet.

Steve zielte auf den Brustkorb des Mexikaners und jagte eine Salve durch sein Herz. Die Aufschläge warfen den Mann gegen den Felsen, und er breitete die Arme aus. Das Gewehr entfiel seiner Hand, dann sank sein schlaffer Körper seitwärts zu Boden, der linke Arm noch immer in dem Versuch ausgestreckt, die Waffe zu erreichen.

Steve kletterte vorsichtig zu Boden, benutzte einen Baum als Deckung und suchte das vor ihm liegende Gelände ab. Er erblickte die schwangere Mexikanerin zu seiner Rechten; sie lehnte an einem Baumstamm und drehte ihm den Rücken zu. Ihre Arme hingen schlaff herab, ihre Hände waren leer. Steve zog sich zurück und näherte sich ihr von der anderen Seite. Die gleiche Geschichte; keine Bewegung. Steve musterte sie erneut sehr sorgfältig, dann ging er näher heran, das Gewehr schussbereit.

Okay, jetzt ist es so weit. Er trat vor sie hin, die Läufe zielten auf ihre Brust. Sie schaute zu ihm auf; ihre blassen Augen flammten noch in ihrem erschöpften Gesicht. Er hatte recht gehabt. Sie war ihm *wirklich* bekannt vorgekommen. Die Frau war Donna Marie Lundkwist.

»Christoph Columbus! Donna …? Was, zum Henker, machst du denn hier?«

Donna starrte ihn an. Sie schien zu spüren, dass sie ihn kannte, aber sie war nicht in der Lage, ihn hinter der Maske zu erkennen. »Ich glaube es nicht! Brickman?« Ihre Worte kamen mit einem heiseren, leisen Lachen.

»Yeah.« Steve legte das Gewehr hin und kniete sich neben sie. Die rechte Seite ihres geflickten Tarnanzugs war mit frischem Blut durchtränkt. Er hob ihren rechten Arm und sah die Stelle, an der der Bolzen eingetreten war. Die Schwanzfinnen des zwanzig Zentimeter langen Dings waren noch sichtbar. »Es muss weh tun …«

Lundkwists von Schweißperlen bedecktes Gesicht zeigte ein klägliches Grinsen. »Tja, einen Bauchtanz krieg ich damit nicht mehr hin …«

»Kannst du dich überhaupt bewegen?«

»Nur vom Hals an aufwärts. Ich hab's zwar mit Toms Hilfe gestern geschafft, bis hierher zu kriechen, aber …« – sie schnappte nach Luft – »… ich glaube, mir geht es nicht gut. Der Bolzen ist wohl … ah … in meiner Wirbelsäule gelandet.«

Steve legte eine Hand auf ihren geschwollenen Leib. »Das ist doch verrückt. Wieso haben sie dich in diesem Zustand hier rausgeschickt?«

»Nur keine Panik. Ich bin keine werdende Wächtermutter. Das da ist ein UHF-Sender. Schaumgummi mit … Wasserballast … farblich an meine Haut angepasst. Wenn du näher rangehst, kannst du die Fugen sehen.«

»Ich bin wirklich drauf reingefallen. Aber was geschieht, wenn …«

»Die Beulenköpfe misshandeln nie schwangere Frauen – egal, wo sie auch herkommen. Wusstest du das nicht?«

»Ich weiß, dass sie ein ungeborenes Kind für etwas Besonderes halten. Leider scheinen sie es in deinem Fall vergessen zu haben.«

»Gestern konnten sie nicht sehen, auf wen sie schossen.«

»Und trotzdem haben sie euch alle getroffen.«

»Erinnere mich bloß nicht daran …«

Steve zögerte. Er wusste nicht, wie er die Frage formulieren sollte, die er stellen wollte. »Hast du … ah … mit dem Ding da Mayday gefunkt?«

»Noch nicht. Da ist ein versteckter Reißverschluss, aber ich konnte ihn mit den Zähnen nicht erreichen.«

»Bedeutet das …?«

»Yeah. Du wirst ihnen sagen müssen, was passiert ist.«

»Ich kenne doch den Rufcode gar nicht, den ihr verwendet.«

»Das ist doch piepegal, Brickman. Gib deinen eigenen ein und bitte um Hilfe. Wenn du dich identifiziert hast, sagt dir das Gerät alles, was du wissen musst.«

»Ach ja, natürlich.« Er fluchte lautlos. »Ist es nicht eine Scheiße, Donna? Hätte ich doch bloß gewusst, dass du zu diesem Unternehmen gehörst.«

»Hätte es die Dinge geändert?«

Steve spreizte die Finger. »Wenn ich es hätte verhindern können, hätte ich es getan. Ihr habt die ganze Sache vermasselt, indem ihr eine kilometerbreite Spur hinterlassen habt. Dass man euch erwischt hat, war kein Bestandteil des Plans.«

»Yeah … Ein schöner Mist, was?«

»Der schlimmste …«

Eine Woge des Schmerzes ließ sie das Gesicht verziehen. »Schätze … Schätze, ich habe Glück gehabt, dass du vorbeigekommen bist. Tom hätte es nicht mehr lange ausgehalten … Hat zu sehr geblutet … Hatte Angst, er … er könnte mich nicht mehr *mitnehmen.*« Sie sah ihm in die Augen. »Aber ich kann auf dich zählen, was, Compadre?«

Steve verzog das Gesicht. »Völlig, aber … Bist du sicher, dass es das ist, was du willst? Vielleicht …«

»Hör zu, so wie die Dinge liegen, tust du mir doch einen Gefallen, oder?«

»Sicher …«

»Ist Tom … ah …«

»Er ist tot«, sagte Steve leise, als ihm bewusst wurde, dass sie nicht einmal den Kopf drehen konnte. Große Himmelsmutter, was für eine Art abzutreten. Er streichelte ihre Stirn und zog das Kampfmesser aus der Beinscheide. »Erzähl mir … Wie lange bist du schon bei der AMEXICO?«

»Man darf solche Dinge nicht fragen. Aber jetzt, wo ich erkenne, wie die Dinge stehen … Ich habe Rio Lobo ein Jahr vor meinem Eintritt in die Akademie verlassen. Und weißt du was? Ich habe einen Bericht geschrieben und dich für eine Aufnahme empfohlen.« Eine neue Woge Schmerzen ließ sie die Zähne zusammenbeißen. Sie brachte ein schiefes Lächeln zustande. »Ist das nicht witzig?« Ihr Atem wurde schwerer. »Hör zu, eins musst du mir versprechen. Sie dürfen mich … du weißt schon … nicht fressen.«

»Versprochen.«

Sie schloss die Augen. »Danke. Das war das einzige … wovor ich Angst hatte.«

Steve streichelte ihr ungekämmtes Haar, ließ seine Hand auf ihren Nacken gleiten, schob ihren Kopf zurück und zog sie an sich. Er drückte die Lippen sanft auf ihre Lider und ihren halb geöffneten Mund.

»Meine Lippen sind so trocken«, flüsterte sie. »Hast du was zu trinken?«

»Yeah, sicher … Ich helf dir …« Er packte ihr Haar mit einem festen Griff, zog ihren Kopf so weit zurück, wie es ging, drückte die Spitze des Messers gegen die Krümmung ihrer Kehle und schob es nach oben, bis in ihr Gehirn.

Trink, liebe Mutter …

16

Das von Mr. Snow und Blue-Thunder angeführte Handelskommando schloss nahezu dreihundert Bären, hundert Wölfinnen und einhundertfünfzig Leute aus dem Lager ein, die sich um das Gepäck kümmerten. Die zweiunddreißig gefangenen Renegaten, nun wieder wie Ochsen am Joch zu zweit aneinandergebunden, wurden in der ganzen Marschsäule verteilt.

Die Prozession ließ Wyoming hinter sich und zog nach Norden durch ein Land, das einst den Da-Kota und Minne-Sota gehört hatte; uralten Blutlinien, die man vertrieben hatte, als die She-Kargo stärker geworden und von ihrem Herkunftsort an den heiligen Wassern von Me-Shegun nach Westen gezogen waren.

Obwohl sie ein Land durchquerten, das einem rivalisierenden Clan gehörte, stellte sich ihnen niemand in den Weg, denn die Grenzpfähle, die man vor und hinter der Marschsäule hertrug, waren mit flatternden Wimpeln und Girlanden aus Frühlingsblumen geschmückt und kündeten von ihren friedlichen Absichten. Bei den Mutanten bezeichnete man diese Zeit als »Gang zum Wasser« – sie betraf die kurze Periode, in der man die uralten Rivalitäten unterbrach, weil die Prärievolk-Clans sich sammelten, um mit den Eisenmeistern Handel zu treiben.

Zwar bewegte sich die M'Call-Gruppe für ihre Begriffe langsam voran, aber für die Gefangenen war es ein Gewaltmarsch. Kleine Grüppchen, meist vier Hände stark, liefen dem Zug voraus. Sie trugen die erhobenen Grenzpfähle, umkreisten in weiten Bogen Flanken und kehrten dann zurück, um zu melden, was sie gesehen hatten. Niemand jagte; hätte man auf dem Land anderer gewildert, wäre dies eine Verletzung des Waffenstillstandes gewesen. Solange man ihnen keine Geschenke oder Nahrung anbot, aß der Clan nur das, was er mitgebracht hatte. Jeden Tag bei Sonnenuntergang pflanzte man die verzierten Pfähle in einem Quadrat in den Boden. Dann wurden in der Mitte ein großes Lagerfeuer und mehrere kleinere zum Kochen entfacht. Man gab den Ausbrechern zu essen und zu trinken, dann wurden sie für die Nacht gefesselt. Man sang Feuerlieder, ließ ein bisschen Regenbogengras kreisen und legte sich dann in seinen Reisefellen zum Schlafen hin.

Als Zeichen ihrer Freundschaft durfte Steve neben Mr. Snow marschieren. Er erwähnte jedoch weder das Wiederauftauchen seines eigenen Messers noch das Verschwinden von Naylors Klinge und machte keinen Versuch herauszufinden, wer für den Austausch verantwortlich war. Nach dem unglücklichen Dahinscheiden des Agententeams spielte das sowieso keine Rolle mehr. Jetzt war niemand mehr da, mit dem er Kontakt aufnehmen konnte. Als Steve das Boot zu den wartenden Mutanten zurückgebracht hatte und mit den abgetrennten Köpfen Lundkwists und ihrer Gefährten an Land gegangen war, hatten die Krieger ihn als ihren Bruder akzeptiert. Night-Fever, die sich während seiner Abwesenheit um seine Hütte kümmerte, war nun die stolze Hüterin von sechs Köpfen, die an beiden Seiten ihres Eingangs an Pfählen steckten. Steve war froh gewesen, mit dem Handelskommando verschwinden zu können, bevor man die im Feuer gehärteten Pfähle durch die Schädel gehämmert hatte. Er fand diesen Brauch zwar recht widerwärtig, aber er hatte nicht die Absicht, sich dagegen aufzulehnen. Dass man einem Wagner erlaubte, mit den Bären umherzuziehen, war eine ungewöhnliche Ehre. Es hatte ihn viel gekostet, so weit zu kommen, und er hatte keinesfalls die Absicht, irgendetwas zu tun oder zu sagen, was das dürftige Vertrauen zerstören konnte, das er errungen hatte. Was die Mutanten mit brutaler Gewalt erreichten, erreichte die Föderation auf einer viel breiteren Skala mithilfe der Technik. Dadurch blieben ihre Hände zwar sauber, aber ihre Methoden waren nicht weniger barbarisch.

In Rio Lobo hatte Steve Zugang zu den detaillierten Reliefkarten fast aller Länder der Vereinigten Staaten gehabt. Sie waren auf einen gewaltigen Bildschirm projiziert, der eine ganze Wand des Instruktionsraums einnahm. Dort hatte er sich sechsmal hintereinander mit Karlstrom getroffen. Dass der Leiter des Unternehmens so viel persönliches Interesse zeigte, konnte nur eins bedeuten: Die MX hielt das Unternehmen SQUAREDANCE für außergewöhnlich wichtig. Cadillac hatte von Radschiffen berichtet, die auf dem Yellow-Stone, dem Miz-Hurry und dem Miz-Hippy fuhren. Aus dem Studium der Karten und der Richtung, die die Marschsäule nahm, hatte Steve natürlich angenommen, man würde sich am Ufer des Missouri mit den Eisenmeistern treffen. Als sie ihn unterhalb einer riesigen Wasserfläche überquerten, rechnete er damit, dass ihr Ziel der Mississippi war. Er täuschte sich erneut. Entweder hatte Cadillac sich geirrt oder nicht die Wahrheit gesagt. Steve nahm an, dass er gelogen hatte. Als er den jungen Wortschmied nach weiteren Informationen über die Eisenmeister gedrängt hatte, war er ihm sichtlich ausgewichen. Er hatte sich fast genauso verhalten, als Steve ihn zum ersten Mal nach Talisman gefragt hatte.

Die M'Call-Delegation marschierte weiter auf eine riesige Wasserfläche zu und erreichte ihren Rand in der Nähe der überwachsenen Ruinen einer Siedlung, die in der Zeit vor dem Holocaust Duluth geheißen hatte. Der Lake Superior war in der poetischen Bildhaftigkeit der Wortschmiede wirklich ein »großer See«.

Als Steve über die Wahl des Treffpunktes nachdachte, erkannte er, dass er einen Sinn ergab. Beim Anblick der Karten war er davon ausgegangen, dass die Eisenmeister über den Ohio River nach Südwesten reisen, dann nach Norden auf den Mississippi ausweichen, schließlich abzweigen und links den Missouri entlang bis ins Herz des Prärievolk-Territoriums fahren würden. Doch das hätte sie gefährlich nah an die östliche Flanke des Oberweltlehens der Föderation gebracht – das Neue Territorium Kansas. Stattdessen hatten sie eine weitschweifige Nordroute gewählt, über den Eriesee, den Huronsee und durch den Lake Superior. Eine wirklich große Wasserfläche. Ein Mutant, der sich auf ihren Schiffen aufhielt, würde unendlich dankbar sein, endlich wieder festes Land zu sehen.

Als die M'Calls den Handelsposten erreichten, hatten schon mehrere andere Clans in seiner Umgebung ihr Lager aufgeschlagen. Der Platz war durch einen geschnitzten und bemalten Pfosten markiert, der einen Meter dick war und auf einem flachen Bodenstreifen in der Ufernähe fünfzehn Meter in die Höhe ragte. Die traditionellen Gastgeber waren die Clans aus der Blutlinie San'Paul, deren Land an den großen Fluss grenzte. Das Lager war achteckig, wobei die Clans der She-Kargo und D'Troit gegenüberliegende Seiten belegten. Da sie die größten waren, wies man ihnen zwei Abschnitte zu; die restlichen vier standen den niedrigeren Blutlinien zur Verfügung: den San'Paul, den San'Louis, den M'Waukee und den C'Natti. Obwohl alle Clans zum Prärievolk gehörten, waren sie siebenundvierzig Wochen im Jahr damit beschäftigt, einander zu bekämpfen. Die restlichen fünf Wochen hielten sie, wie gegenwärtig, Waffenstillstand. Sieben Tage des hektischen Handelns und zweimal zwei Wochen, um die Reise zum Handelsposten und zurück zu machen.

Hätte Talismans Geist diese kurze Harmonie verlängern können, hätten sich die San'Paul und M'Waukee möglicherweise mit den She-Kargo und die San'Louis und C'Natti mit den D'Troit geeinigt. Die D'Troit-Clans stellten die größte Bedrohung der She-Kargo-Vorherrschaft beim Prärievolk dar. Für die beiden Gruppen war der Gang zum Wasser wie das Balancieren auf einer Messerschneide, weil sie ihn buchstäblich mit gezückten Dolchen durchführten.

In den letzten hundert Jahren war der Waffenstillstand dreiundzwanzigmal gebrochen worden. Die D'Troit führten dabei vierzehn zu neun. Dispute, die aus geringfügigen Beleidigungen entstanden, wertete man nicht als Verstoß. Hin und wieder kam es aber auch zu bösen Verstößen – oder, je nach Blickwinkel, zu Ehrenpunkten – und ernsthafteren und tödlichen Zwischenfällen, wenn jemand das Messer zog. Laut Mr. Snow waren die D'Troit schon immer tückische Hunde gewesen. Sie taten alles, was nötig war, um ihr böses Image aufrechtzuerhalten, und überließen die Sache mit der Ehre den She-Kargo. Steve hatte den Eindruck, es mit Leuten zu tun zu haben, die man im Auge behalten musste.

Im Verlauf der nächsten achtundvierzig Stunden reisten auch die restlichen Handelskommandos an und schlugen ihre Lager neben den anderen ihrer Blutlinie auf. Der verzierte Handelsposten, der nahe an dem Ufer stand, an dem die Schiffe der Eisenmeister anlegten, ragte über einem offenen Quadrat auf und war von Steinen umsäumt. Im Innern des Quadrates wurden die Geschäfte abgewickelt. Im leeren Mittelpunkt des nicht weit entfernten achteckigen Lagers gab es eine kleine achteckige Zone, die als »Stierring« bezeichnet wurde. An allen Ecken lag ein etwa anderthalb Meter hoher Holzstapel. Mr. Snow erklärte, dass man die Stapel anzündete, wenn die Schiffe kamen, und dass sie brannten, bis sie wieder abfuhren. Der Stierring war der Ort, an dem die offiziellen Sitzungen der verschiedenen Clan-Vertreter stattfanden und an dem die Wortschmiede Wissen miteinander austauschten. Des Weiteren wechselten sie sich dort darin ab, dem gebannt lauschenden Publikum die Geschichte des Prärievolkes nahezubringen. Wenn es dunkel wurde, führte man dort die Feuergesänge auf, wobei die Sänger danach trachteten, einander beim Rühmen des Mutes und der Heldentaten ihrer Clan-Brüder und -Schwestern zu übertreffen.

Die Tradition verbot, dass man innerhalb des Achtecks oder außerhalb der zugewiesenen Lagerplätze Waffen trug. Außerdem war es Sitte, dass Gruppen von extravagant geschmückten Kriegern rund um das Lager paradierten, die Gegenspieler musterten und sich allgemein provokativ aufführten. Mündliche Attacken – sie bestanden meist aus spöttischen Bemerkungen und kaum verhüllten Beleidigungen in der geschraubten Sprechweise der »Feuersprache« – waren die Hauptursache für sporadische Gewaltausbrüche. Kräftige Ordner aus je einem Repräsentanten jeder Blutlinie, die, wenn es nötig war, auch Schädel einschlagen durften, dämmten die meisten Auseinandersetzungen erfolgreich ein, bevor sie außer Kontrolle gerieten.

Mr. Snow hatte Angst, dass es auch diesmal Ärger geben könnte. Als die Clans die ihnen zugewiesenen Lagerplätze eingenommen hatten, zeigte sich, dass die M'Calls eine Rekordzahl an Renegaten gefangen hatten. Um die Sache noch schlimmer zu machen, hatten sie mehr Gefangene gemacht als das gesamte D'Troit-Lager zusammen. Der größte Fang der D'Troit – vom Clan D'Vine, dem alten Feind der M'Calls – waren lumpige sieben. Das Glück ihrer Rivalen brachte die D'Troit eindeutig aus der Fassung, und die Lage wurde auch nicht besser, als prahlerisch auftretende Gruppen von M'Call-Bären von ihrer Begegnung mit der gefürchteten Eisenschlange berichteten.

Steve, der trotz seiner achtzehn Lebensjahre glaubte, genug Ärger begegnet zu sein, um für den Rest seines Lebens damit auszukommen, hielt sich bewusst zurück. Die Versammlung der Vertreter der verschiedenen Clan-Gruppen war ein erstaunlicher Anblick, und er war sich deutlich bewusst, dass er wahrscheinlich der erste Wagner war, der an einem solchen Ereignis teilnahm. Zwar waren auch die Renegaten, die die Mutanten in den letzten Jahren erwischt hatten, Zeugen dessen gewesen, was er nun sah, aber sie waren nicht zurückgekehrt, um ihre Geschichte zu erzählen. Er allerdings würde es tun. Es war eine einmalige Gelegenheit, um das Prärievolk zu beobachten, und er hatte die Absicht, das Beste daraus zu machen.

Mit dem gefiederten Helm und den Körperplatten bekleidet, die Night-Fever liebevoll verziert hatte, wanderte Steve herum und prägte sich alles, was er sah und hörte, fest ein. Es war faszinierend, das Zusammenleben der verschiedenen Gruppen zu beobachten. Karlstrom hatte gesagt, die Mutanten hätten kein Nationalgefühl und keine zusammenhängende Kommandostruktur. Und doch waren sie hier, teilten sich den gleichen Boden in einer gemeinsamen Sache und engagierten sich in Gesprächen. Die Organisation des Lagers, die Existenz friedensstiftender Gruppierungen wie der Ordner und die Tatsache, dass ähnliche Versammlungen während der letzten hundert Jahre stattgefunden hatten, waren ein Beweis, dass Zusammenarbeit zwischen den verschiedenen Clans und Blutlinien *doch* möglich war. Doch es war eine traurige Tatsache, dass es trotz des jährlich stattfindenden feuchtfröhlichen Festes nicht zu Ehen oder Handel zwischen den Clans kam. Man tat sich nicht zusammen. Alles fiel in dem Moment auseinander, in dem man wieder nach Hause ging.

Es war zwar nicht leicht, zu verstehen, warum dies so sein musste, aber es schien die Maxime zu bestätigen, die man ihm daheim in den Erbauungsvideos der Ersten Familie eingehämmert hatte: dass nur starke, mitreißende Führer eine ordentliche und disziplinierte Gesellschaft hervorbringen konnten, in der Menschen in Harmonie zusammenleben konnten. Die Mutanten konnten zwar auf der Ebene eines Clans ein Zusammengehörigkeitsgefühl entwickeln, aber damit war es auch schon aus. Die Vorstellung, in Frieden mit ihren Nachbarn zu leben, erschien ihnen ebenso absurd, wie Steve anfangs ihre Vorstellungen über Leben und Tod erschienen waren. Die Gründe für ihr gegenwärtiges Verhalten mussten durch den Krieg der Tausend Sonnen oder der nachfolgenden Periode, die Mr. Snow das Große Eisige Dunkel nannte – als es so ausgesehen hatte, als gäbe es auf dem Angesicht der Erde kein einziges Lebewesen mehr –, in sie eingebrannt worden sein.

Dunkelheit war das Stichwort. Im Föderationshandbuch standen nur wenige magere Absätze über die ersten zwei Jahrhunderte ihrer Existenz. Natürlich gab es seitenweise patriotisches Gewäsch über die legendäre Weisheit und den Weitblick des Gründungsvaters George Washington Jefferson und den heldenhaften Opfergang der Minutemen und Foragers. Aber es gab außer der gesamten Schuldzuweisung auf die Mutanten keine Fakten und keine Erklärung für den Holocaust; keine exakten Angaben darüber, woher die Erste Familie gekommen oder wie sie an die Macht gelangt war. Es gab auch keinen Hinweis darauf, dass die Mutanten und Wagner einst ein gemeinsames Erbe geteilt hatten, wie Mr. Snow behauptete.

Steve wusste tief in seinem Innern, dass er nicht eher ruhen würde, bis er das letzte Geheimnis enthüllt hatte. Früher oder später würde er zurückkehren, um einen Weg zu finden, sich in die elektronischen Eingeweide von COLUMBUS einzuklinken. Sein Verlangen zu *wissen* war zu einer Besessenheit geworden, und es war sogar noch stärker als sein Verlangen nach Clearwater. Allerdings verstand er nicht, *warum* dies so war. Er hatte seinen Weg nicht willentlich gewählt. Wieder einmal, wie schon oft in der letzten Zeit, hatte er den klaren Eindruck, dass er keine eigene Wahl zu treffen hatte, dass er trotz all seiner Gerissenheit ein Bauer in einem Spiel war, das er nicht einmal in seinen Grundzügen verstand.

Doch Steve erlaubte sich nicht, allzu lange über diese Fragen nachzudenken. Das, was ihn nebelhaft beschäftigte, wurde schnell von der Welle der Erregung beiseitegefegt, die der Anblick der Raddampfer in ihm auslöste.

Sie erschienen zusammen mit der aufgehenden Sonne am Horizont, was eine Verbindung darstellte, deren Bedeutung Steve erst viel später klar wurde. Drei Punkte, die langsam zu dunklen, eckigen Flecken wurden. Als sie näher kamen, waren ihre Umrisse deutlicher zu erkennen. Rauch kräuselte sich aus zwei hohen, dünnen Schornsteinen zu beiden Seiten der eckigen Deckaufbauten. Von dem Gummiboot – einem Spezialgerät, das nur die AMEXICO verwendete – abgesehen, hatte Steve noch nie zuvor Abbildungen von Booten und Schiffen gesehen. Das Videoarchiv, das man über die öffentlichen Dienstkanäle erreichte, enthielt keine Hinweise auf solche Dinge. Die Erste Familie war offenbar der Meinung, dass Fahrzeuge, die sich auf dem Wasser bewegten, in die Kategorie der für die Wagner unwesentlichen Information fielen – ebenso wie die Eisenmeister, die Mutantenmagie und … Nun ja, COLUMBUS allein wusste, was sonst noch alles.

Etwa zwei Drittel der Mutanten verließen den Lagerplatz und begaben sich zum Ufer hinab, wo sie in aufgeregter Erwartung durcheinanderschwärmten, während sich die Radschiffe ihnen in einem gleichbleibenden Tempo in Keilformation näherten. Eine weiße Rauchwolke stieg aus dem Leitschiff auf, und dann, wenige Sekunden später, wehte ein dampferzeugtes *Bruuumm!* über das Wasser. Die Mutanten reagierten mit freudigem Jubel und einem frenetischen Trommelwirbel.

Jetzt, wo die Schiffe ihnen näher waren, konnte Steve, der links von der riesigen Menge stand, erkennen, dass sie von großen Schaufelrädern angetrieben wurden. Sie befanden sich am Heck und wurden von zwei großen Kolben bewegt, die aus eckigen Gehäusen an den beiden Deckseiten kamen. Die Schiffe verfügten über drei reich verzierte, mit Seitengängen versehene Decks und zusätzliche Aufbauten am Bug und am Heck, die, wie er annahm, wie der »Sattel« eines Wagenzuges als Kommandozentrale dienten. Das hohe, massive Ding ruhte auf einer breiten, ausladenden Fläche mit niedrigen Seiten und einem abschüssigen, stumpfnasigen Vordeck.

Die Schiffe waren gänzlich schwarz und bestanden aus dunklem fleckigem Holz mit roten, goldenen und silbernen Streifen. Wimpel mit eigenartigen Symbolen flatterten an Masten, die an den Seiten des Oberdecks verteilt waren. Steve erblickte einige Angehörige der Mannschaft, die sich auf den Seitengängen drängten, und er fragte sich, auf welchem Schiff Clearwater war. Vielleicht suchte sie sogar in diesem Augenblick das Ufer ab und schaute in seine Richtung, ohne zu ahnen, dass er hier war.

»Aufgeregt?«

Steve drehte sich um. Mr. Snow stand mit zwei M'Call-Bären – Boston-Bruin und Awesome-Wells – neben ihm. »Was hältst *du* davon?«

Mr. Snow wirkte amüsiert. »Es ist meine achtundzwanzigste Reise, aber es läuft mir *immer* noch kalt den Rücken hinunter.«

»Ich verstehe, wie du dich fühlst. Wir haben in der Föderation zwar auch viele unheimliche Sachen, aber ...« – Steve deutete auf die Raddampfer – »... wie man es auch dreht und wendet, die Burschen da spielen in der Oberliga.«

Wie auf ein Stichwort hin reagierten die Schiffe mit einer Salve bunter, zum Himmel aufsteigender Raketen. Steve schaute mit offenem Mund zu, wie sie explodierten und Tausende von Sternen ausspuckten, ehe sie wieder herunterfielen. Sie erfüllten den Himmel mit glänzenden Schauern aus regenbogenfarbenem Licht.

Ein grollendes »He-jaaahh!« erhob sich aus den Kehlen der fünftausend Zuschauer.

»Es beeindruckt die Eingeborenen immer wieder«, bemerkte Mr. Snow trocken.

»Wir haben auch Raketen«, gab Steve zurück. »Aber sie wirken ganz anders …«

»Kann ich mir vorstellen …«

Steve sagte nichts dazu. »Sag mal, die Symbole auf den Flaggen … Haben sie irgendeine Bedeutung?«

»Die Figuren – wie etwa das Blumenmuster – sind die Zeichen der verschiedenen Häuser, zu denen die Raddampfer gehören. Die Eisenmeister sind zwar ein Kriegervolk wie wir, aber nicht in Clans, sondern in Familien organisiert. Sie haben auch eine Erste Familie.«

»Aber keinen General-Präsidenten?«

»Nein. Ihr Oberhäuptling wird Shogun genannt.«

»Und die anderen Zeichen? Die wie Tierfährten oder wie tote Spinnen aussehen?«

Mr. Snow lächelte. »Eine gute Beschreibung. Ich habe zwar keine Ahnung, was sie bedeuten, aber in der Alten Zeit hat man sie Ideogramme genannt. Sie sind die Zeichen für Worte, die lautlos zum Auge sprechen.«

Also konnten die Eisenmeister lesen und schreiben. »Ich habe so etwas noch nie gesehen«, sagte Steve.

»Es ist eine fremde Zunge«, gab der alte Wortschmied zu. »Sie ist für das Ohr *und* das Auge völlig unverständlich. Zum Glück können die Eisenmeister unsere Sprache sprechen, aber auf eine seltsame Art – als hätten sie die Zunge einer Schlange.«

»Warum nennt ihr sie Totengesichter?«

»Das wirst du bald selbst sehen.« Mr. Snow nahm Steves Arm und führte ihn beiseite. »Ich will dir einen Rat geben.

Ich sehe einen Freund in dir, und ich schätze dich sehr, aber du bist auch ein sturer junger Mann, der gelegentlich unbesonnen redet. Ich bin älter und weiser als du, deshalb weiß ich, dass die Unbesonnenheit an deinem unzweifelhaften Mut und – bedauerlicherweise – an einem übersteigerten Selbstbewusstsein liegt. Wenn die Jahre vergehen, wird dein Benehmen wahrscheinlich umsichtiger, aber bis dahin …«

»Ich glaube, ich verstehe …«

»Achte auf deine Worte. Die Leute, die du nun kennenlernen wirst, haben absolut keinen Sinn für Humor. Sie halten es für lustig, wenn man irgendeinem armen Kerl ein rot glühendes Eisen zentimeterweise in den Arsch schiebt.«

»Das hört sich genau nach den netten Menschen an, mit denen man liebend gern Geschäfte macht.«

»Es macht vielleicht nicht viel Spaß, mit ihnen zu arbeiten, aber ihr Angebot ist immer besser als das der Föderation.«

Steve verzog kläglich das Gesicht. »Ich schätze, es geschieht mir recht.«

Mr. Snow tätschelte seinen Arm. »Weißt du was? Für einen Wagner bist du viel zu empfindlich.« Er sah, dass Steves Blick sich wieder auf die beiden näher kommenden Schiffe richtete. »Pass auf, wenn du zuschauen willst … Dann los. Aber ich rate dir, sei zurückhaltend, wenn dir ein Ding über den Weg läuft. Wenn dich einer anspricht, halt dich zurück und sei ein bisschen unterwürfig, selbst wenn's dir schwerfällt. Schau ihnen nicht unbedingt in die Augen. Und verbeuge dich oft. Das mögen sie. Sie tun es immerzu.«

»Sonst noch was?«

»Nein, das ist alles.«

Die großen Heckräder der Raddampfer wurden langsamer, dann legten sie den Rückwärtsgang ein und verwandelten das Wasser am Heck in einen blubbernden weißen Schaumteppich. Das Leitschiff blieb zurück, und als es seine Vorwärtsbewegung beendet hatte, ging es dazu über, sich seitlich zu drehen. Unter dem Bug brodelte Schaum auf und deutete auf das Vorhandensein eines zusätzlichen Antriebselements hin – möglicherweise diente es dazu, um bei solchen Manövern zu helfen. Als die Backbordseite zum Ufer hin lag, warf das Schiff in tiefem Wasser einen Anker, doch seine beiden Gefährten folgten weiterhin ihrem Kurs.

Jetzt, wo sie recht nahe waren, konnte Steve ihre beeindruckende Größe besser in Augenschein nehmen. Die Wagenzüge der Föderation waren zwar länger, schlanker und technisch ausgefeilter, aber neben den schwimmenden Festungen erschienen sie ihm plötzlich recht mickrig. Ein ohrenbetäubendes Mahlen von eisenbeschlagenem Holz auf Kies wurde laut, als die beiden Schiffe mit den flachen Bugsektionen auf den ansteigenden Strand hinauffuhren und etwa hundert Meter voneinander entfernt zur Ruhe kamen.

Ein erwartungsvolles Murmeln begrüßte das Erscheinen der ersten Eisenmeister. Es waren untersetzte, stämmige dunkelhäutige Burschen, und ein breiter weißer Streifen verlief mitten durch ihre Gesichter von der Stirn bis zum Kinn. Die Eisenmeister teilten sich in zwei Gruppen und schoben zwei gitterartige Laufgänge aus Holz von den Bugdecks der beiden Schiffe, die das dritte flankierten; einer diente dazu, um an Bord, der andere, um an Land zu gehen. Gruppen von Mutanten wateten in das seichte Wasser, um die Enden der Laufgänge zu packen, als sie sich dem Ufer entgegenneigten. Sie legten sie am Strand nieder, wo sie fest am Gestein verankert wurden. Als sie damit fertig waren, bildeten die Mutanten zwei dicht gepackte Reihen, die an der Wasserlinie vor den Bugen begann, und gingen auf das viereckige Gelände zu, das hinter dem Handelsposten lag.

An dieser Stelle stand Mr. Snow mit den beiden höchsten M'Call-Ältesten und den Führern der anderen Clans. Steve, der sich eine Gasse bis in die erste Zuschauerreihe gebahnt hatte, war der Meinung, dass der alte Wortschmied selten so beeindruckend gewirkt hatte. Und ganz sicher war er noch nie so vornehm gekleidet gewesen. Seine Gehhäute waren frisch gefärbt, mit einer Zierstickerei gemustert und wiesen Bündel von Federn und Steinen auf. Sein weißes Haar war geflochten und mit Bändern und Knochen geschmückt.

Etwa zwei Dutzend Weißgestreifte schwärmten die Laufgänge der beiden Schiffe herunter. Sie schleppten lange Spanten, Holzklötze, gefaltete Schirme und Stoffballen. Die Weißgestreiften trugen lose, geometrisch gemusterte Jacken, weite Hosen, die ein paar Zentimeter über den Knöcheln endeten, und eigenartige, offene Schuhe, die nur aus einer Sohle und ein paar Riemen bestanden. Steve hatte solche Schuhe noch nie gesehen.

Doch das Interessanteste waren ihre Gesichter. Die Eisenmeister trugen ausnahmslos eng sitzende Masken, die wilde, höhnische Gesichter zeigten. Als sie vorbeischlurften, erkannte er mehrere Variationen des gleichen Musters; sie wirkten alle gleich grimmig, und manche waren recht alarmierend. Sie trugen breite Stirnbänder aus weißem Leinen, die am Hinterkopf zusammengebunden waren und vorn einen großen, dicken roten Kreis zeigten, neben dem zwei seltsame Zeichen zu sehen waren.

Mit geübten Bewegungen verwandelten die Weißgestreiften das Baumaterial, das sie schleppten, vor den versammelten Ältesten in eine erhöhte, leinenumhüllte Plattform. Die gefalteten Schirme wurden auseinandergezogen und rund um den hinteren Rand der Plattform aufgebaut, bis sie fast an den fünfzehn Meter hohen Handelsposten heranreichten. Als ihre Aufgabe beendet war, eilten sie wieder auf die Schiffe zurück. Kurz darauf tauchten andere maskierte Männer auf, doch waren sie in Rüstungen gekleidet und trugen in kunstvoll verzierten Scheiden, die in Schärpen um ihre Taille steckten, lange und kurze Krummschwerter. Die verzerrten Züge ihrer schwarzen Gesichtsmasken waren mit Gold, Silber und Rot ausgelegt, ihre funkelnden Metallhelme wiesen breite, nach unten gezogene Krempen auf, und sie trugen mehrschichtige, miteinander verbundene Körperpanzer, die sie vorn und hinten und von Kopf bis Fuß verhüllten.

»Samurai«, murmelte jemand, der neben Steve stand.

Für Steve sahen sie wie übergroße Käfer aus. Er schaute zu, wie sie die Rampe herunterkamen und an den bewaffneten Kriegern vorbeigingen, die ihnen um mehr als hundert zu eins überlegen waren. Doch trotz ihrer zahlenmäßigen Überlegenheit waren es die Mutanten, die sich verbeugten, als die Eisenmeister, als gehöre ihnen die Welt, an ihnen vorbeimarschierten. Steve dachte an Mr. Snows Rat und befolgte ihn. Jeder Samurai wurde von zwei bewaffneten Rotgestreiften begleitet – möglicherweise hatten sie einen höheren Lakaiengrad. Einer trug ein eckiges Banner, das vom Ende einer langen, dünnen Stange herabhing; ein anderer führte einen auf Hochglanz polierten Klappstuhl mit sich.

Die vierundzwanzig Samurai – zwölf von jedem Schiff – bildeten vom Wasserrand bis zum Handelsposten zwei Linien und sahen einander an. Die Rotgestreiften formten auf der Stelle hinter ihnen Paare.

Als sie ihre Positionen eingenommen hatten, setzte sich von dem dritten Raddampfer aus, der weiter vom Strand entfernt vertäut war, ein kleines, flaches Boot mit gekrümmter Bug- und Hecklinie und einer schmalen Mittelkabine in Bewegung. Es wurde von vier stehenden Ruderern bewegt und von einem Steuermann mithilfe eines großen Paddels gesteuert. Sechs weitere maskierte Samurai standen vor und hinter der Kabine auf Wache und hielten die Arme verschränkt und die Beine weit gespreizt. Als das Boot ans Ufer kam, legten die muskulösen Ruderer die Riemen weg, schoben passende Stangen durch die Seiten der rotgoldenen Kabine, schoben die Schultern darunter und hoben sie von Deck. Die sechs Schwertkämpfer gingen ihnen voran; sie trugen die reich verzierte Sänfte zum Handelsposten. Diesmal verbeugten sich die Eisenmeister, und alle schlossen sich der an ihm vorbeiziehenden Prozession an.

Die Informationsquelle neben Steve flüsterte: »Yama-Shita.«

»Was?«, zischte Steve.

»So heißt der Eisenmeister. Ihm gehören die Schiffe, mit denen wir Handel treiben.«

Als die Prozession das Quadrat erreichte, verließen die Mutanten das Ufer und bauten sich überall hinter ihren sich verbeugenden Ältesten auf. Die Sänfte wurde vorsichtig auf die Plattform gehoben und vor dem Handelsposten abgestellt. Die Stäbe wurden herausgezogen und die Front und die Seiten heruntergeklappt. Sie enthüllten den Obersten Eisenmeister, der majestätisch auf einem reich verzierten Stuhl saß. Bei seinem Anblick sank das Prärievolk auf die Knie und drückte die Nase auf den Boden. Steve, völlig überrascht, war der Letzte, der zu Boden fiel.

Yama-Shitas Maske, seine Rüstung und sein allgemeines Äußeres waren noch beeindruckender als die Samurai, die nun zu beiden Seiten von ihm Platz nahmen. Nachdem die Rotgestreiften dafür gesorgt hatten, dass ihre Herren bequem saßen, pflanzten sie ihre Banner am hinteren Teil der Plattform auf, verteilten sich rund um die Front und die Seiten der Plattform auf dem Boden, stützten eine Hand in die Hüfte und legten die andere demonstrativ auf die Griffe ihrer langen Krummschwerter.

Als man die offiziellen Begrüßungsworte wechselte, zog Steve sich hinter die Menge zurück. Er wusste von Mr. Snow, dass die wirklichen Geschäfte erst am zweiten Tag gemacht wurden. Am ersten Tag stellten die Eisenmeister eine Liste der anwesenden Clans zusammen, und die Anführer der Delegationen losten aus, in welcher Reihenfolge sie in das Quadrat gerufen wurden, um »Handel zu treiben«. Außer den gefangenen Renegaten und jenen Mutanten, die freiwillig in die Sklaverei gingen, um ihrem Clan zu helfen, hatte man Weidenkörbe voller Korn und Trockenfleisch, kleine Beutel mit der kostbaren Droge namens Traumkappe, Säcke voller Regenbogengras und Häute und Felle mitgebracht, die man gegen das neue spitze Eisen eintauschen wollte. Sämtliche Gegenstände mussten inspiziert werden, dann zählte man die Menge und einigte sich über den Tauschwert. Die Waren mussten aufgelistet, gezählt und verladen werden; dann brachte man die Waffen, die die Eisenmeister aus dem Osten mitgebracht hatten, ans Ufer. Aber die Totengesichter handelten nicht nur mit dem Tod: Sie tauschten auch gewebte Matten, Kleider, Nadeln, Fäden, Messer, verschiedene Werkzeuge und landwirtschaftliche Geräte ein, die man mit Griffen versehen konnte – Schaufeln, Rechen und viele andere Waren, deren Namen Steve nicht kannte.

Wenn man die Formalitäten hinter sich hatte, riefen die Samurai ihre Administratoren – Beamte von untergeordnetem Rang –, die das gesprochene Wort in die Stummensprache übersetzen konnten. Die Ältesten jedes Clans reihten sich vor einer Gruppe maskierter Schreiber auf, die mit Pinseln und plasfilmähnlichen Rollen versehen waren, die Mr. Snow als Papier bezeichnete. Mithilfe der Pinsel und einer pechschwarzen Flüssigkeit namens Tusche schrieben die Schreiber sämtliche Einzelheiten auf, die die gegenwärtigen Clans betrafen – wie viele männliche und weibliche Krieger es gab, wie viele Älteste, wie viele Nestmütter, Kinder und so weiter. Das Tempo, in dem sie die verschiedenen Symbole malten, war erstaunlich, und Steve war gezwungen, sich über ihre Gewandtheit zu wundern.

Der angebliche Sinn des »Handelsregisters«, das jedes Jahr auf den neuesten Stand gebracht wurde, bestand darin, die Eisenmeister den zukünftigen Bedarf der Präerievölker abschätzen zu lassen. Steve hatte den Eindruck, dass Karlstrom für diese Informationen seinen rechten Arm hergeben würde. Das Problem war, dass es völlig unmöglich schien, an diese Informationen heranzukommen. Sie wurden auf eine so primitive Weise von Hand zusammengestellt, dass sie praktisch unmöglich zu kopieren waren. Jede Datenmenge wurde in Symbolen niedergeschrieben, die nur die Eisenmeister verstehen konnten, und die schiere Menge der gesamten Unterlagen würde ihren Diebstahl zu einem Großunternehmen machen.

Steve trennte sich von der Menge und eilte in der Hoffnung wieder ans Ufer, einen Blick auf Clearwater zu erhaschen. Er ging vor den angelegten Schiffen auf und ab, doch es war völlig umsonst. Er beobachtete über eine Stunde lang die Decks und die Aufbauten und wünschte sich, sie möge sich zeigen, doch alles, was er sah, waren nur Eisenmeister. Er tröstete sich mit dem Gedanken, dass man auch Cadillac und Clearwater für etwas Besonderes halten musste, wenn der Shogun, der Große Boss in Beth-Lem, in der Lieferung eines Donnerkeils und dem Geheimnis des Motorflugs etwas Besonderes sah. Wenn es so war, hielten sie sich vielleicht auf dem dritten, üppig verzierten Raddampfer Yama-Shitas auf, der weit vom Ufer vor Anker gegangen war.

Nach allem, was Steve bisher gesehen hatte, wirkten die Totengesichter wie eine hochdisziplinierte Bande, die wusste, wie man eine gute Show abzog. Und sie konnten eindeutig selbst auf sich aufpassen. Die Wagner hätten mit einem Volk wie ihnen verwandt sein können. Zusätzlich zu den langen und kurzen Krummschwertern trugen manche Samurai auch Bögen – keine Armbrüste, wie die Mutanten sie schätzten, sondern Bögen völlig anderer Art. Sie waren leicht, elegant, doppelt gekrümmt und wurden auf dem Rücken in flachen, geflochtenen Körben getragen, der auch eine Anzahl überlanger Pfeile mit kurzen Schwanzfedern enthielt. Ihre Schiffe, Rüstungen und Waffen waren zwar ein Beweis außerordentlicher Handwerkskunst, aber all dies bewegte sich auf einer niedrigeren Ebene. Es gab kein Anzeichen dafür, dass sie das besaßen, was die Mutanten Großes Geschick nannten – die technischen Wunder des elektronischen Zeitalters.

Die Gesellschaft der Eisenmeister schien auf halber Strecke zwischen den Mutanten und den Wagnern zu stehen; sie hatten zwar von beiden etwas, doch sie unterschieden sich auch von beiden. Sie waren einen dritten Weg gegangen. Aber woher kamen sie? Und wie hatten sie den Holocaust überlebt? Waren sie gegen die Krankheit immun, die die vergifteten Mutanten durch die Luft verbreitet hatten? Oder waren sie nur eine Abart der Beulenköpfe, einer mit ihnen verwandten Blutlinie, die es in der Welt zu etwas gebracht hatte und die ihre gemeinsame Herkunft nun hinter Masken, Rüstungen und Kauderwelsch verbarg? Noch mehr Fragen, auf die er wahrscheinlich nie Antworten finden würde. Aber … wenn die Eisenmeister *doch* eine andere Rasse waren, die den Holocaust überlebt oder sich später entwickelt hatte, dann konnte es auch noch andere Völker geben. Vielleicht gab es sogar andere Länder hinter den Meeren im Westen und Osten – mit *anderen* Menschen, die auf *ganz andere* Art lebten. Menschen, die vielleicht noch nie etwas von der Ersten Familie *gehört* hatten.

Trotz seiner rebellischen Natur hatte man Steve so gründlich indoktriniert, dass er es sich nur schwer vorstellen konnte. In der Föderation war alles so einfach gewesen. Die Welt war in »wir und sie« aufgeteilt – in Wagner und Mutanten. Es gab kein Wenn und Aber und keine Ungewissheit. Der Weg, den man gehen musste, stand fest. Jeder wusste, wer er war und was er zu tun hatte. Doch jetzt …

Steves Gedanken kehrten zu Clearwater zurück. Er spielte mit dem Gedanken, zu Yama-Shitas Schiff hinauszuschwimmen, doch dann rang er sich dazu durch, Mr.

Snows Rat zu suchen. Hier gab es zu viele Unbekannte. Es war besser, er wartete ab, um zu sehen, was passierte.

Als der Tag zu Ende ging, zogen sich die Eisenmeister auf ihre Schiffe zurück und legten vom Ufer ab, um die Nacht in tieferem Gewässer zu verbringen. Steve lauschte den lauten Kommandos, als sie sich auf den Weg machten, aber ihre Sprache ergab nicht den geringsten Sinn für ihn. Sie hörte sich so an, als sprächen die Eisenmeister die Grundsprache rückwärts und hätten dabei die Zunge halb in der Kehle.

Er kehrte ins Lager zurück, wo von Dutzenden von Kochfeuern dünne Rauchfaden aufstiegen. Rings um den Stierring brannten die acht Lagerfeuer schon lichterloh, und eine Trommlergruppe machte Musik. Rund um die Lagerplätze sangen die Mutanten, begleitet von Windpfeifen oder Trommeln, einzeln oder in Gruppen und spielten mit farbigen Kieseln auf Hirschlederstücken, die mit Quadraten versehen waren. Sie unterhielten und amüsierten sich. Eins der Hauptziele der wochenlangen Festivitäten bestand darin, dass die Sklaven – jene Mutanten, die aus eigenem Willen zu den Eisenmeistern gingen – die schönste Zeit ihres Lebens erlebten. Das Ergebnis bestand darin, dass die Luft vom Pfeifenrauch so dick war, dass man schon vom Einatmen high wurde. Die Einzigen, die nicht an den Feierlichkeiten teilnahmen, waren die gefangenen Renegaten. Steve hatte sorgfältig darauf geachtet, nicht in die Nähe Dave Kelsos und seiner Freunde zu kommen, aber er richtete aus der Ferne stets ein freundliches Auge auf Jodi Kazan. Die Ausbrecher waren noch immer voneinander getrennt und wurden rund um die Uhr bewacht. Flucht war nicht die einzige Gefahr; in der Vergangenheit war es vorgekommen, dass andere Clans gefangene Renegaten gestohlen hatten – und nicht immer waren es rivalisierende Blutlinien gewesen. Wenn man sie einmal stibitzt hatte, gab es keine Möglichkeit mehr, sie ohne Blutbad zurückzubekommen, und die M'Calls hatten nicht die Absicht, wertvolle Handelswaren zu verlieren.

Obwohl Steve seit Jodis giftigem Ausbruch nicht mehr mit ihr gesprochen hatte, trug er ihr nichts nach. Er schlenderte durch das Gebiet, in dem Malones Leute festgehalten wurden, und fand sie schließlich. Sie wirkte zwar nicht übermäßig froh, ihn zu sehen, aber andererseits spuckte sie ihm auch nicht ins Gesicht, als er sich neben sie hinkniete.

»Kriegst du genug zu essen?«

»Wenn nicht – würde es was ausmachen?«

Steve seufzte. »Jodi, bitte – gib mir eine Chance. Wir waren zusammen auf dem Zug. Mir bedeutet das noch immer was. Glaubst du denn, es ist mir gleich, was mit dir und den anderen passiert?«

»Yeah ... Nun, jedenfalls brauchst du dich jetzt nicht mehr zu sorgen. Ich habe gehört, wir werden in ein paar Tagen verfrachtet.«

»Hör zu ... Vielleicht ist es gar nicht so schlecht. Die Händler scheinen recht flotte Burschen zu sein. Ich meine, sie sind sauber und schneiden ihr Haar – sie sehen so aus, als wüssten sie, was Disziplin ist. Ich habe das Gefühl, wir könnten mit ihnen viel besser zurechtkommen als mit den Mutanten.«

Jodi wirkte nicht sehr überzeugt.

»Ehrlich gesagt«, fuhr Steve fort, »wünsche ich mir fast, ich könnte mit euch kommen. Ich würde gern etwas mehr über ihre Herkunft erfahren.« Er hielt inne. »Bist du denn gar nicht neugierig?«

Jodi musterte ihn geringschätzig. »Ich bleib lieber bei meinen eigenen Leuten.«

»Jodi, hör doch mal! Wie du schon gesagt hast, ihr werdet in zwei, drei Tagen von hier abfahren. Du hast recht – warum sollte es mich kümmern, was ihr von mir haltet? Aber es kümmert mich! Wenn Kelso, Medicine-Hat und die anderen Burschen mich für einen Beulenlutscher halten; okay, sollen sie es doch. Aber zwischen uns beiden möchte ich etwas klären. Ich hab es schon mal gesagt: Es gibt Dinge, von denen du nichts weißt. Lass dich nicht von meinem Aussehen hinters Licht führen. Ich bin hier, weil ich einen Auftrag erledigen muss.«

Sie sah ihm genau in die Augen und befeuchtete sich langsam mit der Zunge die Lippen. »Warum erzählst du mir das?«

»Aus mehreren Gründen. Als du damals abgetrieben wurdest – habe ich um die Erlaubnis gebeten, dich flussabwärts zu suchen …«

»Yeah, weiß ich; hast du mir erzählt.«

»Big D hat Nein gesagt«, fuhr Steve fort. »Aber du bist von den Toten auferstanden und hast geholfen, mein Leben zu retten. Wer weiß? Vielleicht sehen wir uns eines Tages wieder. Wenn ja, möchte ich dir Folgendes sagen: Du kannst dich darauf verlassen, dass ich nichts Falsches tue. Als wir uns das letzte Mal unterhalten haben, warst du ziemlich kurz angebunden. Aber du bist ein zu guter Soldat … Sowas wie dich verschwendet man nicht an eine Messerspitze. Okay, ich gebe zu, dass ich im Augenblick nichts tue, was sehr heiß aussieht. Möglicherweise erwarten euch wirklich harte Zeiten; aber das, was ich hinter mir habe, hat noch keiner von euch durchgemacht.«

»Wirklich …«

»Man hängt mit drin, Jodi. Solange man lebt, muss man weiterkämpfen. Das schuldet man sich selbst – und der Föderation.«

Jodi reagierte mit einem kehligen Lachen. »Der Föderation?«

»Ja«, sagte Steve. »Ich war auf dem Flugdeck, als das Unwetter losbrach. Ich war einer von denen, die dich vom Himmel runterholen wollten. Ich habe gesehen, in welchem Zustand du warst. Die meisten hätten aufgegeben und sich einfach fallen lassen. Aber nicht du. Wenn du gekonnt hättest, hättest du dich an den Fingerspitzen flussaufwärts gezogen. Du bist kein Ausbrecher, Jodi – ebenso wenig, wie ich ein Beulenlutscher bin.«

Jodi musterte ihn und lachte höhnisch. »Der Mensch, über den du redest, ist gestorben, als ich damals in den Fluss gefallen bin.«

Steve maß sie mit einem forschenden Blick. »Es fällt mir schwer, das zu glauben. Verdammt, du warst doch immer so ein ... Draufgänger.«

»Ich weiß. Dass ich anders geworden bin, hat auch mich sehr überrascht. Ich wollte immer nur Pilot sein wie du. Der Tag, an dem ich zur *Lady* kam, war der stolzeste in meinem Leben. Ich habe fünf Jahre lang unter Hartmann und Big D gedient. Fünf *gute* Jahre. Hätte ich das letzte Jahr überstanden, hätte ich einen Orden und eine Einladung ins Weiße Haus bekommen.« Sie lächelte. »Ich habe auf meiner Koje gelegen und mir überlegt, worüber ich mich mit dem G-P unterhalten würde. Ich habe mich gefragt, wie ich mich fühlen würde, wenn ich ihn wirklich träfe. Ich hatte immer Angst, meine Knie würden nachgeben.«

Steve nickte verständnisvoll, sagte jedoch nichts.

»Wenn man auf einem Wagenzug oder in der Föderation

ist, steht man ständig unter Druck. Man heißt alles gut, weil man erzogen wurde, alles zu glauben. Man lernt, dass es keinen *anderen* Weg gibt. Man wird abgerichtet. Erst wenn man ausbricht … wenn man auf sich allein gestellt ist, hat man Zeit, selbst über die Dinge nachzudenken … und sich Fragen zu stellen. Als Ausbrecher kriegt man eine völlig neue Perspektive. Es ist mir nicht leichtgefallen. Ich habe eine Weile gebraucht, um mich vom System zu lösen. Ich habe noch immer einen weiten Weg vor mir.« Sie verzog das Gesicht. »Die Familie hat verdammt gute Arbeit an uns geleistet.«

»Nur Menschen versagen«, zitierte Steve seinen Onkel Bart. »Nicht das System.«

»Glaubst du das immer noch?«

Steve zuckte die Achseln. »Die sechs Monate bei den Mutanten haben auch mir Zeit zum Denken gegeben.«

»Und?«

»Es … ah … verändert einen. Es fällt einem schwer, sich wieder einzugliedern.«

»Aber du willst es immer noch.«

Steve wägte seine Antwort sorgfältig ab. »Ob es einem nun passt oder nicht, Jodi, die Föderation ist der Ort, an dem die Zukunft liegt. Die Mutanten können nicht gewinnen. Und wenn die mal nicht mehr da sind … Wie lange, glaubst du, könnt ihr dann noch aushalten?«

»Dies ist ein großes Land …«

»Das ist es sicher. Aber selbst wenn ihr den M'Calls entkommen wärt, ihr würdet von einem Jahr zum anderen immer wie gehetzte Tiere leben.«

»Nicht unbedingt. Malone hatte vor, über die Rockies zu ziehen, sobald wir mehr gewesen wären. Er hat gesagt, dass es auf der anderen Seite gutes Land gibt. Da gibt es eine Gegend … sie liegt dicht am Meer. Da schneit es nie, und da wachsen so viele Nahrungsbäume, dass man nie Hunger hat.«

»Tatsächlich?«

»Yeah. Die Gegend heißt Kalifornien.«

»Spinnereien, Jodi. Selbst wenn es diesen Ort gibt – warum soll man sich die Mühe machen, ihn aufzusuchen? Es ist eine Sackgasse. Wer soll denn nach euch kommen? Nur die Erste Familie kann neues Leben erschaffen. Es spielt keine Rolle, wie schlau Malone ist oder wie viele es von seiner Art gibt. Ihr werdet es nie zu etwas bringen.«

»Vielleicht hast du recht«, gab sie zurück, »aber wenn man hierbleibt, ist es auch eine Sackgasse. Selbst wenn du und ich das Glück gehabt hätten, unversehrt nach Hause zurückzukehren. Die Föderation hätte uns nie wieder nach oben gehen lassen.«

Steve biss sich auf die Lippe. »Warum nicht?«

»Weil wir zu lange draußen waren. Wir wissen zu viel.«

»Zum Beispiel?«

Die unversehrte Seite ihres Gesichts wurde von einem trockenen Lächeln erfasst. »Ist es denn nicht offensichtlich? Man hat dich im letzten Juni gefangen genommen, und du atmest seither ungefilterte Luft. Wie fühlst du dich?«

»In Ordnung. Aber …«

»Hast du dich schon mal gefragt, wieso?«

»Yeah, aber …«

Sie wischte seine Antwort beiseite. »Es gibt keine magischen Kugeln, Brickman. Das Zeug, das man euch bei der MedUnt gegeben hat, ist entweder eine Vitaminspritze oder eine Beruhigungspille. Ich weiß nicht, wer dir die Geschichte von dem Antistrahlungsserum eingeredet hat, aber so etwas gibt es nicht. Es ist auch nicht nötig. Die Luft ist *nicht mehr* vergiftet.«

Steve dachte an die Worte des General-Präsidenten: dass es unbedingt nötig gewesen war, die Magie der Mutanten ins Reich der Fabeln zu verweisen. Wenn die Erste Familie in der Lage gewesen war, aus allen gegenteiligen Behauptungen einen Verstoß erster Kategorie zu machen, dann war sie auch, wie er schon früher vermutet hatte, fähig zu noch größeren Irreführungen. Aber das konnte er Jodi nicht erzählen. Er musste wie ein zögernder Konvertit erscheinen, um ihr alles zu entlocken, was sie wusste oder glaubte. Er musterte sie argwöhnisch. »Wie bist du denn darauf gekommen?«

»Medicine-Hat hält sich seit drei Jahren im Freien auf. Er kennt Ausbrecher, die seit über fünf Jahren nicht mal in die Nähe einer Injektionsnadel gekommen und trotzdem bestens in Form sind.« Sie sah seinen ungläubigen Blick. »Der Bursche ist absolut normal – warum sollte er eine solche Geschichte erfinden?«

»Warum nicht? Er ist ein Ausbrecher! Du hattest keine andere Wahl … Vielleicht hatte er auch keine, aber die meisten anderen sind doch Gauner. – Aussteiger, GeBes, Deserteure. Es ist doch nur natürlich für sie, wenn sie die Familie und die Föderation schlechtmachen. Weil sie dann selbst besser dastehen.«

»Na schön – und wie sieht deine Erklärung aus?«

»Jodi, ich habe keine. Ich weiß nur, dass mein Wächtervater sechs erfolgreiche Fahrten hinter sich hat und daran stirbt – vielleicht ist er sogar schon tot. Ich weiß es nicht. Wenn die Luft nicht mehr vergiftet ist, wieso sind er und die anderen dann krank?«

Jodi lachte kurz. »Halt dich fest, Brickman. Ich weihe

dich jetzt in einen tollen Witz ein: Die Strahlung, die die Bahnbrecher umbringt, befindet sich nicht in der Atmosphäre, sondern in den *Wagenzügen!*«

Steve versuchte, sich vorzustellen, was sie meinte. »Aber … was ist mit den Geigerzählern? Wenn man sie mit nach draußen nimmt …«

Jodi schnitt ihm das Wort ab. »Sie sind so eingestellt, dass sie das Gegenteil anzeigen. Alles ist von Anfang bis zum Ende ein großer Betrug. Alles was man uns erzählt, ist ein Haufen Lügen!«

Es war zu viel. Steve waren Verschwörungstheorien zwar nicht fremd, aber die Ausdehnung und Skrupellosigkeit dieses angeblichen Verbrechens gegen Generationen ahnungsloser Wagner lähmte ihn vor Schreck. »Das kann nicht stimmen. Es muss eine andere Erklärung dafür geben.«

»Das sagst du laufend.«

»Aber wo ist der Beweis?«

»Du und ich sind der Beweis!«, schrie Jodi und deutete auf die anderen Renegaten. »Schau dich doch um! Wenn es stimmt, was die Familie sagt, dürfte keiner von uns mehr am Leben sein!«

Steve schüttelte den Kopf. »Nein … Es ergibt keinen Sinn. Papa Jack war ein Held. Warum sollten sie jemanden umbringen, der so gute Arbeit geleistet hat?«

»Um uns unter Kontrolle zu halten«, erwiderte Jodi. »Damit die Leute nicht mehr abhauen.«

Steve runzelte die Stirn. »Aber warum sollte jemand aus der Föderation entfliehen? Die Erste Familie hat geschworen, uns wieder an die Blauhimmelwelt zu bringen. Deswegen haben wir uns doch alle so angestrengt und so viel geopfert. Was ist passiert, Jodi? Als wir zusammen auf der

Lady waren, warst du stolz darauf, ein Bahnbrecher zu sein. Das hast du selbst gesagt. Willst du etwa behaupten, dass dir das alles nichts mehr bedeutet?«

»Natürlich nicht. So wie du dich kleidest, solltest du solche Fragen gar nicht stellen! Ich bin noch immer ein Wagner, und ich werde es auch bleiben. Ich versuche doch nur, dir klarzumachen, dass die Erste Familie uns belogen hat. Die Oberwelt ist seit mindestens fünfzig Jahren sicher – vielleicht sogar schon länger!«

»Das ist doch pures Renegatengeschwätz, Jodi. Siehst du es denn nicht? Malone und die anderen haben dir diesen Scheiß erzählt, um dich gegen die Föderation aufzuhetzen. Aber es ist nur eine kranke Fantasie. Sie haben zu viel Regenbogengras geraucht. Willst du wissen, was ich glaube? Ich glaube, dass es Leute gibt, die krank werden, und andere – wie du und ich – werden es nicht. Ich weiß von Roz, dass das Lebensinstitut seit mehreren Jahrzehnten klinische Forschungen an normalen Mutanten durchführt, um den genetischen Mechanismus zu isolieren, der sie immun macht. Wer will wissen, ob man die Antwort nicht schon längst gefunden hat? Wir alle werden im Lebensinstitut erzeugt. Vielleicht sind du und ich – und all die anderen Burschen – mit der ›magischen Kugel‹ in uns zur Welt gekommen.«

Jodi reagierte mit einem ausdruckslosen Blick. »Eine interessante Theorie …«

»Sie ist nicht lächerlicher als deine.«

»Nein, ich schätze nicht.«

»Wie gesagt, ich hatte Zeit, um über manches nachzudenken … und mir ein paar Fragen zu stellen. Aber wenn ich mir anhöre, was du so absonderst, habe ich das Gefühl, dass es Zeiten gibt, in denen geringes Wissen gefährlich ist. Wir wissen beide nicht genug, um die Sache in ihrer Gesamtheit zu verstehen. Vielleicht sind die Dinge nicht so unkompliziert, wie wir sie gern hätten, und vielleicht ist in der Föderation nicht alles so perfekt, wie es sein sollte, aber ... so ist die Welt nun einmal. Ich glaube, es ist wichtig, daran zu glauben, dass die Leute, die an der Spitze stehen, das Beste tun, was sie können. Wenn wir den Glauben aufrechterhalten und das Gleiche tun, werden wir am Ende siegen.«

Jodi dachte eine Weile nach, dann sagte sie: »Sei offen, Brickman. Gehörst du zur Familie?«

Steve runzelte die Stirn, dann lachte er. »Welch komische Frage. Glaubst du wirklich, ich wäre in diesem Fall hier?«

»Ich bin doch nicht von gestern. Voriges Jahr bin ich zur sechsten Fahrt aufgebrochen. Und man hört so manches. Die Familie ist überall.«

»Das könnte schon sein. Aber ich gehöre nicht dazu – und das ist die Wahrheit. Wenn ich doch zu ihr gehören würde, würde ich allerdings die gleiche Antwort geben.« Er lächelte. »Du meinst es sicher nicht ernst. Ich meine, wenn du wirklich glauben würdest, dass ich zur Familie gehöre, hätten wir dann ein solches Gespräch geführt?«

»Warum nicht? Jetzt kann man mir doch sowieso nichts mehr antun.« Sie schaute ihn prüfend an. »Du wirst mir unheimlich, Brickman. Ich dachte, ich hätte dich durchschaut, aber ... Ich weiß zum Verrecken nicht, worauf du aus bist. Vielleicht hat Malone doch recht gehabt. Vielleicht bist du *doch* ein Geheimagent.«

Steve nahm ihre Hände und drückte sie. »Hör mir gut zu. Ich gehöre nicht zur Familie und bin auch kein Geheimagent – was immer das auch sein soll. Ich bin nur ein

Bursche, der sein Bestes gibt, um für das zu kämpfen, woran er glaubt. Und das schließt dich mit ein.«

Jodi schien seine letzte Bemerkung ernst zu nehmen – wenn auch mit einigem Zögern. »Tja … ich schätze, es ist immer gut, wenn man weiß, wer seine Freunde sind.«

»Hör zu! Egal wie die Umstände sind, unter denen wir uns wiedersehen, ich bitte dich um faire Behandlung.«

»Okay, ich … ah … werde es mir merken.«

»Danke. Und wenn es mir nicht gelingt, dich noch einmal zu sehen, bevor du von hier fortgehst: viel Glück und …«

Sie packte fest seine ausgestreckte Hand. »Waidmannsheil …«

17

Steve verbrachte den nächsten Tag auf ähnliche Weise; er wanderte um die verschiedenen Lagerplätze herum und merkte sich alles, was er sah und hörte, bis man ihn rief, um beim Tragen der Bündel Tierfelle zu helfen, die vom Lager der M'Calls zur Inspektion an den Handelsposten gebracht werden mussten. Bei einem dieser Botengänge hielt Mr. Snow ihn an.

»Du bist genau der Mann, den ich brauche …« Er führte Steve an eine Stelle, an der sich rund um Blue-Thunder eine große Gruppe von M'Call-Bären versammelt hatte. Als der Wortschmied kam, machten sie Platz. Steve sah, dass Blue-Thunder etwas in der Hand hielt, das wie ein Gewehr aussah.

»Was hältst du davon?«, fragte Mr. Snow.

Steve schenkte dem großen Krieger ein respektvolles Nicken, nahm ihm die Flinte aus der Hand, untersuchte sie eingehend und probierte einige der beweglichen Teile aus. Er hatte noch nie zuvor einen so eigenartigen Gegenstand gesehen. Es war eine gut gearbeitete Waffe aus Stahl und Blech, mit einer polierten Schulterstütze aus dunklem gemasertem Holz. Aber sie war nicht mit einem optischen Sichtgerät ausgerüstet, sondern wies am Ende des Laufes nur ein Eisenstück mit einer kleinen Spalte und am anderen Ende einen gerillten Block auf, den man an einer Gradskala bewegen konnte. Das Magazin bestand aus einem eigenartigen rotierenden Eisenzylinder, in den zehn Löcher gebohrt waren. Zwei erhabene Eisenstücke waren auf der Vorder- und Rückseite des Zylinders zu sehen, die aus beiden Seiten des Flintenstocks herausragten. Am hinteren Ende des Laufes, über dem Zylinder, sah er einen flachen, spitzen Eisenhahn, den man mit dem Daumen zurückziehen konnte und der, wenn man den Stecher zog, nach unten schlug. Damit wurde der Zylinder in Drehung versetzt und transportierte ein weiteres Loch unter den Hahn.

»Die Löcher müssen für die Kugeln sein …«

»Richtig. Eisenkugeln. Man schiebt sie von hinten rein. Drück mal auf den Schnäpper.«

Steve tat es. Das Gewehr klappte auseinander. Er klappte es wieder zusammen, musterte das metallene Schaftende und untersuchte die Unterseite der Schulterstütze. »Wo ist die Druckluftflasche?«

»Das Gewehr arbeitet nicht mit Druckluft. Jede Kugel ist mit einem Pulver gefüllt, das sie durch den Lauf jagt.«

»Was ist das für ein Pulver?«

»Man nennt es Schießpulver. Du hast doch das Feuerwerk gesehen. Es ist so etwas Ähnliches wie das, was die Raketen durch die Luft fliegen lässt.« Mr. Snow öffnete einen Schnäpper am Schaft hinter dem Abzug und schob ein kleines Abdeckplättchen beiseite. Dahinter lag ein tiefer Behälter mit einem Mittelzapfen und einem primitiven Vorschubmechanismus. »Ein aufgerollter Papierstreifen, der auf diese Spitze passt, läuft unter den Hahn. Auf dem Streifen sind kleine Blitzkugeln aus dem gleichen Pulver. Wenn man den Abzug betätigt, schlägt der Hahn auf das

Kügelchen. Es fängt Feuer und zündet das Kugelende. Und Peng! Weg ist sie. Wenn man den Abzug loslässt, schiebt sich ein neues Stück des Streifens unter den Hahn.«

Steve lächelte. »Eine interessante Idee! Welche Reichweite hat das Gewehr?«

»Einen halben Bolzen. Ihr messt die Dinge anders. Yama-Shita sagt, es reicht so weit wie eure Gewehre und ist auf manche Weise besser.«

Steve spannte den Hahn und betätigte den Abzug, um ihn zu lösen. »Wenn man es bei jedem Schuss tun muss, sind unsere Gewehre schneller – sie schießen drei Kugeln auf einmal ab, und sie enthalten noch viel mehr.«

»Sicher. Aber wie Yama-Shita gesagt hat: Eure Gewehre sind für uns nichts nütze. Wenn der Wind aus den Flaschen entwichen ist, kann man sie nur noch wegwerfen. Eure Herren sind nicht dumm. Sie sorgen dafür, dass die, die das Licht gesehen haben und aus euren finsteren Städten fortlaufen, nichts haben, womit sie kämpfen können.«

»Du hast recht. Daran habe ich noch nie gedacht.« Trotzdem, dachte Steve, ist das Gewehr keine Konkurrenz. Eisenkugeln gegen Stahlnadeln des Kalibers 0.225. Zehn Schüsse gegen ein Sechzig-Schuss-Magazin, das man auf Einzel-, Dreifachschuss und Automatik schalten konnte. Explodierende Kraft, Feuer, Flammen. Das war Zeug aus der Steinzeit. Wagner würden sofort erkennen, wo sich der Gewehrschütze aufhielt. Und wie wollten sie mit dieser primitiven Zieleinrichtung überhaupt garantieren, dass man mit dieser Waffe etwas traf? »Kriegen alle dieses Gewehr?«

»Nein. Man hat sie nur für uns angefertigt, weil wir den Donnerkeil geliefert haben. Wir bekommen die ersten Hundert. Wenn wir zeigen, dass wir die Sandgräber damit zurückschlagen können, bringt Yama-Shita uns nächstes Jahr noch mehr. Dann haben auch die anderen Clans eine Chance, sie einzutauschen.«

»Hmmm, tja … Ich weiß zwar, dass es mich nichts angeht, aber ich muss doch sagen, dass ich nicht beeindruckt bin. Wenn du meine ehrliche Meinung hören willst, sind die Waffen keinen Krähenfurz wert.«

Mr. Snow blieb gelassen. »Yama-Shita sagt, in der Alten Zeit seien alle Tötungswaffen nach diesem Prinzip gebaut worden.«

»Wenn das stimmt, muss es schon sehr lange her sein. Wir haben uns seitdem ein bisschen weiterentwickelt.«

»Lach nur. Ihr glaubt wohl, dass ihr alles wisst.«

»Ich habe nicht gelacht, Alter. Du hast mich selbst gelehrt, dass ich nur sehr wenig von der Blauhimmelwelt und der Zeit weiß, die vor ihr war. Ich muss noch immer viel lernen.«

»Du musst auch noch viel *vergessen*. Das Ding hier erzeugt keine kleinen bunten Sterne.« Mr. Snow streckte den kleinen Finger aus und deutete auf das zweite Glied. »Es wirft das Stück Eisen aus, das so lang und so dick ist! Es stoppt sogar einen Büffel.«

»Wirklich?«

»Ja. Und wenn es *das* kann, hebt es deine Freunde sofort aus den Schuhen.«

»Hast du eine von diesen Kugeln?«

»Nein. Aber ich habe sie gesehen. Yama-Shita hat versprochen, uns ihre Kraft zu demonstrieren.«

»Wann?«

»Jetzt. Du bist genau zur richtigen Zeit gekommen.«

Steve warf einen Blick auf das von wimmelndem Leben erfüllte Vordeck des nächsten Schiffes. Eine Eisenmeistergruppe – Samurai und Rotgestreifte – erschien am Anfang des Verbindungsstegs und kam nacheinander an Land. In ihrer Mitte befanden sich drei barfüßige Männer, deren Arme hinter ihrem Rücken festgebunden waren. Sie trugen nur ausgebeulte rote Hosen. Schilder, die ein paar der seltsamen Wortzeichen trugen, hingen an ihrem Hals und reichten bis auf ihren haarlosen gelben Brustkorb. Sie gingen mit gesenktem Kopf, und ihre Gesichter waren statt mit den üblichen Masken mit einer Strohmatte bedeckt, in die man Löcher für die Augen und die Nase geschnitten hatte.

Verbrecher, dachte Steve. Dann gibt es also auch bei den Eisenmeistern Gesetzesbrecher.

Weitere M'Calls gesellten sich zu denen, die bereits am Ufer standen, und wenige Minuten später wurden sie durch die She-Kargo-Krieger aus anderen Clans noch zahlreicher. Der leitende Samurai kam zu Mr. Snow. Alle verbeugten sich.

»Wir werden jetzt zeigen, was die neue Waffe kann.« Er deutete auf einen zweiten Samurai. »Gib ihm das Gewehr!«

Mr. Snow verbeugte sich und gab die Waffe dem zweiten Samurai, der sich ebenfalls verbeugte. Steve, Blue-Thunder und die, die ihnen am nächsten waren, schauten aufmerksam zu, als der Schütze das Gewehr lud. Ein Rotgestreifter reichte ihm einen kleinen Holzkasten. Darin befanden sich mehrere Rinnen, die die Streifendetonatoren enthielten, und vier Kreise aus Löchern, in denen jeweils zehn Kugeln steckten. Der Samurai legte die Papierrolle mit den Pulverkugeln mit geschickten Fingern ein, schob den ersten Abschnitt unter den Hahn und riss das, was überhing, einfach ab. Dann brach er die Flinte auseinander und füllte die zehn Schuss in die Zylinderlöcher. Verglichen mit den Stahlspitzen, die man in der Föderation verwendete, sahen sie gewaltig aus.

Welche Verschwendung von Energie und Material! Ein glatter Fall von Overkill.

Während all dies geschah, wurden die drei armseligen Gestalten, die das entgegennehmende Ende der Demonstration waren, am Ufer entlang nach Norden geführt. Man hatte hintereinander drei stämmige Pfosten in den groben Uferkies gerammt. Der Erste war etwa hundert Meter von der Stelle entfernt, an der Steve neben dem Samuraischützen stand; der Letzte war eine beträchtliche Strecke weiter weg. Man stellte den ersten Verbrecher rechts neben dem ersten Pfosten auf; sein Kopf lag mehr oder weniger auf einer Höhe mit der Spitze. Das Exekutionskommando ging mit den weiteren »Zielen« am Ufer entlang. Nachdem die Delinquenten in Stellung gebracht waren, drehte man die Schilder um, die an ihrem Hals hingen, damit der Schütze eine weiße Fläche hatte, auf die er zielen konnte. Die Rotgestreiften, die die Opfer begleitet hatten, zogen sich an den Rand des Wassers zurück. Mehrere Gruppen von Mutanten, die auf einen Wink des obersten Eisenmeisters reagierten, liefen am grasbewachsenen Uferrand entlang und blieben in respektvoller Entfernung von den Pfosten stehen.

Das Bühnenbild war fertig. Steve konnte die Entfernungen zwar nur schätzen, aber im Vergleich zum ersten Pfosten schien der zweite etwa zweihundertfünfzig Meter entfernt zu sein und der dritte etwa dreihundert. Der Bursche am Schluss war kaum mehr als ein Punkt in der Landschaft. Ohne optisches Sichtgerät brauchte der Samurai unbedingt die Hilfe von jemandem wie Talisman, wenn er ihn treffen wollte.

Der oberste Samurai rief einen Befehl. Der Schütze hob das Gewehr, riss es fest an seine Schulter, zielte und feuerte. Es gab einen lauten Knall. Eine kurze Flammenzunge sprang aus dem Lauf, dann quoll eine weiße Rauchwolke hervor. Dem Lärm, den das Gewehr machte, folgte beinahe augenblicklich ein scharfes, explosives Krachen, als die Kugel neben dem Kopf des ersten Opfers in den Pfosten schlug und eine Wolke heller Splitter in die Luft spritzte. Die in der Nähe stehenden M'Calls sahen, wie der Gefesselte Kopf und Schultern hochriss. Der zweite Schuss durchbohrte die Strohmaske, warf ihn nach hinten und riss seinen Schädel in Stücke.

»He-jahh!«, murmelten die Zuschauer.

Der Schütze nahm erneut Ziel, schoss ein Loch in den zweiten Pfosten und tötete dann das nächste Opfer mit einem Brustschuss, wobei die dicke Kugel geradewegs durch das Schild fuhr, das an seinem Hals hing. Die Menge reagierte mit einem weiteren Ruf der Anerkennung.

Steve sah Mr. Snow an. »Ich nehme meine Worte zurück. Die Waffe ist bestimmt nicht schlecht; aber sie ist auch nicht das Beste. Zu viel Lärm und Rauch. Mit jedem Schuss, den man abgibt, verrät man seine Stellung.«

»Stimmt. Aber erst müssen deine Leute einmal nahe genug an uns herankommen.«

»Immer mit der Ruhe. Wollen wir doch mal sehen, wie es mit dem nächsten geht.«

Der Schütze legte sorgfältig an und feuerte auf den dritten Pfosten. Die am Wasser stehenden Rotgestreiften signalisierten einen Treffer. Der Samurai nahm die Flinte von der Schulter, atmete tief durch, hob sie erneut und betätigte den Abzug. *Kra-wumm!*

Der Mann ging nicht zu Boden.

Einen Moment lang herrschte Stille, dann ertönte ein eigenartig keuchender Schrei aus den Kehlen der zuschauenden Eisenmeister. »Hooaaahh!«

Der Schütze ließ den Griff der Waffe zu Boden sinken, drehte sich zum obersten Samurai herum und senkte den Kopf. Als sein Vorgesetzter ihn in einem rasend schnellen Wutausbruch anschnauzte, neigte er demütig die Schultern. Als der oberste Samurai fertig war, verbeugte sich der Schütze noch tiefer, gab das Gewehr an einen wartenden Rotgestreiften und seine beiden Schwerter an einen anderen ab, verbeugte sich noch einmal und lief das Ufer entlang. Als er den dritten Pfosten erreicht hatte, stellte er sich links neben dem letzten Delinquenten auf.

Der oberste Samurai nahm das Gewehr, prüfte, ob alles in Ordnung war, nahm Ziel und schoss. Sein erster Schuss ließ den Pfosten splittern, der zweite fuhr in die Brust des Delinquenten und tötete ihn; der dritte riss dem unglücklichen Samurai die Schläfe weg.

»Heee-jahhh ...«

Der Samurai hielt Mr. Snow das Gewehr hin, nahm dessen tiefe Verbeugung entgegen und ging mit den Rotgestreiften fort, wobei er die anderen, niedrigeren Eisenmeister zurückließ, um den M'Calls das Laden und Abfeuern der Waffe beizubringen.

»Möchtest du es versuchen?«, fragte Mr. Snow.

»Später.«

Sie gingen am Ufer entlang, um die zerschossenen Pfosten und die danebenliegenden Leichen zu untersuchen. Für Steve war die Demonstration ernüchternd und sehr lehrreich gewesen. Trotz seiner abschätzigen Beurteilung war die primitive Flinte ein kraftvolles Instrument und konnte, wenn sie in die richtigen Hände kam, mit großer

Zielgenauigkeit abgefeuert werden. Zwar hatte sie seiner Ansicht nach noch viele Begrenzungen, aber wenn man sie in großer Zahl einführte, konnte sie den derzeitigen taktischen Vorteil, dessen sich die Wagner bei Oberwelteinsätzen gegen das Prärievolk erfreuten, erheblich mindern.

Die Eisenmeister hatten sich ebenso eindrucksvoll aufgeführt wie ihr Gewehr. Ihre disziplinierte Art und ihr starres Verhalten bestätigten Mr. Snows vorherige Bemerkungen über ihre Grausamkeit und Gnadenlosigkeit. Wie in der Föderation wurde auch hier »Versagen im Einsatz« nicht toleriert, besonders dann nicht, wenn etwas mit im Spiel war, was die Eisenmeister ›Gesichtsverlust‹ nannten.

Steve fing Mr. Snows Blick auf. »Ein erstaunliches Volk. Hast du gesehen, wie die Burschen dagestanden haben? Wie sie mit erhobenem Kopf den Treffer erwartet haben? Sie haben keinen Muskel bewegt. Das bedeutet absolute Hingabe.«

Mr. Snows Antwort bestand aus einem grimmigen Lächeln. »Wenn man sich vorstellt, was ihnen sonst geblüht hätte, war das Stillstehen und Erschossenwerden so ungefähr das Beste, was diese armen Burschen erwarten konnten.«

Während des Nachmittags und am nächsten Tag wanderte Steve von Zeit zu Zeit ans Ufer und hing erwartungsvoll herum. Doch er wartete vergeblich. Bei Sonnenuntergang, als die Schiffe wieder ablegten, um in tieferem Wasser zu ankern, waren Clearwater und Cadillac immer noch nicht aufgetaucht.

Er suchte nach Mr. Snow und fand ihn dabei, wie er sich seiner Prunkkleidung entledigte. »Ich kann diese Orgien nicht ausstehen«, brummte er.

Steve musterte das fröhliche Treiben, das um sie herum stattfand. »Wie komisch. Du bist kein Mann der Gewalt, und aus dem, was du gesagt hast, weiß ich, dass ihre Konsequenzen dir Übelkeit bereiten. Wenn man sich vorstellt, was hier geschieht, wie die Leute aus allen Clans zusammenkommen und sich, von kleinen Raufereien hie und da abgesehen, wie eine große, fröhliche Familie aufführen, frage *ich* mich, warum es nicht immer so sein kann.«

»Eine sehr vernünftige Frage«, brummte Mr. Snow. »Bisher ist wirklich alles ziemlich ruhig abgelaufen. Aber mach dir keine Sorgen. Es wird schon bald sehr heiß zugehen. Daran geht nichts vorbei.«

»Aber *warum* denn? Warum nutzt ihr nicht die Gelegenheit, um euch zusammenzusetzen und eure Differenzen beizulegen? Warum schließt ihr euch nicht gegen die Föderation zusammen, statt euch immer wieder an die Kehle zu fahren? Wenn alle Rufer sich zusammentäten …«

Mr. Snow wischte seinen Vorschlag beiseite. »Ja, ja, ja, das wissen wir selbst. Hör zu – niemand ist perfekt, am allerwenigsten *wir*. Du hast beschlossen, uns in der Rolle der schwer unter Druck stehenden, doch edlen Wilden zu sehen – ich nehme an, wegen Clearwater oder weil wir dich nicht zu Trockenfleisch verarbeitet haben. Das sind gefährliche, romantische Anwandlungen, Brickman. Es *gibt* Geheimnisse; es *gibt* Magie, aber dies ist eine harte und grausame Welt. Es stimmt, für einen kurzen Moment versammeln sich die Präarievölker jedes Jahr für den ›Gang zum Wasser‹. Und trotz der bösen Gefühle zwischen den She-Kargo und den D'Troit funktioniert es auch für eine Weile. Aber die traurige Wahrheit ist, dass vier bis fünf Tage Freundschaft ungefähr alles sind, was die meisten von uns ertragen können. Kannst du dir vorstellen, wie es wäre, wenn man *immer* nett zu einer solchen Bande von Arschlöchern sein müsste? Mo-Town! Ihre Clans würden sich auf unserem ganzen Land ausbreiten und uns alles wegfressen! Dann hätten wir keinen Ort mehr, den wir als den unseren bezeichnen könnten. Danach würden sie sich an unsere Frauen heranmachen, und wenn es dann nicht zu Kämpfen käme, lägen alle bloß herum, würden Fett ansetzen und Kinder machen. Dann könnte man keinen mehr von der Stelle bewegen! Nennst du das *Leben?* Wir *brauchen* die Tat, die Aufregung, die Gefahr, damit das … ah …« Er schnippte mit den Fingern. »Wie nennt ihr es noch?«

»Adrenalin?«

»Richtig. Damit das Adrenalin läuft. Jemand mit deiner Bildung sollte das doch wohl verstehen.«

»Ja, sicher, aber was ist mit Talis …«

Mr. Snow schnitt ihm erneut das Wort ab. »Hör zu – komm mir jetzt nicht mit der Talisman-Prophezeiung! Schließlich habe ich dir davon erzählt, weißt du noch? ›Eine Nation wird geschmiedet sein aus den Flammen des Krieges. Das Volk der Prärie wird sein wie ein glänzendes Schwert in den Händen Talismans, seines Retters.‹«

»Glaubst du daran?«

»Natürlich glaube ich daran!«, sagte Mr. Snow im Brustton der Überzeugung. »Es ist eine großartige Idee. Ich kann mir nichts vorstellen, was mir besser gefällt.«

»Okay, wenn es also möglich ist, warum dann nicht jetzt?«

»Weil *wir* uns zuerst ändern müssen!«, schrie Mr. Snow. Er schlug sich mit der Faust auf die Brust und warf die Hände in die Luft. »Und damit das passiert, brauchen wir Talisman. *Er* ist der Einzige, der Wunder wirken kann.«

»Was ist ein Wunder?«

Mr. Snow stieß einen langen, leidenden Seufzer aus. »Ein Wunder ist ein göttlich inspiriertes Ereignis, das über die bekannten physikalischen Gesetze, die angeblich das Universum regieren, hinausgeht …« Er brach ab. »Aber was göttlich ist, weißt du ja auch nicht. Du glaubst doch sowieso nichts von diesem Zeug.«

»Du meinst Mo-Town, die Himmelsstimmen und Talisman? Das ist nicht ganz richtig. Ich bin dem Tod schon so oft entwischt, dass ich allmählich glaube, es könnte *wirklich* jemanden geben, der über mich wacht.« Als er Mr. Snows ungläubiges Gesicht sah, sagte er: »Ich meine es ernst.«

»Wunder gibt es immer wieder …«

»Okay, du hast mir zwar erzählt, dass ihr die D'Troit nicht leiden könnt, aber ich weiß immer noch nicht, *warum* das Prärievolk so gespalten ist. Night-Fever sagt, dass sich sogar die She-Kargo-Clans bekämpfen.«

»Das ist eine lange Geschichte, Brickman. All das ist schon vor sehr langer Zeit passiert. Sollten wir diesen Winter überleben, komm irgendwann abends in meine Hütte. Dann rauchen wir eine Pfeife, und ich erzähle dir davon.«

»Warum nicht jetzt?«, drängte Steve.

»Weil ich jetzt andere Dinge im Kopf habe.«

»Zum Beispiel?«

»Gewehre …«

»Wo ist das Problem?«

Mr. Snow machte eine vage Geste. »Die Clan-Ältesten meinen, wir sollten sie nicht annehmen.«

Er berichtete Steve, wie die – gelegentlich hitzige – Debatte zwischen den älteren Mitgliedern der M'Call-Delegation verlaufen war, die den Handelsrat bildeten. Sie hatten nämlich das letzte Wort, wenn es um Geschäfte mit den Eisenmeistern ging. Sie hatten auch einen Versuch unternommen, sich mit den anderen Clans über Festpreise zu verständigen – und das war keine leichte Aufgabe, da jeder darauf aus war, die anderen beim Handel zu übertrumpfen.

Die lauteste Opposition war von denen gekommen, die in der Annahme der Gewehre eine weitere Auflösung der traditionellen Tapferkeit des Prärievolkes sahen. Mr. Snow sah den Wert ihres Arguments zwar ein, glaubte jedoch, dass Veränderungen unausweichlich waren. Die alten Methoden funktionierten nicht mehr. Wenn man sich nicht umstellte, würde das Prärievolk eingehen. Die Traditionalisten hatten erwidert: Wenn man die alten Methoden aufgab, wenn Heldenmut keinen Wert mehr hatte, würde der große Baum, der das Prärievolk darstellte, zu faulen beginnen und vor Schande sterben. Clan-Bruder würde von Clan-Schwester getrennt werden wie die welkenden Blätter im Wind. Sie würden sich über das Angesicht der Erde verstreuen und sich in Staub verwandeln. Wenn sie nicht den Großen Wahrheiten verhaftet blieben, argumentierten die Beinharten, würden die grundsätzlichen Werte, an denen der Mensch sich maß und an denen seine Gesellschaft sich definierte, mit Recht dem Vergessen anheimfallen.

Außerdem zögerte der Handelsrat noch aus einem praktischeren Grund, die neuen Waffen anzunehmen: Wenn man sie nahm, war man noch abhängiger von den Eisenmeistern. Die Bolzen, die sie mit den Armbrüsten lieferten, waren wiederverwendbar; der Vorrat blieb mehr oder weniger konstant. Doch das war bei dem neuen »langen spitzen Eisen« nicht der Fall. Wenn der »Eisenfinger« einmal durch den Lauf geflogen war, konnte man ihn nicht mehr verwenden. Nur die Eisenmeister konnten ihn mit neuem Feuer füllen und die Bänder beschaffen, die die Flammenblitze enthielten. Wenn man zuließ, dass das Gewehr zu einem grundsätzlichen Bestandteil der Bewaffnung des Prärievolkes wurde, waren sie für immer in der Hand der Eisenmeister und gezwungen, alles herzugeben, wie hoch der Preis auch war. Wenn die Rothäute immer weniger wurden, war man gezwungen, immer mehr Clan-Brüder und -Schwestern zu verkaufen. Und da die M'Calls im letzten Jahr große Verluste beim Kampf gegen die Louisiana Lady gehabt hatten, war dies etwas, das sie zögern ließ. Es war ein fast unlösbares Dilemma, denn wenn das Prärievolk sich keine mächtigen Waffen zulegte, sah es sich noch größeren Verlusten gegenüber, wenn die Eisenschlangen in größerer Zahl zurückkamen.

»Und wie stehen die Dinge jetzt?«, fragte Steve.

»Sie streiten immer noch. Ich habe sie allein gelassen. Ich habe diesen ganzen Unsinn schon vor zwölf Jahren mitgemacht, als Yama-Shita mit den ersten Armbrüsten hier ankam. Damals haben alle prophezeit, der Himmel würde einstürzen, aber wie du siehst, ist er immer noch an Ort und Stelle.«

»Es überrascht dich vielleicht, aber ich verstehe ihre Bedenken. Nur Krieger, die Knochen genagt haben, dürfen im Kampf eine Armbrust tragen – und sie auch dann nur gegen Sandgräber einsetzen. Man muss körperlich stark sein, um das verdammte Ding zu bedienen. Aber wenn man ein Gewehr hat, braucht man nur noch einen Finger. Ein Sieben- oder Achtjähriger kann lernen, wie man ein Gewehr bedient – und dann kann sogar er erwachsene Männer töten. Du hast gesehen, wie weit es schießt. Wenn man es mit einem guten Schützen zu tun hat, sieht man ihn nicht, und man weiß nie, was einen getroffen hat.«

»Genau. So ist auch die Alte Zeit zu Ende gegangen. Die Leute, die den Krieg der Tausend Sonnen entfesselt haben, haben nie einen Menschen persönlich angegriffen. Sie haben angesichts des Todes nie ihren Mut beweisen müssen und nie den Geruch der Angst oder des Sieges gerochen. Unter der Erde begraben, in einer Phantomwelt, die das Große Geschick erschaffen hat, haben sie den Kontakt mit der Wahrheit verloren. Sie haben alles Lebende verspottet. Sie haben die Wunder der natürlichen Welt nicht gekannt. Sie waren unberührt von ihrer Schönheit, sind falschen Träumen der Macht zum Opfer gefallen und haben nur die riesigen eisernen Todesvögel geliebt, mit denen sie die Nester teilten. Es waren die schwächlichen Finger dieser weißen Würmer, die den Himmel in Asche verwandelt und die Welt ins Große Eisige Dunkel gestoßen haben.«

»Und du glaubst, es könnte wieder passieren ...«

»Manche fürchten, dass wir die ersten Schritte in die gleiche Richtung schon getan haben.« Mr. Snow zuckte die Achseln. »Aber wie sollen wir uns sonst gegen die Sandgräber und ihre Eisenschlangen wehren?«

»Du bist doch ein Rufer. Warum machst du es nicht mit Magie?«

Mr. Snow lächelte kläglich. »Wenn man den Abzug eines geladenen Gewehrs bedient, kann man ziemlich genau sagen, was dann passiert. Magie jedoch – ist unvorhersehbar.«

»Aber du bist ein Sturmbringer. Clearwater sagt, du hast die Kraft des Siebenten Kreises, und dass nur Talisman stärker ist. Das macht dich zu einer Superwaffe.«

»Ich *habe* die Macht nicht, Brickman. Ich bin nur ihr Kanal. Die Kraft gehört Talisman. Er setzt sie durch mich frei. Als Kanal kann ich sie – zu einem gewissen Grad – steuern; so, wie ein Flussbett das strömende Wasser steuert. Aber um das zu tun, müssen die Flussufer fest sein, sonst brechen sie bei einer Überschwemmung. Ein Rufer hat das gleiche Problem. Sein Geist und sein Körper müssen stark sein, um die Erdkräfte zu dirigieren. Doch jedes Mal, wenn sie mich durchfließen, laugen sie mich aus und machen mich schwächer – so, wie die Flussufer abgeschliffen werden.«

»Und wenn … wenn die losgelassene Macht zu stark für einen Rufer ist, dann stirbt er …«

»Ja, und zwar auf der Stelle.«

»Deswegen möchtest *du* lieber die Gewehre haben.«

Mr. Snow spreizte die Finger. »Mehr kann ich nicht tun. Der Clan muss lernen, auf eigenen Beinen zu stehen, statt ständig mich anzusehen, wenn er in der Klemme sitzt. Wollen wir doch ehrlich sein – ich bin vielleicht recht talentiert, wenn es um Magie geht, aber ich werde schließlich nicht ewig leben.«

»Das wird keiner von uns«, erwiderte Steve. »Aber was ist mit Cadillac und Clearwater? Sind sie denn nicht fähig, dich zu ersetzen?«

»Ja, so war es geplant.«

»Was soll das heißen – so *war* es geplant? Sind sie denn nicht auf Yama-Shitas Schiff?«

»Ich hoffe, dass sie es sind. Aber bis jetzt habe ich sie noch nicht gefunden. Du hast gesehen, wie die Sache läuft. Die Dinks behandeln alle Transaktionen auf sehr förmliche Weise. Keinem von uns ist es erlaubt, Yama-Shita direkt anzusprechen …«

»Vielleicht spricht er die Grundsprache nicht«, warf Steve ein.

»Vielleicht … Was auch der Grund ist, jedenfalls darf man nur den Samurai Nummer eins ansprechen. Er gibt die Nachricht in seinem Kauderwelsch an Goldnase weiter, und dann kommt die Antwort durch Samurai Nummer zwei. Ich habe zweimal gefragt, aber … es hat nichts gebracht.«

»Er muss doch *etwas* gesagt haben.«

»Ja. Er hat gesagt: ›Es ist jetzt noch nicht die Zeit, über solche Dinge zu sprechen.‹«

»Wie sah die ursprüngliche Abmachung aus?«

»Wegen ihrer Rückkehr? Es gab keine. Als die Raddampfer im letzten Jahr hier waren, hat Yama-Shita uns in sein Interesse an Donnerkeilen und Wolkenkriegern eingeweiht und versprochen, dass jeder Clan, der eins von beiden besorgt, eine Schiffsladung neues, mächtiges spitzes Eisen erhält. Natürlich hatten damals nur jene von uns, die schon mal im Süden waren, ein solches Ding durch die Luft fliegen sehen. Da ich gehört hatte, dass die Eisenschlangen in unsere Gegend kamen und wussten, was sie unseren Brüdern im Süden angetan hatten, dachte ich, es wäre ein guter Tausch. Wir hatten vor, die Maschine und den Piloten beim nächsten Handelstermin zu übergeben.«

»Also hier, heute …«

»Ja. Aber das hätte bedeutet, dass Cadillac ein ganzes Jahr im Osten hätte verbringen müssen – bis zum nächsten Handelstermin. Vielleicht sogar noch ein Jahr länger. Wir konnten es uns nicht leisten, so lange zu warten.«

»Warum nicht?«

»Weil ich vor dem Gilben sterben werde.« Mr. Snow sah den Schreck und die Überraschung in Steves Gesicht. »Ich scherze nicht. Ich war bei Cadillac, als er es in einem Stein gelesen hat – genau an der Stelle, an der es passieren wird.«

»Und … du glaubst es?«

Mr. Snow zuckte die Achseln. »Er hat auch gesagt, du würdest in der Zeit der Neuen Erde zurückkehren. Und du bist da. Sicher, ich glaube an Prophezeiungen, aber wer hört schon gern auf schlechte Nachrichten? Man sagt sich: ›Er ist ein Anfänger. Kann sein, er hat sich im Namen oder im Datum geirrt.‹ Um ehrlich zu sein, ich habe ihn nicht ernst genommen. Hätte ich es, wäre er hier, und *du* würdest eine Schiffsreise machen.«

»Also habt ihr ihn letztes Jahr losgeschickt – mit Clearwater, um ihn zu beschützen.«

»Ja. Sie sollten den Donnerkeil abgeben, das tun, was zu tun ist, und dann mit Yama-Shitas Schiffen zurückkehren.«

Es wurde mit jeder Minute schlimmer. »Hast du irgendeine Möglichkeit, dich zwischen den Schiffsreisen mit den Eisenmeistern zu verständigen?«

»Nein, nicht direkt. Aber ich stehe in Kontakt mit den Himmelsstimmen.«

»Ja, natürlich«, sagte Steve. Wie toll! »Aber abgesehen davon hast du keine Nachricht erhalten, die besagt, dass sie sicher angekommen sind.«

Mr. Snow warf die Arme in die Luft. »Wir *haben* eine Bestätigung. Yama-Shita hat doch die Gewehre mitgebracht. Er ist ein Ehrenmann, auf dessen Wort man sich immer verlassen kann. Das Gleiche gilt auch für alle anderen Eisenmeister. Sie haben sich noch nie vor einer Abmachung gedrückt.«

»Aber … so wie ich die Sache verstehe, bestand die Abmachung darin, dass ihr im Tausch für die Gewehre ein Flugzeug und einen Piloten liefert. Sie haben nicht versprochen, den Piloten und den Passagier zurückzugeben.«

»Stimmt.« Ein schelmisches Leuchten trat in Mr. Snows Augen. »Du bist schlau, Brickman. Ein echt schräger Vogel.«

Steve hatte den Ausdruck zwar noch nie gehört, aber er hörte sich trotz des bewundernd klingenden Tonfalls nicht gerade nach einem Kompliment an.

Als Mr. Snow erkannte, um was es in diesem Gespräch vorrangig ging, legte er seine Stirn in Falten. »Cadillac und Clearwater waren sich der Lage bewusst. Ich habe es ihnen überlassen, die Dinge zu erklären. Die Eisenmeister sind ein intelligentes Volk.« Er hielt inne und zupfte an seinem Bart. »Ich habe nicht im Geringsten mit einem Problem gerechnet.«

Steves Laune verschlechterte sich, als sich sein Meisterplan, der sowieso schon in Fetzen hing, in nichts auflöste. »Du bist wohl verrückt geworden?! Wie konntest du nur so … *sorglos* sein? Die gesamte Zukunft des Clans steht auf dem Spiel, und du …! Niemand kehrt je aus Beth-Lem zurück! Hört man das nicht überall?!«

»Für gewöhnlich nicht, aber …«

»Christoph Columbus! Was für eine Lage!«

Mr. Snow gab ihm mit einer Geste zu verstehen, er solle sich abregen. »Schau, wir wollen die Sache doch nicht hochspielen. Wir haben noch drei Tage, bis die Schiffe ablegen. Wir werden noch einmal mit Yama-Shita reden. Sie sind an Bord seines Schiffes – da bin ich mir sicher.«

»Und warum hat er sie dann nicht mit an Land gebracht?«

»Eine gute Frage. Weißt du, was ich glaube? Ich glaube, er hält sie zurück. Er weiß nämlich, dass wir über die Gewehre nicht allzu glücklich sind, deswegen … will er uns erpressen, sie zu nehmen.«

»Das ist möglich«, sagte Steve nachdenklich. »Ich hoffe, du hast recht.«

»Tja, wir können nichts dagegen machen. Wir können nur warten und sehen, was passiert.« Mr. Snow setzte sich müde hin und zog ein Fell um seine Schultern. »Mutter Mo-Town! Der Lärm ist wirklich schrecklich, findest du nicht auch? Und so viele Leute! So war es auch in der Alten Zeit. Wohin man auch geschaut hat, überall waren Menschen; Schulter an Schulter, von einem Horizont zum anderen. Und sie haben übereinander in Steinbäumen gewohnt, die bis zum Himmel hinaufreichten! Kein Wunder, dass die Welt verrückt geworden ist …«

Steve hockte sich neben ihm auf seine Felle. »Was passiert, wenn Cadillac und Clearwater nicht auf Yama-Shitas Schiff sind und du, wie vorausgesagt, am Ende des Sommers stirbst?«

Mr. Snow enthüllte sein Haupt. »Ich würde sagen, dann stehen den M'Calls harte Zeiten bevor. Aber … sie haben doch immer noch dich.« Er legte sich hin, dann sagte er: »Vielleicht hat Talisman genau das vorgehabt, als er dich zu uns zurückgeführt hat.«

Vielleicht …

Wenn man von den Feuern entfernt war, war die Nachtluft kalt. Steve rollte sich in seine Felle und versuchte, das verwirrende Gemurmel, das Singen und das Trommelschlagen aus dem Stierring, aus seinem Bewusstsein zu verdrängen. Es gelang ihm zwar, eine geistige Oase der Stille zu erzeugen, aber die Leere wurde bald von einer finsteren Wolke widerstreitender Zweifel und Argwohn erfüllt, zu dem noch die Last seiner vergangenen und gegenwärtigen Betrügereien kam – die Geheimnisse, die er mit anderen teilte oder die nur ihm bekannt waren. Er schloss die Augen, aber der Schlaf wollte nicht kommen. Kaleidoskopartige Bilder von Liebe, Tod und Gefahr wirbelten fortwährend durch sein fiebriges Hirn, bis das erste Morgenlicht kam.

Die Geschäfte zwischen den Prärievölkern und den Eisenmeistern wurden fortgesetzt und abgewickelt. Trockenfleisch, Korn, Felle und Häute wurden von den verkauften Mutanten an Bord gebracht; die Waffen, Werkzeuge, Messer, Kleider, Töpfe, Pfannen und alle anderen nützlichen Gegenstände schleppte man an Land. Doch abgesehen von Yama-Shita und seinen Begleitern, verließ niemand den dritten Raddampfer.

Am späten Nachmittag des vierten Handelstages ging Steve zum Posten und gesellte sich zu einer Gruppe M'Call-Bären, die am Rand des Quadrats saßen und dem Fortschritt zuschauten. Nachdem er lange in der Schlange gewartet hatte, wurde der M'Call-Handelsrat auf die Plattform gelassen, und Mr. Snow erhielt endlich eine Gelegenheit, durch die Übersetzer mit Yama-Shita zu sprechen.

Steve brauchte gar nicht zu hören, was sie zueinander sagten. Die schlechten Nachrichten standen deutlich im Gesicht des alten Wortschmieds geschrieben. Er verbeugte sich respektvoll zusammen mit den anderen Ratsmitgliedern und trat aus dem Quadrat. Steve eilte zu ihm, als sie durch die Reihen der Gaffer schritten. Der zehnköpfige Rat sah aus, als sei er von einem Wagenzug angefahren worden.

»Sie sind nicht auf dem Schiff …«

Mr. Snow schüttelte den Kopf. »Es ist noch schlimmer. Cadillac *will* nicht zu uns zurück.«

Steves Eingeweide verwandelten sich in Eis. »Was ist mit Clearwater?«

»Yama-Shita hat mir versichert, dass keiner der beiden gegen seinen Wunsch festgehalten wird. Sie sind gesund, und man hat sie großzügig belohnt …«

»Aber zurück kommt sie auch nicht …«

Mr. Snow machte eine hilflose Geste. »Sei vernünftig! Sie kann ihn doch nicht dort allein lassen.«

Steve warf einen finsteren Blick auf die Empore. »Glaubst du diesem Burschen?«

»Ich habe keine andere Wahl. Sie haben uns, wie gesagt, noch nie betrogen.«

»Mit anderen Worten, ihr lasst ihn einfach laufen.«

Mr. Snow keuchte erschrocken. »Hör zu, junger Mann! Beruhige dich! Wenn Cadillac sich aus irgendeinem Grund entschieden hat, bei ihnen zu bleiben, ist *er* derjenige, der uns betrogen hat, und nicht die Eisenmeister. Sie können wir also beruhigt laufen lassen.«

»Vorausgesetzt, sie sagen die Wahrheit. Warum schnappen wir uns nicht eins von den Schiffen und sagen Yama-Shita, er soll zurückkehren und Cadillac und Clearwater holen, damit wir mit ihnen sprechen können?«

Sein Vorschlag führte dazu, dass die Ratsmitglieder erschrocken nach Luft schnappten.

Mr. Snow maß ihn mit einem abwertenden Blick. »Und mich hast du beschuldigt, sorglos zu sein? Angenommen, wir wären so verrückt. Angenommen, es würde uns durch irgendein Wunder gelingen, ein Schiff zu übernehmen … Glaubst du im Ernst, die anderen Clans würden zuschauen, ohne etwas dagegen zu unternehmen? Sie würden uns in Stücke reißen!« Er deutete auf die Plattform, wo Yama-Shita und seine Samurai gerade das letzte Geschäft des Tages abschlossen. »Von diesen Handelsterminen hängt ihr Leben ab!«

»Okay, okay; vielleicht war meine Idee doch nicht so gut. Was also wollt ihr machen?«

Mr. Snow ging in die Luft. »Große Himmelsmutter! Ich *weiß* nicht, was wir tun sollen, Brickman! Pah! Fragen, Fragen, nichts als Fragen! Seit fünfzig Jahren kriege ich jeden Tag dasselbe zu hören! Ich habe es satt, sie alle zu beantworten!« Er umkreiste den unglücklichen Handelsrat. »Und ich bin es leid, von einer schwachköpfigen Bande von Fleischköpfen angetrieben zu werden, die mir immer die *gleichen* dummen Fragen stellen, ohne je *zuzuhören!*« Er wandte sich nach Westen und hob die Arme der untergehenden Sonne entgegen. »Ach, Talisman! Warum musstest du einen Wortschmied aus mir machen. Du hättest mich doch auch taub und *stumm* machen können!« Er schob Steve beiseite und stapfte davon.

Der Rat schaute ihm hinterher; er wirkte sehr überrascht und betroffen. »Was ist denn mit ihm los?«, fragte Flying-Tiger. »Es war doch *seine* Idee, Cadillac und Clearwater zu den Eisenmeistern zu schicken. Keiner von uns hat die Gewehre haben wollen. Er hat uns geradezu gezwungen zu dem Handel!«

»Was habt ihr beschlossen?«

Flying-Tiger reagierte mit einer hilflosen Geste. »Natürlich nehmen wir sie. Was sollen wir denn sonst tun?« Er blickte zum Himmel auf. »Das ist das Schlimme mit den Wortschmieden. Wenn man ihren Rat nicht annimmt, weiß man nie, wie es ausgeht.«

Die anderen Ratsmitglieder schauten ihn an und murmelten zustimmend.

Steve legte eine Hand auf die Schulter des Mutanten. »Überlasst die Sache mir!« Er begab sich auf die Suche nach Mr. Snow und fand ihn schließlich ein paar hundert Meter weiter links von den Raddampfern am Ufer auf einem Felsen sitzend.

Der alte Wortschmied ignorierte ihn und starrte trübsinnig ins Wasser.

»Ich glaube, ich kenne die Antwort auf meine Frage, Alter …«

Mr. Snow sah ihn kurz an, sagte aber nichts.

»Ihr schickt achtzehn Clan-Brüder und -Schwestern über den Fluss. Ich möchte mit einem von ihnen die Stelle tauschen.«

»Du bist wohl nicht ganz …«

»Ganz im Gegenteil. Mir ist es noch nie im Leben ernster gewesen. Ich gehe nach Beth-Lem, finde Cadillac und Clearwater und bringe sie zu euch zurück – sicher und wohlbehalten.«

Als er Steves Vorschlag überdachte, blieb Mr. Snows Blick am Horizont haften, dann drehte er sich zu ihm um. »Haben dir deine Herren überhaupt etwas über Beth-Lem erzählt? Hast du überhaupt eine *Vorstellung,* was du tun willst?«

»Nein, ich habe keine Ahnung. Ich muss halt sehen, wie ich klarkomme.« Steve legte beruhigend die Hand auf die Schulter des alten Mannes. »Du brauchst dir keine Sorgen zu machen. Wir schaffen es schon. Du willst sie doch zurückhaben, oder?«

»Natürlich will ich das.«

»Und ich auch. Wenn auch aus anderen Gründen.«

Mr. Snow schaute noch immer zweifelnd drein. »Nun ja, an sich weiß ich deine Geste zu schätzen. Ich hoffe nur, dass du sie später nicht bedauern musst.«

Steve lächelte. »Du verstehst mich nicht. Wenn ich weiterlebe, warum sollte ich dann etwas bedauern? Hör zu, da ist noch etwas. Ich glaube, sie haben die Ladeliste für die Sklaven schon gemacht und abgegeben. Kannst du es schaffen, mich an Bord zu bringen?«

Jetzt war Mr. Snow an der Reihe, zu lächeln. »Kein Problem. Für die Dinks sehen wir alle gleich aus. Aber vielleicht müssen wir dein Haar färben.«

»Dann sollten wir lieber damit anfangen.«

Das Leben schien in das Gesicht des alten Mutanten zurückzufließen. Er rutschte von seinem steinigen Sitz herunter und ergriff Steves Schultern. »Es ist das letzte Mal, dass ich frage: Weißt du genau, dass du das alles durchmachen willst?«

Steve verzog das Gesicht. »Ich habe keine andere Wahl. Vielleicht hatte ich nie eine. ›Das Rad dreht sich‹ – das sagt ihr doch immer, nicht wahr? Als ich zu euch zurückgekommen bin und du dem Clan erzählt hast, ich werde in Talismans Namen eine große Tat vollbringen … Seither habe ich irgendwie das Gefühl, dass du gewusst hast, was passieren würde.«

Mr. Snow zuckte die Achseln. »Du machst dir ein dermaßen schmeichelhaftes Bild von meinen Kräften, dass ich dich nicht gern enttäuschen möchte. Besonders jetzt nicht.« Sie gingen zum Lager zurück.

»Da ist noch etwas, das ich wissen muss.«

»Frag nur!«

»Gibt es irgendeine Chance, ein Messer oder einen Schlagstock an Bord zu schmuggeln?«

»Das ist absolut unmöglich. Und wenn du es versuchst, könnte es die anderen ebenfalls in Gefahr bringen.«

Steve verzog das Gesicht. »Wie wäre es, wenn du ein bisschen zaubern würdest?«

Mr. Snow verdrehte die Augen und wandte den Blick

zum Himmel. »Ich bin Rufer, kein Geisterbeschwörer. Wenn ich das Risiko eingehe, mich in Stücke zu reißen, kann ich ein paar Stückchen Himmel und Erde bewegen, aber ich kann nichts verschwinden lassen oder Eier aus menschlichen Achselhöhlen kitzeln.«

»Okay, okay, ich verstehe schon.«

»Da ist noch etwas, das du wissen solltest.« Mr. Snow schnitt eine zögernde Grimasse, als sei er gezwungen, eine schlechte Nachricht bekanntzugeben. »Als Cadillac aufgebrochen ist, war er ohne Bemalung und wie ein Pilot gekleidet. Clearwater, die sich als seine Begleiterin ausgab, trug ihre normale Körperbemalung.«

Steve runzelte die Stirn. »Warum war Cadillac als Wagner verkleidet?«

»Ich dachte, das wäre offensichtlich.«

»Beeil dich! Keine Spielchen! Es ist zu wichtig.«

»Er ist als Wagner aufgebrochen, weil wir unsere gegenwärtige Beziehung nicht belasten wollten. Die Eisenmeister halten uns nicht für sonderlich helle – was die meisten von uns auch nicht sind. Wenn sie – beispielsweise wie du – herausfinden, dass es ein paar Mutanten gibt, die sehr *schlau* sind, würden sie sich uns gegenüber wahrscheinlich anders verhalten.«

»Aber sein Name … Verrät der ihn nicht?«

Mr. Snow konnte sein Grinsen kaum zurückhalten. »Er benutzt deinen.«

»Ach so … Hätte er nicht einen anderen nehmen können – den von Lou Kennedy oder von Fazetti?«

»Er trägt zwar Fazettis Uniform, aber er hat das Namensschild von deinem Drillich abgetrennt. Vielleicht weißt du noch, dass es verschwunden war, als du wieder zu dir kamst.«

»Ich dachte, jemand hätte es sich als Andenken genommen«, sagte Steve.

»So war es auch. Wir wären nie auf die Idee gekommen, einen Donnerkeil zu bauen, wenn du es nicht vorgeschlagen hättest. Wir waren natürlich einverstanden. Es war eine Gelegenheit, die uns der Himmel schickte.«

»Yeah, kann ich mir vorstellen …«, sagte Steve kläglich. »Aber weißt du was? Ihr habt euch selbst reingelegt. Nach allem, was ich weiß, lassen sie zwar nie jemanden gehen, aber vielleicht hätten sie in dem Fall eine Ausnahme gemacht, wenn er als Mutant bei ihnen angekommen wäre – wegen des Geschäfts mit Yama-Shita. Aber die Chance, dass sie je einen Wagner wieder laufenlassen, existiert nicht – besonders dann nicht, wenn sie einen haben, dessen Wissen ihnen nützlich ist. Um was also könnte es ihnen gehen? Euch nützt sein Wissen nichts. Für euch ist das Gehirn eines Wagners höchstens zum Essen gut.«

Mr. Snow zupfte an seinem Bart. »Du hast recht … Daran habe ich noch nicht gedacht. Gut mitgedacht, Brickman.«

Steve genoss den Augenblick des Triumphs. »Dann … halte ich also Ausschau nach Clearwater und einem dunkelhaarigen Wagner, der auf den Namen Steve Brickman hört.«

»Du kannst ihn nicht übersehen. Er hat einen Militärschnitt.« Mr. Snow erlangte sein selbstbewusstes Auftreten zurück und legte einen Arm um Steves Schulter. »Es war keine Bosheit im Spiel, das versichere ich dir. Du solltest es eher als Zeichen des Respekts ansehen. Schließlich warst du es, der ihn fast alles gelehrt hat, was er weiß.«

»Erinnere mich bloß nicht daran«, sagte Steve.

18

Nachdem er sich impulsiv freiwillig gemeldet hatte, nach Beth-Lem zu gehen, dachte Steve noch einmal intensiver über seinen Plan nach. Hatte er das Richtige getan oder hatte ihn sein netter Gastgeber wieder in eine Falle gelockt? Mr. Snow hatte ihn schon beim Drachenbau und in seiner Beziehung zu Clearwater manipuliert. Daran gab es nichts zu deuteln, denn der Wortschmied hatte seinen Anteil an den beiden Affären lachend zugegeben. Steve verdächtigte ihn außerdem, dass er sein Funkmesser hatte verschwinden lassen und deswegen für den Tod des Agenteams verantwortlich war. Und wenn er das glaubte, musste er sich leider auch mit dem Gedanken anfreunden, dass Mr. Snow ihm, obwohl er ihm alles erzählt hatte, nicht traute. Er müsste auch ein Narr sein, wenn er es täte, dachte Steve. Doch selbst jetzt, als ihm dieser zynische Nebengedanke kam, war er bereit, im Zweifel zugunsten des Wortschmiedes zu entscheiden. Es war die Ambivalenz ihrer Beziehung, die Steve Sorgen bereitete. Von dem Augenblick an, als er in Mr. Snows Gegenwart wieder zu sich gekommen war, hatte er sich als natürlicher Verwandter des alten Mannes empfunden, auch wenn dies seinem grundsätzlichen Lebensinstinkt zuwiderlief. Zwar hungerte er nach Freundschaft und guten Ratschlägen, aber es mangelte ihm an der Ehrlichkeit, seine Bedürfnisse auszusprechen. Er wollte glauben, doch er hatte Angst, dass er, wenn er es tat, zu verwundbar wurde. Vielleicht, redete er sich ein, hat Mr. Snow lautere Motive. Vielleicht glaubt er, dass ich weniger unter Druck stehe, wenn er alles von mir fernhält, was mich mit der Föderation in Kontakt bringen kann; wenn ich keine Möglichkeit mehr habe, in Versuchung zu kommen.

Es waren alles reine Vermutungen. Man konnte unmöglich sagen, was der listige alte Bursche dachte oder ob er *wirklich* wusste – wie er nicht müde wurde anzudeuten –, was sich in seinem Kopf tat. Oder war es nur seine eigene Fantasie, die keine Pause machte? Er war seiner eigenen Falschheit zum Opfer gefallen. Er konnte niemandem trauen, deswegen konnte er auch nicht glauben, dass ihm jemand traute. Konstruierte er labyrinthische Verschwörungen gegen sich, obwohl es sie in Wirklichkeit gar nicht gab?

Es gab nur eins, dessen er sicher sein konnte: Keiner der Beulenköpfe war so dumm, wie er anfangs angenommen hatte. Er hatte lange gebraucht, um es zu kapieren, doch dabei hatte er auch mehr Verständnis für seinen eigenen Charakter entwickelt – und auch ein bisschen Bescheidenheit.

Steves Hauptsorge war, dass Mr. Snow ihm nicht die Wahrheit über Clearwater und Cadillac erzählt hatte. Als Meister finsterer Spielpläne sah Steve sich schon in einer Situation, in der er sich auf einem Raddampfer aufhielt und nicht mehr von Bord kam, während die beiden, die er suchte, mit Yama-Shitas Erlaubnis, von einem anderen Schiff aus an Land und lachend nach Hause gingen, während man ihn in die Gegenrichtung verfrachtete.

Es wäre eine saubere Methode, um sich ihn vom Hals zu schaffen und dafür zu sorgen, dass er keine Gelegenheit bekam, sich weiter in ihre Beziehung einzumischen. Aber wenn Cadillac nun Clearwaters wahre Gefühle kannte, welchen Wert hatte ihre Beziehung dann noch für ihn? Mr. Snow hatte angedeutet, dass sich der junge Wortschmied über das, was während seiner Abwesenheit vorgefallen war, nicht gerade gefreut hatte. Cadillacs Charakter gab Steves momentanem Dilemma die Antwort. Je länger er über Cadillac nachdachte, desto überzeugter wurde er, dass Mr. Snows Bericht über Yama-Shitas Worte der Wahrheit entsprach. In den Monaten der Gefangenschaft hatte er beobachtet, wie besessen Cadillac darauf bedacht war, Ansehen zu erringen. Der junge Bursche war in vielerlei Hinsicht sein eigenes Spiegelbild. Sie waren beide machthungrig und hatten das gleiche, tief sitzende Bedürfnis, Anerkennung zu gewinnen und *jemand* zu sein.

Daher rührte auch Cadillacs eitle Hoffnung – die Mr. Snow zunichtegemacht hatte –, er sei möglicherweise als Talisman ausersehen; eine Hoffnung, die er Steve in mehreren Gesprächen offenbart hatte. Als Steve Cadillac erlaubt hatte, sich an seinem Wissen zu bereichern, hatte er ihm unwissentlich die Möglichkeit eingeräumt, den Status einzunehmen, nach dem er sich sehnte, sodass er nun in die Nähe wirklicher Macht gelangt war.

Aber es gab noch etwas anderes, das man berücksichtigen musste: Indem Cadillac Steves Gedächtnisspeicher geklont hatte, hatte er auch andere mentale Prozesse übernommen, die die Art, wie er sein neues Wissen einsetzte, beeinflussten. Die Wahrscheinlichkeit, dass Cadillac zu einer gespaltenen Persönlichkeit geworden war, war sehr hoch. Er war nun fähig, wie ein Mutant und wie ein Wagner zu denken, aber nicht wie ein x-beliebiger Wagner, sondern wie *Steve*.

Aus diesem Winkel betrachtet, ergab Cadillacs Wunsch, bei den Eisenmeistern zu bleiben, einen Sinn. Er war der erste Mutant, der die Luft bezwungen hatte. Dann hatte er, wenn auch mit geborgtem Wissen, die erste Flugmaschine gebaut. Er hatte sie zu den Eisenmeistern gebracht und angefangen, sie in der Technik ihres Aufbaus zu schulen. Vielleicht hatte er mit ihrer Unterstützung sogar eine weitere Maschine gebaut. Der Weg nach Osten hatte seiner sprießenden Intelligenz möglicherweise neue Horizonte eröffnet und neue Herausforderungen geboten. Cadillac hatte schon auf die Entfremdungsgefühle seiner Kindheitserfahrungen hingewiesen. Als normaler, glatthäutiger Mutant unterschied er sich über Gebühr vom Rest des Clans, trotz des Respekts, den man ihm als Mr. Snows erklärter Nachfolger erwies. Doch Respekt reichte ihm nicht: Cadillac musste an seinen eigenen Wert glauben; er musste ihn mit seinen eigenen Maßstäben messen.

Und jetzt hatte er die goldene Gelegenheit. Was er auch tat, es musste viel besser sein als die Aussicht, zurückzukehren und seine Nachbarn beim Verarbeiten von Büffelhäuten zu beobachten. Ja … Wenn er ein Mutant gewesen wäre, hätte er, Brickman, S.R., nicht anders gehandelt.

Bei der letzten Besprechung hatte Karlstrom angedeutet, das Gebiet, das die Eisenmeister bewohnten, sei wahrscheinlich ein Teil der Nordostküste, die von Connecticut nach Virginia hinunterlief und die Bergkette der Allegheny Mountains einschloss. Doch das war alles. Karlstrom hatte keine weiteren Einzelheiten ausgesprochen – außer der Andeutung, dass die Feuergruben von Beth-Lem sich eventuell in der Umgebung Pittsburghs befanden, einem

Navigationsbezugspunkt im Prä-Holocaust-Staat Pennsylvania. Dieser einzige Bezug auf die Eisenmeister war am Ende eines Gesprächs gefallen, das Karlstrom mit dem üblichen »Auf Wiedersehen und viel Glück« abgeschlossen hatte, ohne Steve eine Möglichkeit einzuräumen, Zusatzfragen zu stellen.

Steve war sich darüber im Klaren, dass es Standardpolitik der Föderation war, jeden nur so viel wissen zu lassen, wie er wissen musste, doch Karlstroms verbale Zurückhaltung zum Thema Eisenmeister hatte ihn doch verwirrt. Steve konnte zwar verstehen, dass man ihre Existenz vor den gewöhnlichen Wagnern geheim hielt, aber er war doch mit Wissen über sie zurückgekehrt.

Und nicht nur das – schließlich war er auch ein Angehöriger der AMEXICO und im Begriff, sich auf eine heikle und gefährliche Oberweltmission zu begeben.

Egal. Seine latente Feindschaft zur Ersten Familie kam hoch, schwemmte alle noch vorhandenen Zweifel beiseite und gab ihm ein neues Zielbewusstsein. Was sie nicht wussten oder abgelehnt hatten, ihm zu sagen, würde er selbst herausfinden. Er würde die Reise über den See in der Maske eines Mutanten machen. Es würde ihm die Gelegenheit einräumen, die seltsam benannten Feuergruben von Beth-Lem und die Länder zu sehen, die an das östliche Meer grenzten. Er wollte gehen, weil ihn danach verlangte, wieder mit Clearwater vereint zu sein, und wegen seines Versprechens, sie zu retten.

Und weil Cadillac, der trotz seines ausdrücklichen Wunsches, im Osten zu bleiben, zurückgeholt werden musste. Wenn Mr. Snow starb, musste er da sein, um seinen Platz einzunehmen, aber auch das war noch nicht alles: Die Früchte der Arbeit, die er für die Eisenmeister geleistet hatte, mussten völlig vernichtet werden. Einem Volk mit technischem Geschick und kriegerischem Charakter durfte man nicht erlauben, die Luftüberlegenheit der Föderation infrage zu stellen. Und schon gar nicht durfte er zulassen, dass dieses Volk mit der Hilfe eines Burschen Flugmaschinen baute, der sich als Steve Brickman ausgab. Die Erste Familie wusste zwar noch nicht genau, was die Eisenmeister planten, aber irgendwann würde ihnen die ganze Geschichte zu Ohren kommen. Und wenn es so weit war, konnte Steve der Beschuldigung, für all dies verantwortlich gewesen zu sein, nicht mehr entgehen. Er konnte das Schlimmste nur verhindern, wenn man erfuhr, dass er alles getan hatte, um es zu verhindern.

Doch all das war leichter gesagt als getan. Er war im Begriff, sich auf eine Reise ins Unbekannte einzulassen. Und er konnte sich nur auf sein Glück – und vielleicht auf Talisman – verlassen. Obwohl er sich heimlich geschworen hatte, der Vorstellung eines unsichtbaren Wohltäters ein bisschen Glauben zu schenken, war er nicht bereit, alles dem Zufall zu überlassen. Er würde das Kampfmesser und den Schlagstock mitnehmen, den Clearwater in Night-Fevers Obhut zurückgelassen hatte. Das mit Reißzähnen bewehrte Mädchen hatte zwar die Botschaft vergessen, die sie ihr aufgetragen hatte, doch Clearwater hatte durch den Stock zu ihm gesprochen. Es war mehr als ein Zeichen der Zuneigung, und seine Gründe, ihn anzunehmen, waren alles andere als sentimental. Hinter dem Schenkungsakt lag ein tieferer Sinn, der kristallklar geworden war, als er ihn in die Hand genommen hatte, um die Agenten am See zu bekämpfen. Damals hatte er gespürt, wie der hölzerne Schaft zum Leben erwacht war; er hatte in einer fremden Kraft pulsiert; sie war in seinen Körper geströmt und hatte ihm eine beinahe übermenschliche Schnelligkeit und Stärke verliehen. Er hatte zwar die halbherzige Anstrengung unternommen, sich einzureden, er bilde sich alles nur ein, aber tief in seinem Innern wusste er, dass die Kraft echt war; eine greifbare Manifestation der Mutantenmagie. Sie, deren Kraft ihn zweimal vor dem Tod aus Motor-Heads Händen bewahrt hatte, wachte auch jetzt noch über ihn.

Mr. Snow hatte seinen Vorschlag, Waffen auf den Raddampfer zu schmuggeln, brüsk als unmöglich zurückgewiesen. Eins stand fest: Es war nicht drin, den Schlagstock während der Verladearbeiten an Bord zu bringen. Den Mutantensklaven war als Einzigen erlaubt worden, die Rampen zu benutzen, doch zuvor hatten sie sich nackt ausziehen, im See waschen und einen kurzen Lendenschurz aus weißer Baumwolle anlegen müssen, der ihre Genitalien verdeckte. So nacktärschig, wie sie zur Welt gekommen waren, hatten sie die eingekauften Waren an Bord getragen.

Da Steve nicht zu ihnen gehört hatte, war er gezwungen gewesen, seine Fracht am Ufer abzusetzen, doch wenn die Schiffe sich abends zurückzogen, hatte er die Schauerleute gefragt, was und wen sie gesehen hatten. Aus diesen Gesprächen konnte er sich teilweise ein Bild vom Innern des Raddampfers machen. Das Bild war zwar nicht so detailliert, wie er es gern gehabt hätte, aber es würde zumindest reichen, dass er sich zurechtfand, wenn er an Bord ging. Nicht mit den anderen Sklaven am nächsten Morgen, sondern in dieser Nacht, wenn die Raddampfer draußen in der Bucht vor Anker lagen.

Außerdem war es ihm gelungen herauszufinden, dass die Angehörigen des M'Call-Clans für das linke Flankenboot bestimmt waren – auf dem Schiff, das mehrheitlich schwarz und silbern gestrichen war. Die gefangenen Renegaten wurden zwischen dem Schiff, das unter anderem das M'Call-Kontingent beförderte, und dem anderen aufgeteilt, das schwarz und golden gestrichen war. Yama-Shitas rotgoldenes Schiff, das am meisten verzierte, beförderte keine menschliche Fracht.

Steve wollte in der Deckung der Nacht hinausschwimmen, an Bord des schwarzsilbernen Raddampfers gehen, und sein Messer und seinen Schlagstock an der sichersten Stelle verstecken, die er finden konnte. Er hatte nicht die geringste Ahnung, wie lange die Reise dauerte oder was an ihrem Ankunftsort passierte. Was diese Brücke anbetraf, so würde er sie überqueren müssen, wenn er sie vor sich sah. Brennend vor Ungeduld, erkundete er eine umständliche Route zum Ufer hinunter, markierte sie mit Steinen und wünschte sich, dass die Stunden schnell vergingen.

Den ganzen Nachmittag über brachten Gruppen von Weißgestreiften schwere Eisenketten von Bord der beiden Flankenschiffe und schleppten sie zu den Lagern, wo die Rotgestreiften darauf warteten, die gefangenen Renegaten zu fesseln. Jedem Ausbrecher band man die Hände mit einer Kette zusammen, die durch einen Ring in einen Eisengürtel lief, den man ihnen um den Bauch schnallte. Die Ketten erlaubten es den Sklaven zwar, die Arme bis auf Kopfhöhe zu heben, doch immer nur einen. Dann legte man einen schweren Fußring um ihre Beine und ließ sie ansonsten frei. Eine Flucht war so unmöglich. Wer fortzulaufen versuchte, musste schnell erschöpft sein, und wer so dumm war, über Bord zu springen, würde wie ein Stein versinken.

Als Mo-Town ihren dunklen Umhang über den Himmel zog, schnallte Steve die Messerscheide an seinen linken

Unterarm, schulterte den Schlagstock und verließ das Lager in Richtung Westen, ohne Mr. Snow oder einem anderen zu sagen, was er vorhatte. Er suchte sich den Weg nach der Steinmarkierung und erreichte das Ufer etwa einen Kilometer unterhalb des Handelspostens. Er zog sich schnell aus, versteckte seine zusammengelegten Kleider unter einem Stein und glitt ins Wasser. Der erste Schwimmversuch im See hatte zwar sein Vertrauen gestärkt, ihn aber nicht ganz von der Angst befreit, irgendwelchen gräulichen Schleimkreaturen zu begegnen.

Die drei Raddampfer, die in der Bucht vor Anker lagen, hoben sich deutlich von der sie umgebenden Schwärze ab. An den gebogenen gedeckten Gängen, die um die Front, die Seiten und das Heck des Oberdecks verliefen, hingen Laternen, in denen Öltöpfe mit gelben Flammen blakten. Größere Laternen beleuchteten die Decks an Bug und Heck, und die Schiffsaußenbeleuchtung wurde durch eine Laternenreihe vervollständigt, die an Auslegern über dem Wasser und an den hölzernen Geländern befestigt waren, die rings um die Deckaufbauten verliefen. Steve hatte sie zwar in den früheren Nächten gesehen, aber er hatte nicht erkennen können, dass ihr Zweck über den einer Dekoration hinausging. Jetzt, wo er sich dem Schiff mit langsamen, leisen Schwimmbewegungen näherte, sah er, dass die Laternen einen breiten Wasserstreifen um jedes Schiff beleuchteten, was es einem Schwimmer praktisch unmöglich machte, an das Schiff heranzukommen, ohne von den patrouillierenden Wächtern gesehen zu werden.

Die einzige Lösung bestand darin, dass man untertauchte und so lange unter Wasser blieb, bis man die andere Seite erreichte. Der Gedanke war Steve unbehaglich. Auch wenn er bei der Verfolgung Donna Lundkwists einen halben See durchschwommen und jetzt ebenso erfolgreich die gleiche Strecke hinter sich gebracht hatte: Er brachte es nicht über sich, ins Wasser hinabzutauchen – aus Angst, wem er dort vielleicht begegnete. Es musste einen anderen Weg geben.

Steve zog sich in eine sichere Entfernung von dem Lichtkreis zurück und ließ den Blick über das Schiff wandern. Unter dem eckig geschnittenen Bug war ein dunkler Fleck, aber unmittelbar darüber war eine Wache stationiert. Es schien kein anderer Weg an Bord zu führen als an der schweren Ankerkette hinauf. Das Heck wirkte vielversprechender. Die großen Holzplanken, aus denen die Blätter des Antriebsrads bestanden, brachen das Licht der Hecklaternen. Wenn er sich durch die Heckblätter schleichen musste, konnte er durch das Innere des Schaufelrades an Deck klettern. Der Rauch, den er aus den Schornsteinen hatte kommen sehen, hatte ihm einen Hinweis auf den Antrieb des Schiffes gegeben. Die Kolben – riesige Holzbalken, mit Metallstreifen verstärkt –, die die Schaufelräder in Drehung versetzten, schienen mit einer Dampfdruckanlage verbunden zu sein. Möglicherweise befand sie sich irgendwo innerhalb der niedrigeren Ebenen des Gehäuses. Steve wusste zwar nicht genau, wie alles zusammenhing, doch die Stelle, an der die nach vorn gerichteten Kolbenenden unter die Decklinie führten, war von einem geneigten Gehäuse bedeckt. Dies, schloss er, konnte eine Möglichkeit sein hineinzugelangen.

Bis jetzt hatte er ein Dutzend Posten rund um das Schiff bemerkt. Manche bewachten die Türeingänge, andere patrouillierten zu zweit. Aber bestimmt befanden sich noch mehr im Innern. Steve überlegte, wie er, wenn er erst einmal an Bord war, am besten weitermachen sollte. Die

Masken der Eisenmeister waren zwar ein wunderbares Mittel, um sich zu verkleiden, aber ihre unverständliche Sprache machte eine wirkungsvolle Verstellung praktisch unmöglich. Außerdem bestand die Möglichkeit, dass die Eisenmeister die Masken abnahmen, wenn sie im Innern des Schiffes und unter sich waren. Angesichts dieser zwei Faktoren war die Überwältigung einer Wache und die Einnahme ihres Platzes zu riskant. Zudem machte seine gegenwärtige Mutantenmaske die Dinge auch nicht leichter.

Er würde sich ganz allein auf das Element der Überraschung verlassen müssen, so wie damals auf der Insel. Wenn sie sich auf ihren Schiffen für sicher hielten und von Wasser umgeben waren, hatten die Eisenmeister auch kaum einen Grund zu der Annahme, dass einer ihrer nicht schwimmenden Handelspartner bei ihnen einbrach. Wirklich problematisch wurde es morgen, wenn die verkauften Mutanten und die Renegaten an Bord gingen. Von dieser Zeit an würden die Wachen auf höchster Alarmstufe sein, um jeden Fluchtversuch zu unterbinden. Aber sie rechneten gewiss nicht damit, dass jemand einen Tag zu früh und aus freiem Willen zu ihnen an Bord kam.

Steve bemühte sich, das Wasser so wenig wie möglich aufzuwühlen. Er umkreiste das Schiff, um die gedeckten Gänge an der Steuerbordseite zu inspizieren, und gelangte dann unter das Heck.

Am Handelsposten, wo die M'Calls ihr Lager aufgeschlagen hatten, ging Mr. Snow mit untypischer Nervosität auf und ab. Rolling-Stone, der gleichmütige höchste Clan-Älteste, und Mack-Truck, ein Angehöriger des Handelsrates, schauten ihm zu. Sie trugen alle drei ihre zeremoniellen Gewänder. Steves Argwohn war, soweit er Mr. Snow betraf, nicht ganz unbegründet. Obwohl der Wortschmied ihm nichts Grundlegendes verschwiegen hatte, hatte er ihm nicht die ganze Antwort mitgeteilt, die Yama-Shita ihm in Bezug auf Cadillac und Clearwater gegeben hatte. Der höchste Eisenmeister hatte den Wunsch ausgedrückt, eine weitere Erklärung zu diesem Thema abzugeben und Mr. Snow und zwei seiner Gefährten zu einer Privataudienz an Bord seines Schiffes eingeladen. Das war eine Ehre, die man einem Angehörigen des Prärievolkes noch nie zuvor erwiesen hatte.

Mr. Snow hatte Brickman aus mehreren Gründen nichts von der Einladung erzählt. Das Protokoll verlangte, dass Rolling-Stone zu seinen Begleitern gehörte, und statt Blue-Thunder hatte er lieber Mack-Truck mitgenommen. Der hochgewachsene Krieger war zwar ein würdiger Clan-Vertreter, aber nicht gerade mit Intelligenz geschlagen und verfügte nicht über die gesellschaftlichen Umgangsformen, die solche Anlässe eventuell erforderten. Mr. Snow hätte Brickman zwar wegen seiner Intelligenz gern mitgenommen, aber er war emotional zu sehr in die Angelegenheit verwickelt. Wenn er das Wort ergriff, ohne an der Reihe zu sein, konnte es Schwierigkeiten geben. Und das war nicht das einzige Problem. Steve Brickman hatte immer noch den Status eines Ehrenkriegers. Ihn mitzunehmen wäre ein ernsthafter Affront gegen Blue-Thunder gewesen und hätte in den Augen des Clans sein Ansehen herabgesetzt. Deswegen war seine Wahl auf Mack-Truck gefallen.

Mr. Snow hatte sich des Weiteren gefragt, welche Erklärung er Brickman hätte geben sollen, wenn das angekündigte Ruderboot kam, um sie zu Yama-Shitas Schiff hinauszubringen. Er war schon besorgt über das, was geschehen würde, wenn sie erst einmal dort waren; und nervös war er, weil er sich fragte, was Brickman wohl tat, wenn er entdeckte, was hier vor sich ging – und wieso man ihn nicht auch eingeladen hatte. Dass sich der Wolkenkrieger selbst auf eine Party einlud, war das Letzte, was Mr. Snow wollte.

Die geistige Energie, die er auf Brickman richtete, war absolut verschwendet. Obwohl er dabei gewesen war, als Mr. Snow seine Bänder und Knochen abgelegt hatte, hatte er nicht nach dem Grund gefragt. Und als der Läufer kam und meldete, dass man das Ruderboot gesichtet habe, war Brickman längst in der Nacht verschwunden. Niemand im Lager der M'Calls hatte eine Ahnung, wo er war. Da Mr. Snow Brickman kannte, machte er sich natürlich Gedanken. Er lieh sich die Pfeife aus, die in einer nahen Gruppe von Bären kreiste, nahm ein paar Züge, um seine Nerven zu beruhigen, und führte seine Gefährten dann zum Ufer unter dem Handelsposten.

Steve, der in einem der riesigen Schaufelräder hockte, sah, wie das Ruderboot Yama-Shitas Schiff verließ und zum Ufer steuerte. Laternen hingen von den Enden der Kreuzbalken; sie wurden von zwei Pfosten gehalten, die vorn und hinten an der Reling befestigt waren. Das Boot war mit dem üblichen Kommando von Weißgestreiften bemannt – vier Ruderern und dem Steuermann, doch die rotgolden verzierte Sänfte, in der Yama-Shita reiste, befand sich diesmal nicht an Bord. An ihrer Stelle stand ein gelassen wirkender maskierter Samurai mit gespreizten Beinen und vor der Brust verschränkten Armen. Hinter ihm standen in ähnlichen Posen zwei Rotgestreifte, die nun schlanke, drei Meter lange Stangen hielten, an deren Spitzen Wimpel mit dem Symbol ihres Hauses hingen. Das

Boot fuhr fünfzig Meter an Steves Verdeck vorbei. Er verfolgte es mit den Augen, als es über das vom Wind gekräuselte Wasser fuhr; die Laternen erzeugten im alles umhüllenden Dunkel eine weichkantige Oase gelben Lichts.

Von dem Platz aus, an dem Steve nun saß – auf Höhe des Wasserspiegels –, konnte er gerade die senkrechte Linie des hohen Handelspostens ausmachen, der sich vom hellroten Schein der Feuer der weiter entfernten Lagerplätze abhob. Die einzelnen Lagerplätze und der umrandete Stierring wurden von einer Bodenerhebung abgeschirmt. Steve sah, wie kleine Gestalten aus der Dunkelheit traten und dem Ruderboot entgegengingen, und kurz darauf kam es zurück. Er war sich zwar darüber im Klaren, dass er kostbare Zeit vergeudete, aber seine Neugier war geweckt. Deswegen konnte ihn, bis er sah, wer sich in dem Boot aufhielt, nichts von der Stelle bewegen. Der Samurai hockte im Schneidersitz vor seinen drei sitzenden Passagieren, von denen einer vor und zwei hinter ihm saßen. Hinter den Passagieren standen die beiden Roten, ihre Wimpel flatterten stolz im Wind.

Bei einer Entfernung von fünfzig Metern war es in dem warmen, verschwommenen Schein der Laternen zwar fast unmöglich, die Gesichter der Leute an Bord zu erkennen, aber bezüglich der Identität der weißbärtigen Gestalt, die dem Samurai gegenübersaß, gab es keinen Zweifel. Dieser listige alte Fuchs. Also *deswegen* hatte er sich feingemacht. Was hatte er vor?

Steve spürte den plötzlichen Drang, hinauszuschwimmen und eine Möglichkeit zu finden, ihr Gespräch zu belauschen, aber der gesunde Menschenverstand hielt ihn schließlich davon ab. Wenn man ihn bis an die Zähne bewaffnet in Yama-Shitas Territorium schnappte, konnte es die deutlich erkennbar angestrebten Privatverhandlungen torpedieren und Mr. Snow und seine Freunde in tödliche Gefahr bringen – von ihm selbst ganz zu schweigen.

Das Schicksal der Begleiter Mr. Snows kümmerte Steve zwar wenig, aber er konnte nicht das Risiko eingehen, den Wortschmied in diesem Stadium des Spiels zu verlieren. Es ging immer noch um zu viel. Er wartete, bis das Ruderboot sein Ziel erreicht hatte, und schaute zu, wie Mr. Snow die Treppe hinaufging und mit seiner Samurai-Eskorte verschwand. Dann wandte er sich wieder dem Problem zu, ohne entdeckt zu werden einen Weg in das Innere des Raddampfers zu finden.

Der Samurai führte Mr. Snow und die beiden Clan-Ältesten durch eine Tür am Ende der mit Seitengängen versehenen Aufbauten. Sie betraten einen großen Raum, dessen Wände gänzlich von feucht und süß riechendem Holz bedeckt waren. Die dicken Balken, die die Plankendecke stützten, wurden wiederum von großen, eckigen Holzsäulen gestützt, die in den Gitterwerkboden gesetzt waren.

Für Mr. Snow, der sich nie zuvor in einem von Menschenhand geschaffenen Gebäude aufgehalten hatte, das größer war als eine Mutantenhütte, war die Größe des Raddampfers eher Furcht einflößend. Und wenn er den Gesichtern seiner Begleiter trauen konnte, sahen sie es nicht anders. Ihr Aufenthalt in diesem kolossalen Bauwerk erweckte furchterregende Erinnerungen an eine andere Zeit, in der ihre Ahnen in brennenden Labyrinthen aus Holz und Gestein gefangen gewesen und unter einstürzenden Balken zerschmettert und von gezackten Scherben aus nicht schmelzendem Eis – das Wort Glas existierte in ihrer Sprache nicht mehr – in Streifen geschnitten worden waren.

Sechs große, runde Wannen standen in einer Reihe, vier davon waren mit dampfend heißem Wasser gefüllt. Drei Dienerinnen, bis zur Hüfte nackt, standen wartend davor. Vor ihren Füßen standen mehrere Holzeimer mit kaltem Wasser; in einem Regal, das hinter ihnen an der Wand entlang verlief, lag ein Stapel grobgewebtes, gefaltetes weißes Leinen. Mr. Snow starrte die Dienerinnen in schockierter Überraschung an. Nicht der Anblick ihrer kleinen Brüste war die Quelle seiner Konsternation, sondern ihre Gesichter. Sie waren unmaskiert. Er sah die wahren Gesichter der Eisenmeister – sie waren schlitzäugige, flachgesichtige Personen, die, soweit er es sehen konnte, nicht die geringste Spur von Körperbehaarung aufwiesen.

Mr. Snow tauschte einen überraschten Blick mit Rolling-Stone und Mack-Truck. Sie waren nicht weniger verwundert und schienen auch ein bisschen besorgt, was die vier kochend heißen Kessel wohl bedeuteten. »Was haben sie mit uns vor?«, flüsterte Rolling-Stone. »Wollen sie uns bei lebendigem Leib kochen?«

Mr. Snow wandte sich an den Samurai. Er erwartete fast, noch ein weiteres flaches und schlitzäugiges Gesicht zu sehen. Doch er wurde enttäuscht. Der Samurai, der seinen Helm bereits an einen Rotgestreiften weitergegeben hatte, hielt seine Züge verborgen. Er streckte die Arme aus, um es dem zweiten Rotgestreiften zu erlauben, ihm die Rüstung und das Untergewand abzunehmen. Dann, als sein gelblicher Torso zu sehen war, deutete er auf die drei Mutanten und die dampfenden Wannen.

»Tut bitte das Gleiche.«

Mr. Snow und seine Gefährten verbeugten sich, als er sie ansprach. »Hai!«, sagte Mr. Snow und wagte es, das einzige Wort der Eisenmeistersprache auszusprechen, dessen

Bedeutung er verstanden hatte. Er wusste allerdings nicht, dass den Ausländern im Heimatland der Totengesichter die Verwendung der Samuraisprache absolut verboten war und mit einem schmerzhaften Tod bestraft wurde. Hätte Yama-Shita Mr. Snow nicht zu sich befohlen, er wäre für sein kurzes Kokettieren auf der Stelle enthauptet worden.

Als Mr. Snow sich aufrichtete, sah er, dass jeweils eine der Frauen ihre sackförmigen Hosen ausgezogen hatte und bis an die Taille im heißen Wasser stand. Sie trugen nur noch weiße Stirnbänder aus Baumwolle. Der nächste Schritt war ihnen allen verständlich. Ihre Gewänder mit der Sammlung aus Knochen, Federn und Steinchen wurden säuberlich abgelegt, dann lud man sie ein, die Stufen hinaufzugehen und ins heiße Wasser zu steigen.

Es war eine neue Erfahrung. In den tausend Jahren, seit ihre traumatisierten Vorfahren sich einen Weg aus den Trümmern gegraben hatten, waren die Mutanten nie in der Lage gewesen, heißes Wasser für den Körper zu vergeuden. Die einzige Gelegenheit, bei der sie Wasser erhitzten, war in einem Topf, um Nahrung zu kochen.

Dann gab es noch eine Überraschung. Das Totengesicht in der Wanne hielt einen Block aus hartem gelbem Fett in der Hand, der – wie die Seifenblätter – weißen Schaum erzeugte, aber in viel größeren Mengen. Dann hatte sie noch einen ganz weichen Stein voller Löcher, den man mit der Hand zerdrücken konnte und dazu benutzte, um die Haut zu reiben.

Mr. Snow meisterte seine anfänglichen bösen Ahnungen und unterwarf sich bescheiden den Absichten der Dienerin. Es war nicht so unangenehm, wie er erwartet hatte, und als sie die Stelle erreichte, die seit mehreren Jahrzehnten nicht mehr die Berührung einer Frauenhand gespürt hatte, musste Mr. Snow zugeben, dass die Zivilisation der Eisenmeister auch ihre angenehmen Seiten hatte.

Als der Samurai in der Wanne saß, nahm er zwar die Maske ab, doch er hielt das Gesicht abgewandt. Bevor man es sehen konnte, brachte ihm ein Rotgestreifter eine neue. Als die drei Mutanten gründlich gebadet waren, übergoss man sie mit kaltem Wasser, dann wurden sie von den beiden vor der Wanne stehenden Dienerinnen abgetrocknet. Schließlich reichte man ihnen Lendenschürzen aus Leinen, lose Unterhemden, sackartige schwarze Hosen und schwarzbraun gemusterte Jacken mit weiten Ärmeln, die von einer Schärpe zusammengehalten wurden. Als sie auf niedrigen Stühlen saßen, trocknete man ihr Haar und kämmte es, dann wurde es von Expertenhand geflochten und auf dem Hinterkopf zu einer Krone gedreht, die von dünnen Holzkämmen gehalten wurde. Eine der Dienerinnen trocknete sorgfältig ihre Fußsohlen ab, während eine zweite ihre Zehen in kurze weiße Baumwollsocken schob und ihnen passende Sohlen von Gehhäuten anzog, die mit Riemen am Fuß festgehalten wurden.

Während all dies vor sich ging, erfreute sich der Samurai einer ähnlichen Behandlung. Der einzige Unterschied bestand in seiner Kleidung, die mit silbern schimmernden Fäden durchwirkt war und das Symbol seines Hauses auf dem Rücken trug. Sein Gesicht wurde erneut verhüllt; ein weißes Stirnband mit einem dicken roten Kreis lag über seiner Stirn und umringte seinen haarlosen Schädel. Der Samurai schob sein Krummschwert in die breite Schärpe, die seinen Leib umspannte, und lud die drei Mutanten ein, ihm zu folgen. Sie verließen den Baderaum, kamen auf das Hauptdeck und gingen zwei Stiegen hinauf, bis sie auf dem zweiten Seitengang waren.

Die gesamten Aufbauten des Schiffes bestanden aus waagerechten und senkrechten Balken, aber die strengen Linien wurden durch geschnitzte Säulen und Simse, üppig geschmückte Flächen und perforierte Schirme gemildert, die zwischen den massiven Wänden standen. Ihr Führer wandte sich nach rechts und ging zwischen zwei maskierten Rotgestreiften hindurch, die einen Gang bewachten, der von Steuerbord nach Backbord verlief. Eine etwa eineinhalb Meter breite Plattform lief in Unterschenkelhöhe an der linken Seite des Gangs entlang. Zwei weitere Rote saßen mittschiffs zu beiden Seiten einer Tür auf der Plattform. Wie die Wände rechts und links von ihnen bestand auch die Tür aus zwei Platten aus durchsichtigem weißem Stoff, der über einen hölzernen Rahmen gespannt war.

Als sie erschienen, richteten sich die Roten schnell auf die Knie auf und sahen einander an. Dann schoben sie die Tür auf und verbeugten sich tief, als der Samurai hindurchging.

Mr. Snow folgte ihm. Auf der anderen Seite passierten sie zwei weitere rote Wachen. Sie betraten einen noch größeren rechteckigen Raum, dessen Wände aus mit Leinen bespannten Rahmen bestanden. Der Boden war von einer makellosen Strohmatte bedeckt; nirgendwo sah man auch nur ein Stäubchen. Auf der Bodenmatte waren mehrere kleine dunkelbraune Matten ausgelegt; drei von ihnen lagen in einem Dreieck und waren auf eine quadratische Erhebung am anderen Ende des Raums ausgerichtet. Vier Eisenmeister, die noch protziger gekleidet waren als ihr Führer, saßen rechts und links von einem verzierten Klappstuhl auf der Erhebung.

Wie der Samurai warfen sich auch Mr. Snow und seine Gefährten auf die Knie und verbeugten sich. Dann nahm der Samurai einen Platz auf der linken Seite des Raums ein. Mr. Snow kniete sich auf die erste Matte; Rolling-Stone und Mack-Truck nahmen die Matten hinter ihm ein. An der Rückseite des Raums wurde eine Platte verschoben und enthüllte Yama-Shita, den man sofort an seiner schwarzen Maske erkannte: Sie war mit drei breiten Goldstreifen verziert und dort, wo Augen und Nase waren, offen. Alle neigten sich auf den Händen nach vorn und drückten die Nase auf den Boden. Dann, als Yama-Shita Platz genommen hatte, richteten sich die Eisenmeister auf der Plattform auf und setzten sich im Schneidersitz hin. Der Juniorsamurai und die Mutanten hockten sich auf die Fersen und warteten darauf, dass er das Wort ergriff. Der oberste Eisenmeister sprach ihren Führer in einem unverständlichen Ausbruch von Tönen an, dann beugte er sich vor, legte den rechten Ellbogen auf sein Knie und richtete die Aufmerksamkeit auf Mr. Snow.

Der Samurai übersetzte: »Fürst Yama-Shita sagt, euer Hiersein ist ein Beweis für die hohe Wertschätzung, die er dem Prärievolk entgegenbringt. Im Gegensatz zu den anderen, die in der Wüste im Süden leben, teilen unsere beiden Völker, jedes auf seine Art, das gleiche Ehrgefühl und den Respekt für Heldenmut. Es freut ihn, zu wissen, dass das lange spitze Eisen, das er geliefert hat, von den tapfersten Kriegern in die Schlacht getragen wird.«

Mr. Snow bestätigte das unerwartete Kompliment mit einem Nicken. Yama-Shita reagierte mit einem weiteren Ausbruch, den der Samurai übersetzte.

»Fürst Yama-Shita möchte über den Wolkenkrieger sprechen, den ihr uns geschickt habt, und dessen Rückkehr ihr, zusammen mit der seiner Begleiterin, erwartet.«

Wieder eine lange Reihe unverständlicher Worte.

»Er ist sich eurer Enttäuschung bewusst und hofft, dass sie keinen Schatten auf die Freundschaft zwischen den Söhnen Nissans und dem Prärievolk wirft. Um jeden Zweifel unserer Verwaltung in dieser Angelegenheit auszuräumen, hat er euch zu sich gerufen, damit ihr die Wahrheit selbst erkennt.«

Yama-Shita bellte eine kurze Anweisung und schaute auf die Wand, die sich rechts von Mr. Snow befand. Von unsichtbaren Händen zurückgezogen, teilten sich die beiden Mittelplatten und enthüllten ein kupferhäutiges dunkelhaariges Mädchen, das in dem dahinterliegenden Raum auf einem dicken Kissen kniete.

Mr. Snow war äußerst verwirrt von ihrer seltsamen Aufmachung, aber das Licht, das ihre blauen Augen versprühte, war unmissverständlich.

Es war Clearwater.

Sie trug ein langes buntes Gewand im Stil der Eisenmeister, das die Totengesichter Kimono nannten. Es wurde von einer breiten Schärpe aus glattem, glänzendem Material gehalten, das um ihre Taille geschlungen war und auf ihrem Rücken von einem großen Knoten gehalten wurde. Clearwaters Haar, das nun viel voller wirkte, war in einem steifen, gelackten Knoten aufgetürmt und wurde von langen schwarzen Kämmen gehalten. Doch nicht nur ihre Kleidung war anders. Ihr Gesicht, ihr Hals und ihre Handrücken trugen nicht mehr das übliche Muster aus Braun und Schwarz. Sie hatte einen Vorrat der rosafarbenen Seifenblätter mitgenommen – für unvorhergesehene Notfälle. Was hatte sie veranlasst, die Farbe von ihrem Körper zu waschen und ihre glatte olivbraune Haut zu enthüllen? Mr. Snow hätte die Antwort sehr gern gewusst, aber er wagte nicht, danach zu fragen, weil er sich fürchtete, wie seine Gastgeber es aufnahmen – und wohin die Antwort führen konnte.

Als sich ihre Blicke trafen, verbeugte Clearwater sich respektvoll und legte die Hände unterwürfig auf ihre Knie. Ihr Gesicht war völlig ausdruckslos.

Die beiden Roten im Hintergrund des Raums nahmen zu beiden Seiten der geteilten Schirme Aufstellung. Zutiefst verwirrt von Clearwaters Anwesenheit auf dem Schiff und der dramatischen Veränderung ihres Äußeren, tauschte Mr. Snow einen Blick mit seinen Gefährten und wandte sich dann, nicht wissend, was er nun tun sollte, der Empore zu. Yama-Shita deutete auf Clearwater, dann schnauzte er kurz etwas in seiner Sprache.

»Fürst Yama-Shita sagt, jetzt ist die Zeit zum Sprechen. Ihr seid beide frei, zu sagen, was ihr wünscht.«

Der Seniorsamurai auf der rechten Seite der Plattform rief einen Befehl. Der nächste Rote schritt zu einem lackierten Schränkchen und entnahm ihm ein großes Stundenglas, das er zwischen Mr. Snow und Clearwater in der Mitte des offenen Türwegs auf den Boden stellte. Mr. Snow hatte noch nie zuvor einen solchen Gegenstand gesehen und wusste auch nicht, wie man ihn nannte, doch als er sah, wie der feine Sand aus dem oberen Behälter in den unteren rieselte, erkannte er seinen Zweck sehr schnell.

Nachdem man ihnen erzählt hatte, sie könnten frei reden, hatte Mr. Snow erwartet, Yama-Shita und seine Samurai würden sich zurückziehen, doch keiner bewegte sich. Sie saßen nur da und warteten ab, und da ihre Gesichter hinter den abscheulichen Masken verborgen waren, hatte er keine Möglichkeit zu wissen, was sie nun dachten. Er tauschte einen Blick mit Clearwater. Es war deutlich, dass auch sie sich durch die Anwesenheit der Totengesichter gestört fühlte, doch sie unterwarfen sich ihr, selbst wenn sie beide über die Macht verfügten, eine donnernde Wand aus Wind und Wasser zu beschwören, die die großen Raddampfer ans Ufer gespült und ihre großen Spanten wie Brotbaumstängel zerbrochen hätte. Ihre Geister waren gelähmt bei dem Gedanken an den abwesenden Cadillac und von dem Wissen, nichts unternehmen zu können, was den lebenswichtigen Handel zwischen dem Prärievolk und den Eisenmeistern in Gefahr bringen konnte.

Indem sie Cadillac als ›Wolkenkrieger‹ bezeichnete, begann Clearwater mit der Erklärung, er habe darum gebeten, man möge ihm erlauben, seinen Aufenthalt im Osten zu verlängern. Es fiel ihr sichtlich schwer, Mr. Snow beizubringen, dass der Wolkenkrieger diese Bitte zwar gegen ihren Willen, aber aus freiem Willen ausgesprochen hatte. Ihre Gastgeber hatten keinerlei Druck auf ihn ausgeübt. Als ihm zugewiesene Beschützerin war Clearwater der Meinung, sie habe keine andere Wahl, als bei ihm zu bleiben, bis sie ihn dazu bringen konnte zurückzukehren. Sie bestätigte, dass der Wolkenkrieger gesund sei und dass sie sich beide vieler Privilegien erfreuten. Ihre feinen Gewänder und ihre Anwesenheit auf dem Schiff waren der Beweis, dass die Eisenmeister großzügig und gastfreundlich waren. Sie sei, fügte sie hinzu, erfreut, die Gelegenheit dazu nutzen zu können, in der Gegenwart ihres eigenen Volkes auszudrücken, wie dankbar sie ihrem obersten Wohltäter sei – dem großen Landfürsten Yama-Shita.

Bei der Nennung seines Namens drehte sie sich um und verbeugte sich vor dem obersten Eisenmeister. Mr. Snow tat es ihr gleich. Rolling-Stone und Mack-Truck tauschten einen nervösen Blick, dann verbeugten sie sich zur Vorsicht ebenfalls.

Dann fragte Clearwater nach ihren Clan-Schwestern und nach Sun-Dance, ihrer Blutsmutter.

»Dein Name ist auf ihren Lippen und in ihren Herzen, aber sie klagen nicht.« Mr. Snow legte eine Pause ein, dann fügte er hinzu: »Doch andere erwarten ständig deine Rückkehr im Stein.«

Er sah, dass Clearwaters Augen auf das Schlüsselwort reagierten. »Und was sagt der Stein, Weiser?«

Mr. Snow wählte seine Worte sorgfältig und verwendete kurze Pausen oder eine leise Betonung, um die wahre Bedeutung dessen zu übermitteln, was er meinte. »Der Stein spricht von Leben und Tod, vom Gehen und Wiederkehren, von Hoffnung und Verzweiflung, von Liebe und Hass. Was er gesehen hat, ist eingetroffen; was er vorhergesagt hat, ist im Schwange. Visionen nehmen Formen an, und Träume werden Wahrheit.«

Clearwater gab ihm mit den Augen zu verstehen, dass sie seine Botschaft verstand. Sie fragte, wie der Clan über den Winter gekommen sei und wie die Aussichten für die nächste Ernte seien.

»Die Saat, von der wir gedacht haben, der Wind hätte sie fortgeweht, ist wieder aus dem Boden gesprungen«, erwiderte Mr. Snow.

»Und was ist mit dem Fallobst?«

»Nichts ist verloren gegangen. Mit der Hilfe mächtig spitzen Eisens werden wir vor dem Gilben alles wieder einsammeln.«

Jetzt war nur noch wenig Sand in der oberen Hälfte des eigentümlichen Behälters. Clearwater wandte sich nach rechts und nahm beide Hände, um ein kleines schwarzgold lackiertes Kästchen aufzuheben, das neben dem Kissen lag, auf dem sie kniete. Es war etwa zwanzig mal zwölf mal zwölf Zentimeter groß, hatte gerundete Ecken und geriffelte Kanten und war mit vier Beinchen versehen. Licht reflektierte von den goldenen Bildern, die die verschiedenen Flächen des Kästchens bildeten.

»Weiser, Fürst Yama-Shita hat mir erlaubt, dir, meinem Lehrer, als Zeichen meines Respekts und meiner Ergebenheit dieses Geschenk zu machen. Nur die Söhne Nissans können Gegenstände von solcher Schönheit herstellen. Da ich weiß, wie sehr du solche Dinge liebst, habe ich mich ihres einmaligen Geschicks bedient, um ein Werk zu erschaffen, das dein Auge erfreuen wird. Es drückt besser als jedes meiner Worte die Wunder und unendlichen Reichtümer aus, die man im Land der aufgehenden Sonne findet.«

Mit diesen Worten beugte Clearwater sich so weit wie sie konnte nach vorn, ohne sich von dem Kissen zu entfernen, und stellte das Kästchen auf den Boden. Dann verbeugte sie sich erneut vor Yama-Shita.

Der Eisenmeister reagierte mit einer gebieterischen Geste. Einer der knienden Roten hob das Kästchen auf und stellte es vor Mr. Snow hin, der sich nun seinerseits tief vor dem obersten Eisenmeister verbeugte und sagte: »Da die Hand unserer Tochter auf diesem Geschenk ist, wissen wir, es erreicht uns durch die Gnade deiner unerschöpflichen Freigebigkeit. Wir sind zutiefst geehrt, Empfänger deiner mildtätigen Güte zu sein und werden für immer nach Wegen suchen, um uns des Respekts und der Freundschaft würdig zu erwiesen, die du für unser Volk ausgedrückt hast.«

Der Juniorsamurai übersetzte für Yama-Shita. Mr. Snow war zwar sicher, dass der oberste Eisenmeister seine Sprache selbst beherrschte und bestens verstand, aber aus irgendeinem Grund – vielleicht um seine hohe Position noch mehr zu erhöhen – hatte er es lieber, wenn ihm alles durch einen Sprecher übermittelt wurde.

Yama-Shita grunzte seinen Dank und stand mit einer herrischen Geste auf. Jeder, der sich unterhalb der Erhebung befand, drückte die Nase auf den Boden und blieb in dieser Stellung, bis er, sein Gefolge im Schlepptau, den Raum verlassen hatte.

Als Mr. Snow wieder auf den Fersen hockte, war Clearwater nicht mehr zu sehen. Die unsichtbaren Hände, die den Wandschirm geöffnet hatten, hatten ihn wieder geschlossen. Er empfand eine plötzlich quälende Angst, was wohl jetzt mit ihr geschah, doch als er das Kästchen an sich nahm, fühlte er sich erleichtert. Es enthielt eine Botschaft; das, was sie gesagt hätte, wenn sie die Gelegenheit dazu gehabt hätte. So viel hatte er aus ihren Worten und den subtilen Wendungen ihrer Antworten verstanden. Er ließ die Finger über die bemalte Oberfläche des Holzes gleiten und spürte Clearwaters Präsenz. Es war ein Glück, dass die Eisenmeister entweder nichts von Magie wussten oder den Geschichten, die man über die Mutanten verbreitete, keinen Glauben schenkten.

Als sie wieder aufs Hauptdeck kamen, geleitete ihr Führer sie in einen Anbau des Badehauses, wo die Dienerinnen, die sie gebadet hatten, angezogen auf sie warteten und ihnen beim Anlegen ihrer Kleider halfen. Mr. Snow fand es eigenartig, dass man ihnen zwar erlaubt hatte, die Gesichter der weiblichen Eisenmeister zu sehen, doch nicht die der männlichen. Er dachte über die Phrase »die Söhne Nissans« nach. Heute Abend hatte er sie zum ersten Mal gehört. Bedeutete sie, dass man die Frauen in der Gesellschaft der Eisenmeister für minderwertige Lebewesen hielt? Oder war es nur so, dass diese dienenden Frauen weniger Ansehen hatten als der Samurai und seine rotgestreiften Jünger?

Die beiden Clan-Ältesten sagten erst wieder etwas, als sie sicher am Ufer waren. Dann warfen sie sich zu Boden, streichelten und küssten die Erde und schoben die Finger tief in den feinen Kieselboden, der den Strand bedeckte.

Rolling-Stone war als Erster wieder auf den Beinen. »Was für eine Nacht!« Er warf einen Blick auf den zurückrudernden Samurai. »Ich kann immer noch nicht glauben, wie groß das Schiff war! Denkt nur an die Bäume, die man umgebracht hat, um so etwas zu bauen! Und die ganze Zeit, wo wir an Bord waren, hat es nie aufgehört, sich zu *bewegen!* Habt ihr das nicht auch gespürt?«

»Ja«, sagte Mr. Snow. »Aber es hat mir gar nichts ausgemacht.«

Rolling-Stone massierte seinen Bauch und seinen Magen. »Da hast du Glück gehabt. Mir ist entsetzlich übel davon.«

»Mir auch«, sagte Mack-Truck. Er stand auf und spuckte aus. »Warum hast du Clearwater nicht gefragt, wieso sie die Haut abgelegt hat?«

Mr. Snow warf die Arme in die Luft. »Ich wusste nicht, wie. Da Yama-Shita das Thema nicht angesprochen hat, hielt ich es für besser, nicht darüber zu reden. Wenn er erst einmal auf die Idee kommt, dass wir versucht haben, ihn hereinzulegen, könnten wir allerhand Schwierigkeiten bekommen.«

Rolling-Stone stieß einen dumpfen Seufzer aus, als sie zum Lager gingen. »Ich verstehe wirklich nicht, warum wir vor diesen Dinks katzbuckeln müssen.«

»Besonders dann, wenn sie uns ausrauben …«

»Hör zu, Mack, bevor du anfängst, dich zu beschweren, erinnere dich daran, dass die meisten von uns sich noch mit Steinen bewerfen und Büffel mit den blanken Zähnen ausnehmen würden, wenn es sie nicht gäbe. Willst du etwa wieder in diese Zeiten zurück?«

Rolling-Stone erwiderte an Mack-Trucks Stelle: »Das Leben muss damals viel einfacher gewesen sein.«

»Und wie kommst du darauf, dass es immer so einfach bleiben sollte?«, grollte Mr. Snow. »Man muss versuchen, einfach zu *leben,* doch das erfordert mehr geistige Anstrengung, als die meisten Menschen aufbringen können. Das Leben an sich ist das komplizierteste Geheimnis überhaupt. Ein Baum fängt als kleines Saatkorn an, das ein Vogel im Schnabel tragen kann. Doch wenn es nicht aufgefressen wird, bleibt es dann so? Natürlich nicht. Es schlägt Wurzeln und wird von der Sonne und vom Regen gehegt. Dann wird er stärker und wächst, bis er so groß ist wie zwanzig Krieger! Und wenn der Baum seine Reife erreicht, kann aus dem *einen* Saatkorn ein ganzer Sack voll werden. In der Zeit, als Oakland-Rider unseren Clan geleitet hat, waren die M'Calls nur achtzehn Hände stark. Und jetzt? So wie der Baum seine Äste nach oben reckt und versucht, die Sonne zu berühren, so ist auch das Prärievolk ausersehen, im Lichte Talismans zu wachsen und stark zu werden.«

Von Mr. Snows Redegewandtheit beeindruckt, trotteten seine Gefährten neben ihm her durch die Dunkelheit. Ihre Gesichter wurden vom warmen Schein der vielen hundert Lagerfeuer gebadet.

»Ich glaube trotzdem, dass du übertrieben hast«, sagte Mack-Truck nachdenklich. »Unerschöpfliche Freigebigkeit, mildtätige Güte … Ich weiß nicht einmal genau, was es bedeutet, aber glaubst du wirklich, dass er dieses Gequassel geschluckt hat?«

Mr. Snow versetzte ihm einen väterlichen Schlag auf die Schulter. »Mack, du bist hier, um Handel zu treiben. Die Spiele mit den Worten überlass mir. Wenn morgen die Sonne aufgeht, sind die Totengesichter unterwegs, und dann sind wir für ein weiteres Jahr in der Lage, den Kopf hochzutragen. Okay, dafür müssen wir uns ein bisschen verbeugen und niedrig tun, aber das tun sie auch. So arbeiten sie nun mal. Ich habe nichts dagegen, für eine Woche den dankbaren armen Schlucker und Winzling zu spielen, wenn es bedeutet, dass der Clan das bekommt, was er zum Überleben braucht. Ja, sicher, sie verdrehen uns ein wenig den Arm – na und? Es ist besser, als wenn die Sandgräber ihn uns abschießen.«

Die Männer schwiegen eine Weile. Der Lärm der Festivitäten der letzten Nacht an diesem Ort ging ihnen allmählich auf den Geist. Sie suchten sich einen Weg durch die Feiernden zu den Markierungspfählen, die ihnen sagten, dass sie auf eigenem Gebiet waren. Mr. Snow warf seine zeremoniellen Gewänder ab und setzte sich auf seine Schlafrolle.

»Was ist da drin?«, fragte Mack-Truck, als sie ihm gegenübersaßen, und deutete mit einem Kopfnicken auf das Kästchen.

»Nichts.« Er öffnete den Deckel und zeigte ihnen das leere schwarzbemalte Innere.

Rolling-Stone schaute verwirrt drein. »Das verstehe ich nicht. Ist sie den ganzen weiten Weg gekommen, bloß um dir ein leeres Kästchen zu schenken?«

Mr. Snow stieß einen langen, leidenden Seufzer aus. »Versteht ihr *überhaupt* etwas von Magie? Habe ich euch nicht immer und immer wieder erzählt, was Rufer tun und nicht tun können?«

Rolling-Stone hob seine dünnen, knochigen Schultern. »Ich weiß nicht. Vielleicht hast du es getan. Ich habe es vergessen. Das kommt doch vor.«

Mr. Snow stellte das Kästchen auf seinen Schoß, schloss die Augen und rieb langsam die Handflächen über die fein ziselierten goldenen Bänder, die den Deckel und die Seiten zierten. Als er sprach, schien seine Stimme wie ein Echo aus weiter Ferne zu kommen. »Es ist nicht wichtig, was *in* dem Behälter ist, sondern was *auf* ihm ist.« Er öffnete die Augen und hob ihn hoch, dann drehte er ihn herum, bis er die Bilder sehen konnte. »Der Künstler, der diese Bilder gemacht hat, hat uns, ohne es zu wissen, viele Dinge erzählt. Wenn ihr sie im Tageslicht untersucht, werdet ihr sehen, dass es Bilder aus der Welt der Eisenmeister sind. Sie zeigen das Land, das hinter den Feuergruben von Beth-Lem liegt, zwischen den Buffalo Hills und dem Großen Meer; die Wege, die dorthin führen, wo wir Cadillac finden können … Das hier zeigt die große Hütte am fallenden Wasser, *wo* Clearwater gegen ihren Willen festgehalten wird.«

Seine beiden Gefährten sahen beeindruckt aus. »Warum hat sie nichts davon erzählt?«, fragte Rolling-Stone.

Mr. Snow seufzte erneut. »Sie konnte es nicht. Hinter den beiden Seiten der offenen Tür waren zwei Bogenschützen versteckt, die auf ihr Herz zielten.«

Rolling-Stone runzelte die Stirn und fügte seinem Gesicht noch ein paar weitere Falten hinzu. »Aber was hat sie zu fürchten? Beherrscht sie nicht den Zweiten Kreis der Macht? Hätte sie die Pfeile nicht mit ihrem Willen ablenken können? Wenn sie und Cadillac gefangen sind, warum ruft sie dann nicht die Erdkräfte, um sich zu befreien?«

Mr. Snow streichelte die goldenen Abbildungen auf dem Kästchen. »Sie wagt es nicht. Cadillac bleibt aus freiem Willen dort. Es kümmerte ihn nicht mehr, ob Clearwater bleibt oder geht. Sie bleibt, weil sie es versprochen hat, aber sie ist nicht frei. Sie wird in der Hütte eines großen Kriegerhäuptlings festgehalten, der sie zu seiner Leibsklavin machen will. Sie setzt ihre Macht nicht ein, weil Talisman es verboten hat. Kein Eisenmeister darf durch unsere Hände umkommen. Deswegen ist der Wolkenkrieger zu uns zurückgekommen. *Er* ist der von Talisman Auserwählte, der Cadillac und Clearwater aus den Ländern des Ostens zurückbringen soll. Viele Totengesichter werden sterben, ihre großen Hütten und viele ihrer Werke werden zerbrochen werden, doch ihr Zorn und ihr Sehnen nach Rache wird sich nicht gegen uns richten, sondern gegen die Sandgräber.«

»Wie schön«, sagte Mack-Truck. »Das gefällt mir. Was jetzt?«

»Wir suchen den Wolkenkrieger und zeigen ihm das Kästchen. Das mittlere Bild … hier auf dem Deckel, es zeigt etwas, das wie ein Baum aussieht, aber es ist viel mehr. Die Äste und der Stamm sind Flüsse. Die anderen Linien zeigen den Verlauf von Bergen und Tälern, wie man sie vom Himmel aus sieht. Er versteht besser als ich, was diese Zeichen bedeuten. Wenn er sie sich eingeprägt hat, führen sie seinen Schritt auf den richtigen Weg.«

Mack-Truck hieß es mit einem Nicken gut. »Willst du ihm sagen, dass Clearwater hier ist, auf Yama-Shitas Schiff?«

»Nein. Das macht die Sache nur komplizierter. Das soll er selbst herausfinden.«

19

Steves vage Ahnung, durch das Kolbengehäuse einen Weg in das Schiffsinnere zu finden, erwies sich als korrekt. Die nach vorn gerichteten Kolbenenden liefen durch einen schrägen Schacht aus Bretterwänden. Zwischen der fest stehenden Triebstange und der Plankendecke des Schachtes war gerade genug Platz, um jemanden hindurchkriechen zu lassen. Wie die großen Schaufelradblätter drehten sie sich, die beiden langen Holzbalken waren mit eisernen Bändern, Stiften und Pflöcken verstärkt. Wie bei allem, was die Eisenmeister herstellten, war das Niveau ihres handwerklichen Geschicks sehr hoch, doch die überreichliche Verwendung von Holz schien anzudeuten, dass sie noch nicht in der Lage waren, schwere Schmiedearbeiten zu produzieren. Die Föderation hatte das Problem durch die Entwicklung von SuperCon gelöst, einer speziellen Betonart, die alle Vorzüge und Eigenschaften von Stahl aufwies und auf die gleiche Weise verarbeitet werden konnte. Der Unterschied zum Stahl bestand darin, dass man ihn in kalte Gießformen schütten konnte, sodass man keinerlei Hochöfen, Temperöfen oder Essen brauchte. Außerdem rostete SuperCon nicht.

Steve löste seinen Schlagstock vom Halteriemen, kroch in den Schatten hinein, den der Balken warf, schlängelte sich in das Gehäuse und glitt mit dem Kopf voraus nach unten. Hätte jemand am anderen Ende gewartet, wäre er total seiner Gnade ausgeliefert gewesen, doch auch diesmal hatte er Glück. Das untere Ende des Kolbens war mit einem massiven Zylinder und vielen Ventilen verbunden, die für den Schwung sorgten, um das Schaufelrad anzutreiben. Die Rohre, die den Dampf zum Zylinder leiteten, verliefen nach unten, bevor sie einen Knick nach rechts machten, um der darunterliegenden Bodenlinie zu folgen. Sie waren zwar unangenehm heiß, aber da sein halbnackter Körper noch tropfnass war, war der kurze Rutsch nicht allzu schmerzhaft.

Als Steve am unteren Schachtende auftauchte, fand er sich im finsteren Maschinenraum des Raddampfers wieder. Der Raum nahm die ganze Breite des Schiffes ein und war etwa fünfzehn Meter lang. In der Mitte des quadratischen, gruftartigen Raums, der unmittelbar unter dem Zwischendeck lag, sah er zwei große, holzgefeuerte Kessel aus schwarzen, vernieteten Metallplatten. Sie waren mit einem verwickelten Netz von Kupferrohren und Blechventilen mit dem Zylinder und den Kolben im Schacht über ihm und seinem Zwilling auf der Steuerbordseite verbunden.

Die gesamte Anlage ragte etwa viereinhalb Meter in die Höhe, wobei die oberen Teile in ein Rahmenwerk aus Leitern und schmalen Laufgängen integriert waren. Holzscheite lagen in sauber geschichteten Stapeln zu beiden Seiten der Schiffswand und im gesamten Vorderabschnitt des Maschinenraums. In den Kesseln brannten Feuer, aber man hielt sie in der Nacht niedrig. Aus den Überdruckventilen zischte träge Dampf. Die Luft war feucht und schwer vor Hitze, Holzgeruch und warmem Öl. Die einzigen Lichtquellen bestanden aus zwölf kleinen Laternen, die dort hingen, wo die Mannschaft sie brauchte. Blank poliertes Metall blitzte in ihrem gelben Schein, aber hinter den Lichtkreisen lag alles in tiefer Finsternis.

Steve zählte sechs unmaskierte Totengesichter, die mittschiffs, nur wenige Schritte von den Kesselklappen entfernt, an einem Tisch saßen. Sie aßen mithilfe kleiner Stöckchen aus mehreren Schüsseln. Steve war ebenso erstaunt wie Mr. Snow, als er die breitflächigen Gesichter und haarlosen Köpfe der Eisenmeister sah. Fünf von ihnen waren von der Taille aufwärts nackt, und ihre glatte, wächserne Haut glänzte von Schweiß. Jeder hatte einen ölfleckigen Lappen um den Hals geschlungen. Der Sechste trug ein rotes Schweißband und eine Jacke mit weiten Ärmeln. Obwohl er kein erkennbares Zeichen eines höheren Ranges aufwies, konnte er kein anderer sein als der Vorgesetzte der Männer.

Steve hockte sich hinter die senkrechten Rohre. Solange die Mannschaft am Tisch saß, konnte sie ihn nicht sehen. Aber er konnte sich nicht darauf verlassen, dass sie ewig dort bleiben würden. Er brauchte einen besseren Ort, denn er musste sich verstecken, bis er den nächsten Schritt geplant hatte. Steve achtete darauf, dass die Rohre zwischen ihm und der Mannschaft blieben, dann schlich er schnell hinter den großen Holzstapel, der an der Backbordseite des Maschinenraums entlang verlief, und kletterte auf ihn hinauf. Der Stapel reichte bis auf einen Meter an die Holzdecke heran und zwang ihn, sich flach auf den Bauch zu legen. Wenn niemand von der Mannschaft auf die Idee kam, mit einer Laterne über die Laufgänge zu gehen und in seine Richtung zu blicken, konnte er den Maschinenraum umrunden, ohne gesehen zu werden. Er fragte sich, ob er die Waffen hinter den Holzstapeln verstecken sollte, doch das Risiko, dass man sie entdeckte, war ihm zu groß. Man würde das Holz während der Fahrt, die mindestens ein paar Tage, wenn nicht sogar Wochen dauerte, aufbrauchen. Selbst wenn dem nicht so war, konnte es sich unter Umständen als schwierig erweisen, wieder in den Maschinenraum zu kommen. Er musste ein besseres Versteck finden.

Einer der M'Calls, die das Schiff beladen hatten, hatte ihm erzählt, man habe Vorbereitungen getroffen, die Sklaven auf dem Hauptzwischendeck unterzubringen. Steve wusste nicht genau, ob es das war, das direkt über ihm lag – wo die mitgebrachte Fracht gestanden hatte. Heute war möglicherweise die letzte Nacht, in der sich wenige oder gar keine Wachen dort aufhielten. Aber wie sollte er nach oben kommen? Die einzige Treppe, die er sah, führte zwischen den beiden Kesseln von der Mitte des Maschinenraums hinauf und endete an einem der Laufgänge, die um das Gewölbe herumliefen. Von dort aus ging der Weg nach oben über eine weitere Treppe. Von seinem Standort aus konnte er zwar nicht alles sehen, was dort oben war, aber unter Umständen gab es noch eine andere Möglichkeit, an Deck zu kommen. Es sah alles so einfach aus – doch die Treppe konnte er nicht benutzen, ohne gesehen zu werden. Der Tisch, an dem die schwitzenden Maschinisten ihr Essen einnahmen, lag dem Treppenaufgang direkt gegenüber und war keine zwei Meter von der untersten Stufe entfernt.

Als Steve sich nach einem anderen Ausgang umsah, entdeckte er eine finstere Kluft in der Mitte des Holzstapels und nahm sich vor, sie näher in Augenschein zu nehmen. Er kroch zum anderen Ende des Backbordhaufens und rutschte hinunter. Hier lag das Holz in sechs Reihen hintereinander. Steve blieb nahe an der Wand, wo die Dunkelheit fast absolut war, und stieg in die Kluft zwischen den beiden vorderen Stapeln hinab. Er hatte richtig vermutet. In der Vorderwand des Maschinenraums war eine Schiebetür. Er öffnete sie einen Spalt weit, um zu sehen, was hinter ihr lag. Er sah kein Licht und hörte kein Geräusch.

Als er einen Blick zum Mannschaftstisch zurückwarf, sah er, dass zwei der Maschinisten nun eine Art Spiel mit Steinen spielten. Die anderen umrundeten sie und schauten zu. Das Spiel schien sehr unterhaltsam zu sein, denn die Spieler und ihre Zuschauer stießen aufgeregte Schreie aus und lachten laut. Steve wartete auf einen besonders lauten Heiterkeitsausbruch, dann schob er die Tür auf und schlüpfte hindurch. Als er sie hinter sich zuziehen wollte, klemmte sie auf halbem Weg. Verdammt … Glücklicherweise war es hier noch dunkler als in den tiefsten Nischen des Maschinenraums, doch wenn einem der Maschinisten das Spiel langweilig wurde und er in seine Richtung kam, war es aus mit ihm.

Steve hielt einen Moment lang inne, um sich auf die Umgebung einzustimmen. Er hielt sich in einem schmalen Gang auf, der unter dem Vordeck her verlief. Als sich seine Augen an die Dunkelheit gewöhnt hatten, entdeckte er am anderen Ende einen winzigen Lichtschimmer und etwas, das wie eine Leiter aussah. Steve ging langsam auf sie zu und betastete zu beiden Seiten die Wände, weil er sich fragte, ob es hier Türen oder Nischen gab. Seine Finger glitten über eine Reihe rechteckiger Platten. Die Platten in der unteren Wandhälfte waren solide, doch die darüberliegenden wirkten wie perforiertes Gitterholz. Als seine

Zehen an der Fußleiste entlangwanderten, bemerkte Steve eine Furche, die das Vorhandensein einer Schiebetür andeutete. Eine Tür war ein Zugang zu einem dahinterliegenden Raum – zu einem Raum, in dem eventuell ein schlafender Eisenmeister lag. Steve drückte ein Ohr an das Holz und lauschte angestrengt. Es war sinnlos. Jedes Stück Holz an Bord knirschte und knarrte im Takt mit dem Rest des Schiffes. Steve versuchte, die Schiebetür zu öffnen. Sie glitt ein Stück auf und machte für seine Ohren ein alarmierend lautes Geräusch. Er wagte kaum zu atmen und schob den Kopf vorsichtig hinein. Nichts. Schwarze, undurchdringliche Leere.

Steve ließ die Tür offen hinter sich zurück, eilte auf die Leiter zu, stieg hinauf und lugte über den Lukenrand. Rechts und links von ihm, fast in Griffnähe, lagen Säcke mit Korn und etwas, das dem Geruch nach Büffelfelle waren. Was sich dahinter befand, war ihm ebenso ein Rätsel wie das, was unten rechts und links von dem Gang lag.

Das Licht, das seinen matten Schein auf die Leiter geworfen hatte, kam durch ein vergittertes Viereck in der Decke über ihm. Eine der Laternen auf dem Vordeck. Als einer der Wächter, die er in der Nähe des Buges gesehen hatte, über ihm vorbeiging, erstarb das Licht kurz. Steve duckte sich instinktiv, und dann, als sein Blick auf einer Ebene mit dem Zwischendeck war, sah er, dass zwei hüpfende gelbe Lichter auf ihn zukamen. Es waren Laternen, die von zwei patrouillierenden Wächtern getragen wurden. Er rutschte an der Leiter nach unten. Christoph … Wo sollte er sich verstecken? Vielleicht führte der Weg der Wachen auch durch den Maschinenraum und die Ecken zu beiden Seiten des Gangs. Er konnte es nicht riskieren hierzubleiben. Er musste auf den Holzstapel zurück.

Mit einem unterdrückten Fluch zog Steve sich über die Leiter in den dunklen Gang zurück. Als er ihn halb hinter sich hatte, erstarrte er vor Schreck. Die Schiebetür am Ende des Gangs war noch immer halb geschlossen, doch eben fingen zwei Maschinisten damit an, direkt hinter ihr Holzscheite von einer Seite auf die andere zu schichten! Er schaute zur Luke zurück und sah, dass sie nun vom Licht der sich nähernden Laternen erhellt wurde. Die Wachen waren nur noch ein paar Meter von ihm entfernt.

Beweg dich, Brickman! Er drückte sich an die Backbordseite des Gangs, damit er im Licht keine Silhouette warf, fand den Rahmen der Kabinentür, die er zu öffnen versucht hatte, und drückte sie auf. Fast im gleichen Moment hörte er über sich die Schritte der Wachen. Steve duckte sich hinter die Ebene der perforierten Platten, legte den Schlagstock auf den Boden und zog die Schiebetür zu. Für seine hochsensiblen Sinne schien sie noch mehr Krach zu machen als beim Öffnen.

Steve schmiegte sich an die Wand und tastete sich in eine Ecke des Raums. Er löste schnell den Stofffetzen, der das an seinen linken Unterarm geschnallte Messer verbarg. Die Wachen kamen mit schwingenden Laternen die steile Leiter herunter. Als sie nacheinander an ihm vorbeigingen, konnte er sie durch die kleinen Löcher im Gitterwerk der Trennwand deutlich sehen. Als das Licht der Laternen auf sein Gesicht und seinen Brustkorb fiel, hielt er den Atem an, aber sie gingen mit festen Schritten weiter. Als Steve sein Gesicht dicht an das Gitterwerk drückte, sah er, dass das Licht abnahm und die Wachen den Maschinenraum betraten. Sie wechselten ein paar unverständliche Worte und lachten laut. Steve stieß erneut einen leisen Fluch aus. Er war so sehr damit beschäftigt gewesen, sie zu beobachten, dass er sich in dem kurzen Augenblick, als die Laternen ihn erhellt hatten, die Gelegenheit hatte entgehen lassen, sich in dem Raum umzusehen, in dem er sich befand. Egal. Dazu war es nun zu spät. Er musste nach oben.

Steve band den Stoff wieder um das Messer, ließ das Oberteil des Griffes jedoch für alle Fälle frei. Er wurde das Gefühl nicht los, dass er sein Glück für diese Nacht ein wenig überstrapaziert hatte. Als er an Mr. Snow dachte, musste er lächeln. Wenn der Wortschmied erfuhr, was er angestellt hatte, würde er einen Anfall kriegen. Steve wollte ihm die Neuigkeit ganz beiläufig beibringen, wenn sie sich am nächsten Morgen verabschiedeten. Die verkauften Mutanten sollten beim ersten Tageslicht an Bord gehen; die Raddampfer legten stets bei Sonnenaufgang ab. Im Moment tanzten die armen Hunde wahrscheinlich ums Feuer und hatten den Kopf voll Regenbogengras.

Steve, dessen Haar aus Gründen der Tarnung bereits dunkelbraun gefärbt war, fragte sich, was Jodi Kazan wohl sagte, wenn sie ihn ebenfalls an Bord gehen sah. Er griff nach unten und tastete nach dem Schlagstock. Er war nicht da. Steve kniete sich verwirrt hin und durchsuchte mit beiden Händen die Dunkelheit. Seine Finger berührten nackte Füße. Er schaute auf und sah eine finstere, nackte Gestalt, die sich vor ihm auftürmte. Bevor er nach seinem Messer greifen oder sich zur Seite werfen konnte, knallte etwas gegen seinen Schädel. Der Hieb ließ einen Blitz hinter seinen Lidern aufzucken, dann ertönte ein schmerzhaftes Donnern in seinem Kopf. Das Letzte, woran er sich erinnerte, war sein Sturz zur Seite, durch den Boden, in eine bodenlose Grube.

Beim ersten Licht des Tages war Brickman immer noch nicht wieder da. Rund um den Lagerplatz waren die verschiedenen Clans bereits in Bewegung. Man brachte die kleinen, verstreuten Gruppen der Renegaten auf die Beine und machte sie für den letzten Gang durch das Territorium des Prärievolkes fertig. Die verkauften Mutanten, Männer wie Frauen, machten die Runde und verabschiedeten sich von ihren Clan-Brüdern und -Schwestern. Als die beiden Flankenschiffe unterhalb des Handelspostens am Ufer anlegten, teilte ein M'Call-Bär Mr. Snow mit, dass man die Kleidung des Wolkenkriegers sauber zusammengelegt unter einem Steinstapel am Ufer gefunden hatte.

Was geschehen war, war klar. Mr. Snow warf die Arme in die Luft und fluchte laut. Welch ein Idiot er doch gewesen war! Statt sich Gedanken darüber zu machen, ob Brickman etwas Törichtes tat, hätte er etwas unternehmen sollen, um ihn davon abzuhalten. Er hätte ihn bewachen lassen sollen, bis alle an Bord waren. Wenn er nicht sehr bald wieder auftauchte, musste der junge Krieger, mit dem Brickman den Platz getauscht hatte, doch noch an seiner Stelle die Reise machen. Die verkauften Mutanten und Renegaten waren mit flachen Metallarmbändern versehen worden, die drei gewundene Zeichen aufwiesen. Sie stellten Wortklänge in der Sprache der Eisenmeister dar. Glücklicherweise hatte Mr. Snow den Tausch erst in allerletzter Minute vornehmen wollen, sodass der unglückliche Mutant es noch trug. Hätte der Zählmeister festgestellt, dass das Armband nicht mehr da war, wären ein paar unangenehme Erklärungen fällig gewesen. Die Totengesichter waren absolut fanatisch, was ihre Zählungen und Listen anbetraf. Mr. Snow hatte sie zwar um ihre Fähigkeit des Schreibens der stummen Zeichen beneidet, doch jetzt, wo er darüber nachdachte, fand er, dass ihr Leben offenbar völlig von einem obsessiven Drang beherrscht wurde, worauf er zu dem Schluss gelangte, dass die Gabe des Lesens und Schreibens auch ihre Nachteile hatte.

Der Wortschmied ging wütend auf und ab. Brickman hatte – wie typisch! – mal wieder alles vermasselt. Wenn man ihn nicht schon entdeckt und aufgespießt hatte, hatte er sich zweifellos auf eins der Schiffe geschlichen, um seine Rettungsmission in Angriff zu nehmen – und er, Mr. Snow, stand hier am Ufer und hatte einen ganzen Haufen Instruktionen für ihn! Das Einzige, was ihn jetzt noch beruhigte, war das Wissen, dass Clearwater die Bedeutung seiner verschlüsselten Botschaft verstanden hatte: dass der Wolkenkrieger – wie prophezeit – zurückgekehrt war und im Begriff war, einen Rettungsversuch zu unternehmen. Aber auch darüber wusste sie schon Bescheid. Das Kästchen mit den eingeschnitzten Abbildungen war nicht für ihn, sondern für Brickman bestimmt gewesen. Auch wenn die Dinge nicht ganz nach Plan verlaufen waren: Dies war ein erneuter Beweis, dass der Weg vorgezeichnet war und Talisman über die Seinen wachte.

Die letzten Sklaven gingen an Bord und verschwanden im Bauch des Schiffes. Obwohl er diese Szene schon sehr oft gesehen hatte, empfand Mr. Snow sie immer auf die gleiche Weise. Ihre Abreise war, ebenso wie das schmerzliche Hinüberschicken der sterbenden Krieger nach einer Schlacht, ein Grund zu bitterer Trauer. Diesmal würde der Clan, wenn der Wolkenkrieger mit Cadillac und Clearwater zurückkehrte, vielleicht erfahren, welches Schicksal jenen beschieden war, die in den vergangenen Jahren über den großen Fluss gegangen waren. Eines Tages, wenn sich das PräriCevolk unter Talisman zu einer Nation vereinigte, würden sie nicht mehr gezwungen sein, vor den Eisenmeistern zu knien. Dann würden sie stolz nach Osten marschieren und ihre verlorenen Clan-Brüder und -Schwestern heimholen.

Vom Rest der M'Call-Delegation umgeben, schaute Mr. Snow zu, wie die Gruppen der Weißgestreiften anfingen, die Laufgänge wieder an Deck zu ziehen. Die M'Calls waren nur ein kleiner Teil der riesigen Menge, die sich zum letzten Abschied am Ufer versammelt hatte. Grauer und weißer Rauch quoll aus den hohen dünnen Schornsteinen, als die großen Schaufelräder das Wasser unter den Hecks der Schiffe aufwühlten. Als sie in tieferes Wasser kamen, drehten sie und nahmen ihre Positionen neben Yama-Shitas Schiff ein, dessen Bug schon auf den fernen Horizont gerichtet war. Als die Sonne durch das Osttor kam, hörten die versammelten Mutanten ein rumpelndes Brüllen, das wie der Donner fallenden Wassers klang. Es waren die Maschinen, die auf den Ruf Volldampf voraus reagierten. Die großen, mit Eisen eingefassten Klingen der Schaufelräder schnitten in den Wasserspiegel und schoben die Schiffe auf die aufgehende Sonne zu. Sie stießen alle drei Wolken aus sauberem weißem Dampf aus und sandten eine laute Lärmwelle über das Wasser. *Bruuuuummmm …*

»He-jah!«, brüllte das Prärievolk wie aus einem Mund. Trommeln verfielen in einen beharrlichen Rhythmus. Man hob die Messer in die Luft. Bald würde man einander wieder töten; bald würde man wieder bei der Verteidigung der Grenzpfähle sterben. In zwei kurzen Wochen. »He-jah! He-jahh! He-JAAAAH!«

Die Eisenmeister antworteten mit einem letzten, donnernden Salut. Lange, stechende Flammenfinger und hohe Wolken aus rotem und schwarzem Rauch schossen von allen drei Decks auf Yama-Shitas Schiff in die Höhe, dann ertönte ein explosives Krachen. Ein großes, wogendes Donnern, das viele zuschauende Mutanten glauben ließ, der Himmel werde in Stücke gerissen. Hunderte sanken am Ufer auf die Knie, als die sich ausbreitende Druckwelle wie ein Sturm über sie hinwegfegte.

BA-BA-BA-BUUUMMM-mmmuuummm …

Aus tausend Kehlen kam ein leiser Ruf. »Heee-jaaah …«

Fürst Yama-Shita war wirklich ein mächtiger Mann. Ein Herr, der nicht nur Menschen, sondern auch das Himmelsfeuer und den Wolkendonner befehligte.

Der Krach und die Flammen wurden von den Schiffskanonen erzeugt, die in drei Etagen auf den Seitengängen von Yama-Shitas Schiff montiert waren. Für die doppelte Abschiedsbreitseite hatte man die Kanonen zwar nur mit einer farbenprächtigen Mischung aus Schwarzpulver und Magnesium geladen, aber wenn es nötig war, konnten sie mörderische Kartätschensalven oder Eisenbälle von der Größe eines Menschenkopfes ausspucken, die mehrere hundert Meter weit flogen.

Die Sonne, nun ein riesiger Halbkreis aus goldenem Feuer, überwölbte die abfahrenden Raddampfer; das Licht fraß sich in ihre eckigen Umrisse. Die Krieger, die sich in Mr. Snows Nähe aufhielten, sahen, wie er seine Augen mit der Hand vor der Helligkeit schützte. Aber in Wirklichkeit war diese sinnlose Geste ein Versuch, seine Tränen zu verbergen.

Als Steve wieder zu sich kam, fand er sich in absoluter Dunkelheit wieder – und in etwas, das ihm wie eine lange, enge Kiste vorkam. Man hatte ihn fachmännisch an Händen und Füßen gefesselt und geknebelt, und sein Körper war zwischen Kleiderbündeln eingeklemmt, die ihn daran hinderten, gegen die Seiten der Kiste zu treten oder sonst wie Aufmerksamkeit zu erregen. Nicht etwa, dass er dergleichen vorgehabt hätte. Als die Stunden vergingen, verlor er jedes Zeitgefühl. Dann fing die Umgebung an, zu vibrieren, und die Maschinen im Innern des Schiffs erwachten mit einem sonoren, beschleunigenden Pochen zum Leben.

Steve schätzte korrekt ein, dass sie sich dem Ufer näherten, um die Renegaten und sonstigen Sklaven an Bord zu holen. Nach endloser Wartezeit fingen die Maschinen mit neuer Kraft an, zu schlagen. Sie fuhren ab! Sie waren endlich unterwegs! Wenn auch nicht so, wie er es geplant hatte. Sein sechster Sinn, der sich in Zeiten der Gefahr oder der Anspannung normalerweise meldete, hatte diesmal völlig versagt. Man hatte ihn überrumpelt, bewusstlos geschlagen und eingesperrt – und zwar so, dass er sich nicht rühren konnte und völlig der Gnade seines geheimnisvollen Angreifers ausgeliefert war.

Von Zeit zu Zeit drangen Geräusche gedämpfter Stimmen und Schritte an seine Ohren und sorgten für eine kurze Unterbrechung des monotonen Stampfens der Maschinen und des Rauschens des unter der Hülle vorbeifegenden Wassers. Die Erkenntnis, dass er sich noch immer im Boden des Raddampfers aufhielt, war irgendwie beruhigend. Steve versuchte, nicht daran zu denken, dass sein Häscher – diesmal nicht allein – jede Minute zurückkehren konnte, um ihn vor den Herrn des Schiffes zu schleppen, und … Er gab sich alle Mühe, diesen beängstigenden Gedanken zu verdrängen.

Gah-DONG. Gah-DONG. Gah-DONG. Gah-DONG. Gah-DONG. Gah-DONG. Jeder pulsierende Schlag der

Maschinen ließ das Holz vibrieren, auf dem er lag. Das Geräusch folterte ihn, doch im Laufe des Tages gewöhnte er sich daran. Es wurde zu einem Bestandteil seiner rabenschwarzen Welt und schien in seine Knochen einzudringen. Steve döste ruhig vor sich hin und wurde hungrig und durstig. Seine Zunge und seine Kehle trockneten aus. Die Luft schmeckte schal; er empfand Augenblicke der Panik und periodische Anfälle von Klaustrophobie, aber er hielt durch und zwang sich, gelassen zu bleiben. Seine Mexikaner-Ausbildung kam ihm dabei sehr zustatten.

Die Zeit verging, wirkte wie eine Ewigkeit. Dann wurde plötzlich der Kistendeckel hochgehoben, und das Licht einer flackernden Laterne blendete ihn. Ein großer, böse aussehender Beulenkopf mit Lederweste und ausgebeulten Hosen stand über ihm und hielt ein Messer in der Hand. Eine lange, schmale, rasiermesserscharfe Klinge, geschmiedet in den Gruben von Beth-Lem, hing gefährlich nahe vor Steves Gesicht. Er löste den Blick von dem Messer und schaute seinen Besitzer an. Um seinen rasierten Schädel schlang sich ein gefaltetes rotes Band. Ein seltsamer Anblick. Steve hatte noch nie zuvor einen völlig kahlen Mutanten gesehen. Der Beulenkopf signalisierte ihm, er solle ruhig bleiben, dann schnitt er den Knebel los und bot ihm etwas Wasser an. Steve hob den Kopf und trank ein paar Schlucke. Da sein Mund so lange offen gewesen war, hatte er anfangs Schwierigkeiten, richtig zu schlucken, und wäre beinahe erstickt.

»Sachte, Compadre«, murmelte der Mutant.

Steve sah ihn neugierig an. Compadre war kein Wort, das zum normalen Mutantenwortschatz gehörte.

Der Beulenkopf hockte sich neben ihn. »Okay, hör aufmerksam zu! Ich musste dich um deiner selbst willen fesseln. Du bist wie ein blinder Büffel hier herumgestolpert. Und ich musste eine Investition schützen. Ich binde dich jetzt los, aber du bleibst, wo du bist. Keine dummen Bewegungen, comprende?«

Steve antwortete mit einem stummen Nicken.

Der Mutant klemmte das Messer zwischen die Zähne und befreite schnell Steves Arme und Beine. Er war zwar ein kräftig gebauter Bursche mit einem gewaltigen Stiernacken, aber seine Hände hatten die Geschmeidigkeit einer Schlange. Er richtete sich auf und trat zurück. »Okay, setz dich auf!«

Steve tat es. Er befand sich in einer kahlen kleinen Kabine mit hölzernen Wänden. Die Kiste, in der er gelegen hatte, war das Unterteil eines Bettes, auf dem eine Matratze als Deckel lag. Von der Koje abgesehen, gab es noch ein Schränkchen und ein schmales Regal. Steve trank dankbar noch einen Schluck Wasser und nahm ein Stück Flachbrot an. »Sind wir hier sicher?«, flüsterte er.

»So gut wie. Es wird eine Weile dauern, bis die Wachen wieder vorbeikommen.«

»Seit wann bin ich hier?«

»Seit etwa vierundzwanzig Stunden.« Der Mutant ließ Steve nicht aus den Augen. »Ich nehme an, du fragst dich, was eigentlich passiert ist.«

Steve grinste. »Nicht im Geringsten. Ich habe so ein Gefühl, dass du es mir erzählst, wenn ich nur lange genug warte.«

»Das kommt darauf an.«

»Worauf?«

»Darauf, was du über dich zu sagen hast. Es gibt nicht allzu viele Normale in dieser Gegend – besonders keine mit blauen Augen. Von welchem Clan bist du?«

»Spielt das eine Rolle?«

»Manchen Leuten ist es wichtig.«

»M'Call, aus der Blutlinie von She-Kargo ...«

»... dem mächtigsten aller Prärievölker. Yeah ... Sie haben einen gewissen Ruf. Trotzdem bist du ein großes Risiko eingegangen ... mit Waffen an Bord zu kommen. Wohinter warst du konkret her, mein Freund?«

Steve gab keine Antwort.

Der Mutant verzog verständnisvoll das Gesicht. »Ich weiß, wie es ist. Wenn man eine Weile in der Nähe der Maschinen gelegen hat, hat man was an den Ohren. Ich habe schon jetzt Probleme mit dem hier.« Er hob den Mittelfinger der rechten Hand und drückte genau hinter seinem Ohrläppchen auf seinen Schädel. »Wie ist es bei dir?«

Steve zögerte einen Augenblick lang, dann tat er das Gleiche. Der Druck aktivierte ein winziges Gerät, das alle MX-Agenten trugen. Es wurde einem während einer fünfzehnminütigen Operation unter örtlicher Betäubung direkt unter die Schädellinie eingepflanzt und sandte ein Signal aus, das in jedem gleichen Gerät im Umkreis von sechs bis sieben Metern eine Rückkopplung auslöste. Die Mexikaner verwendeten außerdem verschiedene Codewörter, mit denen sie sich zu erkennen gaben. Zwar waren Codewörter nie hundertprozentig sicher, aber niemand konnte das moskitoartige Summen imitieren, das nun in Steves Ohr ertönte. Wenn man unter der Tarnung einer natürlichen Geste leichten Druck auf die Stelle ausübte, konnte man das Gerät ein- und ausschalten, was es zwei Mexikanern erlaubte, inmitten einer Menschenmenge kurze Zeichen im Morsealphabet auszutauschen. Und das tat Steve jetzt. Er sendete die Buchstaben »MX«.

»Hörst du, was ich höre?«

»Laut und deutlich.« Der Mexikaner grinste. »Ich habe dich sofort gesehen, als du zur Tür reinkamst. Mutanten schwimmen nicht; und keiner hätte den Mumm, in einen Raddampfer einzusteigen. Du hast Glück gehabt, dass die Wachen dich nicht gesehen haben. Aber auch sie haben Glück gehabt. Wenn man dich jetzt finden würde, würde die Hälfte von ihnen den Kopf verlieren.«

»Warum hast du mir das nicht schon gestern Abend erzählt, statt mir eins über den Schädel zu ziehen?«

»Ich hatte nicht genug Zeit, um mich in aller Form vorzustellen. Und ich hatte keine Lust, meine Eingeweide von einem Draufgänger gravieren zu lassen, der mehr Mumm als Verstand hat.« Der Mexikaner streckte die Hand aus. »Side-Winder. Wie nennt man dich?«

»Blindgänger. Sind meine Waffen in Sicherheit?«

»Yeah, darum habe ich mich gekümmert. Ist dir eigentlich klar, was mit dir passiert wäre, wenn man sie bei dir gefunden hätte?«

»Viele unerfreuliche Dinge.«

»Yeah, vielleicht hätten sie dein Arschloch mit glühendem Eisen behandelt. Sie können dich auch abhäuten, bei lebendigem Leib kochen, in klitzekleine Stücke hacken oder mit den Füßen zuerst in den Kessel schieben. Und alles sehr, sehr langsam. Verstehst du, was ich meine?«

Steve nickte. »Und wieso trägst du dann ein Messer?«

»Sie trauen mir. Ich bin der Oberaufseher für die Mutanten. Wir sind insgesamt sechs. Unsere Aufgabe ist es, den Dinks dabei zu helfen, dass auf der Fahrt Ruhe herrscht. Viele von den Beulenköpfen haben eine Scheißangst, wenn sie auf dem Wasser sind, und manche andere gewöhnen sich nur sehr langsam an die neuen Regeln. Sie müssen *eingebrochen* werden. Wenn sie ein paar von ihrer eigenen Art um sich rum haben, erleichtert es die Sache ein wenig.«

»Was passiert mit denen, die sich nicht brechen lassen?«

»Die werden ans Schaufelrad gebunden.«

»Wie lange?«

»Bis sie so weit sind.«

Steve schnappte nach Luft. »Autsch …«

Side-Winder zuckte mit den Achseln. »Das ist nur der Anfang. Es gibt Schlimmeres, glaub mir. Die Dinks sind Experten. Aber das weißt du doch sowieso. Bevor wir weitermachen … Hab ich recht mit der Annahme, dass du dir eine kostenlose Beförderung erschleichen wolltest?«

»Yeah, aber ich wollte eigentlich bei der Gruppe oben sein.«

»So ist es besser. Komisch, wie die Sachen so ablaufen. Ich habe zwar die Nachricht bekommen, dass du am Handelsposten auftauchen könntest, aber ich habe nicht erwartet, über dich zu stolpern.«

»Ich auch nicht … Hör zu, kurz nach dem Ablegen habe ich eine unheimliche Explosion gehört. Was ist passiert – ist eins der Schiffe in die Luft geflogen?«

»Leider nicht. Das war Yama-Shita. Er hat unseren Freunden mit zweiundsiebzig Kanonenschüssen Salut entboten. Vorderlader. Sechsunddreißig auf jeder Seite, zwölf auf jedem Deck. Sie stehen auf Wägelchen mit Rädern. Haben einen so langen Lauf …« Side-Winder breitete die Arme aus, führte sie zusammen und formte mit den Fingern und den Daumen einen Kreis. »Und sie schießen Kugeln ab, die so groß sind.«

Steve runzelte die Stirn. »Als ich hier rausgeschwommen bin, habe ich davon nichts gesehen.«

»Sie sind nur auf Yama-Shitas Schiff. Selbst wenn man

an Bord ist – man sieht sie erst, wenn sie herausgerollt werden.«

»Verstehe ...«

»Also ... Warum hast du dich nicht gemeldet?«

Steve schilderte kurz, was aus seinem Funkmesser und dem Agententeam geworden war.

Side-Winder hörte gelassen zu, dann sagte er: »Müssen wohl Neulinge gewesen sein ...«

»Viel neuer als ich können sie kaum gewesen sein. Wie lange bist du schon auf dem Schiff?«

»Lange genug. Davor habe ich einige Zeit damit verbracht, Barken den Allegheny raufzubringen. Das war in den Zeiten, als ich mir noch einen Namen machen wollte. Dies könnte meine letzte Fahrt sein. Ich warte nur noch auf grünes Licht, dann bin ich wieder auf dem Heimweg.« Er deutete auf die beiden Beulenreihen auf seiner Stirn und den Wangenknochen. »Kann's gar nicht mehr erwarten, diese Dinger aus dem Gesicht zu kriegen.«

»Ich frag zwar nicht gern«, sagte Steve, »aber wie, zum Henker ...«

»Silikonpolster. Nicht übel, wie?«

»Fantastisch!«

»Yeah ...« Side-Winder zeigte ihm die dunklen Flecke auf seinem linken Unterarm. »Ob ich *das* Zeug wieder abkriege, ist eine andere Frage. Wann haben sie dich angemalt?«

»Vor etwa einem Monat. Aber wenn ich nicht gesehen hätte, dass es wieder abgeht, hätte ich es nicht getan. Aber die Beulen ... Ich weiß nicht, ob ich so weit gehen würde. Muss eine schwere Entscheidung gewesen sein.«

Side-Winder reagierte mit einem schiefen Grinsen. »Ich glaube, man nennt es ›Dienst, der über die Pflicht hinausgeht‹. Aber um sich als Mutant auszugeben, muss man sich ja sowieso erst mal wie ein Blödmann aufführen.«

Steve biss sich auf die Lippe und schwieg.

»Okay, gehen wir in die Einzelheiten. Was ist dein Ziel, Freund, und wie kann ich dir helfen?«

Steve erklärte, dass es seine Aufgabe war, zwei Mutanten namens Cadillac und Clearwater aufzuspüren und zurückzubringen. Er enthüllte weder, dass sie talentierte und unmarkierte Normale waren, noch gab er sonst irgendwelche Einzelheiten seines Auftrags bekannt.

Side-Winder bedrängte ihn nicht weiter. Er hörte ihm nur schweigend zu, dann verzog er besorgt das Gesicht. »Hört sich so an, als hättest du da einen harten Fall, Compadre. Mit etwas Glück und Rückenwind kann ich dich zwar ans Ufer bringen, aber dann bist du auf dich allein gestellt.«

»Sind noch mehr von unseren Leuten hier – unter den Eisenmeistern?«

Side-Winder lachte trocken. »Soll das ein Witz sein? Beulenköpfe kriegen wir zwar hin, aber nicht mal Rio Lobo kann unsere Jungs zu Totengesichtern machen.«

»Ich meine damit … Sind etwa noch mehr wie du hier?«

Das Lächeln verschwand vom Gesicht des Mexikaners. »Wenn ja, haben sie es mir nicht erzählt. Und wenn du nicht noch feucht hinter den Ohren wärst, wüsstest du, dass man danach nicht fragt. Wenn die Sache als Teamwork geplant wäre, hättest du davon erfahren.«

»Na schön. Kannst du Rio wenigstens sagen, wie die Sache läuft?«

»Nicht sofort, aber ja. Ich sorge dafür, dass sie ins Bild gesetzt werden. Soll ich ihnen irgendetwas Besonderes sagen?«

»Nein. Sag ihnen nur, ich bin noch an dem Fall dran. Und dass ich ein neues Team brauche.«

»Ich habe den Eindruck, das wissen sie schon.«

Steve sah den Mexikaner scharf an. »Neuigkeiten verbreiten sich schnell.«

»Das tun schlechte Nachrichten immer. Sonst noch was?«

»Yeah, es geht um Gewehre.«

»Gewehre?«

»Die M'Calls haben die ersten Hundert geliefert bekommen. Ich schätze, bald werden sie noch mehr kriegen.«

Side-Winder machte ein finsteres Gesicht. »Sie sind aber nicht von *diesem* Schiff gekommen.«

»Nein, von Yama-Shitas Schiff. Per Einschreiben.« Steve gab dem Mexikaner eine kurze Beschreibung der Waffen und ihrer Fähigkeiten.

»Ah! Ich habe mich schon gefragt, was die Knallerei zu bedeuten hatte.«

»Wo warst du?«

»Unter Deck. Ich darf meine Nase nicht durch die Tür stecken, wenn das Schiff anlegt, sonst schlagen sie mir den Kopf ab.«

»Ach so. Kannst du diese Information an Mike X-Ray Eins weitergeben?«

»Ich werd's versuchen«, sagte Side-Winder. Der neue Junge war so diensteifrig, dass er es nicht übers Herz brachte, ihm zu sagen, dass ein Exemplar der neuen Waffe schon vor zwölf Monaten nach Rio Lobo abgegangen war.

»Da sind noch ein paar andere Sachen. Ich brauche was zum Anziehen – und ich möchte alles über die Eisenmeister wissen, was du mir erzählen kannst.«

Side-Winder reagierte auf seine Bitte mit einem feierlichen Nicken. »Ich habe einen großen Fehler begangen, Freund. Ich hätte dich nicht umhauen, sondern über Bord werfen sollen. Ist das alles?«

»Nicht ganz. Wie lange dauert die Reise?«

»Nach Beth-Lem? Zehn Tage. Hast du irgendwelche Karten in Rio Lobo gesehen?«

»Ja. Mike X-Ray Eins hat mich sogar einmal mit nach Oben genommen.«

»Du Glücklicher. Okay, wir fahren über den großen Teich bis zum Eriesee und gehen in der Nähe eines Navigationsbezugspunkts namens Cleveland von Bord. Die Eisenmeister haben die drei Flüsse mit Kanälen und Schleusen verbunden ...«

Steve runzelte angesichts der unvertrauten Worte die Stirn.

Side-Winder setzte ihn kurz darüber ins Bild, wie Kanäle und Schleusen funktionierten. »Es bedeutet, dass die Schiffe direkt vom Eriesee in den Allegheny fahren können ...«

»Der bis nach Beth-Lem fließt.«

»Genau.«

»Ist das ein anderer Name für Pittsburgh?«

»Ja. Und das sind für heute Abend genug Fragen. Zurück in die Kiste!«

Steve lebte während der nächsten neun Tage in seinem engen Versteck und kam abends und kurz vor Morgengrauen für eine Stunde heraus, wenn es sicher war. Während er sich mit Gymnastik fit zu halten versuchte, teilte Side-Winder ihm mit, was er über den Aufbau der Gesellschaft der Eisenmeister wusste, und brachte ihm Worte und Zeichen für verschiedene Schlüsselbegriffe und Redensarten bei. Obwohl er es nie zugab, schien der große Mexikaner die fremde Sprache fließend zu beherrschen, und bei manchen Gelegenheiten warnte er Steve, nie einen Versuch zu machen, sie zu benutzen. Er musste stets die Grundsprache sprechen – die Sprache der Sklaven.

Steve hätte Side-Winder zwar gern gefragt, wie es der AMEXICO gelungen war, ihn in die Handelsorganisation der Eisenmeister einzuschleusen, aber er wusste, dass er darauf keine Antwort kriegen würde. Side-Winders Anwesenheit auf dem Schiff und seine makellose Tarnung waren ein klarer Beweis, dass der Ersten Familie nur sehr wenig verborgen blieb. Steve dachte auch über Donna Lundkwists Enthüllung nach, sie sei schon vor dem Eintritt in die Akademie rekrutiert worden. Die Leute der Familie waren überall. Hatten ihre Macht und ihre Tücke denn keine Grenzen? Gab es denn keinen Ort, den sie nicht erreichen konnten?

Side-Winder erklärte, dass man die Sprache der Eisenmeister Japanisch nannte und dass ihr Volk allgemein als Japaner bekannt war. Die Eisenmeister-Experten in Rio Lobo nannten sie Japse. Das Wort Eisenmeister kam aus der Mutantensprache. Die Japaner selbst nannten sich »Die Söhne Nissans«, weil Nissan ihr Name für das Land war, das sie bewohnten. Doch ihr Land hatte auch einen anderen Namen: »das Land der aufgehenden Sonne«. Daher kam die dicke rote Scheibe, die man überall bei ihnen sah. Den Ausdruck »Feuergruben von Beth-Lem« hatten die Mutanten erfunden; er bezog sich nur auf diesen einen, speziellen Ort.

Man nahm an, dass die Japse vor etwa sechshundert Jahren an der Ostküste gelandet waren. Ihre Gesellschaft, die durch starre Verhaltenscodices reguliert war, wurde durch dynastische Nachfolge regiert. Der Führer wurde *Shogun* genannt, und ihm unterstanden die Landfürsten, deren Macht aus ihrem Grundbesitz kam. Die Landfürsten waren sich in ihrer Unterstützung des Shogun nicht immer einig; es gab eine subtile Verschwörung, die sich manchmal als Herausforderung an die zentrale Autorität zeigte. Die Fürsten, die auch die Oberhäupter der Familien Datsun, Honda, Hitachi, Matsushita, Mitsubishi, Nashua, Seiko und Toshiba waren, standen über einer vielschichtigen Pyramide aus niedrigeren Rängen.

Am Boden der Pyramide, oder genauer *unter* dem Boden, standen die gefangenen Renegaten und Mutanten – in dieser Reihenfolge. Die japanische Gesellschaft war in drei Hauptkategorien eingeteilt, und in der Reihenfolge ihrer Wichtigkeit kamen die Samurai, die herrschende Kriegerklasse; die Administratoren, die Händler, die Schiffs- und Handwerksmeister; und die Faktoren, die Bauernhöfe und Bergwerke leiteten.

Hilfsarbeiten wurden von männlichen und weiblichen Mutanten und Renegaten ausgeführt. Da die Wagner an das Leben unter der Erde gewöhnt waren, schickte man die meisten von ihnen in die Bergwerke. Die Mutanten arbeiteten auf dem Land. Sie kümmerten sich um die Felder, hoben Kanäle und Bewässerungsgräben aus, waren Fuhrleute und Träger und wurden wegen ihrer großen Ausdauer als Kuriere eingesetzt, die für den endlosen Strom von Botschaften zuständig waren, die vom Hof des Shogun abgesandt wurden und ihn erreichten. Ein paar glückliche Einzelne fanden Arbeit als Bedienstete in den großen Häusern und hatten wie Side-Winder einen geschorenen Kopf – zum Zeichen, dass man ihnen vertraute. Die anderen bezeichnete man geringschätzig als Affen oder *Kebukai hitobito,* was Haarige bedeutete. Die Renegaten waren als *Senotakai inu* – Langhunde – bekannt – ein Spitzname, der auf ihre Größe und ihre eckigen Züge zurückzuführen war.

Die Wagner waren ohne Intervention der Ersten Familie unfähig, sich zu reproduzieren, doch die Mutanten wurden angehalten, Kinder zu haben und sie in den Siedlungen aufzuziehen, die zu den Ländereien der großen Häuser gehörten.

Am meisten sorgte Side-Winder sich darum, wie Steve sich mit dem Messer und seinem klingenbewehrten Schlagstock öffentlich bewegen wollte. Sämtliche Mutanten und Wagner trugen Kleider, die ihren Status und Dienst symbolisierten, sowie Armbänder oder Halseisen, die anzeigten, zu welchem Landsitz sie gehörten. Abgesehen von den Kurieren, bewegten sich gefangene Arbeiter nur unter bewaffneter Bewachung von einem Ort zum anderen. Mit Flüchtlingen ging man hart ins Gericht, und es gab ein absolutes Verbot, dass Mutanten und Renegaten irgendwelche Waffen trugen. Selbst Side-Winder war es nicht gestattet, sein Messer mit an Land zu nehmen; er durfte es nur bei der Ausübung seiner Pflichten tragen, wenn er mit neuen Sklaven arbeitete.

Steve dankte dem Mexikaner für seinen Rat und gab ihm zu verstehen, dass er seine Bedenken zwar zu schätzen wisse, aber nicht die Absicht habe, unbewaffnet weiterzumachen. Die Informationen, die er von Side-Winder erhalten hatte, hatten ihn für viele zu erwartende Gefahren sensibel gemacht. Er hatte zwar nicht vor, Ärger zu suchen, aber wenn sein Glück zu Ende ging, wollte er sich wehren können. Der Mexikaner nahm seinen Entschluss mit einem vielsagenden Achselzucken hin.

Zehn Tage nach der Abreise vom Handelsposten erstarb das Klopfen der Maschinen. Steve, der wieder in seinem sargähnlichen Versteck unter der Koje lag, spürte, wie der Raddampfer erbebte, dann zur Seite trieb und sich steuerbord an einem befestigten Kai rieb. Einen Moment lang herrschte Stille, dann, als die Entladearbeiten in Angriff genommen wurden, eruptierte die Luft in Rufen, Befehlen, Stimmengewirr, Gepolter, Getrampel und eilenden Schritten. Steve legte sich hin und zwang sich, geduldig auf die nächste Nacht zu warten. Als die Stunden vergingen, reizte es ihn immer mehr, hinauszugehen und sich anzusehen, was draußen vor sich ging, doch Side-Winder hatte zur Vorsicht den Kistendeckel geschlossen.

Schließlich kehrte der Mexikaner zurück und ließ ihn heraus. Eine flackernde Laterne beleuchtete den kahlen Kistenraum, der Steve als Unterkunft diente. Zwischen ihm und dem Mittelgang lag die zweite Hälfte von Side-Winders nautischem Reich – die ebenso kleine Kabine, in die Steve sich geduckt hatte, um den Wachen zu entgehen.

Side-Winder reichte ihm ein paar Streifen Trockenfleisch und ein Fladenbrot. »Okay, hier steigst du aus. Wir sind am Ende unserer Reise.«

Steve kaute auf einem Stück Fleisch. »Es hört sich an, als sei das Schiff verlassen.«

»Ist es auch. Von ein paar Wachen abgesehen, ist alles an Land gegangen.«

»Wo gehst du jetzt hin?«

»Nirgendwo. Ich wohne hier.« Side-Winder deutete auf sein Reich.

»Christoph! Wie hältst du das nur aus?«

Side-Winder lachte. »Wie viele Mutanten kennst du, die eine Hütte mit zwei Zimmern haben? Und *zwei* Eimer. Einen zum Scheißen und einen zum Trinken.« Er sah Steves Gesichtsausdruck. »Hör zu, ich beschwere mich nicht.

Wenn ich es nicht aushalten könnte, hätte ich den Auftrag nicht angenommen. So übel ist es nicht. Wenn ich frische Luft haben oder etwas sehen will, kann ich an Deck gehen, und hin und wieder gehe ich auch für ein paar Stunden an Land. Am meisten vermisse ich das Fernsehen. Die Dinks kennen keinen elektrischen Strom. Aber selbst das hat seine Vorteile. Wenigstens brauche ich mir nicht den schwachsinnigen musikalischen Müll anzuhören, den die Föderation ständig auskotzt. Ja, wirklich, das Zeug, das die Dinks hören, ist viel besser. Für mich klingt es so, als hätten sie die Hälfte der Noten einfach ausgelassen.«

»Okay … Ich ziehe jetzt besser los.« Steve hielt zögernd inne. »Du hast erwähnt, du könntest vielleicht … ah …«

Der Mexikaner ging in die vordere Kabine und kehrte mit einem Stapel Kleider zurück.

Steve schluckte den letzten Mundvoll Nahrung und probierte die Kleider an. Das Leder roch nach seinem vorherigen Besitzer. »Kannst du mir vielleicht sagen, wo du das Zeug herhast?«

Side-Winder maß ihn mit zusammengekniffenen Augen, dann nickte er. »Von jemandem, der auf dem Rad geritten ist und es nicht vertragen konnte. Auf Reisen wie diesen gibt es immer ein paar Ausfälle.« Er öffnete den Wandschrank und entnahm ihm zwei kleine Keramiktassen und ein Fläschchen. Er stellte die Tassen auf das Regal, entkorkte das Fläschchen und füllte sie mit zwei Portionen einer blassen Flüssigkeit. »Hier … einen auf den Weg.«

Steve roch argwöhnisch an der Tasse. »Was ist das?«

»Sake. Ein … ah … medizinisches Stärkungsmittel. Verhindert, dass man eine Erkältung kriegt.« Side-Winder leerte seine Tasse und schmatzte laut. »Gutes Zeug. Mach schon, es bringt dich nicht um!«

Steve hob vorsichtig die Tasse und berührte die Flüssigkeit mit den Lippen. Sie schmeckte süß und hatte einen leicht bitteren Nachgeschmack. Da er nicht ängstlich erscheinen wollte, holte er tief Luft und kippte sie hinunter. Der Sake traf seinen Gaumen wie flüssiges Feuer. Steve gurgelte in dem sinnlosen Versuch, ihn daran zu hindern, in seine Kehle zu laufen. Er hustete und würgte, als das Zeug wieder hochkam und ihm in die Nasenhöhle geriet. Einen Moment lang fühlte sich sein Brustkorb an, als hätte man ihn mit einem heißen Messer durchbohrt, dann nahm die Schärfe ab und wurde zu einem warmen Glühen, das seine Ohren rötete und ihm einen leichten Kopf verschaffte. »Mann-n-n-n …«

Side-Winder füllte die Tassen noch einmal. »Alkohol. Eine von den besseren Erfindungen der Dinks. Es wird aus fermentiertem Reis gemacht. Stell dir mal vor, was es mit einem Wagenzug voller Bahnbrecher anrichten würde …«

»Nun, ich weiß zwar nicht, wieso, aber man fühlt sich toll danach.«

Der Mexikaner nickte. »Es glättet die harten Kanten. Das Schlimme ist … ah … Es lähmt das Zentralnervensystem und ruiniert deine Koordination. Zwei sind die Grenze. Bei dreien hast du keine Beine mehr, und bei vieren liegst du auf dem Boden. Ich spreche aus Erfahrung. Mit dem Zeug verbringe ich meist meine Freistunden. Wenn es keinen Sake gäbe, wäre ich garantiert schon über Bord gesprungen.«

»Keine Freunde, keine Gesellschaft?«

»Geht dich nichts an, Amigo.« Der Mexikaner nahm Steves Tasse und stellte sie zusammen mit dem Fläschchen in den Schrank. Er löste hinter sich eine Platte in der Spantenwand, schob sie zur Seite, schob den linken Arm ganz durch das Loch und holte Steves Kampfmesser und den Schlagstock heraus. Steve schnallte das Messer wieder an seinen linken Unterarm und bedeckte es mit dem Stoffstreifen.

»Das hier ist … ah … mein Ersatzmesser«, sagte Side-Winder. »Es wird dir wahrscheinlich nützlicher sein als das, mit dem du an Bord gekommen bist.«

»Danke. Aber wenn ich funke, wer wird mich dann hören?«

»Ich bin sicher, irgendjemand hört es. Die Familie hat immer ein Ohr dicht am Boden.«

Side-Winder führte ihn durch das Hauptzwischendeck und öffnete eine kleine Luke an der Backbordseite. Dahinter lag ein breiter Fluss. »Du musst schwimmen. Am Kai wimmelt es von Dinks. Die beiden anderen Schiffe liegen vor uns. Lass dich von der Strömung flussabwärts tragen, bis du ein Stück vom Dock weg bist, dann kannst du ans Ufer gehen.«

»Okay.« Steve hockte sich vor die Luke. »Noch eine letzte Frage. Als ihr die Ladung von Bord gebracht habt, hast du da zufällig eine Renegatin gesehen – mittelgroß, dunkles Haar, mit 'ner großen Narbe auf der einen Gesichtshälfte?«

Side-Winder warf den Kopf zurück. »Yeah, die habe ich wirklich gesehen. Komisches Ding … Normalerweise lassen sie die Renegaten sofort zu den Bergwerken marschieren, aber heute mussten sie sich aufstellen, und dann wurden sie gefragt, ob jemand von ihnen Pilot sei.«

Steves Interesse nahm zu. »Und?«

»Zwei sind vorgetreten. Sie war eine davon.«

»Hatte der andere rotes Haar?«

»Ja, hatte er.«

Jodi Kazan und Dave Kelso … »Was ist aus ihnen geworden?«

»Yama-Shitas Leute haben sie mitgenommen. Was bedeuten könnte, dass sie über den Fluss und die Straße nach Osten gegangen sind. Sie führt durch die Allegheny Mountains zu der Küstenebene, die dahinter liegt.«

»Hat irgendjemand etwas gesagt – zum Beispiel, wo sie hingehen?«

»Nee. Zumindest ist kein Name gefallen, der mir etwas gesagt hätte.« Side-Winder bemühte sich, sich an das zu erinnern, was er gehört hatte. »Warte mal, ich habe gehört, wie einer der Dinks etwas über den Reiherteich gesagt hat.«

»Was ist ein Reiher?«

»Ein Vogel, Compadre.«

»Wie sagt man Reiherteich auf Japanisch?«

Side-Winder sprach es ihm vor. »Ich kann dir nicht sagen, wie die Schilder aussehen, weil ich nichts zu schreiben habe. Und selbst wenn ich etwas hätte … Es ist zu dunkel, um etwas zu sehen.«

»Danke jedenfalls.« Steve nahm die Hand des Mexikaners und schüttelte sie dankbar. »Danke. Du warst eine tolle Hilfe.« Er deutete über den Fluss. »Die Straße nach Osten geht dort lang, ja?«

»Yeah. Etwa einen Kilometer flussabwärts kannst du den Landesteg der Fähre sehen. Wenn ich du wäre, würde ich mich zwischen Sonnenauf- und Sonnenuntergang von den Straßen fernhalten. Besonders in den nächsten Tagen. Yama-Shita und seine Bande fahren morgen dort vorbei. Wenn er kommt, wird sich eine Menge Leute am Straßenrand aufhalten, um ihm ihren Respekt zu erweisen.«

»Bleibst du jetzt hier?«

»Ich? Nein. Diese Schiffe bringen Fracht überallhin.«

»Dann sehe ich dich vielleicht mal wieder.«

»Vielleicht …« Side-Winder entrollte ein Seil und ließ es hinab.

Steve schob den Schlagstock auf den Rücken und glitt an dem Seil entlang ins Wasser. Sobald er es losließ, zog Side-Winder es wieder hoch und schloss die Luke. Steve schwamm auf das gegenüberliegende Ufer zu und kam in der Nähe eines kleinen Wäldchens, das fast bis ans Ufer wuchs, an Land. Er packte die Kleider aus, zog sie schnell an und erkundete die Umgebung. Hinter den Bäumen breitete sich ein großer Streifen frisch kultivierten Landes aus, das in saubere Quadrate aufgeteilt war.

Um zu den Pfaden zu gelangen, die die quadratischen Parzellen teilten, arbeitete er sich an den Landesteg heran und ging hinter einer Ansammlung hölzerner Schuppen mit erhellten Fenstern in Deckung. Ein paar Leute standen dort an der Straße, wo sie zum Fluss hinabführte. Als Steve sich näher heranschlich, sah er, dass es unmaskierte Rotgestreifte mit Schwertern und Bogen waren. Vier von ihnen hatten sich um ein Feuer versammelt, das in einem löchrigen Metalleimer brannte. Ihr Anblick erinnerte ihn gerade noch rechtzeitig daran, was hätte passieren können, wenn er ohne Vorsicht weitergegangen wäre. Vielleicht gab es weiter oben noch weitere Kontrollpunkte.

Steve zog sich in die Finsternis zurück, nahm einen Pfad, der direkt vom Fluss wegführte, kletterte an seinem Ende über eine Mauer und trat einen Kilometer vom Landesteg entfernt auf die unbefestigte Straße. Auf der anderen Seite des Flusses, hinter der Linie der Lagerhäuser und Dockgebäude, stand der Horizont in Flammen. Ein flackerndes rotes Leuchten verdrängte die samtene Nacht und erleuchtete die Unterseiten der sich auftürmenden Wolken aus weißem, braunem und grauem Rauch. Die Feuergruben von Beth-Lem. Sein Besuch dort würde warten müssen. Im Moment musste er einen dringenderen Auftrag erledigen. Mit schneller schlagendem Herzen wandte er sich nach Osten und schritt zuversichtlich aus. Jeder neue Schritt auf der Straße brachte ihn Clearwater und einem neuen Abenteuer näher. Er war der erste Wagner gewesen, der lebend aus der Gefangenschaft des Prärievolkes zurückgekehrt war. Wenn er auch nicht der Erste war, so würde er doch einer der wenigen Auserwählten sein, die lebend aus dem Land der Eisenmeister zurückkehrte. Doch diesmal nicht mit leeren Händen.

Als Steve in das einhüllende Dunkel vordrang, hatte er keine Vorstellung, dass Clearwater als Mitglied von Fürst Yama-Shitas Hofstaat sich gerade darauf vorbereitete, auf der anderen Seite des Flusses die Nacht in einer viel bequemeren Umgebung zu verbringen. Aber sie hatte seine Anwesenheit gespürt und wusste, dass sie einander wiedersehen würden – wie der Stein es prophezeit hatte. Bis dahin würde die Kraft, die sie in den Schlagstock hatte fließen lassen, Steve beschützen.

In der Föderation hatte auch Commander General Karlstrom allen Grund, zuversichtlich zu sein. Bei den grundlegenden Prüfungen im Freien hatte Brickman bewiesen, dass er die erforderliche Courage, Ausdauer, Hingabe und Rücksichtslosigkeit besaß, die man von einem Mexikaner verlangte. Alles in allem hatte er zwar eine äußerst zufriedenstellende Vorstellung geliefert, doch die nagenden Zweifel an seiner Loyalität waren geblieben.

Nachdem Karlstrom durch High Sierra von der Vernichtung des Agententeams erfahren hatte, hatte er sich Sorgen darüber gemacht, warum Brickman nicht mit ihm in Kontakt trat; die Mittel dazu hatte er schließlich. Sein einziger Trost war die unter ständiger Bewachung stehende Roz Brickman: Sie zeigte, seit Brickman sich erfolgreich wieder den M'Calls angeschlossen hatte, keinerlei Anzeichen körperlichen Unwohlseins.

Es hatte nur einen Moment einer psychosomatischen Wunde gegeben – als sie kurz eine sympathetische Hautverletzung am Brustkorb und am linken Arm entwickelt hatte. Ihr allgemeiner Zustand und ihr Verhalten deuteten an, dass Brickman noch lebte, und das letzte Signal Side-Winders bestätigte, dass er noch auf Kurs war. Side-Winders Zusammentreffen mit Brickman war ein großer Glücksfall gewesen. Auf Karlstroms Anweisung hin hatte er Brickman ein neues Funkmesser gegeben, das eine zusätzliche Verbesserung enthielt: Es sendete automatisch ein periodisches Signal, das es möglich machte, seine Position genauestens zu bestimmen – selbst dann, wenn Brickman versagte oder beschloss, keinen Kontakt mit ihm aufzunehmen.

Solange das Messer in seinem Besitz war, wusste die Erste Familie, wo man ihn finden konnte.

Patrick A. Tilleys *Die Amtrak-Kriege* gehen weiter in:

Richard Morgan

Mars Override

»Richard Morgan definiert die Science-Fiction des neuen Jahrtausends.« *The Guardian*

»Ein ebenso unterhaltsames wie kluges Buch!« *SFX*

978-3-453-32022-2

Leseprobe unter **www.heyne.de**

HEYNE